目录

一泓秋水一輪月
MIGHTY ORIGIN LITERATURE

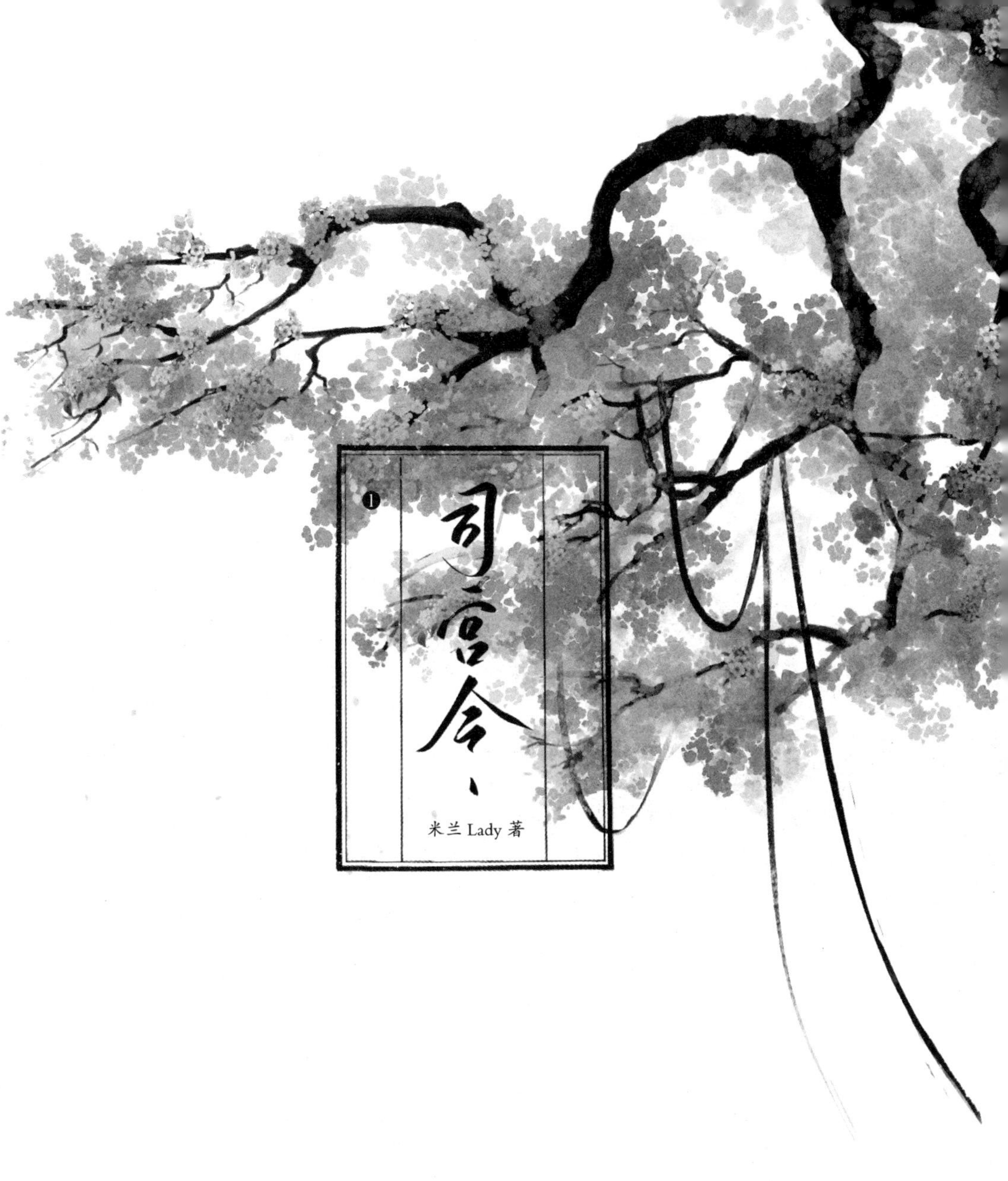

1

司宫令

米兰 Lady 著

廣東旅游出版社
GUANGDONG TRAVEL & TOURISM PRESS
悦读书·悦旅行·悦享人生

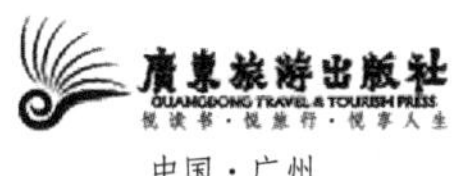

中国·广州

楔子

冰刃似水，随着少女的手腕落在砧板上，发出一串动听的声音，节奏齐整，听上去有如乐音。砧板上的松江鲈鱼已被剔去鳞骨，肉质细嫩，随着那串冰刃乐音逐渐被分解为一片片薄如蝉翼的鱼片，从刀刃上飘落的姿态宛若细雪，堆积在一处又像丝縠相叠，在隐于暗处的尚食裴氏的注视下，散发着莹光。

吴蕙蕙继续着斫鲙的工作，以丝巾束发，鬓发一丝不苟，妆容素淡，凝眸看着即将完成的鲈鱼鲙，她对裴尚食的存在似乎浑然未觉。

裴尚食在厨房候她已久，知她一定会来。

蕙蕙是典膳女官，如今在东宫主理太子赵晳的膳食。这日官家特命自己年轻时的师傅、参知政事沈瀚入东宫为太子及二皇子、三皇子授课，午间太子留沈瀚及二弟、三弟进膳，官家知悉，又命裴尚食前来，赐数道御膳。

御膳精美，有荔枝白腰子、羊舌签、鸳鸯炸肚、鹅肫掌汤齑、奶房玉蕊羹、鹌子水晶脍之类。太子殷勤地请沈瀚及诸弟举箸，自己却不甚进食，含笑面对珍馐玉馔，食不知味。

裴尚食见状，问是否自己所备菜式不合太子口味。太子微笑道："无他，只是久病初愈，什么都尝不出滋味罢了。"

他此时颇显消瘦，肤色细白若冰雪，姿态如玉山将崩，然而语调平静温柔，令人闻之如沐春风。

裴尚食随即默然，吴蕙蕙却锲而不舍地追问："那么，可有什么是殿下想品尝的？”

太子沉吟，须臾答道：“近来倒是常想起松江鲈鱼鲙。”

松江鲈鱼巨口细鳞，鲜嫩肥美，毫无腥气，时人常切成薄片生食，即鲈鱼鲙。

萁萁双目一亮：“正巧，御厨新入了一些松江鲈鱼，我去取一尾来斫鲙。”

“不可。”沈瀚闻言反对，“太子身子日前欠安，才将平宁，切不可于此时食用生冷之物。鲈鱼鲙不宜肠胃，多食又易生虚火，更不可食。”

萁萁竟转朝沈瀚，欠身致礼，继而道：“生冷之物多食确不利于肠胃，略尝应无大碍。何况很多时候我们想吃什么，其实不是口舌需要，而是胃需要，是体内需要。人身体需要何种食物，往往会通过口舌向人传递讯息，例如身体需要水，就会令人感觉口干舌燥，需取水解渴。太子食万物均觉无味，独独念及鲈鱼鲙，或许正是因为鲈鱼鲙中有他身体所需之物。”

“这……”沈瀚蹙眉道，“一派胡言！”他还在想如何驳斥萁萁之言，却听二皇子赵皑从旁笑道：“萁萁所言未必全无道理。大哥年来所食皆温补之物，只怕有温补过量之虞。若现下略以生冷之物去长年温补之弊，未必不好。”

太子朝赵皑摆手，温言道：“二哥不晓医理，莫若慎言，多听沈参政教诲。鲈鱼鲙多食易生虚火，确实不宜此刻食之。”

赵皑依旧含笑道：“今日参政与我等畅论典故，我却也想起一则典故。东坡居士酷爱食鲈鱼鲙，某日患赤目之疾，医者嘱咐，不可食鲙，以免加重病势。东坡居士道：‘我倒是想遵医嘱，但口不答应。口说，我给你当口，他给你当眼，地位原是一样的，你为何要厚此薄彼，因为眼睛生病了就废我口粮？’如今大哥心念鲈鱼鲙，耳却从谏如流，欲弃美食。大哥若顺耳之意，岂非也厚此薄彼，委屈了心？”

三皇子赵皓听着，不禁一笑。沈瀚横眉，咳嗽一声，赵皓立即噤声，垂目正襟危坐。

赵皑又道：“晋人张季鹰生于吴郡，官至大司马东曹掾，长居洛阳。一日秋风乍起，张季鹰忆及故乡的菰菜、莼羹、鲈鱼鲙，不由得感慨，‘人生贵在纵情适志，何苦为追逐名爵而离家数千里，来做这不得开心颜的官？’遂去官还乡。大哥，你看，为这鲈鱼鲙大司马都肯抛弃一切辞官归故里，你今日顺从心意，尝一两片萁萁所斫之鲙，又有何妨？”

太子但笑不语。沈瀚见状，朝太子一揖，道：“太子克己复礼，一向为诸皇子表率，岂会为外物所惑？”他转而又对赵皑道：“子曰，‘非礼

勿视，非礼勿听，非礼勿言’。今日东宫典膳为太子侍宴，二大王频频顾之，又聆听典膳之言，开口附和，且直呼典膳闺名，实乃非礼之举。”

赵皑闻言掩面笑道：“参政所言极是，非礼勿视，非礼勿言。”

他双手作势捂住双眼，然而指缝间逸出的目光仍随着他掩饰不住的笑意飘向吴蒖蒖。

沈瀚叹息一声：“二大王年逾弱冠，也该明理立志了，无论为美食或美色纵情任性，皆不可取。”顿了顿，他又语重心长地道，“为感情放弃一切，那是我十七八岁才会做的事。”

裴尚食一直沉默着，听到这里忽然开口道：“关键是参政那时本来就一无所有。”

阁中霎时鸦雀无声，听众都在暗自憋笑，维持着不动声色又不失礼貌的神情，尽管这让他们感觉很辛苦。沈瀚花白的胡须颤了颤，他回头发现说话的是裴尚食，满腹难以言传的情绪碾过心头，终究欲言又止，于是这场关于鲈鱼鲙的争论以这出人意料的方式陡然终结。

御厨中的吴蒖蒖将斫完的鲈鱼鲙一片片铺于银盘中，状若花瓣，又在漆盒中盛满碎冰，把银盘置于其上。鱼鲙调料春用葱，秋用芥，蒖蒖磨好芥辣，辅以盐和橙泥，又取一些姜、蒜、橘、白梅、熟栗黄、粳米饭、盐、醋制成的“八和齑”一并搁入食盒，以备食者取用。

蒖蒖手托食盒，裴尚食以为她将往东宫。她却一转身，朝裴尚食隐身之处走来。

她俯身跪于裴尚食面前，双手奉上鲈鱼鲙，从容地道：“典膳吴蒖蒖欲为东宫进鲈鱼鲙，请尚食娘子先行品尝。”

宫中位尊者进膳，必须尚食司膳内人先尝，意在辨味试毒。裴尚食审视鲈鱼鲙，却不动银箸。少顷，蒖蒖轻声问：“可以吗？”

裴尚食点了点头。多年来她早已练就了一双敏锐的眼，一观食物的制作过程便能猜出它们绽放在舌尖会是什么味道。

蒖蒖致谢，将鲈鱼鲙收入食盒。

裴尚食忽然道：“三日后是太子生日，该备的都备好了吗？”

蒖蒖称均已备好。

裴尚食又问：“太子近日可还康宁？”

蒖蒖道：“好了许多，只是有时会唤着安淑皇后，从梦中惊醒。”

安淑皇后穆氏是太子及诸皇子生母，已辞世多年。

裴尚食叹息道：“太子孝顺，每逢生辰，别人总忙着庆生，他却总是暗自心伤，怀念母亲。”

蕙蕙颔首：“是的，这正是他想起鲈鱼鲙的原因。”

安淑皇后喜食松江鲈鱼鲙，太子不会忘记这点，何况人年少时的记忆，总有一部分是由味觉书写。

裴尚食默然。这才是蕙蕙坚持为太子斫鲙的原因，亦是她未阻止蕙蕙的原因。

她挥了挥手，让蕙蕙带着鲈鱼鲙离去。

吴蕙蕙在尚食局内人中是个特别的存在。她十七岁才被从民间选入宫，不像大多数内人一般，是七八岁入宫，从小培养的。这样的背景令她看起来有种有别于其他内人的“野气”。

宫中要服侍的人颇多，尚食局会将内人们分组派往各阁，服侍不同的主人，有品阶的女官在何处任职是由位尊者或尚食指定的，其余内人可以自报希望前往之处，再由尚食酌情通过或调整。

在所有去处中，三位皇子的殿阁是内人们最向往的，毕竟她们正值妙龄，关于未来无穷的想象可以在同样青春年少的皇子们身上找到寄托。

她们期待自己有好去处，也格外关心同伴的归宿，希望与自己一处供职的同伴与自己性情相投，又怕对方技艺超过自己，令自己无法出头。

入宫后的蕙蕙，就像一粒被春风吹上宫廷屋脊的种子，有了一点儿尘土，就开始蓬勃生长。尚食局内人们很快发现她是个不一般的同伴抑或对手，都在暗中观察她，揣摩她的目标。

在蕙蕙需要自报任职之处时，同一批的内人颇为紧张，几个从小长于宫中的姑娘索性径直去找她，为首的内人唐璃气势汹汹地问：“说，太子、二大王和三大王，你选哪个？”

而蕙蕙打量一下将自己团团围住的内人们，冷静地反问：“选了你们就把他送给我吗？”

唐璃瞠目结舌，而其他人在短暂的沉默之后爆发出一阵响彻尚食局的笑声。这个小故事随着笑声传遍六尚，很多人因此认识了吴蕙蕙。而那次她并没有申请去哪位皇子处，服侍太子是后来机缘巧合的结果。

蕙蕙在太子处尽心尽责，表现无可指摘，谨慎细心处也不亚于宫中培养的内人们，而裴尚食一直没有告诉她或其他人，其实自己在她入宫前曾与她在宫外有一面之缘，那时的蕙蕙与如今完全不一样。

西湖边酒楼甚多，不乏佳肴名点，有时皇帝会让裴尚食出宫，购买一些民间食品送回宫中。那日裴尚食前往湖畔荇云楼购买几种点心，店主认

得她，知道是宫中来的内夫人，立即请她入楼上雅阁，奉茶请她稍加等待。

有丝竹声自湖面传入阁中，裴尚食遂信步行至窗边，眺望湖中景观。

彼时天色晴好，湖上波光潋滟，清风疏柳，荷香翦翦，湖心泊着一艘画舫，其中立着数名严妆女子，服饰皆入时，花团锦簇，像是妓家出游。

一个少年坐于舟头，笑吟吟地横抱着一面阮，纤长的琼指捻拨丝弦，一曲《西江月》[①]弹向春风里："问讯湖边春色，重来又是三年。东风吹我过湖船，杨柳丝丝拂面。世路如今已惯，此心到处悠然。寒光亭下水如天，飞起沙鸥一片。"

"少年"边弹边唱，身着时兴的丝绸衣裳，看起来像个纨绔子弟，然而嗓音稚嫩清亮，俨然是少女的声音。裴尚食疑心她是乐伎，但一曲奏罢，舫中女子聚拢夸赞，那"少年"笑着展臂相迎，左拥右抱，并唤侍儿打赏，看起来倒像是寻芳的恩客。

这放歌寻芳的"少年"便是吴蕒蕒，裴尚食后来在宫中初次见到她，便认了出来，但并没有说破。多年的宫廷生活已教会她谨言慎行，奉行着多一事不如少一事的原则，她变得越来越沉默。

夤夜独处时，裴尚食常常会想起蕒蕒放歌西湖的模样。明明是那么青涩的年纪，她却笑吟吟地唱着"世路如今已惯"，那时的她懂这词里的意思吗？

今夜在落雨。裴尚食卧于榻上，静静凝视窗棂上舞动的竹影，想到自己今年六十岁了，在这宫中仍觉步步惊心，万般谨慎，眼前却还是一片空茫，对前途并无把握，不知何时就会跌入一个不能预见的黑暗渊薮。

她愿意一遍遍回忆蕒蕒当年的样子，那像一束照亮内心深处的光，令她想起很多往事。

多年前的我也曾像她那般意气风发吗？裴尚食摸了摸早已斑白的鬓角，叹了口气。

骤雨暂歇，窗纱逐渐映出光亮，想必又将重现一番清风拂轸、明月当轩的景象。裴尚食朦朦胧胧地睡去。

雨水滑过的檐下，是一声声年华，在滴滴答答。

拂晓时分，裴尚食被窗外如煮沸水一般逐渐放大的声响惊醒，有人不断奔走着，似乎在传递什么极其重要的信息。她开门出去，发现阶前已跪着数名内人，见了她都深深垂首，甚至有人开始啜泣。

"怎么了？"裴尚食问道，莫名地感觉到一阵寒凉。

---

① 《西江月·问讯湖光春色》，作者为［宋］张孝祥。

起初无人答话，在她再次询问之后，当年与吴蕒蕒一起入宫的内人凌凤仙才抬起头，轻声道："太子……太子不好了……"

裴尚食悚然一惊，立即追问道："不好了？什么意思？"

凌凤仙的身子在微微颤抖，脸上有难以掩饰的惊惶之色："不成了，怕是……不成了……"

第一章

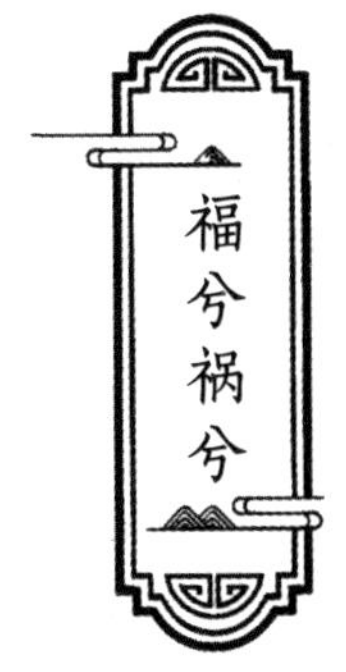

（一）
美人舟

三年前，吴萁萁还在浦江县，那时的身份是适珍楼的七公子。

适珍楼是浦江颇有名气的酒楼，店主名叫吴秋娘，是一名寡居女子，十几年前携女儿萁萁来到浦江，开了这家酒楼。这家酒楼主营无非江南家常菜，但她精心选材，用料考究，厨艺又上佳，总能将普普通通的菜式做出令人一尝难忘的滋味。另外，她做生意头脑精明，待人又极诚恳和善，人缘非常好，上至县令，下至乡绅都乐意助她，因此这十余年间便把适珍楼做出了大名气，酒楼从一间小小的路边店逐渐扩大成了上下三层且带中庭后院的大楼阁。

吴秋娘收了六名女弟子，均以花木为名，以长幼为序依次为凤仙、素馨、芙蕖、缃叶、初樱、玉簪，不是孤女就是贫家女，但一个个姿容出众，又各自学得一手好厨艺，除了平时主理酒楼生意，还常有富贾豪室出重金邀请她们上门做宴席主厨。

萁萁年龄比六名女弟子都小，吴秋娘并不许她学厨艺，而是让她穿男孩衣裳，从小送入私塾跟别家男儿一起读书。“女孩读点儿书将来不容易受骗。”吴秋娘很简单地向对此怀有疑问的人解释。

萁萁人称“七公子”，性格活泼，加之被当作男孩养，行事越发率直，甚至任性。闲时她常呼朋唤友斗鸡走马，四处游玩，挥霍无度，其支出常看得适珍楼管账的蒲伯色变，向吴秋娘频频抱怨。而吴秋娘浑不在意，只道：“她爹爹走得早，她本就比别的孩子孤苦，只要平安喜乐，花点儿钱算什么，大不了我多挣一点儿便是。”

于是蕒蕒便如纨绔一般逐渐长大，所幸她虽然任性，却并不糊涂，读了几年书倒也懂得几分道理，并未受骗，除了挥霍，也未做出任何出格之事。

在私塾中蕒蕒结识了个同窗好友，那男孩比她大一岁，姓杨名盛霖，是适珍楼对面的贻贝楼店主杨峪之子。此子聪明，书画甚佳，与蕒蕒性情还算相投，虽然也有偶生嫌隙的时候，但小孩子的悲欢总是来去如风，很快便雨过天晴。

贻贝楼在浦江已经营三代，根基比适珍楼深许多，奈何自吴秋娘出现以来，生意便被适珍楼抢了好几分。杨峪见儿子竟与吴秋娘之女交好，原本十分不快，但其妻郑氏劝他道："吴秋娘仅有一女，家底迟早是要给女儿的。我儿既与蕒蕒情投意合，不如便娶了她，如此，适珍楼将来终究会落入我儿之手。"

杨峪一想，深觉有理，于是笑逐颜开地请了媒人前去提亲。

贻贝楼与适珍楼明争暗斗多年，蒲伯一向见不得杨峪的做派，见其居然遣媒向蕒蕒提亲，恨不得当场便把人赶出去，不料竟被吴秋娘拦住。

吴秋娘相当客气地接待了杨家媒人，未思量几日便答应了这桩亲事。蒲伯痛心疾首，道："蕒蕒是我看着长大的，便如我亲生女儿一般。我一心想着为她寻个秀才，将来女婿金榜题名，封妻荫子，让我们蕒蕒也当个受诰封的夫人。那杨盛霖虽然有些家底，可说到底只是个商贾庖厨出身……"

吴秋娘闻言静静地瞥他一眼："商贾庖厨出身？蕒蕒也是商贾庖厨出身，这不是门当户对吗？"

蒲伯一时语塞。

秋娘又道："正如你所想那般，商贾庖厨原为世人所轻，好人家都不愿与之结亲。就算蕒蕒嫁了个秀才，日后女婿入朝为官，难保不以她出身为憾，再有人挑拨唆摆，由此夫妻生分，乃至离绝，也并非全无可能。不若现在就嫁入门户相当的人家，日后夫妇吵起架来，她底气也不输夫婿。"

蒲伯无言以对，亦知秋娘心意已决，再无说服她的可能，只得作罢。于是杨家问名纳吉，按礼数行聘，并定下了婚期。

明州常有高丽、日本的商船往来，秋娘每年总会去一两次，采购一些珍稀药物和食材。女儿亲事既定，秋娘即把明州之行列入行程，细细列出欲采购之物清单，又将店中诸事安排妥当，遂带蒲伯前往明州。

其间杨盛霖奉父命前往京城临安探亲，不想巧遇临安富室聘请至京主理宴席的缃叶。

缃叶回到浦江后绘声绘色地向蕒蕒讲述与杨盛霖相遇的情景："杨家小郎君穿着绿衣袍、乌皮履，打扮得像个新科进士，但是手摇高丽折叠扇，头抹临安时兴的香发木樨油，油光水滑的，看上去不大庄重。看见我笑着问好，我便

问他从哪里来，他说：‘刚在齐云社看蹴鞠呢。’我打量他这装扮不像是从球场来，除了发油，他身上也香得很呢，像是女人用的香，便问：‘怎么公子看球看出了脂粉香？’他不慌不忙，回答我：‘我看的是女子蹴鞠。’”

适珍楼众女弟子听后一壁暗忍笑意，一壁偷眼看蕫蕫作何反应。而蕫蕫听后不急不恼，只微微一笑：“嗯，我也去看看这女子蹴鞠。”

蕫蕫带着玉簪及三四名使女、小厮前往临安。抵达次日她便打听到杨盛霖雇了艘画舫，邀数名青楼女子荡舟西湖。蕫蕫与玉簪等人来到西湖边，欲乘船入湖，但那日天色晴好，西湖游人如织，船已被租赁殆尽，只剩一艘小画舫尚停泊在岸边，船主蹲在船头打瞌睡，不像是静待客来的样子。

蕫蕫见那船虽不大，样式也颇老旧，但尚雅洁，便走上前去准备唤醒船家，却有路人阻止，提醒道：“这船租不得。此前临安有个名妓与一名秀才相恋，秀才父母不许两人来往，名妓鸨母也不准她赎身，于是两人相约泛舟西湖，船游到湖心，他们就拥抱着坠湖而亡[①]……那日他们乘的就是这艘船。从此这船就没什么人敢坐了。”

蕫蕫略一思量，含笑谢过路人，然而仍径直唤醒船家，问他租此船一天是何价。

那船家五十余岁，黝黑瘦小，迷迷糊糊地看看她，无精打采地随口报价：“二百钱。”

蕫蕫道：“我给你一千钱，你将船租我五天。”

船家立即惊喜地跳起来，万万没料到竟然有人会真租此船，何况不还价，还租五天。他喜笑颜开地连连颔首，接受报价，并载蕫蕫等人入湖。

画舫荡入湖中，于断桥附近与杨盛霖之舟相逢。杨盛霖正立于舟头搂着美人观平湖微澜，身后另有数名丽人各按管弦，乐音缭绕。

杨盛霖一见蕫蕫顿时笑容凝滞，迅速松开美人，旋即展颜，真挚地表达惊喜之情，并盛情相邀，请蕫蕫过船一叙。

蕫蕫亦不推辞，施施然过船去，笑着对众美人道：“诸位姐姐想必便是齐云社的女校尉了。”

齐云社是国朝擅长蹴鞠的艺人结集的社团，遍布各地，尤以临安为盛。社员依据球技分等级，最高级称“校尉”。

众美人闻她此言只尴尬地笑着，不敢作答。杨盛霖抢上前赔笑道：“正是，早晨刚赛完一场，我见她们辛苦，便邀她们来游湖，稍后她们还得回去练球呢。”

“既是刚踢完球，想必球也带了过来，球在哪儿呢？”蕫蕫不动声色地问。

---

① 名妓与秀才西湖殉情一事参考《西湖游览志余》的记载。

杨盛霖作势四顾："咦，刚才还在这里，怎的不见了……"

"喏，在那儿。"萁萁用手指着湖面。

杨盛霖沿她的手指看去，不料萁萁自他背后抬足，猛然将其踹入水中。

落水的杨盛霖一边扑腾着挣扎一边喊救命，众美人大骇，扑至船舷边围观，然而均不知所措，亦未施救。

萁萁镇定自若地静待须臾，才命小厮跃入湖中把杨盛霖拖上船。

船上众美人越发不敢动弹。萁萁笑着目视杨盛霖道："这大水鱼湿漉漉的，恐怕扰了诸位姐姐游湖的雅兴，不如到我船上去，咱们依旧弹琴唱歌，不负今日这好时光。"

众美人默不作声，无人应答。萁萁又道："我自不会慢待诸位姐姐，杨郎给姐姐们多少缠头，我给你们双倍。"

有人略有动容，但终未出声。

萁萁一哂："三倍。"

当即便有人开口："姑娘画舫雅致，奴家正欲前往欣赏呢。"

其余美人立刻附和，争先恐后地各自抱着乐器前往萁萁船上。

美人们见萁萁对她们始终和颜悦色，亦放下心来，纷纷重奏笙琶。萁萁一时兴起，取过一面阮，对着万顷碧波，闻莺柳浪，开始弹唱《西江月》。

唱的词她是听一个偶过适珍楼的客人唱的。那人文士打扮，眉目清俊，举手投足皆从容，唱起曲来语调有种千帆过尽的云淡风轻之感。所唱之词中她特别喜欢这句："世路如今已惯，此心到处悠然。"

她不尽明白此词意思，但她心情好时就会想起此词。此刻她心情莫名地好，冲着寻芳的未婚夫婿出了口恶气，心中并无残存的怨气或怒意。黄鹂仍在鸣着翠柳，白鹭依旧望着碧空，芳洲之上永远不变的是云卷云舒，她有什么理由不快乐呢？她想把自己的喜悦分享给身边所有人，甚至包括那些她似乎应该讨厌的青楼女子。

在西湖游人看来，这是个奇异的景象：俏丽的男装少女用稚嫩的嗓音唱着豪迈的词，舫中美女如云，仙乐缥缈，画船撑入花深处，一片笙歌醉里归。

游玩既毕，萁萁下船欲往客栈，船家亦步亦趋地追来，请示道："适才有游人问我，我这船可许他乘坐出游。我说船已被租给你这贵客，是否能用还得你说了算。"

"可以让他上船。按人计价，每人游一来回三百钱。"萁萁头也不回地向前走，笑道："玉簪，收钱。"

往后数日，萁萁自己不上船，但雇了几名歌伎继续在画舫中奏乐唱曲，游

客纷至沓来，全然忘了名妓殉情之事。

五日之后，蕒蕒带着此行顺便赚来的一大笔钱回了浦江，画舫船家前来送行，蕒蕒见他甚是朴实，便将赚的钱分他三成，拍拍他的肩道：“且放宽心，你的船会很好租了。”

船家千恩万谢，举手加额连连施礼，目送蕒蕒，直到她身影消失在视野中方才转身回去。

（二）
珍馐满目

杨盛霖落水受寒，很快全身发热，回到浦江后仍不见好。杨峪夫妇又急又怒，杨峪指着郑氏斥道：“看看你选的好亲事！为了蝇头小利，竟连儿子的命都差点儿断送！”

郑氏抹着眼泪道：“我哪儿知道那吴蕒蕒竟是这等悍妇！男人三妻四妾都无妨，偶尔逛逛青楼又怎样！本来我见盛霖喜欢她，一时心软想成全他们，没想到她既不识好歹又心肠狠毒，果真是酱菜婆子养出的贱种！”

吴秋娘以乡野小店起家，起初主营酱菜、瓜齑、腌鱼虾，至今适珍楼的小菜仍远近闻名，故郑氏蔑称其“酱菜婆子”。

杨峪拍案道：“这亲不能结了！还未过门就如此蛮横，若真成了我家媳妇，轻则全家鸡犬不宁，重则盛霖性命不保。快去吴家，告诉她们退婚之事。”

那日蕒蕒正与母亲大弟子凤仙闲话家常。凤仙除了精研厨艺，还爱女红与读书，虽未正式上过学，但平日里跟着蒲伯学习笔墨书算，十分用心，还常借蕒蕒的诗书来看。蕒蕒打趣道：“姐姐如此好学，莫非将来想嫁进士，做夫人？”

凤仙双颊绯红，低声否认：“别胡说。不过是不想做个睁眼的瞎子罢了，我哪里会想这些有的没的？”

两人还在言笑，却闻郑氏前来拜访。凤仙知她来者不善，拦住蕒蕒，自己出面接待。

郑氏径直表明退婚之意，凤仙婉言称主母前往明州采购食材，因近日海上风浪大，外国商船行程耽搁，未抵达明州，故主母尚未归来。退婚事关重大，如今家中无人敢做主，还望稍加等待，主母返家再商量。

郑氏冷笑道：“我来不是与你们商量的。我儿被吴蕒蕒折辱至此，是决计不会再让她进我杨家门了，这婚现在就得退。你推三阻四，莫不是还盼着硬把吴蕈蕈塞给我家，好沾我家光多卖几斤酱菜？”

凤仙虽不悦，但仍好言相劝，说家中无人做主，必须等主母回来。郑氏又逼迫，要蕈蕈应允退婚，言语间声声讥讽吴家来历不明，靠卖廉价的酱菜赚贫民钱起家，而他们杨家富足三代，是浦江大户，又有亲舅爷在临安开了家好大的正店，多少官宦富室都以品其佳肴为荣……最后她不忘表明，杨盛霖将来是要赴京应试考进士的，不会娶剽悍的酱菜婆子之女为妻。

这时凤仙身后的帘幕猛然被掀起，蕈蕈出来了。她直视郑氏，决绝地道：“婚可以退。不必等我娘亲回来，现在就可以写文书了结此事。”

郑氏道：“那么聘礼……”

“尽数退还给你家。”

郑氏呵呵一笑：“如此，便请姑娘尽快理理，我两日后带人来收。见姑娘这么爽快，我也不多计较。你只需退回收到的聘礼，当初定亲我家大摆筵席的钱我就不问你要了。”

蕈蕈闻言扬起嘴角：“既然退婚，涉及的钱财还是一笔笔算清楚的好。当初定亲宴是你家办的，那两日后我也摆个退婚宴，依旧请当日作见证的亲友乡绅出席，也让大家知道，我与盛霖好聚好散，一别两宽。”

郑氏见她态度坚决，也就顺势答应了，与其约好宴席及取回聘礼的时间，便归家将经过告知杨峪父子。

杨峪本不想出席什么退婚宴，岂料杨盛霖一听蕈蕈同意退婚便哭闹不已，表示自己心仪蕈蕈，决不取消婚事。杨峪一怒，索性道：“这退婚酒我定要去喝了，顺便跟大家说说，这个儿媳妇我决计不要！”

郑氏一走，蕈蕈便召集适珍楼所有女弟子及使女、仆妇、小厮，给众人分工，精心准备宴席。她私下对六名女弟子道：“我有一些菜谱，做法倒也不难，只是准备食材会麻烦些，还望众姐姐多费心，帮我做出来。后日一役，非同小可，我们必须做好，不可令适珍楼和母亲声誉受损。”

众女弟子纷纷答应，只有凤仙颇为忧虑，问蕈蕈是否等秋娘回来再作打算。

“话已放出去了，岂可收回？”蕈蕈道，又拉着凤仙避至无人处，私下嘱咐，“有一道菜，非得姐姐这样烹饪、女红双绝的人来做才行。拜托姐姐找些会女红的帮手，多花些心思，连夜做好。事成之后，我必有重谢。”

凤仙亦有些好奇，询问是何菜式，蕈蕈附耳告之，凤仙但觉闻所未闻，不由得睁大双目，讶异不已。

两日后两家受到邀请的亲友乡绅相继来到适珍楼，杨氏夫妇也冷面现身。

双方拟好退婚文书，各自确认署名。蒖蒖命人取出整理好的聘礼，杨家让人清点后收回。事毕，蒖蒖请所有人落座，旋即开宴。

宾客桌上早摆有一行干果——莲子、榛子、榧子、银杏、圆眼、大蒸枣；一行雕花蜜饯——雕花梅球儿、雕花笋、蜜冬瓜鱼儿、雕花橙子、雕花金橘青梅荷叶儿。使女又源源不断地端上砌香咸酸一行——香药木瓜、椒梅、砌香樱桃、砌香萱草拂儿、姜丝梅、甘草花儿、杂丝梅饼儿；脯腊一行——线肉条子、虾腊、酒醋肉、旋鲊、奶房、云梦把儿；切果一行——春藕、鹅梨饼子、甘蔗、绿橘、乳梨月儿。另有珑缠果子一行——荔枝甘露饼、荔枝蓼花、荔枝好郎君、珑缠桃条、酥胡桃、缠枣圈、缠梨肉、糖霜玉蜂儿等。

众宾客看得目不暇接，正欲品尝，忽闻侍者来报：县令崔彦之与友人途经此地，见适珍楼退婚宴盛况，有意入内一观。蒖蒖亲自出外相迎，将崔县令与其一个自称姓纪的友人迎入楼中上座。

待县令与纪先生落座，蒖蒖一扬手，楼中笙歌起，侍女奉上美酒，宴席这才进入主题。主菜随之一盏盏地被端上。第一盏是花炊鹌子、鲟鱼假蛤蜊，第二盏为三脆羹、萌芽肚胘。郑氏与杨峪对视一眼，不由得揣度：看起来倒像是临安的菜式……这丫头，去了几天临安，想必在大酒楼吃了几顿饭，就学了些皮毛回来，不过我姑妈的舅爷家厨子的功力她肯定是没有的，终究不过是东施效颦。

酒行至第三盏，上的菜是羊头签和一碟葱齑。羊肉签是以羊腹部那层薄薄的网状羊网油裹切成丝的羊头肉炸成的肉卷，肉丝先以葱丝、姜丝、酱油、酒、椒盐、蛋清、高汤等腌过，众人品尝之后但觉外壳酥脆，羊油脂香四溢，羊肉则鲜嫩入味，全无膻气，不禁纷纷赞叹。

纪先生含笑对蒖蒖道："我在临安也常食羊头签，但无一家所用之肉有如此精妙。这羊头肉肌理细致，口感嫩滑，却不知如何做成？"

蒖蒖道："此菜重在选材。羊双颊分别有一块最嫩的肉，我这羊头签只选用那块嫩肉，所以有此口感。"

纪先生惊讶地道："整个羊头仅用双颊嫩肉？那做出今日这些羊头签，需要几头羊？"

蒖蒖笑道："也就二三十头吧。"

纪先生轻叹一声，又指着面前的葱齑，道："这葱齑亦与众不同，芳甘醉美，济楚细腻，色泽黄而不绿，若非侍者说明，我必不能看出是由葱做成，却不知又如何取材？"

蒖蒖从容地介绍道："葱先用沸水焯过，将外部须叶尽数去除，视碟大小截成相应的尺寸，再剥去外层数重，取中心那一根看上去似韭黄者的葱心，以淡酒醯浸渍，便好了。”

纪先生环顾摆在各位宾客面前的葱齑，追问道：“那今日这些葱齑，又用了多少葱？”

蕒蕒摇头道：“不是我做的，具体多少我也说不准，估计得有七八十斤。”

纪先生不语，默默饮下一盏酒。

第四盏酒菜继续上，却是春笋步鱼和蝤蛑馄饨。步鱼是土步鱼，肉白如银，肥嫩如豆腐，而最好的肉在其两腮，此处肉状若豆瓣，因鱼呼吸，活动频繁，故最为鲜美。而此刻宴席上所用鱼肉，正是这小小的豆瓣肉。

满座宾客盯着自己眼前那满盘的豆瓣鱼肉感叹不已，大多笑赞适珍楼出手不凡，蕒蕒所选菜式有大家风范，在浦江首屈一指。蕒蕒拱手笑吟吟地致谢，特意招呼面如土色的杨峪夫妇，请他们品尝蝤蛑馄饨。

蝤蛑即青蟹。杨峪自小遍尝美食，尝了一口便知道这馄饨所用之肉全是蝤蛑两只大螯中的肉，肉质纤维较短，比蟹身之肉细密，口感更为鲜爽。

杨峪的脸色越发沉了下去，本来准备了满腔奚落适珍楼的话，却已不知如何开口。

酒行至第九盏，上的是一笼包子。众人品出馅料是葱拌猪肉，郑氏冷哼一声，与身边人低语：“这道主食倒也稀松平常，在我们店里，不过两文钱一个。”

此言落入蕒蕒耳中，她粲然一笑，对郑氏道：“我这包子若拿出去售卖，只怕得卖一百钱。”

郑氏冷笑道：“难不成这包子是金子做的，竟要一百钱？”

蕒蕒暂未答话，但用箸剖开一个包子①，剔出一根葱丝，拈了枚银针将卷曲的葱丝轻轻展开，捧起来迎着日光，示意众人细看。

顿时便有几个好事者围拢过去，凝神细看，只见那纤细的葱丝上布满镂空的花纹，细细辨来，有人惊叹：“是如意云纹！”

蕒蕒一瞥目瞪口呆的郑氏，轻声笑道：“贵在手艺。”②

① 包子葱丝一事根据［宋］罗大经《鹤林玉露》中蔡京包子厨逸事演绎。

② 本节中菜式主要出自［宋］司膳内人著《玉食批》、［宋］周密著《武林旧事》。

（三）
池中少年

这一场退婚宴震动整个浦江，此后数日适珍楼更是门庭若市，不少来客摆出一掷千金的架势，纷纷要求品尝退婚宴上的佳肴。蒖蒖眺望对面门前冷落车马稀的贻贝楼，含笑吩咐凤仙等师姐将退婚宴菜式列入菜单，并承接相同程式的宴席预订。

吴秋娘与蒲伯归来时，蒖蒖正在指挥酒楼中人为新款菜式的订单做准备。秋娘一瞥院中堆积如山的羊肉、蝤蛑、鱼虾，疾步走到蒖蒖面前，扬手就是一耳光。

“你哪儿来的这些菜谱？”秋娘抖开一份适珍楼新拟的菜式传单，送至蒖蒖眼前，一字一字地问，目中的怒火喷薄欲出。

蒖蒖从小到大从未被母亲责打过，此刻已蒙，捂着被打的脸颊半晌，才讷讷道：“小时候，妈妈不让我多吃酿梅，把酿梅藏在房中。我悄悄进去翻找，在柜中看到一些陈年菜谱，这是妈妈年轻时记录的吧？”

秋娘一怔，一时语塞。

蒖蒖双睫一颤，泪珠随之跌落：“杨家欺人太甚，说我们只会卖酱菜，我想起这些菜谱，所以做出来给大家看看……我不知道妈妈不喜欢我用，我错了，任凭妈妈责罚。”

秋娘拭去涌出的泪，将蒖蒖拥入怀中，红着眼在她耳边说：“对不起，妈妈不该打你……你没错，都是我的错……”

猝不及防地，陈年旧事浮上心头，秋娘大恸，搂着蒖蒖泣不成声。蒖蒖已经很久没见母亲哭泣，此刻震惊已压过被打的痛楚与委屈，她又是道歉又是好言劝慰，过了好一会儿才令秋娘停止落泪。

秋娘随后命人撤去新菜式，宁愿赔偿也要退了所有新近承接的订单，还按以前的菜式经营，为此损失了一大笔钱。蒖蒖与女弟子们虽不解，却也不敢多问，适珍楼的日子还如退婚宴之前那般平淡。

蒖蒖与杨盛霖解除婚约，蒲伯虽喜闻乐见，但想到蒖蒖的前程，仍不免忧心忡忡：“蒖蒖也是年少气盛，退婚就退婚吧，何必办退婚宴闹得满城皆知？落在三姑六婆的口中，只会更难听。若损及女孩家名声，要谈个好亲事，只怕更不容易。”

秋娘叹道：“事已至此，无法回头，只能向前看。将来夫婿是好是歹，就看她的造化了。”

蒖蒖听见后，倒是满不在乎：“我就是要让人知道，爱看女子蹴鞠的，别来找我。”

“嗯。”秋娘一边缝蒖蒖昨日骑马蹭破的衣裳，一边说，“大不了我多赔点儿钱，招个入赘的女婿。”

国朝学子欲贡举出仕，须于秋季在各地州府参加解试，解试通过的举子将于当年冬季赴京师，准备次年春天的礼部省试。而各地官员会于举子赴京之前，在当地夫子庙宴请举子，以示饯行及祝愿之意，这种宴席称为“乡饮”。

乡饮是各地盛事，通常需要提前数月筹备。近年浦江的乡饮主厨之事由贻贝楼与适珍楼联合承接，而杨吴两家婚约已解，都拒绝再与对方联办乡饮。浦江县令遂决定本届乡饮在两家中择一家授权主厨，两家先各自准备，随后县令择日宴请部分举子，让两家酒楼各呈技艺，由赴宴举子决定谁来承办乡饮。

杨峪对乡饮承办权志在必得，不久后即大张旗鼓地装修贻贝楼，摈却一切烦琐艳俗的装饰，多用山石修竹布景，挂画插花均请专人来做，品位不俗，令酒楼气象一新，颇能吸引举子注意。

“而且，杨峪请到一位高人重订菜谱，为每道菜都取了个有典故，听上去又别致清雅的名字。”凤仙将打听到的消息私下告诉蒖蒖，“例如太守羹，用的是南梁吴兴太守蔡撙的典故。蔡撙为官清正，做太守时，连郡府井里的水都不饮，平常吃的菜是在自己斋前种的白苋、紫茄。贻贝楼就用苋菜和茄子做成羹汤，取名‘太守羹’。还有一道菜，叫‘碧涧羹’[①]，你猜是什么做的？”

蒖蒖想了想，道：“莫不是水里长的什么稀罕物？”

凤仙摇头：“就是寻常的芹菜。他们是取芹菜较嫩的部分，加水煮成羹汤，说是清爽馨香，看上去像是碧绿的山涧水，杜甫曾作诗吟诵，称之为‘青芹碧涧羹’，贻贝楼就用了这名。”

蒖蒖诧异道：“这些名字虽好听，菜却很普通，那些士子会爱吃吗？”

凤仙道：“别小看了名字的作用。士子本就仰慕名士才气，一听有名士喜爱的菜，自然想去尝尝，而且他们是要赴京赶考的，也想沾点儿名士的光，取个好意头。所以最近贻贝楼八方来客，生意好着呢。”

蒖蒖思忖片刻，扬眉道：“无妨，他们有太守羹，我们有东坡肉。”

凤仙闻言错愕，旋即笑道：“不一样的。东坡肉用的是猪肉，国朝士大夫一向嫌猪肉粗鄙，寻常士子也受影响，极少选食，我们不宜用这道菜来立口碑。”

蒖蒖道：“若论取有典故的菜名，倒也不算难，请一些博览群书的先生来

① 本节中提到的“太守羹”“碧涧羹”出自［宋］林洪《山家清供》。

想几个便是了。贻贝楼菜名虽新颖，但菜本身并不足以令人惊艳。若我们要胜过他们，终究要从食材着手，选从滋味上能压倒他们的菜品。他们既主打蔬菜，我们就可多做肉食。若士子嫌猪肉粗鄙，那我们可以寻找更别致的肉做主菜。”

凤仙颇以为然，建议道：“我听说北郊新开了一家鹿肉铺，店主是临安人，卖的是熟鹿肉。中原鹿肉稀少，若我们用来做主菜，必能令人耳目一新。”

蕒蕒认为可行，去与秋娘商议，秋娘却不甚同意：“乡饮之事宜以平常心看待，不念利益成坏等事。凡事做好七八分即可，不必强出头，也不必定要争鳌头。他争他的，我们做好平时所做的即可。盛名暴利的刹那光彩，往往不如平淡日子让人觉得安闲恬静。”

蕒蕒年轻，并不能理解母亲所言深意，以扩充菜品为由，定要去买鹿肉。秋娘无奈，只得叮嘱：“中原少见鹿肉，若从外运来，不知能否保鲜，所以你一定要看看炖煮之前的肉质，不臭不腐，方可购买。”

蕒蕒既得母亲许可，翌日便往北郊寻觅那鹿肉铺。

这日清晨，蕒蕒跃马行于郊外小径上，但觉花香扑面而来，熏风拂眼，马蹄扬起处常有惊起的蝴蝶飞舞回旋。她行至一湾溪水边，却闻前面柳荫掩映处有男子笑声随潺湲溪水响起，悠然不绝于耳。

蕒蕒策马过去，分花拂柳行至河边，只见此前小溪水面豁然开阔，汇聚成池，映着两岸垂杨梧桐，水质清澄，露出一泓翡翠。

两名二十岁上下的青年男子正跨马扬鞭，在池中以击鞠的姿势击打一个浮于水面的皮球。

然而他们不仅仅是击鞠，马已去除鞍鞯，而他们不着靴裤，将各自襕衫下部系于腰间，垂坠的襟裾下露出一角白色犊鼻裈和一双长腿，他们便这样骑于裸马之上，引辔控马，踏破那泓碧水，不时言笑着将那球击来击去，似乎是在浴马的间隙顺便玩玩击鞠的游戏。①

其中一个着青衫，骑白马，剑眉朗目，颇为英气，而另一个则高鼻薄唇，清俊可爱，面朝旭日粲然一笑，眸中似乎有星光流动。他穿着一袭白衣，身下的马毛色淡黄，在阳光下泛着浅浅的金光，与其主人一样，周身风仪若蕴光华。

马鞭激起的水珠四溢，令他们如沐银雨。他们就这样在水雾中扬鞭嬉笑，惊动了满池鹳鸰，纷纷展开黑白的翅膀，踩着他们的笑声在池面上穿梭跃动。

蕒蕒着意看那白衣男子。他头颅小小的，有着江南男子般秀美的容貌，池水已将他胸前衣衫打湿大半，那越罗衫袍紧贴躯体，却可看出他身材刚健，并不文弱。他悠然笑着在风中扬起衫袖，以长鞭挥出优美的弧线，在这树影飘浮

① 二男浴马场景及装束参考［元］赵孟頫《浴马图》。

的林野中，他呈现的美好一如这夏日的明丽晨光。

蒖蒖下马，驻足于池畔默然看着，暂时忘却了此行目的。两个男子终于留意到她，白衣男子以足尖挑起皮球，再用手一托，一掌拍去，球直直地朝蒖蒖飞来。

蒖蒖手疾眼快地侧身一挡，待球落下又伸足颠了几下，然后猛地一踢，将球踢回给白衣男子。

白衣男子接住球，笑道："兄台好身手。若有闲暇，不如入水，与我等一同浴马击鞠。"

蒖蒖为出行方便，穿的是男装，故那人称她"兄台"。

蒖蒖一顾他裸着的长腿，面露绯色，避开那人审视的目光，道："不必了。"

听见她的声音，白衣男子笑意渐深："原来如此。"

那青衫男子闻言笑道："不会是姑娘吧？哪家小姑娘会这样大剌剌地看半裸男子，不知道非礼勿视吗？"

蒖蒖顿感恼火，反诘道："你们光天化日之下半裸击鞠，不惧有伤风化，失礼的原是你们。我途经此地，顺便看看沿途风景，不意看到你们，又非偷窥，怎么就无礼了？"

白衣男子颔首，对青衫男子道："这位姑娘所言倒也有理，我们还是早些上岸吧……姑娘撞见，若传出去，毕竟是有损清誉的事。"

言讫，他果然策马上岸。

蒖蒖见他停止游戏，自觉扰其雅兴，有几分过意不去，遂道："那倒无妨，你们大可继续，我这便走了。"想到自己退婚引发街坊议论之事，她不由得叹道，"我也不是什么名声嘉美的人。"

"姑娘想多了。"白衣男子一壁慢条斯理地穿靴裤，一壁含笑道，"我说的是我的清誉。"

（四）
鹿肉铺

一只乌皮靴被马鞭挑起，在空中画出完美的弧线，然后在两名男子的注视下坠入了池中，水花四溅，惊散了水里聚在一起悠游的池鱼。

白衣男子仓促地站起来，左足穿上了靴子，右足兀自空着，他凝视落水乌

靴的目光有一丝绝望。

蕒蕒笑吟吟地收回马鞭，朝他们一拱手：“就此别过。”她旋即转身，在他们惊诧又无奈的目光下离去。

靴子落水不算什么大事，池水清浅，他很容易就能捞起来，并不会受损失，只是，此后大半天，一只脚穿着湿漉漉的靴子，终究是不太舒服的——就像他们的戏言给她的感觉。

蕒蕒又行了一炷香的工夫，鹿肉铺出现在视野中，是一个带门面的院落，后面是作坊，看上去规模不小。远远地，蕒蕒便闻到随风飘来的一股奇怪的味道，像咸豆豉的臭味，但又不尽然，再仔细闻闻，这股味道又被浓郁的豆豉味掩盖了。蕒蕒下马，寻个阴凉处把马系好，自己走向鹿肉铺。

浦江的肉铺常在门面处挂上半只新近剖开的猪羊，以示招徕，而这家并未挂新鲜鹿肉，只在招牌处挂了个风干的鹿头。

蕒蕒刚靠近，便有一个四十岁左右的大汉热情招呼：“这位客人是想买鹿肉吗？这里品类齐全，脯炙、捣炙、馅炙、五味脯、甜脆脯、肉酱都有。”

蕒蕒朝货架看去，果然看见各色肉脯，琳琅满目，就是不见新鲜鹿肉。

那股奇怪的臭味又一阵阵袭来，蕒蕒不由得捂了捂鼻子。那大汉见状，立即一指右侧，解释道：“我们铺子附近开了家豆豉作坊，所以这里会闻到些味道。”

蕒蕒转念一想，向大汉做出一副可怜兮兮的表情，欲言又止，断断续续地道：“其实，我不是来买肉的……我家里情形不大好……兄嫂嫌我无用，要赶我出门，所以……我需要找点儿活干。”

大汉收敛笑容，皱着眉上下打量她一番，蕒蕒垂着双眼，勉力做出温良无害的样子，那大汉终于开口，冲着后院唤出一个五六十岁的婆子，让婆子带蕒蕒入后院盘问。

那婆子细问蕒蕒身世，蕒蕒编了个假名，杜撰了个凄惨的身世。那婆子追问细节，蕒蕒倒也没露出破绽，偶有纰漏，她随后也能圆回来。最后婆子问她是否会厨艺，她答：“平日里跟嫂嫂做过酱菜，多少会一些。”

婆子再问腌制方法，蕒蕒将适珍楼制酱菜的步骤说了一下，婆子颔首表示不差，遂取出个文书，要蕒蕒摁手印画押。

蕒蕒取过刚要细看，忽然警觉，将文书还给婆子，道：“我不识字，这上面写的什么，还望婆婆给我说说。”

那婆子道：“上面说，你来这里做工，作坊里看见的一切都不能外传，若泄露半分，不管公刑私刑，任凭店家处置。”

浦江通常的雇佣契约蒖蒖略知一二，明白确实有很多店家要求佣人不能泄露店内技艺工序，但后果以“公刑私刑”这样严厉措辞来论的几乎没有。蒖蒖越发好奇，斟酌了片刻，还是画了押。

婆子收好契约，口头告知蒖蒖工钱，出乎蒖蒖意料，这是个双倍于城中小工通行工钱的数额。

婆子带蒖蒖进入作坊。那院落中堆满成筐的豆豉和一些盛着泥状物的水桶，蒖蒖随婆子一路走进来，感觉到臭味越来越浓，房中味道尤其重，令人作呕。

房中架着几口大锅，锅内热汤沸腾，黑褐色酱汁中翻滚着大块的肉。一个三十岁左右、身材壮实的妇人立于锅边，不时搅动一下锅底。

灶旁有几只大桶，里面盛着艳红的生肉。蒖蒖心想，这便是鹿肉了，走近低头细看，不料一阵腐臭味扑面而来，蒖蒖几欲昏厥。

搅锅的妇人见她神情有异，冲她一笑：“做上两天，习惯就好了。”

婆子向蒖蒖介绍：“这是孙嫂。”她把蒖蒖交给孙嫂，嘱咐蒖蒖仔细跟孙嫂学习，便先走了。

孙嫂带蒖蒖来到院中，指着水缸边几桶烂泥，说：“肉在里面，你取出清洗干净再交给我。”

蒖蒖捂着鼻子，抄起桶边的一根木棍，伸到桶里一探，捞出一块肉，在孙嫂的指示下拎水倒入木盆，将肉清洗一番，那烂泥中的肉渐渐呈现出艳红的肉质，看上去还如鲜肉一般，然而腐臭难闻，显然已经腐败不堪了。

蒖蒖放眼望去，这院中盛肉的木桶还不少，堆得满坑满谷，顿时疑惑：这家哪儿来这么多鹿肉？中原鹿肉稀少，若从远方运来，路途遥远，为何不先制成肉脯肉干再运，而要在此地加工腐败的肉？

她强行抑制反胃之感，蹙眉清洗着一块块腐肉。孙嫂见她这个模样，笑道：“别看现在臭，一会儿用豆豉煮好，可香了。”

午间第一批肉煮好，果然熟肉味混杂着咸豆豉之味，竟融合成了一种足以令人垂涎的丰腴肉香，可知煮得相当入味。

孙嫂取出一块切片，递给蒖蒖品尝，蒖蒖忙不迭地摆手谢绝，但悄悄打量那肉，只觉肌理与牛肉马肉近似，看不出腐败痕迹，想必吃起来也是尝不出异味的。

蒖蒖推说胃口不好，午膳只吃了一点儿青菜和米饭。孙嫂食量甚大，几碟小菜和三碗米饭被她一扫而空，她还取出一壶米酒，自斟自饮。

蒖蒖见状，立即过去帮她斟酒，待她饮毕，昏昏欲睡时又给她摁背捏肩，孙嫂哈哈笑，连夸蒖蒖懂事。

蒖蒖与其攀谈，称自己此前吃了颇多苦，没想到如今竟找到这份工，活不累，遇见的人又好，工钱还那么多，真是撞了大运。

孙嫂称主家生意好，肉铺所得颇丰，所以给的工钱也多。

蒖蒖道："好虽好，只是鹿肉是稀罕物，若是偶有断货，或远途运输出了什么纰漏，岂不影响生意？"

孙嫂大手一挥："不会。不是远道运来的，这肉本地就有。也不会断货，这两天货是少了点儿，但主家想了法子，很快又会多了。"

蒖蒖诧异，追问她本地何处有鹿，孙嫂却不答话，兀自睡着了。

蒖蒖趁她熟睡四处查看，见作坊中除了肉并无鹿头、鹿皮等其余部位。最后蒖蒖爬上作坊围墙打量周围，发现隔壁的豆豉作坊院落中除了豆豉还晾着一张张马皮，而院子角落处还堆着一匹死马。

蒖蒖一惊，瞬间明白了"鹿肉"的真相：店家收购死马，剥皮后埋入烂泥，以保肉色鲜亮，然后炖煮炙烤假冒鹿肉出售。①因马肉纹理与鹿肉近似，又经豆豉炖煮掩盖了原来的味道，所以买家分辨不出。店家雇用家贫者做工，因工钱丰厚，又加以私刑威胁，知道真相者也不会告发，是以店能开到现在。

将近日落时，店内今日的肉炖煮完毕，孙嫂让蒖蒖住在作坊里，蒖蒖称家里还有行李需要收拾，明日再来，遂告辞出门，匆匆往系马处走去。

而马已不知所终。蒖蒖估计多半是被肉铺店家偷走，暂时不敢计较，迅速离开此地。

她行至三里开外，远远望见前方有一马卧于草地上，一名长衫男子坐在马身旁，正以马鞭敲击着足下一个散落着的破瓮，唱着一首曲调凄凉的歌。

彼时一轮红日沿着水草尽处缓缓沉下，金红余晖自与蒖蒖相对的方向洒在男子迎风而立的身上，令他看起来像一个散发着光晕的剪影。

他斜倚残阳，击瓮吟唱："蒿里谁家地，聚敛魂魄无贤愚。鬼伯一何相催促，人命不得稍踟蹰……"②

蒖蒖缓步朝他走去，认出他正是早晨遇见的白衣男子。他此刻衣饰整洁，头上的软翅唐巾戴得一丝不苟，肃穆的神情中透着一丝哀伤之意，大异于此前言笑晏晏的模样。而那青衫男子不知为何，并不在此地。

卧于草地上的正是蒖蒖日间所见那匹泛着金色的马，已气绝多时，但口鼻处还淌着血。蒖蒖回想孙嫂的话，大致猜到多半是店家在附近水草丰美处下了药，令过往马匹因此身亡。

---

① 不法商家用死马肉冒充鹿脯一事源自［宋］周密《癸辛杂识》。

② 挽歌《蒿里》是西汉无名氏所作杂言诗。

她暗自叹了口气，在男子唱完一段后，取出身上的钱，往那破瓮里一抛，叮当作响。

他被这响声惊醒，抬头看她，再看看破瓮里的钱，有些错愕，道：“我是在为我的马唱挽歌。”

“上一次在这里击瓮的是一个盲人，在为他过世的犬唱莲花落。”蒖蒖漠然地道。

白衣男子展颜一笑，居然将瓮中钱一一拾起，然后起身，朝蒖蒖长揖：“如此，多谢姑娘。”

蒖蒖一瞥他足下，问道：“靴子干了？”

白衣男子道：“没有，不过从早穿到晚，已十分适应。”

蒖蒖一哂，又嘱咐道：“快去找人把你的马烧了吧……如果有人要买你的马，或建议你土葬这匹马，千万别答应。”

白衣男子好奇地道：“为何？”

蒖蒖掉头就走，抛下一句话：“记住这话即可，对你和你的马都没坏处。”

因没有马匹代步，蒖蒖独自前行了将近半个时辰仍未到城门处，而暮色四合，周遭景象渐趋模糊，蒖蒖颇感焦虑，此时忽听身后有人唤：“姑娘留步！”

她回首一看，见那白衣男子正气喘吁吁地赶来。

蒖蒖待他跑至面前，问他：“马安置好了？”

男子道：“好了。你走后有两人过来反复劝说，非要买我的死马，我没有应允，他们便说帮我挖坑掩埋，我也不同意。待他们走后，我招来几名牧童，给他们钱，请他们抱来一些薪木，架火把马焚烧了。”

蒖蒖点点头，也不理他，自己往前走，那男子亦步亦趋，追问她如何知道有人会来买马或要埋马。蒖蒖闭口不答，他便含笑道：“莫非姑娘是我同行，也能未卜先知？”

蒖蒖止步，上下打量他，讶异地问道：“你是算命的？”

男子颔首：“奇门遁甲，六爻八卦都略知一二。”

蒖蒖遂问：“你能看出我今日遇到什么事了吗？”

男子细观她的面相，沉吟片刻，道：“姑娘今日去一家肉铺做事了。”

“哦？”蒖蒖眉头微挑，“还有呢？”

“这家肉铺卖的不是鲜肉，是炖煮过的肉。”男子继续说道。

“那你能看出我此行的目的吗？”蒖蒖又问。

男子稍做思索，然后道：“有点儿难。这涉及姑娘的出身家世，须看手相才可得知。”

蕒蕒想了想，终究抵不过好奇心，遂把右手递至他眼前。那男子轻轻托住她的手，引至略有光亮处细看，随后道："姑娘家境不错，虽非大富大贵，但不愁温饱，家中收益颇有盈余。"

"能看出我家是做哪行的吗？"蕒蕒不动声色地问。

男子再观她的手相，蹙眉看了须臾，又以拇指抚过她的手心，似乎想把掌纹捋得更清晰一点儿。这令蕒蕒有点儿异样的感觉，不自觉地往后缩了缩。

"嗯。"男子似乎并未察觉她的异状，正色道，"若我所料未差，姑娘父母应在经商，据手相看来，与餐饮膳食相关，是酒楼店主吧？所以姑娘此行，本意是去买肉。"

蕒蕒有些惊讶："你功力还不错，做这行多久了？"

男子答道："一天。"

蕒蕒愕然，思忖后道："你看起来是个读书人，莫非盘缠不够了，所以今天临时决定改行给人看手相谋生？"

"非也。"男子笑道，"若不改行，怎么能触到你的手？"

蕒蕒霎时感觉面如火炙，而他双目晶亮，狡黠地凝视她，一缕笑意从眼里蔓延到了唇际。

蕒蕒又窘又恼，立即想甩开他的手，他却越发攥紧了她的手，在她耳边轻声道："若不触到你的手，怎么牵着你跑？"

蕒蕒一愣，顺着他目光回头看身后，但见一群手持棍棒的大汉正朝他们奔来。为首的骑着一匹高头大马，虽隔得尚远，但从衣裳可依稀辨出，正是肉铺守店的大汉。

白衣男子不再多言，紧紧握住蕒蕒的手，牵着她朝城门奔去。

（五）
同乘一马

此时忽见早晨所见的青衫男子策马自城内驰来，身后还跟着一匹枣红马，以绳索系于他所乘白马之后，亦随他一同疾行。

"二哥！"青衫男子见了白衣男子，兴奋地扬手高呼。

白衣男子加快步伐，拉着蕒蕒奔到他面前，迅速解开那枣红马的绳索，将蕒蕒扶上马，自己随后跃身上马，坐在蕒蕒身后，引臂操纵辔绳，驱马奔驰。

如此一来，蕙蕙感觉到自己像被他拥在怀中，十分不自在，手肘不禁朝后格挡，欲使他离自己远一点儿。

那男子感觉到她的抗拒，正色道：“事关安危，还望姑娘原宥。”

蕙蕙听见身后追赶者马蹄声紧，也顾不得多计较，只得与他共乘一马继续前行。

他们将至城门处，那鹿肉铺的大汉生怕他们入了城不便追捕，越发驱马狂奔，与蕙蕙等人的距离越来越小。蕙蕙回顾发现后，颇感焦虑，侧首间忽然看见另有一行人骑马自右边路上奔来，一些背着弓箭，一些腰悬兵刃，许是打猎归来，汇入他们面前大道，正要入城。

领头那人穿着绿色的衣衫，身形蕙蕙非常熟悉，正是与她解除了婚约的杨盛霖。

灵机一动，蕙蕙立即一指杨盛霖，回头朝追赶者大喊：“官人来了！”

她口中的官人指的是做官的人，是浦江民众对县令、县尉等官吏的称呼。这些官人官服为绿色，杨盛霖此刻所穿绿衣其实颜色偏黄，如早春新绿，与官吏绿袍并不一致，但现下夜色已深，远远望去，这色差也不太明显。

杨盛霖闻言回顾，顿时喜上眉梢：“蕙蕙！”

鹿肉铺中人见绿衣人随从均携带武器，而县尉日常职责便是管理弓羽手，司法捕盗，惩治奸暴。自己心中有鬼，没有细看即认定此人便是县尉，听蕙蕙连声唤“官人”，而那“县尉”显然也认得蕙蕙，大汉不敢逗留，立即勒马掉头，招呼自己的人逃离此地。

蕙蕙见追赶者逃逸，松了口气，待进了城门，便命白衣男子下马，他也无异议，一笑下马。那青衫男子旋即也下了马，将所乘白马交予白衣男子乘坐。

白衣男子向青衫男子致谢，对蕙蕙介绍道：“这是我小表叔。今日我坐骑中毒而亡，他便先入城中帮我买马。”

蕙蕙颔首，与他那小表叔相对一揖示意。

杨盛霖策马靠近蕙蕙，赔笑着与她攀谈。他问蕙蕙今日为何是这般情形，蕙蕙不回答，只没好气地问他：“病好了？”

杨盛霖道：“小病，无大碍，早就好了。”

蕙蕙瞥了眼他所带之人，道：“想是大好了，否则不会有心思冶游。”

“唉，此前之事，是我不对，我爹娘考虑不周全，给蕙蕙和婶子添烦恼了。”杨盛霖小心翼翼地赔礼，又道，“再过些时日，待我爹娘气消了，我再请他们来提亲。”

“可千万别。”蕙蕙冷笑道，自己御马前行，“我并不想再办一场退婚宴。”

杨盛霖与她并肩同行："萁萁，这事你应该想开一些。那对男人来说，只是一种散心的方式，就像读书读久了，肯定会想着去蹴鞠，踢上一两场球。"他回头发现白衣男子乘马紧随其后，饶有兴致地听他们对话，便随口道："兄台，你说是吗？男人嘛，肯定懂的。"

"不懂。"白衣男子丝毫不配合他，"我每日只知勤勤恳恳地读书，哪儿懂什么蹴鞠！"

杨盛霖一愣，忽然想起此前这人竟与萁萁同乘一匹马，顿时大感疑惑，瞪着白衣男子问道："敢问兄台高姓大名，为何与萁萁同行？"

"我姓宋，名皑。"白衣男子扬眉迎上他探视的目光，意味深长地微笑道，"'皑如山上雪，皎若云间月。闻君有两意，故来相决绝'的'皑'。"

萁萁打断他们的对话，要求迅速赶往县府衙署报案。宋皑旋即附和，不再理会杨盛霖，策马与萁萁一同驰向县衙。

他们到了衙署门前，天已尽黑，衙署大门紧闭，檐下两盏孤零零的灯笼淡漠地映照门前的路，光晕所至处并无人影。

萁萁上前叩门，过了许久才有一个小吏开门，探头看看他们，问他们所为何事。萁萁将假鹿肉一事简短告知小吏，请求见县令。小吏听得兴味索然，道："又不是什么大事，衙署已关门，县令不会连夜见你。明早再来吧。"

语毕他便要关门，萁萁阻止，目示宋皑，道："此前我们被肉铺之人追赶，想必他们已猜到我卧底打探真相，并告知了这位公子。他们回去必将连夜清除死马肉，消除伪造鹿肉的痕迹，若明日再去，就找不到他们造假的证据了。"

小吏并不耐烦听她解释，打了个哈欠，坚持要关门。宋皑示意小表叔上前把住门，自己自腰间悬挂着的锦囊中取出一枚玉佩递给小吏，温和地道："烦请官人将此物呈与县令过目，说皑前来拜访。"

那玉佩呈鱼形，玉质莹润，雕刻也十分精细。背面似乎刻有什么字样，那小吏懒洋洋地接过，本来是百无聊赖地翻看，看清字样后先是一愣，然后声音忽然轻柔了许多："请稍候片刻，我去去便来。"

小吏握着玉鱼跑步入内，回来时已不是他一人，衙署大门洞开，数名衙吏提着灯笼分列两侧，而县令崔彦之冠戴齐整，疾步出门相迎，一见宋皑便深深长揖："未知贵客来访，不曾行望尘之礼，失敬失敬！还请大……"

宋皑以手虚扶，并阻止他说下去，含笑道："皑偶过此地，原不想叨扰县令，不料遇见一案，关系民众饮食安危，所以只好前来拜访，还望县令尽快处置。"

崔县令请宋皑及萁萁一行人入衙署，细细问明缘由，遂派遣衙吏连夜赶往郊外查封鹿肉铺并羁押相关人等归案。随后崔县令请宋皑及其小表叔在衙署歇息，又让人送蕙蕙和杨盛霖归家。而宋皑表示要亲自送蕙蕙回去，杨盛霖见状也要求护送蕙蕙。蕙蕙瞪着他，说道："你快回去！你爹娘若知道你又遇见我，肯定怕我害了你，不知多着急呢。"

蕙蕙对宋皑倒不甚推辞，默默许他随自己同行。

出了衙署，蕙蕙忍不住问宋皑："你是个什么官儿？为何崔县令一见你的玉佩就对你那般恭谨？"

宋皑摆手笑道："小官，不足挂齿。"

蕙蕙想到此前看手相一事，又问："那你看手相算命，也是假的吧？你到底是怎么知道我的家世和此行目的的？"

"半推测半猜测。"宋皑道，"你的手的皮肤柔润细致，偶有结茧处，可看出是骑马执辔所磨，没有素日操持家务的痕迹，你又率直强势，可见家境不错，不是一贯伏低折腰之人。而你行事颇任性，一人骑马出行，又非大家闺秀的作风，所以我猜你出自富裕商贾之家。傍晚遇见你时，你身上又香又臭……"

蕙蕙听至此处瞪了他一眼，斥道："你才又香又臭！"

宋皑哈哈一笑："这样说吧，姑娘衣带肉香，十分浓郁，多半是从酱肉之处出来，又叮嘱我马别卖给人，也别土葬，一定是怕我那马被人剥皮剔骨，我就猜你此行去的恐怕是炖马肉的铺子。你既往来于那种铺子，家里营生想必是与饮食相关了。所以大胆与姑娘胡说一番。"

蕙蕙想了想，又问："那你不怕我是马肉铺子里的人吗？后来见人追来，你怎知他们是想抓我，而不是你？"

"你既然提醒我别卖马，显然与马肉铺的人不是一伙的。"宋皑道，"我见追来的人中有问我买马的人。我虽未将马卖给他们，但言语间不曾得罪他们，马又烧了，他们无理由来追捕我额外招惹是非。多半是窥见你与我说话，明白你泄露了肉铺的秘密，所以追来要捉你回去。"

蕙蕙凝视宋皑，不禁感叹道："你真的很聪明。"

宋皑向她一揖，笑道："姑娘谬赞，惭愧，惭愧。"

见蕙蕙不说话，宋皑又问她："那我可以问姑娘一些问题吗？"

蕙蕙颔首，宋皑遂问她家里的情形，为何坚持要买鹿肉。蕙蕙一一告知，把和贻贝楼的恩怨及乡饮之事一并说了，最后叹气道："原以为买到鹿肉可用来做主菜，令举子们耳目一新，却不想鹿肉是假的，也不知再找什么珍稀食材才能赢贻贝楼这一局。"

宋皑问："姑娘为何一定要找珍稀食材？"

蕙蕙道："珍稀食材才能令人印象深刻呀，就像我那场退婚宴上的菜肴，

精心选材，震惊了全浦江。可惜我妈妈不让我再用那个菜谱了……用珍稀食材，还可体现我们适珍楼的‘珍’字。”

“适珍楼这名字甚好，是谁取的？”宋皑问。

“也许是我妈妈。”蒖蒖道，“我也不确定，自我懂事起，我们酒楼就叫这名了。”

宋皑又问：“那你知道这名字的含义吗？”

蒖蒖摇摇头。

宋皑道：“若我所料未差，其中隐含一个典故。国朝太宗皇帝曾问当时的翰林学士承旨苏易简：‘食品之中，何物最为珍贵？’苏易简答：‘食无定味，适口者珍。[①]对臣来说，齑汁最美。’太宗大笑，问他缘故。苏易简说：‘有一天夜晚非常寒冷，臣拥炉饮酒，不觉大醉，卧于厚厚的衾枕间睡去。半夜醒来，十分口渴。乘着月色来到中庭，但见残雪中覆有一齑盎，也等不及唤来书童，掬雪洗手后便满饮几盏。汤汁冰凉清甜，正好可解体内燥热，当时只觉哪怕上界仙厨的鸾脯凤脂也不会有这等滋味。’后来有人问苏易简的仆人这齑汁是如何做成的，仆人说：‘不过是清面菜汤浸菜罢了。’所以，为适珍楼取名者，必然认同‘食无定味，适口者珍’这个道理。食品之所以珍贵，不见得总是用材珍稀，而是适合食客彼时的口味。”

蒖蒖闻言若有所思。两人不知不觉行过了几道街，宋皑见不远处出现了适珍楼的招子，遂勒马止步，含笑对蒖蒖道：“我有要务在身，明日便要离开浦江了。尚有一个问题，还望姑娘解答。”

蒖蒖道：“你说。”

宋皑目光含着笑意，扫过蒖蒖眼角眉梢：“适才与我同乘一马，是何感觉？”

蒖蒖脸微红，白了他一眼：“很拥挤的感觉。我从未和别人同乘过一匹马，以后也不会了。”

“真巧，我也从未和别人同乘过一匹马。”宋皑笑道，“那我们这辈子都不要再和别人这样做了。”

---

① “食无定味，适口者珍”：相关逸事出自［宋］林洪《山家清供》。

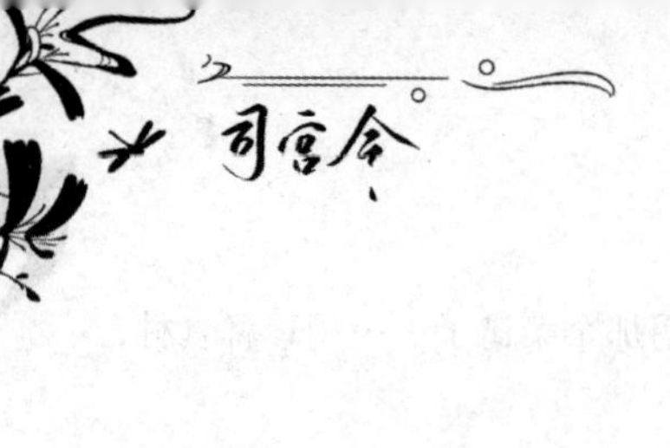

（六）

妈妈很美

许是劳作了一天后被人追赶，出了一身汗，再经夜风一吹，蕒蕒次日便感觉浑身不适，头痛欲裂。她病恹恹地躺在床上，茶饭不思，凤仙等人为她做的早餐午膳均未动，在她房中摆了大半日。

午后秋娘处理好店中事务即来看蕒蕒，见她未进膳食，颇感心疼，抚摸着她发烫的额头问她想吃什么："哪怕是龙肉凤肝，我也去给你寻来。"

蕒蕒想了想，说："妈妈，我想吃你煮的白米粥，配上你酱的佛手、香橼和梨子。"

秋娘将粥煮好，从酱缸中取出这些小菜切好，很快送到蕒蕒面前。

蕒蕒在母亲的注视下吃完，感叹道："还是妈妈做的饭菜好吃。都是简简单单的食品，妈妈的粥就是比别人煮的黏稠软融，酱菜也咸香合宜，不像别人做的，不是咸了就是淡了，或者有怪味。在临安那几天，我去他们的大酒楼吃饭，刚开始觉得新鲜，但连吃几天后就特别想念妈妈做的饭菜，再多的山珍海味我也食不知味，恨不得飞回妈妈身边，随便吃碗馄饨也是香的。"

秋娘笑道："那是因为你习惯了我所做饭食的味道。舌头是有记忆的，从小吃惯了什么，那味道就被舌头记下了，很难抹去，想不到该吃什么的时候，舌头铭记的味道就会浮上心头，让你特别怀念。"

蕒蕒点点头："小时候舌头记下的，就是最适合我的味道……食无定味，适口者珍。"

她思绪发散，忽然想到宋皑提到的这句话，便随口说了出来。

秋娘一愣，旋即追问："你刚才说什么？"

蕒蕒重复一遍，解释道："这句话是我昨天认识的一位公子告诉我的。"她遂把认识宋皑的经过及他提到的苏易简的逸事讲述给母亲听，又问母亲，"所以，我们适珍楼的名字，便出自这个典故吧？这个名字是妈妈取的吗？看来妈妈也是个博学的人呢。"

"不是。"出乎蕒蕒意料，秋娘竟然否认了，"我一个厨娘，哪儿知道这些文人典故！之所以取名'适珍'是因为我视你为我的珍宝，当初做菜，也是为了合你的口味，所以取了这个名字。"

"哦。"蕒蕒莫名地觉得有些失望，"那我下次若再见宋皑，就告诉他。"

"不必。"秋娘似乎对宋皑毫无好感，"那公子哥儿既不肯与你细说来历，

可见待你亦不过是逢场作戏，并不上心。何况你母亲是厨娘，为世人所轻，地位尚不如针线人、杂剧人、拆洗人，你也不可存了攀富贵人家高枝的心。那宋皑日后若来寻你，你也不要再见他，免得日后伤到自己。”

蒖蒖忙不迭地摆手：“我与他就是萍水相逢，见他有趣就多说了几句话，并无其他想法。我刚才也只是随口一说，不是真的期待与他重逢。”

秋娘颔首，让她勿再多言，好生歇息。蒖蒖乖巧地躺回去，用被子盖住全身，只露个头，眼睛滴溜溜地看着母亲，又道：“妈妈，我可以请你答应我一件事吗？”

秋娘问她何事，蒖蒖道：“我病好后教我做菜。我想好了，乡饮乡饮，指的是故乡的饮宴，山珍海味都不是重要的，关键在于故乡的味道。我想做出能代表浦江膳食滋味的宴席。”

这些年来秋娘精心调教女弟子们，却不愿让蒖蒖进厨房，并不希望她成为一个厨娘。此番筹备乡饮，她也叮嘱蒖蒖只需吩咐师姐们做事，不必亲自动手，然而蒖蒖主动请缨主持筹备乡饮宴席，说自己必须对菜式的烹饪过程了然于心，届时才能向品尝者说明此中要义，而没有什么比自己动手制作更好的了解方式了。

蒖蒖在此事上表现出前所未有的执着，痊愈后便跟着秋娘忙活，秋娘酱菜她就守着酱缸为她递菜；秋娘腌虾她就抱着瓶子等着封泥头；秋娘要挂风干鱼她就抢着去清洗那些青鱼、鲤鱼。起初秋娘一言不发，任凭蒖蒖眼巴巴地看着就是不开口教她，最后见蒖蒖洗鱼时老握不住那滑不溜丢的鱼身，忍不住叹了口气：“你滴两滴生油再洗，鱼就不会有黏液了。”

蒖蒖依言而行，果然有效，不由得大喜，连声向母亲道谢。

秋娘遂开始教她一些技法：洗猪肚用面粉，洗猪脏用砂糖；煮鹅时在水中加入几片樱桃叶子，这样鹅肉更容易软；腌醉蟹时发现要用的酒有些酸了，便将一升小豆炒焦，用布袋盛好，放入酒坛中，以恢复酒味……

晚间秋娘蒸鲥鱼，蒖蒖见她处理时去肠不去鳞，用布拭去血水，擂碎花椒、砂仁，加酱、水、酒和葱，与汤锣中的鲥鱼拌匀，然后带着鳞去蒸，遂问秋娘为何不去鳞。秋娘道：“鲥鱼脂肪凝于鳞甲之中，若去鳞再蒸，则油脂流失，影响口感。带鳞蒸，油脂会渗入鱼肉，吃之前揭去鳞片，再尝鱼肉，便会觉得鱼肉肥嫩，腴美非常。”

蒖蒖叹服，道：“妈妈技艺精妙，知道这么多诀窍，一定是从小便研习厨艺吧？”

秋娘摇头：“我是遇见你爹爹后才开始学做菜的，他味觉灵敏，能辨出食物最微小的变化，可不好糊弄……有了你后，更是整天犯愁，该做些什么你们俩才爱吃……”

她一壁说着，一壁沉浸在当年的回忆里，不自觉地露出了笑容。

她甚少主动提及萬萬的父亲。萬萬大感好奇，问道：“我爹爹是个怎样的人？做什么营生？长得好看吗？”

秋娘惊觉，收敛笑意，恢复了一贯冷静自持的神情，目光转向蒸笼，顾左右而言他：“鱼快蒸好了，我去看看。”

萬萬凝视母亲在灶边忙碌的身影，觉得纵然终日身处庖厨之中，环绕的烟火依然泯灭不了她惊人的美。

秋娘四十有余，但身材苗条，脖颈儿细长优美，腰肢纤细，从背后看依然宛如少女。她的容貌就算现在看来在浦江也少有人能及，她素日也颇懂修饰，哪怕面对灶台做菜也衣饰齐整，妆容雅致，发髻梳得一丝不苟，精心用丝巾束发，打出精巧的结。她的装扮大异于那些膀阔腰圆的中年厨娘，她气质高雅，一举一动无不从容，就像一只优雅的鹤。

萬萬对着水缸照了照自己的脸，丧气地感觉到自己在容貌上与母亲的差别。虽然她在浦江少女中已经算是美人，但在母亲的容颜映衬下只觉得自己好像是母亲当年买一百斤葱时菜农送的。

所以她特别想知道父亲的模样。嗯，我的容貌多半是被爹爹拖累了。她噘着嘴在心里想。

萬萬的父亲据说在她三岁时就病逝了，他去世后秋娘才带着萬萬来到浦江，所以此地无人认识她的父亲。父亲给萬萬的印象只是一个模糊的身影，会提笔写字，身上带有药香，至于面容，萬萬是完全想不起了。而类似父爱的感情，萬萬是从蒲伯那里感受到的。

蒲伯比秋娘大六七岁，原是浦江一名教书先生，丧偶多年也没有续娶。秋娘到浦江后开了小店，与蒲伯是邻居，蒲伯平日里对她们母女颇为照顾，见秋娘不善于管理账务，便主动提出帮她，如此一帮便是十几年。他沉稳敦厚，相貌也不差，便有人替他向秋娘说合，秋娘称立志守寡，婉言谢绝。她拒绝的不只蒲伯，也包括浦江的众多求亲者，其中不乏一些想纳她做妾的豪门巨贾。

蒲伯虽被拒，但依然对秋娘很好，对萬萬也是真心爱护，视若己出。秋娘原以为他另有所图，但见他数年如一日地照顾她们母女，一无所求，也逐渐放下心来，万事都与他商量。两人便如兄妹一般相处，也有人说他们闲话，但他们品行端正，往来光明磊落，流言也就不攻自破了。

“但是，我觉得蒲伯还是爱着师娘的。”缃叶在庭院里做水豆豉，搅动缸

中用盐水和金华甜酒泡了四十九天的黄豆，向姐妹们分析，“这十几年来，师娘多少次想给他涨工钱，他都拒绝了，说自己一个人用不了那么多。师娘买了所大房子送他，他推辞不掉，勉强收了，却悄悄让人把房契的名字改成蒖蒖。你说，他若不是还想着做蒖蒖的爹，这是图啥？”

芙蕖一边捡着大小茴香、草果、官桂、木香、陈皮丝、花椒、干姜丝和杏仁，一边问缃叶：“你说，师娘会被他打动吗？”

“要能打动，十年前就被打动了。”缃叶从初樱手里取过芙蕖择好的香料，逐一加入缸内，继续搅和，“他们都是好人，但是不搭。师娘就像一尾银白色的鲥鱼，需要清澈的井水清蒸；而蒲伯就像窖藏一年的水豆豉，虽然闻着臭吃着香，跟蔬菜和猪羊肉都很搭，但唯独不能配鲥鱼。”

众姐妹听了，均笑了起来。

“你……你……你……你才是水豆豉！”蒲伯不知从何处听到了，忽然现身，气得用颤抖的手指着缃叶，想开口斥责，无奈气结之下舌头都捋不直了。

初樱、玉簪等人见状，忍不住又一阵大笑。

“你们……你们都是水豆豉！”蒲伯重重地一拂袖子，气鼓鼓地转身离去，另一只未伸出的手中还紧紧攥着给蒖蒖准备的字帖。①

（七）

乡宴（上）

贻贝楼与适珍楼的菜肴品评宴县令定在衙署内举行，县令要求他们选择现有食材，主要展现厨艺，未必按冬日食材准备。是日崔县令邀请了九名举子出席宴会参与品评，并将决定权交给他们，每一盏酒上两道菜，由两家酒楼交替呈献，宴会后由举子各自表态，票选出心仪的酒楼，获选票多者为胜。

上菜时两家酒楼各有专人向食客讲述菜式制法、创意，蒖蒖听说贻贝楼让杨盛霖出马，便请求母亲让自己迎战，秋娘拗不过她，只得勉强答应。

行酒之前两家酒楼各呈果菜碟，皆时令水果、蜜饯。第一盏酒由贻贝楼提供菜肴，他们呈上的是一道名为“春兰秋菊”的紫苏子水果和一道酒煮玉蕈。“春兰秋菊”所用水果为梨、橙子和名为“玉榴”的白色石榴子。

“紫苏子先以梅卤腌渍，杂和蔗糖糖霜，与梨丝、橙瓤、玉榴子相拌。梨

① 本节提到的食材处理方法出自［宋］浦江吴氏《浦江吴氏中馈录》。

丝、玉榴色白，近于兰，而橙瓤金黄；宛如菊花，故名春兰秋菊。[①]”杨盛霖向众人解释，并请县令及举子们品尝。

梅卤是青梅加盐长时间腌渍流出的液汁，味道咸酸，用于拌新切蔬果可防止蔬果变色，且为食材增味。紫苏子呈细粒状，撒在水果上状若芝麻。这春兰秋菊质地水润，色彩清新，其上覆有糖霜，甚是美观。众人取少许入口，咀嚼之下，紫苏子破裂，一缕紫苏香味霎时弥漫在口腔之间，水果的液汁与梅卤咸酸交融，清新之余又能感觉到紫苏子中油脂赋予的丰盈甘香。比新鲜水果更开胃，食客们纷纷颔首，但觉舌尖的味觉都被这道新鲜菜肴唤醒了。

见众人表示肯定，杨盛霖面露喜色，又道："唐人石贯有诗云，'绛帐青衿同日贵，春兰秋菊异时荣'。以'绛帐'喻师门，以'青衿'比学子，今日诸位贡生与县令同聚一堂，春兰秋菊，各擅其美，又暗合绛帐青衿之说，再品尝这道果菜，岂不应景？"

贡生们显然十分喜欢他的解说，连声称妙，崔县令亦以手捋须，笑着颔首。

另外那道酒煮玉蕈用的是应季的鲜蕈，长约三寸，灰白色的蘑菇，洁皙可爱，此刻盛于银盘中，旁边佐以临漳绿竹笋，摆盘精巧，色泽美观。

"这玉蕈出自腐木之上，带有山林气息。先以水煮，待五分熟时再换好酒煮。[②]"杨盛霖解释道，"听说如今宫中也常食用玉蕈，是用酥油炙熟，风味自然上佳，但窃以为不若以酒去其寒凉，更能激发真味。"

众人随即品尝玉蕈，亦道清香爽口。

杨盛霖又道："南丰先生曾巩诗曰，'乡馔雨余收白蕈，客樽秋后对红英'。可见以蕈入乡饮，很是相宜。"

曾巩文采非凡，其文古雅、平正、冲和，又是一代名臣。贡生们听杨盛霖提及他的诗句，再看那玉蕈更觉清雅，连味道都可口了。

品尝了两道菜肴，众人推杯换盏，再行第二盏酒。杨盛霖退于一侧，含笑举目眺望对面的萁萁，看她如何应对。

萁萁从容朝外颔首，示意侍者奉上适珍楼的两道菜。国朝餐具以漆器为主，富者常用金银器，而贫者用瓷器。与贻贝楼所用银盘不同，这两道菜均盛于漆盒之中，模样也平平无奇，一道是凉拌的蟹生，一道看上去是切片的酱瓜。

萁萁先不解释，请众人先品尝蟹生。那蟹生用的是江南常见的江蟹，梭子状，被细细剁过，每一块仅有半个指节大小，几乎每一块都带有龙眼肉般半透明的生蟹肉或橙红色的蟹膏，看得出经多种调料拌过。

---

① "春兰秋菊"的做法出自[宋]周密《武林旧事》。

② "酒煮玉蕈"的做法出自[宋]林洪《山家清供》。

蟹生是本地常见菜式，各酒楼均有，寻常主妇也都会做。贡生们不觉得新奇，随意搛了一块入口，渐渐地才品出了特殊香味。蟹生口感柔润冰凉，肉藏于壳中，食者含在唇齿之间，轻轻一吮，半流质的肉便脱壳而出，滑于舌尖。寻常蟹生多用橙泥、醋、酱油、姜葱等腌制，而适珍楼的蟹生滋味又多了几重，咸酸味与数种香气掠过口腔，其后蟹肉滑过的舌根竟分明地感觉到了水产特有的清甘之味。此刻食者品味间左右相顾，皆目露惊喜之色。

蕙蕙这才开口说明："这道蟹生制法我母亲改过，基于浦江传统口味，但调料不尽相同。生蟹加冰，冷冻约半个时辰，取出剁碎，把草果、茴香、砂仁、花椒、胡椒、水姜都研磨成末，之前先熬好麻油，待冷却后再加葱、盐、醋，与磨好的调料一并与螃蟹拌，即时可食。①"

举子们恍然大悟，蕙蕙又道："这十味调料相辅相成，去蟹生腥味，又使其香味倍增，腌制用时不长，故蟹肉既浸满香料之味，又不至于被腌制透彻，调料之味过咸过重，完全掩盖了江蟹鲜味。"

崔县令亦笑道："蟹生是本地家常菜式，适珍楼这做法既能体现故乡风味，又有变化，增味提鲜，可称佳肴。"

蕙蕙微笑着谢县令夸赞。县令又问："适才贻贝楼两道菜肴均有诗句增色，这蟹生可也有佳句吟诵过？"

蕙蕙沉吟，一时无话。席间忽有一人开口替她作答："这蟹生做法与汴京'洗手蟹'类似，都是洗手即食。昔日太宗朝名臣苏易简品尝洗手蟹后曾作诗，'紫髯霜蟹壳如纸，薄荀作肉琥珀髓'。而今我观这道蟹生，也是壳薄如纸，蟹肉如葡萄琥珀，十分符合苏参政诗意。"

蕙蕙转顾那人，见此人二十多岁，穿着与贡生一式的衣裳，显然也是今日参与品评的举子，肤色略黑，方额广颐，器宇轩昂，见她在打量他，他微微一笑，朝她欠了欠身。

苏易简是太宗朝状元，官至参知政事，众举子听见他的名字均颇感欣喜，顿时认为吃蟹生也是好兆头，连声附和发言士子，对蟹生多加赞赏。

此刻只有杨盛霖没笑。他亦注视着那个士子，目中隐含一丝困惑。

蕙蕙再请众人品尝另一道菜："这是适珍楼秘制的酿瓜。取枝头自然老的青瓜，切作两半，去瓤，略以盐渍去其水，再用生姜、陈皮、薄荷、紫苏切成丝，加入茴香、炒砂仁、砂糖拌匀，置入瓜内，用线扎好，放进酱缸内泡五六日，取出晒干，吃时切片。②"

---

① 蟹生的做法出自［宋］浦江吴氏《浦江吴氏中馈录》。

② 酿瓜的做法出自［宋］浦江吴氏《浦江吴氏中馈录》。

众人再尝，只觉瓜肉紧实，口感绵中带脆，咸甜可口，又带着陈皮、薄荷、生姜等的清凉辛甘之味，口感与蟹生带来的感觉一样，既熟悉又有新意。

“诸位贡生家常膳食中想必都有几味酱菜吧？”蒖蒖道，“我们适珍楼，起初主要卖酱菜，能做到如今这般大，也是拜各位习惯以酱菜佐食的乡亲所赐。我曾离家多日，面对外地山珍，却食不知味，反复想起故乡的菜肴，其中就有这样的酿瓜。酱菜能开胃生津，且便于久存。日后诸位若蟾宫折桂，离开故乡去做官，不妨也带上一些，其中蕴含着家乡的味道，思乡之时品尝，会让你们觉得魂牵梦萦的故乡，并不曾远离。”

（八）
乡宴（中）

其后这盏酒，贻贝楼上的是东坡豆腐与一道名为“素蒸鸭”的菜。

“《左传》曰：‘肉食者鄙，未能远谋。’自古贤者多斋食，既可明德涤秽，又可净心养生。据说如今官家与太后亦爱素食，御膳荤腥不多，尤其不用猪肉。所以此番我们准备的膳食，以素食为主，不用红肉，仅有一道荤菜，用的也只是鱼肉。”杨盛霖示意众人看东坡豆腐，“东坡先生曾作歌提及豆腐：‘煮豆作乳脂为酥，高烧油烛斟蜜酒。’这道东坡豆腐，便是根据东坡先生流传的秘方所制。”

那豆腐用葱油煎过，表皮呈淡淡的金黄色，搛破一看，里面洁白细嫩。旁边配了一碟褐色的酱，众人蘸酱品尝，但觉那酱与众不同，带有特殊的干果香。

杨盛霖解释道：“我们选用上等香榧子，细细研磨后与酱料同煮，所以有此滋味。”

众人称赞这种制法别具匠心，再看那素蒸鸭，发现竟是蒸熟的葫芦瓜。

杨盛霖含笑细说这道菜的典故，果然也与士大夫有关：“唐代翰林学士郑馀庆某次宴请亲友，当着客人面嘱咐家人，‘煮烂去毛，勿拗折脖颈’。客人听了都以为他指的是鹅鸭等家禽，等了许久，却没料到仆人奉上来的竟是每人一个蒸葫芦。”

席间闻者皆笑。杨盛霖又道：“但请勿轻视这蒸葫芦。葫芦瓜皮青而内白，正如廉洁士大夫，一清二白。此瓜可消肿结，可润泽肌肤。清蒸之后，瓜肉柔软细滑，略带甜味，盛宴之中食之，尤感清爽。据说京城里贵胄世家，都常食

用这素蒸鸭。”

贡生们又相继赞叹。行完这盏酒，有人按捺不住好奇，问蕒蕒接下来适珍楼以什么佳肴应对。蕒蕒一哂：“贻贝楼每道菜都很清爽，那么，我们就上一些不怎么清爽的吧。”

少顷，两道菜上桌，却是薄切猪肉片配水豆豉蘸料以及一盘显然经油盐酱醋凉拌过的杂菜。

蕒蕒环顾乍见猪肉有些愕然的贡生，道：“适才杨公子说‘肉食者鄙’。但是，子亦曰：‘食不厌精，脍不厌细。’看来连圣人孔夫子都是吃肉的，非但吃肉，还要吃好肉，要吃制法精细的肉。杨公子嫌猪肉粗鄙，弃而不用，可是他倍加推崇的东坡先生很喜欢猪肉，喜欢到特意写了一篇《猪肉颂》：‘净洗铛，少著水，柴头罨烟焰不起。待他自熟莫催他，火候足时他自美。黄州好猪肉，价贱如泥土。贵者不肯吃，贫者不解煮，早晨起来打两碗，饱得自家君莫管。’”

蕒蕒再请众人一顾那盘中猪肉——将清水煮熟的五花肉块切片。蕒蕒搛起一片，只见那长条纤薄，肥瘦相间，脂肪处亮泽油润可透光，刀工精细，盘中每一条都大小宽窄如一。“这肉便是按照东坡先生所说的方法慢火煮成，由我们适珍楼刀工最好的女弟子切成薄片，置于纸上，可透见字样。”

蕒蕒再将肉片置于碟中以箸搛成花形，探入水豆豉碟中一蘸，让液汁如蜜一般沿着花瓣外沿浸入花心。

众食客依样品尝，顿感满口脂香，肉质细腻，那纤柔的薄片经口舌一卷便如雪融去。而那水豆豉咸香中带有酒香，细细一品能辨出茴香、木香、陈皮等味道，但又不尽于此，底蕴厚重，回味悠长。

蕒蕒解释道：“这水豆豉用最好的金华甜酒浸泡，经多种香料秘制，又窖藏越冬，丰富的香味加上时光的沉淀，才酿出这醇厚的滋味。与肉片相配，更能激发肉味，为其增香。”

食客们啧啧赞叹，都说这水豆豉虽然家常，但制得极妙，确实为食材增香不少。有人笑着问道：“此前佳肴多有诗词相咏，却不知这水豆豉可也有人作诗赞过？”

蕒蕒摇头：“没有，也不需要。水豆豉是配料，并非主要食材，没有人会想到为它作诗，平日提到它，恐怕最多说一声‘好吃’或‘香’。它就是沉默的配料，不争不抢，却温和至极，能与大多数蔬菜及肉类相配，为食材增味……你们一定遇见过这样的人，平凡踏实，平时沉默寡言，却秉性善良，对所有人都很好，他人有难，必倾力相助，与人协作，从不争功。但因为并无锋芒，貌不惊人，也不会被人特别关注，你们不会想到为他作诗，最多在想起他时，赞一句‘好人’……水豆豉，便如这样的人。”

众贡生听了此言似乎有所触动。须臾，有人徐徐拊掌，开口赞道：“妙！水豆豉确实不需要诗词矫饰，姑娘这一说，尽显其敦厚温良。水豆豉得姑娘这一知音，也足以欣慰了。”

蒖蒖一看，发现说话者是此前提苏易简诗助她的士子，遂浅笑一揖。贡生们随后也附和士子所言，对蒖蒖多有赞誉，再食那道凉拌杂菜，也没有追问诗词典故。

那道菜是用麻油加花椒煎熟，加入酱油、醋、白糖与白菜、豆芽、水芹同拌，称为“撒拌和菜”。菜先用滚水焯过，再入清水漂，待要凉拌时再取出，故此色泽青翠，嫩脆可口，伴着猪肉吃，这家常的味道倒也令宾主尽欢。

接下来这盏酒，贻贝楼上的看来是此番最重要的菜，一道“莲房鱼包”用了他们这次宴席上唯一的肉，另外那道大概特意与莲鱼主题相配，是由莲花、菊花与菱角煮成的汤。杨盛霖介绍道：“此汤名为‘渔父三鲜’。”

那莲房用的是嫩莲蓬，将底部切平，剜去其中的莲子，用酒、酱、香料腌新鲜的鳜鱼鱼块，再填入莲子留下的孔中，置入甑内蒸熟，取出后以蜜涂莲蓬，色泽更加讨喜。

以银匙取出鱼肉，众人品尝后但觉鱼肉带着莲蓬清香，一名贡生叹道：“鱼肉带有莲香，尤为清雅，再饮渔父三鲜，便若置身采莲轻舟之上。”

杨盛霖笑道：“此菜寓意不仅如此。此菜我们是向本朝一位进士学来的，他曾为此作诗道：‘锦瓣金蓑织几重，问鱼何事得相容。涌身既入莲房去，好度华池独化龙。’鱼化龙，是金榜题名的妙喻。我们贻贝楼以此菜肴献给诸位秀才，借此预祝诸位进士及第，平步青云。”

贡生们大喜，纷纷致谢，与杨盛霖相互祝酒，席间觥筹交错，氛围十分融洽。

这盏酒行过，众人已有七分饱，略有疲色，直到蒖蒖命人呈上适珍楼主菜时，才又正襟危坐，面对那道被银色器皿盛着的菜肴睁大了眼睛。

适珍楼此前菜式均用漆器，唯有这道菜用了银器，且有盖遮挡，一时不见菜肴真容。

蒖蒖见众人皆静默以待，才缓缓揭开银盖，霎时间蒸汽氤氲，在众人凝视中雾气逐渐飘去，露出银盘中的主角：蒸鲥鱼。①

那鲥鱼被从腹部处剖开，唯脊背处相连，铺在银盘中呈两片对称状，蒸过

① 东坡豆腐、素蒸鸭的做法出自［宋］林洪《山家清供》。水豆豉、撒拌和菜、蒸鲥鱼的做法出自［宋］浦江吴氏《浦江吴氏中馈录》。蒸鲥鱼提线去鳞的描述参考江南古法。

的鳞甲微卷，似半透明细刨花，自鱼身上浮起，细看之下可发现片片鳞甲之间有一条细线相连。

崔县令蹙眉看着那条线，疑惑地问道："这是……？"

萴萴微笑着以银箸搛起线头，轻轻一提，鱼鳞便脱离鱼身，随着细线被提起，一片片鳞甲在空中闪着银光，穿在细线上，如项链一般。

（九）
乡宴（下）

蒸鲥鱼做法不算惊艳，在江南比较常见，但提线去鳞这一招席间众人均闻所未闻，都瞠目看着萴萴箸下银龙飞舞，一时鸦雀无声，须臾才有人击节称妙，道："由这串鳞甲看来，适珍楼的女弟子不但刀工精妙，女红也是一绝。"

萴萴默然侧头，与侍立在堂中一隅的凤仙相视一笑。

此前决定将鲥鱼列入宴席中时，萴萴曾与师姐们讨论是原样保留鳞甲清蒸，还是先成片地剔除鳞甲，蒸时再覆盖在鱼身上，如此既可令鱼鳞脂肪仍旧融入鱼中，又方便食客去鳞。

除了凤仙的五个师姐各陈利弊，有人说最好按原样保留原汁原味，有人说乡宴席间都是斯文人，预先去鳞更符合他们的习惯。众人争执许久仍没个结果，最后一直沉默的凤仙注视着案上的鲥鱼徐徐开口道："我想到一个法子，或许更好……"

这个别致的去鳞方式为鲥鱼增色不少，当然鱼本身也鲜嫩肥美，蒸得十分入味，贡生们频频动箸，吃得不亦乐乎，其间只有一人略微抱怨："鱼是好鱼，只是刺太多了。"

鲥鱼确实全身皆有细刺，遍布各处，每吃一块都须先将刺挑出。

萴萴闻说后对那人道："鲥鱼虽有刺，但大多细软过虾须，就算误食，也不至于刺伤咽喉。世事无完美，此鱼味已极美，若再无刺，只怕会贵过黄金，又或者像河豚那样身藏剧毒，让你不得不提防。所以这点儿小小的不完美，还望诸君接纳。就如一位美人，容颜如玉，就是爱发点儿小脾气，有时候不免令人恼火，但是，美人虽然有些骄纵，但并不是坏人呀，看在她这么美的分儿上，想想还是算了吧。"

闻者皆解颐，杨盛霖更是拊掌大笑，连声道："这个比喻好！"直到被列席的父亲瞪了一眼他才噤声，但还是不时含笑偷看蘋蘋。

与鲥鱼一同佐这盏酒的还有一道茭白鲊[1]，是切片焯过的鲜茭白，以细葱丝、莳萝、茴香、花椒、红曲和盐拌匀，腌过片刻即可食。鲥鱼有脂香，近似肉味，吃过再尝这茭白鲊更觉爽口。这两道菜都给食客留下了良好的印象，便有人问："如此美味，是否也有与之相关的名人典故？"

此前蘋蘋并未刻意搜寻相关典故，这时却不慌不忙，从容答道："有。不过诸位才高八斗，遍览群书，一定也知道。如果你们想起来了，不妨先说，看看与我所知的是否一样。"

众贡生状甚雀跃，争相发言。有人说："汉代名士严子陵垂钓于富春江畔，感叹鲥鱼鲜肥，并以此为由拒绝了光武帝的入仕之召。"

有人说："东坡居士也爱鲥鱼。鲥鱼爱惜自己的鳞片，若被人或网触及身体，便不再挣扎，以免损伤鱼鳞。东坡居士便称它'惜鳞鱼'，曾为它作诗：'芽姜紫醋炙银鱼，雪碗擎来二尺余。尚有桃花春气在，此中风味胜莼鲈。'"

又有人补充："王介甫王相公也作诗提到过鲥鱼，'鲥鱼出网蔽洲渚，荻笋肥甘胜牛乳'。"

另有人提醒同窗："别忘了茭白！茭白就是菰菜呀，晋人张翰借口秋风起，怀念家乡的菰菜、莼羹、鲈鱼鲙而辞官还乡……"他动情地指着面前的茭白鲊，"让他要还乡的就是这个茭白呀！"

满堂大笑。

这场乡宴本来因为是官员宴请，贡生们不免感到拘束，起初个个正襟危坐，唯恐言谈举止有失端雅，不想进行至此竟然有了说笑的兴致，大家继续讨论典故，笑语不断，欢声此起彼伏。

蘋蘋含笑聆听贡生说典故，待堂中声浪稍歇，才启齿："所以，只要是美食，便不愁没有爱它的名人留下典故诗词为它添彩。我们品尝食物，用的是舌头，是心，而不是耳朵。食物味美，自然会有人为它吟诗作赋，流传千古。如果我们一定要听到典故诗词才觉得食物好吃，那岂不是把判断味道的权利分给耳朵了？"

闻言席间多人颔首，崔县令亦微笑道："有理，有理。"

蘋蘋又道："此番乡宴，我并没有特意准备与之相配的典故诗词。一则，唯恐班门弄斧；再则，我相信味道是最重要的，既然是乡饮，我希望给诸位奉上的是家乡的菜肴，可以令你们想起母亲所做的饭菜的味道，这种熟悉的味道，与母亲有关，与家乡有关，而不一定要与典故有关。"

---

① 茭白鲊的做法出自［宋］浦江吴氏《浦江吴氏中馈录》。

短暂的沉默后，堂中有掌声响起，一下一下，是一人独自鼓掌的声音。萓萓看向声起处，发现又是那名肤色微黑的士子。

崔县令亦随之鼓掌，于是从者瞬间增多，堂中一时掌声雷动。

此后再行两盏酒，两家酒楼佐酒羹汤及点心的风格依然与之前相同，贻贝楼风雅，适珍楼家常。宴罢众贡生就乡饮承办权表态，选择贻贝楼的有四位，而选择适珍楼的有五人，包括席间数次对萓萓表示支持的肤黑士子。

崔县令正欲宣布结果，一直列席旁观而无言的吴秋娘忽然出列，朝崔县令敛衽一福，道："崔县令，从诸位秀才选择看来，我们适珍楼并非完胜，有将近一半的人更心仪贻贝楼的佳肴。若乡饮只由适珍楼承办，这些想品尝文人菜式的秀才难免觉得遗憾。所以，我斗胆向县令建议，若贻贝楼愿意，请仍让我们两家共同筹备乡饮，届时为诸位即将离乡赴试的贡生，奉上一场尽善尽美的宴席。"

此言一出，满座惊愕，无论崔县令、杨峪，还是萓萓都大感意外，万万没想到她会如此轻易地放弃这来之不易的胜利。崔县令再三向她求证，是表示谦逊的推辞，还是真有此意。而秋娘目光坚定，容色肃然，表示是深思熟虑之后的决定。崔县令遂问杨峪意见。

杨峪看见贡生表态后本来一直黑脸坐着，不时满含怒气地瞪那个出言助萓萓的士子，后来听完秋娘建议整个人便愣住了，崔县令连问两次他才回过神来，讷讷地说一切由县令定夺，自己并无异议。

崔县令由此宣布今年乡饮由贻贝楼与适珍楼共同承办，贡生们倒是喜闻乐见，纷纷向两家表示祝贺。秋娘与杨峪均含笑致谢，只有那名肤黑士子在向杨峪道贺时，杨峪闭口不答，冷冷地别过脸去。

缃叶附耳告诉萓萓她刚刚打听到的秘密："那个出言相助的贡生其实就是贻贝楼请的高人，贻贝楼好几道菜都是在他的指点下做出来的，却不知他为何会帮你说话。"

萓萓也百思不得其解。那士子向众人告辞出门后萓萓追至门外，郑重地向他道谢，并问他为何会帮助自己。那士子微笑道："因为我也喜欢姑娘的菜肴，让我想起母亲饭菜的味道。"

萓萓问他如何称呼，他说："我姓赵，名怀玉。"

萓萓道："是'被褐怀玉'的怀玉吗？"

赵怀玉略略欠身："惭愧。"顿了顿，他又浅笑道，"贵店知道提线去鲥鱼鳞，才是真的被褐怀玉。"

萓萓一怔，想追问这话是什么意思，那赵怀玉已朝她一揖，大步离去。

回到适珍楼，蕙蕙想到自己辛苦准备许久，最后战果付诸东流，不免气馁，问母亲为何要放弃独自承办乡饮。秋娘道："我说了，适珍楼并非完胜，何必为了争一时意气而令近一半的举子不悦。家乡的滋味固然值得怀念，庙堂之高、玉堂风雅就不值得憧憬了吗？他们怀着对未来的向往去品尝贻贝楼的菜肴，也是在用心去品尝，而不仅仅是用耳朵。这些道理，他们没有立即说出来反驳你，不过是看在崔县令的面子上不与你计较罢了。而且……"她凝视蕙蕙，双眸深邃如碧潭秋水，"木秀于林，风必摧之。我们没必要独自承办乡饮，那么引人注目。"

关于那个赵怀玉，缃叶陆续又打探来更多消息，说他是远支宗室，论与官家亲疏，早出了五服，也不为人重视。父母这一辈流落到浦江，家境渐趋贫寒，只能指望借科举出仕。因他颇有学识，身为宗室也有些见识，所以杨峪请他为自己酒楼出谋划策，奉上报酬若干。乡饮品评宴之后杨峪质问他为何帮助适珍楼，他说："我只答应为贻贝楼做参谋，没有承诺一定在品评宴上选择贻贝楼。县令请我代表举子选择，那我自然应该秉公处理，以举子的身份做决定。彼时适珍楼的菜肴更能打动我，所以我这样做，问心无愧。"

"然后，他就把贻贝楼之前给他的银钱全还给了杨峪。"缃叶告诉蕙蕙。她说了个很大的数额，大到连她此刻舞动着的眉毛都在写着两个字：肉疼。

蕙蕙举目望向空中，似乎看见了赵怀玉那张公正无私的黑脸。他冷冷地把一大包银钱掷到杨峪面前，然后一拂衣袖，飘然远去，抛下杨峪一人，蜷缩着抱着银钱，伏地痛哭……蕙蕙啧啧，由衷地赞叹："是条汉子。"

赵怀玉说适珍楼被褐怀玉那句话蕙蕙一直记着，有次转述给凤仙听，说："他从提线去鳞这一点断定我们酒楼被褐怀玉，意思是指我们这里有高人吧。这法子是你提出的，你是自己想出来的还是谁教你的？"

凤仙正在切菜，听了这话一怔，很快回答道："是我自己想出来的。"

"哦，姐姐真是冰雪聪明。"蕙蕙笑道，"我看那赵怀玉好像也知道这个法子，还以为你是跟谁学的。不过想来，你很小的时候就来我家了，如果有人教你，我不会不知道，除非你是在来我家之前学的。"

凤仙勉强一笑，继续埋头切菜。

蕙蕙离开后，凤仙握刀起伏的动作放缓，抬起头，目光越过窗户，茫然投向庭院落木萧萧的秋景中，似乎感觉到此间凉意。她有些昏眩，脸色苍白，闭上双目，然而一些画卷残片一样的陈年记忆却不可遏制地浮上心头：

宾客满座的华堂，醇酒玉食，笙歌醉梦。一个锦衣靓妆的女子立于盛于金盘中的鲥鱼前，以玉箸挑起丝线，一条鱼鳞化作的银龙随之跃起，在她荡起笑

意的妙目中游动……

没有灯烛的夜晚，儿时的她睡在一张硕大的床上，忽然感到一滴水落在脸上。她睁开眼，借着潜入室内的惨白月光，看见了一个披着长发的女人憔悴不堪的脸。她看着醒来的凤仙露出笑容，那苍凉的笑容却让凤仙感到了悲伤。

深秋的雨夜，疾驰的马车中，她依偎在母亲怀中，迷迷糊糊地，感觉全身都痛，唯一令她感觉心安的，是母亲的气息与温度。然而，一双巨手硬生生地把她从母亲怀里拽出，拉开马车门，一脚把她踹落在雨中泥泞的地上……

那如同坠入无边深渊的感觉令凤仙的身体和握刀的手都微微颤动，她右手的拇指、无名指及小指越发握紧刀柄，而中指则不知不觉地伸直，与食指一起按住刀身。

“凤仙。”秋娘忽然进来，唤了她一声。

凤仙一惊，切菜的手下意识地用力，一刀剁下，刀却没抓紧，瞬间脱手飞了出去，落在地上，发出“哐当”一声巨响。

秋娘和凤仙都被吓了一跳。秋娘退后两步，待看清楚落地的刀，蹙了蹙眉，对凤仙道：“这都多少年了，又忘了我教你的握刀手势？”

凤仙低头，赧然道：“记得，只是有时一走神，中指就不自觉地伸直了。”

秋娘和缓了语调：“刀具无眼，用时要格外小心，注意姿势，别出错伤了手。”

凤仙颔首称是，转而问秋娘来此有何事吩咐。

秋娘道：“适才崔县令派人来说，乡饮时会有京中贵客来，让我们把食单中的蟹生按汴京洗手蟹的制法做。”

（十）
柳婕妤

禁中的重九排当今年依然是在庆瑞殿设宴赏菊，殿中分列黄色菊花，如御衣黄、黄新罗、黄佛头、金盏金台、销金菊之类，殿中宫灯亦应了时令，或绘有菊花，或饰以花朵，万盏菊灯光华流转，粲然炫目。

而皇帝的目光却柔和地流连于正跪坐于他面前，低眉制作洗手蟹的柳婕妤身上。

银盘中堆着碎冰垒成的冰山，山巅托着如冰一般纯净的琉璃盘，其中盛着斫好的蟹生，半壳含黄，双螯胜雪，晶莹肉质有半透明的质感，在琉璃盘与冰屑的映衬下显得格外冰润清亮。

柳婕妤手持银匙，先后将酒、盐、梅卤、姜末、橙齑及椒末撒在蟹生上，再以银箸拌匀。①

婕妤发髻上簪着一朵青色碧蝉菊，行动间花影落在冰山上，如轻云掠过雪峰，皇帝含笑看着，只觉此情此景优美至极，而殿中那万千黄花倒显得喧嚣鄙俗了。

柳婕妤搁下银箸，在侍儿奉上的银盆中濯净手，再请司膳内人将这道洗手蟹呈给皇帝。

负责进膳先尝的裴尚食躬身出列，正欲取少许先行品尝，皇帝却摆手制止，道："裴尚食年近花甲，不宜食此寒凉之物，这洗手蟹，还是请婕妤先尝吧。"

裴尚食一愣，旋即低头称是，默默地退了回去。

柳婕妤承命，从司膳内人处接过备好蟹块的银碟，取银箸搛蟹送至口中，品尝之后稍待片刻，才浅笑欠身回禀："咸淡合宜。"

司膳内人取回碟箸，审视无异状，再恭请皇帝品尝蟹生。皇帝颔首。柳婕妤告退，须臾再出现在殿中时，已换上舞衣，梳高髻，垂璎珞，衣袂轻盈，手抱琵琶，如同敦煌仙子。

纤指一拨，乐音随之而起，是《梁州曲》。皇帝面色稍异，按下了持酒樽的手。柳婕妤全然不觉，抱着琵琶舒臂屈腰，和着乐声起舞。此乐曲大异于宫中常见的舒缓乐音，时如急雨，时如私语，如珠落玉盘的琵琶声中又隐有金戈铿锵之意。柳婕妤舞姿蹁跹，不时飞旋，乐声激越处愈舞愈疾，如飞花浮影，越发令这菊灯光影陆离的空间宛若幻境。

一曲舞罢，柳婕妤放下琵琶，行至皇帝面前，忽然伸手，将皇帝面前的酒樽拾起。

皇帝已恢复了此前神态，含笑任她肆意而为。她手托酒樽，依旧旋舞，而无论如何抬手拂袖，樽中酒始终未有一滴溢出。殿中人皆暗暗称奇。

乐音渐缓，柳婕妤舞回皇帝面前，背对他朝后仰首屈腰，然后将酒樽置于额上，双手展开，腰继续向后屈，弯出一个令人惊叹的弧度方才停止。酒樽稳稳地停在她的额头上，纹丝不动。

皇帝亲手取过婕妤额上的酒樽，徐徐饮尽樽中酒，婕妤微笑着回身，敛衽为礼。

似酒意漾上心头，皇帝面颊微酡，衔笑看着她，眼中柔情流转。

---

① 洗手蟹做法出自[宋]孟元老《东京梦华录》。

“听说，柳婕妤昨日跳的是《梁州舞》？”太后殷氏端坐在慈福宫静乐堂中，眼角余光掠向过宫定省的郦贵妃，淡淡地问她。

郦贵妃悄悄看太后。金狻猊口中的青烟如绢丝一般拂过太后的眉间，太后依旧是素日的神态，目无波澜，不悲不喜。

“是的。”郦贵妃答道，“她平日只在自己阁中排练，紧闭阁门，他人不知，妾也是昨日才知道。”

“这是想令官家惊喜呢。”太后道，少顷又问，“我还听说，她做的洗手蟹官家竟不让裴尚食试食，而命柳婕妤自己品尝？”

郦贵妃颔首称是，不敢再多说什么。

太后继续问：“除了洗手蟹，她近日还做了什么给官家吃？”

“一些点心。”郦贵妃轻声道，“官家喜欢的，总不过那几样，酥儿印、芙蓉饼、蟹肉包儿、糖蜜韵果、圆欢喜……”

太后似乎有些倦意，斜倚着身后的隐几，闭上了眼睛。少顷，她再睁开眼，目光懒洋洋地投向花架上一瓶紫白相间的玉瓯菊，露出一丝冷笑：“真不错呀，既会跳《梁州舞》，又会做点心。”

这稍纵即逝的冷笑不仅令郦贵妃，连侍立在侧的老宦者、提举慈福宫的程渊都感觉到了寒意。

太后一向喜怒不形于色，冷笑差不多是她表达愤怒的最激烈的方式了。程渊心下不安，表面上却并没流露，依然静默地侍立着，垂目盯着靴尖，与郦贵妃一起等着太后另寻话题。

郦贵妃走后，太后唤来程渊，问何以官家如今频频让柳婕妤做御膳，而裴尚食竟袖手旁观。程渊道：“许是禁中膳食官家食用多年，已不觉有新意，而柳婕妤出自民间，膳食做法与禁中颇有差异，令官家感到新鲜。官家开口让柳婕妤做菜，裴尚食自然不便违命。”

太后道：“虽说官家开口，便是口谕，但进膳之事非同小可，事关皇帝龙体安危，怎能不按规矩行事？你见了官家，务必把老身的意思转告给他。”

程渊应声领命。

太后思忖须臾，道：“罢了，又何必多费这些口舌。你别提柳婕妤之事，且与裴尚食商议，说尚食局年轻内人技艺尚浅，不足以担当重任，建议官家授意各州府，择厨艺精妙的民间女子入宫，充实尚食局。”

程渊答应。太后顿了顿，又补充道：“这些女子，年龄不能超过二十，容貌品性都不能差。”

程渊出了静乐堂，便准备前往南大内。慈福宫在大内北边，原是先帝下令建造的宫苑，先帝雅爱湖山之胜，故此在苑中凿池为湖，垒石为峰，仿西湖美景，又广植四时花卉，后苑中静窈萦深，时有移步换景之妙。

程渊所行这一路植有长松修竹，浓翠蔽日，阴霭如云，人行其间，日光穿过绿荫，落在衣衫之上，若碎金屑玉。自松林之后绕过山石洞室，眼前豁然开朗，小西湖水源处寒瀑飞空，注下碧水十余亩，中植芙蕖万柄。程渊刚至湖边，便见飞瀑之下湖畔的大石上立着一名身姿窈窕的女子，此刻迎风而立，衣袂飘飞，恍若欲离地飞升一般。

程渊一怔，但觉气血上涌，眼角有温热之感，心也难以遏制地狂跳起来。

他加快步伐，至近处细看，原本激动的心才渐趋平静。

整了整衣冠，他朝那女子长揖："柳娘子安好。"

柳婕妤竟低身朝他福了一福："程先生万福。"

程渊忙又还礼，口中道："娘子如此折杀老奴了。"

柳婕妤含笑道："程先生是两朝良臣，我原是晚辈，理应施礼。"

程渊再三礼让，然后问柳婕妤："娘子此番来慈福宫，是为定省太后吗？"

"太后说近日常感秋乏，不宜多见外人，所以已免去我定省之礼。"柳婕妤黯然道，旋即又微笑对程渊道，"我是特意在此等候程先生。有一事颇感困惑，还望先生明示。"

程渊请婕妤直言。柳婕妤道："昨日我于重九排当上作《梁州舞》，官家当时看了，回到寝殿，却叮嘱我不可再舞此曲，说……太后不喜欢。"

程渊颔首："是的，先帝驾崩后，此曲便绝迹于禁中了。"

柳婕妤小心翼翼地道："我可以问原因吗？"

程渊沉吟不语。柳婕妤褪下腕上羊脂玉镯，便要塞给他。程渊忙退后两步，躬身推却："娘子万万不可。臣并非重财逐利之人，且娘子此举被太后得知，只怕……"

柳婕妤领悟，收回玉镯，勉强笑道："是我思量不周，差点儿累及先生。"

程渊垂首凝视她落在水中的柔美身影，轻叹一声，保持着低眉顺目的神态，缓缓道："先帝宫中，曾有一名知音律、善歌舞的女子，艳冠仙韶院，人称菊部头。"

"那《梁州舞》与她有关？"柳婕妤问。

程渊点头："她多次在宫中宴集上作舞，一曲《梁州舞》翩若惊鸿，婉若游龙，舞姿之美无人能及，以至后来不在宫中了，先帝仍念念不忘。"

柳婕妤瞬间明白了太后厌恶《梁州舞》的原因，又朝程渊敛衽："多谢先生告知。"

程渊仍不忘还礼："娘子多礼了。"

柳婕妤想想，又问："这位菊部头，当初为何出宫？如今在哪里？"

程渊微微摇头，讳莫如深："这个，娘子就不要问了。"

柳婕妤不再追问，再次致谢。她将要告辞离去，程渊又请她留步，嘱咐道："除了菊部头，还有一个先帝朝的宫人也在太后面前提不得。"

"哦，是谁？"柳婕妤低头求教。

程渊徐徐说出三个字："刘司膳。"

（十一）
菊夫人

那选民间女子充实尚食局的建议，虽是裴尚食提出，但皇帝心如明镜，知道出自太后授意，以宫人过剩，正欲裁减为由，一口回绝。太后却不就此作罢，令尚书内省列出老迈及不称职宫人名单，请求皇帝来年春天放出宫去，皇帝见此要求合情合理，只得应允。如此，宫人名额锐减，裴尚食再提择民间女子入宫之事，皇帝不再反对，只是召来程渊，道："我对饮食之事所求不多，而今殿中承命的尚食内人已足够，而太后年事已高，膳食更须小心进奉，慈福宫倒是应该多加人手。征选区域不宜过大，就定在两浙。新任提举两浙东路常平茶盐公事纪景澜将要巡查各州县，不若你与他同去，向各州县传太后懿旨，明年季春选擅厨艺的女子入尚食局，届时选来的内人全听太后差遣。"

程渊向太后禀明圣意，太后斟酌后道："也罢，他让你去你便去，先把人召进来，给谁差遣到时再议。"

程渊与纪景澜来到浦江时已是冬季，乡饮如期在夫子庙举行。县令崔彦之早早得了消息，亲自审阅食单，调整了菜式以迎接这两位贵客。

那日秋娘说连日操劳，疲惫不堪，不宜出席宴集，向崔县令告了假，让蕈蕈率众女弟子代她主理宴席事务。开宴时蕈蕈一见纪景澜，即双目一亮，笑道："纪先生，是你！"

这纪景澜便是退婚宴那天与崔县令一同入适珍楼品尝佳肴的人。那时他在外地任职期满，回京面圣途经浦江，听同年好友崔彦之说起适珍楼之事，一时好奇，遂与其同往。此刻他见了蕈蕈，也一笑："许久不见，七公子风采依旧呀。"

蕒蕒如见故人一般，十分喜悦，亲自斟了一盏酒，要敬纪景澜。纪景澜也一饮而尽，问道："这是羊羔酒？"

蕒蕒道："是的。现已入冬，所以我们把酒换成羊羔酒，温热祛寒，符合时令。"

纪景澜用含笑的眼睛盯着蕒蕒，问道："此酒味极甘甜，不比京中丰乐楼的差，是你们酒楼自酿的吗？"

"是我们自酿的。"蕒蕒听到纪景澜的赞誉很是高兴，索性把制法都说了出来，"用的是上好的肥羊肉，切作四方块，加杏仁烂煮，熬出汁，拌米饭曲，再用木香一同酿制，过十日就可以饮用了。①"

"不错不错。"纪景澜称赞道，又问，"这些年，贵店都是自己酿酒吗？"

"是。"蕒蕒笑道，"我们除了羊羔酒，还有米酒和青梅、杨梅、桑葚和桂花等各种果酒。纪先生若有闲就来适珍楼，我请你畅饮。"

纪景澜哈哈大笑，连声道多谢。

此番乡饮，菜肴已根据时令调整过，加入了很多冬天温补的食材，与品评宴上的菜式有很大差异，但按崔县令意见保留了蟹生，只是用汴京洗手蟹的做法调味。程渊品尝后颔首肯定，称味道鲜美，且与东京传统风味极为相似。

纪景澜闻言对程渊道："做洗手蟹的这家适珍楼看来是卧虎藏龙，主厨见识非同一般。非但洗手蟹能做出东京的味道，有一些珍稀佳肴摆出来，倒颇有王侯之家的风范。"

程渊问何等佳肴能令纪景澜有此感慨，纪景澜便把蕒蕒退婚宴上的菜式说了几道，又叹道："只是这姑娘为争意气铺张至此，不是惜福之人。"

程渊淡笑着望向蕒蕒，端详一番后把她召来，温和地问她："听闻贵店名为'适珍'，不知可有典故？"

蕒蕒本欲说出母亲之前告诉她的理由，转念一想，觉得那理由稀松平常至极，不若用宋皑所说的典故来解释，面前这位贵人斯斯文文的，想必饱读诗书，说这名士逸事给他听他必会对适珍楼另眼相待，遂对程渊道："适珍楼的名字，出自苏易简苏参政的名言，'食无定味，适口者珍'。"

她见程渊含笑不语，心想他大概不知道，旋即她又把苏易简与太宗关于菜斋的逸事细说了一遍。

程渊静静地听完，徐徐拊掌道："妙极。贵店佳肴可口，七公子又知书识礼，可见店主必是一位学富五车、见多识广的才士。"

崔县令闻言道："适珍楼的店主是七公子的母亲，才貌兼备，厨艺上佳，

---

① 羔羊酒酿造法出自［宋］陈直《寿亲养老新书》卷三引《宣和化成殿方》。

胸襟见识又不输男子，是浦江少见的奇女子。”

程渊问何以店主不列席乡饮，崔县令将她告假之事告之，程渊叹道：“可惜，缘悭一面。”

行至第五盏酒，上的菜中有一道盘兔，是将切好的兔肉、羊尾子炒过，再加白萝卜丝与葱、醋调和而成。[①]崔县令觉得味美，邀众举子一齐品尝，举子们纷纷举箸，唯赵怀玉端坐着，面对自己案几上的那碟盘兔，并不动箸。

崔县令见状，连声劝他品尝，赵怀玉略显尴尬地回答说自己近日肠胃欠佳，不宜多食荤腥。崔县令道：“只尝一块，并无大碍，莫负良厨匠心。”

见赵怀玉推辞再三不品尝，萁萁亦过去低声劝他：“兔肉是冬令佳肴，但性凉味甘，可补中益气、凉血解毒，有‘荤中之素’之称，想来不会损及肠胃。”

赵怀玉颔首，但并无举箸的意思。崔县令见状，不由得蹙了蹙眉头。

凤仙见状，手持酒注子从后方来，作势为赵怀玉斟酒，但似乎被案几角撞了一下，轻呼一声，注子脱手，连壶带酒均倒在了赵怀玉面前的盘兔上。

凤仙迅速跪下，连连告罪，萁萁也立即上前和她一起收拾案上残局。程渊冷眼旁观，此刻转过头去，笑吟吟地向崔县令祝酒，崔县令忙举盏回应，不再关注赵怀玉。凤仙乘机把盘兔撤下，很快换了一碟贻贝楼的素菜至赵怀玉面前。赵怀玉低声道谢，看凤仙的目光蕴含无限感激。

这场乡饮从午间开始，持续两个时辰方才结束。从夫子庙出来后，萁萁私下对凤仙道：“那赵怀玉不知为何，死活不吃兔肉。崔县令都那样劝了，我瞧着都尴尬。好在姐姐聪明，想出了法子及时化解。”

凤仙道：“他不吃自有他的理由。我们劝人品尝菜肴，劝一次客人推辞，可能是客气，或者出于某个不重要的理由不想吃，但反复劝了客人都不吃，那就是有他不能吃的道理，我们就别再劝了。你眼中的蜜糖，在他看来可能是砒霜，不见得我们觉得好的，他人也一定喜欢。”

萁萁赞道：“还是姐姐推己及人，思虑周全。”

凤仙微微一笑：“从小看着食客的眼色长大，这点儿浅显的道理，难道还不明白吗？”

忽闻身后有人请她们留步，二人回头一看，见快步赶来的正是赵怀玉。他奔至二人面前，再三作揖，由衷致谢。萁萁目示凤仙笑道：“你谢凤仙姐姐就好了，是她帮了你……对了，上次丝线提鱼鳞的法子也是她想出来的，她就是你所说的‘被褐怀玉’之人。”

赵怀玉闻言再看凤仙，目中多了钦佩之意，再次郑重道谢，凤仙亦敛衽还

---

① 盘兔做法出自［元］忽思慧《饮膳正要》。

礼，少顷抬起头来，目光与赵怀玉的相触，发现他一直在凝视她，凤仙双颊微红，默默垂目，不再看他。

“可以告诉我们你为何不愿吃兔肉吗？”蘘蘘压不过好奇心，问赵怀玉，“肠胃应该不是最重要的原因吧。”

见赵怀玉一时不语，蘘蘘忙道：“是我冒昧了，请别介意，你可以不回答。”

“无妨，我可以告诉姑娘。”赵怀玉此时开口，给了她答案，“因为我母亲生于卯年，属兔，所以我这一生都不会吃兔肉。”

蘘蘘与凤仙才回到适珍楼不久，衙署便又有人来，说京中来的中贵人欣赏适珍楼佳肴，叹服店主高才，希望请店主至衙署一叙。秋娘听了良久不应。蘘蘘见她面色苍白，便对来人道：“我母亲身体欠佳，今日不便外出，还望中贵人宽延一日，明日我与母亲再来拜访。”

那人道：“中贵人已顾及此事，早已请来名医，就在衙署，正好可与吴家娘子诊治。”

那人再三相请，蘘蘘无奈地看向母亲，秋娘徐徐起身，道：“我遵命便是。”

她缓步走到蘘蘘面前，温柔地看着女儿，眸中飘过一丝愁绪。

蘘蘘惘然地唤了声“妈妈”，秋娘伸手抱了抱她，右手轻轻抚摸蘘蘘的脸，柔声道：“我去去就来，你好好的。”

蘘蘘感觉到她手指冰凉，遂道：“妈妈，天冷，你多添件衣裳再去。”

秋娘微微一笑，也不答应，深深地看了蘘蘘一眼，又环顾适珍楼众人，然后以手抚鬓角，理了理簪笄，便随衙署之人远去。

她到了衙署，衙吏说中贵人在后院梅堂等候，带着秋娘绕过蜡梅盛放处一路寻去。到了梅堂，衙吏引秋娘进至门内，秋娘见堂中有宦者服色的人背朝她负手而立。衙吏禀报秋娘已至，那人命衙吏退下，才慢慢回身，目光先落在夕阳自秋娘身上落下的影子上，闻着与她相携而来的蜡梅香，似乎思量良久，才抬起了头。

看清了秋娘的眉目，他露出浅淡的笑容，朝秋娘深深一揖，然后款款道：“临安一别，至今已有十九秋。所幸夫人朱颜青鬓，不曾被岁月围攻。”

他语调轻柔，举止儒雅，而秋娘却听得脊背生凉，垂下的袖角在微微地颤抖。她定定地注视他须臾，心中原本残存的希望如风中烛火般逐一灭去，她面如死灰，最后仅说出一句话：“我只有一个请求……不要伤害我的孩子。”

程渊与她相视，眼中看不出任何悲喜。似乎心下权衡许久，他迟迟才作了回应：“我答应你，菊夫人。”

（十二）
惊变

蕙蕙等到夜间仍不见母亲回来，赶往衙署打听，崔县令亲自出来，面色凝重地告诉她，秋娘是多年前自大内逃出来的宫人，程渊已带她出城，将押送回宫，交给太后处置。

蕙蕙闻言如雷击顶，立即想追寻母亲，但奔至城门处见大门紧闭，且有兵卒把守，无法出去。蕙蕙准备守至天明，俟城门开启即追出城去，忽见缃叶惊慌地赶来，见了她便即连声喊道："出事了！店里出事了！"

纪景澜派人连夜封锁适珍楼账房，搜走所有账簿，清点适珍楼所酿的酒，并带走了蒲伯。

纪景澜现任提举两浙东路常平茶盐公事，主管的就是两浙各州县课税财赋之事。

在国朝如今课税所得中，榷酒收入仅次于夏秋两税及榷盐收入，列第三位。一年总岁入酒课钱就占了两成，且其中又数两浙酒课最多，遥遥领先于其他各路。朝廷严管酒课征榷，并限制酒楼自酿酒。京城中酒楼分为大规模的"正店"和其余"脚店"，酒曲由官方售卖，且只向正店出售，酒曲售价已包含税金。脚店不得私自酿酒，售酒只能从官方酒库或正店进货。诸州城内皆置有官酒务，酿酒向各酒楼出售，而县镇乡村为扶持小酒楼，可允许他们酿酒，酒课定额收取，但酒楼自酿酒营利所得若超过一定数额，酿酒权将被收回，依旧改为官酤，即官酒务专卖。

纪景澜初到浦江，蕙蕙的豪奢宴席便给其留下深刻印象，而今乡饮上又见适珍楼所用皆自酿酒，度其规模已远超乡野小店，判断适珍楼酒利必超过允许民酿的范围，于是立即派人封锁适珍楼，细查其账目，发现按其酒利，三年前适珍楼的酿酒权便应该被收回，改为官酤，是蒲伯将这三年的部分酒利改为其他食货所得报课税，而县衙没有查出，所以能自酿酒至今。

适珍楼由此被查封，被拘押的蒲伯始终坚称秋娘和蕙蕙不知情，她们母女一个潜心于厨艺，一个耽于玩乐，均不管账，改账目一事完全是自己决定的，皆因怕失去酿酒权，而导致适珍楼一大卖点丧失，被贻贝楼等竞争对手击溃。纪景澜倒也相信吴氏母女不知情，道："以吴秋娘之精明，不可能明知酒楼酒利超限还把自酿酒纳入乡饮。而吴蕙蕙若知道，也不会那么没心没肺地请我去饮她家酿的酒。"

纪景澜将情况呈报州府，为适珍楼开出了巨额罚单，而对蒲伯的惩罚也被定为“徒三年”。县令崔彦之也被纪景澜以监管不严、玩忽职守为由弹劾，被降职，徙往他乡。

蒖蒖求见纪景澜，为蒲伯求情，说蒲伯此举虽糊涂，但并无私心，见自己母女孤苦，多年来万事皆倾力相助，且工钱只领生活所需数额，绝非贪财之人，望纪先生宽宥，若要惩罚，可惩罚蒖蒖，但求放过蒲伯。

纪景澜即刻拒绝：“我早已查明，退婚宴之前你不曾插手适珍楼事务，这个罪责轮不到你来担当。你如今要做的是筹集罚金尽快上缴。”

蒖蒖再三恳求，纪景澜均不为所动，蒖蒖无可奈何，眼睛直直地瞪着他，想起他在乡饮上套自己话的情形，眸中跳跃着无法掩饰的怒火。

纪景澜见状问她：“你是不是很恨我？”

蒖蒖沉默片刻，反问道：“答案有两个，一个比较好听，一个不太好听，你听哪个？”

纪景澜笑道：“先说好听的。”

蒖蒖道：“你身居其位，秉公执法，无可厚非。”

“不错，七公子并非不晓事理。”纪景澜道，又问，“那不太好听的呢？”

蒖蒖咬牙切齿地道：“我真想把你炸成羊头签。”

纪景澜朗声大笑，起身负手踱步至蒖蒖面前，又问她：“你是不是觉得我是个寡情薄义之人，非但不能体谅你蒲伯对你母女的拳拳之心，连当初与我一同赴京赶考的同年好友崔县令也弹劾？”

蒖蒖缄默不语。

纪景澜徐徐道：“每个罪犯都可以说出一堆其情可悯的理由，但判决看的是案件结果，而不是人情。所有判决者心中都要牢记四字：法不容情。”

但蒖蒖的求情，似乎也有一点儿作用。本朝徒刑，最重的就是三年，而蒲伯的刑罚在实施的时候，被纪景澜援引《折杖法》，请州府改为脊杖二十代替徒刑三年。于是蒲伯脊背上受了二十杖，虽受皮肉之苦，但免去了失去三年自由之灾。

蒲伯受刑之后被接回家，伏在床上动弹不得，每日背上需换药。那时蒖蒖已赶往临安打听母亲的下落，适珍楼其余众女碍于男女大防，面面相觑，不好意思去为蒲伯换药。最后缃叶站了出来：“有什么难的？不就跟腌风干肉差不多吗？”

缃叶来到蒲伯房中，利落地为他换好药，问蒲伯痛不痛。蒲伯说：“痛自然是痛的，不过这刑杖比我预想的轻一些，至少没把我背上这老骨头打断。”

“当然轻了。”缃叶一壁清理残药，一壁漫不经心地道，“我也就花了一两年的私房钱给行刑的小哥买酒吃而已。”

蕈蕈在临安完全没打听到母亲的任何消息，临安府根本不理她寻母的诉求，大内更是无法靠近，远远地就被禁卫呵斥开。杨盛霖闻讯赶来，也拜托临安的亲友帮忙询问吴秋娘的下落，均无结果，秋娘就似凭空消失了一般。蕈蕈无计可施，哭了好些天，眼见着缴纳罚金的日期临近，只得赶回浦江处理。

凤仙帮着蕈蕈细查适珍楼财物，蕈蕈才发现这些年虽然酒楼生意做得不错，但店内现金并不多，所得收入除了大部分用于店中必要的支出和进货，其余的被自己挥霍了大半。若要凑足罚金，唯有把酒楼卖了。

蕈蕈思及前因后果，顿觉今日之境地皆由自己张扬炫耀而起，不免又痛哭一场，终日茶饭不思，短短数日，已憔悴不堪。

凤仙劝她：“哭解决不了困境。当务之急，是把罚金凑足了。酒楼若保不住，暂时卖了也无妨，只要人平安就好。师娘当年是白手起家，只要我们姐妹齐心，适珍楼总有东山再起之日。”

蕈蕈在她的劝慰下振作起来，准备出售酒楼。然而这店不小，能按她要求一次付齐全款的人并不多，即便有人想买也乘机压价，报出的低价气得人呕血。

而这时杨盛霖找她恳谈，愿出市价购买酒楼，道：“携妓出游一事，是我不对，一直觉得愧对于你。如今希望你把酒楼卖给我家，并非想乘人之危吞并适珍楼，你只当我暂时接管，待你渡过这段危机，什么时候想收回来，我随时可还给你。”

蕈蕈见他状甚诚恳，自己也无更好的办法了，只得同意，收了杨家的钱把罚金交了，而适珍楼也交给了贻贝楼经营。

原适珍楼中的人有些留下来继续在杨家父子手下做事，有些另有豪门聘请，为了生计也就去了，众姐妹亦作鸟兽散，唯有缃叶和凤仙留下。缃叶主要照顾蒲伯，而凤仙决意陪蕈蕈重整旗鼓自己经营一家小店，等待秋娘归来。

这期间赵怀玉常来看望她们，见她们生活不易，蕈蕈尤显愁苦，遂建议道：“近日州县已传下讯息，明年季春将选精于厨艺的二十岁以下女子赴临安入尚食局。七公子既想寻找母亲，不若借此机会参选，将来若入了宫，想必总有法子与令慈相见。”

蕈蕈觉得可行，只担心自己厨艺不精，不会入选。凤仙道：“我可以教你。你从小在适珍楼长大，人又聪明，只要苦练几个月，就有可能入选。”

蕈蕈遂跟着凤仙，从刀工学起，开始苦练技艺。然而这样的日子没持续多久。一日，数名衣着光鲜，看起来像是出自官宦之家的仆妇来到浦江，几番打探之后找到凤仙，笑着朝凤仙频频施礼，道："可找到二姑娘了。这些年来，夫人无日无夜不思念姑娘，将军寻访多年，总算得知姑娘下落，让我们来接姑娘回家。"

据她们说，凤仙的父亲是如今知荆南府的凌焘，多年来一直领兵戍守边疆，故她们称之为将军。凤仙是六岁时凌焘携家眷赴任时在路上不慎遗失的，如今寻到了，要接凤仙去荆南府与家人团聚。

见凤仙能与家人团聚，蕒蕒也为她高兴，劝她随这些仆妇回去。凤仙却面无喜色，私下告诉蕒蕒："我不想回去。她们说我是不慎遗失的，但我记得很清楚，那时我生着病，是我爹从我妈妈的手里把我夺走，抛在浦江城外路上的。若非遇见师娘，我还不知会怎样。"

蕒蕒感到不可思议："亲爹怎会因为女儿生病就抛弃自己的女儿？恐怕有什么误会吧。"

凤仙叹道："他觉得我是个不祥之人，一直对我不好。"

纵然十分不情愿，凤仙最后还是随仆妇们去荆南了，因为仆妇告诉她一个消息："夫人病重，盼着你回去。"

凤仙既离开，蕒蕒学艺便无人指导了。虽然缃叶会偶尔过来，但蒲伯长期卧床，她不能久留。蕒蕒想到赵怀玉曾指点贻贝楼做菜，遂问他可不可以教导自己。赵怀玉道："其实对于烹饪，我所知有限，当初教授给贻贝楼的那几道菜是从一位友人处学来的。这位友人倒是学识渊博，对文人菜肴颇有独到见解。姑娘若能向他学艺，必获益匪浅。只是他不在浦江，如今居于武夷山，姑娘前往，不知是否方便。"

蕒蕒想这位朋友只是教了他几招，便令贻贝楼大放异彩，可见确有真才实学。她又见赵怀玉对此人颇多赞誉，好奇心愈盛，遂决定前往武夷山。赵怀玉便修书一封交予蕒蕒，以作引荐。

那信封上写有几字：问樵先生敬启。

问樵先生，好老气横秋的名字。蕒蕒心中暗道，多半是个白发苍苍的老先生吧。

第二章

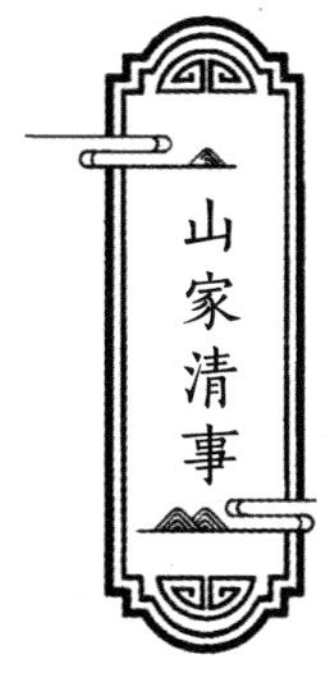

（一）
鹤公子

武夷山离浦江千里之遥，蕒蕒乘马日夜兼程，也花了好些时日才赶到山脚下。那时马已疲惫不堪，山中又风雪交加，蕒蕒见山路湿滑，马无力前行，便将马寄养在山下农户家中，自己背负行李进山。

赵怀玉说那位问樵先生住在隐屏峰问樵驿中，蕒蕒在山脚问了大致方向便入了山。武夷山丹山碧水，山峰星罗棋布，中有曲水萦绕，风光原是十分秀丽，但时至隆冬，风雪正盛，山路崎岖难行，蕒蕒也无心思观赏风景，沿着九曲溪行去，见有一处峰峦峭拔千寻麓，方正如屏，猜测那便是隐屏峰，遂着力攀登，一路只觉山势陡峭，密林莽莽，也不知摔倒滚落多少回，才攀至山腰，极目望去，周遭更是云水空蒙，杳无人烟。

蕒蕒已独行大半日，所带食物与水皆被消耗殆尽，此刻又冷又饿，面前积雪深可盈尺，而前路茫茫，全不见屋宇楼舍。蕒蕒四顾，见不远处有一岩洞，遂勉力向前，欲至洞中稍避风雪，然而数步之后即觉头昏目眩，双膝一软，跌倒在这寒烟如织的琉璃世界。

蕒蕒意识模糊，将要晕厥，忽闻一声鹤唳，感觉到有飞鸟自空中盘旋而下，落在她的前方。

蕒蕒缓缓睁开眼睛，逐渐澄清的视野中赫然出现了一只丹顶雪羽的鹤。那鹤脖颈儿纤细修长，毛羽莹洁，唯颈、尾、足为黑色，长喙中衔着一枝红梅，花朵朱红，与其丹顶近似，花瓣上还承托着几点白雪，与红花交相辉映，显得格外晶莹剔透。

鹤衔着红梅，睁着一双幽深明亮的褐眼静静地注视着蘡蘡，眼神深邃，颇似人目。蘡蘡与它对视须臾，那鹤既不知转头也不退却，四目相对良久，最后蘡蘡忍不住叹了口气："你是雌的还是雄的？如果是雄的，这样大剌剌地盯着姑娘，不觉得害臊吗？"

那鹤还是默不作声，但上前一步，俯首，把一朵梅花上的雪抖落在蘡蘡的唇上。

那几点清凉的雪轻飘飘地落在蘡蘡被冻得近乎干裂的唇上，蘡蘡下意识地抿了抿唇，感觉仿佛被雪吻了一下。

蘡蘡还在愣怔，那鹤已抛下梅枝，振翼而唳，宛若起舞。少顷，鹤引颈昂首，舒展两翅，飞向空中。

蘡蘡举目追寻它的去处，然而觉得头沉重至极，眼前一黑，伏倒在地。昏迷之前她隐隐听到前方有步履声传来，鞋履踏入积雪中发出细微的响声，夹杂着踩断枯枝的声音，一步一步，从容不迫，由远而近。

当那人走到她近处时，蘡蘡拼尽全力睁眼看了看，奈何头抬不起来，她只能看到来者穿的是饰有云头的木底乌舄以及一袭洁白如鹤羽的宽大鹤氅。

身披鹤氅的人在她面前静静伫立，然而没有低头与她说话。蘡蘡此刻连发声的力气也没有，双目一闭，晕迷过去。

蘡蘡苏醒之前，先闻到一阵清幽的梅花香。睁开迷惘的眼，发现自己和衣躺在一张四角立有黑漆柱子的床上，四柱之上以同色细木条纵横拼接为顶，呈大方目状，木架覆以细白楮纸，楮纸轻软洁白，帐顶看起来若浮云烟。

她环顾四周，见床三面亦围有楮纸屏风，唯余上下床那一侧未曾合围，而是垂着同色卷帘，帘内有竹骨，仍以楮纸为面。卷帘分为两幅，各自开合。这白色帷帐外有烛光透入，如暖阳映亮半岩春雾。漆柱上分别挂着一个银白锡瓶，瓶中插有梅花数枝，疏影横斜，暗香浮动，聚于这素幅凝雾的空间，挥之不散。

床中用的是布单楮衾，均雅洁无比，细软轻暖，转侧间若拥云入怀，全无声响。而枕头应是用菊花充实，闻之有草木清香。

蘡蘡褰开卷帘，踩在床前的小踏床上下来，出了梅花纸帐，但见床前立有一个小高几，雕成小荷叶状，饰以绿漆，袅袅婷婷地自底座上升起，承托着一个青铜小香鼎，香鼎内隔火熏着紫藤香。

蘡蘡感叹着此间风雅，良久才将目光自床畔移开，投向对面的窗边。

窗边有一藤椅，一名年轻男子半卧于椅中，以软巾束发，身着白色道衣，有黑色缘边为饰，一袭鹤氅一半覆于他膝上，一半若水流于地面，他右手支颐闭目而眠，左手握着一卷书，置于鹤氅之上。

蒖蒖无声地走到他身边，借着不远处莲花烛台送来的光亮看清了他大致的轮廓。

一时风烟俱净。梅枝欹影、半岩春雾、浮香荷叶皆悄然散去，窗外凉月如眉，窗内的蒖蒖眸中只静静泊着这个美如月光的男子。她徐徐俯身，侧坐在藤椅左边的地上，斜凭藤椅，以手支颐，抿唇锁住将要发出的叹息，默不作声地端详他，从他宛若刀裁的眉，投下两翼蝉影的睫毛，有着弓弦般弧度的唇，到持着书卷的修长指节，只觉无处不美，然而不仅仅是美而已，他身上还有一缕不属于红尘紫陌的清灵之气。蒖蒖忍不住想，是不是再接近他一点儿，就能闻到他肌肤之下的草木香。

起初醒转时，蒖蒖对所处之处颇为好奇，很希望能找到人问自己为何在此，这是何地，然而如今看到了这人，却又并不急于唤醒他来提问了。不敢高声语，恐惊画中人。他安眠是画卷，唤醒他是罪孽。

静谧的房中忽然响起一声突兀的腹鸣，她才想起自己一直未进食。她按了按腹部，忽然想到这声腹鸣只怕会被那画中人听见，于是惊惶地看向他，好在他依然闭目而眠，纹丝未动。

她继续打量四周，发现藤椅边立着一方小小的鹤膝桌，与椅子高度相仿，桌腿纤细，中间突起若竹节。鹤膝桌上面搁着一些杯盏，其中包括一个有盖的白瓷汤盅。而鹤膝桌旁置有一个风炉，炉中枣核炭火明灭，炉上铫子中还煮着水。

蒖蒖缓步过去，揭开汤盅一看，里面盛着淡黄色汤汁，蒖蒖略一闻，辨出是鸡汤，澄清透明，犹有余温。而汤中有一些如五瓣梅花状的面片，堆积在盅底，蒖蒖拈起旁边的汤匙一拨，梅花面片旋即飘起又落下，若花雨沉渊，甚是美观。

蒖蒖看看兀自沉睡的男子，心想这只怕是他的夜宵，郁闷地搁下汤匙。她转念又想，自己显然是被他所救，而他全身上下都写着“人美心善”四字，那么这梅花面片必然是他煮了准备给她食用的。于是她愉快地重拾汤匙，迅速将那鸡汤面片吃完。

收拾好汤盅，蒖蒖再看鹤膝桌上的茶盏，见那茶盏透明，似由水晶雕琢成，盏底有几枚蜜渍花蕾。此刻铫子中泉鸣若松风涧水，蒖蒖待水滚如腾波鼓浪，提起铫子，注少许水入汤瓶，又稍待片刻，再提汤瓶注水入茶盏。盏底的花蕾被热水激起，在盏中回旋舒展，花瓣依次绽放，原来是玉蕊檀心的磬口蜡梅，外缘花瓣呈蜜蜡黄色，而中心呈紫色，花形半含，很是优雅，且蕴异香，随滚水热度升腾而上，蒸汽过处，皆是馥郁花香。

蕒蕒饮下这蜡梅花茶[①]，心中颇感和暖。她收好茶具，重新在那藤椅边坐下，此刻才发现此地地面温暖，砖下似有炉火，热度源源不绝，令这房中暖和如春，使她浑然忘了外间有怎样的漠漠寒林。

这温暖的感觉令她眼帘渐趋沉重，她倚靠着藤椅，像那椅中男子一般，沉沉睡去。

她是被冻醒的。冷到醒来之前先打了个喷嚏，她被自己发出的声音吓得吃了一惊，蓦然坐起，发现自己身处一个洞穴之中，一个农妇正把一堆干草往她身上拨。

那农妇四十多岁光景，周身上下倒是收拾得很干净，冷冷地拉长着脸，见蕒蕒醒来也未停下手中动作，继续把干草拨到蕒蕒身上盖住，然后坐到附近燃烧着的柴火堆旁，道："别睡了，若不是被我发现，你早就冻死了。"

蕒蕒茫然地打量周遭，半晌才问那农妇："我为何在这里？"

那农妇道："你都不知道你为何在这里，我又怎会知道？"

她语气冷硬，还隐含奚落之意。蕒蕒不悦，愤然道："我明明睡在一个又香又美的房间，身边还有一个好俊秀的公子。"

话一出口她就察觉不妥，而那农妇鄙夷的眼神已投来："怎么现在的小姑娘说起春梦来竟如此坦荡！"

（二）
问樵先生

蕒蕒感觉到双颊发烫，旋即意识到要反驳这农妇唯有澄清事实，遂把昨日晕倒至夜晚苏醒时所见情形一一告之，连房中家具、器物形制及鸡汤面片、蜡梅花茶都细细描述了一番。

那农妇听了似乎信了两分，却又道："这附近没有你所说的屋舍和公子，倒是山间常有精灵作祟，花鸟走兽，甚至山石泥土都可吸收天地灵气幻化为人形。去年我邻居家的四姑娘七夕那天在山下买了个泥做的摩诃罗，是个戴着金镯子的男娃，看上去白胖可爱。四姑娘很喜欢，晚间睡觉便把这摩诃罗搁在床头。结果那天夜里，就有一位公子来敲她的门，说仰慕她已久，想与她相见。

① 本节中对鸡汤面片（梅花汤饼）、蜡梅花茶（汤绽梅）的描写参考[宋]林洪《山家清供》。室内陈设参考[宋]林洪《山家清事》。

四姑娘从窗边窥去，见那公子生得十分俊俏，就开了门……”

蒖蒖听得入神，见农妇停顿，立即追问：“然后呢？”

农妇抛了个白眼：“然后？你就当他们盖着被子聊了一宿吧。”

蒖蒖才觉出此中有不便细述之处，用双手捂住微红的脸颊无声地笑了笑。

“那公子天没亮就走了，走之前送了四姑娘一个金镯子。第二天，四姑娘取出金镯子一看，你猜怎么着？”农妇绘声绘色地讲着，不忘提问引导蒖蒖的思路，宛如一个说书先生。

蒖蒖笑道：“她肯定发现金镯子是泥做的。”

见蒖蒖迅速猜到，农妇有些失望，垂下适才撑开的眼帘继续道：“是呀，她赶紧看床头的摩诃罗，发现娃娃手上的镯子不见了，这才明白那位公子就是这摩诃罗变化的。”

“然后呢？”蒖蒖追问道。

农妇道：“四姑娘便把摩诃罗砸得粉碎，那位公子就再没出现了。”

“啊？”蒖蒖很是意外，“就这样砸了？”

“那当然。”农妇蹙眉看着她，觉得此女真是厚颜至极，“不砸，你还等着他夜夜来找你呀？”

蒖蒖觉得好笑，又有几分害羞，拨开干草抱膝而坐，将脸埋在双袖间掩饰难以抑止的笑容，而这令她清楚地闻到了衣袖上沾染的紫藤香。她想起那绿漆小荷叶上的香鼎，再忆及晕厥前那鹤看她的眼，一阵恍惚，心想，昨夜所见，莫不是鹤精变化的幻境？昨夜那人，白衣上有黑色缘边，还真像鹤的颜色呢。但若是幻境，这紫藤香也应该消散了，却又为何沾衣不去？

那农妇似乎很看不惯蒖蒖，蒖蒖问她如何称呼她也不答，问她问樵驿怎么走也说不知。她稍坐片刻，从柴堆火灰中扒出两个煨熟的芋头抛给蒖蒖，叮嘱她山上寒冷，时有走兽出没，甚是危险，最好尽快下山，随后径直离开了。

蒖蒖起身打量四周，发现这洞穴便是她晕倒之前看见的那个，休整片刻，带上行李和那两个芋头，继续出发，向山上走去。

时值清晨，雪后初霁，峰峦之间云蒸霞蔚，万丈霞光洒在云海之上，恍若仙境。蒖蒖无心细看，继续向上攀登，走了片刻觉得饥饿，遂取出一个农妇送的芋头，剥开品尝，见山谷格外幽静，想起农妇的话，暗暗担心哪处丛林忽然窜出一只猛兽，也不敢停步，一路走一路吃。

她绕过一处峭壁，忽闻前方有琴声传来，不知弹的是什么曲子，但觉乐音悠长旷远，融入万壑松风中，若天籁梵呗般令人宁神静心。

察觉到人的存在，蒖蒖噙着一口芋头，此时顾不得咽下去了，加快步伐朝琴声处奔去。

前方面向山谷处有个小亭子，立于凸出山崖的岩石上，亭中有琴桌香案，小小的青铜博山炉中香烟缥缈，一个文士身披缀着雪色貂裘的斗篷，面对山谷云海，正在抚琴。身后有一名十几岁的书童静默侍立。

蒖蒖悄然接近亭子，转向文士侧面，想看看他的面容。那文士抚琴间隙微微侧头，彼时金红的霞光抚上他素白的身影，他半瞑双目，手覆冰弦，只一侧影已是仪范清冷，湛然若神。

认出此人正是昨晚所见的“鹤精”，蒖蒖几欲惊呼，才一张嘴才觉出口中尚有芋头，于是强行咽下，一时间胸中气血梗结，一股莫名之气在胸喉之间窜来窜去，终于摆脱她的控制，从喉中涌出……

结果是她响亮地打了个嗝。

琴声戛然而止，她用一只手捂住嘴，另一只手兀自握着半截芋头，在那俊秀“鹤精”淡然回顾中无地自容。

她与“鹤精”四目相对，还在愣怔，忽闻身后有人怒喝：“你怎么在这里？莫不是跟踪我来找我家公子的？”

蒖蒖回过头，发现出现在身后的正是此前所见的农妇，她如今手提一块兔肉，正满面怒容地盯着她。

思量她说的话，蒖蒖猜到这妇人应是“鹤精”家中仆妇，旋即意识到这仆妇必是不满自己昨晚宿于她家公子房中，所以对自己颇有恶意，并用精变一说来混淆事实，想让自己不再找这个公子。

蒖蒖随之镇定下来，冷笑道：“你别以己度人，以为世人都像你一样看重你家公子。你觉得他如珠似宝，但在我眼里，他未必有这块芋头重要呢。”她故意扬起手中的芋头，对那仆妇道，“尚无情绪收寒涕，那得工夫伴俗人。”

这是她小时候与蒲伯冬夜围炉煨芋头时蒲伯说起的一句禅语。说是唐代衡岳寺有名执役僧，很懒，又爱收僧众的剩饭来吃，所以别人称他“懒残”。但其实这个懒残僧是个明佛法、通古今的高人。邺侯李泌听其响彻山林的梵唱断定他必非凡人，前去拜谒他，他从牛粪火堆里拨出一个芋头，自己吃了一半，将另一半递给李泌。李泌接过吃完，懒残僧指示道：“慎勿多言，领取十年宰相。”后来又有王侯去请他出山，他吃着芋头说：“尚无情绪收寒涕，那得工夫伴俗人。”意思是芋头太好吃，我鼻涕流下了都没空去拭擦，哪会有工夫来陪你这俗人。

这禅语那仆妇不懂，愕然地看着她，一时不知该如何应对，而那“鹤精”倒是十分明了，起身温和地对蒖蒖道：“姑娘也知懒残师。”

蕈蕈一哂："我好歹也是读过几年书的。不过始终是凡人，估计不配入你鹤精仙境，所以你半夜把我扔了出来。"

"唉，这不能怨我家公子。"那仆妇忙解释道，"你在公子房中地上睡得像只螃蟹一样，我实在看不过去，才把你运到了岩洞里。"

螃蟹？运？这是不把她当人了。蕈蕈正欲发火斥责，却闻那公子先开了口："三娘，暂勿多言。"他又朝蕈蕈道："不待姑娘醒转便请你出去，非待客之道，是我们不对，还望姑娘原宥。寒舍就在山谷中，若姑娘不弃，不妨稍留片刻，于寒舍进过午膳再启程。"

蕈蕈犹带怒意，本想一口回绝，一瞥那三娘，却改了主意：若我接受她家公子邀请，让她眼睁睁地看着公子招待我，她岂不更恼火？于是心情瞬间开朗，她露出端雅大度的笑容向"鹤精"表示并不介意前往。

蕈蕈随"鹤精"一行人从山崖另一侧下山，来到他坐落于山谷中的园舍。其间蕈蕈问他姓名，他说他姓林名泓，"泓澄涗沫，澒溶沆漾"的"泓"。他见蕈蕈状甚懵懂，又改口道："'一泓秋水一轮月'的'泓'。"这诗句蕈蕈虽未听过，但"一泓秋水"还是能明白的，遂颔首称道："好清澈的名字。"

林泓的园舍位处山中滨水地，园子周围环植荆棘，中间杂植高达丈余的竹子，篱外植芋栗果木，篱内则种着几重梅花。进到园中，蕈蕈见屋舍前有一片池塘，清可见底，池边一侧叠石为麓，引泉水自叠石上流下，伴着淙淙环佩声跌入池内。

池中有一小岛，岛上立着一间由竹子所筑的鹤舍，两只丹顶鹤正戏水于水滨，见林泓到来，均展翼起舞。这园中花竹映带，鸟啼鹤唳，更似山林。

屋舍有两进，前院四五间，供林泓居住与藏书、合香，后院是厨房、酒窖及仆妇、书童及园丁所居之处。

林泓请蕈蕈在前院堂中坐，稍事休息，自己旋即离开。半晌之后，那三娘进来，冷面摆好桌案，将一个大锡盘置于桌面，盘中注满水，以做隔热之用，再把一个煮水用的红泥三足小风炉搁在盘中，炉上安放铜制铫子，去盖——里面煮着半锅热水。

随后三娘带来数碟调料，酱油、醋、橙齑、香葱之类，稍待片刻，又奉上一大盘薄切肉片，薄如鱼鲙，几片为一簇，呈花朵状盛在盘中，红红白白的，煞是好看。

蕈蕈问这是何肉。三娘道："野兔肉。是我儿子今天打猎得来的，我本想给公子食用，公子说这几日不食荤腥，所以便宜你了。"

蕈蕈又问为何不见公子。三娘说："他从不与人一同进食，都是独自在房中进膳。”

三娘将碗碟置于萓萓面前，见铫子中水已沸腾，便递箸给她，示意她自取调料，搛肉去涮。这种吃法萓萓从未见过，问三娘肉要涮多久。三娘道：“你搛入水中摆上几摆，见肉变色即可食用。”

萓萓依言而行。那铫子中沸水翻腾如江雪白浪，肉片鲜红，搛入水中一曳，又似晚照流霞，迤逦间颜色逐渐褪去，妙不可言。

萓萓先未蘸调料，品尝肉片味道，口感咸香，问三娘这肉是否事先用酒、酱和花椒腌过。三娘默认，道：“你这小姑娘嘴还挺刁，能尝出这些味道。”

萓萓一笑，力邀三娘一同进食。三娘推辞一番，萓萓再三邀请，三娘便顺势坐下，与萓萓各自取了调料，涮着兔肉片，大快朵颐。

吃得开心，三娘主动告诉萓萓公子给这涮肉取了好听的名字，叫“拨霞供”[①]。萓萓细问之下才知林泓精于厨艺，每日自己烹调膳食，常有创新，遂赞道：“你家公子屋宇典雅，处处雅洁，没想到他竟还擅做庖厨之事，日后他家娘子不知省了多少心。”

三娘道：“那是。我家公子出身世家，相貌俊美，学识渊博，又会厨艺，不知多少姑娘想嫁给他。三天两头地总有些女子跑来在他周围晃荡，公子不理，她们还会编造身世想骗他收留。”

萓萓问她们如何编造。三娘告诉她：“总不过是家道中落，与父母失散，无地容身，身无分文，想跟着先生学艺之类。”

萓萓瞬间明白这便是三娘厌恶自己的原因，担心自己也是来骗林泓收留的。心想自己这种正经家破人散的人才不会见色起意，忘了本来的目的呢。林泓再好，也羁留不住她寻找问樵老师的心……称问樵先生为老师是蒲伯的建议，说世人常称德高望重的老禅师为“老师”，这问樵先生居于山中，一看就是个老禅师，称他先生都不足以显示格外的尊重，萓萓见了他应该称其“老师”。

为了向三娘撇清自己，萓萓附和她向那些编造身世的女子表示鄙夷，说：“这些女子，为了追逐公子竟连颜面都不顾了，如此编造，如何对得起父母教诲，真是丢我们姑娘家的脸！”

三娘听得十分称心，又去取来果蔬糕点和甜如蜜的米酒，与萓萓把酒言欢，其乐融融，还说自己姓辛，萓萓称她辛三娘也行，辛三姐也行。

这顿午膳持续了一个半时辰，萓萓见天色不早，起身告辞，辛三娘让她稍等，洗净她所用的杯盏，连同她昨夜喝鸡汤和花茶的用具一起塞给她，让她带走。

萓萓见那些杯盏品质上乘，绝非凡品，遂推辞道：“这怎么好意思呢，又

---

① 本节中涮兔肉“拨霞供”描述参考［宋］林洪《山家清供》。

吃又拿……”

辛三娘大手一挥：“没事，都带走。反正你用过的东西公子也不会要了。”

辛三娘送蒖蒖至园门外，蒖蒖与她道别，将要离去，忽然发现园门一侧挂着个小小木牌，上书三字：问樵驿。

这木牌甚小，她入园时一心探看园内风景，故此并未窥见。她如今见了，心下一惊，忙问辛三娘：“公子这园子，叫问樵驿？”

辛三娘称是。蒖蒖的笑容已凝固在风中：“所以，林公子就是问樵先生？”

“对呀。”辛三娘道，“这里叫问樵驿，所以山中人都称他问樵先生。”

蒖蒖讪讪地放低声音询问：“我可不可以再回去见见问樵先生？”

回去见到林泓，蒖蒖俯首向他呈上赵怀玉的信件。林泓取出信看了，又默默地端详她一番。

蒖蒖心虚地问：“赵公子的书信上说了什么？”

林泓将展开的信徐徐送至她眼前：“他说，你从小失去父亲，如今又与母亲失散，家中发生变故，无处容身，钱财不多，希望我能收留你，容你在此处学艺……是这样吗？”

“是的，没错。”蒖蒖强作镇静，若无其事地忽略辛三娘眼中灼烧的怒火，努力向林泓露出尴尬中透着无辜的笑容，“林老师。”

（三）
画中人

也许是不想有负友人嘱托，尽管辛三娘极力反对，林泓仍留下了蒖蒖。

后院可住人的房间已满，林泓让辛三娘在前院收拾出一间房给蒖蒖居住。当辛三娘黑着脸抱着枕衾进入蒖蒖将入住的房间时，蒖蒖发现那一套正是她此前在林泓房中用过的楮衾菊枕。

见辛三娘没好气地将枕衾抛在榻上，蒖蒖故意逗她：“林公子真好客，给客人用的都是自己的用具。”

辛三娘冷笑道：“这是公子要我拿出去扔掉的。我也跟你说过，这种近身的物事，如果外人用了，公子是不会再要的。不过我看着这套枕衾还好好的，扔掉可惜，就给你了，省得还要给你备一套新的。”

“这样呀……”蒖蒖若有所思，随即抱起枕衾就要往外走。

辛三娘忙喝道："你要去哪里？"

蒖蒖道："去公子房里。我在他那间房里睡了一夜，那房间公子肯定也不会要了，我看那间房还好好的，空着可惜，不如我去住吧。"

"你这厚脸皮的丫头！"辛三娘气急败坏地追到门口，"快给我回来！"

蒖蒖见她气得直抚胸口，不由得一笑，抱着衾枕回到了房中。

林泓并未告诉蒖蒖每天几时学艺，蒖蒖连续多日未好好睡过，翌日醒来，天已大亮，匆匆赶到后院一看，见林泓已在外弹琴归来，此刻正戴着素色冠巾，系着袖子，在厨房做早膳。

他的厨房令蒖蒖叹为观止，非但窗明几净，没有一丝油烟，还散发着蔬果新鲜的香气，所有食材和调料均分类列于专属的木架上，蔬菜按叶、茎、果、根的顺序整整齐齐依次排列，调味品用瓷瓶盛着，按容器大中小的顺序各列一行，少许鱼肉悬挂在通风处，也是依大小排列，一丝不乱，肉处理得非常干净，地上没有一滴血水或油。食材下方木架和瓷瓶上均有小楷写的标签，注明物品名字和入厨房的时间。厨房的整洁程度几乎可与书房媲美。

蒖蒖进来时，林泓正在用洗净的梅花和从园中花木上收集的雪与白米一起煮粥。看见蒖蒖他一言不发，默默做完，洗净手后便自己回房，让辛三娘将粥送到他的房间。蒖蒖愣怔着不知如何是好，忽见辛三娘端了碗粥给她，说是公子吩咐的。

午膳与晚膳也是如此，林泓沉默着完成，并不开口讲解，教蒖蒖任何技艺，甚至蒖蒖主动问他也不答，只是做好后分给蒖蒖品尝。

晚膳后蒖蒖忍不住去找他，问他可否教自己，林泓立于池畔，以梅枝接引归来的鹤，待鹤衔了梅枝飞回岛上，才转头对蒖蒖道："我不是已经教了你一天吗？"

次日蒖蒖早早地来到厨房，帮辛三娘清理早晨采摘的蔬菜，按林泓的要求分类列于木架上，跟着三娘将他可能会用到的用具清洗一遍，控好灶火，拭擦家具，扫净地面，备好茶水，以迎接他的到来。

林泓入内后略微环顾，便看出哪里不对，径直走到放置调料的木架旁，把蒖蒖拭擦木架时无意中调换了位置的盐瓶和椒瓶放回原处。刀具搁置的位置有一点偏差，他也先调整回原位再用。

他做饭时蒖蒖一直守在旁边，自己琢磨他下一步要做什么，需要用刀就提前取出，用布巾托着，准时递到他的手中，知道林泓每次处理完一种食材都会洗手，便事先备好一盆水，在他搁下刀后适时奉上。至于调料瓶倒不用她递，因为置放调料瓶的架子在林泓左侧，他熟知每种调料的位置，需要什么，自己

一伸手便能准确地取出瓶子，甚至不必抬头。

这一天下来，林泓对蕫蕫也有了点儿好脸色，蕫蕫请教于他，他会回答。例如蕫蕫问在他房中所食的鸡汤面片是什么，他说那叫“梅花汤饼”，是用白梅与檀香末水和面擀成馄饨皮，再以五分铁凿成梅花状。他顺便告诉蕫蕫那天她喝的蜡梅花茶叫“汤绽梅”，是用竹刀将蜡梅蓓蕾自花枝上采下，以蜂蜡点蓓蕾头尾，防止绽开，再蜜浸保存，所以饮用时以热水冲泡，香味不损，一如枝头初绽之时。只是蕫蕫没有提到的他便不会主动教，一切都让她自己看，自己悟。不过蕫蕫已经觉得这是挺大的进步了，至少在她的努力下，他愿意与自己沟通了。

第三天他们说的话更多了，蕫蕫甚至有了开玩笑的心情。林泓切葱相当快捷，且切好的葱长度完全一样。蕫蕫拨出一些，一根根对比，林泓见了说：“别比了，都一样。”蕫蕫午后悄悄去菜圃中摘了一棵葱，自己在房中切，带到厨房混入林泓所切的葱里，故意挑出一根让他看：“老师，这葱比较长。”

林泓看了一眼便道：“这不是我切的葱。”

蕫蕫问何以见得。林泓说，一看色泽和纹路，就知道是午后才摘的。

而蕫蕫睁大眼睛仔细看，也没看出色泽和纹路有何不同。

林泓将蕫蕫混入的葱一根根拣出，忽然状似不经意地问她：“可以做一个菜给我看吗？”

蕫蕫一怔：“老师要看我做菜？”

林泓颔首：“那天请你吃拨霞供，是因为我不了解你的口味，所以选择了煮水涮肉片的方式，把调味的权利交给你，让你自己调兑佐食的蘸汁，味道深浅轻重，都让你自由决定。如今你要我教你厨艺，可是我并不清楚你会什么，想学什么，什么是你欠缺的。我不想让你被动接受我的教导，我希望你主动去做，让你和我都发现你需要什么，而不是让你不管喜不喜欢，不经思索地模仿我的做法。”

蕫蕫的目光从房中果蔬上逐一掠过，心中飞速地把自己会的菜式过了一遍，但最后说出来的是一个最莫名其妙的答案：“我可以煨个芋头吗？”

话一出口她就万分懊恼，她正在心里鄙视这个傻乎乎的选择，却听林泓温和地回答道：“好的，那就煨一个芋头。”

蕫蕫遂挑了一个大芋头，埋入厨房地炉的灰堆里，估摸到了煨熟的时辰，从灰堆里扒出芋头，担心弄脏厨房地面，自己捧着跑出去把芋头拍打干净，才进厨房，剥开芋头请林泓品尝。

林泓将芋头里外看看，尝了尝，道：“还不错。”然后他起身走向果蔬架，

"我也煨一个吧。"

他自取了个大芋头，洗净，用湿纸包好，然后煮了一些黄酒，将煮过的酒和糟涂在包芋头的湿纸上，充分浸润，再命蒖蒖把地炉中的炭火撤去，换成糠皮火，才将严密裹好的芋头置入糠皮火灰堆中。

芋头被煨好后，去除包裹的纸，里面的芋头仍十分干净，且受热均匀，剥皮之后露出的肉极其嫩白。蒖蒖在林泓示意之下一尝，但觉糯香软和之感伴随着热度充盈口腔，其中隐约带有一丝甘醇酒香，风味远超自己所煨那个。

蒖蒖再三赞叹，又道："这么好吃的芋头不会没有一个好听的名字吧？"

林泓一笑："有的，叫土芝丹[①]。"然后他解释道，"用酒与糟，有温补的作用，最宜冬天趁热食用。"他见蒖蒖吃得不亦乐乎，忽然问她，"我在山上弹琴，与你相遇那天，你吃的芋头已经凉了吧？"

蒖蒖点头："是的，山上那么冷，早凉了。"

"以后别吃了。"林泓叮嘱道，"冷芋头破血，对身体不好。"

蒖蒖垂下握着芋头的手，有些不敢确定：林老师这是……在关心我？

她明明感到开心，心中却感到一阵酸楚。她偷眼看林泓，见他早已转身，又开始淡定地做下一道菜。

不过林老师也不总是这么厚道。作为一个显而易见终有一天会成为老禅师的修行之人，他会让蒖蒖猜猜他偶尔流露的禅意。

有一天，蒖蒖和林泓的书童阿澈在书房看他习翰墨，阿澈与他们闲聊，说如今周围邻居对她的身份议论纷纷，都猜她是公子纳的妾。蒖蒖表示不介意，说自己又不与他们来往，他们的看法也不会影响到自己的生活，随他们说去。阿澈嘟囔道："你倒是无所谓，不过，人家会说公子好色呀。"

蒖蒖遂问林泓："林老师，你怕人说你好色吗？"

林泓侧首看看她，另取一幅纸，用刚才写字的笔快速作画，寥寥几笔就勾勒出了一个少女，衣饰特征与蒖蒖颇相似。画完后他将这墨色人儿默默推给蒖蒖看，蒖蒖认真琢磨，猜测道："老师是想向众人表明，你看我如同看画中人，是保持着距离远观？"

林泓徐徐摇头。

倒是阿澈心直口快地代她回答："公子是说，你在他眼中是黑白的，并没有多少颜色。"

蒖蒖瞪着双眼看向林泓，林泓镇定自若，唯目中飘过一点儿笑意。蒖蒖不免气恼，又不便向林老师发作，只好拾起身边的拂尘，朝兀自窃笑的阿澈扫去。

---

① "土芝丹"的做法出自[宋]林洪《山家清供》。

（四）
洛神姐姐

他们日常的教与学通常是这样的：林泓先把自己要做的菜做完，蕈蕈观摩，不时辅助协作，然后蕈蕈选择当日食材自己做一两道，林泓旁观，若有不妥处及时指出，或给她一些改善的建议。

这个“不妥处”委实有点儿多。蕈蕈发现以林泓的挑剔眼光看来，后院养的小毛驴都比她会做饭。她几乎从握刀之时起就开始犯错，林泓手持一根红瑞木，不时击打在她出错的地方：“站直，别歪头，别拱腰，双足间距与肩同宽，别耸肩，也别耷拉着肩……腹部与砧板之距别低于一拳……别超过半尺……眼睛看哪儿呢？别看腹部，看你要切的菜。”

“老师——”蕈蕈忍不住怯怯地问，“如果我不看怎么能知道腹部离砧板有多远？”

林泓道：“初学时提刀之前可以看看，一旦落刀就不要总想着了。你首先要符合章法地运刀，然后在过程中寻找令自己轻松舒适的感觉，不要把切菜当成劳作，刀具起伏间是有韵律的，要切的食材或脆，或韧，或软，或硬，运刀的韵律也各有疾徐，需要适时调整。你跟随不同的韵律舒展手势，就像弹琴一样，弹好了自然不失章法，姿势也一定是美的。”

蕈蕈留意观察林泓握刀，发现果然是牢而不死，软而不虚，硬而不僵，神态轻松自若，胜似闲庭信步，切出的食材均匀细致，与他操作时的姿势一样美。

极少数时候，蕈蕈也能看出一些疑似的纰漏，例如：“老师，你腹部现在离砧板超过了半尺，不符章法。”

林泓闻言未抬眼皮，按自己的节奏闲适地将菜切完，让蕈蕈看依旧完美的作品，才回答：“你练到我这样也可以不顾章法……我就是章法。”

林泓的书房整洁雅致，窗外植有几竿翠竹，纱窗时见竹影摇曳。窗下设几案摆棋盘，另一侧书案上设笔、笔格、砚、砚滴、墨和镇尺，另摆着一个青瓷小香炉，终日焚着他精选的沉檀或自己合的香。室中还挂着一幅他自己所绘的画：风日水滨，碧桃满树，柳荫路曲，一名美丽的女子在河畔翩然回首，左手向后伸，手腕上戴着一个翠绿的镯子。她云髻峨峨，衣袂飘飖欲举，似乎将乘风归去，而美目朝身后顾盼，呈依依不舍之状。

林泓每日在一尊青铜四方瓶中插花，奉于画前。他闲时常驻足于此，长久地凝视着那幅画，有时手中还攥着一块翠绿透亮的石头，他的目光便徘徊于画中女子的手腕及那块翠石之间。

萁萁偶然窥见，不免好奇，私下向辛三娘打听林泓画中的女子是谁。辛三娘说：“哦，那个呀……是临水夫人，送子娘娘。”

临水夫人名为陈靖姑，是闽南一带道家信奉的救助难产妇女和送子的注生之神。但这个答案很令萁萁意外：“林老师不曾婚配，为何会供奉送子娘娘？”

辛三娘迟疑了一下，然后道：“反正公子迟早是要娶妻生子的，先供着，有备无患。”

这个理由实在牵强。萁萁见她显然不欲明说，便又去问阿澈。阿澈也明显犹豫了，最后给出一个不同的答案：“公子画的是洛神。”

“真的？”萁萁不太相信。

阿澈这一回十分肯定地颔首：“当然是真的。”他用手指着画中的女子道，“你看看这姿态，凌波微步，罗袜生尘，不是洛神是谁？”

萁萁端详着，也觉得这一说法比送子娘娘更合理，遂又问阿澈：“老师为何要供奉洛神？”

阿澈道：“公子是才子嘛，像曹子建那样，肯定都喜欢洛神……也许，每天供奉，洛神会令他才思泉涌？”

见萁萁还对着画像愣怔，他以手肘碰了碰她：“你也去拜拜吧，请洛神保佑你不那么笨，早日学得一手好厨艺。”

萁萁瞪了瞪他，但等阿澈离开后，还是悄悄朝画像拜了拜，轻声祝祷：“请洛神姐姐保佑我，在问樵驿学习顺利，明年入尚食局，找到我妈妈。”

从此每天向洛神姐姐拜一拜，复述一下同样的愿望竟成了萁萁的习惯，她更加主动地帮林泓清理书房。她见林泓插花用的青铜四方瓶广覆红斑绿锈，瓶内更是几乎长满绿锈，心想老师爱洁净，花瓶锈成这样一定是阿澈偷懒，没好好清洗，遂在林泓外出时自己取出花瓶，用醋浸泡后反复擦洗，将外部洗得相当光亮，又将刷子伸入瓶内，把瓶壁绿锈去除，刷得干干净净。

林泓回来时看见一个近乎崭新的青铜花瓶，他转头看向萁萁，似绿锈附身，脸色有点儿发绿。

萁萁眼睛闪闪发亮，目光热烈地在他面上徘徊，想找到他惊喜的痕迹：“老师，这个花瓶……需不需要我再洗洗？”

林泓的情绪在心中排山倒海般迅速转换，最后他看着萁萁那隐含期待的目光，压下了快要出口的呵斥，不动声色地应道：“不必洗了，这花瓶上千年来从未如此干净过。”

倒是阿澈怒视着萁萁，将要斥责，但一个“你”字甫一出口便被林泓喝止，

然后命阿澈将花瓶送入库房，另选一个汝窑花瓶过来。

蕒蕒有些疑惑："老师不喜欢我洗花瓶吗？"

"不是，"林泓温和地道，"只是用了很久，如今想换一个了。"他见蕒蕒脸上的笑容消失了，还在细探他的表情，他微笑着吩咐，"去园中剪几枝红梅给我插瓶吧。"

林泓每日插花所用的花枝通常是园丁剪了送来的，他修剪调整后插入瓶中。蕒蕒既得令，便兴冲冲地去剪了他最爱的红梅，每一枝都精挑细选，确保姿态都很美，花都开得很艳，再呈给林泓过目。

林泓看看她所剪的梅枝，道："都很美。不过，这么美的花枝，还是让它长在枝头吧，以后别剪了。"

他命安放好汝窑瓶的阿澈将这些梅枝送去插在堂中的大花瓶中，然后起身，带着蕒蕒来到园中，自己挑了些残枝、枯枝、徒长枝剪下。

回到书房，蕒蕒盯着这些自己根本没关注过的枝条，还在诧异这怎么能用来供奉洛神姐姐，林泓却已拈起一根直的徒长枝，双手握住花枝贴近自己腹部，左右拇指指尖轻轻相抵，略微用力，只听那花枝发出一声轻微的脆响，蕒蕒一惊，尚未反应过来，林泓双手继续移动，"咔咔"脆响继续响了几声，当他松开手时，可见花枝已被折出曼妙的弧度，而表皮几乎未受损，花枝姿态宛若天生。

"内部木质虽被弯折，但经脉未断，插入瓶中仍可吸水，一如未折枝时。"林泓解释道。

蕒蕒点头："明白，就是打折骨头连着筋。"

林泓一笑，递了另一根徒长枝给蕒蕒："你试试。"

蕒蕒接过，试着弯了弯花枝，起初力度不够，手一松花枝立即弹回原来的状态，然后她加大力度，这回一声尖锐的脆响，花枝彻底断了。

她赧然地向林泓致歉，林泓安抚地朝她微笑，又取一枝，边弯折边说明："双手握住，枝条离腹部一拳距离，先慢慢弯，感受一下枝条的柔韧度，再选择合适的力度。弯折时动作要干净利落，折枝发出的声音务必清脆，但须弱如婴儿咳嗽，若尖锐刺耳，那就是折断了。"

蕒蕒顿悟："烹饪也是一样，操作之前，须先了解面对的食材，再选择相应的力度和运刀方式。"

林泓继续处理剩下的花枝，不再说话，双目凝视所选的枝条，先观察原先的姿态，再胸有成竹地弯折出自己想要的线条，神情专注，完成得相当轻松。

这神态真是美呀，一如他凝神作画、写字、弹琴或养鹤时。这一瞬她忽然意识到，男子最美的时候，就是专心致志地做着他擅长的事之时。

她默默注视着林泓，如沐春阳，心中和暖，直到林泓发现她不自觉间露出的微笑，目含疑问地与她相视，她才红着小脸低下头去。

“还有问题吗？”林泓问。

蕙蕙垂目想了想，目示枯枝，问道：“为什么要选枯枝呢？我们看插花，看的不就是正在开的花吗？枯枝看起来颇显衰败。”

林泓暂时不答，把先前整理好的花枝插入瓶中，再选择一根枯干苍劲、无任何花叶的枝条斜插入后方，才道：“为什么要回避枯枝？那是我们可以借鉴的过去。”

蕙蕙举目望向他完成的插花，那瓶花前方细枝上有未绽开的蓓蕾，中间的主枝窈窕曼妙，离枝头约半尺处有盛开的花朵，而后方枯枝雄浑劲峭，构成的景象疏密有致，生死枯荣，皆为一体，如同一幅微缩的生命画卷。

（五）
造园

数日后，有两人带了地图从抚州来，说奉主人之命邀请林泓到抚州为其营造园林。

自南渡以来，士大夫皆爱营构园池，用于奉亲自娱、燕集酬唱，享林泉之乐。贵官园圃，无不叠山理水，筑凉亭画阁、高台危榭，植奇花异卉、佳木瑞草，以求可居、可游、可藏歌贮舞。达官贵人为求一理想造园者，不惜花费重金聘请。蕙蕙也是此时才知道，林泓并非终日餐风饮露，不问世事，他与园中人日常支出，有相当一部分来自造园所得。

“公子出自诗书簪缨之族，但双亲辞世得早，留下家产不多。公子十八岁便考中进士，可他无意仕途，辞官隐居武夷山，至今已有四年。”阿澈告诉蕙蕙。

蕙蕙十分理解：“林老师品性高洁，淡泊名利，想来看不惯官场中人事。”

阿澈继续道：“他在武夷山造了这个园子，供自己居住，但友人来访，均赞不绝口，纷纷邀请他为自己家造园。公子难以推辞，便造了两所，岂料来求他造园者越来越多，公子见此事他擅长，兼可顾及生计，就决定每年接两单做做。但也仅两单而已，公子生性淡泊，不逐暴利，凡事又精益求精，每接一单便反复推敲，力求完美。这是极耗神的事，所以一年两单已是极限。不过量虽不大，所获收益也足以养活我们这些人。”

抚州离武夷山不近，林泓本欲谢绝，但来者再三恳请，说：“主人说先生胸中自有丘壑，故能出心匠之巧，他人望尘莫及，不可替代。所以主人特意嘱咐我等务必请先生前往，若先生拒绝，我等也不必回去了，主人不会再收容我们这样无能之辈。”

林泓见他们态度诚恳，且主人亦是知名文人，与父亲曾有往来，最终答应下来，但表示因异地不易监察工程，自己只前往抚州几日勘测地势，构图设计，对工程稍做估算，具体营建事宜还请主人另行安排。

既接下这桩事务，林泓每日午后又多了一些筹备测算之类的工作，常在书房中对着地图写写画画，或是计算大致所需的物资。有一次蕒蕒见他写得很是疲惫，便提出他口述，自己来执笔记录。林泓犹豫一下，之后居然同意了。

蕒蕒记录须臾，忽闻林泓提到“椽桷”一词，有些不确定怎么写，遂开口问林泓，林泓起身过来，想从她手中接过笔写给她看，岂料那时蕒蕒正抬手，他伸出去接笔的手陡然覆在了她扬起的手上。

这是他们之间第一次直接的肌肤接触。蕒蕒感觉到林老师的手很凉，回首看他，他已倏然将手收回，蕒蕒下意识地望向他缩回的手，发现了一个奇异的景象。

“他手腕以上，竟然起了鸡皮疙瘩。”蕒蕒百思不得其解，后来对阿澈讲述此事，“是我的手很凉吗？应该不会，我还觉得他的手比我的手还凉呢。”

阿澈闻言笑弯了腰：“我觉得，公子碰到你的手的感觉跟碰到老鼠差不多。”

避过了蕒蕒的追击之后，阿澈正色道：“说真的，公子爱好洁净超过常人，不只是对你，他跟所有人都会避免肌肤接触，若是不慎碰到，他会反复洗手。我们习以为常了，平素相处，都尽量离他远一点儿，你日后也多留意吧。”

蕒蕒答应了，有些明白林泓何以早过了弱冠之年还不娶妻了。他好洁成癖，从不与人混用贴身之物与餐具，每次用膳皆独处一室，一人正襟危坐，默默地品尝一道道膳食，又如此惧怕与人肌肤接触……蕒蕒暗自叹息，这种性子，只怕是注定会孤独终老吧。

筹备数日后，林泓带着阿澈前往抚州，说做完勘测之事就回来，临行前给蕒蕒精心安排了练习任务，每日用何种食材练刀工、何种技法练烹饪都写得清清楚楚，每一餐他规定了一道必须要做的菜，其余的则交给蕒蕒自己发挥，还不忘让辛三娘监督。

辛三娘窃喜，非但烹饪之事，其余家务也使唤蕒蕒去做。蕒蕒知道她对自己心存芥蒂，倒也不计较，做得过来的尽量做，实在太多了就要个花招混过去，辛三娘发现了，每每扬声斥责：“公子好心收留你，教你厨艺，还不收你学费，让你好吃好住，你为公子多做点儿家务事不是应该的吗？就这么一点儿小事都推三阻四，可见好吃懒做惯了，若到别人家还能做个侍妾，偏偏我们公子洁身自好，留着你，倒像是请了一尊菩萨让我们供奉。”

这些话蕒蕒听了并不反驳，倒是两名老园丁听不过去，常劝辛三娘：“人家是小姑娘，公子待她都很客气，你说话还是厚道一点儿，别太伤她的脸面，毕竟低头不见抬头见。”

一日夜里，蕒蕒被烟雾呛醒，睁开眼发现窗外火光摇曳，不时有惊呼声传来。

蕒蕒立即披衣而起，见园外较远处火光冲天，园中后院养牲畜的茅舍也着了火，大概是火星被风吹到茅顶上所致。蕒蕒忙随着老园丁取水救火，所幸茅舍火势不太大，扑救一番后火焰已消除殆尽。

明火消失后辛三娘才捧着一个盛满金银细软的包袱从林泓房中出来，见了蕒蕒等人连声道：“好在公子出发前把钥匙给了我，否则若火烧起来，这些家财真的就烧得干干净净了。”

此时明火虽灭，但茅舍仍浓烟滚滚，辛三娘被呛得猛咳几声后蓦然惊觉：“呀，公子的画！不知有没有被熏黑。”

说着她便奔向书房。蕒蕒亦跟着进入书房，辛三娘见那洛神画像暂时无恙，而烟雾仍不断侵入，遂把手中的包袱塞给蕒蕒，自己伸手去摘那挂着的画。

蕒蕒看看那沉甸甸的包袱，走到门外观察火起的方向，略一沉吟，忽然疾步奔向后院，牵出院中蓄养的毛驴，自己骑了，带着包袱一路小跑奔向山下。

辛三娘闻声回顾，发现蕒蕒带走包袱，追了一段，见蕒蕒已没了踪影，气得捶胸顿足，又哭又骂：“这该死的丫头，我早知她不是好人，如今果然带着公子的财物跑了……”

辛三娘让园丁连夜下山报案，园丁见园外火势未减，又担心园内再度起火，不敢擅离，一人驻守园内，一人往外扑附近的火。幸而次日是雨雪天气，两人一直忙到次日午间，见园外火势已被控制，才有喘息之机。辛三娘还在催促瘫倒在地的两人赶往镇上报案，捉拿蕒蕒，却见蕒蕒骑着小毛驴，手提包袱，不慌不忙地回来了。

辛三娘迅速迎上去，一把从蕒蕒手里拽下包袱，一掂包袱，顿感轻了许多，打开一看，果然见钱财少了大半。辛三娘气血上涌，怒道：“该死的丫头，我们忙着救火，你却抢了钱去逍遥！”

辛三娘扬手就要打蕒蕒，却被园丁拦下，劝说道：“哪儿有明目张胆抢钱去用了还敢回来的？暂且听听她怎么说。”

蕒蕒从毛驴上下来，拱手谢过园丁，然后对辛三娘道："我是去镇上买重修园林的材料，顺便包了十多个工匠半年的工期。"

辛三娘斥道："我们只是茅舍着火，重修需要的材料很少，哪里用得着十几个工匠半年工期？"

蕒蕒道："我看这火是从附近几家士大夫的园子里蔓延过来的。此处风景秀丽，风水又好，火灾之后，他们必不会任园子荒废，想来也不差钱，会很快重建。而建筑所需的砖瓦、椽桷等材料须往镇上买，且数量有限，好几家园子着火，有一些受损严重，同时重建，所需材料和木工、瓦工、泥水工都会短缺，所以我连夜下山，迅速买下大批材料，并找到工匠谈好工期，付了定金。因为量大工期长，他们给的价格都很合算。"

蕒蕒转向两名园丁，又道："二位跟随林老师多年，也常做木工活，对工程很了解。还望二位与我商议，定好维修方案和价位，若有人来请，我们就包工包料，接下这活。重建维修，主人家自有图纸，也不必劳烦林老师。若他有空，能指点一二最好，若不想插手，工匠自己干活，烦请二位稍加监工便是。"

园丁很诧异，问蕒蕒："姑娘小小年纪，怎么对这些工程及经营之事这般清楚？"

蕒蕒道："经营是跟我母亲学的。每逢变故，她就会迅速判断接下来会有什么食材短缺，然后在别人行动之前先行备好，这样我们就掌握了先机。至于工程，前些天帮助林老师筹备造园之事，也听他说了一些，所以知道何处有建材和工匠。此番与工匠洽谈，他们听说是为林老师做事，都很乐意，说跟随问樵先生做过多次，他为人和善，又很慷慨，跟着他还学到了一些别处学不到的技艺，因此一拍即合，迅速签下文书，收了定金。"

园丁们都认可蕒蕒的决策，辛三娘仍意难平，质问蕒蕒："若那些受灾士大夫另找建材与工匠，那我们岂不蚀本？"

"不会的。"蕒蕒道，"我们定价一定要公道，如此任他们测算，另去远处买材料和聘工匠，花费只多不少。"

果然未过多时，便有人上门来询问重建园林之事，说往镇上找工匠，工匠们均让他们来问樵驿洽谈。蕒蕒与园丁估算好方案与价格，来者也很快接受了。有两家原本想另找材料和工匠，询价之后一算，的确花费只多不少，最后也来问樵驿下单。

蕒蕒随后请工匠调查火灾原因，得知是其中一家园子的主人欲模仿林泓，设地炉为卧室供暖，但建设不当，火炉位置设在卧室之中，引燃帷幔家具所致。好在居住的人及时逃出，周围受灾的园子基本是别墅，常居者不多，所以未有伤亡。

蒖蒖查看卧室地砖之下的构造，见下面有纵横交错的砖块垒成的烟道，地面方砖便是砌在烟道之上，而地炉灶口设于厨房外，烟道通向卧室，燃炭之后热气便沿着烟道通过卧室，再从隐于一角的烟囱中排出。

蒖蒖便对园丁道："这建造地炉的活儿咱们也一并接了吧，任不懂的人胡乱建造，也是莫大的隐患。"

附近富室豪门听到风声，无论家里是否经历火灾，都来请问樵驿代为建造地炉。蒖蒖测算之后发现，接下这些单之后，所雇工匠的工期早已排满，只怕还要延期。

这些工程的定金辛三娘已收到手软，看着订单上硕大的数目，终于难得对蒖蒖露出了笑脸："你这鬼丫头，还挺机灵的，这次所得，够我们园子一两年的支出了。等公子回来，我跟他说，让他抽一两成给你。"

蒖蒖一搂她的肩，道："三娘这么说就见外了。此番若能挣点儿钱，就当是我给老师奉上的束脩吧，不用给我抽成，老师继续让我学艺，三娘你每日对我笑笑，我就心满意足了。"

辛三娘又道："你做得虽不错，但事关重大，好歹应该先与我商议，别默不作声地自己带着钱跑，害我差点儿报官让人把你抓起来。"

蒖蒖反问道："若我先与你商议，你会答应吗？"

辛三娘想了想，笑着如实答道："不会。"

林泓完成抚州园林勘测之事后回到问樵驿，蒖蒖前去迎接，路上把此间发生之事告之，并自请擅作主张之罪。林泓入山时便发现火灾痕迹，顿时微锁眉头，听了蒖蒖的话并未表态，既没夸赞也没斥责，只是健步如飞，直直地朝书房走去，直到推开书房门，见洛神画像完好无损，依旧挂在原先的位置，方才暗暗舒了一口气。

（六）
春盘

辛三娘笑吟吟地将近日账目呈给林泓看，夸赞蒖蒖举措盈利颇多。林泓默默翻阅后却道："将账目重新核算，去除成本和征税抽解款额，所得利润皆返还给受灾之家。"

闻者皆惊愕，不明白他为何竟将这可观的利润拱手让人。林泓见众人均沉默不应，遂解释道："这等灾祸，我们不应乘人之危，借机牟利。"

蕒蕒不满道："我们的定价并未超过平日市价，所获利润是大量进货和长期雇佣工匠谈下来的差价，就算我们不做，受灾之家自己购货雇工匠，也不会比这个价格低，怎能说我们乘人之危牟利？"

林泓道："如今受灾者大多与火起原因无关，受的是无妄之灾，本已损失惨重，重建修缮，又是一大笔花销。无论我们定价是否合理，赚这灾难钱总是不妥的，不如将利润返还给他们，稍减其损失，也算襄助邻里，行了一桩善事。"

蕒蕒与辛三娘虽不大舍得，但见林泓态度坚决，也只好听从，将账目重新核算，找受灾者修改契约，将所得利润还给他们。

而林泓善举并不仅于此，他还查看山中林木被焚毁情况，自己出资购树苗，以待气候合宜时植入。以至辛三娘看着账簿连声哀叹："原本以为大赚了一笔，如今看来，咱们赔得不比半个园子被焚毁的少呀！"

见到林泓善行，受灾者无不感恩，有人辗转将此事报与武夷山所属的建宁府知晓，建宁府又告知福建路转运使。转运使说，每逢天灾人祸，常有商贾囤货居奇，将必备品翻倍出售，令受灾者雪上加霜。林泓义举理应受嘉奖，将上报朝廷，免其两年赋税。而近来建宁府风干物燥，火灾频发，年后雨水多，预计易生水灾，自山中火灾之日起一年内，为受灾者提供平价灾后重建物资及相关修缮工作者，亦将免征税抽解。

消息传来，不仅问樵驿中人，几乎所有建宁府建材商人及工匠都笑逐颜开，额手相庆，常有人来问樵驿致谢。立春前一日，便有一个蕒蕒雇的瓦工顾七叔从山下来，特意带了两大块新鲜五花肉送给蕒蕒，见园中雅致洁净，自己也不进来，就站在篱笆外，将肉递给蕒蕒，再三表达谢意。

蕒蕒推辞，他迅速退后，坚决不收回。蕒蕒便收下鲜肉，对顾七叔道："无功不受禄，七叔既然送我礼物，那我也回赠一礼，不过不是实物，只是一个小小的建议。"

顾七叔问是什么。蕒蕒道："听林老师说，年后雨水会增多，山下河川水流湍急，乘船渡河，船会不时晃荡，甚至有倾覆之险。所以我建议你或者家人去买猪肉时，不妨顺便买下肉铺里的猪脬，多囤一些，晾干保存。待雨水多时，就将猪脬吹气扎好，几个连成一个可围住腰的环，带到河边售卖，卖给舟子或要渡河的人。如此，他们带着猪脬渡河，即便发生险情也不会溺水，而七叔你，也可挣一笔零用钱。"

猪脬即猪膀胱，柔韧有弹性，可充气成气囊。顾七叔一听大喜，连称此事可行，道谢之后又称赞萁萁道："姑娘真是既会做生意又会做人。"他左右环顾，见无人接近，又压低声音对萁萁道，"恕我直言，问樵先生自然是知书达礼、聪明过人，但对钱财看得忒淡了，不怎么爱经营，平日待人也是客气有余，但不易亲近。幸好姑娘来了，先生不会的，姑娘都会，与先生真是天生一对。我们都等着喝先生和姑娘的喜酒呢。"

萁萁闻言双颊一红，轻声道："七叔可别说笑，我只是来向先生学艺的。"

顾七叔笑道："学艺学艺，学成一家又有何妨！"

见萁萁红着脸半晌不言，他哈哈笑着告辞，下山去了。萁萁目送他远去，想着他的话，心中竟有几分欢喜，然而迅速忆及母亲，又是一阵黯然。身后这瑶池琼林，短短月余，已令她有家的感觉，不免心生依恋，但她从未忘记此行的目的，到来即是为离开，有母亲之处才是故乡。

每逢立春，国人必以时鲜做"春盘"[①]，或自己食用，或馈赠亲友。问樵驿中春盘也是立春必备菜肴，这日前夕，林泓向萁萁细述春盘起源，说晋朝时春盘是大蒜、小蒜、韭菜、芸薹、胡荽拼成的"五辛盘"，立春食用，以五辛发五藏之气，时至今日，春盘内容日益增多，已不局限于五辛，还可选用萝卜、春笋、蒌蒿、水芹、白菜、蓼等新春时蔬，切丝拼盘，以青、红、白、黄、紫等色喻春景春色，以薄如茧纸的面皮包裹成卷，送入口中，在这微雨梅花、清寒未消的时节，先以唇舌感受时蔬带来的春意。

这面皮萁萁跟师姐学过，自己取了面粉和水，揉成湿面团，握在手中朝下，粘在手心的面团缓缓下坠，萁萁朝抹了油后烧热的锅里一摁，旋即提起，面团依然弹回手心，而锅底已留下薄薄一层面皮，受热度灼烤，边缘逐渐翘起，待中心灼干即可取出，置于盘中，用湿棉巾覆盖，原本干脆的薄面皮吸了水汽会很快变软，便可用于裹蔬菜丝了。

林泓略带笑意，看她玩得不亦乐乎，待她做完厚厚一摞，便问她："你会滴酥山吗？"

萁萁说不会。林泓把切好的各色蔬菜丝整齐地置入一面大银盘，沿着边缘，按颜色排列成圆形，中间留出的空位与边缘呈同心圆状。然后林泓取出几块凝固的奶酥，隔水加热软化，再度洗净手后将呈半流质状的雪白奶酥捧在手中，转至一个约与圆心同等大小的银盘边，素手起伏旋转，让酥自指间溢出，或滴，或沥，或淋，落下的酥随之呈点状、线状或片状，堆积在银盘中心，转瞬间一座惟妙惟肖的微缩雪山逐渐成形，峰峦叠嶂，秀丽多姿。

① 本节中春盘的部分介绍参考扬之水《终朝采蓝：古名物寻微》。

林泓让蒖蒖把酥山置于外间任其凝固，洗净手后采了一些梅花与松枝，精心修剪，点缀在酥山雪峰上，然后将酥山放置在春盘中间，这春盘看起来宛如春田花海与雪山相映，顿时有了山河天下的气象。

（七）
山海兜

立春之日，蒖蒖早早地做好春盘，邀辛三娘、阿澈、园丁等人共享，而林泓弹琴归来后，依然独自前往书房，一人进膳。

蒖蒖将他早晨做好的酥山春盘奉上，却还是怀着一线希望劝他："三娘阿澈他们都在堂中聚餐，说说笑笑，很是欢乐。老师不如同去？"

林泓摇摇头，不为所动。

"老师……"蒖蒖看看他面前孤零零一人份的餐具，说出了自己思量许久的猜测，"你一人进膳，是因为没有喜欢的人相伴吧。"

林泓蹙眉看着她，目中微芒若寒星一现。

蒖蒖似不曾察觉，看看画上的洛神，又去厨房另端一漆盒至书房，对林泓笑道："这一盒，是我为洛神姐姐准备的春盘，感谢她一直在此陪伴老师，庇佑我们。"

林泓没有回应，但还是默许蒖蒖将漆盒中的春盘取出，奉于洛神像前。

这春盘中仍有五色蔬菜与薄面皮，配有蒖蒖用鱼、肉加盐、酒、香料及酱曲、酒曲酿制而成的醢，咸香合宜，以佐春卷。春盘中央有一个蒖蒖以琼酥制成的小动物，雪人一般圆锥形的身体，头似圆球，耳朵也像两个更小的球，上面有用干果仁嵌出的圆眼、尖鼻和弯弯的嘴。

蒖蒖见林泓盯着春盘，神色有异，赧然道："我第一次点酥，手艺不好……本来想点只仙鹤，但酥滴下来我看没腿，就想点只天鹅好了，但一不留神身体点得太圆了，天鹅长长的脖颈儿也不知道怎么做……然后准备改成猫头鹰，结果也不太像……或者，洛神姐姐可以把它看成一只小熊……"

"出去。"林泓打断她，语调冰冷，目光也如阴云掠过一般沉郁。

"我做得是不是太差了？"蒖蒖惴惴不安。她在林泓面前做失败的菜品并不少，有些比这小动物还糟糕，但从未见林泓露出如此冷漠的表情。

"出去！"林泓一指那"小熊"之下的数层肉片，喝道，"立刻，带着你的豚肉和春盘出去！”

小熊之下，蔬菜之中，多了几层薄切的猪肉片，即林泓所说的豚肉，正是顾七叔送来的五花肉蒸熟切成的。萁萁苦练许久刀工，这些肉片切得均匀整齐，肉质与油脂分布纹理漂亮，摆盘萁萁也煞费苦心，一层层如花瓣簇集。萁萁想过林泓或许会对点酥不满，却万万没料到这肉质新鲜、刀工细腻、摆盘精巧的肉片会激怒他。原本，这是萁萁为他预备的惊喜，在浦江，每年秋娘和女弟子们均会在春盘上压豚花，荤素搭配，令时鲜更显丰美。

在林泓愤怒的目光的注视下，萁萁手忙脚乱地将春盘搁回食盒，匆匆送回厨房。而林泓召唤阿澈的声音又清晰地传至耳边，他在下令，要求阿澈迅速取水来清洗书房，并焚香除秽。

她精心准备的佳肴，原来在他看来竟是秽气。

萁萁撂下春盘，恍恍惚惚地出了厨房，只见面前的景象如水中幻影，开始在目中漾动。她感觉到泪珠快要坠下，于是不顾辛三娘的呼喊，迅速奔离了此地。

毫无头绪地狂奔一气，待眼泪流尽，萁萁才发现自己不知不觉地来到了山崖边，林泓弹琴之处。她精疲力竭地在亭中坐下，面对千山万壑，逝水流云，心里一片苍凉，只觉自己家破人散，而今又被老师厌弃，偌大天地，真是再无容身之处了。

极目处远岫含黛，足下山岚氤氲云生烟，萁萁自温暖的房间奔出，此刻衣衫单薄，枯坐良久，逐渐感到寒意浸骨。她抱膝而坐，正在瑟瑟发抖，忽然一件斗篷从天而降，犹带兰室温香，将她罩在了春天里。

她侧首以顾，阿澈在她错愕的注视下施施然坐在了她身边。

这个清俊的少年比她还小两岁，但现在看她的目光带着兄长一般的善意：“快回去吧，山里冷，说不定还有野兽，可别做了野兽的春盘。”

萁萁瞪了他一眼：“你和三娘都这样骗人。若有野兽，你和老师还会天天来这里？”

阿澈笑道：“就算没有野兽，遇到坏人也惨呀。你道人人都和公子一样良善？”

“唉，”萁萁长叹一声，说道：“老师今天看我的眼神，似乎想把我碎尸万段。”

“人总有一些禁忌不能触碰，对公子来说，豚肉是一条，洛神是一条，你拿豚肉供奉洛神，正好两条都犯了。”阿澈道，“公子认为豚肉能令人暴肥而召风，又耗心气，所以从不食用，而且……”阿澈顿了顿，问道，“他以前虽未向你明说，但你一直没发现他从未吃过这种肉吗？”

蘋蘋回想，确实自己一向只觉得他偏爱素食，但没留意到他对豚肉忌口。她又想到以前凤仙所言："你眼中的蜜糖，他看来可能是砒霜，不见得我们觉得好的，他人也一定喜欢。"她顿时深感自己冒失，向阿澈叹道，"这回的确是我错了。"

"那我索性说了吧，这不是你第一回犯错。"阿澈笑道，"你上次把公子的青铜花瓶绿锈刷干净了，公子就默默地在心里吐了一回血。"

见蘋蘋很是讶异，浑然未意识到此中问题，他耐心解释道："公子用的那四方瓶，是出土的古铜器，入土年久，受土气深，因此长满铜绿。然而那铜绿可杀虫，可防腐，用来盛水养花，瓶里的水不易变质，所插的花可保多日鲜妍，如同在枝头一般，蓓蕾很快绽放，但凋谢较晚。而你把铜绿刷掉了，这功效也就会衰减许多了。"

蘋蘋这才明白，为何林泓那日看见刷干净的铜瓶面无喜色。她又发出一声愧疚的叹息，问阿澈："你怎不早些告诉我？"

"公子让我不要提。"阿澈道，"他说你是满心好意地为他清洗花瓶，虽然犯了错，但是无心之失，若因此受斥责，肯定会很难过，所以就此作罢，让我也当此事没发生过。"

见蘋蘋低头不语，阿澈又道："公子不喜欢多说话，也不太会问别人的感受，他虽然不问，却会将自己心换作他人心，设身处地地看待事情，所以能忍便忍了，不能忍的就发发火，回头想起你的好来，估计叹叹气，又系上袖子为你做饭去了。"

蘋蘋想笑，又觉得很心虚，轻声问道："老师会这么快原谅我吗？"

阿澈道："我与你赌五文钱，这会儿他正在为你做饭呢。他功名利禄都不放在心上，又岂会为你这点儿小事念念不忘，哀戚怨怼？"

蘋蘋嘴角上扬，终于露出明亮的笑颜。阿澈与她相视而笑，须臾转顾眼前云海远峦，朗声唱道："天际晴云舒复卷，庭中风絮去还来。人生自在常如此，何事能妨笑口开？"

蘋蘋回到问樵驿，先去了书房，讪讪地向林泓道歉，把两次所犯的错误都述说一番，恳请林泓原宥。林泓不置可否，只示意她退下。此时天色已晚，亦不见他有招呼自己进膳的迹象，蘋蘋有些失望，心想怕是要被迫收下阿澈那五文钱了。她退至门外，迎面遇见正为林泓奉上洁净茶具的辛三娘，三娘当即高声道："蘋蘋回来了，还没进晚膳吧？我厨房里还有一些蒸饼和小菜，你去取了吃。"

辛三娘知道林泓爱洁净，所以另设厨房，自己与阿澈、园丁的饮食皆在自己的小厨房做，不与林泓混用。

蒖蒖尚未答话，却闻林泓在房中淡淡地开了口，显然是对自己说的："我厨房蒸屉里还有三个剩下的山海兜[①]，搁到明日也不好了，你若不嫌弃，就去吃了吧。"

山海兜是用绿豆粉皮包裹成兜状的食物，将切丁的春笋和鱼虾蒸熟后用酱、油、盐、胡椒调味，再用绿豆粉皮包好，滴醋佐食。笋来自山中，鱼虾出自海里，因此以"山海"为名。

蒖蒖忽然想起，林泓已吃斋多日，何况他平时做膳食量控制得极其精准，吃多少便做多少，若非有意，绝无饭菜留到次日食用之理。所以这山海兜，或许正如阿澈所言，是特意为她所做的。

蒖蒖不敢确定地看向林泓身后的阿澈，阿澈嘴角隐约含笑，朝她眨了眨眼。

蒖蒖心中喜悦，然而面对老师的好意，却只觉口舌笨拙，找不到合适的言辞表达谢意，最后讷讷地说出一句违心的话："这么晚了，我不吃了吧……会胖的。"

话一出口，她懊恼得恨不得扇自己一耳光：我为什么要拒绝？我明明饿了，我需要山海兜，何况是林老师做的……

幸而林泓没有接受她的推辞，道："人饿了就进食是不会胖的，发胖是因为在脾胃不需要的时候吃了太多食物，例如为了应酬而吃，为了发泄而吃，为了不浪费而吃，为了消磨时间而吃。你并非如此，所以不必有顾虑。"

蒖蒖愉快地答应了，即将奔向林泓的厨房，又听他补充道："还有一道碧涧羹，我也做多了，你一并饮了吧。"

（八）
春景

二月的天气，草长莺飞，云蒸雾罩的苍茫山色逐渐被熏风吹绿，蒖蒖和林泓相处的日子也随着时令步入了春天。

林泓带着蒖蒖沿着采采流水探寻山寺芳菲，一起观赏过岩间绽出的杏花，品评过山中茶树初生的新芽，也相从在松荫满地的地上采过菌蕈，在绿竹猗猗的林下掘过春笋。林泓教蒖蒖从细微之处分辨桃花、李花、杏花和山樱的差别，

① 山海兜做法出自［宋］林洪《山家清供》。

与她细说所到之处花鸟鱼虫的由来与典故，当然，也不会忘记提及春日时鲜的烹饪技法。

“新生的笋，你会如何烹制？”林泓问蕙蕙。

蕙蕙思量后道：“切片，用香料和面糊，将笋片裹住，然后放入油锅里煎，煎成金黄色，甘脆可爱。又或者像老师曾做过的那样，切成方片，和米煮粥，色如白玉，也极美。”

“是的，这两种做法，一种如熯金，一种若煮玉，都是极好的。但是，还有一种，做法极简，却更能得新笋真味。”林泓环顾面前的竹林，目示一处落叶对蕙蕙道，“竹叶易落，再过些时日，枯叶更多，可簇集成堆。届时将落叶扫至萌生出头的新笋周围，点火，就在竹边煨熟，其中甘鲜，是其余做法都难以企及的。这样做出来的笋，我叫它‘傍林鲜’。”

蕙蕙感叹道：“儿时所见大厨，往往以善用调料著称，还常有人因以素食做出肉味自夸。来此之前，我一度以为老师菜肴会精于调味，没想到老师膳食大多清淡，追求食材真味，所加调料并不多。这道‘傍林鲜’，非但没有调味品，索性连锅碗炊具也省了。”

林泓微笑道：“但凡食材，只要符合时令和新鲜，就算以简单的清蒸白灼做出来，味道也不会差，往往比浓重调味的食物更能品出时令的香气。就像二八年华的女子，不需要铅华矫饰，素面朝天便很好，无论言笑嗔怒，怎么看来都是美的。”

蕙蕙迅速在心里核对了一下自己的年龄，还有将近一个月才满十七岁。

“所以……”她小心翼翼地问林泓，“或许，我在老师看来，也不是那么黑白？”

林泓一怔，旋即哑然失笑。他没有回答蕙蕙的问题，转身朝山中走去，迈过一湾潺湲流下的溪水，回首见蕙蕙还立于原处，目光在他脸上和溪水间犹疑徘徊，遂向她伸出了右手：“来。”

蕙蕙全然蒙了。她没有立即跟去，一则，是在懊恼自己刚才那句话太过唐突，恐怕老师会觉得自己有失矜持；二则，还在犹豫要不要跨过溪水。这小溪宽度在她看来完全可以轻松越过，只是担心猛地一跃，风风火火，怕是会吓到老师。

而现在，她几乎被林泓伸手的动作吓到了。那只指节修长、洁净白皙的手如今坦然地在她眼下展开，手心朝上，似乎在等待她伸手相握。看起来，老师是想牵引她越过小溪。

几个疑问瞬间在蕙蕙心中百转千回：他不是惧怕与人肌肤相触吗？如果牵了我的手，会再起鸡皮疙瘩吗？她到底要不要伸手给他？

林泓似乎看出她的困惑，以为她碍于男女大防，遂引袖覆住右手，再伸给蕒蕒。

于是蕒蕒走至溪边，低头将右手递至林泓被袖口覆盖的手心，感受着自衣料下他手心传来的温度，如处云端般迷迷糊糊地被牵了过去，至于怎么越过小溪的，已完全不记得了。

蕒蕒继续跟随林泓探幽寻芳，只觉林间山色又美了几分。白云晴空，一路莺鸟相逐，惠风剪剪，荏苒在衣。蕒蕒走在林泓身后，任他衣袂飘然的影子与自己的相叠，保持着缄默，然而双唇含笑，心头似有四五只雀儿在跳跃。

他们行至一处山谷，李花落英成雪，冰绡一般的花瓣随风坠入涧中，逐水而去。涧水清澈，淙淙而下，水流声在幽谷中显得尤其空灵，若箜篌之声。涧边生着几丛碧苗，色如烟柳新绿，叶上犹有未晞清露，愈显鲜活幼嫩。

“这是水芹菜。”蕒蕒指着那丛绿苗道。

林泓颔首，道：“此前我给你尝的碧涧羹[①]，就是用这里的水芹做的。”

“碧涧羹这名字，也是老师定的？”蕒蕒问。

林泓道：“此名出自杜甫诗句‘鲜鲫银丝脍，香芹碧涧羹’，描绘山林春日时鲜。”他见蕒蕒面露笑容，问其缘故，蕒蕒便把之前与贻贝楼相争之事说了，提到赵怀玉教贻贝楼做碧涧羹，她道：“当时我只觉贻贝楼一味迎合贡生，用风雅的名字矫饰寻常蔬菜。但今日来到此处，观此间风物，才知碧涧羹名字由来，确实相当贴切。”

林泓道：“以溪水煮水芹，羹汤清淡馨香，听了碧涧羹之名再入口品尝，那清香便似将山谷春景带到了舌尖，所以这名字，有点题的作用，并非矫饰。”

见蕒蕒还在品味他的话，林泓又问她：“若你夏日做乳酪樱桃，冰屑之上铺设樱桃，再以乳酪蜜糖淋之，容器有两种，一为漆盘，一为水晶盘，你选哪个？”

蕒蕒道：“自然是水晶盘。夏日吃乳酪樱桃，本来就是为消暑，若以水晶盘盛之，容器亦如冰雪，令人更觉清凉。”

林泓含笑道：“正是。其实漆盘和水晶盘均不影响乳酪樱桃口味，但二者观感不同，食者的感受也会不同。菜名和容器一样，旨在锦上添花，虽不会改变菜品的味道，但并非毫无用处。至于涉及的典故，讲不讲，如何讲，因人而异，因时而异。讲好了，可谈古论今，可进谏说理；若讲不好，或不择时择人而讲，就会显得附庸风雅了。”

蕒蕒深以为然。林泓又道：“菜品有益身心，是为心美；口感甚佳，是为味美；摆盘精巧，是为形美；名字雅致，是为名美。一道菜若四美皆备，便会

① 傍林鲜、碧涧羹的描述参考［宋］林洪《山家清供》。

在满足食者口腹之欲的同时安抚了他的审美之心，令他倍感愉悦。而我们做菜，也不要只把自己当庖厨之人，琢磨厨艺，也和焚香插花一样，是与美相关的事，可滋养身心，可磨炼心志，可提升修为。”

萁萁默然不语，心想师父是世外高人，无甚忧患，才会把厨艺当焚香插花那样的雅事吧。而母亲和师姐们精研厨艺，均是为在这凡俗红尘中谋生，如今自己，也是把厨艺当入宫的阶梯，背负沉重的任务，哪儿能如他一般淡然处之？她想来想去，不知该怎么说，末了只一声长叹：“好难，好难。”

林泓似乎感知到她所思所想，又道：“你来向我学艺，说是为糊口，但我总感觉不仅于此，厨房中的你，总有点儿莫名的焦虑，你关心技法，处处模仿我，而缺于思考。或许你有很重要的事，需要以厨艺来解决，你也不必告诉我，我只是希望，有朝一日，你解决了问题后，可以放下所有的功利心，怀着轻松愉快的心情，来为自己做四美皆备的食品。”

（九）
论诗

这段本以为会十分艰辛的学艺时光，因为林泓的存在，竟然让萁萁感觉到了久违的恬静和安宁。与他在一起，箪食瓢饮都能品出甘甜的味道，甚至不必朝夕相对，早晨听到山上飘来的他的琴声，晚间遥遥望见他房中一灯如豆，心里都有暖暖的喜悦。

她喜欢悄然观察他，他写字作画是美的，焚香点茶是美的，气定神闲地微微抿着唇插花也是美的，哪怕他什么都不做，只是负手立于檐下听雨，那静静伫立的姿态也是美的，拜他所赐，那连绵不绝的春雨此刻看来似乎也显得可爱了。

有时他感觉到她的注视，回首顾她，她霎时飞霞扑面，低下头去，然而沐浴在他的目光下，心中好似有朵蓓蕾在逐渐绽放。

除了研修厨艺，她还很努力地看书，认真背诵诗文，记住书中每一个典故，倒不是为日后卖弄，而是希望在心境上也能离林泓更近一点儿，更能理解他的言行，以及他所制菜肴的内涵。

在林泓的指导下，她熟悉了各种应季素菜的制法，不过经历了豚肉之事，除了鱼虾，她不会主动问林泓其他肉类如何烹制，生怕一时不慎，又引他这爱食素者不快。

有次她为辛三娘精心做了几个菜，皆是自林泓那里学来的，问三娘感觉如何。辛三娘尝了后夸赞一番，然后四顾无人，又低声对蕒蕒道："若说缺点嘛……"蕒蕒心领神会，与她异口同声道："太素了。"

两人相视而笑。

辛三娘又道："我儿子今日刚给我送来几斤肥鸡和肥羊肉，想着公子也不会要，我便放在我的小厨房里。要不你晚上来，我们自己做了吃。"

蕒蕒答应了。晚上她见林泓已回房安歇，便悄悄来到辛三娘的厨房。两人觉得其他制法用时太长，遂决定将鸡肉、羊肉及厨房中剩下的小蕈、韭菜和笋穿成串烤制。

辛三娘调好灶火，在上方架好铁网，帮蕒蕒把食材穿好。蕒蕒见她已操劳一天，现在颇有倦色，便请她先回去休息，待食材烤好后再去请她过来。

辛三娘同意，暂回房歇息。蕒蕒在食材上刷了层生油，便置于铁网上烤。鸡皮和羊肉受热，很快滋滋地冒出油来，滴入火中，火苗与烟随之升腾，肉香与烟雾交织，逐渐在空气中弥漫。

见烟雾越来越浓，蕒蕒打开门窗散气，不时翻转肉串，并在上面刷酱撒盐。这样粗犷地烤制食品是她从小就会的技能，倒不是母亲或师姐所教，而是跟着杨盛霖等同学嬉闹游玩之余顺便学会的。

油继续滴下，火焰伴随着"噼啪"的响声，一次次在铁网与食材之间跃动，将更浓厚的肉香与烟雾送至上方的空间，并自门窗中逸出。

有步履声自木质廊庑中响起，蕒蕒越窗望去，发现林泓正朝厨房走来。蕒蕒一惊，立即把已烤和未烤的肉串都收入灶台上的铁锅中，用锅盖盖严，迅速撤下铁网藏于门后，并往炉中加了许多炭以压住火焰。耳听林泓步履声越来越近，她仓促中一时找不到炉盖，便手忙脚乱地把铁锅搁在炉上，然后匆匆整理衣饰，站在灶台前，对步入厨房的林泓露出了镇静的微笑。

林泓打量四周，问蕒蕒："你在做什么？为什么满屋烟雾？"

蕒蕒早已决定不告诉他实情，烧烤食品连母亲与师姐们都觉得粗鄙，何况林泓。于是她尽量让笑容看起来无懈可击，端庄地答道："我帮三娘洗锅，锅里有油水，不慎泼了些在火上，所以起了些烟雾。"

林泓一瞥炉上铁锅，不动声色地问："洗好了吗？"

"快好了。烧了些水，待水热后再刷刷锅，就好了。"

林泓不再追问，但也不走，从容地在桌边的凳子上坐下，看来是闻到烟雾后特意过来查看的，手中还握着一卷书。

“老师在看什么书？”蕒蕒见他并不离开，只得另寻话题。

林泓道：“杜甫的诗集……之前跟你说过的‘夜雨剪春韭’一句，出自他哪首诗，还记得吗？”

“记得，夜雨剪春韭，新炊间黄粱，出自杜甫的诗《赠卫八处士》。”蕒蕒答道，不禁想起了铁锅里的韭菜，暗暗祈祷韭菜叶不要很快被炉火烤煳。

“整首诗，你能背下来吗？”林泓问。

蕒蕒一愣，脱口道：“太长了。”

林泓朝她微笑，鼓励道：“试一试，若记不清，我提示你。”

蕒蕒无奈，只得一句句背诵这首长达一百二十字的诗：“人生不相见，动如参与商。今夕复何夕，共此灯烛光。少壮能几时，鬓发各已苍。访旧半为鬼，惊呼热中肠。焉知二十载，重上君子堂。昔别君未婚，儿女忽成行。怡然敬父执，问我来何方。问答乃未已，儿女罗酒浆。夜雨剪春韭，新炊间黄粱。主称会面难，一举累十觞。十觞亦不醉，感子故意长……”

她好不容易背至最后一句“明日隔山岳，世事两茫茫”，才松一口气，又听林泓问道：“这首诗讲的是什么？”

面前的林老师看来是打定主意要做一夜的老夫子了，蕒蕒抚额，只觉冷汗即将涔涔而下，心系锅中烤串，想迅速答完请走老师，然而欲速则不达，思绪混乱，说出口的答案也断断续续的：“杜先生是和他的朋友久别重逢……感叹见面很难……呃，很难……上次见面还未成婚，如今再见，儿女都可以去烤肉了……”

“嗯？”林泓略有疑问，嘴角微挑。

“啊，不是不是！”蕒蕒赶快纠正，“是儿女都可以为他们斟酒了。”

“对。”林泓微笑，随口诵出相关诗句，“问答乃未已，儿女罗酒浆。”

见蕒蕒答得艰难，林泓向她解说：“这首诗作于乾元二年春，杜甫从洛阳返回华州途中，遇见他隐居的朋友卫八处士。时值安史之乱，时局动荡，杜甫骤见故人，顿生人生如梦、恍若隔世之感……”

蕒蕒心不在焉地听着，直到林泓讲到卫八处士以新鲜韭菜和黄米饭招待杜甫时才又回过神来，附和着老师唏嘘感慨，以便掩饰灶上锅中发出的窸窣声。

待林泓讲完，蕒蕒诚恳表达又获新知的喜悦之情，然后搜集措辞准备送客，不料林泓又开了口：“你既然听得如此认真，不如复述一遍，也好加深记忆。”

锅中已有油烟逸出。蕒蕒欲哭无泪，而林泓仍悠然自得地等她复述。显然在他眼中，她无疑是个水晶琉璃人儿，一眼便能看穿，藏不住任何心思。既然她不说实话，他就决意这样陪她玩了。

蕙蕙正在犹豫要不要向老师坦白，一只飞蛾忽然拯救了她。

那蛾朝桌上烛火扑去，途中撞上了林泓握书的手。

林泓受惊而起，蹙眉拍打被飞蛾触及的手，表情显示着对此事的厌恶。

蕙蕙灵机一动，当即拿起一方擦桌的棉巾，快步向林泓走去，状甚关切地道：“老师，来，我给你擦擦手。”

林泓脸色煞白地盯着逼近的棉巾，连连后退，抛下一句“不必了”，即转身逃离此地。

蕙蕙长舒一口气，立即冲到灶边揭开锅盖。一阵带湿气的烟雾蒸腾而起，和着一种莫名的诱人香气，逐渐在蕙蕙眼前散开，锅中的鸡皮羊肉油脂早已熬出，四溢于铁锅中，而其余蔬菜受油脂浸润，散发出与水煮清蒸不同的温润光泽。

因为此前炉火被炭覆盖，火力减弱，所以锅中蔬菜烤煳的不多。蕙蕙试着拣了一块小蕈入口，那被油脂煎熟的蘑菇在口舌之间化开，蕙蕙感觉到了一种有别于以前任何烹饪法的细滑香嫩，且融有脂香的奇妙口感。

（十）
炒菜

蕙蕙将锅中的食材搅和翻覆，令油脂和酱料均匀覆盖到食材表面，隔离了火焰，食材被锅和油脂传递的热度完全灼熟，没有烧烤导致的焦煳感，且有汁水溢出，与油脂混合，保持了湿度，味道又比清蒸白灼香浓。这种香味层次丰富，除去食材本身的香，还有脂香，以及与其混合的蔬菜的香味。

这种将食材置于锅中不加水地搅和加热的方式被称为“炒”，蕙蕙也知道，但无论是家乡所在的两浙路还是武夷山所在的福建路，她之前看见的炒都是烹饪中单一食材某一环节的加工方法，例如干炒豆子，或干炒香料然后研磨以作佐料。锅中加油一般用于煎炸，用油量颇大，而将蔬菜与肉混合，以少许油脂炒熟，这样的制法无论母亲、师姐抑或林泓，蕙蕙都没见其做过，最常见的烹饪法还是炖、煮、蒸、炸。

蕙蕙悄悄将辛三娘唤来，请她品尝这些炒熟的食品，辛三娘拣少许尝了，细嚼之后眼中瞬间闪出的光令蕙蕙意识到自己之前的感觉是对的，这样炒熟的菜很香，有别于其余烹饪法的动人的香。

次日蕙蕙与林泓都心照不宣地未提夜间之事。早晨林泓在书房中焚香，去

年冬天以来，他最爱用的是以黑角沉、丁香、郁金、麝香及腊茶合成的“返魂梅”，此刻他在一个高约三寸的龙泉窑青釉弦纹三足炉中埋好点燃首尾的香炭饼，用香铲将香灰拢成山丘状，在山丘顶端以香箸点出透气孔，覆手于上方试了试火温，才将一片承托了返魂香丸的银叶置于顶端。

香丸受热，散发出的香气开始升腾，然而隔火空熏，并不见烟。那气息袅袅拂面，甘甜清幽，其中带有腊茶赋予的草木香，使人有身处梅林之感。

蕙蕙一直安静旁观，待林泓将香炉安置于案几上，方对他道：“这返魂梅老师焚了许多次，以至就算不焚，老师书房也自带一缕香，不过细细辨来，书房留下的香与炉中焚的香不尽相同，炉中香有草木清新的气息，但书房所留的香以黑角沉的沉香味为主，腊茶气息几乎闻不到了。”

“那是自然，绝大多数合香会以沉、檀为君，焚到最后，所有香草之味都会散去，剩下的还是沉檀香味。这一味返魂梅之魂，便是黑角沉。”林泓取出一段黑角沉香材递给蕙蕙观看。

那黑角沉色如乌文木，木质纹理中布满黑色的油脂，光泽温润，蕙蕙着力试之，但觉十分坚硬，轻轻摩挲，香气绕指不去。

林泓另取一个熏衣所用，名曰“出香”的铜质熏炉给蕙蕙看。那熏炉炉盖为覆钵式，顶部状若莲花，花瓣之间有镂空的出烟口。林泓揭开炉盖，只见炉盖中附着一层长期累积而成的黑褐色的油脂，蕙蕙接过，略一闻，立即感觉到了海南沉香馥郁的花果之香。

“沉香，尤其是黑角沉这样的香材留香持久，皆因富含香脂。油脂可融香，可定香，用于合香，能融合众香气息，焚之，香脂随热气蒸腾，附着之处，香味持久不散。香草缺少油脂，留香便不如沉香。”林泓解说道。

“油脂可融香、定香……”蕙蕙细细思量，似有所悟，面露喜色。

再过两日，阿澈下山为林泓购所需文房用具，回来之时，竟带了一只处理干净的肥硕的鸡给蕙蕙。

“你想食荤就直说，不必掩饰。公子虽然偏爱素食，但并不反对别人食荤。”阿澈告诉蕙蕙，“公子说，他尊重每一根舌头。”

蕙蕙迅速忙碌起来。这日晚膳时，蕙蕙将烹制好的鸡肉奉至林泓面前，诚恳地请他品尝。

盘中的鸡是按林泓喜欢的方式做的，与麻油、盐、水同煮，稍后加入葱、椒，没有过多佐料，待鸡煮熟了再切块装盘，原汁盛出，与鸡同时奉上。

鸡与汤皆颜色澄黄，香气诱人。林泓略尝了一块，不置可否，细看盘中鸡块，含笑质疑道：“这鸡似乎少了一只腿，莫非被你偷偷吃了？”

“非也非也，这鸡本来就只有一条腿呀。”萁萁笑吟吟地回答，见林泓蹙眉不解，一指门外小岛上的丹顶鹤，“老师，你看，就像那鹤，也只有一条腿。”

林泓举目望去，果然见立于小岛水岸边的鹤正单足而立，看上去确像是只有一条腿。

林泓一哂，起身走至门外，面朝丹顶鹤徐徐拊掌，拍了两下，那鹤闻声立即奋翼而唳，状若起舞，先前缩着的那条腿也随之露了出来。

林泓从容地转身，目光投向萁萁：“现在是单足还是双足？”

“这样呀……”萁萁做恍然大悟状，与林泓相视，目露慧黠笑意，“老师既知禽类不鼓掌为单足，鼓掌为双足，又要双足之鸡，那适才面对我做的鸡时为何不鼓掌？”

林泓抚额而笑，旋即回到房中，看着盘中鸡郑重地鼓了两下掌，赞道：“香软脱骨，色泽可喜。李白诗云：‘堂上十分绿醑酒，盘中一味黄金鸡。’如今你做的这道菜，色香味俱佳，亦称得上黄金鸡了。”

萁萁欣喜地谢老师称赞。然后她回到厨房，捧出了之前暂时隐藏的另一道菜。

那是一道用香油炒过的菜，林泓凝眸以观，辨出其中有酱瓜、生姜、葱白、春笋、虾米及鸡肉，均切成长条丝儿，青红黄白相间，香泽悦人。

林泓搛起几缕蔬菜丝尝过，沉吟不语，须臾，又搛鸡丝尝味，细细嚼过，仍未表态。

“里面的鸡肉，就是我之前省下的那只鸡腿了。”萁萁解释道，又把私自烧烤那夜林泓走后发生的事细述一番，然后说，“我发现以油来灼熟食材[①]，受热均匀，又不易煳，与蒸煮相较，气味更香。或许正如老师所说，是因为油脂可融香、定香。这一盘鸡丝瓜齑，姜葱春笋的鲜香和酱瓜的咸香已在炒制过程中附于鸡丝之上，而鸡丝散发出的肉食香味也融于油中，覆裹于蔬菜上，几种香味相融相促，变化出丰富的口感。虽然老师主张保持食材真味，但偶尔稍加变化，尝试一点儿新鲜丰腴的味道，也并非坏事呀。”

林泓终于露出微笑：“是的。世间人何止千万，口味各有不同，清淡丰腴皆有人爱。就算同一人，也不会一生只爱一种口味，口味轻重，会随环境、心情与阅历变化。长期食素后怀念肥甘厚味，或久食荤腥想以蔬食清心，都是正常的。饮食无高下之分，只论彼时彼地是否适合进食者。我偏爱清淡饮食，你认可，认真学习我传授的内容，但未受我的观点束缚，仍会循着自己心意探寻不同风味和新的做法，这很好，说明你能独自思考。学而不思则罔，你现在，

① 香油炒菜配料参考［宋］浦江吴氏《浦江吴氏中馈录》中“瓜齑”一条。

已经越过这个阶段了。”

蒖蒖喜形于色，举手加额，郑重地谢过林泓的肯定。林泓再次打量盘中菜，又道：“若说不足之处，火候略过，鸡丝柴了一些。若短时内以高温灼熟，顷刻离火，口感和色泽应该都会更好。”

蒖蒖道：“我用的铁锅平日是炖煮和蒸饭所用，形似古鬲，很厚实，传热慢，散热也慢，因为沉重，要顷刻间端起来离火隔热并不容易。另外底部平坦，炒制过程中搅拌也不是很顺手。”

林泓颔首：“其实类似的炒制法，《齐民要术》有过记载，用的是铜铛，我曾见蜀地来的朋友做过。我也曾尝试，但感到锅体不适合，使用不顺手，所以没继续用。或许，我们可以一起试试，改变铁锅形制，使炒菜时使用更便利。”

（十一）
中秋之约

往后数日，林泓与蒖蒖多次尝试炒菜，认真记录炊具使用心得，并一次次修改铁锅改进的草图，将锅改为圆底碟形，口部敞开，内部圆弧光洁，便于炒菜时一铲到底，锅体改薄，减轻重量，利于传热和把持。他们大体觉得合适了，便寻找铁匠按图纸打造新的炒锅。

得到铁锅样品后，两人又频频尝试炒制新的菜肴，无论荤素。林泓的厨房因此比以往多了两分烟火味，蒖蒖见了颇感歉意。林泓倒并不介意，每日炒完菜与蒖蒖一起精心清理厨房，两人比以前相处的时间更多，林泓更显温和，甚至不时有了言笑的心情。

一日阿澈去山下钓了几尾鲈鱼，带回问樵驿给林泓和蒖蒖斫鱼鲙。两人各取一尾，清除内脏、剔去鱼鳞后，林泓先提刀斫鲙，蒖蒖在旁观摩。

林泓左手轻摁鱼块，匀速轻轻地向右推去，右手持刀，手起刀落，在砧板上击出连续不断、节奏均匀的响声，而轻薄的鱼片应声在刀下斫出，如浪花雪片般飞向右侧。

蒖蒖赞叹之余勉力模仿，但发现落刀后鱼片往往会粘在刀身上，并不像林泓的那般立即飞落而下。蒖蒖提出疑问，林泓指点道：“你抹一点儿鱼脑，或鱼腹部的脂肪在刀身上，斫出的鱼片就不会粘刀了，且不会有异味。”

蒖蒖依言而行，果然刀鸣之下鱼鲙缕缕翩飞，并不粘刀。蒖蒖含笑谢过林泓，又问是不是什么鱼都可以用这方法斫鲙，林泓道：“肉质适合斫鲙的鱼几乎都可以，只有一种不行——河豚。”

萛萛颔首：“河豚有毒，我妈妈从不用河豚做食材，还很讨厌这种鱼，都不许师姐们提。”

“大概是令慈宅心仁厚，所以不喜欢有毒素的食材。”林泓道，“河豚毒素聚于内脏、皮肤和血液中，血又易融于脂肪，故不可在斫鲙时以鱼脑和脂肪抹刀。但若只取新鲜鱼肉，洗净血丝，食用是不会伤身的。”

“我知道，连东坡居士都爱吃河豚，说明只要精心处理，毒素不会妨碍人品尝这一美食。”萛萛笑道。

林泓略感好奇：“你怎知道东坡居士爱吃河豚？”

“我背过他的诗呀。”萛萛随口诵出一首诗，“竹外桃花三两枝，春江水暖鸭先知。蒌蒿满地芦芽短，正是河豚欲上时。”

林泓含笑道：“这诗写得不错。你有何感想？”

“感想就是，很多诗小时候夫子让背就背了，并不了解其中深意，一定要经历过一些事，学到很多东西后才会明白，诗人真正想表达的意思。”萛萛答道，“例如这首《惠崇春江晚景》，题目是说春江景色，夫子当年也告诉我此诗写的是春景，我也就信了。而今学了厨艺，知道了东坡居士吃过和做过的种种菜肴后才明白，原来他当时想说的是，竹笋、肥鸭、蒌蒿、芦笋，还有河豚，我来了！”

林泓闻之蹙眉：“岂可如此揣摩东坡居士诗意？”

萛萛一愣，小心窥视他的脸色，怯怯地问道：“老师是觉得我出言不逊吗？”

“我是说，”林泓不动声色，慢条斯理地道，“东坡居士是只会关注到这几种食材的人吗？还有桃呢……他那时看着桃花，心里多半还想着，再过些时日，就可以吃到新鲜的桃子了。”

萛萛忍俊不禁，笑出声来，林泓旋即也展颜，两人索性放下刀具，相对而坐，又论及东坡居士其余关于美食的诗，笑语不断。

阿澈与辛三娘在厨房外听见他二人的笑声，相视一眼，都颇感诧异。

阿澈低声对辛三娘道：“三娘有没有发现，现在公子笑得比以前多多了。”

辛三娘良久不语，须臾叹道：“我以前挺不喜欢萛萛的，不过留她在这儿似乎也不错，至少能让公子接点儿地气。”

夜间林泓在书房习字，萛萛陪伴在侧，为他焚香磨墨，与日间不同，她忧思恍惚，状甚惆怅。

林泓留意到了，搁下笔，温和地对萛萛道：“你辛苦一天了，早些回房歇

息吧。我已让阿澈告知山下渔家，若捕到河豚，就送到我园中来，我教你去毒烹调。”

萓萓勉强笑了笑，轻声道：“谢谢老师……只是，我恐怕等不到那一天了。”

林泓讶异，问她何出此言。萓萓道：“明天，我就该离开问樵驿，回浦江了。”

当初赵怀玉致林泓的书信中只说萓萓因家中变故无处容身，希望寄居问樵驿学艺，并未提及适珍楼变故详情，也未说萓萓何时将离开。而萓萓把家中祸事归咎于自己，深深自责，也没勇气向林泓细说，是以时至今日林泓才知道她要离开。

萓萓向林泓致歉，终于把来此学艺的前因后果全盘托出，说明尚食局选拔在即，自己必须启程回浦江。她见林泓状甚严肃，凝眸不语，又努力朝他微笑道：“真的很感谢老师这些日子对我的教导和照顾……今日，是我十七岁的生日，谢谢老师教我斫鲙，让我过得很开心……老师给予我的所有恩情和好意，我都铭记于心，希望有朝一日，能涌泉相报。”

林泓听后不露喜怒之色，只说了声：“跟我来。”然后他朝厨房走去。

萓萓跟着林泓来到他的厨房。林泓自一个瓮中取出一些晒干的小芋头，带到地炉边，以稻草点火，将小芋头埋于灰中煨熟。

“此前不知道今日是你生日，否则会准备些更好的食材。现下只有这些小芋头可供消夜了。”林泓道，“这些芋头已晒干，煨熟后味道很像栗子，所以我叫它‘土栗’。有一年初春怀玉来探望我，来去匆匆，我也没什么准备，我们就围炉品尝这土栗，畅谈了一宿。”

萓萓点头：“我见过三娘晒这些芋头，当时还不知为何这样做。谢谢老师今日让我品尝。”

萓萓遂与林泓并肩在地炉旁坐下，一边闲聊，一边拨着炉火煨芋头。

提及学艺之事，林泓问萓萓：“你家中既然开酒楼，为何你没有从小开始学厨艺？”

萓萓叹息道：“我父亲去世得早，母亲带着我一人生活，我四岁时妈妈收养了凤仙姐姐，又认识了蒲伯，生活才过得热闹一些。妈妈生得很美，那些年向她提亲的人很多，她都回绝了。后来有一个官宦子弟，想纳我妈妈为妾，不料被一口拒绝。那人就趁蒲伯去外地买食材时让人冲入我家中，把妈妈痛打一顿，凤仙姐姐去阻拦，也被他们打得不轻。我那时七岁，被妈妈送入学堂读书，所以逃过一劫。妈妈和凤仙姐姐都因此卧病在床，我回到家来，见她们都无力做饭，便准备自己做给她们吃。”

林泓耐心聆听，此刻预料到了以后发生之事，问道：“你此前没做过饭吧，所以犯了错？”

“是的。”蒖蒖黯然道，“我按照不深的印象去模仿妈妈做饭，在铜鬲里放好木甑子，倒米进去，然后搁在灶上，生火……我守在旁边，不知不觉，就睡着了。后来，木甑子起火了……你知道为什么吗？”

林泓十分明了：“你忘记在甑子和铜鬲里加水了。”

“不是忘记，是我根本不知道要加水，我平时就知道玩，很少进厨房。”蒖蒖苦笑着捂住脸，沉默片刻才继续说道，“我醒来时，厨房中浓烟滚滚，除了甑子，灶边其他物事也被点燃了，然后是附近的桌椅……我被困在了火中，吓得大哭，但一张嘴，烟就往咽喉里钻，引起剧烈的咳嗽……就在我快晕倒时，妈妈冲了进来，她那么纤弱的人，本来被打得翻身都艰难，但那时不知哪来的力气，竟然健步如飞，从水缸里舀起一盆盆水，泼向燃烧的火焰……最后水用完了，她就脱下衣衫，奋力扑打火苗，终于扑灭了拦住我的明火，把我抱了出来。”

林泓将目光自蒖蒖脸上移开，不看她含泪的眼，对着炉火道：“你很幸运，有个好母亲。”

蒖蒖乘机悄悄抹去眼角的泪，继续说道：“妈妈救了我一命。我被烟呛到，喉咙痛了几天，但没有别的伤，而她自己，除了被打的伤痕，又多了几处烧伤……从那以后，她坚决不让我进厨房，说不要我学厨艺，认真读书就好，她会挣钱养我，保护我……”

林泓叹道：“你应该早些告诉我学艺的目的和离开的时限，这样我会教你一些更少见的菜肴。你目前所学的，只是山家小菜，恐怕不易入天家法眼。”

“我学到的已经很多了。”蒖蒖微笑道，“老师做的菜都别具匠心，四美皆备。老师还教我读诗书，焚香插花，跟着老师，我连花鸟鱼虫都多认识了好些。关键是，还让我明白了许多道理……这些，日后一定会对我有所助益。”

林泓朝她微笑，暂未接话。两人围炉而坐，虽然沉默着，但心里均是一片宁和，并不觉尴尬。

少顷，林泓从灰堆中拨出一个小芋头，自己剥开看看，觉得火候合适，继续剥完皮，然后递给蒖蒖。蒖蒖接过尝了，但觉这小芋头粉粉的，味道香甜，的确很像栗子。

这个芋头很快吃完，林泓又接连取出两个，依然剥好递给蒖蒖，自己并不食用，只在蒖蒖道谢的时候淡淡地笑笑。

蒖蒖吃完芋头，起身洗净手，又回到林泓身边，忽然问他：“老师，你的生日是哪天？”

林泓一怔，最后还是回答了：“八月十五。”

“是中秋节呀！”蕈蕈笑道，“真是个好日子。每次过生日，正值全家团圆之时。”

林泓勉强一笑：“从我记事时起，生日时就没全家团圆过。人越来越少，十五岁以后，我便不过生日了。”

蕈蕈愕然，想安慰林泓，又不知该从何说起。

倒是林泓向她安抚地笑笑，温言道：“如果，你没有入宫，或者，找到母亲后出了宫，那中秋时回问樵驿看看风景吧……那时园中开满金菊，日间秋风起，不时有紫梨和红枣从枝头坠下，落在青苔之上，色彩绮丽，很是好看。夜晚一轮明月映在池中秋水间，银地无尘，又是另一番清美景象。”

蕈蕈遥想彼时风景，亦心驰神往，只是顾及母亲之事，并不敢贸然答应，幽幽一声叹息，惘然地低下了头去。

这时炉中火焰愈炽，茅草灰烬随火焰起舞，有一些飘出炉来，其中一片似雪花般落在了林泓眉上。

蕈蕈拂着身上灰烬，转头发现林泓眉上雪白那一点儿，下意识地伸手去抹，而林泓也并不躲避，任她以手拂拭。

灰烬落下，蕈蕈看着林泓清秀依旧的眉目微笑，只觉他在炉火映照下的面容美得不可方物，旋即像想起了什么，着意看了看林泓的脖颈儿及手上的皮肤。

林泓见她上下打量自己，挑眉以示疑问。蕈蕈舒了口气，道：“还好，这次老师打起寒战。”

似乎想确认一下，蕈蕈又伸出一个指头，分外谨慎地轻轻戳了戳林泓的手。

这奇异的触感令林泓周身一凛，他暗抿双唇，垂目注视蕈蕈。蕈蕈抬头，眼神清澈如婴孩，他在她清亮的眸中看见了自己。

蕈蕈含笑道：“这次也没……”

语音未落，她抬起的手已被林泓捉住。蕈蕈还在愣怔，下一个意外又迎面袭来——林泓握着她的手猛然一拽，蕈蕈身体随之倾倒在了他的怀中。

（十二）
碎玉子

林泓双袖一展，拥住了蕈蕈，这举止短促得不容抗拒，然而随后的拥抱又格外温柔。他广袖交叠，似为她取暖般将她覆住，下颌轻轻抵在她的发际间，让她倚靠在自己胸前。

蕙蕙听见他的心跳，那声音在如此近的距离下显得旷远而高邈，随着时间的延长逐渐加强，仿若心里有个人儿踏着木质廊庑一步步来到她身旁。

他的衣裳一如既往地一尘不染，炉火光影中的他洁净而温暖，埋头在他胸前，除了沉檀衣香，还能闻到阳光的味道。

她的惊讶和愣怔被这突如其来的柔情悄然融化，她从失神的状态中苏醒，心田里的花儿渐次开放，却感觉到酸楚之意，眼眶莫名地发热。

她闭上眼，双手环抱他的腰，让自己隐藏在他怀抱里，避免与他目光相触，须臾，轻声问："你说，我是不是在做梦？会不会梦中醒来，发现自己还是躺在岩洞里？"

大概非常担忧和不自信，她的声音细弱，听起来很是娇怯，令他顿生怜惜。他想回答，一时却找不到合适的言辞，兀自沉默着。她等不到他的答案，左手缩回来，抚上他的胸口，像只小猫一样抓皱了他胸襟的衣裳，让自己略略支起头，睁着一双带着莹莹泪光的眼探视他的表情，似乎要确认他的存在。

心头像是被羽毛撩了一下，他的身体微微一颤，右手搂紧了她，左手沿着她后颈，探入她簪环松坠，即将散开的青丝中，俯身低头，将一个含着叹息的吻印在了她的眉间。

窗外人影一晃，很快朝后退去。那是追寻公子而来的阿澈，见书房犹有烛光，而公子不在，便寻觅至此，想问问他是否需要返回书房。

房中的景象惊得阿澈连连后退，直到后脑勺撞上身后的廊柱，好在声音不大，没有惊动林泓与蕙蕙。阿澈立即低下头，放轻步履，一路小跑，朝自己卧室奔去。

他刚至门边，迎面撞见正朝厨房走去的辛三娘。三娘看看厨房透出的烛光，问阿澈："这么晚了，公子还在厨房？"

阿澈拦住她，向她连连摆手，阻止她继续前行。

辛三娘止步，一脸狐疑之色："怎么了？公子在做什么？"

阿澈涨红了脸，踟蹰半晌，才答："在接地气呢。"

辛三娘眼珠一转，心里已有数。她一把将阿澈推进他的房里，从外关上了门："你快睡吧，别管闲事。"然后自己也转身回房，不再前去探看。

林泓的唇在蕙蕙眉间一点点轻轻触着，然后辗转流连，像在给她书写一个悠长的印记。而这一次的拥抱与之前不同，和他的吻一样带着逐渐升温的热度。蕙蕙有些惶惑，又有些羞涩，试图挣脱，他却并不松手。蕙蕙一时不知如何是好，手足也如醉酒一般软绵绵的，暂时停止了挣扎。

当他的吻有向下蔓延的趋势时，忽然一阵风吹来，吹动书房外修竹之间挂着的碎玉片，玉片相撞，似环佩一般叮当作响。

林泓在竹林中挂碎玉片，称之“碎玉子”，以为风铃。蕒蕒曾问因何用此，他说，风吹玉振，可愉悦耳目，可静心养性。

晚来风急，碎玉子之声淅淅沥沥，一阵紧似一阵，清脆的乐音渐趋激越，蓦地发出铿锵金石声，似有玉片坠地，落在青石砖上，刹那间粉身碎骨。

林泓悚然一惊，放开了蕒蕒，站起来看着窗外，目中焰火渐渐暗淡，他忽然转身出去，大步流星地越过廊庑及梅树竹林，朝池塘走去。

狂风呼啸，扑面而来，他迎风展开双袖，任风将身披的大氅掠去，大氅飘坠委地，他并不回顾，径直走到泛着粼粼波光的岸边方才停下，迷茫的眼望向乌云蔽月的夜空，在猎猎风声中艰难地平复着呼吸。

他默默伫立良久，直到风势稍减，月色重现。月光仿若一个舒展着冰绡双翼的精灵，将他仅着单衫的身躯拥于怀中，体内的潮热退去，他终于找回了习以为常的安全的凉意。

他回到书房，推开门，缓步走到洛神画像前，目光徐徐投向洛神，低声说出三个字：“对不起。”

洛神双眉若蹙，嘴角却含着浅浅的笑意，妙目似水，温柔地睨着他。

而林泓身后的门外，抱着大氅的蕒蕒悄然而至。

当他结束长久的静默，回身走出门时，她已不在，大氅被整齐地置于地上。他俯身拾起，发现上面有两处潮湿的圆点。

他抬头眺望，园中夜色静谧，并无雨水的痕迹。

次日清晨，蕒蕒整理好行李，来到堂中，等待与园中人道别，而林泓已早早地外出弹琴，似无意再见她。

辛三娘嘴角含着笑从后院来到堂中，原本准备好一腔半打趣半恭喜的话要与林泓及蕒蕒说，却不料他们一人不见踪影，一人愁云惨雾地独坐着，面上全无喜色。

辛三娘发现蕒蕒的行李，愕然地问起蕒蕒的意图，蕒蕒将要回浦江参选入尚食局之事简略地说了。辛三娘顿时无名火起，怒道：“你也要入宫？”

蕒蕒不解她为何这般神情，猜测她大概是觉得自己不自量力，遂解释道：“虽然我厨艺不精，但这是唯一入宫寻找母亲的机会，我不能放弃，只能尽力而为。”

“你要入宫尽管自己去，为何还来这里招惹公子？”辛三娘怒斥，也不再听蕒蕒辩解，拂袖而去。

倒是阿澈很和气地安慰她，并取出一个木匣子给她："这是公子让我给你的。"

蕒蕒打开看，发现里面是一笔丰厚的银钱和一本装订成册的手札。

"这是公子给你准备的盘缠，那个嘛……"阿澈手指手札，"那是公子平日记录下来的菜谱，让你带走，说或许你将来用得上。"

蕒蕒取出手札翻开看，见果然是小楷写就的菜谱，遍录四时佳肴，想必是林泓多年心血。字迹清隽秀逸，书页之间还散发着幽幽一缕梅花香。

阿澈送蕒蕒下山，和她寻回寄养在农家的马，扶她上马，与她道别后又说："有一个祝福我知道不该说，但实在不吐不快。"

蕒蕒让他说。他遂笑道："祝你落选归来。"

蕒蕒想礼貌地微笑，但委实笑不出来。阿澈催促她启程，她策马走了几步，忽然回过头来，轻声问道："阿澈，洛神姐姐，是不是不食豚肉？"

阿澈一时蒙了，不明白她语意所指，默然不语。蕒蕒恻然一笑，也不再等待，引马回首，开始了新的旅程。

这天阳光煦暖，时和气清，走在郁茂林野中，一路繁花相送，春光美好得似永不会消竭。马背上的蕒蕒在满树雀喧声中闭上眼，任自己无忧无虑的孟春年华随着两行清泪没入了尘埃。

第三章

凤城烟霭

（一）
凤仙

蒖蒖回到浦江，远远地便望见适珍楼的招牌已被摘下，换上了贻贝楼的，酒楼内外已被重新装饰过，风格与贻贝楼本店一致。那日酒楼内似乎有重要宴席，门外街上车如流水马如龙，杨氏父子亲自站在门前迎接宾客，春风得意，喜气洋洋。

蒖蒖一直为自己的过失导致酒楼易主而自责，不欲与杨盛霖相见，掉转马头绕到后街，朝秋娘送给蒲伯的小院子走去。

以往蒖蒖母女及女弟子们是住在酒楼后院的房中，酒楼交予杨家，虽然杨盛霖说蒖蒖等人可继续居住在此，但蒖蒖顾及她们均是女子，酒楼易主后混居此地终是不妥，遂与缃叶搬到蒲伯院中居住。好在房子宽敞，可居住的房间有五六间，倒也不显拥挤。

还未至小院门口，蒖蒖目光越过篱笆院墙，即见里面杏花树下有一女子背对着她正在晾清洗过的衣裳。蒖蒖下了马自己启开柴扉，冲着那女子疾步过去，口中欢喜地唤着“缃叶”。那女子闻声回首，却是凤仙。

蒖蒖先是一愣，旋即笑逐颜开，拉着凤仙的手道：“凤仙姐姐，原来是你！你怎么回来了？”

凤仙见了她也十分惊喜，暂未回答她的问题，嘘寒问暖一番，又捧着蒖蒖的脸说她瘦了。然后凤仙一壁朝内唤蒲伯和缃叶，一壁牵着蒖蒖的手进入堂中。

蒲伯与缃叶从内室出来，见了蒖蒖均大喜，寒暄之后又是布茶又是摆出果蔬点心，又问她晚膳想吃什么，均觉得蒖蒖黑了瘦了受苦了，恨不得把这几个月蕒蕒缺失的关怀全补给她。

他们自然很关心蕒蕒这几个月的经历，纷纷打听蕒蕒跟问樵先生学艺的情况，蕒蕒说了一些所学的内容，但没有提及二人私下相处之事。

缃叶似乎对问樵先生本人更感兴趣，连声问他年方几何，可有家室，相貌如何，对蕒蕒如何。

蕒蕒瞥了一眼蒲伯，见他虽未说话，但目光炯炯地盯着她，也在等待她的回答，顿时颇感不自在，遂隐瞒了林泓的真实状况，只说那是个老先生，喜欢修禅，没有妻妾，待自己很和厚慈爱，自己一直称他为老师。蒲伯听后很放心，连连颔首称赞，缃叶看上去则有几分失望，大概是蕒蕒的答案与自己猜想不符。

晚间蕒蕒与凤仙同居一室，凤仙悄悄问她："那问樵先生可是个年轻人？"

蕒蕒惊讶，脱口反问："姐姐如何知道？"

凤仙道："缃叶问你时，你明显有些犹豫，若他情况与你所说一致，你何须斟酌，必然迅速回答了。"

凤仙是秋娘收的第一个女弟子，与蕒蕒从小相处，两人形影不离地长大，原比他人亲厚，所以蕒蕒沉默片刻后，还是把林泓之事一一告诉了凤仙，无论年龄相貌、相遇的细节，还是他会的技艺，跟她说的道理。心扉一敞开，蕒蕒便滔滔不绝地说了下去，事无巨细，林泓的很多神情、姿态、动作，说的很多话，她都兴致勃勃地细心描摹。不过，最后因为含羞，还是把临行前那晚的事隐去不说。

凤仙耐心聆听，待蕒蕒自己停下，才开口道："你一定很喜欢他吧。"

蕒蕒一怔，将发烫的脸转向阴影处，答道："我很敬爱林老师。"

"不只是敬爱。"凤仙一语中的，"你说起他时眼中有光，那么喜悦，一定非常喜欢他。"

蕒蕒无言以对，默默拉起布衾蒙住了脸。

凤仙压低声音，很严肃地追问："你和他，有没有……"

蕒蕒躲在布衾之下并不作答。凤仙却不放过她，拉开她蒙面的被子，继续问："你和他，有没有肌肤之亲？"

蕒蕒想起那夜之事，脸更是绯红如霞，但见凤仙显然不会就此作罢，只得回答："没有。"

"真的没有？"凤仙看着她双颊绯红，有些怀疑。

蕒蕒摇头，坚决否认。

凤仙这才收回凝视她的目光，道："这问樵先生年纪轻轻，倒是能克己守礼。面对你这么年少俏丽的姑娘仍以礼相待，可见是个君子。"

萬萬忙不迭地点头，顺势把林泓的品性又夸赞一遍。

凤仙道："我问这个，并非窥探你的隐私。今日宫里来的人已至浦江，县令在贻贝楼设宴接风，两天后就要开始选年轻厨娘入尚食局。这选拔的第一步便是验身，虽然明里说是选貌端体健的女子，但既然告示称参选女子年龄须在二十岁以下，又要容貌姣好，恐怕这处子之身的要求是少不了的。你若与那问樵先生有逾礼之事，岂不前功尽弃？"

萬萬回想前情，感慨之余亦有些后怕。那夜林泓最终放开她时，她虽松了口气，但也隐隐感到几分失落，如今想来，他此举竟是成全了她。

静默良久后，她向凤仙道谢："多谢姐姐为我着想，为我打听参选尚食局的消息。此番归来，也是为助我吧？"

这话却令凤仙略感尴尬，思忖一番，才直言："我这次回来，和你一样，是为参选尚食局内人。"

萬萬大感意外。她原以为凤仙被父母寻回后便会远离庖厨，过上锦衣玉食的闺秀生活。尚食内人虽任职于宫中，说到底也还是以厨艺事人的婢女，也不知凤仙为何会愿意抛下体弱的母亲执意参选。

她着意打量凤仙，但见师姐目色冷凝，一脸镇静，显然适才说出的是深思熟虑之后的决定。此刻的凤仙似乎有些异常，萬萬亦说不清是哪里不同，只觉这分离的一季短暂又漫长，她们似乎都离开了原来的路径，在朝各异的方向生长。

凤仙来到荆南府时正值隆冬。她的母亲袁夫人虽是凌焘的正室，但失宠多年，此刻独居在一处冷清的院落，那里少有人进出，连尘埃都是寂寞的。严寒的天气，袁夫人房中却只有一小盆冒着浓重烟味的炭火，与病榻上她的目光一样，有气无力地明灭着。

听到凤仙的呼唤，袁夫人惘然地看她半晌，似乎认出了她，但多年郁结于心，欲向女儿倾诉的话被悲伤、内疚与无奈掩埋，末了便只是哭。

凤仙握住她瘦骨嶙峋的手，感觉就像触到了一段枯木。

袁夫人身边只留下了一个服侍她多年的侍女许姑姑。许姑姑与凤仙谈及往事，凤仙那些画卷残片般的记忆终于被拼接起来：

当年袁夫人怀着凤仙，随夫出征，居于营中。凤仙出生那天，一群黑色大鸟飞至营前，徘徊不去。随后凌焘与金人作战失利，便归罪于凤仙，认为她的出生引来黑鸟，是不祥之兆，这个女儿自然也是不祥之人，因此很不喜欢她。

凌焘好色，家中有多房妻妾，当年他最宠爱朱五娘子。朱五娘子是临安人，有倾城之姿，且有一手好厨艺，食、色两点均牢牢抓住了凌焘的心。袁夫人母女在以朱五娘子为首的妾室倾轧下生存，日子过得甚为艰难。

凤仙六岁那年，皇帝召凌焘还阙，将为其加官晋爵，凌焘遂带众家眷同行。但不知为何，行至浦江附近时他又接到圣旨，皇帝收回成命，仍命凌焘戍边。而他们启程时凤仙受寒病倒，路上一直发热，全身疼痛。其余妾室猜测她得了疟疾，很担心自己的子女因此染病。偏巧那时朱五娘子所生的三姑娘也开始发热，朱五娘子惊恐不已，向凌焘哭诉。凌焘因失去爵位之事正心烦意乱，又听凤仙将病气过给妹妹，越发怒不可遏，说今日境地皆因凤仙晦气所致，因此不顾袁夫人苦苦哀求，将凤仙从母亲怀里夺走，遗弃在了浦江城外的雨夜里。

“那么，现在妈妈住在这远离大宅的小院里，也是缘于朱五娘子挑拨？”凤仙问许姑姑。

许姑姑道：“那倒不是。如今将军最宠的是薛九娘子，朱五娘子远不如以往风光，倒是消停了许多。夫人原住在大宅里，因为长年病弱，房中常煎着药。不久前薛九娘子生了个儿子，向将军抱怨说自己一闻夫人房中飘来的药味就头昏目眩，将军便让夫人搬到了这里。”

凤仙又问：“那爹爹派人寻回我，是看妈妈病重，所以恻隐心起，让我回来照顾妈妈吗？”

许姑姑有些迟疑，随后道：“失去姑娘后，夫人日夜哭泣，恳求将军多次，将军都不同意去寻回你。慢慢地夫人也死心了，不再恳求，但一想起你就哭。这一次，是朱五娘子向将军请求，要请你回来。”

凤仙讶异道：“为何？”

许姑姑道：“两月前三姑娘去朱五娘子娘家探望外祖母，回来路上竟失踪了。有人说她是跟表哥私奔了，但朱家否认，说三姑娘是被贼人掳去了。将军派人找了很久，一直杳无音讯。朱五娘子自那以后便常来夫人这里诉说失女之痛，说将心比心，终于明白了夫人的痛苦，因此愿意极力劝说将军，把二姑娘找回来。”

（二）
孝雉

次日朱五娘子特意登门拜访袁夫人母女。

朱五娘子乍一看依然是明媚的美人，声音娇软仍如少女，凤仙度其容貌，猜测她应不超过三十五岁，只是言笑间眼角露出的细纹表明她最好的韶华已渐行渐远，而她那精致得一丝不苟的妆容也显示着她对此是多么心有不甘。

她诚挚地表达着对凤仙回归的欢迎，并不回避以前对袁夫人母女的排挤，说痛恨当年少不更事年轻气盛的自己，对以往所作所为深感愧疚，并愿意补偿。

她带来首饰衣料若干，不顾凤仙的推辞，命人搁在堂中，除此之外还奉上一只身形特殊的鸡，说可给袁夫人补身子。

这鸡比一般家鸡略小，头颊似雉，大部分羽毛为黑色，上面散落着一些白色圆点。“这鸡出自夔峡，极其稀少，是我川中的亲戚千里迢迢带来给我的。它身上的圆点像珍珠斑点，蜀人称它珍珠鸡。因为长大后会反哺其母，很有孝心，所以又名孝雉。”朱五娘子解释道，“这孝雉还有个神奇之处：每当春夏之交，景气和暖之时，它颔下会露出一尺余长的绶带，红碧相间，十分鲜艳，与此同时，头上还会立着一对翠角。向人展示一会儿，它又会把绶带敛于嗉囊下，被羽毛重新覆盖。可惜现在天气寒冷，这景象是看不到的。”

凤仙仔细看那孝雉脖颈儿间，没看出任何端倪，遂问：“那绶带莫非缩到脖颈里面了？”

朱五娘子笑道：“我以前也是这样想，但杀了一只，细看颈，均未见绶带。所以这孝雉自带几分仙气，亲戚说用油煎过再炖汤，最是滋补。我本想炖好给夫人送来，又怕夫人嫌我手艺不佳。听说姑娘在浦江学了一手好厨艺，炖一只鸡自然不在话下。何况你们母女连心，姑娘做的饮食自然会比外人做的更合夫人脾胃。故此斗胆，便送了只活的孝雉过来。”

袁夫人谢绝，说这孝雉如此珍贵，自己受用不起，想请朱五娘子带回去。而朱五娘子执意要送，说袁夫人久病体虚，最宜以此食补。凤仙冷眼见她们相互礼让许久，最后出言劝母亲道：“朱五娘子一番心意，妈妈还是收下吧。”

女儿既开了口，袁夫人也不再推辞。朱五娘子见她们肯收礼，很是欣喜，又详细告诉凤仙烹制方法，才告辞离去。

孝雉这食材凤仙首次见到，颇感好奇，这也是她决定留下朱五娘子礼物的原因之一。送客之后，凤仙将孝雉杀了，热烫拔毛，再细细查看，的确未见颈臆之间有绶带，孝雉体内组织也大体与家鸡相似。

凤仙按照朱五娘子所授之法，先煎后再加少许香料，置于铜釜中慢火炖，不消多时便有肉香逸出，且越煮越浓，整个院子中都萦绕着这醇厚诱人的香气。

炖好的汤色呈澄黄，许姑姑闻着味道已赞叹不已，正要盛一碗给袁夫人送去，却被凤仙拦住。

凤仙道："这孝雉是鲜活着送来的，朱五娘子应是不想我们有顾虑，才不加烹调，让我自己动手，以示无害。不过我毕竟没见过这种鸡，也不知是否全无毒性，还是慎重些好。"

许姑姑亦觉凤仙想得周全，但道："朱五娘子若想害夫人，也不会用如此直接的方式，这鸡多半无毒。若姑娘不放心，我可先试试。"

见凤仙默许，许姑姑便自盛一碗汤，徐徐饮下。静待须臾，不见任何异状，她倒是笑着称赞："姑娘手艺真好，这汤比我喝过的所有鸡汤都香。"

凤仙亦自取一碗饮了。在这寒风凛冽的冬天，热度跟着汤汁自喉头顺流而下，逐渐渗透到四肢百骸，那浓郁香醇的味道似乎带着一缕生气，温柔地将干涸冰凉的躯体包裹，这一碗鸡汤的慰藉，奇异地令凤仙感觉到了久违的现世安稳，想起了年幼的自己在母亲怀中喝鸡汤的景象。

不会有毒的。她在心里做了判断。

凤仙将孝雉汤送至袁夫人病榻前，袁夫人却不饮，倒不是担心毒性，只是劝凤仙："这鸡既然叫孝雉，很适合奉与双亲。我卧病已久，恐怕虚不受补，糟蹋了这好食材。不如你给你爹爹送去，既是你自己做的，也可聊表孝心。"

凤仙并不想见父亲。她回家这些时日，凌焘甚至没召她相见，她也全无向父亲尽孝之心，但袁夫人一再坚持，凤仙为不拂母亲之意，亦只得将孝雉汤带去大宅，奉与父亲。

凌焘年近五旬，身材高大，五官硬朗，但也不完全是粗鄙武夫，高鼻和微凹的双目依稀可以捕捉到一点儿年轻时俊朗的影子。凤仙偷眼打量着他，隐隐感觉到自己和他还是有几分相似的。他的高大与母亲的秀美相结合，凤仙便拥有了颀长的身形和明丽的容貌，这令凤仙的姿容看起来相当大气，自小在身边一群江南佳丽中更显出众。

凌焘对凤仙仍很冷淡，面对女儿客气的问安只点了点头，连句寒暄的话都懒得说，对凤仙这些年的遭遇全无了解的兴趣，更没有与女儿叙旧的心情。不过，在凤仙呈上孝雉汤时，他被那浓郁的香味吸引，眯着眼打量一番后欣然接受了凤仙品尝的建议。

连鸡带汤享用一碗之后，他终于向凤仙露出了点儿好脸色，夸她厨艺不错，又顺便问了问袁夫人的近况。

凤仙颇感振奋。虽然她对父亲并无好感，但看得出母亲仍对父亲颇有情意，若得知父亲有所牵挂，必会欣喜。是以凤仙细述母亲的情况，暗暗希望父亲多加垂怜。

凌焘却心不在焉，目光不时落在那孝雉汤上。待凤仙讲完，他开口说的第

一句话并不与袁夫人母女相关，而是吩咐身边下人："将这汤给九娘子送去。"

这九娘子必然是许姑姑提及的薛九娘子了。见凤仙神情有异，沉默不语，凌焘略作解释："九娘子刚生产，尚未满月，这鸡汤滋味不错，不如送去给她补补。"

凤仙勉强笑了笑，道："是。但凭爹爹处置。"

据说薛九娘子也很喜欢这孝雉之味，食用不少，但夜间忽感腹痛，下血不止，竟有血崩之势。薛九娘子的婢女阿玫带着剩下的孝雉汤向凌焘报讯，说是食用孝雉所致，凌焘气急败坏，命人将凤仙擒来，亲自审问。

凤仙惊愕，辩解说妇人生产后恶露多，即便下血，也不一定是饮食所致。阿玫道："九娘子生产已有二十余日，恶露已不见红，此前一直好好的，是今日食用孝雉之后才下血的。"

凤仙向凌焘一一列出除孝雉所用的香料，均很常见且无毒性。凤仙又道："孝雉炖好后我与许姑姑都饮过，不见有异才奉与爹爹的。爹爹自己也饮汤食肉，若有毒，我们三人为何无恙？若九娘子下血是饮食所致，罪也不在孝雉。"

阿玫反诘道："九娘子今日胃口不好，饮孝雉汤之前就喝了点儿胡桃、芝麻和驴皮胶炖的甜羹，吃了点儿清水煮的菌菇，这些都是九娘子素日常吃的食物，并无害处，而吃了孝雉就下血，难道不是孝雉导致的吗？"

凌焘思忖道："莫非这孝雉寻常人吃得，产妇吃不得？"

此时却闻门外有人高声道："产妇吃得的。"

众人闻声望去，见说话的是疾步赶来的朱五娘子。

朱五娘子匆匆走到凌焘面前行礼，然后道："这孝雉原是我外甥从夔峡带来的。我第一次吃孝雉，便是在生三姑娘后，川中的亲戚特意让人送来给我补身子。孝雉比寻常鸡汤更滋补，很适合产妇食用。后来生四姑娘五姑娘，坐月子时我每次都吃，并无下血之状。可见九娘子此番症状，并不与孝雉相关。"

凌焘闻言微微颔首，大概是想起朱五娘子坐月子食用孝雉之事。

阿玫蹙眉不语，暂未反驳朱五娘子，须臾，瞥了瞥凤仙，又道："就算孝雉无毒，说不定有人知道这汤要送予九娘子，便伺机在汤里加了点儿什么。"

凤仙尚未应对，朱五娘子已转朝阿玫，正色道："孝雉汤是二姑娘奉与父亲的，哪知她爹爹会转赠给九娘子。何况我相信二姑娘品性，她为人良善，绝不会做害人之事。"

话音未落，朱五娘子便疾步至阿玫带回来的汤煲之前，也不用箸，直接用舀汤的勺盛了汤，连饮数勺，并取几块肉，迅速嚼了咽下，然后面对众人道："二姑娘做的孝雉，我也吃了，且看看我会不会因此得病。若有，我甘愿与二姑娘一同受罚，若无……”她目光冷冷地扫过阿玫，对凌焘道：“还望将军严惩挑拨构陷之人，以还二姑娘清白。”

（三）
光之子

朱五娘子进食孝雉后并无异状，凌焘又请当地名医检验孝雉残汤，结论也是无毒，产妇可以食用，凌焘遂相信薛九娘子下血与孝雉无关。朱五娘子建议严查薛九娘子当天起居细节，不久后有仆妇告发，说那日午间曾看见阿玫扶薛九娘子出了卧室，在小院中漫步。朱五娘子失色道：“九娘子尚在月子中，万万不可出房门的呀。如今天气寒冷，竟然有奴婢怂恿她出门吹风，难怪出了这事！”

凌焘立即拷问阿玫，阿玫哭着承认是九娘子多日困于房中，觉得烦闷，再三央求她，她才扶九娘子出至院中的，并辩解道：“但出门前我请九娘子穿上了厚厚的斗篷，全身裹得严严实实的，是在午间日光正盛的时候，也没有风，出去不到半炷香的光景就回房了，娘子没有半点儿不适，确确实实是吃了孝雉才下血的。”

朱五娘子冷笑道：“将军请来的名医早有论断，孝雉无毒。你这贱婢，明明是你唆使九娘子外出，受寒病倒，为掩盖罪行，还把罪责推到二姑娘身上，其心可诛。”朱五娘子又劝凌焘道：“这丫头奸猾，留在九娘子身边只会误导她，又易惹是生非，闹得家宅不宁，看来是留不得了。”

凌焘也颇以为然，命人狠狠鞭笞阿玫一顿，不顾薛九娘子的求情，很快把这服侍九娘子多年的贴身侍婢卖了出去。

阿玫被卖之后，薛九娘子终日以泪洗面，一见凌焘就愤恨哭泣，凌焘心烦意乱，渐渐地也不爱往她那里去了。

朱五娘子心情好了许多，也越发向袁夫人母女示好，三天两头地带礼物来，陪袁夫人聊天，一见凤仙就拉着凤仙的手寒暄，从容貌性情到厨艺女红，将凤仙夸赞得天上有地上无。

但经历上次之事，凤仙也多存了个心眼，但凡外人带来的食物都不给母亲吃，袁夫人的食材、药材凤仙都自己出门采购。所幸她们不是住在凌氏大宅，看管的人也不多，她日常外出相对方便。

一日凤仙前往医馆，准备为母亲买些药材，刚出门便闻侧面不远处有人唤“凌姑娘”，凤仙转头一看，发现站在那边柳树下的竟是阔别多日的赵怀玉。

凤仙一怔，然后迎上去施礼，问赵怀玉因何到此。赵怀玉道：“我进京赴试，途经荆南，想起姑娘，稍做打听，得知姑娘暂居此处，所以信步而来，未料果真有缘再见姑娘。”

浦江离临安不算远，而荆南却在浦江和临安的西边，相距近两千里，哪儿有从浦江前往临安途经荆南之理？凤仙愕然，问道：“公子从浦江至此，再往临安，千里迢迢，只怕路上也要花费一两个月，岂不耽误温书应试？”

赵怀玉微微摇头：“应试诗书，在于十年寒窗，不在这一两个月。”

“所以……”凤仙踟蹰道，“公子此行，是特意前来游览荆南？”

赵怀玉“嗯”了一声，迟疑许久，方才道：“也兼来探望姑娘……姑娘虽说是回归亲生父母之家，但多年未见，不知他们会如何对待姑娘。思来想去，我终是放心不下，因此……”

一言及此，赵怀玉面红过耳，垂目不敢看凤仙。

凤仙也颇不自在，环顾左右，低声请赵怀玉跟随自己，借一步说话。赵怀玉明白，与凤仙保持着两丈开外的距离，随她来到一处僻静的小茶坊，才又相对叙话。

赵怀玉很关心凤仙的现状，凤仙把家中情形大致说了，又提及孝雉之事。赵怀玉旋即细问薛九娘子当日所食的其余食品，凤仙遂把阿玫说的芝麻胡桃驴皮胶和菌菇告知赵怀玉。赵怀玉颔首：“那便是了……”

他随后告诉凤仙，这孝雉并非川中才有，福建路也有一些。自己两年前曾前往武夷山探望好友问樵先生，当地猎户提着一只孝雉上问樵驿兜售，也说到神奇之处，问他们是否要品尝这山珍，但他们不约而同地谢绝了。

“我们同时开口谢绝，然后两人相视而笑，都更觉对方是知己。”赵怀玉回忆那时的情景，犹带浅淡笑意。

凤仙颔首道：“你们都是仁厚君子，必不舍得以此珍禽满足口腹之欲。”

赵怀玉道：“我们都认为，孝雉生而反哺，宛如孝子，我们又怎忍心伤害它？问樵先生虽然明确拒绝烹食孝雉，后来仍出钱从猎户手中买下，带到深山放生了。当晚我们煨着芋头，围炉夜话，他提及孝雉，说到一个闽中人知道的饮食上的禁忌：孝雉不可与胡桃、木耳及其余菌类同食，同食则会下血。①”

凤仙闻言沉吟。她得知这点，许多之前想不明白的事随即迎刃而解。她顾不得感慨，抬起头再看赵怀玉时，请求道：“赵公子可否帮我买一些医书？”

① [宋]林洪《山家清供》中提及孝雉“不可同胡桃、木耳、蕈食，下血”。

赵怀玉问她想买何种医书。凤仙道："具体书名我也不知道，赵公子学识渊博，还望公子帮我选择。记录各种食材和药材药性，讲解饮食搭配何为有益、何为有害的就行了。"

赵怀玉应承了，与她约定两日后在此相见。

过了两日，赵怀玉如约而来，带着十余部医书："我遍寻全城，找到了这些尚可一观的书，姑娘暂且看着，我日后也继续留意，若又寻到好的，下次再赠予姑娘。"

凤仙道谢，问他花费多少，取出自己积蓄的银钱，要付给赵怀玉。赵怀玉忙推辞："书是送给姑娘的，姑娘愿意看，于我已是莫大荣幸。姑娘若有积蓄，请供向令慈尽孝之用，不必再给我了。"

凤仙坚持将银钱推给他："公子若肯收，便是行善积德，代为购书襄助我母女；若不收，外人若得知，便会说我们私相授受。想来公子也不愿意看到我们彼此名节有损。"

赵怀玉见她言重至此，这才收下购书钱。他见凤仙如此深知礼义，心下越发敬佩，不由得流露思慕之情，问凤仙凌焘可曾将她许配于人。凤仙脸一红，摇了摇头。

赵怀玉顿时放下心来，郑重地道："春闱在即，怀玉必将全力以赴。若金榜题名，且姑娘愿意，怀玉必会备齐礼数，请媒妁前来向姑娘提亲。"

凤仙螓首微垂，半晌才轻声道："终身大事，自然要待父母做主。"

赵怀玉只当她允了，喜不自禁。凤仙但觉脸上火辣辣的，也不敢久留，当即告辞。赵怀玉送她到离家百余丈处，在凤仙再三要求下才止步不前，朝凤仙深深一揖作别。凤仙亦向他敛衽还礼，道："凤仙预祝赵公子蟾宫折桂。"

在母亲的要求下，凤仙开始每日前往大宅，定省父亲。到了春暖花开之时，凌焘的心情似乎也随气候转好，他待凤仙也变得颇为和善，常留她在宅中与其余妹妹闲聊玩耍。

凌宅大姑娘是庶出，已出嫁。三、四、五姑娘均为朱五娘子所生，三姑娘至今音讯全无，四姑娘十六岁，五姑娘十五岁，在朱五娘子的要求下与凤仙相处最多，其余六、七、八姑娘分别是不同的娘子所生，年纪尚幼，与凤仙也不大亲近。

一日清晨，凤仙定省父亲后，应朱五娘子之邀来到大宅后花园与妹妹们赏花。园中桃花、李花、海棠，乃至几丛争春的芍药都开了，姹紫嫣红，处处春意盎然。几个妹妹嬉闹着要摘花来斗花草，园中各种花都被她们摘了一些，最后四姑娘一指墙外一枝探入园中的杏花，道："只差杏花了，我们园中没有，

谁去把墙头的剪几枝过来？”

此刻园中皆为女眷，她们看了看那不低的枝头，目光纷纷落在凤仙身上，最后五姑娘笑道：“二姐姐，我们之中就你最高，可否去帮我们剪一些杏花来？”

凤仙也不推却，走到杏花枝下暗度其高度，回首道：“我也够不着。去搬个园丁用的花梯给我。”

四姑娘让自己身后的婢女去搬花梯。两个婢女将花梯搬来置于墙边，又递给凤仙花剪，然后迅速退去，像是生怕凤仙让她们爬上去摘花。

凤仙这才想到，对这些大宅女眷来说，爬上墙头去摘花是多么有失身份的事，连婢女都不屑做。她回顾众妹妹，见她们果然有人窃笑，有人冷眼旁观，一副准备看戏的样子。

凤仙虽感不悦，但花剪在手，暂时也懒得想那么多了，径直上了花梯，开始剪杏花枝。她剪下后递给前来接应的婢女，众妹妹又雀跃起来，连声道：“我也要，我也要！二姐姐再剪一些给我。”

凤仙很快把墙头花枝剪完，姑娘们还不满意，催促她继续剪，凤仙再顾墙外杏花，那里倒是红红白白地开满一路，有上百株，但带花朵蓓蕾的都离墙颇有距离，眼见是够不着了。凤仙面露难色，还在想是否就此罢手沿花梯而下，忽闻墙外有马蹄声响起，凤仙循声望去，透过那如霞光掩映、轻云朵朵的杏花海，见一白衣少年骑着一匹毛色光艳的枣红马，正引鞚策马款款而来。

他头戴乌黑软纱唐巾，白衣胜雪，而衣缘殷红中带有一抹紫意，正与杏花花萼相若，行走于这香雪海中，颇类神仙之姿。

来到墙边，他迎着凤仙身后的日头仰首勒马，目光掠向她手中的花剪，然后向她露出悠然笑意，伸出右手，示意她把花剪给他。

凤仙如中蛊般，默默地盯着他，无言以对，只依照他的指示把花剪递给了他。

他握着花剪，纵鞚引马，信步到旁边花树下，间或扬手，不消多时，便轻松闲适地剪下了许多杏花枝。然后他回到凤仙所处的墙边，向她递上花枝，还了花剪，目示自己所乘高头大马，笑道：“我这步云梯比你那花梯如何？”

凤仙不答，赧然地接过花枝，轻声道：“多谢公子。”

那少年略略颔首，笑而不语，策马后退。阳光拂上他未被苦难折磨过的俊秀脸庞，使他周身若蕴光华，在凤仙此日晦暗心境中兀自璀璨着。凤仙恍惚地想，传说中的东君，也不过如此吧。

凤仙长久地立于花梯上，目送他渐渐远去。她很想知道他是谁，却又不敢相问。而这时有个满头华发、仙风道骨的道士骑着毛驴从南边来，趋近那少年，展臂指南，朗声笑道："二大王，这边请。荆南府已在南边正门恭候，请大王随我去吧。"

（四）
点茶

宅中很快沸腾起来，奴婢们奔走相告，说将军久候多日的道长上官忱已到达，与他同行的还有皇次子赵皑。凌枩亲自率下属家仆前往南门外迎接，女眷们暂不露面，但论及这两位贵客都是一副惊喜的神情。

从众女眷闲谈中凤仙得知，这个道长工医术，善相人，据说还能未卜先知，曾治愈先帝母后的顽疾，因此深得天家信任。如今的太后也格外看重他，遇大事常请他占卜解惑。凌枩多年前曾与上官忱相遇，他准确地预测了凌枩至今的仕途，因此凌枩非常信任他，屡次邀请，近日上官忱才答应前来做客，没想到此次竟然还带来了二皇子这般贵客。

凤仙向女眷们告辞，准备回到母亲的居处。归程中她隐身于前院廊庑下，目睹了父亲迎接两位贵客入内的景象。赵皑沐浴着金色阳光，昂首阔步，嘴角含笑，衣袂飘飘地走过宅中众人左右相对、俯首相迎的正道，上官忱跟随在侧，很谨慎地保持着落后他两步的距离，而凌枩则从旁低首引导，不时解说着什么，向赵皑露出的笑容有明显的奉迎意味，这谦卑的神情是凤仙从未见过的，与她印象中永远盛气凌人的父亲全然不同。而赵皑并不答话，依然目不斜视地前行，只是偶尔微微颔首，示意他在听。

这日许姑姑也前往大宅领月钱，回到小院时带着一个十几岁的婢女，说是朱五娘子派来给凤仙使唤的。那姑娘见了凤仙当即上前施礼，笑吟吟地请安道："二姑娘好，二姑娘万福。我叫雁巧，浣洗针凿都会，也会做点儿小菜，以后二姑娘需要我做什么，说一声就是了，我必会尽心尽力地做好。"

凤仙打量雁巧一番，没说什么，同意她在院中住下，命她自行整理居住的房间。

雁巧应声，先自去了。而许姑姑神色有异，待雁巧走后才低声对凤仙说道："姑娘，我今日去大宅，有相熟的将军身边婢女悄悄告诉我，将军已准备将你替代三姑娘，许配给延平郡王的长子殷琦。延平郡王是当今太后的弟弟，深受天家隆恩，子孙也屡获荫补。将军也是多次请人说合，才攀上这门亲事的，但

是，谈妥之后才知道，那殷琦有癔症，发作起来就对身边人打打杀杀，听说婢妾有被他打死的。将军得知后有些后悔，但亲事已议定，不敢再改，便一直在宅中秘而不宣，私下还是准备让三姑娘嫁过去。三姑娘估计听见了风声，这才逃跑的……”

凤仙所有的疑惑就此解开，不由得冷笑道：“怪不得朱五娘子这般讨好我与母亲。无事献殷勤，必有所图。我一直在想我有什么值得她图谋的，原来是要我代嫁。”

“是呀。”许姑姑叹道，“我说她怎么那么好心劝将军把你寻回来呢，这才彻底明白了。今日派雁巧来，多半是为了监视你，怕你听到消息后也跑了……将军这次请上官道长来，是想请他合一合你与殷琦的八字，观一观你的面相，看是否相谐。”

凤仙一哂：“相不相谐，都会要我嫁过去，何必多此一举。”

许姑姑道：“也是为了预测你嫁过去的景况吧，也许将军发现你性子不像夫人那样柔顺，多少有些担心。”

凤仙想想，又问：“那上官道长为何会带二皇子前来？”

许姑姑道：“听说二皇子是奉太后之命专程来请道长入宫，有事相询。道长已经答应来见将军，便请二皇子同来，待道长与将军叙谈后再一同赴京……将军见了二皇子很是欣喜，有意请道长做媒，希望二皇子能在四姑娘、五姑娘中选一人聘为夫人。”

凤仙沉吟，须臾又问：“所以，爹爹会让上官道长及二皇子见我和妹妹们？”

许姑姑颔首：“应该是这样。”

不久后大宅即有人来，请凤仙稍做准备，明日清晨赴大宅花园茶会，请上官道长相面。

那新来的婢女雁巧兴致勃勃地开始为凤仙准备明日要用的服饰，自去取了衣裳首饰，一一在凤仙面前展示，问她欲选哪件。

凤仙不动声色，选了一套颜色素净的衣裳。雁巧又问她要用什么发饰，凤仙做思忖状，随后道：“听说如今天家上下皆不爱奢华物事，若用金玉首饰，只怕二皇子看见会说我们奢侈，落了俗套。我看大宅园中有早开的芍药，花形盛大，色泽艳丽，若簪在发边，既华美又不失天然意趣，最好不过了。你速去大宅，帮我摘一些回来吧。”

雁巧愉快地答应了，这便要走，凤仙又唤住她：“京中贵人无论男女都爱熏香，明日我的衣裳也不可无香，否则会显得粗鄙无礼。你先去夫人房中借香炉与熏笼与我。”

雁巧领命，先去取了香炉和熏笼，再往大宅摘芍药去了。凤仙待她身影消失，自己取出从浦江带来的香匣，里面香药琳琅满目，她却只取了一味龙脑香。点燃香炭置入香炉，拢好香灰，香灰山丘上加以银叶，挑了少许龙脑香安放于银叶中，在香炉下方的铜盆中注入沸水，以取水汽润泽衣裳，其上覆以熏笼，再将明日要穿的衣裳搭在熏笼上，开始熏香。

翌日早膳后，凌焘请上官忱及赵皑于花园赏花饮茶，叙谈一番后命众女儿入园，一一向上官忱及赵皑施礼，又让人取出福建茶苑所出名品，指着四姑娘与五姑娘对上官忱道："我这两个女儿虽不聪敏，但也曾效仿京中闺秀，学过书画及点茶插花。她们一向仰慕道长高德，前日听说道长即将光临，都希望能为道长奉上一盏茶，以示敬意。"

上官忱表示不胜荣幸，笑道："二大王乃官家嫡子，这第一盏茶理应奉与二大王，以示将军阖府铭记天恩，以诚侍奉君上之意。"

凌焘连声道："有理，有理。"旋即他示意四姑娘上前点茶。

四姑娘低头上前，雅坐于茶席前，等铫子中水沸后提起，注入汤瓶，待其止沸，然后在一个兔毫黑釉建盏中置入此前婢女用银茶碾研磨好的茶粉，一手提汤瓶，往盏中注入少许水，另一手持竹子制成的茶筅，将水和茶粉调成膏状，再继续注热水，然后快速地以茶筅击拂，以使盏中浮起白色沫饽。

她素日常练习点茶，这一套动作原本十分娴熟，但今日她头上簪了一朵硕大的芍药，身上又熏了类似花香的衣香，周身馥郁至极，点茶时便有一只蜜蜂飞来，绕着她的头飞。四姑娘惊惧之余又惦记着要点茶，动作便畏畏缩缩，不时停顿，额上涔涔汗出。这一盏茶点罢，调膏、击拂都有所不足，汤面上的沫饽很快散去，水痕露了出来。点茶以沫饽停留时间长为贵，四姑娘这一手实在露怯，凌焘看得面色一沉，十分尴尬。

四姑娘搁下茶筅，垂首凝视着面前这盏茶，也不知该不该奉与赵皑，一径沉默着。赵皑见她眼泪都快落了下来，遂示意近旁的婢女将茶盏呈上，自己捧起茶盏饮了一口，微笑道："不错。"

凌焘忙挥手让四姑娘退下，又命五姑娘上前点茶。

五姑娘也簪着一朵芍药，只是四姑娘所用的是紫色，而她选了粉色，同样芬芳扑鼻。大概是年纪轻，更喜欢甜蜜香型，她此时用的衣香是橙花蒸海南沉香，闻起来格外甘甜，如姐姐一般引来了蜜蜂，不仅围绕着她头上的花，在她提起汤瓶时，一只蜜蜂还飞到了她准备注水的手上。

五姑娘一声惊叫，手一松，汤瓶坠下与建盏相撞，茶盏与汤瓶相继滚落坠地，热汤四溅，茶席间一片狼藉。五姑娘身上手上也有几处被热水所灼，尖叫

着跳了起来。

凌焘面如死灰，忍不住怒斥五姑娘："出去！"

五姑娘掩面哭着离开。

凌焘向二位贵客赔罪，命人清理好茶席，正不知该不该继续这茶会，却见赵皑目光睨向立于一隅的凤仙，含笑问他："那位也是令爱？是否也精于点茶？"

凌焘讪讪地说道："她是我二女儿，倒是嫡出，但自幼与家人失散，养于乡野之家，恐怕不会点茶。"

凤仙闻言缓步上前，轻声，但足够清晰地说道："我会点茶。"

凌焘诧异地看向她，凤仙略略抬头，与父亲相视，露出了一个胸有成竹的微笑。

她发上没有簪任何鲜花，仅以少许珍珠为饰。在父亲的默许下，她款款走到茶席后坐下，行动间如有微风拂过，赵皑闻见了她身上清冽的龙脑香。

（五）
水丹青

凤仙在茶席正中坐下，查看席上适才四姑娘、五姑娘所用茶粉，但觉不如自己希望的轻细，遂自茶匣中取了一团外层尚封着膏油的完整茶饼，看看标签注明的年份，见是去年所出，便取了沸水注入水钵，徐徐置入茶饼，待热水融去油壳，即取出茶饼，以净纸吸去水珠，刮掉所剩膏油，以茶钤钳住茶饼，在茶炉微火上炙至干透，再用纸裹茶饼捶碎，取部分入舟形独轮银茶碾，转动独轮将茶碾成细末状，又取蒙着一层蝉翼般白色绢纱的茶罗，把碾好的茶粉筛至极细，见绿色茶末轻如粉尘，方才提汤瓶注沸水熁兔毫建盏，再将茶末放入盏中备用。

凤仙不用茶筅，选了一柄银匙调茶膏，左手提汤瓶注水，右手手腕旋转，将茶末和水，调至融胶状，然后沿着建盏边缘继续注水，持银匙环回击拂茶汤，手势起初舒缓，随着汤面上升渐趋急促，而茶汤中白色乳雾随之涌起，珠玑磊落，呈咬盏之势。

这一系列动作一气呵成，并无蜂虫滋扰，咬盏沫饽如一瓯春雪，相当美观。凌焘暗暗舒了口气，正准备让凤仙将茶奉给赵皑，凤仙却又持银匙，探入盏中划动。随着她手腕起伏，盏中沫饽逐渐散去，其下的碧绿茶汤露了出来。

凌焘惊讶，不解她为何如此。而凤仙一瞥他拧紧的眉头，微微一笑，停止手中的动作，搁下银匙，转头示意身边的婢女将茶奉与赵皑。

婢女将茶端至赵皑面前，举案过眉，请他品尝。赵皑一看，但见茶汤绿如幽潭，而适才浮起的白色沫饽剩有少许漂于茶汤上，被凤仙以银匙勾画成一枝杏花，纤巧秀丽，若妙笔绘成。

这一招名为茶百戏，又称水丹青，哪怕在京中也仅有少数人会。上官忱从旁看见，扬声称妙，就凤仙茶艺向凌焘大加夸赞。凌焘摆手谦称："小女雕虫小技，不足挂齿。"然而他满脸堆笑，十分喜悦。

赵皑注视那一枝洁白的杏花，淡淡一笑，命婢女将这盏茶奉与上官忱，然后起身，向凤仙所处茶席走去。凤仙一怔，意识到他可能是要自己点茶，遂立即退至一旁，将茶席让与赵皑。

赵皑入席，倒出汤瓶中余水，自取铫子煮水，等茶炉中水声如松风桧雨，再提起注入汤瓶中，熁了盏，放入凤仙碾好的茶末，稍待须臾，待汤瓶内静寂无声，才又提汤瓶沿建盏内侧注水入盏。他看看茶席上的茶具，亦选择以银匙调膏击拂，只不过不是以勺头，而是掉转方向，以银匙平滑如匕首的银柄击打茶膏茶汤。

待茶膏融和，赵皑一手匀速注水，另一手指绕腕旋转，银柄流光跃动，如银蛇飞舞。他微垂着眼帘，意态闲适地漫视茶汤，而双手不同的动作兀自有条不紊地进行着。盏中细如粉雪的沫饽渐渐浮于绿色汤面上，平缓细腻，不似适才凤仙所击出那般有汹涌溢盏之势。

见沫饽适量，赵皑停止击拂，开始如握笔一般握住了银柄，以侧锋在汤面沫饽上快速勾画，引动汤纹水脉，一幅精巧如工笔山水的画面逐渐呈现于茶汤之上。

绘毕，他搁下银匙，笑着对凌焘与上官忱道："笔触纤细，景象稍纵即逝，还请二位移步至此茶席一观。"

那二人旋即至茶席，在赵皑对面坐下。但见赵皑茶盏中白色细沫衍生出粗细各异的线条，便如毛笔所绘，在碧绿茶汤上呈出千山暮雪的景象，层峦叠嶂，白雪皑皑，下方影落寒江，江面漂着一叶扁舟，而舟头居然还蹲着一个戴着斗笠身披蓑衣的渔翁。

凌焘与上官忱相继惊叹。凤仙已从旁窥见，讶异之余由衷叹服。

凤仙的水丹青是秋娘所教。浦江县城中贵客有限，寻常点茶已足够待客所用，秋娘并不当众展示水丹青，只是私下饮茶时偶尔在汤面上绘些许花木以自

娱，被凤仙看见，便缠着师娘要她教自己。虽然只是一两枝花木，凤仙却练了好些年才初步掌握技法，大致画出些意趣，而赵皑竟然能在如此短的时间内绘出这般完整的山水图，拥有此等功力，对点茶者而言，恐怕天赋、素养与付出的时间缺一不可。

盏中沫饽须臾散去，画面逐渐融于茶汤中，围观众人方才如梦初醒，拊掌赞不绝口。赵皑微微一笑，道："家传技艺，我只是习得皮毛而已。"

他的目光有意无意地掠过凤仙，凤仙不敢与他对视，垂首默默退后。适才因妹妹们失误而获得的优越感此刻荡然无存，脸上火辣辣的，只觉自己是班门弄斧了。

这日茶会后，凌焘私下询问上官忱自己几个女儿面相如何，上官忱笑道："依贫道看来，极贵者莫过于二姑娘，龙睛凤颈，有倾城之姿，二姑娘又志存高远，前途不可限量呀。"

凌焘又问其余诸女运势，上官忱只道："且放宽心，随缘，随缘。"

凌焘委婉询问二皇子对诸女的印象。上官忱大笑："这个唯二大王自知，贫道岂敢臆测？"

虽则如此，上官忱与赵皑独处时还是提及了凤仙，说此女仪态端方，聪慧过人，二大王也到了该成婚之时，不妨将凤仙列入候选之列。赵皑笑道："凌二姑娘不错，只是太聪明了，不适合我。"

"哦，怎见得过于聪明？"上官忱问。

赵皑道："她两个妹妹点茶失误，皆因蜜蜂干扰所致，这蜜蜂，显然是受她们簪的花、熏的香吸引而来。而凌二姑娘头未簪花，身上熏的竟然只有一味龙脑香……龙脑清冽清凉，略显刺鼻，仅以龙脑香做衣香的人，我只听说过一个，是我的曾叔公，楚荣宪王。他是嫌周围人衣香繁芜，闻得他头痛，所以用龙脑解万香之毒。龙脑还可驱虫除蠹，凌二姑娘正值芳华，原是爱各种馥郁香品的时候，但她今日只用龙脑，联系前因后果，她是明白花香能引来蜜蜂，所以刻意熏龙脑以驱蜂虫，确保她点茶万无一失。"

上官忱了然地笑道："这姑娘大概是很期待展示茶艺以获大王关注，所以谋划十分周全。若她有幸侍奉大王，未必不能成为大王贤内助，襄助大王做出一番事业。"

赵皑摇头，一哂："但若她以后将对付妹妹的心思用在我身上，那可绝非美事。"

两人相顾大笑。赵皑又道："如今大哥已被爹爹立为太子，国本既定，我也乐得安闲，做个富贵闲人，求太后允我领她懿旨出行，来寻道长。也得谢道长四处云游，难觅踪影，我才能奉旨追寻，畅游山水间。我出京不易，此番归程，还望道长放缓步履，随我晚些回去。”

上官忱笑而应道：“只要太后不催，行程或疾或徐，自然全凭大王做主。”

翌日赵皑与上官忱向凌焘告辞，往两浙而去。

朱五娘子回想茶会之事，心知被凤仙摆了一道，雁巧原是自己安置在凤仙身边的眼线，不想反被她利用来传递消息，害了自己女儿。越想越气，朱五娘子也不准备再做戏了，请凌焘向凤仙公布了让她替代三姑娘嫁给殷琦的决定。

凤仙向凌焘直言，自己准备回浦江参选尚食局内人，若落选，再来荆南，婚事任凭父亲处置。

凌焘道：“尚食局内人虽说任职宫中，但终究是侍奉人的侍女，岂有延平郡王长子夫人富贵？”

“做侍女又何妨？”凤仙反诘道，“当今太后和郦贵妃，当初入宫时都是侍奉人的侍女。”

凌焘一时语塞。凤仙又道：“爹爹欲与延平郡王家联姻，无非是想借其势光耀门楣，也在京中安插个可为爹爹说话的人。若我入宫，将来获贵人提拔，爹爹要达到这两个愿望，全不在话下。延平郡王是皇亲国戚，但终究隔了一层。我若成为尚食局内人，每日接触的便是真正的天潢贵胄，届时要帮爹爹进言，又有何难？”

凌焘思忖着，似有所动。凤仙又道：“爹爹的女儿不止我一个，延平郡王宅，谁嫁过去都可以。而茶会一事足以看出，能为爹爹做事的女儿，恐怕只有我这一个。既有入宫的机会，爹爹何不放手任我一试？事若不成，我立即回来，日后怎样，全凭爹爹做主。”

凌焘凝神打量这个陌生的女儿，首次感觉到她夺目的美，与妾室们的娇媚不同，她的美毫不柔弱娇怯，隐约透着傲骨。堂中的她亭亭玉立，身姿挺拔，目光冷凝，想起上官忱所说的“龙睛凤颈”，凌焘忽然深深意识到此词之贴切。或许，有那么一点儿可能，她能够中选，将来如道长所言，前途无量。

终于，他松了口：“好，我让人送你去浦江参选。”

获得父亲首肯的凤仙旋即去找朱五娘子，告诉她自己的决定，然后道：“我走后，我妈妈就托付给你照顾了，请务必尽心，不可出半点儿差池。”

朱五娘子只疑是自己听错，这个大胆的昔日弃女，竟然用傲慢的语气与自己说话。

凤仙直视她瞪大的眼睛，继续道：“你往日所作所为，我都知道，也暂不

会与你计较。此去浦江，若落选，我自会回来代替三姑娘嫁给殷琦；若中选，隔个十天半月的总会寄书信回来，向你询问母亲的情形。日后爹爹若发达，赴京任职，我们也不会少了见面的机会，届时再好好叙谈叙谈，当面谢五娘子代我照顾我母亲之恩。”

朱五娘子不由得冷笑道：“多谢姑娘信任，竟把如此重任交予我。”

“你当然是最合适的人选。”凤仙踱至她面前，向她露出冷淡的笑意，“你主管宅中内务多年，料理好夫人起居不是难事。还必须照顾好夫人，因为夫人是正室，若有闪失，先爹爹而去，爹爹势必另择名门淑女聘为继室。你说，你是愿意照顾现在这个柔弱的夫人呢，还是准备打起精神，去服侍一个年轻貌美的新夫人？”

朱五娘子闻言笑容隐去。

凤仙又道：“若你存了等夫人走后请爹爹将你扶正的心思，还是趁早醒醒吧。国朝臣子，若以妾为妻，必遭言官弹劾。你说，爹爹会不会放弃仕途，将你扶正？”

朱五娘子心知她所言有理，默然不语。

凤仙微微一笑，侧首在朱五娘子耳边道：“就算爹爹敢冒天下大不韪，决心以妾为妻，你说，他要扶正的人，会不会是你？”

朱五娘子面如白纸，咬紧的牙关微微发颤。近日薛九娘子已痊愈，凌焘又开始往她房中去了，九娘子大有复宠之势。即便凌焘不再宠她，多半也会另纳年轻姬妾，而自己年老色衰，扶正这等好事，只怕无论如何也轮不到自己。

“所以，请你尽心照顾夫人，她好好活着，对你对我，都好。”凤仙道。她冷眼看着朱五娘子鬓角滑落的一滴汗，又着意强调，“若夫人平安康健，将来我自不会亏待你；若夫人不好了，无论为谁所害，我都会把这笔账算在你头上。”

（六）
秦司膳

朱五娘子对袁夫人母女又恢复了此前热络的态度，天天过来嘘寒问暖，好似与凤仙之间从未发生过任何不愉快之事。凤仙临行前，甚至说服了凌焘，让袁夫人又搬回了大宅。

许姑姑啧啧称奇，与凤仙提及，却又担心朱五娘子心怀鬼胎，此举别有图谋。凤仙闻言道："五娘子确非良善之辈。此前送珍珠鸡，故意在我与妈妈面前提孝雉之名，多半是想提醒妈妈让我把鸡汤奉与爹爹，以表孝心。又算准了爹爹偏宠九娘子，九娘子尚在月子中，爹爹很容易想到赠九娘子孝雉鸡汤补身子。而九娘子是她最大的劲敌，平日饮食喜好她自然早已摸清，利用胡桃、菌菇与孝雉的禁忌让九娘子身体受损，又借题发挥，令九娘子失去了贴身侍婢……"

许姑姑恍然大悟，又问道："但若此中有一个环节出了偏差，孝雉汤不就送不到九娘子那里去了吗？"

凤仙颔首："有这个可能，但即便九娘子喝不到孝雉汤，她也会借孝雉让我和妈妈领了她的情，终归于她有利。这孝雉怎么送她都不会亏。"

许姑姑叹道："五娘子用心险恶，姑娘竟还忍心离开母亲，将夫人托付于她？"

凤仙道："这个家，无论我走不走都是待不长的。我不去浦江，爹爹很快会将我嫁出去，与母亲还是天各一方。我索性与爹爹和五娘子赌一把，若能入宫，爹爹对我有所期待，五娘子对我有所顾忌，都不敢虐待母亲；若落选，我同意代替三姑娘嫁给殷琦，也解决了他们一大难题，想来以后也不会怠慢我母亲。若引我不快，我自有法子让他们好不容易攀上的姻亲不快，这门亲就白结了，说不定人家还要追究三姑娘逃婚之事……我走后，有可能欺压母亲的不是五娘子，而是九娘子这种春风得意又蠢笨骄横的年轻姬妾。所以我向五娘子晓以利害，让她维护母亲。五娘子也会愿意借母亲正室的身份来约束其他姬妾，故此把母亲接回大宅，有'挟天子以令诸侯'的意思。随后，她肯定会请名医为母亲治疗，目前宅中最怕夫人有何闪失的就是她了。她人虽不善，但好在不笨，会权衡利弊，也有法子对付其余姬妾。目前来说，将母亲托付于她是最合适的。我离开后，还望许姑姑继续精心照料妈妈，若家中有何不妥，希望姑姑尽量设法告诉我，谁欺负了我妈妈，我自会找到相关人等，一笔笔清算。"

许姑姑叹服凤仙心智，但想到她以后的前途，不免忧心忡忡，抹抹眼泪道："姑娘策略自然是好的，但浦江报名参选的姑娘应该很多，若未能如愿中选，姑娘岂不就要委屈自己，嫁给那个有癔症的人了？"

凤仙举目望着天际，那里一羽孤雁，正勉力飞向被阳光镀了一层金边的云海。她看得久了，明亮的光线刺得她眼睛有点儿痛，她仍睁着双目，保持静静伫立的姿态，对许姑姑，亦像是对自己说："别担心，我一定会中选。"

浦江的尚食局内人选拔分三天进行，首日验身，次日考刀工，第三日需要

以不同技法做三道菜。

既有入宫的希望，浦江少女趋之若鹜，十二岁以上二十岁以下会做菜的很多来报名，首日浦江县衙署外等候入内参选的女子便有数百名，然而这一日验身下来，获得次日应选资格的不过三十余人。

衙署门内坐着数名宫中来的宦官，先度众女容貌，明显丑陋或过胖、过瘦、过高、过矮者都先行劝退，不许其入内。初审合格者再引入内室，交给其中女官详细验身。

女官两人为一组，同处一室，每次容一女入内，命其脱去衣物，细查女子体肤，要求不痔不疡，无黑痣胎记和伤疤。她们又命女子走动哈气，口鼻腋足有异味者不取，当即便令其出去。然后，果然如凤仙所料，她们会让参选者卧于榻中，由两位女官先后检视其私处，判断是否为处子。

蕫蕫通过了这些测试。一名女官旋即手持软尺为她量身，身长、足长、肩宽、臀宽及自肩至指长、指去掌长、髀至足长皆一一量出，由另一名女官执笔记录。蕫蕫悄然窥去，见执笔的女官为她写下了数字评语：肌理腻洁，长短合度。

凤仙也顺利入围。两人获得通知，出了门去，见门外落选的女子有的在哭，有的愤愤述说因一点儿伤疤导致落选的经历，更多的是在围观者好奇的窥探中悻悻离去，其中不乏素日相熟的厨艺高手，蕫蕫与凤仙不由得相视抚额，都感庆幸。

翌日刀工评选，在衙署后院中进行，给每名参赛女子备好桌案砧板、刀具，一些润泽刀具的油脂及相关清洁用品，给出三种食材：葱、萝卜和鱼肉，要求她们运刀切割，至于切成什么花样可自行决定。

这日的主考官是尚食局的秦司膳。她四十余岁，肤色白皙，身段苗条，姿容可称秀丽，然而目光冷肃，不苟言笑，一副生人勿近的模样。如今的县令申沛然对秦司膳毕恭毕敬，有事请示必长揖称其“内夫人”，而秦司膳始终与其保持着数丈距离，每次仅答以寥寥数字，冷淡相对，只求达意，并不允他人攀谈。

竞技开始，各女子都争先恐后地握刀开始处理食材，或剁，或批，或劈，或剞，恨不得把这些寻常的食材都切出一朵朵花来。

秦司膳离开主席，踱步至众女之间，一双锐利的眼睛盯着众女砧板及她们握刀的手，觉得哪里值得观察，便驻足旁观，如刀般锋利的目光开始在砧板和她观察的女子之间徘徊。

她很快挑出第一批淘汰的女子，命人带她们出去，不必进行下面的比试，原因是她们在切完葱后既没有换刀也没有清洗刀具、砧板就开始切下一种食材。

作为在一尘不染的林老师身边学习切葱的人，如此低级的错误蕫蕫当然不会犯，换刀、洗刀以及洗砧板，萛萛每一步都处理得毫不含糊。在用鱼肉斫鲙的时候，萛萛依照林泓所教那样，先以鱼腹油脂拭刀，这赢得了秦司膳的驻足和赞许的目光。

斫鲙一节秦司膳又淘汰数名女子，因为她们以麻油、菜油或猪羊等动物油脂抹刀，会令鱼片沾染异味。

待剩下的女子处理完今日食材后，秦司膳逐一检视她们的作品，然而首先看的不是砧板上的食材，而是她们放刀的位置以及桌案上下的清洁程度。

处理好的食材均有餐盘为容器，但桌案上没有特设刀架，秦司膳此刻看的便是众女将刀具置于砧板何处，检查是否刀身平放于砧板中间，前不出尖，后不露柄，刀背及刀刃有没有冒出砧板范围。若稍有差池，乃至直接将刀刃朝下插入砧板者皆落选。另外，她细看刀具及砧板有没有清洗，切下的废料有没有置入桌案下事先备好的容器中，案上案下有没有一丝垃圾或水渍。

有一名女子刀工极好，将萝卜雕成一朵牡丹花，鱼肉也被切成菊花状，甚是美观，然而秦司膳一顾她随手抛于案下的萝卜屑，仍然宣布她落选。申县令看着她雕出的完美花形，十分惋惜，轻声询问秦司膳可否通融，让她进入下一轮比试。秦司膳一口回绝："刀工技法可以练，但骨子里的粗鄙不易改。她的刀工都好到这个地步了，参加如此重要的比试仍随手扔废弃物，可见不拘小节到何种程度。这种人不配入宫。"

凤仙注意保持清洁，完成的作品也很不错，葱均从中间分成几缕，拉成一丝丝卷曲的葱花，萝卜雕成蔷薇状，鱼片用直刀推剞成荔枝形，刀纹纵横、深浅如一，因此顺利过关。

萛萛并没切出什么花样，葱切成葱粒，萝卜切丝，鱼肉斫成鱼片，均是中规中矩的做法，不过切得均匀整齐，厚薄皆如法度，处理好食材后又将刀具、砧板乃至桌案上下清理得无一丝污迹，秦司膳此前又对她用鱼腹油脂一事印象颇佳，所以难得地在众人面前表示了赞许："尚食内人，服侍的是天潢贵胄，膳食相关之事，应处处小心。食材或用具不洁，会导致病从口入，影响贵人康健，因此尚食内人首先要有良好的清洁习惯。这位姑娘，接触不同的食材前后必洗手，同时清洗刀具砧板，处理完食材，又注意妥善放置废弃物，并将周围清理得干干净净，很像我们尚食内人的风格。而且她以鱼腹油脂拭刀，既可润泽刀具，不令鱼片粘刀，又避免了其他油脂异味沾染鱼片，可见是个特别细心，对味道又感觉灵敏的人。她于细处都用心至此，要练出华丽的刀工，也不是难事。今天的选拔，我们要选出的就是这样的人。"

萛萛如在梦中，乍惊乍喜地辨出秦司膳这番话是表示她可以进入下一轮的

意思，好不容易才将嘴角上翘的弧度控制在温雅的范围内，在众女艳羡的注视下端然施礼，向秦司膳道谢。

与凤仙相携回家时，凤仙含笑问她获秦司膳赞扬有何感想，蕒蕒朝武夷山方向举手加额，由衷道："感谢用冷冷的目光逼我一天洗几十遍手的林老师。"

（七）
唐果儿

最后一日将考菜式，地点定在贻贝楼，第二日选出的十名女子可自带日常所用的厨具前往，抽签排序，依照顺序在贻贝楼备好的食材中选择自己需要的做两道菜，然后用秦司膳指定的一种食材以自己的方式再做一道菜。

刀工比试只花了半天时间，蕒蕒和凤仙回到居处时天色尚早。凤仙午膳后即闭门不出，研读药膳书籍；而蕒蕒则出了小院，在附近一边漫步一边猜测明日可能遇到的种种食材，思考该用何种方式做才能脱颖而出。

她走到适珍楼院落后，忽闻身后有个小孩唤她"蕒蕒姐"，蕒蕒回头一看，发现是邻居家的七岁小男孩唐果儿。

唐果儿笑着跑到她身边，说："我妈妈说蕒蕒姐明日要和很多姐姐比试厨艺，想好做什么了吗？"

"这你也知道？消息真灵通。"蕒蕒拍了拍他的肩，随口应道，"还没决定呢，你帮姐姐选一个？"

唐果儿扬手举起一个弹弓给蕒蕒看："我帮你打几只鸟儿吧，烤鸟儿可好吃了。"

不待蕒蕒回答，他便奔到旁边的槐树下，左右开弓，"砰砰"地将弹丸朝树上的鸟儿射去。

有一只鸟儿中弹，从树上掉了下来。蕒蕒赶过去查看，见是一只喜鹊，黄嘴黑羽长尾，肩腹为白色，挺好看的。腿部中弹，但仍挣扎着站起，扑腾着翅膀，似乎还想飞回树上。

蕒蕒仰头望去，发现大槐树上有一个树枝筑的鸟巢，离地有两丈多高。

唐果儿兴致勃勃地过来，伸手想捉那只喜鹊。喜鹊一声哀鸣，一瘸一拐地避开，又不住引首看那鸟巢，鸣声越发凄楚。

唐果儿还想去捉它，被蕒蕒制止。蕒蕒问他："你是不是想把这只喜鹊送给姐姐？”唐果儿说是。蒖蒖遂道：“姐姐明天应试用的食材不需要自己准备，这鸟儿你既然送给姐姐了，那姐姐想送它回鸟巢，行不行？”

唐果儿爽快地答应了，蒖蒖取了一块丝巾撕开，为喜鹊包扎一下伤处，然后把它揣在怀里，目测一下枝丫高度，选了最低的一枝，纵身一跃，双手抓住树枝，向鸟巢处攀去。

她为出行方便，此刻穿的是短衫长裤的男装，从小又跟着同学爬树，所以这树对她来说难度不大，不多时已攀至鸟巢旁。她探头往巢中一看，只见里面有三只喜鹊幼雏，听见蒖蒖弄出的声响，均叽叽地叫着，朝天大大地张开嘴，一副嗷嗷待哺的样子。

怪不得受伤的喜鹊看上去那么牵挂鸟巢。蒖蒖顿感辛酸，立即把怀中喜鹊取出，小心翼翼地放回巢中。

蒖蒖伏在鸟巢旁，默默看了许久喜鹊一家团聚的样子，想起母亲，又是一阵感伤。母亲至今生死未卜，即便自己入宫，也不知能不能如愿找到母亲。她思及此处，眼圈一热，两滴泪夺眶而出。

她正在拭泪，一颗弹丸忽然自树下飞来，击打在她的靴子边缘。虽未触及蒖蒖体肤，但也吓了她一跳。蒖蒖朝下看，隔着重重枝丫也看不太真切下方的景象，只隐约看见唐果儿在下面蹦着喊：“蒖蒖姐快下来！”

蒖蒖断定这一弹是唐果儿所发，心里暗骂一声“这孽障孩子”，旋即两手攀树，准备循树干而下。岂料她才动两步，又有一颗弹丸飞来，击在她左手上方。蒖蒖一惊，缩回左手，身体全靠右手支撑，在树下晃荡不已。蒖蒖也顾不得下视，连忙手足并用，寻找新的支撑点，而那弹丸仍连珠般飞来，左一下，右一下，均落在她身体近处，但又不伤及她。蒖蒖怒火中烧，心想待回到地面必将唐果儿抓起来打一顿屁股，遂加快动作向下探，怎奈又一颗飞来的弹丸夹杂着风声呼啸而至，蒖蒖心慌之下一脚踩空，两手未抓牢枝丫，身体朝后一仰，从树上坠下。

蒖蒖暗道“不好”，痛苦地闭上眼睛，准备接受筋骨折损的结局，幸而中途有人飞身跃来，双臂一伸，先于地面承接住了她下坠的躯体。

蒖蒖感觉到了一个温暖的怀抱，洁净的衣裳散发着类似柑橘的清香。她在渐缓的心跳声中睁开眼，看见一副似曾相识的俊美容颜，明亮双眸中跃动着阳光的金屑，右侧嘴角微扬，笑容中透着两分不怀好意。

她在混乱的记忆里迅速搜索，最后找到一个名字：“宋皑？”

他含笑眨了眨眼，说道：“好久不见。”

唐果儿跑过来，从他右手中接过弹弓。他手指一松，任唐果儿取走弹弓，

而搂着蕫蕫的双臂并无松动之意。

蕫蕫冷笑一声："是你用弹丸打我？"

他笑吟吟地回答："我来了好一会儿，谁让你只看鸟儿不看我。"

蕫蕫冷着脸道："放开我。"

他不想从命："阔别已久，这样的距离适合叙旧。"

蕫蕫蓦然发力，手肘朝他胸前击去，他吃痛松手，蕫蕫借机挣脱，疾步走开，与他保持着数步距离。

他不急不恼，与蕫蕫相视，看起来相当愉快："听说你要应选尚食局内人？"

蕫蕫"哼"了一声，懒得与他细说。他也不像是要等她确认的样子，颔首道："不错，你能参选，看来这一年来并没有和他人同乘一马。"

蕫蕫想起验身一事，脸不由得一红，又退后两步，斥道："离我远点儿，若举止无礼毁我清誉，我不会饶了你。"

"这个无妨。"他笑道，"姑娘清誉虽所剩不多，但若被我毁了我自会负责。"

蕫蕫问："如何负责？"

他略作思索状，然后歪头请示："娶了你如何？"

"成交。"出他意料，蕫蕫竟爽快作答，"明日我在蒲伯家等你，你带媒妁前来，纳采问名，叙祖上三代名讳，一个不许少，明媒正娶。谁不来谁是唐果儿的孙子。"

这个要求显然难住了面前的少年。他笑容凝滞，一时不知如何回应。

蕫蕫冷笑着摇头，鄙夷地说："我妈妈说得对，你这种公子哥儿只是爱拿我这样的小姑娘寻开心，哪儿有半点儿真心？自己来历都不说，更别指望坦诚相待了。你说的话就像我刚才的应承一样，只是个笑话，我不会当真，也请你自重，日后若再相逢，希望你能对我以礼相待。"

听了此言，他竟一改此前戏谑的神情，凝视着她正色道："好。如果你想知道，我的一切，均可以如实告知。"

他整理衣冠，朝她郑重长揖，然后道："在下姓赵名皑，临安人氏，祖籍汴京，郡望天水。家中兄弟三人，我排行第二。因避讳之故，不便直述父名……"

"那你父亲，是做什么的？"蕫蕫问。

赵皑想了想，道："做官家的。"

蕫蕫略睁大眼，上下打量他："你是皇子？"

赵皑颔首："我的封号是颍王，人称二大王。"

蕫蕫不动声色地点点头："二大王，你知道为什么别人叫我七公子吗？"

"为何？"赵皑顺着她的话问。

萓萓直视他揶揄道："因为我是七仙女下凡呀。"

赵皑抚额，明白她完全不信，不知如何辩解，只得错愕地笑着。

此时不远处有个女子忽然唤了声"萓萓"。二人朝声源处望去，见发声的是不知何时到来的凤仙。

凤仙缓步走至二人面前，先轻声告诉萓萓："他说的都是真的。"然后她朝赵皑敛衽施礼，口中唤道："二大王万福。"

（八）
海棠

赵皑见了凤仙，亦拱手还礼，仪态端雅，神情温和，便如素日应对贵戚淑女一般，容止无懈可击。萓萓从旁看见，想起适才连发弹丸狡黠笑着捉弄自己的"宋皑"，顿觉面前这个公子哥儿性情似乎也跟着名字改变，全然换了个人。

"凌姑娘为何会来浦江？"赵皑问凤仙，看了看萓萓，含笑道，"似乎与吴姑娘是旧识。"

萓萓无语望天：托凤仙的福，自己在这个登徒子的口中终于被客客气气地礼待成了"吴姑娘"。

"这……说来话长。"面对赵皑的问题，凤仙似乎有些踟蹰，微微低头，轻声道，"萓萓的母亲是我的师娘，我是在浦江长大的。"

赵皑想起了凌泰此前所言，凤仙"养于乡野之家"，有一些明白了，遂道："难怪我在浦江县明日应选女子名单中看到有位凌姑娘。凌姓的人较少见，我还想真是巧，一月中两次遇见姓凌的姑娘。"

凤仙微微一笑，反问赵皑："二大王也是来选拔尚食局内人的吗？"

赵皑笑着摇头："不，我只是来看热闹的。"

他与上官忱同往临安，一路游山玩水十分惬意，进入两浙，发现各州县均在筹备选拔尚食局内人，莫名想起去年在浦江遇见的吴萓萓。

吴家既开酒楼，吴萓萓不知是否参选。他心念一动，遂找了个理由让上官忱与自己改道先往浦江。他到了浦江，在衙署找到入围女子名单一看，果然发现吴萓萓名列其中，兴致勃勃地到适珍楼寻访，却意外得知酒楼易主，打听之下才知道这几个月的变故，便又往蒲伯居处去寻萓萓。

缃叶闻声出门，上下打量这衣冠楚楚、模样俊秀的公子，听说他要拜访萓

蕒，立即热情地邀请他入内等候，不忘连声问他仙乡何处，年方几何，婚配与否，可曾考取功名……

赵皑尚未回答，里间的蒲伯已再三干咳，示意缃叶噤声。缃叶进去问蒲伯何意，蒲伯将她一通责备，说蕒蕒是未出阁的姑娘，岂可如此随意允许男子登门相见。

缃叶顿悟，转身回去向赵皑表示蕒蕒就在不远处，自己可带他前去寻找。蒲伯听见，又急得大咳几声，这次不待缃叶入内，径直高呼道："缃叶，灶上的饭煮好了吗？"

缃叶扬声回应："甑子刚搁上去，还早着呢。"

蒲伯道："快去看看，我闻到煳味了。"

缃叶一脸狐疑之色："火又不大，还隔着水呢，怎么会煳？"

赵皑了然地微笑，拱手告辞。缃叶歉意地与他指了指蕒蕒外出的方向，便嘀咕着去看甑子了。

这番对话里屋的凤仙一一听在耳中，依稀辨出赵皑的声音，不由得心绪不宁，手中的书一时也读不下去了。她左思右想，终究按捺不住，抛下书，起身往赵皑的去处追去。

凤仙似乎还欲与赵皑叙谈一二，却闻蕒蕒发问："凤仙姐姐，你是来找我的吗？"

凤仙一愣，旋即道："是的。明日就要比试厨艺了，你可想好了？就胡乱跑出来玩。"

蕒蕒笑道："食材又不能自定，食谱全凭往日积累，临时抱佛脚也来不及了，不如出来散散心，有了愉悦的心情，做起菜来才会如有神助。"

凤仙端详她，发现了她眼角边的一点儿泪痕，伸手摸了摸，问道："玩得开心吗？怎么流泪了呢？"

蕒蕒想起刚才垂泪对鸟巢之事，有些羞赧，不欲直说真相，遂一顾赵皑，道："都怪他，用唐果儿的弹弓打我。"

凤仙目光疑惑地徘徊于蕒蕒与赵皑之间，想问又不敢问，最后只犹豫地吐出两字："你们……"

"我们闹着玩。"赵皑含笑道，语气中自然流露出亲昵。

凤仙带着礼貌的微笑低下头去，不再说话。蕒蕒瞪了赵皑一眼："我是我，你是你，谁跟你是'我们'了？"

疾步过去拉起凤仙的手，蕒蕒附耳对她说："我们回去，别理他。"

凤仙点点头，匆匆向赵皑施礼告辞，然后与蕒蕒携手归家。赵皑也不挽留，负手而立，含笑目送她们，直至她们消失在视野中。

两人回到蒲伯小院，缃叶远远地迎出来，忙不迭地问她们遇见那位俊秀公子没有。蕙蕙心想，依缃叶的性格，若说遇见了她必要抓住自己问几个时辰的各种细节，再得知他是皇子更不得了，只怕往后数日赵皑就会成为她们之间的主要话题了。于是蕙蕙表示不曾遇见，缃叶不太相信，看向凤仙，凤仙也摇头说没见到，缃叶只得惋惜地叹气，但双目旋即被新的疑问点亮：“他一口京城雅音，一定是名门公子。蕙蕙，我跟你说说他的模样，你告诉我你怎么认识他的，他为何会来找你……”

蕙蕙无奈，以想安静备考为由拉着凤仙进了卧室，将兀自尾随追问的缃叶关在了门外。

两人独处一室，凤仙也忍不住询问蕙蕙与赵皑的相识经过，蕙蕙便从目睹他在水中打马球到追查假鹿肉铺一事细细道来，连秋娘对他这种纨绔子弟的评价一并说了，只是略过看手相、同乘一马之事及赵皑对她的亲昵言语。

“二大王助你查封假鹿肉铺，是善行，你为何对他没有好脸色？”凤仙不解地问。

“因为……他不像君子。”蕙蕙思量半晌，只能如此答。赵皑几次有意无意地制造与她肢体接触的机会，无论是否出于玩笑的心理，都令她颇感不适。她毕竟是女孩子，这个原因说不出口，便只好隐晦地表达。

之前凤仙赶到时蕙蕙已从赵皑怀中挣脱出来，故此她未见到赵皑抱蕙蕙那一幕，只听见二人些许对话，还以为蕙蕙是嫌赵皑言辞缺乏尊重，遂道：“我们身处这种小地方，从小到大所见男子多是贩夫走卒或酒肉之徒，君子能有几个？他不像君子，也没什么人像君子了。”

蕙蕙立即反驳：“君子自然是有的……”

凤仙旋即明白她语意所指，不由得微笑道：“哦，对了，你那问樵先生，确实是位君子。”

是的，是的，林老师心是菩提树，身为明镜台，容仪端庄，常自湛然，不染半点儿尘埃。他是始终冷静自持的君子，浑不似世间易为色相左右的俗男子，就连最后相处那夜短暂的动情，只怕也应归咎于她起初那一指懵懂无礼的冒犯……

蕙蕙想起林泓，似有一柄带蜜的刀在心头幽幽掠过，甘甜之后觉出一丝凉意，随即心开始隐隐作痛。

房中花瓶里插着几枝海棠，是缃叶从院中花树上剪下的，随意地插在瓶中，没有多作修饰。蕙蕙从中取出一根直直的花枝，双手平平地握着，引至离小腹

一拳之处，闭上眼，想象着林泓为花枝塑形的样子，开始着力弯折花枝。

凤仙见萁萁不愿谈关于林泓的话题，暗暗担心她会询问自己与赵皑相识的经过，先在心里准备好轻描淡写的叙述，然而萁萁似乎并不像缃叶那般关心如此闺中隐秘，一直没有问凤仙。两个姑娘的房中忽然安静下来，只有几声轻微的“咔咔”声随着萁萁略略开合的手势响起。

当萁萁的手重新舒展开来时，原本平直的花枝已有了弓弦般的弧度。像潜心插花的样子，萁萁把整理过的花枝插回瓶里，调整好其余几枝的位置，使之呈现出曼妙的姿态，然后在凤仙审视的目光中叹了口气，怅然道：“我十分想念林老师。”

（九）
山珍海味

翌日，萁萁与凤仙准时来到贻贝楼，与其余八个入围女子一起展示厨艺。贻贝楼后院早已备好各种食材，山珍、海鲜、禽肉、果蔬琳琅满目，还有一些常用在膳食中的药材。只是品种虽多，部分主要食材数量却有限，众女先依照规则抽签排序，然后到院中选择自己所需的两种主要食材，带到厨房做两道菜，若想要的稀少食材被排序靠前的女子挑走，可与对方协商调换，但若对方拒绝调换，便只能在剩余食材中选择了。

萁萁排序较为靠前，遂在主要食材中选了江瑶柱和鳜鱼——水产为主的菜萁萁比较擅长。在她之后又有两名女子选择江瑶柱，这种食材很快被取完，排在她们后面的另一个姑娘看上去也想要江瑶柱，但到她选择时那里只余一个空盘。她再三叹气，只好选了海虾，然后转身去对面的禽鸟类笼子里抓了两只斑鸠。

也许是感觉到命不久矣，那两只斑鸠挣扎着“咕咕”地叫了几声，叫声听上去很是凄厉。正往厨房走的萁萁不由得驻足，回头看了看斑鸠和选择它们的女子。

萁萁托盘中盛着江瑶柱和鳜鱼，提着斑鸠的姑娘见萁萁在看她，也打量萁萁，旋即目光很快被江瑶柱吸引，注视良久。

萁萁遂向她走过去，径直提出：“我可以用江瑶柱换你的斑鸠吗？”

那姑娘大喜，忙不迭地点头：“好呀好呀。”

取得江瑶柱之后，姑娘把两只斑鸠都交给了萁萁。萁萁解开斑鸠足上的绳索，带到院落中央，相继捧到手心里，托着向上，再舒展手指，让斑鸠迎风展翅。

斑鸠扇了几下翅膀，旋即自蒖蒖手心起飞，在院落上方盘旋一周，便朝远方密林处飞去。蒖蒖面含微笑目送它们，直至它们消失于天际云痕之下，方才收回目光，准备进厨房。这一回头，发现在院中巡视的秦司膳正双目炯炯地凝视着她。

“你为何要放飞斑鸠？”秦司膳冷冷地问。

蒖蒖朝她施了施礼，答道：“白乐天曾言，‘劝君莫打枝头鸟，子在巢中望母归’。春季是鸟儿孵化抚育幼雏的季节，这三春鸟尤其打不得，杀伤一只，便有可能将一窝幼雏都饿死。所以我擅作主张，放飞斑鸠……不知是否破坏了今日规则。”

“规则倒不算破坏。”秦司膳徐徐道，“主材你既然选择了，用不用随你。但你只有一次选择主材的机会，如今你只剩鳜鱼一种荤类主材，却要做出两道膳食，怎么做，你得好生斟酌了。”

蒖蒖颔首表示愿意承担后果，谢过秦司膳，端起自己的食材托盘继续往厨房走。适才与她交换食材的姑娘从旁目睹经过，悄悄跟过来，从自己盘中挑了四只海虾放入蒖蒖盘中。蒖蒖感激地表达谢意，但不忘回头看兀自观察她的秦司膳，见秦司膳微微点了点头，才放心地接受了这几只虾。

凤仙抽签排序不妙，名列倒数第二。禽类所剩无几，已无鲜活的，最后还剩几只鹌鹑和一只乌鸡，均已被拔毛洗净。她便先取了乌鸡，水产只余两种鱼，平平无奇的鲫鱼和格外鲜美但隐含剧毒的河豚。

凤仙思忖半晌，迟迟未作决定。排在她后面的女子是贻贝楼杨盛霖的表妹邢君曼。这邢君曼十七岁，在临安亲戚家的酒楼学艺三年，年初才回到浦江，姿容也颇佳，浦江人都认为她最有可能入选，无疑是蒖蒖与凤仙的劲敌。奈何她今日运气欠佳，抽签排名垫底，只能用众人挑剩的食材。故此她现下十分紧张地盯着凤仙，很在意凤仙的选择。

凤仙还在思量，忽见申县令朝秦司膳作揖：“下官近日脾胃不佳，每每食不知味。今日众姑娘呈现的珍馐佳肴，只怕下官无福消受，全靠内夫人品评甄选了。”

凤仙端详申县令，见他四十多岁，肤色暗黄，体貌羸瘦，确实是脾胃气弱的样子。

凤仙霎时间作了决断，选择了鲫鱼。她用小渔网将鲫鱼从水缸中捞起时，明显感觉到身后的邢君曼长长地舒了一口气。

邢君曼对此役势在必得，唾手可得的鲫鱼当然不如河豚这样的珍稀食材更

能展示她技惊四座的厨艺了。凤仙没有回头看她，自己提着鲫鱼进厨房，嘴角扬起一抹若有若无的微笑。

贻贝楼的厨房设施齐全，十个姑娘均有自己的案桌和灶台。主材之外的配料以蔬菜为主，包括各种调味品和粮食，还有一些肉类边角料，如肉皮、骨头之类，供应充足，可随意取用。萴萴选择了春笋、蕨菜、绿豆粉、大米和盐、姜、胡椒等调味品，凤仙则选了生地黄、饴糖、陈橘皮、生姜、葱白和一些羊骨。

秦司膳见大家均已准备好，示意身边的宦官。宦官一声令下，众女便各取食材，忙碌起来。

萴萴取适量绿豆粉，加入清水调成浆水。绿豆粉由绿豆浸泡后研磨过滤，沉淀而来，洁白细腻，调好的浆水呈乳白色。

萴萴在灶上以釜烧水，待水沸后，她将绿豆浆水注入一浅口轻薄的铜盘，双手把持铜盘上下周旋，使浆水覆满盘底，然后将铜盘置入沸水中，任其漂在水面上。

少顷，浆水凝固成白色面皮。萴萴双手持箸，小心翼翼地将铜盘压入水中。沸水浸入盘中，铜盘逐渐下沉。待绿豆面皮熟透，萴萴将铜盘自釜中取出，立即置入旁边早已准备好的一盆冷水中。待铜盘冷却，萴萴取出后沥干水分，轻轻将绿豆粉皮自盘底剥出。

制好的粉皮轻薄透明如冰绡，萴萴将其切成均匀的四份备用。

随后萴萴取出鳜鱼，剔去鳞甲与内脏，截去首尾，将鱼身置于一旁待用，她又细细去除鱼尾部分的骨刺，将此处鱼肉切丁，另取海虾肉和春笋、蕨菜，均切成丁，一并置入沸水中焯过，加入熟油、酱、盐及胡椒拌匀，然后取一块事先备好的粉皮，放入一圆形银盏中铺好，再把拌好的鱼虾及笋蕨丁舀适量至盏中，旋即拈起粉皮四端向中心折叠，以箸沾绿豆粉浆水封口，包好后将银盏倒扣至一银盘中，提起银盏，一枚隐约透出馅料新鲜色泽的圆滚滚的点心便出现在银盘中。

这便是林泓此前给萴萴做过的“山海兜”，萴萴修改了少许细节，将蒸制改到粉皮包好后的最后环节。四枚山海兜被搁进蒸屉中蒸熟，萴萴又配好调味的醋、酱油及八和齑，品评开始后，一并奉至秦司膳面前。

秦司膳听说这道菜名为“山海兜”，问萴萴此名意义。萴萴道：“山海兜中含鱼虾与笋蕨，取山珍与海味聚于一堂之意。山海隔中州，相去悠且长。鱼虾与笋蕨相逢，原是难得的际遇，相互搭配融合，往往会形成独特的鲜味。就像出身不同、远隔千山万水的两个人，因为偶然的机缘遇见，很容易彼此吸引，彼此成就，结下一段良缘。”

秦司膳不由得淡淡一笑："类似的菜式宫中也有人做过，只是取名为鱼虾笋蕨兜，意境逊于山海兜。而且她是将粉皮切成条，与鱼虾笋蕨丁拌匀，滴醋佐食，形不如山海兜，也不似你这般，备好几种蘸料供人选用。"

蒖蒖道："我发现世人口味各异，有人喜酸，有人爱咸，有人口味清淡，有人独好油盐香料。所以我多配了几种蘸料，将调味的权利交给食客。"

"你小小年纪，想得还挺周全。"秦司膳示意身边内人取来一份山海兜，不加蘸料，自己浅尝一口，味道如何，她暂时未表态，但表情是柔和的。

"你的另一道菜是什么？"秦司膳问。她想起蒖蒖此前获得的主材是鳜鱼和海虾，似乎都用在山海兜中了，不知另一道会用什么来做。

蒖蒖道："是鳜鱼粥。还在灶上，应该刚煮好。"

秦司膳命一旁伺候的小黄门把粥取来。须臾小黄门将煮粥的釜整个儿端至主席前，蒸腾的热气裹挟着鲜鱼香味从釜中逸出，扑面而来。而奇异的是，釜中边缘处伸出四根丝线，每根线下端各系着一枚铜钱，分别垂于铜釜外侧的四个方向。

秦司膳饶有兴味地观察那釜下的铜线，命蒖蒖揭开釜盖。蒖蒖领命，揭开盖置于一侧。秦司膳见那四根丝线另一端是没于粥中的，不知有何用途，遂注视蒖蒖，目含询问之意。

蒖蒖微微含笑，逐一拈起铜钱，将四枚皆握于手中，然后引线在粥中上下轻轻提了几下，感觉火候已到，遂着力向上提起。

一根除首尾外完整的鱼骨随着她上升的手势逐渐浮出粥面。

原来那四根丝线穿在鳜鱼脊骨之上，去除了首尾及鱼皮的生鱼没入水中与米同煮，粥熟后鱼肉融于粥中，鳜鱼无细刺，所剩的便是这副骨架，将细线一提，鱼骨便整个脱粥而出了。

（十）
西施乳

放下鱼骨，蒖蒖以木勺将粥和匀，再盛出请秦司膳和申县令品尝。那鱼肉与粥相融，已不甚明显，一眼望去，只觉粥莹洁如雪，间或有几缕淡黄纤丝一现，细看之下可辨出是少许姜丝。

秦司膳品尝后不置可否，但请申县令品评。申县令原本不欲多食，可一闻

见这香味，便忍不住改变了主意。一尝之下，申县令睁大了眼睛。

这粥除米与鳜鱼仅以姜、椒去腥提鲜，另加了一些盐，鳜鱼自带甘味，与粥炖煮出软糯的口感，甘鲜味道隐藏在淡淡的咸味之后，附于半流质的粥水中滑入口中，在舌根处升腾弥漫，令味蕾得到抚慰，竟让申县令几欲泪落。他对着蒖蒖连连颔首，在出言称赞和再尝一口之间他选择了后者。①

“这铜钱垂丝的法子甚是新鲜，你是怎么想到的？”秦司膳问。

蒖蒖道：“这法子我曾听教我做菜的先生提过，说曾有友人如此款待他，至于具体步骤他没有细说，我也是初次尝试，如何调味和系线是自己胡乱琢磨的，不知做对没有。”

秦司膳微露笑意：“不错，初次尝试能做到这样足见平日功底。穿线入鱼脊骨可是用绣花针？”

蒖蒖微笑道：“是的。不过我这针线活与我凤仙师姐相比可差远了，她能用针线穿好整条鲥鱼的鱼鳞，鱼上桌后，提线即可去鳞。”

秦司膳略一回想，问道：“你这师姐可是今日应试的凌凤仙？”

蒖蒖称是，秦司膳便放眼四顾，寻找凤仙。

凤仙旋即上前施礼。秦司膳问她两道菜可备好，凤仙说早已备好，随后按秦司膳示意将作品呈上。

凤仙先从木甑子中取出一个铜钵，铜钵中有一只蒸好的乌鸡。凤仙将乌鸡搁在银盘中，那鸡虽经历了长时间蒸制，形态皮肤仍保持得相当完好。凤仙获得秦司膳颔首许可后，以箸轻轻一划，蒸制得十分烂的乌鸡皮肉随之散开，露出了一些藏于鸡腹腔之中的地黄薄片。②

凤仙取出少许鸡肉，呈给秦司膳。秦司膳品尝之后颇显诧异：“是甜的，你用了糖？”

“是的，是饴糖。这乌鸡，是用生地黄切片，与饴糖相和，纳于鸡腹中蒸成。”凤仙低头道，“饴糖由粮食制成，可补脾益气、润肺止咳。生地黄清热生津，可治咽喉肿痛。用此法蒸成的乌鸡可治虚劳及腰痛咳嗽。我见司膳夫人为我等监考，连日操劳，往返巡视间，常开口谆谆教导。今日入座时曾以指节摁腰，似有腰痛之状，偶尔轻咳，或源于说话增多导致的咽喉肿痛。凤仙不能为夫人分忧，只好斗胆，以此方烹制乌鸡，希望对缓解司膳夫人不适有所助益。”

言罢她又盛了一些铜钵中蒸出的鸡汁奉与秦司膳：“这鸡汁浓缩了乌鸡、地黄与饴糖三者精华，饮下比仅食用鸡肉更易见效。”

---

① 鳜鱼粥做法出自［宋］洪迈《夷坚志》“圆真僧粥”一节。

② 生地黄鸡做法出自［元］忽思慧《饮膳正要》。

秦司膳接过，略微品了品，未曾饮尽，但对凤仙淡淡一笑："多谢，你费心了。"

秦司膳再命凤仙上第二道菜。凤仙随即奉上，却是在釜中熬好的羹。

那羹格外浓稠，釜盖一揭，多种食材相辅相成酝酿出的鲜香如千万条细小游龙般逃逸，徘徊于厅堂之中，飘游至每人鼻端，小龙尾巴左右轻轻一摆，诱人的香气便随着这一撩拨蜿蜒入鼻，趁人一激灵间，这浓郁的味道便悄然吸附在了他们记忆深处。

"这羹是用什么煮的？似羊非羊，似鱼非鱼，又比羊汤鱼汤更浓郁。"申县令品尝后格外好奇，端详盏中的白色浓汤，先于秦司膳发问。

凤仙答道："是羊骨和鲫鱼。鱼羊为鲜，所以羹汤尤其鲜美。"

"不尽然，不尽然。"申县令摇头道，"鱼与羊熬成的羹汤我以前也饮过，都不如你熬的这般鲜香，你一定有秘方。"

凤仙含笑道："不是多么复杂的秘方。先用羊骨慢火熬浓汤，熬好去骨，加入纸裹烧熟后去鳞切好的鲫鱼以及陈橘皮、生姜和葱白，炖煮成羹汤便成了。"①

"鲫鱼为何要纸裹后烧熟？"秦司膳不动声色地问。

凤仙道："如此肉香骨酥，用以熬汤煮羹色泽浓白，更为醇香。"

秦司膳又问道："这羹可有药效？"

"有，可治脾胃气虚不下食。"凤仙看了看申县令，旋即俯首作答，"今日我无意中听见申县令向司膳夫人提及脾胃不佳之事，便想起此方，按此做了，也不知是否真有开胃之效。"

"有的有的。"申县令迅速应道，手指面前的汤盏，"你看，适才你们说话间，我已经让人盛了第二盏。"

凤仙浅笑垂目，向申县令敛衽致谢。

秦司膳未品评羹汤味道，但问凤仙："你学过医术？"

凤仙道："不曾学过，只是自己担心全不懂医理会犯食物禁忌，害人而不自知，故此自己看了一些医书。"

秦司膳颔首："是个有心人。"随后她不再多言，只示意凤仙退去。

秦司膳再检视众女菜式，对选了鲍参翅肚等珍贵食材的姑娘们没什么好脸色。那些姑娘每每重加调料，工序繁复，以期获得丰富口感，且显示技巧之复杂。可惜过犹不及，秦司膳尝过几道之后终于忍无可忍地冷笑道："以为贵人皆爱鲍参翅肚，便如想象官家但凡进食皆用黄金盏一般，是井底之蛙的见识。

---

① 羊骨鲫鱼羹做法出自宋徽宗赵佶敕撰《圣济总录》。

若厨艺果真不俗，能做得令人叹服，选这些食材倒也无可厚非，但若选了又做不好，反露乞儿相。”

她一连冷面批评了数名姑娘之后，目光落到了邢君曼身上，问邢君曼可曾准备好。

邢君曼欣然称是，从容不迫地将自己做的菜一一呈上。令众人叹为观止的是，她在有限的时间内用两种主要食材——鹌鹑和河豚，做出了四道菜：花炊鹌子、鹌子水晶脍、河豚鲙和酱烤西施乳。①

花炊鹌子是用鹌鹑焯水后入清水煮沸，加多种香料及酱、盐、酒和桂花蜜，烧煮收汁而成，酱香浓郁，其中还有明显的桂花香。

鹌子水晶脍是将鹌鹑清煮后拆肉，以猪肉皮炖浓汁，再把鹌鹑肉拌入过滤后的肉皮汁中，凝成肉冻后切片摆盘。肉色鲜嫩，晶莹剔透。

河豚鲙是生斫的鱼片。邢君曼将薄薄的鱼片置于冰盘之上，铺陈出水波旋舞的图案，冰盘一侧有一处冰雕，起伏若山脉状，山上探出些许玉树琼枝，竟是由细白的鱼骨拼成。

那“西施乳”为白色，软软的数块，如脂似脑。申县令起初不知是何物，问邢君曼，邢君曼双颊一红，也不愿明说，只称是“河豚白子”。申县令仍一脸茫然，此时旁观的宦官向他附耳过来，解释说是河豚精巢，申县令才恍然大悟。他兴冲冲地搛了一块品尝，入口先感觉到味甜酱香，烤过的表皮是一层薄薄的酥膜，一抿即破，细滑幼嫩的“西施乳”旋即充盈口腔，比乳汁香稠，比豆腐细腻，丰腴芳醇之感，实在妙不可言。

申县令赞叹不已。邢君曼含笑谢过，顾盼之间颇有自矜之色。申县令见秦司膳注视着这几道菜，却始终未动箸，遂出言请她品尝。秦司膳未理他，目光冷冷投向邢君曼，问：“此前我要求你们做的是几道菜？”

邢君曼一愣，旋即答道：“是两道。”

“原来你也知道是两道。”秦司膳一哂，“我还以为今日你没带耳朵来应试呢。”

---

① 花炊鹌子出自［宋］司膳内人《玉食批》。鹌子水晶脍出自［宋］周密《武林旧事》。西施乳据［宋］赵彦卫《云麓漫钞》记载：“河豚腹胀而斑，状甚丑，腹中有白曰讷，有肝曰脂，讷最甘肥，吴人甚珍之，目为西施乳。”

（十一）
春江三友

邢君曼被这句话刺得面红耳赤，深深地垂首，双手无意识地绞着裙带，紧张得不知如何是好。

秦司膳收回凌厉的目光，徐徐提箸，品尝了些许鹌子水晶脍和花炊鹌子，须臾给出了评语："这两道还行，有六七分似御厨做出的味道。"

她言辞中的肯定令邢君曼稍觉安慰，重燃希望，低头睨向另外两道河豚菜式，暗暗期待秦司膳品尝后能对自己刮目相看。

然而秦司膳就此停箸，直言道："河豚做的菜，我就不尝了。这种食材隐含剧毒，处理稍有不妥便会危及食客生命。你我素昧平生，我对你学艺状况一无所知，不清楚你是否具备以河豚入馔的能力，所以很抱歉，我不能冒着生命危险来品尝你这两道菜。"

邢君曼愕然，讷讷地鼓足勇气问道："可是，河豚在备选食材之列，这些备选的食材，应该是司膳夫人亲自拟定的吧。既然可供我们选择，为何做好了司膳夫人却不品尝呢？"

"不错，河豚在备选食材之列。"秦司膳直视邢君曼，坦然道，"但是，备选不是必选，你可以放弃。你为了技惊四座，在尚有其他肉类果蔬可供选择的情况下，仍决定用含毒食材，不惜令位尊者面临险境，对尚食内人来说，这是大忌。民间大厨，料理膳食可能主旨在于追求美味。但对侍奉贵人的我们来说，首先确保的应该是安全；其次，才是美味。你必须明白，无论何时，均不能选择可能对贵人造成伤害的食材。"

邢君曼闻言面如金纸，随即举手加额，向秦司膳行大礼，惭愧告罪。秦司膳淡淡地吩咐她退去，继续准备之后的竞技。

十名姑娘自选菜式品评完毕，最后一轮，是要用统一的主材各做一道菜。秦司膳对众人道："我自京城来，一路见春蔬堆绿，菜花金黄，油菜花漫山遍野，灿灿烂烂，像是要开到夏天去。那么，今日最后一道菜，就做这每家每户常备的油菜吧。以油菜为主，配料自取，烹调方法自定，做完依旧由我与申县令品尝。"

众姑娘面面相觑。最后一轮关系胜负，大家先前都在猜这最后的食材会有多珍稀，烹饪难度有多大，全没料到秦司膳选定的食材如此家常。

领命之后，众女各自散去分头准备。蕙蕙选取了一些莳萝、茴香、姜与椒，慢火烘干，然后混合研磨为细末，盛出备用。随即她将自带的炒菜铁锅取出，洗净烧热，加少许麻油，少顷，调入酱汁与磨好的调料细末，翻炒成酱料。她将酱料盛出后再次洗净铁锅，加熟菜油煎热，旋即倒入洗净择好的油菜，略炒一炒，待油菜断生，溢出菜汁，便把适才备好的酱料倒入锅中，与油菜调和。

那酱料触及热油菜，顿时满屋生香，引得其余做菜的姑娘们都暂停手中动作，纷纷朝蕙蕙这边看过来。秦司膳也信步至蕙蕙身后，观察她的举动。

蕙蕙所用的铁锅正是与林泓商议后改良的新锅，似倒过来的穹顶，锅体轻薄，还有一便于把持的木质手柄。蕙蕙左手握手柄，右手持锅铲，沿着铁锅圆弧一铲到底，翻炒油菜顺畅至极。那锅不大，她暗度炉中火候，在一丛火焰跃起时忽然将锅整个儿端起，手腕起伏，有节奏地抖动，控制着焰火舔舐锅底的深度，锅中油菜也映着火光旋舞，每一片菜叶都在一次次的升腾与降落中接受了酱料香味的包裹。[①]

最后盛在盘中的油菜光泽莹润，因火候控制得好，看上去仍青翠可爱。而酱料与油脂、菜汁相融，加上一缕附着其上的淡淡油烟，竟令这素菜散发出了类似禁脔的腴香风味。

秦司膳品尝之后沉吟不语，目光反复游移于蕙蕙所用的铁锅之上，甚至亲自握起，里外审视。申县令则品了一口又一口，赞道："没想到这寡淡的蔬菜经历了这般人间烟火，也能变得如此风情万种。"

秦司膳握起蕙蕙的锅铲，沿着铁锅内壁滑动，感受了操作时那毫无滞涩感的弧线，然后对蕙蕙道："宫中也有炒菜，但我们是用铜铛，平底浅口，只偶尔用来炒肉，蓬松的蔬菜炒起来就不如你刚才这般快捷，不易控制火候，炒菜易煳，我们也不大用。你这铁锅颇为新颖，形制我以前未见过，是哪里的产物？"

蕙蕙道："这锅是我跟随教我厨艺的先生，一次次尝试炒菜后总结锅体利弊，反复修改图稿，再交给铁匠按图打造的。"

秦司膳颔首："工欲善其事，必先利其器。你有了这利器，日后在炒制这一方面，又可钻研出许多前人未尝试过的菜式了。"

其余姑娘无论选择的配料是什么，无一例外均选择水煮油菜，许多人做成菜汤，汤中有加干贝虾米的，有加豆腐鱼丸的，也有用风肉酱肉炖煮的。邢君曼也是用汤煮的，但用的是猪肉、鹌鹑肉、鸡骨、猪骨等小火熬煮并过滤过的高汤，油菜煮好后汤汁依然十分清澈，宛如寻常菜汤，不见任何配料，但食者一尝便觉鲜香满口，迅速体会到其中妙处，亦令申县令赞不绝口："姑娘果然是从临安学艺归来的，类似的做法，我只在临安的大酒楼中见过。"

---

① 本节中蕙蕙烹调油菜之法出自［宋］林洪《山家清供》，名"满山香"。

最后呈上作品的是凤仙。与众不同的是，她没有用任何荤腥配料，除油菜还用了两种蔬菜：蒌蒿与荻芽。三种菜看上去分量差不多，凤仙将菜分别在沸水里烫熟，沥干水分，整齐地摆在盘中。另取小盏加入酱、酱油和少许糖，调匀。她在小铛中倒入一点儿油，加姜丝于火上煸香，再捞出姜丝，将适才调好的酱汁倒进铛中与油混合，然后一并淋在烫熟的蔬菜之上。

此法做成的蔬菜保有水煮的清爽口感，但又带油水脂香，酱汁也咸甜适中，不失为一道可口的佳肴。

面对这道菜，秦司膳亦有疑问："我说了食材要以油菜为主，你这菜里油菜、蒌蒿与荻芽分量相等，不分主次，是何缘故？"

凤仙垂首道："这道菜我命名为'春江三友'[①]，既是三友，想来不应厚此薄彼，所以没有刻意以油菜为主。"

秦司膳凝眸审视凤仙，暂未再质疑，而申县令早已忘记脾胃不佳这回事，在她们对话时已开始埋头品尝。凤仙见他只吃油菜，忍不住轻声提醒："申县令，请再尝尝蒌蒿和荻芽……最好这三者一同食用。"

"哦？三者一同食用有何妙处？"申县令一壁问着，一壁引箸向那春江三友，一次搛起三种蔬菜，送入口中细细咀嚼，然后笑道，"似乎比单食某一种更香。"

"不仅如此……"此时秦司膳徐徐开口，道出了凤仙真正的意图，"传说油菜、蒌蒿、荻芽三物同食，可解河豚之毒。这姑娘估计是见县令适才吃过西施乳，怕其中有余毒，所以特意做了这道菜，为县令解毒。"

申县令一怔，转顾凤仙："姑娘是这样想的吗？"

凤仙低头朝县令福了福，答道："此法是否果真有效，我也不敢肯定，但三物同食并无害，不妨一试。"

申县令不由得感叹："姑娘不仅厨艺绝佳，更是兰心蕙质、聪慧过人呀！"

邢君曼目睹此情此景，额上冷汗渗出，身子晃了晃，几欲晕厥。她察觉到周围众女窥探的目光，紧咬牙关，方才勉强站定。

秦司膳又对凤仙道："你这一招甚险。若我不知三种蔬菜可解毒一说，以不分主次为由判定你此局落败，你岂不冤枉？"

凤仙答道："即便如此，我也并不冤枉。若申县令无恙，自是皆大欢喜；若有何不妥，我既知此方，却未做出请县令食用，必然会内疚一世，所以斗胆如此做了。胜负固然重要，但与食者安危相较，是否中选，皆为小事。"

---

① "春江三友"，[宋]张耒在《明道杂志》中说："河豚，水族之奇味，世传以为有毒，能杀人。余守丹阳及宣城，见土人户食之，其烹煮亦无法，但用蒌蒿、荻芽、菘菜三物，而未尝见死者。"油菜是菘菜的一种，但此法未经现代医学验证，请勿照此法烹食河豚。

（十二）
玉食批

最后的结果并未当天公布，秦司膳让姑娘们各回居处，说中选者会有专人通知。

应选姑娘们各自散去，秦司膳随申县令回到衙署，展开应选者名册，首先便在吴蕒蕒的名字旁点画备注，又另取纸张，为蕒蕒详细写评语。

申县令静待她写完，恭谨地请教下一个中选的是谁，不料秦司膳却将笔搁下，淡淡地道："没有了，只录一人。"

申县令大为诧异："今日下官所见人才颇多，怎么只录一人？"

秦司膳道："此次要选的尚食内人一共是六十名，而两浙共有十四个州府，仅浦江所属的婺州就有金华、义乌、永康、武义、兰溪、东阳和浦江七个县，一县能有一人入选已经不错了，之前我主考的州县，还有一人都不录的呢。"

西施乳的美妙滋味此刻悄然浮上心头，申县令不由得扼腕叹息："吴蕒蕒厨艺固然不错，但似乎邢君曼做的菜更似贵人膳食，司膳不是说她做出了御厨佳肴六七分的滋味吗？"

"她是做出了六七分，不过，宫中既然已经有能做出十分滋味的，又何必再把她这只能做出六七分的选入宫呢？"秦司膳反诘道。

申县令一愣，无言以对。

秦司膳又道："邢君曼的菜式，确实颇有临安贵胄之家膳食之风，然而与我们那些从小在宫中长大的尚食内人手艺相比，没有任何优势。那两道鹌鹑菜，很多内人能做得比她好。而吴蕒蕒做的菜，看似家常，但她是花了心思去琢磨的，很有新意。那道山海兜，从外观和名字意境上，都比……都比宫中内人做的类似的菜好。她让我第一次见到了用炒这种方式来烹制的油菜，还想到改良炒菜所用炊具的形制，这会使她将来循着炒这一烹饪法，创造出更多新颖的菜式。这样的姑娘才是我们要寻找的人，有别于宫中常见的女子，她是能为尚食局带来新气象的人。"

"虽则如此……"申县令仍然叹道，"邢姑娘还是很可惜呀，小小年纪，在如此短的时间就做出了四道精致的菜，日后再历练历练，必有所成。这次遴选尚食内人，贻贝楼鼎力相助，筹备月余，殊为不易，他们也将光耀门楣的希望全寄托在了邢姑娘身上……内夫人不如再给邢姑娘一次机会，从浦江选两个人吧。”

秦司膳决然地摇头，说道：“我选人才，只看适不适合，不看人情。何况，那邢君曼好卖弄，爱虚荣，为刻意表现自己而不听指令，擅自做了四道菜。这要是在宫中，她为了抢风头而将贵人旨意抛诸脑后，轻则受罚，重则性命不保。这般性情，硬要送入宫中，倒是害了她。”

申县令见秦司膳态度坚决，只好作罢，不再为邢君曼说话，但旋即想起凤仙，也惋惜不已，劝秦司膳道：“还有那凌凤仙，性情温和，善解人意，又颇通药理，选她入宫服侍贵人，不是很合适吗？”

“她嘛……”秦司膳举目眺望院中紫藤，那里花叶婆娑，曳动着半明半昧的光影，“药食同源，药理是尚食内人迟早要涉及的领域，只是精通药理与善解人意一样，都各有利弊，是好是坏，须看运用者心术。济世救人，或贻害苍生，往往在运用者一念之间。两天的时间要我判断一个人的品德秉性，很难，所以，我索性不选。当我认为足够了解一个学生，相信她品性纯良的时候，才会建议她去学药理。”

次日有小黄门从衙署来，向蒖蒖传达了入选的喜讯，要她即日便入住秦司膳等女官下榻的行馆学习礼仪，以待入宫。蒖蒖十分欣喜，蒲伯与缃叶相继上前道贺，均喜形于色。蒖蒖旋即想起凤仙，追问那小黄门凤仙是否也入选。

小黄门面露难色，道：“暂未得知……”小黄门一瞥旁边沉默着，但仍保持着礼貌微笑的凤仙，又安抚地补充道，“还请姑娘们耐心等待，说不定秦司膳还在斟酌，主意定了后会再遣人来报喜。”

小黄门走后，蒖蒖如他所言那般再次安慰凤仙，让她静候佳音。凤仙笑了笑，也不就此答话，只温言对蒖蒖道：“来，我帮你收拾收拾行李，稍后送你去行馆。”

据小黄门所说，此后蒖蒖所需的衣物及日常用品皆有人备好，与尚食内人一致，故蒖蒖要带的行李并不多，想来想去，除了自制的炊具，也就带了一些与母亲相关的纪念品和林泓所赠的菜谱。见到林泓的手札，蒖蒖忽然想起以前那本让她做出豪奢退婚宴的菜谱。秋娘离开得仓促，并未带走任何物件，蒖蒖后来搬至蒲伯小院，收拾秋娘房间物事，找到了那本书，锁在木箱中带了来。此刻她便开启箱子，重新翻出，与林泓的作品收于一处，带着同往行馆。

凤仙送蒖蒖入行馆，在行馆门前遇见了刚从郊外踏青归来的赵皑。他扬鞭跨马，星目含笑，依然是春风得意的样子，所乘骏马半染春泥的马蹄边，甚至还萦绕着两只翩翩飞舞的蝴蝶。

蕫蕫很鄙夷地抬眼，低声对凤仙道："整日游手好闲，不务正业。"

赵皑似乎听到了她的话，笑吟吟地在她们面前下马，对蕫蕫道："就闲散亲王而言，玩乐即正业。"

在凤仙的引导下，蕫蕫勉强朝他施了一礼，旋即冷面告辞。赵皑一见她将要进入的行馆，笑着道贺："恭喜，日后还请多关照。"

最后一日众女竞技之时，他也在贻贝楼，隐身于贵宾阁子之中，并不露面，但能看见院中情形，厨房中发生的事，也有宦者向他传报，所以大致知道此中经过。

凤仙含笑道："蕫蕫入宫，理应请二大王多关照，怎么二大王反而请她多关照？"

赵皑道："食为天，尚食内人既掌饮食，无论为美味或安危计，我都得罪不得。"

他这话听上去似乎不全是玩笑。蕫蕫默默地看向他，见他凝视自己的眼不含戏谑之意。他不知道想起了什么，藏在半垂睫毛下的目光悄然淡去，令她捕捉到一种疑似忧郁的情绪。

然而只是短短一瞬，他很快恢复了神采奕奕的模样，和颜悦色地对她道："快进去吧，希望早日在宫中见到你。"

蕫蕫点点头，别过凤仙，提着行李朝内走去。赵皑与凤仙立于原地一直目送她，直至她的身影没入行馆影壁之后。

赵皑正欲上马离开，凤仙疾步上前，唤住了他。

赵皑回身问道："凌姑娘有何指教？"

凤仙赧然地低头，轻声道："凤仙有一个不情之请……"

赵皑见二女此前情形，已猜到凤仙落选，遂问道："可是要我向秦司膳推荐姑娘？只是此番遴选内人是尚食局之职，我无权插手，若强加干涉，官家必会不悦……"

"不是不是！"凤仙立即否认，又放缓语速，恳切道，"凤仙自知无福入宫，绝不敢心存非分之想，请大王为我美言。不过，我苦练厨艺多年，这次也尽心尽力筹备良久，自觉竞技过程没有过失，却不知因何落选。所以，凤仙斗胆，希望大王帮我问问秦司膳我落选的原因。不是为扭转结果，只是想明白自己短处在哪儿，日后也好善加改进。"

赵皑不置可否，沉默片刻，才问她："凌姑娘，恕我直言，你出自官宦之家，很容易嫁得如意郎君，又何苦一定要参加尚食局考试，去求一个服侍他人的机会？"

"嫁得……如意郎君……"凤仙咬了咬下唇，恻然一笑，"如果我不能考入尚食局，爹爹就要把我嫁给……殷琦。"

殷琦是谁，赵皑自然是知道的，也瞬间理解了凤仙的无奈与绝望。与她默然相对，思忖一番后，他终于应承："好，我问问秦司膳。"

秦司膳还在衙署，与申县令一起整理此次遴选的卷宗。忽有小黄门入内，向她呈上赵皑亲笔所书的一封信。

秦司膳看后面色凝重，蹙眉思索。申县令见状，问她发生何事。

秦司膳说二大王想知道凌凤仙落选的原因，申县令顿时大惊失色："二大王以亲笔书信来问，那必然是此女对他来说非比寻常。见她落选，二大王相当失望，所以特意询问，暗示内夫人让她入选。"

秦司膳道："二大王倒是说与凌凤仙仅有一面之缘，受她所托，只是想知道落选原因。"

申县令连连摇头："哪儿有如此简单？难道内夫人要二大王明说自己对此女青睐有加，一心期盼她入宫吗？人家是大王嘛，喜欢个民间姑娘，自然要表现得云淡风轻，但我等可不能按他字面的意思理解，以为这姑娘无足轻重。"

见秦司膳兀自沉默不语，申县令继续谆谆劝导："内夫人坚守原则自然没错，但须知水至清则无鱼，内夫人任职于宫中，不会不明白这一点。二大王是天潢贵胄，也是除太子外离皇位最近的人，未雨绸缪，内夫人万万不可得罪他……"

申县令见秦司膳还不表态，索性自己从刚整理好的文档中抽出最后一轮应选女子的名单，在秦司膳面前展开，亲自给司膳磨墨，一边磨着一边说："何况那凌凤仙，本来就厨艺非凡，人又聪明，将她选入宫，任谁看了都挑不出毛病，不会说内夫人在浦江选了两名内人有何内情……"

终于，秦司膳长叹一声，缓缓提笔，在凌凤仙的名字旁做了批注。

数日后，凤仙与萁萁携手上了驶向临安的宫车。朱轮辘辘，沐浴着曲水寒光、远峦晴色，碾过油菜花铺设的黄金大道，将这两名民间姑娘送入飘浮于她们梦想中的九重宫阙。她们如释重负，同时如临大敌，彼此都意识到一段与以往截然不同的人生即将轰然开启。

在颠簸的宫车中，萁萁取出秋娘遗留的菜谱端详着，轻轻摩挲封面，对入宫后可能得知的秋娘消息既期待又颇感忐忑。

凤仙发现后，接过菜谱翻了翻，判断道："这书不是师娘写的吧？字迹不像。"

蒖蒖一怔。以前她亦觉得字迹不像秋娘寻常字体，但转念一想，这书是多年前所写，母亲如今字迹有所变化也正常，便未多作猜测。这时既见凤仙如此说，蒖蒖又收回书细看。

“虽然都是小楷，但师娘的字筋骨明显，侧锋如兰竹，更像瘦金书，而这菜谱上的字则温柔圆润很多，不露锋芒，看起来像个含笑的女子，应该是另一个人写的。”凤仙如此分析。

蒖蒖一页页翻着书，想从中找出些许端倪。那书封面为暗青色的绸缎封套所覆，看不到字迹。蒖蒖打开车窗，将封面迎向阳光，见透出的光影斑驳，隐约可辨出封套中还有一些残页。

蒖蒖小心翼翼地拆开封套，发现其中包裹的除了封面还有几页被撕去大半的书页。封面上书三字——玉食批，而从其余残页中寥寥数字的内容可看出，被撕去的应该是一篇序言。序言最后一页还留有作者的痕迹，最后一句依然是以那柔美的小楷写的：“司膳刘氏谨录。”

第四章 琼林笙琶

（一）
东宫隐事

大内女官所属的尚书内省下设六尚：尚宫、尚仪、尚服、尚食、尚寝、尚功。尚食女官为正五品，其下僚佐有正七品司膳、司酝、司药、司饎各二人，这八位女官又各有僚佐，仅司膳之下便有典膳、掌膳、女史各四人，另有无品阶内人若干，由诸女官分管，学艺后派往宫中诸阁供职。

蕙蕙、凤仙这批民间选入宫的内人一共六十人，五人为一组，交给一个司膳之下的女官负责教导。平时裴尚食主理皇帝膳食，秦司膳主理太子膳食，而另一名司膳孙氏长居慈福宫，主理太后膳食。这三人事务繁多，偶尔有暇才为众内人授课，蕙蕙很难有与她们私下相处的机会，更遑论从她们那里获得与母亲相关的消息。

尚食局女官中并没有姓刘的司膳，蕙蕙很认真地打听过了。年轻的内人们被问及“刘司膳”三字时都一脸茫然，当然她们更不知道吴秋娘是谁，无论蕙蕙问谁，得到的答案都是“不认识”“不知道”和“不清楚”。

蕙蕙被分给掌膳冯婧教导。冯婧是个温婉的十八岁女子，除了正八品掌膳，她还有一个身份——郦贵妃的外甥女。

尚食局内人看待同僚自有其规律：临安的看不起外地州县的，祖籍汴京的又看不起临安的，同是祖籍汴京，那便比祖上官爵高低再决定谁看不起谁。

冯婧是郦贵妃妹妹之女，祖籍汴京，父兄皆有官衔，按理说这样的背景可以傲视尚食局群芳了，然而蕙蕙发现并非如此，那些在宫中长大的内人谈及冯婧的时候，眼角眉梢往往有隐藏不住的嘲讽意味，当面对冯婧客客气气，一转身却遗她一记奚落的眼神。而冯婧不愠不怒，对所有的怠慢无礼视若无睹，平时若非必要也不爱与谁接触，常常独来独往，或独处一隅，忙碌或静默，都带着寂寥的印记。

与蕙蕙一组的新内人们渐渐打听到了原因，私下十分惊诧地告诉蕙蕙："冯掌膳原来是太子妃的人选，只差一步便可登天，但是被太子抛弃了！"

这听起来是个令人叹惋的故事：先帝张婉仪有一个名为集芳园的精致园林，张娘子去世后此园被官家收回，供宗室贵胄游赏之用。

去年太子在此游春，偶遇冯婧。

冯婧气品高雅，饱读诗书，太子一见如故，颇为倾心，此后又几次邀冯婧在集芳园见面。但大概因为太子生母安淑皇后辞世前皇帝曾长期专宠郦贵妃，太子心有怨气，便对郦贵妃十分冷淡。冯婧也许对此有所顾虑，私下与太子交往时向太子隐瞒了她是郦贵妃外甥女的事实。

冯婧与太子私会于集芳园之事后来被皇帝与郦贵妃知晓，郦贵妃又气又急，怒斥冯婧一番。皇帝倒是非常宽容，说二人既彼此有意，不如把冯婧列为太子妃人选。

当时太子妃人选已有数人，王孙贵胄，簪缨世族，个个家世不凡。但皇帝对太子说，可凭自己心意选择，无须顾及家世。就在人人都以为冯婧会中选时，太子却提笔一挥，选择了吴越王的后裔钱氏。

那钱姑娘是吴越王钱俶七世孙，曾祖母是秦鲁国大长公主，祖母唐氏是名臣之后，母亲也是大家闺秀，若论身份之尊贵，足以碾压冯婧。故此太子作出选择后，世人虽略感意外，但都认为这是个明智的决定，朝廷上下均喜闻乐见。

但是这个结果令冯婧陷入了极其尴尬的境地。她几次与太子私会之事已流传于外，名节有亏，再无王孙公子向她提亲了。

皇帝有意让太子纳她为侧室，而太子竟然拒绝，说与太子妃新婚宴尔，不会再纳姬妾。

如此一来，冯婧眼看着要在娘家孤独终老了。郦贵妃不忍心见她沦为世人笑柄，遂请皇帝允许她入宫，给她一个掌膳的名号，做了女官。

"毕竟，女官终身不嫁，是很正常的。"讲述这个故事的内人庄绫子叹息道，"不过，忽然将她安插到尚食局来做正八品女官，也引起了内人们的不满，觉得她没有受过正规的厨艺训练，技艺有限，却凭姻亲关系骤得此职，无法服众，所以大家明里暗里都爱嘲讽她。"

蕙蕙质疑道："郦贵妃是她姨母，内人们嘲笑她，不怕郦贵妃责难？"

"你不知道吗？"消息灵通的优越感在庄绫子心里油然而生，她高挑着眉

毛告诉蕙蕙，“现在官家最宠爱的娘子已经不是郦贵妃了，是柳婕妤。郦贵妃如今完全一副与世无争的样子，得过且过罢了，哪儿还顾得上冯婧？”

蕙蕙有些同情冯婧，太子便给她留下了薄幸郎的印象。蕙蕙偶尔设想太子的模样，也是在心里把他勾勒为一个鲜衣怒马，终日冶游撩拨少女的，高一级的二大王形象。

但她很快发现事实与传说有所偏差。

这年四月末，皇帝要在礼部贡院设“闻喜宴”，宴请新及第进士。宴前陈设由仪銮司负责，而其中饮食内容须由尚食局配合拟定。此前数日，内人们在几名女官的带领下前往贡院检视相关设施及器皿，熟悉环境。事毕回宫，内人们刚入宫城丽正门，便遇见了正从南宫门出来的太子夫妇。

一阵短暂的骚动似潮水般在内人之间涌过，蕙蕙听见她们窃窃私语：“太子殿下……”

蕙蕙举目望去，果然见一个长袍广袖的颀长身影正自大内朝外走来，度其簪缨形制，果然是太子。

他步履沉稳，仪态端雅，肤色白皙，一双凤目微微上挑，一直上扬着嘴角，面容显得秀美而温柔，一举一动也颇具君子之风，怎么也不像个会做出始乱终弃之事的登徒子。蕙蕙好奇地盯着他，惊讶于他与她设想中纨绔子弟的差异，一时忘记了礼数，也没有意识到同行的内人们早已齐刷刷在她身后朝太子施礼。

太子留意到直愣愣站立的她，并没有任何责怪的意思，而是在路过她身边之时，含笑向她略略欠身，倒像是主动向她致意。

蕙蕙如梦初醒，才想起女官们教导了多次的礼仪。她迅速施礼，保持着低眉顺目的姿势，眼角余光中太子的影子如云飘过，蕙蕙嗅到他遗下的淡淡衣香，不禁暗暗感叹：真是优雅的男子——仅次于林老师。

太子妃钱氏跟随在太子身后，与他之间有三步的距离，行动间钗冠环佩一丝不乱，微笑的弧度也保持在最符合礼仪的范围内。她是个美丽温雅的女子，似乎也得到了太子由衷的尊重与关爱，行至他们的车辇旁，太子亲自用双手扶太子妃上车，反复确认她是否已坐好，看到她肯定的微笑后才转身上马，策马行于车辇一侧，与太子妃一同往东宫去了。

蕙蕙想起了冯婧，回头一看，见冯婧仍然是俯身行礼的模样，在众人幸灾乐祸的目光中，她双睫低垂，凝视着地面，一动不动。

她戴着女官出行所用的帷帽，适才已按规矩褰开纱幕面对太子行礼，这使她的面容此刻暴露在众人探视的双眼下，无处可避。

蕙蕙上前，用双手拉起冯婧帽子上的纱幕，重新垂下，蔽住她泪光盈盈的眼，轻声对冯婧道："起风了，掌膳请戴好帷帽，以避风尘。"

然后她牵起冯婧的手，不理其余内人，从容地朝她们的居所走去。

这日之后，冯婧与蕙蕙都默契地没有提那天的事，但冯婧开始主动与蕙蕙说话，更细心地教蕙蕙各种礼仪，旁观蕙蕙做菜，也会不时提出点儿中肯的意见和建议，这令蕙蕙感觉到她来尚食局并不仅仅出于郦贵妃强硬的安排，她的厨艺就算与尚食局从小培养的内人比，也不见得会逊色。

闻喜宴上的主菜由御厨主理，根本轮不到新入宫的内人做，蕙蕙等人只需做一些小糕点。冯婧问蕙蕙想做什么，蕙蕙说自己完全不知道京中的达官贵人吃什么样的点心。

冯婧露出温柔的笑容，轻言软语地说："其实，就算是官家吃的点心也都不复杂，与百姓食用的差不多，无非是食材和工序精致些罢了。我先教你个简单的吧。这点心官家和……和宫中的贵人都爱吃，叫酥儿印[1]。"

她教蕙蕙用面粉与豆粉同和，以手擀成条，粗细如筷头，切为二分长的小条，再逐个儿拈起，以小梳子在上面印出一排排均匀的齿花。然后锅内烧热酥油，将印好齿花的小条投入锅中炸熟，用漏勺捞起，趁热撒白砂糖于其上拌匀。

不消多时蕙蕙已掌握技法，酥儿印炸好后整个空间都充满了暖烘烘的香甜味道。她拈一根入口，波纹般的齿花在舌尖上一旋，轻轻一咬，酥条在齿下瞬间溃散，封锁于其中的热度与酥油香气随之四溢，此间温暖甜蜜迅速激发出的愉悦之感，足以令人暂时忘却一切烦恼，感觉到如孩提时代追逐甜食一般单纯的快乐。

蕙蕙将酥儿印盛在盘中，搁在自己这组小厨房的案上散热，再往院中别的房间寻觅便于密封的容器。少顷，她带着一个食盒回到厨房，却见盘中酥儿印少了许多，地上还凌乱地散落着几根。

蕙蕙怀疑有猫儿经过，偷食了酥儿印。四下打量，她发现放置大容量器物的橱柜中似藏有什么活物，窸窸窣窣地微微作响。

蕙蕙疾步过去，一把拉开柜门，只听里面一声惊叫，一个绿衣少女连滚带爬地跌落在地，旋即撑坐起来，惊恐地盯着蕙蕙，嘴角犹沾着酥儿印的粉屑。

---

① 酥儿印做法出自［宋］浦江吴氏《浦江吴氏中馈录》。

（二）
仙韶轶闻

那姑娘十四五岁，头上梳双鬟，杏眼清澄，樱唇圆而小，泛着自然的胭脂色，相当娇俏。那一身浅绿丝裙若别人穿了，稍有不慎便会显得面有菜色，而这姑娘肌肤粉粉嫩嫩，在这颜色映衬下，整个人如初春枝头新萌发的柳芽儿一般清新可爱。

“酥儿印是你偷吃的？”蒖蒖问。

小姑娘犹豫了一下，估摸着难以抵赖，只好点了点头。

蒖蒖伸手拉她起来，引她在桌边坐下，把剩余的酥儿印搁到她面前：“接着吃。”

那小姑娘惊讶地看着蒖蒖，见她神情温和，无责怪之意，才放下心来，喜滋滋地拈起酥儿印接连吃了两根。

蒖蒖见她这馋猫一般的吃相，不由得一哂：“又不是多贵重的食物，想吃按规矩取就是了，何必偷偷摸摸地拿？”

“因为姑姑不让我吃这些甜的点心。”小姑娘继续大快朵颐，其间抽空回答了蒖蒖的问题。

“你姑姑怕你吃坏了牙？”蒖蒖又问。

小姑娘摇摇头：“主要是怕我胖……我是菊部的人，可不能胖。”

“菊部？可是种菊花的？”蒖蒖仔细打量她，觉得她这般细皮嫩肉，绝不像能做体力活的，何况她的丝裙与寻常内人衣裙不同，以丝绸为底，其上有几层轻绡，精美飘逸，哪儿像是做园丁活的人所穿？

“你是新来的吧？”小姑娘很快看出蒖蒖的底细，但还是很有耐心地解释，“菊部是指仙韶院，里面有很多歌舞乐伎，负责内廷用乐。我姑姑是琵琶手，我也会弹琵琶，不过主要学舞，所以不能胖。”

话音未落，她又拈起一根酥儿印塞进了嘴里，愉快地嚼了起来。

蒖蒖作势要把酥儿印收回：“那我不能害你，点心不能给你吃了。”

小姑娘眼疾手快地将点心盘抢到自己怀中，说道：“姐姐别担心，我有不会胖的法子。”

蒖蒖问她有何妙法，她却不肯说了。蒖蒖笑了笑，也不再就此追问，又去找了些点心果子摆在小姑娘面前任她自取，含笑看她享用，换了个话题：“仙韶院我知道，不过为何又称菊部？是跟菊花有关系吗？”

小姑娘道："跟菊花没关系，但跟一个名字里有'菊'字的人有关系。"

"这人是你们仙韶院的名伶吧？"蕙蕙笑道。

小姑娘讶异道："你怎么知道？"

蕙蕙道："我猜的。这人竟然能使仙韶院因她另外命名，一定非同小可，多半是在仙韶院能技压群芳的人。"

"姐姐聪明。"小姑娘赞道，随即解释道，"多年以前，我们仙韶院有一个大美人，歌舞双绝，还会琵琶、箜篌之类的乐器。先帝封她为'主管仙韶公事'，统领仙韶院。她名字里有个'菊'字，宫中人便称她'菊部头'。因为她，先帝有时把仙韶院称为'菊部'，大家也跟着他叫，久而久之，菊部就成仙韶院的别称了，如今的官家也爱这样称仙韶院。"顿了顿，小姑娘又着意提醒蕙蕙，"不过，姐姐可别在太后或慈福宫的人面前这样称仙韶院，那就犯了忌讳了。"

蕙蕙问："太后不喜欢菊部头？"

"岂止不喜欢……"小姑娘说到这里，忽然警觉，"哎呀，我不能说不能说，姑姑不让我跟别人提菊部头……"

她双手捂着嘴，然而眼睛滴溜溜地盯着蕙蕙，一副静待蕙蕙追问的样子。

蕙蕙按捺笑意，不动声色地说道："嗯，那就不说了吧。你吃好了吗？快回去练舞。"

小姑娘放下手，难以置信地问道："你不想知道？"

蕙蕙道："不想。"

小姑娘愕然地问道："你不好奇？"

蕙蕙一笑，轻轻拍拍小姑娘犹带婴儿肥的脸，道："你都说这是禁忌了，那就把这故事藏在心里吧。若传出去，太后知道你私下议论，估计会为难你。"

小姑娘怔怔地与蕙蕙对视片刻，忽然眼圈一红："姐姐真是好人，请我吃点心，还处处为我着想。"旋即她跳起来，奔至门边探头朝外看了看，然后迅速掩上门，回来坐好，拉着蕙蕙手道，"姐姐是尚食内人，将来说不定哪天会被派去慈福宫做事，即便不去，宫中宴集也难免遇见太后，所以我还是先告诉你菊部头的事吧，免得你将来像柳婕妤那样犯了忌讳还不自知。"

蕙蕙见她打定主意要说，自己也确实有几分好奇，便点了点头，与小姑娘相对而坐，聆听她讲述的宫中往事。

"我出生时，菊部头已经出宫好几年了，所以我没有见过她，但听姑姑说，她是千年难遇的美人，脖颈儿像天鹅一样修长优美，身材纤美苗条，跳起舞来柔若无骨，腰肢柔软如柳枝，手足仿佛每一处都可以像涟漪一样漾动。她的容

貌嘛……似乎不是特别艳美，姑姑觉得应该称作‘清丽’，乍一看并非艳光四射，但是清雅脱俗，男乐师都倾心于她，她只要冷冷淡淡地看谁一眼，那人就如同受到月光的照拂，心里的激动无法言传，有时会因此落下泪来。”

蕒蕒循着小姑娘的描述想象菊部头的风姿，道：“似乎是个冷美人。”

“是的，她性情高冷，不爱笑。”小姑娘道，“有时因为舞蹈的需要，她跳舞时会面含微笑，十分明媚，一旦舞罢，她便瞬间收敛笑意，又恢复了冷冷淡淡的表情。姑姑说，她长着一张‘厌世脸’。”

说到这里，小姑娘扬起下巴，睫毛微垂，嘴角向下撇，竭力做出一副生无可恋的表情，目光漠然地睨向蕒蕒，问：“这样，够不够厌世？”

“不够。”蕒蕒如实回答，伸手抹去小姑娘嘴边的酥末，“你好歹把小嘴擦干净再摆出你的厌世脸。”

小姑娘绷不住了，瞬间笑出了声。蕒蕒与她相视而笑，少顷，又问她：“既然在仙韶院如众星捧月一般，这菊部头日子还过得不快活吗？为何还厌世？”

小姑娘道：“大概因为她是孤女，做到仙韶院部头也吃过很多不为人知的苦头吧。后来先帝对她颇为眷顾，她就更显孤傲，也懒得与人虚与委蛇，一不高兴就冷面待人，哪怕对先帝，也是这样。”

蕒蕒问：“先帝喜欢她？”

小姑娘笑道：“那当然了。每逢宴集，必要她领舞，最爱看她跳的《梁州舞》。她起舞之时，殿中香霭袅袅，彩帛飘浮，鲜花纷落，先帝常说壁画上绰约多姿的飞仙神女，亦不过如此。先帝像对嫔御那样，赐了她一处独立的院落居处，又赐号为夫人，所以宫中人也称她‘菊夫人’。”

“那她做了先帝的妃嫔了吗？”蕒蕒又问。她依稀想起内人们说过，汴京曾有一位皇帝，喜欢一名仙韶院的俳优，后来那跳舞的姑娘一路做到了贵妃。

小姑娘答道：“没有。先帝喜欢她，经常去见她，两人一起焚香点茶研习翰墨，但从未在她的居所留宿，也不曾召幸她。”

蕒蕒追问道：“莫非这菊夫人不喜欢先帝？”

小姑娘亦有些困惑：“好像也不是。我听姑姑和仙韶院的姐妹们私下议论过，说菊夫人当年很用心地观察先帝的喜好，见先帝喜欢点茶，就默默学习水丹青；见先帝写得一手好字，自己得空就没日没夜地习字……不过她和别的宫人不同，别人见先帝擅长真、行、草书，便竭力模仿这几种字体，而菊夫人潜心钻研的却是先帝不怎么喜欢的瘦金书。”

蕒蕒想了想，道：“她知道先帝擅长的事很难超越，就另辟蹊径去练习，学有所成，反而更能引起先帝的注意。”

小姑娘拊掌笑道：“原来是这样，我以前都没想到。”

蒖蒖忽然想起母亲同样会写瘦金书，遂问小姑娘：“你有没有听说过一个名叫吴秋娘的宫人？她也会瘦金书。”

小姑娘摇摇头，说道：“吴秋娘？不知道，我没听说过。我听说的会写瘦金书的宫人不多，其中没有姓吴的。”

蒖蒖失望地叹了口气：“那你继续说菊夫人吧。”

“我说到哪儿了？”小姑娘抚了抚额，旋即想起来了，笑道，“对了，是说菊夫人喜不喜欢先帝。我觉得是喜欢的吧，因为姑姑她们都说菊夫人当年一直在默默等待先帝纳她为嫔御，但是先帝始终不表态，菊夫人就时不时闹小脾气，有一次呛了先帝几句，先帝拂袖而去，此后一月不宣召。先帝不理她，她索性绝食，不吃不喝，卧床不起。有一天正值皇后——也就是如今的太后——生日，先帝见宴集上领舞的女子不是菊夫人，一问之下才得知菊夫人病得气息奄奄。结果先帝不待宴罢便去菊夫人的阁子探望她，让自己的司膳料理她的饮食，还亲自给她端药。菊夫人嫌药苦，先帝为了哄她，竟然自己先饮一口，再去喂她……”

蒖蒖想着当时的情景，有些困惑：“怎么喂的？”

小姑娘与她四目相对，脸忽地一红：“我哪儿知道怎么喂的……”

蒖蒖亦有些不好意思，收回目光，含笑让小姑娘继续说。

“这事传出去后，皇后当然不高兴了，明里暗里为难菊夫人。菊夫人本就是个有气性的，便自请出宫。先帝答应了，在宫外赐了她一处园子，让她自己居住，但是偶尔会去看她……”

说到这时，门外忽传来妇人的呼唤声：“香梨儿，香梨儿……”

小姑娘脸色一变，惊得跳起来：“我姑姑来找我了，我得回去了。下次再说。”

她蹦蹦跳跳地跑到门边，忽然又回头，问蒖蒖：“姐姐，你叫什么名字？”

蒖蒖道：“我姓吴，叫蒖蒖。”

小姑娘点点头：“吴姐姐，你的名字真好听。”然后她自我介绍道，“我小名叫香梨儿，大名叫江芷兮……就是‘扈江离与辟芷兮，纫秋兰以为佩’的江，芷，兮。”

见蒖蒖状甚茫然，她遂笑道：“不知道什么意思吧？其实我也不太明白……这个名字，据说是先帝取的。”

言罢，她打开门，笑着唤“姑姑”，朝那正在寻觅她的妇人奔去。

（三）
闻喜宴

以往汴京的闻喜宴通常在琼林苑举行，琼林苑与金明池相对，闻喜宴举行之日，花满金明池上路，红裙争看绿衣郎，是为京中一大盛事。如今临安闻喜宴的地点改为观桥西，新庄桥东的礼部贡院，沿小河支流而建，规模无法与琼林苑相提并论，但院中除了殿阁廊庑，亦有名卉嘉木。春草池塘，撷芳庭院，颇含几分南方园林的风致。

闻喜宴皇帝多不预宴，往往任命本届主考官或其他重要臣僚为押宴官，与进士同饮。但今年有所不同，皇帝竟破天荒地让太子出任押宴官，去面见新科进士。尚食内人们私下传递着这个消息，并推测说："因为一甲中有宗室子弟，官家很高兴，还说那个进士是'吾家千里驹'，所以才让太子出席闻喜宴，以示特别的恩典。"

据说那个宗室子弟是太宗皇帝长子汉恭宪王的七世孙，此番原本高中了状元，但官家为避嫌，示天下以公，遵循"科举先寒畯"的原则，将第二人萧铤擢升为状元，原来的状元便成了榜眼。

蕙蕙和凤仙想起赵怀玉亦是宗室，不由得更加好奇。凤仙遂向经常跟随裴尚食出入皇帝寝殿的李典膳打听榜眼的名字，得到的答案果然是"赵怀玉"。

蕙蕙闻讯笑道："我见那赵公子视贻贝楼财物如粪土，便知他胸怀大志，绝非池中物，如今他果然高中了。"

凤仙双手合十，也目露喜色。

赐宴这日，仪鸾司及尚食局相关人等待宫门开启即往礼部贡院准备。良辰既至，太子、权知贡举率官属及进士入内，列于庭中，面朝宫阙设香案，前后十拜。然后太子与众押宴官及一甲进士进入院中精义阁，其余进士分为正奏名与特奏名两类，分别就座于东廊和西廊。通过正常考试，礼部贡院合格奏名的举人，称"正奏名"。而考进士多次不中者，礼部另行列出名册上奏，经皇帝许可于殿试时附试，特赐本科出身，则称"特奏名"。此两类进士各以年龄为序，坐于廊下。

待太子及状元以下入门，教坊即奏雅乐《正安》："多士济济，于彼西雍。钦肃威仪，亦有斯容。烝然来思，自西自东。天畀尔禄，惟王其崇。"

太子容色皎然，形貌昳昳，面对满座衣冠，正襟雅坐于主席中，听着悠扬的雅乐，温柔的薄唇微微含笑，目光投向分列于他左右的臣僚及进士，意态清朗萧肃，姿仪又有人主的端凝庄重，虽未发一言，但只静静端坐着便有若日月入怀，璨然生辉。

进士席地而坐，分案而食，每人面前均有一小黑桌，坐具用青垫。桌上各设四碟时令鲜果，另有一盘观赏用的雕花果子，名为“望果”，一朵插在瓶中作装饰的鲜花，名为“望花”。酰醢酱汁等调味品也随之分列于案桌上。

闻喜宴共行酒九盏，每一盏酌酒之时均有不同曲词响起，以佐酒兴。太子含笑初举酒，乐工曲风一转，开始奏《宾兴贤能》：“明明天子，率由旧章。思乐泮水，光于四方。薄采其芹，用宾于王。我有好爵，置彼周行。”

前两盏宾主举杯祝酒，间或叙谈，除了桌上果子，尚食内人们暂不上菜，行至第三盏酒，才上新鲜腌制的肉食“旋鲊”一碟，随后六盏酒皆有菜配酒。第五盏酒行毕，宴会暂歇，宫人会奉上皇帝赐给臣僚进士的罗帛宫花四朵，让他们簪于幞头上，同时赐降暑宫冰一匣。众人分列庭中，再拜谢恩，然后重新落座，继续行后四盏酒。

第六盏酒之前每人桌上的杯盏及望果、望花要全部更换。臣僚进士之前用银台盏，第六盏开始换银卮。太子有别于众人，之前用金台盏，第六盏换他惯用的莲花玉卮。望果是用时令鲜果雕刻而成，每枚均有精细吉祥纹样，摆在盘中又须有整体造型，难度甚大，每一盘都是由数名内人提前完成。

此番押宴官的杯盏与望果由冯婧负责，这原是两个月前便定好的，近日才知道押宴官竟是太子，她十分尴尬，但任务不便推却，也只能悉心准备，奉上酒盏望果的事则另遣内人来做。

行每一盏酒时，尚食女官们都会提前数步检视此后会上的酒水膳食。第三盏旋鲊甫下，冯婧开始检查赐花之后第六盏酒太子要换的酒盏与望果。揭开盛莲花玉卮的锦盒，冯婧霎时大惊：盒中空空如也，没有任何杯盏。

莲花玉卮一套两盏，此前由秦司膳取出，交给冯婧自宫中带至贡院，开宴之前她一直守在锦盒旁，前五盏酒一切筹备就绪后，她才稍微离开，立于精义阁对面廊庑下的阴影中，远远看了看言笑晏晏地向进士们举盏的太子，不料就在这短短一刻，玉卮竟不翼而飞。

冯婧迅速四处搜索，周围女官也很快发现玉卮缺失，纷纷命下属内人寻找，然而一阵忙乱后众人一无所获，倒是有内人发现，为太子准备的望果不知何时被倾倒在厨房角落里，并经人踩踏，已尽数损毁。

冯婧面如土色，凝视着那被踩得稀烂的望果残骸，纤弱的身躯摇摇欲坠。

蕈蕈上前扶住了她，低声在她耳旁说：“别急，你再找找玉卮，我去请示秦司膳。”

裴尚食今日仍在宫中服侍官家，孙司膳依旧在慈福宫，秦司膳是今日贡院中品阶最高的女官，今日一直坐在太子下方一侧，负责先行品尝奉给太子的饮食。蕒蕒与即将入阁中斟酒的内人协商后，接过酒注子，端着步入阁中，来到秦司膳身后，借向她斟酒之机，低声向秦司膳讲述了玉卮与望果之事。

秦司膳听后目光一滞，然而神色未变，转头向蕒蕒附耳道："速速通知皇城司……"

嘱咐一番后，她从容地回过头，朝正看向她的太子微微欠身，露出与适才侍宴时一样，无懈可击的端庄笑容。

皇城司统领禁军，负责拱卫皇城。闻喜宴这日也有千余名皇城司禁卫相从而来，守于贡院内外，以保相关人士安全。

蕒蕒按秦司膳指示，在精义阁外找到今日领军的皇城司亲从官。她没想到竟是个看上去未及弱冠之年的少年，且甚是眼熟。蕒蕒走至他面前，还未开口，那人便已朝她笑道："是你呀……"

虽然这少年一身戎装，与此前相见时大为不同，但那明朗的笑容迅速掀开了蕒蕒尘封的记忆，辨出他正是当初与赵皑一起在水中击球的少年，赵皑所称的小表叔。

"你是，殷琨？"蕒蕒以秦司膳所说的名字向他求证。

他颔首道："是的，我是殷琨。"他顿了顿，又颇开心地补充道，"我与二大王在浦江见过你。"

蕒蕒暂无心情与他叙旧，压低声音向他述说了后厨发生的事以及秦司膳的吩咐。殷琨一改适才说笑的表情，肃然道："知道了。内人请放心，我会安排。"

蕒蕒随即赶往后厨。她沿途路过贡院水景，有馨香随风拂面，蕒蕒步履稍缓，举目望去，但见彼时池中风荷正举，叶面碧圆，亭亭清绝。

回去见到冯婧，蕒蕒告诉她皇城司已按秦司膳吩咐有所部署，会追究莲花玉卮失窃一事，而当务之急是寻找可替代玉卮的酒器和重备望果。

冯婧面露难色："酒器还有不少，但皆是银器。如此盛宴，太子所用器皿不能与臣僚相同……望果雕刻煞费工时，专供太子的又与别人不同，更为精细，就这两盏酒的工夫，眼看是来不及重雕了。"

蕒蕒想起适才所见的碧绿荷叶，心中有了主意，对冯婧道："酒器我有法子，我去准备。只是望果别无良策，还请掌膳多想想，找出替代物。"

冯婧斟酌片刻，道："或者，我可以做一看盘代替望果。"

看盘也是仅供宴席陈设观赏所用，由食物摆盘而成。凤仙闻言，上前道："我负责的点心已备好，若冯掌膳需要协助，我可以帮手。"

数名旁观的女官及内人也都纷纷表态，愿意协助冯婧做看盘。冯婧谢过她们，说出所需食材，众人立即分头筹备。蕒蕒见状松了口气，当即出门往荷塘，按自己的计划行事。

冯婧取一银盘置于冰匣之上，在其中滴酥为山，用香芹、韭叶及柳芽布好青翠山景，山间用蜜滴出涧水溪流，再取泡发过的百合，捡大小合适者，一瓣瓣攒成几朵辛夷花状，用杨梅汁染花瓣外侧，使花朵呈粉紫渐变色，一如辛夷。花朵固定在果树细枝上，插入银盘山间，恰似辛夷花树。插花树时有几片花瓣被碰落，坠于涧水边，冯婧正欲拈起，但围观众人皆觉此景自然，有落红逐水的意趣，冯婧便将其保留，未作改动。

看盘做好，庭中赐花仪式已毕，正值须换桌上杯盘酒盏之时。宾客桌上已被收拾妥当，望花已换，将呈上望果。原定为太子奉上望果的内人向冯婧请示。冯婧凝神思索，终于下定决心，道："我来。"

冯婧将看盘举至齐眉的高度，缓移莲步，徐徐进入精义阁，在太子的注视下，俯身施礼，跪着把看盘安置于他的案上，膝行退后几步，又举手加额，再次行了大礼。

看盘景观立体，太子下方两侧臣僚均能看见。探花傅俊奕是个二十多岁的年轻人，仔细观察这看盘，啧啧称奇，与身侧不远处的赵怀玉窃窃私语："天家气象果然与众不同，这看盘栩栩如生，重现了山间芙蓉花开的景象。"

赵怀玉微微含笑，轻声道："看盘所塑的，似乎是辛夷花。"

"何以见得？"傅俊奕道，"看这颜色，很像芙蓉。"

赵怀玉道："这看盘景观，倒像是根据王维《辋川集》中《辛夷坞》诗意所造。"

"不错，是辛夷花。"一旁端坐的状元萧铤听见他们议论，也忍不住插嘴，背诵出《辛夷坞》诗句，"木末芙蓉花，山中发红萼。涧户寂无人，纷纷开且落。"

他们说话声音很轻，但换盏其间乐曲暂歇，阁中安静，所以他们的私语声也能传入太子及冯婧耳中。太子闻言，静静地向他们望去。那三人立即噤声，太子却淡淡一笑，加入他们的讨论说："是辛夷花。"

傅俊奕如获鼓励，也欲在太子面前多加表现，遂兴致勃勃地顺着话题说："仔细看来，此景的确符合《辛夷坞》诗意。当年王维好友裴迪也曾作诗相和。"

他很快背诵出裴迪的诗："绿堤春草合，王孙自留玩。况有辛夷花，色与芙蓉乱。"

太子脸上带着淡淡的笑容，只是凝视看盘的眼神有些恍惚。少顷，他抬目对冯婧略一笑，温和地道："此景甚美。掌膳辛苦了。"

冯婧低头致谢，尽量不让自己的目光被他捕捉，旋即告退。

太子点点头，轻轻对她说了声：“多保重。”

看盘置好，接下来便要换酒盏了。蕑蕑于此时入阁中，施礼后徐徐靠近太子桌案，将备好的酒盏安置于案上。

除了太子，其余人等均睁大双目，盯着蕑蕑奉上的“酒盏”，讶异不已。

那酒盏非金非玉，而是一柄新鲜荷叶，被安放于一个紫檀砚格上，叶心下沉，荷叶被砚格托着，外沿朝内聚，呈漏斗状，而叶茎被弯曲如象鼻般，松松地打了个结，末端向上，斜斜地伸向太子。

蕑蕑提起酒注子，朝叶心斟酒，酒液如清露一般沿着荷叶外沿滚入叶心，聚于其中，清澈澄净。

蕑蕑旋即拈起砚格旁的一枚雪白银簪，戳破叶心，让酒液流入中空的叶茎中。然后她退后，朝太子再施一礼，开始解说此酒器典故：“这酒器，名为‘碧筒杯’[①]。传说魏人郑悫……郑悫曾于三伏之际，率宾僚避暑于……于……使君林……”

碧筒杯的典故，蕑蕑是在林泓手札中看来的，但从未与人讲述过。此番因形势所迫，她临时决定用荷叶代莲花玉卮供太子使用，那就必须说明典故，以获太子谅解。只是此刻手札不在身边，蕑蕑又不曾逐字逐句背过，因此细节不尽清楚，且又有些紧张，话便说得结结巴巴，不时停顿。

“魏正始年间，齐州刺史郑悫，于三伏之际，率宾僚避暑于历城北使君林。”太子忽然接过她的话，从容不迫地代她说了下去，“彼时，郑悫取莲叶置砚格上，盛酒三升，以簪刺叶，令与柄通，屈茎如象鼻，可吸酒液。”说到此处，他略作停顿，举目看着正在聆听他所言的左右臣僚，又微笑道，“近日暑气渐盛，所以我效仿郑悫雅事，命尚食内人以荷叶代酒盏盛酒。美酒经荷花叶茎浸润，更觉清香，且可解暑。正如古人所言：‘酒味杂莲气，香冷胜于水。’”

（四）

云头履

太子言罢，赵怀玉即含笑以应：“夏日以荷叶替代杯盏盛酒，既风雅又可为酒增添几分荷香。东坡居士亦曾作诗咏此事：‘碧筒时作象鼻弯，白酒微带

① 碧筒杯典故出自［唐］段成式《酉阳杂俎》。

荷心苦。’臣当年读到此处，心向往之，只是一直不曾有机会效仿。今日闻喜宴上见殿下选用碧筒杯，臣似乎闻到荷香清芬，也算一偿夙愿。”

太子微笑道：“这个愿望，倒不难达成。”他遂吩咐秦司膳，让尚食内人们再准备几盏碧筒杯盛酒，奉与阁中诸臣。

秦司膳传下话去，蕒蕒退至后厨带领几个内人一同摘荷叶做碧筒杯。少顷，酒盏备好，李典膳指定几名内人，命她们端碧筒杯入精义阁。这是莫大的殊荣，被点名者无不欣然领命，只有一个名为云莺歌的新入宫内人神情有异，虽颔首应声，但双眉若蹙，颇有忧色。

凤仙素日与她同在一组做事，见状问她可否有不便之处。云莺歌踟蹰道：“我……没见过那么多贵人，如今但觉手足发颤，担心奉酒盏入阁会出纰漏。”

凤仙遂道：“那我代你端碧筒杯入阁。”

云莺歌大喜，谢过她之后向李典膳申请换人。李典膳虽不甚高兴，但此刻事务繁多，也顾不得计较，也就点头答应了。

众内人端着碧筒杯依序入精义阁，凤仙早已铭记阁中座次，算好顺序与相关内人调换自己所站序列，确保自己是将酒盏奉与赵怀玉。当她来到赵怀玉身边，低头将碧筒杯双手奉至他桌上时，她听见了赵怀玉难掩惊异的一声低呼：“凌……”

她徐徐抬起头，淡淡含笑与他相视一眼，旋即欠身施礼，然后若无其事地提起酒注子为他斟酒。

赵怀玉亦不再多言，默默地观察她的一举一动，在她即将退出时朝她一揖致谢，两人默契地没有任何交谈。

此后阁中的话题便是这碧筒酒如何清香怡人，酒盏如何别出心裁。众臣轮番向太子谢恩称颂，完全没意识到这换盏的决定之下隐藏着怎样的汹涌暗流。

凤仙退往后厨，一路上感觉到气氛不同寻常，院中皇城司禁卫多了不少，个个面色凝重，为首的殷堤牵着一只高头大犬在后厨周围巡逻，和暖熏风中忽然多了几分肃杀之意。

余下四盏酒皆配珍馐佳肴，食材上乘，烹制工序复杂，如五珍脍、羊半体、鹅肫掌汤齑、七宝头羹之类，中间又杂以点心插食及劝酒果子若干，凤仙与众内人往返奔波，十分辛劳，直到最后一盏酒的菜肴备好，凤仙才稍有喘息之机，前往东圊更衣。

到了东圊，凤仙见平日教导自己的女史郝锦言已在其中。这日女官们皆似男子一般头戴幞头，身着窄袖圆领衫袍，腰系红鞓带，足穿云头履。郝女史此刻脱了云头履，正愁眉苦脸地揉着足踝，见凤仙进来，含着歉意笑笑，道：“我

这双鞋之前洗了晒干存在柜子里，许久没穿，竟变硬了，这大半日穿着，感觉紧了许多，磨得我脚疼。”

因她是自己上司，凤仙一向待她很恭敬，见状欲上前为她揉足，郝锦言忙收回足，连声道“不必”，将脚塞进鞋中，试着站起，但才迈一步便皱眉叫了声“哎哟”，似痛楚不堪。

凤仙忙扶她坐下，帮她除去鞋袜一看，果然见她后跟处被磨得绯红。郝锦言看了看凤仙的鞋，轻声与凤仙商量道：“稍后我还须奉粟米入精义阁，只是脚磨成这样，每一步都像走在刀尖上，所以……有一个不情之请……今日我们穿的鞋都是一个样式的，我看你的鞋的尺寸应该与我的差不多，可否暂且与我换一换？待任务完成，我们再换回来。”

凤仙应允：“只要女史姐姐不嫌弃，我的鞋你尽管用，回宫后我们再换回来吧。”

两人遂将各自云头履与对方换了。鞋的尺寸的确一样，凤仙穿着倒也不觉得难受，郝锦言站起走了几步，喜形于色：“果然好多了。”

此事凤仙也未多想，更衣之后即与郝锦言先后回到后厨。

闻喜宴罢，太子与诸大臣、进士陆续离开。待最后一名赴宴者出了贡院大门，殷琨即下令关闭所有院门，秦司膳让尚食内人们聚于庭中，也不多言，直接从太子的酒注子里倒出少许酒，交给殷琨。

殷琨接过酒盏，递至所牵的黑犬鼻下，任其闻嗅。黑犬嗅过之后，迅速朝众内人奔去，游走于众人之间检视辨味，忽然纵身一扑，将一名内人扑倒。那内人一声尖叫，跌倒之时幞头应声而落，藏于幞头中的莲花玉卮随之滚出，现形于众目睽睽之下。

黑犬依旧再次搜查，又找出一名幞头中藏莲花玉卮的内人。

萁萁旁观，略一思索即明白了此举的道理：莲花玉卮是太子常用的酒盏，玉石雕琢的酒器难免会有些许微小石纹，太子身体羸弱，所饮酒是秦司膳精心调制过的，与众不同，长期浸润莲花玉卮，使酒盏浸入酒气，虽反复清洗亦难以去除，所以黑犬可以据酒液辨味，找出莲花玉卮。

秦司膳冷笑，命皇城司将这两名内人押回宫，交给宫正审讯。她又请殷琨引黑犬至太子望果被践踏处闻味，然后命众女官及内人们坐下，伸出鞋履，让鞋底朝外，任黑犬辨味。

有两名内人脸色霎时变了，缩着脚不愿亮出鞋底，然而即便这样也被黑犬发现，奔至她们面前狂吠不已，秦司膳遂示意殷琨将她们押下。话音未落，那黑犬一转身，忽然朝凤仙奔去。

黑犬在凤仙足边嗅了两下即高声吠起来，表示她亦是要找的践踏望果的人。不待秦司膳授意，两名禁卫已赶至她身边，自左右两侧抓住了她的手臂，即将拖走，却闻凤仙冷喝一声："且慢！"

在秦司膳锐利的目光直视下，凤仙煞白着脸，竭力抑制此刻的恐惧、不安与愤怒，道出实情："我如今穿的鞋，不是自己的……"她亦明白了郝锦言要与她换鞋的真正原因，转头冷冷地看向郝锦言，道，"是郝女史的。"

郝锦言立即扬声否认："一派胡言！我一向好洁，尚食局人人皆知，怎么可能与他人换鞋？分明是你践踏了太子的望果，此刻罪行败露，便想栽赃于我！"

凤仙将东圃之事从容道出，所有细节、两人对话与事实一点儿不差。秦司膳听后未表态，但问凤仙："可有人证？"

凤仙一时语塞。当时东圃中只有她们二人，并无人证。最后，她只得摇了摇头。

秦司膳命凤仙与郝锦言都脱下鞋，让黑犬再嗅，得出的结论依然是践踏望果的是凤仙脱下那双。

两双鞋均是尚食内人统一样式的云头履，外观与颜色均无差别，连大小都一样。秦司膳让几名典膳、掌膳看，她们也无一人能辨出哪一双是谁的。

此刻蕙蕙忽然出列，朝秦司膳施了一礼，请求道："司膳可否让我看看这两双鞋？"

秦司膳许可，蕙蕙遂取过两双鞋细看，须臾，提起凤仙脱下那双，道："这双鞋不是凤仙姐姐的，更像是郝女史日常所用。"

郝锦言怒道："你与凌凤仙都出自浦江，原是姐妹，所以一同来诬蔑我，你说的话半句也不可信！"

"我不叙人情，只讲道理。"蕙蕙将目光自郝锦言身上收回，转身朝秦司膳说道："践踏过望果这双，两只鞋后跟外侧均有磨损。这种情况一般是因为穿鞋的人走路习惯足尖朝内，鞋后半部外侧先受力，久而久之，导致磨损。凤仙姐姐步态正常，回宫后司膳可以查看她所有的鞋，不会有这样的磨损。而我刚入宫时，曾被司膳批评，说我步态不够端庄，所以我用心观察过宫中女官走路的姿势，发现郝女史走路时足尖习惯朝内。所以，如果要在凤仙与郝女史之间选出这双鞋的主人，我认为应该是郝女史。"

秦司膳再细看两双鞋的鞋底，沉吟后道："此言有理。不过尚食局中走路习惯足尖朝内的未必只有郝女史一人，仅凭凌凤仙所言，也不便断定是郝女史要与凌凤仙换鞋。"

“还有一个法子可以认出我的鞋。”凤仙忽然插嘴，道，“我收到这双云头履后，曾按自己的喜好，拆开鞋垫，在鞋底撒入沉檀香末又依旧缝好，以让鞋自带香气。所以，请检查郝女史脱下的鞋，拆开鞋垫看看，若鞋中有沉檀香末，那一定是我的。”

郝锦言回想与凤仙换鞋时，确实曾闻到一缕沉檀香气，又见秦司膳将鞋交给禁卫，即将拆开，焦急之下高声呼道：“这个法子是我教给凌凤仙的，所以她知道我在鞋中撒了沉檀香末。”

凤仙转向郝锦言，不动声色地问道：“怎么，郝女史也在鞋中缝入了香末？”

郝锦言道：“这法子是我教你的，我自然是这样做的。”

凤仙又问：“你确定这双鞋中的香末是你亲手置入的？”

“当然。”郝锦言道，“我自己精选的沉檀，置入鞋底后又亲手缝好。”

“这样呀……”凤仙向她露出微笑，徐徐道，“真抱歉，我记错了，我当初只是给我的鞋熏了香，并不曾在鞋底置香末。所以，如果禁卫拆开鞋底见到香末，那鞋一定是你的。若没有……你说，鞋，应该是谁的？”

（五）
伊洛传芳

郝锦言与其余几名涉事内人被皇城司押送回宫，移交给掌后宫之戒令、纠察，总裁违法及处罚事的宫正女官魏氏审讯。魏宫正命搜查郝锦言与凌凤仙所有鞋履，果然如蕙蕙所说，郝锦言的鞋履后部外侧都有或多或少的磨损；而凌凤仙的一切如常，无异状。再结合两人此前对话，宫正已判断出罪在郝锦言。

经过一番审讯，郝锦言及几名内人陆续承认了罪行，说去年尚食局掌膳一职出缺，郝锦言原本是最有可能升任掌膳的人，不料毫无资历的冯婧忽然降临，硬生生夺走了这个职位。郝锦言心怀不满，遂联合几名同样看不惯冯婧的内人，设计了这次事件，企图构陷冯婧，令其落职。

魏宫正反复追问她们可有人幕后指使，她们均一口咬定是自己所为，无人操纵，亦无人证、物证表明其他人涉及此案。魏宫正遂按宫规命鞭笞众女，欲将她们逐出宫去做女冠。因事关太子，魏宫正就此裁决向东宫请示，太子回复说她们此举虽用心险恶，但毕竟未造成严重后果，既受了鞭笞，逐出宫即可，不必勒令她们出家，毁其一生。

目睹此事，蒖蒖又请教了一些女官，逐渐明白宫中对宫人的惩戒自成体系，与外界不同，寻常宫人犯事是由宫正审判，若犯重罪，才让御史台、刑部和大理寺介入。

蒖蒖想起以前崔县令说过，母亲是出逃的宫人，想必出逃这种罪应该属于宫正所辖范围，便向内人们打听，这大半年来宫正可曾处罚过逃出宫的宫人，得到的皆是否定的答案。很多人说："宫内不愁吃穿，又有许多飞上枝头的机会，再怎么也比外面强。何况如今官家仁厚，郦贵妃与世无争，正得宠的柳婕好待人也很和善，宫人的日子是极好过的，并没有人想逃出去。就算真要出宫嫁人，等个三年两载，官家总会下外放宫人的旨意，所以这些年都不曾听说过有宫人外逃，更遑论处罚了。"

过了数日，宫中传来消息：参知政事沈瀚招探花郎傅俊奕为婿，傅俊奕与沈家小娘子的婚礼即将举行，皇帝与太后均赐珍宝于沈氏，以丰其妆奁，并命尚食局主理婚礼宴席。

皇家给予沈氏如此少见的殊荣自然是有原因的。沈瀚曾在皇帝即位前担任过其王府教授，非但传道授业，还经常就那时身为郡王的皇帝的言行进行指导。

先帝亲生之子夭折，此后因一直未能生育，遂于宗室中选择两名男孩养于宫中，其中之一便是今上。他们年纪稍长即被封为郡王，各自出宫建府。到了要择其一立储的时候，先帝欲考验二子品性，便各赐十名妙龄宫人予二子。沈瀚见状，即告诫今上勿接近这十名宫人，宜以庶母之礼待之。今上心领神会，如沈瀚教导的那样，对美人们毕恭毕敬，敬而远之。些许时日之后，先帝果然将二十名宫人召回，命医工检视，发现赐予今上的依旧为完璧之身，而赐予另一养子的已非处子。先帝由是下了决心，让今上继承大统。

皇帝铭记师恩，即位后重用沈瀚，如今沈瀚已官至副相。此番要出嫁的沈家小娘子柔冉是沈瀚幼女。他儿女不少，但柔冉最年幼，聪慧灵巧，所以他无比珍视，一心想为她择个完美夫婿。他挑挑拣拣好些年均不如意，今年见了探花郎终于满意：傅俊奕年轻英俊，才学出众，谈吐不凡，既考中了探花，前途自然是不可限量的。于是在闻喜宴散后他即刻邀傅俊奕入自己宅中议亲。傅俊奕也久仰沈瀚大名，满口应承，一拍即合，这亲事便这样定下来了。

郦贵妃经皇帝授意，召见沈夫人及沈柔冉于后苑，将皇帝与太后馈赠之事告之，并让裴尚食与沈氏母女见面，商议婚宴细节。

那日晨光清美，惠风和畅，郦贵妃请沈氏母女于后苑小西湖旁的亭榭"伊洛传芳"赏牡丹花，传仙韶院丝竹助兴，亦少不了果品茶点，一如后宫小宴。

李典膳点名挑选几名内人奉食品前往伊洛传芳，其中有云莺歌，岂料云莺

歌支支吾吾地不愿领命，李典膳顿时发怒了，训斥她道：“你又说怕见贵人手脚发软？谁入宫来不是要服侍贵人的？你巴巴地考进来莫非不是为了做事，是等着自己做贵人？”

云莺歌也不辩解，但一汪泪水旋即涌出，委屈地啜泣起来。

蕙蕙见云莺歌似乎有难言之隐，遂上前请命替代她奉食品入后苑。李典膳叹了口气，挥手让蕙蕙前往。

尚食局在大内南部，离北边的后苑甚远，这是蕙蕙第一次步入这天家花园，但见水色澄碧的小西湖居于其中，阔十余亩，湖旁仿灵隐飞来峰，叠石为山，想必便是宫人常提到的“万岁山”。苑中梅花、牡丹、芍药、山茶、木香、桂花、橘、竹、松等均有专属区域，各设亭台楼阁以供游幸赏花所用。花竹之侧怪石夹列，献瑰逞秀，与林泓问樵驿园林清雅冲淡的风格相较，显得繁盛华丽许多。

蕙蕙踏着伊洛传芳中飘来的丝竹声，徐徐走进那牡丹花畔的亭榭。坐于主席的郦贵妃是个三十多岁的女子，与蕙蕙之前设想的不同，她容貌并不甚美，虽然穿着宽大的褙子，仍难掩颇丰的体态。脸颊松弛，任谁都能看出，时光如何过于凌厉地反复掠过她的肌肤。她始终面带微笑，目中却不时流露着疲惫倦怠之感，仿佛下一瞬就会倒下沉沉地睡去。

蕙蕙奉上手中的果品，再以眼角余光打量席间其余人。沈夫人端庄，稍显瘦弱，女儿倒是高挑挺拔，双目明亮，顾盼神飞。裴尚食端坐于末席，微微低头，保持着耐心聆听的姿态，不苟言笑。而裴尚食的对面则坐着一名宦官……蕙蕙不由得睁大了眼睛：时隔半年，她仍一眼认出，此人正是乡饮上见过的京城来的宦官。

乡饮上崔县令并不曾向她介绍此宦官的姓名身份，事后也仅含含糊糊地说他姓程。蕙蕙入宫后没有打听到母亲的消息，也曾试着寻找这名姓程的宦官，但宫中宦者千百人，她连人家的全名都不知道，要找他如大海捞针，却不料此刻竟在这里遇见。

程渊是来向沈氏母女传达太后的懿旨与祝福的，言笑晏晏，十分温雅。他亦察觉到了蕙蕙的目光，淡淡地与她对视一眼，却视而不见，旋即转头，又微笑着与沈夫人对谈，此后不再看蕙蕙。

蕙蕙退至门外，与其他尚食内人一般静待宴罢。终于曲终人散，郦贵妃、沈氏母女与程渊相继离开，裴尚食起身吩咐内人们入内收拾残局。蕙蕙领命入内，迅速收拾好部分杯盏，将分内事做完，即匆匆朝外赶，想追上先行的程渊。

后苑花径曲折，洞穴深杳，蕙蕙追赶片刻，非但难觅程渊踪影，还迷失在嶙峋山石间，已找不到来时的路。她忧心如焚，忽感什么圆溜溜的东西不轻不重地击打了她肩头一下，然后落到她脚边，滚开了。

蕙蕙低头一看，发现那是枚小小的青桃，再望向青桃掷来的方向，赫然见赵皑立于怪石光影陆离处，朝着为他睫毛镀上一层金色的日头笑吟吟地眯起了眼睛。

“许久不见，你还好吗？这大内可如你想象的那样？”赵皑问。

而蕙蕙满心想着消失的程渊，没有回答赵皑的问题，迎上前去便问他：“你认识太后宫中的程先生吗？”

“程渊？”赵皑道，“当然认识，他在宫中也算三朝元老了。”

“据说，我妈妈是被他带回宫的。”蕙蕙急切地问道，“你听说过我妈妈被处罚之类的事吗？”

赵皑摇摇头：“其实，上次在浦江听说你家的事后，我便打听过你母亲的下落。你母亲既然被程渊带走，那一定是先帝的宫人，现在归慈福宫管，大内的宫正是无权过问的。而在慈福宫，我也未曾听说有出逃的宫人被处罚的事。”

蕙蕙怅然地道：“那我妈妈到底在不在慈福宫？”

赵皑道：“我没听说慈福宫这半年来有出逃后被捕回的宫人，不过也没有细查，因为我没有查询慈福宫宫人名录的资格，甚至连官家也不能去查。慈福宫不在大内之中，官家一向孝敬太后，不会插手慈福宫的事务。所以慈福宫对宫人要赏要罚，皆可自行决定，不必报告大内，慈福宫之人的事，大内也不尽知晓。”

“也就是说——”蕙蕙蹙眉道，“如果慈福宫处罚自己的宫人，甚至赐死，也不必通知大内的宫正？”

赵皑颔首道：“是的。国朝惯例，太上皇和太后的宫人不归大内尚书内省管，宫正只能惩戒审判大内的宫人……有权处治两宫所有宫人的女官史上倒是有过，但先帝即位以来便没再设了。”

“有如此权力的女官叫什么？现在为何不再设了？”蕙蕙追问。

“这样的女官，名为司宫令。”赵皑回答道，“正四品，位于所有女官之上。掌宫中诸事，对六尚事务及所有宫人皆有处分权。先帝事母后至孝，不欲插手太后宫内内务，所以不设司宫令。如今官家也循先帝例，不设此职，后宫事务让六尚及宫正分管，更不过问慈福宫内务。”

（六）
探花

这日云莺歌被李典膳处罚，被要求独自打扫尚食局大厨房。直至熄灯之时云莺歌仍未完成，她又不敢点灯，只好借着淡淡的月光继续打扫。蒖蒖与凤仙见状，便相携前往，悄悄助云莺歌完成剩余的工作。

三人摸着黑，好不容易才把需要清洁之处都擦拭干净，最后并肩坐在有月光洒入的窗下歇息，都觉得精疲力竭。凤仙歇了一会儿，转头对云莺歌道："你这回受罚其实挺冤枉的。那两次给你的任务不过是奉食物给贵人，又有何难？何必一再推辞，以致如今这般辛苦。"

云莺歌不解释，埋首于膝上沉默半晌，开始啜泣。

蒖蒖轻拍她的肩抚慰道："你有什么苦衷，不妨告诉我们，或许我们可以为你出出主意。就算我们不能帮你解决问题，但至少我们知道原因，下回也能及时帮你应对同样的任务。"

云莺歌仍默然不语。凤仙遂道："也罢，想必妹妹有为难之处，不便与人细说。这样吧，日后你若有哪些事不想做，就先告诉我们，我们提前向女官们请命，代你去做。"

云莺歌抹了抹眼泪，哽咽着道："两位姐姐我是信得过的，愿意把我的事全告诉你们，只是这事说大不大，说小不小，我心乱如麻，不知如何是好……总之，还望姐姐们帮我保密，暂时别告诉他人。"

见蒖蒖与凤仙皆颔首应承，云莺歌便开始诉说："我来自明州，是家中的独生女。父亲年轻时便在香水行[①]为人搓背按摩为生，后来有了些积蓄，便自己开了一家香水行，渐渐地越做越大，如今在明州也算有点儿名气。"

蒖蒖问："可是'云一緺'香水行？"

云莺歌称是。蒖蒖连声道："听说过。在明州是首屈一指的香水行，还开有好几家分店。"

云莺歌继续道："我妈妈是个厨娘，以前在大户人家做事，后来嫁与我爹爹，便与他一起料理店中生意，闲暇时就教我厨艺，所以我从小就会做菜，但是爹爹妈妈从未让我出去做厨娘，还请人教我读书写字和音律，始终把我当好人家的小娘子一样教养，一心希望为我择个好夫婿，摆脱他们杂类人受世人冷眼的命运。"

① 香水行即南宋时面向公众的浴堂。

凤仙感叹道："你父母待你真好，一定很为你的婚事操心吧？"

云莺歌颔首，道："自我十四岁起，他们便托媒人四处探寻好人家，想让我嫁到仕宦之家。但是，并没有仕宦之家愿意和工商杂类联姻，何况，我们家还是开浴堂的……后来，请的媒人说，有一个读书人与我年貌相当，家世清白，人又聪明，将来一定能考中进士，只是现今家境贫寒，读书需要人资助，不如我们家便与他结了这门亲，资助他读书，日后他高中了，我自然也就成了士大夫的夫人。我父母便约那人相见，我也偷偷地在屏风后看了看他，他生得确实俊秀，言谈举止也风雅。所以，这桩婚事很快定了下来，就约在他参加贡举之后成婚。"

萁萁有些明白了："他是闻喜宴上的一名进士？既然中举，那不是皆大欢喜吗？可你为何又入了尚食局？"

云莺歌黯然道："说来话长。我们定亲之后，他不时给我写信，还约我私下与他见了几回。我们对彼此的样貌秉性都中意，他写的信也总是情意绵绵，我一心认定他是我的良人，央求我父母除了资助他读书，还让他迁入新居，每月给他一笔重金供他所用……凡他所求，无不满足。他也不负我们期望，在解试中考了州府第一名，成了解元。"

凤仙了然："这下声名鹊起，只怕他要变心了。"

云莺歌点点头："他原本是个无人关注的穷书生，中解元之后他家忽然门庭若市，有攀亲的，有奉承的，有要为他赴京赶考出资的，还有来说媒的……他表示已经定亲，别人一问，知道他要娶的是我，都嗤之以鼻，说他自会平步青云，哪儿能与杂类通婚，将来同僚问起，知道他丈人是为人搓澡的，还不知如何耻笑他，这样的婚姻，还会有碍仕途……这种话听多了，他也自觉不安，就来我家，婉转地流露出退婚的意思。但我爹爹一听便大怒。劈头劈脸地骂他忘恩负义，骂得动火，还脱下靴子去打他，说婚绝对不退，他若坚持要退，大不了把他这负心汉打死，自己赔他一条命，也不冤。见我爹爹如此强硬，他也不敢再提退婚之事，赔笑着说些好话，便溜走了。"

萁萁鄙夷道："这人心术不正，既有了退婚之意，势必不会就此罢休，一定会动歪心思。"

云莺歌闻言眼圈又红了，捂嘴抑制住喉间涌动的哭泣声，好一会儿才调整好情绪，继续说了下去："后来，他又给我写信，约我在一个附近有桥的江边僻静处见面，嘱咐我别告诉任何人，独自前往。我一向信赖他，便瞒过父母，自己悄悄地去了。见到他时，他一副愁云惨雾的模样，说他母亲以死相逼，不让他与我成亲。我说我也没办法，爹爹听不得任何人的劝，一提退婚爹爹就要

去拼命。我那未婚夫便道：‘我们如此左右为难，横竖都是不孝，活在世上也无甚趣味了，不如同赴黄泉，在九泉之下安安心心地做鸳鸯。’我一时鬼迷心窍，觉得他说什么都有理，又被他说得悲从心起，也不想活了，便同意与他一起赴死。他就牵着我的手走向桥中央，拉着我投入了水中。”

凤仙冷笑道：“他会泅水吧？你肯定不会。”

“姐姐说得对，事实正是如此。可惜我当时还不明白，或者说，不想相信……”云莺歌呜咽着说道，“我落水后开始挣扎，手四处抓，但根本碰不到他。有一瞬扑腾着浮出水面，看见他正在泅水，我想喊，但水很快把我淹没，差点儿就丧生江中……好在命不该绝，溺水一阵后被一个路过的舟子救了。待我被救醒，好心的舟子问明我居处后，把我送回了家。”

萁萁问：“那你爹爹有没有去追究你未婚夫的罪责？”

云莺歌道：“爹爹去他家寻找，但他没有回家，他母亲反而一口咬定是我勾引他去投水，哭着要向我家索命。那时他活不见人死不见尸，爹爹也不知道他到底死了没有，所以也不便再追究。从此，他就没再出现在明州，父母要为我另寻良配，但经历此事，我对婚事已经毫无期待，心灰意冷，抑郁许久。后来听说尚食局要选内人入宫，我忽然想起他若活着必然会赴京赶考，心念一动，便去报名应选，没想到，这次遴选真的只看厨艺不问出身，我果然被选上，入了尚食局……”

凤仙想起闻喜宴那天的事，道：“你不愿奉饮食入精义阁，可见你那未婚夫就在阁中。”

萁萁亦道：“还不愿去面对沈氏母女，说明你未婚夫与沈氏有关。”

“是的。”云莺歌一声长叹，“我那未婚夫，便是探花傅俊奕。”

此言一出，三人陷入了一阵短暂的沉默。须臾，凤仙问云莺歌：“事已至此，你有何打算？”

云莺歌道：“我就是不知，才会心乱如麻。我势单力孤，有爹爹在身边时尚不能拿他怎样，如今他已高中探花，即将与副相千金联姻，我只是一个微不足道的小内人，又能奈何？大抵只能眼睁睁看着他坐拥娇妻，腰金衣紫了。”

“他邀你赴死，自己逃脱，分明是有意谋杀，已触犯律法，不可轻易放过他。”萁萁正色道，“此事应该公之于众，让他受到应有的惩罚。这般歹毒小人，若任他平步青云，将来还不知如何祸国殃民。”

“虽则如此……”凤仙问云莺歌，“你有他设计谋害你的证据吗？”

云莺歌迟疑道：“我有他写给我的书信，包括他约我在江边见面的。我都带到京城来了。”

“只是约你在江边见面还不够，”凤仙道，“他可以辩解说，只是约你见面道别，没想到你会在他走后投水。或者，他确实与你一同投水求死，只是像你一样，被人救了上来……他有很多种理由辩白。”

云莺歌叹息道：“这也是我顾虑的。”

凤仙道：“若不想继续隐忍，让他春风得意，当务之急，是阻止他娶沈参政之女。”

蕒蕒颔首赞同，又道：“我们很难见到沈参政。我见那沈家小娘子是个挺灵秀的姑娘，不如设法先把此事告诉她。事关她终身，她必然也不希望后半生毁在这种人手上。”

云莺歌道：“只是，我们直言相告，她未必相信，到时若说我们构陷她夫婿，我们还难以解释。”

蕒蕒想了想，道：“再过两日便是端午，今日我听见郦贵妃邀沈氏母女届时入宫出席端午排当。或许，我们可以想个法子，委婉地告诉沈姑娘此事……”

（七）
端午

禁中今年端午比往年热闹，不仅请宗室、戚里、大臣眷属出席饮宴“排当”，还在后苑小西湖中仿民间习俗泛龙舟。皇帝让内侍与内人穿民间服饰，装扮成百姓模样，在湖畔或湖中小舟上贩售端午物事，例如五彩缕、长命缕、艾虎、钗符、香囊之类，取与民同乐之意。排当筹备好，开宴之前，得闲的尚食、内人们便带着准备好的各式粽子、滴粉团、杏子、林檎及果脯蜜饯等端午果子前往后苑，参与这难得一见的宫中市集。

蕒蕒、凤仙与云莺歌各自带着些端午果子来到湖边漫步，不时翘首向湖中张望，直到看见一艘中间拉着青布幕的采莲船朝她们驶来，姑娘们两两相顾，皆露出喜色。

船靠岸后，一个姑娘从舱中走出来，却是冯婧。此前为她撑船的是一名看上去未及弱冠之年的少年，这时缓步走到她身边，引袖掩手，再伸臂让冯婧握住，彬彬有礼地扶她上岸。

冯婧上岸后向蕒蕒等人微笑道：“我答应为你们寻一艘小船，没想到今日人这么多，所有湖舟早已被借走，我四处询问，幸而遇见这位小哥，我一说他

便同意让我们用他的船。”

蕙蕙等人遂向那少年道谢。他穿着寻常士人的青衫，头上戴着软脚幞头，面容清秀，皮肤大概不经常见日光，如冰似玉，呈现着异于常人的苍白。见众女致谢，他状甚腼腆，垂下眼皮，羞涩地笑了笑，脸上方才露出一丝血色。

蕙蕙心下作了判断，认为他是装扮成士人的小黄门，先把手中的食物分了好些给他，再问他租这艘船需要多少钱。他摇摇头，说：“给我这些端午果子就够了，不必再付钱。”

他请蕙蕙等人上船。这采莲船小巧，除了持棹少年，船中仅可容四人，青布幕中倒是装饰精致，有小案几及坐席，皆十分雅洁，案上还燃着带有花蜜香气的海南沉水香。

冯婧让三女入内，自己不再上船。少年转棹离岸，按蕙蕙的吩咐，沿着岸边漂游。

蕙蕙立于舟头四处眺望。此刻小西湖上亦如士庶游湖光景，泛着数十艘大小船只，船上皆有叫卖饮食的内人，所售之物除了粽子、白团，羹汤、时果、海蜇、螺头、新煮酒、糖狮儿、糖小儿，应有尽有。

沈柔冉与其母正于湖边信步，一艘雕栏玉砌的画舫行至她们近处，舫中有内人朝她们扬声招徕：“我们船上有新煮的‘青碧香’‘思堂春’‘宣赐’‘小思’，是郦贵妃都爱饮的酒，夫人与小娘子不妨上来品品。”

沈氏母女见那画舫雕刻精巧，又听内人提起不久前见过的郦贵妃，相视一笑，正欲上船，却又闻附近采莲船上的蕙蕙朗声道：“我们船上有酿梅，庄孝明懿大长公主最爱吃的酿梅。”

酿梅也是端午果子之一，以盐水浸泡菖蒲、姜、杏、梅、李、紫苏，晒干切成细丝，再用蜜渍，然后纳入梅子皮中，便成了甘香甜蜜的酿梅。那沈柔冉虽将出嫁，却仍有小女儿心性，喜爱甜蜜之物，一听蕙蕙这么说便含笑看过去，颇感兴趣。

那画舫中的内人见状又道：“我们船上不仅有美酒茶果，还有仙韶院伶人歌舞助兴，饮酒品茗之余，还可要令听曲，船也够大，最宜贵客游玩。”

蕙蕙闻言从容地向沈氏母女道：“他们舫中有歌舞，我们船上讲‘银字儿’，古今小说，灵怪传奇，凡是姑娘家爱听的，我们都会说。”

她所指的是如今盛行的一种说书形式，说书人讲小说故事，一旁有优伶吹奏银字管配乐，故名“银字儿”。

银字管又名银字筚篥，音色可高亢清亮，又可浑厚凄怆。蕙蕙话音刚落，船中的云莺歌已竖举筚篥，轻启朱唇，开始吹奏。乐音袅袅，婉转萦回，似在讲述一段哀感顽艳的故事。

沈柔冉心念一动，问萁萁："你们会说庄孝明懿大长公主的故事吗？"

萁萁胸有成竹地道："会，否则怎知道她爱吃酿梅。"

沈柔冉便牵着母亲的手，将要上船，萁萁歉意地微笑，一指船舱，道："我们船小，仅可请一位贵客入内。"

沈柔冉止步，却依然朝船内探看，有不舍之意。她母亲便笑道："你想听银字儿就去吧，我上旁边的画舫。晚些时候，我们还在这里见。"

沈柔冉遂愉快地答应，与母亲道别后便在萁萁的接引下轻盈地上了船。

沈柔冉在船中坐下，少年展臂刺棹，让小船荡向湖心。凤仙为沈柔冉点茶，奉上酿梅，萁萁手持一把高丽折叠扇，或合或展，配合着她或悲或喜的神情，在云莺歌银字管乐音伴奏下，开始给沈家小娘子讲述庄孝明懿大长公主的故事：如何遭遇不如意的婚姻，与驸马志趣难合，物议喧哗之下被迫与从小相伴的内侍分开，最后郁郁而终。

这个故事听得沈柔冉再三嗟叹，待萁萁讲述完毕，道："我听爹爹提起过这位公主，说她纵情任性，与夫家争执，一怒之下深夜回宫，入诉禁中，以致宫门夜开，引言官论列。我很好奇，问爹爹她的详细事迹，爹爹却又不肯多说了。今日听姑娘银字儿，才知其中原委。姑娘不愧是宫中内人，这等天家秘辛也都知道。"

萁萁道："其实我入宫未久，宫中旧事也就知道这一个。宫门夜开之事是听司膳讲述大内宫规时提到的，不免好奇，向姐姐们打听，才得知前因后果。我出自民间，听到的荜门委巷故事远比朱门贵胄的多，其中颇有一些曲折离奇、耐人寻味的，也很好听呢。"

沈柔冉兴致勃勃地要她接着讲个民间故事，萁萁颔首，向云莺歌示意，待云莺歌银字筚篥乐声再起，她一展折扇，又朗声说道："却说先朝，政通人和，国泰民安。两浙富庶，工商手艺人常有勤勉发家者。明州有一姓玉的少年，因家境贫寒，自小劳作于香水行。他做事踏实，一向吃苦耐劳，待人又诚恳，因此颇受店家与客人赏识，渐渐地积攒了些身家，后来自己开了一家香水行，命名为'玉一梭'，又娶了一个青梅竹马的娘子，夫妻和睦恩爱，不久后生下一女，小字莺儿……"

她假托玉氏之名，将云莺歌的故事娓娓道来，详细描述莺儿的美丽善良，又把玉氏夫妇因出身导致的自卑心理及希望女儿借婚姻摆脱杂类身份的心情刻画得入木三分，因此讲到他们资助的穷书生考中解元后欲退婚，莺儿爹怒而脱靴打书生，恨不得拼命时，沈柔冉亦感同身受，随之长叹。萁萁继续讲述，说

到书生将莺儿约至桥上，以殉情为名骗其投水，沈柔冉不由得蹙眉，忍不住斥道：“这人枉读了这么多圣贤书，竟改不了豺狼心性！”

云莺歌所奏乐曲越发哀婉幽咽，声音渐弱，如泣如诉。

随后银字儿的内容是莺儿落水，见书生泅水远去，命悬一线之际幸好有路过的舟子相救，回家之后其父遍寻书生而不见其踪影。莺儿斩断情丝，应选入宫，做了内人。不料在宴集上与已成为探花郎的书生相遇，而书生彼时的另一身份，是宰相的东床快婿……萁萁讲到这里，将手中褶扇一合，暂停讲述，云莺歌的曲子也戛然而止。

沈柔冉一直凝眸倾听，愤怒、疑惑、讶异的神情相继浮现又散去，之后便一径沉默，低头不再表态。最后她见萁萁停下，方才淡定地抬眼看着萁萁，问道：“怎么不讲下去了？”

萁萁朝她欠身施礼，道：“这个故事尚未写完，我暂时也不知该如何演绎。”

沈柔冉明眸含光，举目逐一审视舟中众女，然后冷静地道：“说吧，你们中，谁是莺儿？”

云莺歌怯怯地看了看萁萁，萁萁向她颔首，她才鼓足勇气承认：“我便是故事中的莺儿，真名叫云莺歌，如今是尚食局内人。”

沈柔冉上下打量她，良久后问道：“你指责傅郎薄幸负义，可有证据？”

云莺歌取出早已备好的当年订婚所用，写有双方三代名讳的草帖子、细帖子以及傅俊奕亲笔撰写的多封书信，一一呈于沈柔冉面前。

沈柔冉徐徐展开，每一页都仔细看过，最后看到傅俊奕当初写给云莺歌的情书，不禁冷笑道：“果然是傅俊奕写的，非但笔迹一样，连这些描述思慕之情的语句，都与写给我的别无二致。”

她又细问云莺歌傅俊奕家中之事，云莺歌有问必答，与事实分毫不差。沈柔冉心里已信了七八分，沉吟片刻后，对云莺歌道：“现下这些帖子书信，只能证明傅俊奕与你曾有婚约，至于你落水一事，证据不足，尚不能断定他有心害你性命。我倒是有个法子，可以看出事件端倪，只是需要你配合，不知你是否愿意。”

云莺歌表示愿意配合，沈柔冉遂让云莺歌附耳过来，低声交代她如何行事。沈柔冉言毕见云莺歌一脸凝重，又满脸冷肃道：“事关重大，若你有半句虚言，这事便行不得，否则必然引火烧身，万劫不复。”

云莺歌郑重地朝她施礼，道：“我保证我所言句句为实，亦甘愿按姑娘嘱咐行事。”

沈柔冉点点头，对萁萁道：“好了，银字儿听完，你们送我回岸上吧。”

回到岸上，沈柔冉见母亲已在原地等待，面色如常地向母亲走去，言语间并不提采莲船上之事。将要离开时，沈柔冉回顾萓萓等人，含笑施礼道："后会有期。"

持棹的少年依然引袖掩手，让三个姑娘扶着上岸。萓萓见他这一路一直默默撑船，并不多言，此刻又颇显君子之风，不由得心生好感，心想今日领了他这份人情，日后总是要还的。他看上去性情颇柔弱，只怕难免会受强势的内侍欺负，自己若与他相识了，以后或可相助一二，遂问他："你在何处做事？"

少年低头微笑，但不答话。

萓萓又追问道："可以告诉我你的名字吗？"

那少年稍显犹豫，最后还是说了："我姓殷，名琦。"

"殷琦？"萓萓觉得这名字似乎在哪里听过，有几分耳熟，还在思索回忆，而立于她身后的凤仙早已朱颜失色，盯着殷琦，一脸惊愕的表情。

（八）
婚礼

萓萓向殷琦道别。殷琦见无人再来乘船，便弃了小舟，跃身上岸，刚朝着萓萓的方向行了两步，前方花树之间忽然拥出两行人，迅速来到殷琦身边，有为他遮阳打扇奉上椅子的内侍，有为他端茶送水的镣子，还有一名侍女端着银盆在他身边跪下，手举银盆，静待他洗手，另有两名侍女迎上，一人端着的盘中盛手巾，一人盘中盛白芷、桃仁、杏仁、沉香、皂荚、鹿角胶等合成的"永和公主香澡豆"，均奉至他面前，以供他取用。

殷琦在萓萓等人讶异的目光中洗了洗手，又接过镣子备好的水饮了一盏，神态自若，举止从容，仿佛视这大内后苑如他家中一般。这时有个四十岁左右的贵妇走近，罗衣浮金缕，云鬟萦珠翠，服饰工巧不在郦贵妃之下。她见了殷琦便爱怜地以丝巾去拭他额上泛出的薄汗，柔声道："伽蓝儿，泛舟这许久，也累了吧？太后适才问起你呢，快随妈妈去向太后请安。"

殷琦在她半拉半哄下起身，似幼童般被她牵着往太后所在殿阁处去，走至萓萓等人近处，略略止步，朝她们微笑。

他母亲见状，向身后侍女递了个眼色，立即有侍女托着几个钗头符至萓萓、凤仙和云莺歌面前，呈与她们。

“一些端午薄礼，望姑娘们笑纳，感谢姑娘们陪犬子游湖。”殷琦母亲含笑对蕫蕫等人说。

几个姑娘只道是寻常端午礼品，谢过夫人，接下钗头符。待敛衽送走殷琦母子，她们定睛一看手中礼品，才发现那钗头符上的小符儿并非彩缯剪成，而是金叶子锤揲而成的。

姑娘们面面相觑，均未料到这夫人会把她们对殷琦近似雇佣的行为视为陪伴，且出手如此阔绰。

这厚礼引来周围内人的围观。其中有个八岁便入尚食局，熟悉宫中人事的内人唐璃，对她们冷笑道：“我说你们为何如此大胆，小命都不要了，去上殷大公子的船，原来是为了陈国夫人的赏赐。”

她说完便一脸不屑地走开，凤仙牵着蕫蕫的手，亦步亦趋地跟在唐璃身后。待走到僻静处，凤仙绕至唐璃面前，赔笑道：“我们入宫未久，很多人不认识，许多事也不知晓，全靠姐姐从旁提醒，才不致犯大错。今日我们稀里糊涂地上了那艘船，只是贪玩，原不知执棹的公子身份，更不认识陈国夫人。若面对殷大公子和陈国夫人有何禁忌，还望姐姐明示。这个钗头符，若姐姐不嫌弃，便请姐姐收下，聊表谢意。”

凤仙将钗头符双手奉给唐璃，蕫蕫旋即也取出自己的给她。唐璃推辞，二人坚持要送，她最后接过凤仙的，又拔了头上的玉簪递给凤仙，道：“就算我们互赠端午节礼吧。”

见凤仙收下玉簪，她和缓了脸色，开始向二人说明缘由：“那殷大公子是太后弟弟延平郡王的长子，他母亲陈国夫人是先朝齐太师的长孙女。延平郡王生得俊美，性情又温和，一向深受太后与先帝钟爱，齐太师在世时又是先帝器重的宰相，所以延平郡王一家显达尊贵，赀产充积，外戚之中无人能及。不过美中不足，殷大公子五六岁时不知受了什么惊吓，竟得了癔症……”

“癔症？”蕫蕫忍不住插话道，“但是我们今日与他交谈，他神态正常，温和有礼，完全不像有癔症。”

唐璃道：“他这癔症倒不是每日发作，好一阵坏一阵，好的时候与常人无异，但若受了刺激，便会狂性大发。去年他至东宫赴宴，喜欢宴席上一款点心，东宫提举官便把做点心的内人调去延平郡王府伺候他。不料没过多久，他癔症发作，竟拔出他弟弟殷瑅的剑刺死了那个内人。”

凤仙顿时明了，就是因为此事，凌三姑娘宁愿离家逃避也不嫁给殷琦。想到婚事，凤仙又问唐璃：“这殷大公子如今婚配了吗？”

唐璃摇摇头：“京中家世相当的不愿与他结亲。去年听说聘了一个戍边武将之女，临近婚期，那家想必听到一点儿风声，推三阻四，不愿送女儿来成婚。今年又说要推迟婚期，陈国夫人便怒了，前不久坚持要延平郡王解除了婚约。”

凤仙暗暗松了口气。

唐璃继续道：“说起来殷大公子也有些可怜，都二十三岁了，婚事都还没着落。”

“他有二十三岁？”蒖蒖很惊讶，“他看起来挺小，我以为顶多十七八岁。”

“因为有病，他从小被关在郡王府中，很少出门，所以肤色苍白，个头也没他弟弟殷琨高，看上去小。和殷琨站在一起，所有人都觉得高大英武的殷琨是他哥哥。”唐璃耐心解释道，“殷琨年纪轻轻就做了皇城司亲从官，而殷琦只能被锁在家中，平时最常做的事就是临帖，所以，他的字写得倒是挺好的。”

蒖蒖颔首：“他文质彬彬的模样，确实挺像读书人。”

唐璃一哂：“他模样是好，酷似年轻时的延平郡王，不过你们可别忘了他是病人，说不准什么时候就会发作。他每次到宫里来，内人们都能躲便躲，好在他入宫次数不多，一年也就一两次。今日他说想一人游湖，陈国夫人便找了艘船给他，又暗中命人乘别的船左右护卫。我们都离他的船远远的，偏偏你们几个糊里糊涂，见他船空着就赶着上去，竟然还劝沈家小娘子上船，我都替你们捏了一把汗。幸亏他今日没发病，否则你们就没命下船了。”

其后两日，裴尚食传下消息：沈家小娘子说与云莺歌一见如故，要求婚礼那日云莺歌前往沈宅，料理婚房饮食。云莺歌领命，并向裴尚食建议让一向与自己配合默契的凌凤仙与吴蒖蒖同往。裴尚食同意了，将这两人也列入了婚礼那日赴沈宅的内人名单。

婚期转瞬即至。新郎傅俊奕服绿裳，戴花幞头，骑一匹高头骏马，带着鼓吹乐官，和一干捧着花瓶、花烛、香球、沙罗洗漱、妆盒、照台、裙箱、衣匣、百结、青凉伞及交椅的迎亲人，浩浩荡荡地踏着热闹喜庆的乐声来到沈宅。

女方家人拦门索要利市钱，吟诗道：“仙娥缥缈下人寰，咫尺荣归洞府间。今日门阑多喜色，花箱利市不许悭。”

傅俊奕笑吟吟地让随从奉上若干。门开后，有一执花斗的克择官款款出来，将花斗中所盛的五谷豆钱彩果朝门口撒去，让守在大门处看热闹的小孩们争抢，此举名为“撒谷豆”，旨在压制据说会妨碍新人入门的“三煞”——青羊、乌鸡、青牛。

此时天际乌云翻涌，蔽住了明亮的日头，光线渐暗，似大雨将至。傅俊奕蹙了蹙眉，但见拾谷豆的小孩儿兴致不减，笑语声不断，他也略略宽心，迈步

入内。

女方家人迎新郎入房，先以一段彩帛横挂于房门楣上，待新郎入门，众人即争扯彩帛，称为“利市缴门”，以求沾喜气、获好兆头。傅俊奕进门后回头一顾，只见众人一脸迫切，百手相争，不由得扬扬自得，施施然来到房中坐下，静候吉时。

时辰既至，礼官请傅俊奕及新娘出至堂中。新娘着销金大袖、缎红长裙，头上有销金盖头遮住头部，面容暂时看不见，但身材窈窕，行动间姿态娉娉婷婷。傅俊奕遥想沈柔冉美貌，满心喜悦，嘴角一直含笑。一段红绿彩帛被绾成同心结，傅俊奕手执槐简，挂着彩帛一端，另一端则由新娘挂于手上，傅俊奕倒行，牵新娘来到堂中，此举谓“牵巾”。

两个新人在堂中站定，按惯例，此刻应由一个自男方亲戚中选出的儿女双全的妇人用秤或机杼挑开新娘盖头，露出新娘花容，然后两个新人再参拜家神及诸亲，但傅俊奕以远离家乡、时间仓促为由未请己方亲戚出席婚礼，挑盖头一节便由沈家女亲代劳。[①]

傅俊奕含笑盯着新娘的盖头，妇人伸出的机杼轻轻探入盖头下方，悠悠扬起，徐徐露出新娘白皙秀丽的下颌。机杼顿了顿，继续向上，新娘精心描绘的双唇随之显现。

傅俊奕与满座宾客一齐屏息静气，继续等待。

机杼微微下垂，暂停一瞬后陡然上升，彻底将盖头掀开。

新娘微垂着头，傅俊奕先注意到的是她的珠翠团冠，须臾顺着四时冠花往下看，才与她此时向他投来的目光相撞。

空中乌云系着一场摇摇欲坠的雨，不时有隐雷滚过，堂中晦暗。傅俊奕凝视着新娘，笑容已僵，卖力地眨了一次又一次眼，试图证明自己一时眼花，看见的不是自己那位故人。

一道闪电突如其来地将一切挑明，惨白的光映亮了新娘的脸，那眉目俨然是记忆中的她，只是幽黑的眼含着一千种怨念，殷红的唇含着最冷的决绝，皮肤和闪电一样诡异地没有温暖的色泽，而她的额发湿漉漉的，似乎被水浸过，甚至有一滴水珠，沿着她的额头滑了下来。

傅俊奕周身打了个寒战，情不自禁地往后退，而那新娘冷着面色，一步步朝他逼来。傅俊奕瑟瑟地退到堂外，终于抑制不住内心的恐惧，转身朝大门奔去，近门口处仍有适才克择官撒的谷豆，他踩到几颗，足一滑，摔倒在地，才支身撑坐起，还未站立，那新娘已逼至他面前，俯身用冰凉的手指划过他的脸，

---

① 本节中婚仪参考［宋］吴自牧《梦粱录》记载。

幽幽地唤了声："傅郎……"

傅俊奕高声惨叫，身体拼命朝后缩去，牙关颤抖着，惊惧至极地发出一声哀号："莺歌！"

（九）
尚食

云莺歌凝视着他，容色凄清，没有回应，也暂时未有另外的举动。

幽凉的风掠过，一直蓄势待发的雨开始落下，硕大的雨点击打在傅俊奕的身上、脸上，虽然稀疏，但力道甚劲。他感觉更冷了，蜷缩着，埋首于膝上，让脸躲避着雨水的侵袭和云莺歌的迫视。

忽然有一滴温暖的水珠落在傅俊奕暴露于风中的后颈上，与冰冷的雨水相较，显得灼热。他觉出了此间异处，困惑地抬头窥去，但见面前的云莺歌泪眼盈盈，脸上犹有泪水滑过的痕迹。

"莺歌？"他试探着轻唤一声，而云莺歌双睫一垂，两滴泪随即坠下。傅俊奕伸手去触碰滑至她下颌的泪珠，再次感觉到了温度。

他顿时明白，眼前的云莺歌并非索命冤魂，而是活生生的人。惊骇之感霎时消散，胸中涌起层层怒火，他站起来一把掐住云莺歌的胳膊，将她拽至堂中，狠狠推倒在地上，喝道："哪儿来的疯女，竟敢扰乱探花婚礼？"

云莺歌抬头，含怒与他相视，而沈瀚夫妇与众宾客皆一脸惊诧之色，似乎完全不知发生何事，堂中乐音暂歇，除了门外风雨声，便只余一片尴尬的沉默。

傅俊奕又朝云莺歌怒喝道："你为何扮成新娘？沈家小娘子呢？"

"我在这里。"沈柔冉的声音自一侧帘幕后响起。众人朝声源处望去，见沈柔冉款款走出来，身着家常衣裳，手中握着几卷文书。

走至傅俊奕与云莺歌中间，沈柔冉朝傅俊奕扬起其中两卷文书，道："这位姑娘说，与你有婚约，这便是当初议亲时拟下的草帖子和细帖子。你且说说，是也不是。"

她旋即展开那两卷帖子，徐徐向围观人等展示，然后盯着面如土色的傅俊奕，冷笑着将帖子掷于他足下。

傅俊奕匆匆瞥了帖子一眼，额上又有冷汗渗出，一时间心乱如麻，但强行稳定心神，矢口否认："什么草帖子细帖子！唱名之后，常有人前来要求结交，

与我交流翰墨。我所写诗文，有不少流传于京中，只怕被有心人寻去，模仿我的笔迹写出这两帖子，再交与娘子构陷我，欲毁你我良缘。还望娘子明察秋毫，勿中小人奸计。”

他此刻暗暗观察堂中人，见认识的家乡人仅云莺歌一人，料她缺乏人证，遂将心一横，决定诬她构陷，只要能说服沈氏父女同意完成这场婚礼，今宵入了洞房，明朝哪怕真相败露，沈氏父女也不得不维护他了。

沈柔冉不动声色，继续质疑道：“适才我听你唤她闺名莺歌，见她时又如此惊惶，想必她对你而言，不会是个陌生人吧？”

傅俊奕故作犹豫状，须臾后一声长叹：“这位姑娘，我确实认得。在明州时，她父亲领她登门拜访，请我教她读书识字，顾及男女授受不亲，我并未答应，但出于礼节，对她提出的问题，也曾解答过几次。这位姑娘就此生出些绮念，常常纠缠于我。我为免是非，早早地赴京赶考，不想如今她竟追到京中来，伪造这些文书，蒙骗娘子，真是胆大妄为！”

沈柔冉想起云莺歌呈出的情书，自知笔迹文风与他写给自己的无异，不可能有人模仿到如此乱真的程度，对此负心人十分不屑，准备在众目睽睽之下拆穿其真面目，只是面对他这般狡辩，一时又不便说出他给两女的情书内容，暂时没再开口。

这时堂中响起一个清脆的女子声音，说的是明州话：“哎哟，傅探花当初高中明州府解元，多少媒人前去提亲，回来都说傅解元早已与云一緺香水行店主之女定亲，感叹解元娶妻娶贤，一心恋慕云家姑娘莺歌，而不受门第之见束缚，这在我们明州是传为佳话的呀。怎么如今探花又不承认与云姑娘定过亲了？”

众人循声望去，见那说话的女子是内人装扮的蕒蕒。她原本在堂外待命侍宴，也不知何时进来的，隐身于一隅，此刻才自人群中站出来，直视傅俊奕说了这一番话。

秋娘与明州人常有生意上的往来，家中也曾雇过明州仆妇，所以蕒蕒跟着几个明州人学过他们的方言。她口齿伶俐，这几句话说得惟妙惟肖，即便傅俊奕也未听出破绽，只道她真是明州人，心里暗暗叫苦，一瞥一旁双目炯炯地盯着自己的沈瀚，却也不甘示弱，心念一转，料定蕒蕒是云莺歌的同伴，是云莺歌带来为其做证的，当即面朝沈瀚下拜，恳切地道：“适才说话的姑娘，我并不认识，但云莺歌今日敢在婚礼上闹这一出，必然筹谋已久，会带同党接应。参政目光如炬，必不会受此宵小之辈蒙蔽，仅因只言片语便相信她们。参政乃国之栋梁，某虽不才，亦蒙浩荡皇恩，跻身一甲之列，我们有缘成为翁婿，想必难免有人忌惮，因此勾结此二女构陷于我，意图毁参政声誉仕途，亦未可知。

还望参政明鉴，莫受人挑唆，逐出此二女，让婚礼如期进行，莫负良辰吉日。”

蒖蒖闻言上前一步，对沈瀚道：“事关令爱终身，请参政务必明察，勿将令爱错付此等负心人。何况，傅俊奕所作所为，并不仅限于此……参政不想知道为何探花郎见到云莺歌会如此惊慌失措吗？”

“住口！”傅俊奕厉声打断蒖蒖，又恳求沈瀚道：“此女居心叵测，说什么都不足以采信。请将她和云莺歌棒打出去，别让她们继续散布谣言。”

蒖蒖一哂，看向沈柔冉。沈柔冉会意，自己开口对父亲道：“婚姻大事，非同儿戏。傅郎若之前与云姑娘有婚约，那与女儿的婚事便是无效的。女儿不想心存疑虑地嫁人，此事查清之前，女儿不能与他完婚。”

“婚姻大事，非同儿戏……”此前一直沉默不语的沈瀚盯着女儿徐徐开了口，表达的意见却在诸女意料之外，“你与探花郎的亲事承父母之命、媒妁之言，问名纳吉，诸礼皆备，岂可因那两卷来历不明的帖子就断定无效？”

沈柔冉一时语塞，沈瀚的目光又在云莺歌与蒖蒖脸上徘徊：“这两位姑娘显然是旧识，闺中好友，所发之言，不能互作证供。今日看来，二位必然无心饮这杯喜酒，既如此，二位何必勉强……”旋即他扬声一呼：“来人，将这两位姑娘请出宅门。”

立即有仆妇上前，把持住云莺歌与蒖蒖的手臂，想要把她们拖走。二女挣扎之际，又有声音自人群中响起，是一个低沉而略显苍老的女声，声量不高，语调平缓，说出的话却冷峻严肃，自带威仪：“且慢。老身这里也有一份文书，参政看了再赶走两位内人亦不迟。”

沈瀚讶异地举目望去，目光所及处，裴尚食慢慢扬起头，与其相顾。

裴尚食虽领命主管婚宴事务，却并不须亲自料理菜式，前几日未曾现身沈宅，直到婚礼开始前半个时辰才进入宅中，此前对堂中事也只是冷眼旁观，看见沈瀚欲驱逐二女，才决定发声。

在众人注视下，她缓步走至沈瀚面前，抬起一只手，向他展示手中的文书。

沈瀚接过细看，不由得蹙起了眉头。

裴尚食未让旁观诸人等待太久，径直说出了文书内容：“这是一份房契，房主注明是云莺歌。”

傅俊奕紧盯那房契，渐渐面如死灰。

裴尚食半垂着眼帘，道：“这房子，是云一緺香水行店主买来给女儿做嫁妆的，而如今，里面住着的是……”她这才冷冷地瞥了傅俊奕一眼，道，“探花郎的母亲。”

“这……这……是云氏……是云氏……”傅俊奕又想狡辩，然而暂时也找

不到一个有说服力的理由。

裴尚食反诘道："是云氏赠给你的？嗯，云氏看来十分尊师重教，仅仅蒙探花郎几次教导，便将宅子相赠。"

傅俊奕虽不知她的身份，但见她的服饰气度，已明白她非一般尊贵，也不敢随便反驳，只得沉默着，颇显气馁。

裴尚食又转而对沈瀚道："那云莺歌，是我尚食局的内人。此前两次拒绝为一甲进士及参政家眷侍宴，并不惜为此接受处罚，我得知后不免疑惑。恰巧宫中有宦者因公务前往明州，我便托他顺便打听云莺歌背景。宦者来到云家，三两句就问出了云莺歌以往之事。他父母提起傅俊奕，很是激愤，直言后悔当初定亲后便以重金宅地供养，竟养出了这等负心汉。然后托宦者将房契转交云莺歌，说这是她的资产，无论她去往何方，终归都是她的。"

沈瀚冷着脸，低声问道："所以，云莺歌来这一出，是出自尚食的授意？"

裴尚食摇头："我也是今晨才听宦者说起云莺歌之事，房契是启程前收到的，便随身带来，原只想见到云莺歌时交给她，未曾料到事态发展至此，倒可略作佐证。"

蕫蕫面露喜色："既然如此，那位宦者也把傅俊奕意图谋害云莺歌之事一并告诉尚食了吧？"

裴尚食不答，但看向云莺歌，吩咐道："你自己说吧。"

云莺歌欠身领命，遂将傅俊奕骗其投水一事当众说出。宾客啧啧叹息，投向傅俊奕的眼神充满无限鄙夷之色。

傅俊奕惶恐之下又欲否认，一指云莺歌，喝道："一派胡言……"

"探花郎，"裴尚食不怒自威地注视他，沉着地道，"老身是宫中人，常侍官家左右，若日后官家问及今日事，老身必会将所见所闻如实禀报。无论探花郎要说什么，请务必斟酌每一个字，若有一言不实，不免欺君之嫌。"

傅俊奕原本锐利的目光因此一滞，他颓然地低下头，咽下了所有欲驳斥云莺歌的话。

（十）
薄情

堂中人或窃窃私语，或好奇地暗暗窥探沈家人的表情。一阵难堪的沉默之后，沈瀚缓步走至堂中，朝众宾客长揖，道：“惭愧，沈某择婿失察，引出今日之事，累诸位贵客拨冗前来，见的却是这般景象。婚礼就此作罢，沈某无颜继续叨扰诸位，异日再登门致歉。”

言罢他转身匆匆避往后院。傅俊奕见沈瀚明显放弃维护自己，顿时万念俱灰，承受不住围观者的嘲讽逼视，灰溜溜地低垂着头往门边走，想拨开人群出门去，不料挡住他路的人是蕒蕒，他盯着地面未看真切，低声说了句“劳驾”便伸出手想把蕒蕒拨开。蕒蕒冷笑道：“这就想溜走了？”旋即她以胳膊肘朝他当胸一击，傅俊奕猝不及防，被击得连连后退数步。

这一退又撞到立于那一侧的凤仙身上，凤仙目露薄怒，不待傅俊奕回身看她便抬足一踹，将毫无防备的傅俊奕踹倒匍匐于堂中。

傅俊奕还未回神即连遭两次击打，伏在地上一阵眩晕，还在喘气，却见眼前一袭缎红裙如云飘来。

云莺歌朝他俯身，轻声道：“你害我至此，连一句认错道歉的话也不说，就想逃了？”

傅俊奕抬头看她，想柔声唤她一声，再好生哄骗，岂知“莺”字甫出口，一记响亮的耳光即迎面而来，落在他脸上的声响格外清脆。一瞬的静默后堂中人纷纷鼓掌，笑着朝甩出耳光的云莺歌扬声道好。

傅俊奕一时间不知如何是好，只捂住被打的那半边脸呆呆地盯着云莺歌。云莺歌抬手欲再打他另一侧，却听身后有一女子好言劝止：“别打他脸了……仔细手疼。”

云莺歌回顾，见说话的是冯婧。她本来在后厨带着众内人筹备宴席，后来听到堂中喧闹，沈夫人又派人通知喜宴暂停，冯婧便与几个内人也来到堂中一探究竟，目睹了傅俊奕现形的景象。

冯婧静静地回头，看了看她身后一个兀自握着擀面杖、之前还在做面食的内人，那姑娘会意，唤了云莺歌一声，便把手中的擀面杖抛给了她。

云莺歌接过，扬起那木杖重重击在傅俊奕背上，把正欲爬起来的探花郎再次被击趴下。傅俊奕发出一声哀号，见云莺歌再次举杖，也来不及站起，便抱着头滚向一边。云莺歌又朝他所避处击去，想起前尘往事以及他适才不知悔改、企图反诬的情形，云莺歌悲愤至极，红着双眼高举木杖一下一下当众重击那负心人。

见傅俊奕哀声连连，狼狈不堪，围观者喝彩声此起彼伏，唯裴尚食蹙眉摇头：“胡闹！”

冯婧听她似乎有嗔怪之意，不由得有些忐忑，还在反思自己与众内人是否

行为失当，此番惩戒探花郎，是否会连累尚食受到皇帝责罚，却又听裴尚食幽幽地叹道："可惜，可惜，这擀面杖，是老身精心挑选的木材制成，被你们胡乱拿去掸人衣裳，以后还能用吗？"

虽然喜宴取消，裴尚食仍有条不紊地安排内人们收拾食材、厨具，将沈宅厨房打扫干净，才依礼前去拜别沈瀚夫妇。

沈夫人骤然目睹傅俊奕之事，气得胸口痛，早早地回房卧床休养，因此裴尚食回宫之前相见道别的仅沈瀚一人。

沈瀚仍不信裴尚食只是凑巧带云莺歌房契前来，四目相对时，他不禁直言："尚食对老夫有何不满，此前相见时尽可开口斥责。今日原是小女大喜之日，宾客满堂，尚食却带众内人有备而来，如此一闹，老夫日后如何面对君王同僚？"

裴尚食淡淡地道："参政果然珍视仕途。如今不庆幸令爱避开一劫，没有落入虎口，担心的却是自己在官场上的颜面。"

沈瀚愠怒道："自家女儿，老夫岂能不关心？傅俊奕之事，若你们事先得知，大可先告诉我，老夫自有主张。而你们在婚礼上将他所作所为公之于众，此事必将传遍京城，会使柔冉沦为人们茶余饭后的笑柄。"

"选择公之于众的是令爱。"裴尚食冷静地说出这一事实，"她事先得知真相，没有转告参政，倒是悉心部署，让云莺歌假扮新人，一则是想让傅俊奕露出破绽，让满座宾客做个见证；二则，也是心知肚明，若先告诉参政，参政为招个探花郎做东床快婿，说不定会将此事压下去，当作不曾发生，仍将她嫁给那怀有虎狼之心之人。"

沈瀚连连摇头，称："这只是尚食臆测。"但他也未细细反驳。

"在莺歌说出傅俊奕谋害她的事之前，参政甚至想劝令爱完成婚礼，多半认为男人薄点儿情，负心不算什么，不过是年少风流，无伤大雅。仕途坦荡，前景光明才是最重要的。"裴尚食长叹道，"国朝推崇读书人，一朝放榜，百姓竞逐绿衣郎，参政也未能免俗。可是这圣贤书呀，人就算会背，也不见得都会读到心里去。有多少魑魅魍魉，借一袭绿衣，就伪装成才子良臣，平步青云。傅俊奕这种人，若任由他掩饰罪行，逍遥下去，轻则害良家淑女终身，重则借探花身份窃国殃民。世人常说娶妻娶贤，到贡举为国择良臣的时候，除了考举子学识，可还有良方也考量其品行？"

沈瀚默然，末了讪讪一笑："尚食不愧是宫中贵人，在两代君主身侧多年，见识远超常人，难怪如今身居高位，格外受官家器重。"

“参政谬赞。老身终究不过是做饭的婢女，虽在宫中历练多年，无论见识、身份，抑或君王的另眼相待，均难望参政项背。如今想来，能与参政相提并论者，唯有一点……”裴尚食抬眼与沈瀚相视，一缕自嘲的冷笑于嘴角处一闪而过，“看男人的眼光。”

回到尚食局后众内人仍围着云莺歌问长问短，又向未赴沈宅的内人和小黄门讲述傅俊奕之事，叽叽喳喳，笑语不断。只有凤仙未曾加入议论，做着厨房的事也若有所思，有时连萁萁与她说话也要多唤她两声她才听见。

萁萁与她同住一室，夜间萁萁归来时见凤仙背对着她正在就着房中如豆灯的光看着什么。萁萁悄无声息地走到她身后，发现凤仙在看的是一页信笺，一时兴起，将那信笺倏地自凤仙手中抽出，笑道：“谁给姐姐寄书信了？”

凤仙大窘，跳起来伸手便夺。萁萁也没认真争抢，任她把信笺抢了回去，见凤仙红着脸将书信细细叠好，才又挨过去问她：“看样子这书信不是姐姐家人寄的，莫不是什么乱动心思的小黄门……”

“别瞎说。”凤仙当即否认，见萁萁不依不饶地继续追问，踟蹰再三，才低声告诉她，“写书信的人，是赵怀玉赵公子。”

萁萁一愣，这才想起今日在婚礼宾客中曾远远地见到赵怀玉，他作为今科榜眼，也在受邀宾客之列，只是当时她一心关注云莺歌与傅俊奕的举动，对他没有多留意。

“你今日与他叙谈了？”萁萁问凤仙。

凤仙微微摇头：“那么多人，众目睽睽，我们怎么会……只是在宾客散去，我也要回厨房的时候，他匆匆前行，从我身边经过，似乎不慎撞到我的手臂，然后装作向我躬身致歉时，悄悄把信递给了我。”

萁萁好奇心大作，连声问凤仙他写了什么。凤仙轻描淡写地答：“没什么。只说他即将离京，前往信州任职。”

“新科进士大多是要外放至各州府做几年官的，以他的才能，多半过不了些许时日官家就会召他回京任职了。”萁萁沉吟道，“他这是要你多保重，等他回来。”

凤仙不语，想起了她隐而不述的，赵怀玉临别前低声对她说的最后一句话：“蓬山虽远，吾将溯洄从之。”

“赵公子是个很好的人呀。”萁萁笑着分析，“出身高贵，学识过人，前途无量，还会做饭，值得姐姐托付终身。”

“嗯，他是个很好的人。”凤仙随之肯定，言罢忽然拈起信笺，凑至灯边，

让灯火舔舐那页纸，待燃烧殆尽，手指一松，任火焰萦绕的最后一点白纸飘然坠地，化作黑灰。

蕒蕒讶异地看着，不解地问："这书信他好容易才送到姐姐手上，姐姐不留下来做个念想？"

凤仙决然地摇头，道："如今你我身份不同，既做了宫人，便不能与外界男子有所往来。这书信若日后被他人看见，难免成为祸端，给人私相授受之实据。"

傅俊奕之事果然传遍京城，很快有台谏官员出面弹劾，历数他种种劣迹罪行。皇帝随即下旨，削去傅俊奕功名，遣回明州。而云莺歌父亲也在明州提起诉讼，正式控告意图谋杀女儿的傅俊奕。前往明州府通报傅俊奕之事的宦官不忘提醒知州，这是惊动了官家的案件，知明州心领神会，表示一定秉公执法。显然傅俊奕将面临一场牢狱之灾。

皇帝未对尚食局众女那日的行为表示不悦，还让裴尚食对云莺歌加以抚慰。虽则如此，宫正还是向裴尚食转达了太后些微不满之意：傅俊奕虽然有罪，但当时毕竟有功名在身，又是在大臣宅邸，内人殴打傅俊奕可算是触犯宫规的行为。那几个内人出自民间，带有几分未驯化的野气，做出此事不足为奇，但裴尚食非但不加约束，还放任她们打人，委实不妥。

裴尚食欠身受教，自请宫正处罚。宫正却笑道："尚食是两朝宫人，该明白的道理自然都明白。太后也无追责的意思，只是稍做提醒，望尚食日后三思而行。"

皇帝平日不问慈福宫人事，太后同样很少过问大内之事，一向对皇帝身边人礼待有加，此番竟然请宫正传话，可见太后这回委实看不顺眼，只是碍于官家面子，不好出面惩戒。

裴尚食对宫正喏喏相应，又恢复了低眉顺目、寡言少语、锋芒不露的惯常模样。

（十一）
浣溪亭

这次择自民间的六十名尚食局内人入宫已有些时日了，皇帝却迟迟不许她们入侍禁中贵人，太后几番婉言催促，皇帝才明示大内不需要新增这么多尚食内人，且留一半，另分三十名入慈福宫，供太后差遣。

皇帝还请太后先行派人在六十名内人中选择入侍慈福宫者，太后也未多推辞，很快命程渊前往尚食局挑人。

裴尚食请示程渊，是否需要众内人各呈技艺以备选，程渊却说不必，只需让众内人列于尚食局庭中，他当面挑选即可。

选拔便依他所言进行。程渊徘徊于众内人之间，审视的目光从首至足逐一细看，很少开口问她们什么，偶有问题，也不过是何方人氏，芳龄几何之类，倒是无一问涉及饮食厨艺。

他未过许久便择出二十九人，这些姑娘出列另立一侧，两相比较不难发现，他选择的均是容貌稍逊者，而剩下的那三十一位个个姿容映丽，气品不凡，凤仙、云莺歌与蕫蕫均在其中。

入慈福宫的名额还剩最后一个，蕫蕫见程渊此刻所打量的是另外两名内人，暗暗担心失去最后的机会，遂自己出列，朝程渊深施一礼，道："内人吴蕫蕫愿入慈福宫，侍奉太后，望程先生成全。"

程渊闻声转顾她，眸中依然平静如古井水，无一丝波澜。

程渊定定地凝视她片刻，才问："你为何想入慈福宫？"

蕫蕫道："太后懿德高风，臣民一向交口称赞，蕫蕫以前居于市井，便已听说太后许多贤德事迹，十分景仰，入宫以来，一直无福侍奉太后，常感遗憾。如今既有此良机，自然不想错过。望程先生体谅蕫蕫对太后的仰慕之情，允我入慈福宫。"

她只是苦于没有接近程渊、打探母亲下落的机会，所以才希望入慈福宫，仰慕太后云云只是编造的借口，事实上她对太后的事迹所知甚少，若程渊此时要求她说出两三桩，只怕就露馅了。好在程渊没有多问，略一沉吟，便答应了她的请求，将她定为最后一名入侍慈福宫的尚食内人。

凤仙认为蕫蕫此举太冒险："师娘是被程渊带走的，生死未卜。程渊执掌慈福宫大权，要处死一名宫人易如反掌，若他是奸恶之人，你这一去无异于自投罗网，还不如留在禁中，将来有幸侍奉身居高位之人，要查慈福宫之事也不难。"

蕫蕫摇头："你我入宫以来，这天家之事，多少也听说一些。官家是先帝的养子，并非太后亲生，即位以来，唯恐旁人说他不孝，所以对太后礼待有加，格外孝顺，平日不会过问慈福宫内务。官家尚且如此，我又能指望哪位贵人帮我深入慈福宫，打听妈妈的下落呢？现在入慈福宫固然可能有危险，但去了会有得知真相的希望；若不去，要水落石出，就遥遥无期了。"

萁萁迅速整理行装，随另外二十九名内人一起前往慈福宫。慈福宫在宫城北边，京中人也称其“北大内”，其中楼阁布局规模与禁中相似，园林建筑倒更显精美。这北大内的宦官内人数目也与禁中接近，仅伺候太后一人饮食者便不下百人，萁萁这批新人甫入宫自然轮不到她们去太后面前侍奉，被程渊交给孙司膳管教。

她们是从各地被精心挑选出的年轻厨娘，个个技艺不凡，但太后似乎对她们的手艺并无兴趣，不曾传令让她们做菜。孙司膳人看起来和善健谈，和蔼可亲，不似裴尚食和秦司膳那样常对人冷面相待，可对这些新内人，她似乎也没认真教导的计划，日常让她们做的不过是一些洗菜、切菜之类打下手的活儿。

萁萁一到慈福宫便想尽办法向此地宫人询问秋娘的消息，结果仍是一无所获，看来能解答这个疑问的人只有程渊了。自入慈福宫后萁萁未再见到程渊，程渊在这里堪称位高权重，萁萁不过是一名无品阶的小内人，要见他自然很不容易。在备受煎熬地等待多日后，萁萁终于捕捉到了一个与他对话的时机。

那日午后，太后于寝阁小寐，孙司膳在阁外伺候。时值盛夏，天气炎热，孙司膳属下女官王掌膳备了一些消暑甜品，让几名内人各持一盏送往太后寝阁。几名内人出发后，王掌膳又取出一盏冰镇的水晶皂儿，命萁萁送给孙司膳。

萁萁托着水晶皂儿步入慈福宫宫苑，那时几名先前出发的内人已走远，萁萁并不清楚太后寝阁的位置，只得向遇见的宫人询问，一路寻去。奈何这宫苑是以南方园林风格修筑，处处曲径通幽，花木交映，山石林立，千峰万壑，萁萁未走多远便已迷失方向。她绕过了几处假山，面前忽然出现一片广阔的海棠林，林间有溪水潺湲流过，而中间立着一方亭榭，高约数丈，像是一个赏花的高台，亭榭檐下悬着一面匾额，上书“浣溪”二字。

一名穿长衫、戴幞头，身材清瘦的男子正于亭中栏杆内挥毫，似在题字或作画。

萁萁定睛一看，认出那人正是程渊。这意外的相遇令她瞬间心生一念，端着水晶皂儿立即向立侍于亭榭下的小黄门走去，对小黄门道：“孙司膳命我送水晶皂儿给程先生消暑，烦请小哥代为通报。”

那小黄门狐疑地看她一眼，道：“程先生从来不吃水晶皂儿。”

水晶皂儿由皂角米浸泡熬制而成。皂角米是皂荚果仁，浸泡后膨胀，呈半透明胶质状，又称雪莲子。京中妇人常用糖水浸食以为甜品，据说可养心通脉，悦泽肌肤，但程渊素不喜食此物。

萁萁一愣，迅速找到了应对的话：“孙司膳说，食无定味，适口者珍。以前程先生不喜欢水晶皂儿，可能是做法不合他口味。如今这盏，我们调味与之前不同，或能惬先生意。”

小黄门无奈，伸手来接托盘，说道：“给我吧，我给程先生送去。”

蘐蘐旋即略略退后，避开小黄门，道：“孙司膳要我亲自将水晶皂儿呈给程先生，以便聆听他意见。”

小黄门遂让蘐蘐稍等，自己上楼请示程渊，少顷回来，示意蘐蘐上去。

程渊正在挥毫作草书，听闻蘐蘐入内，也未抬头看她，一壁写字一壁含笑道：“这水晶皂儿不是孙司膳备的吧？”

程渊不食雪莲子，孙司膳自然是知道的，绝无奉此物给他之理。再听“食无定味，适口者珍”一语，程渊便已猜到前来见他的是蘐蘐，对其来意更是心知肚明。

蘐蘐亦不多话，搁下水晶皂儿，匆匆朝程渊施礼后即直言：“当初程先生去浦江，带走了我母亲。蘐蘐斗胆请问先生，我母亲如今身在何处？是否平安？”

程渊不答，但指着适才写的字，微笑着示意她来看：“内人看看，我这字写得如何？”

蘐蘐靠近书案，端详程渊的字，见写的是一首七言绝句：“楼下谁家烧夜香，玉笙哀怨弄初凉。临风有客吟秋扇，拜月无人见晚妆。”

诗中之意蘐蘐不大明白，只觉这字写得好看，至于到底好在哪里，自己也说不上来，一时想不出典丽辞藻来夸赞，在程渊再次询问她意见时，她只好泛泛地赞道：“先生的字龙飞凤舞，写得真好。”

其实程渊写的是行草，洒脱秀逸，但运笔冷静克制，并未达到“龙飞凤舞”的程度。听了蘐蘐这不着调的赞扬，程渊倒也没放在心上，转而问她：“这首诗，内人可曾听说过？”

蘐蘐茫然地摇头。

程渊解释道：“是东坡居士所作。”

“原来是东坡居士，我晓得……”蘐蘐恍然大悟，有如听人提到熟人，旋即一叹，“不过我知道他的菜，比他的诗词多。”

程渊忍俊不禁，笑出声来。

蘐蘐待他笑声稍歇，继续追问：“我妈妈在哪里，还望先生明示。”

程渊仍不答，另提一事：“前日陈国夫人来向太后请安，说起她宅中做点心的厨娘不太称心，太后便决定从慈福宫尚食内人中择一个给她。我听说你做的点心挺好，不如便请你去延平郡王宅吧。”

蘐蘐怔怔地道：“我还没见到我妈妈，现在不能离开慈福宫。”

程渊一哂：“我并不是在征求你的意见。”

蕙蕙默然，少顷又问："所以，先生是不会告诉我母亲下落了？"

"你没有向我提问的资格。"程渊状甚和蔼地看着她，说出的话却毫无温度，"你只是个微不足道的小内人，而我提举慈福宫，在这宫里除了太后，谁都要看我脸色行事。平日只有我问别人的份儿，别人除了嘘寒问暖，再不敢问我什么，若问了，我也不答。你无须再尝试，我不会回答你任何问题。如今你能做的，只有乖乖收拾行李，去延平郡王宅做厨娘。若不愿，或多言，我只好按宫规处分了。"

蕙蕙觉察到他目中的冷漠与决绝，明白多说无益，此事无可挽回，也不再争取，但仍问了程渊最后一个问题："如果有一天，我重新出现在宫里，不再是一名微不足道的小内人，那么先生能否告诉我母亲的去向？"

程渊目光柔和，嘴角含笑，近乎亲切地说道："你可以试试看。"

（十二）
殷琦

孙司膳旋即按照程渊授意，处理好将蕙蕙调往延平郡王宅的一切事宜，并让蕙蕙翌日便启程。

见行程安排得如此迅速，蕙蕙有些诧异，孙司膳以为她对被遣出宫之事感到失落，特意抚慰她："虽说延平郡王宅属于臣僚之家，但自与别处不同。延平郡王所享尊荣，在戚里中首屈一指，自太子以下，大王们见了他都要行家礼。宅中气象不输任何宗室，就算比这北大内……唉，无须多说，你进去就明白了。"

这些事蕙蕙入宫以来是听说过的。延平郡王殷宁比太后小近十岁，从小秀美可爱，长大后温润如玉，太后与先帝格外疼爱。先帝还做主，让他娶了当年权倾一时的丞相、太师齐栒的长孙女陈国夫人。

陈国夫人也是一生好命。齐栒之妻王氏悍妒，自己不曾生育，也不许齐栒纳妾生子，最后收养了自己妹夫与外室的私生子，改名齐熙，作为齐栒嫡子。齐熙长女即陈国夫人，作为齐太师嫡长孙女，小小年纪便常出入宫廷，先帝见她娇俏伶俐，说起话来又是爽快，一派天真，也很喜欢，在她六七岁时即封她做国夫人，因此京中人常称她"童夫人"。

关于这童夫人，临安城中还流传着一则逸事：童夫人小时候曾养过一只狮猫，有一天这猫儿趁看管的人打盹儿，溜出宅去，不知所终。童夫人得知后大哭，一定要找回这只猫。齐太师遂令临安府派人访索，为此逮捕了上百名涉嫌捕捉或藏匿狮猫的人。满城搜索后抓回了一百多只猫，童夫人一一验视，发现均不是她丢失的那只，不免又哭闹一番。齐太师便又命画师根据描述画出数百幅狮猫肖像，四处张贴于城中茶坊、酒肆，重金悬赏寻找，然而狮猫始终音讯全无，不过童夫人那一滴眼泪可惊动整个临安府的“能力”京中从此尽人皆知。

齐栒执掌相印多年，勾结党羽权倾朝野，先帝也颇忌惮。后来齐栒身染重疾，临终之际还想扶植自己的儿子齐熙继任丞相，但当时的太子、如今的官家赵玮及时觉察，将齐氏筹谋之事告知先帝。先帝遂以探访之名带亲从禁军若干亲往齐宅，监视齐氏父子，同时命大臣拟齐氏父子致仕制书。待齐栒咽气，便宣布齐氏父子同时致仕，先帝收回齐熙所有实权，只给他一个“少师”的虚衔，做个富贵闲人。

未过几年齐熙亦郁郁而亡，齐氏党羽如鸟兽散，先帝也将齐栒在京中豪奢至极的大宅邸收回，修缮扩建为晚年所居的宫苑，即现在的慈福宫。

齐熙死后，齐家日渐式微，但几乎不曾影响嫁给延平郡王的童夫人。先帝喜欢她，大概是基于她表现出来的胸无城府、天真烂漫之态，这与她祖父、父亲截然不同。因她从小出入宫廷，如今的官家也是与她熟识的，视她如妹妹，待她十分友善。两代皇帝甚至对她有一些补偿之心，施予齐家的恩遇有不少后来给了她。

先帝驾崩，今上即位，尊崇优待太后一族，殷宁继续得以加官晋爵，虽然都是无实权的虚衔，但所得俸禄赏赐格外丰厚，外戚中无人能及。

延平郡王宅的富贵气象蕒蕒以前只是听人提起过，直到亲自步入其中，才感觉到一切的传言只是平淡的白描，所有凭空的想象都不及现实来得活色生香。

这宅子很大，但也没大到可以与慈福宫及禁中相提并论的地步，虽有重楼飞檐、亭台水榭，可若论华胜之气象，也不能跟宫苑同日而语。而园中花木颇盛，那藤蔓联络、花竹映带的感觉倒与林泓的园子有异曲同工之妙。园中亦理水叠石以为景，所用石材瑰丽清奇，形态各异，在池边叠为一座高逾楼阁的山麓，山中有洞府若隐若现，而山顶一泓清泉飞流而下，注入池中，声如玉器叮当作响，泛起水雾，令路过者颇感清凉。

蕒蕒见那水非常清冽，池中一尾鱼都没有，不禁赞叹一声：“这水真清亮。”

引她入内的侍女闻声道：“那当然。这水是从凤凰山引来的山泉水，清澈甘甜，宅中做饭都常用它。”

“凤凰山？”蕒蕒讶然地问道，“虽然凤凰山离此地不远，但要引水前来也很不容易，可要挖许多沟渠？”

那侍女摇头：“不是挖沟渠，听说是用许多大竹子……具体怎么做的我也不清楚。”

此时有悠悠琴声传来，打断了蕒蕒的思绪。此曲蕒蕒听林泓弹过，辨出是《流水》，举目望去，四周不见抚琴者，也不知乐音从何处飘来。

蕒蕒见引路的侍女在观察她听曲之状，遂笑道：“在水边听到《流水》这一曲可真巧，十分应景。”

“这哪儿是巧？”侍女淡淡地说明，“咱们这郡王宅中养了许多乐伎，遵照陈国夫人吩咐，平日散布在园中，但只能隐身于花木、山石之后，见有人来，便弹奏与此情此景相应的乐曲，供游人消遣。”

蕒蕒随后暗暗留意，发现果如那侍女所言，每行至一处，丝竹声随之更迭，都是与景色交相辉映的曲子，所用的乐器除了琴，箫、笛、笙、筝、阮和琵琶应有尽有，而乐伎完全隐身，没露出一丝踪迹。

最令蕒蕒叹为观止的是郡王宅关于她的职务安排。

延平郡王宅的厨房自有几进院落，占地甚广，根据经过屋舍时侍女的介绍，蕒蕒大致明白这大厨房分为不同的小厨房，分管酒、肉、蔬食、果子、醯醢等，格局似乎与尚食局相似，然而不尽于此。

蕒蕒最后来到堂中，见到了主管大厨房的厨娘闫十一娘。蕒蕒本以为按程渊的说法，应该是让她做点心，延平郡王宅做点心的厨娘似乎不甚称职，而现在她渐渐发现并非如此。

闫十一娘见蕒蕒前来，毫无喜色，倒像多了个沉重的负担。她取出一册厚如账簿的名册翻了许久，才蹙着眉头道：“各个厨房基本都满员了，只剩包子厨出了个缺，你便去包子厨吧。”

蕒蕒答应了，试探着问道：“那我以后就是主要负责做包子吗？”

“做包子暂时还轮不到你。”闫十一娘嗤之以鼻，“你先去镂镂葱丝吧。”

根据闫十一娘的态度，蕒蕒推测出慈福宫就她调职一事对延平郡王宅并没有特别的嘱咐，所以闫十一娘把她当作了被贬至此的犯错婢女，也就没什么好脸色。不过蕒蕒随遇而安，也不认为在厨房不被重用是多么难以接受的事，反而很享受镂葱丝这一职位的清闲。

蕒蕒首次见到“镂葱丝”这一说法，是在刘司膳的《玉食批》里，后来被她效仿，让凤仙等人做出豪奢的退婚宴震惊浦江。后来她知道司膳原本是掌天潢贵胄饮食之人，也就明白了其中涉及的菜肴何以奢侈至此。但她入宫后反倒发现，天家饮食虽然精致，但就她目前所见，似乎并没有刘司膳所列的那几道菜式这么夸张，尚食局也不设专职镂葱丝的人，却不承想在这郡王宅倒见识到了。

主管包子厨的俞二嫂是个四十多岁的妇人，为人随和，待蕒蕒倒是相当友善，还亲自教蕒蕒如何把葱分解得细如发丝，并教她镂刻如意云纹、万字纹、瑞草纹、宝相花纹和缠枝花纹等图案。蕒蕒忍不住问："这葱丝的纹样又不会影响包子的味道，真有人会看吗？"

"有呀。当年齐太师大宴宾客时，就会吩咐我们镂葱丝。宴席上也不会提醒宾客，等客人自己发现，自然会赞叹太师宅富贵气象。"俞二嫂道，"如今延平郡王倒不看重这些，但夫人还坚持让专人镂葱丝。虽说宴请宾客时不再用这个，夫人却时不时会让人做做，自己看看。"

蕒蕒感谢俞二嫂对自己的照料，也主动帮二嫂做事，见她有吃夜宵的习惯，便经常问她想吃什么，自己晚间在厨房做了给她送去。

一日夜间，俞二嫂说想吃酥儿印，蕒蕒便独自在小厨房炸好。暖烘烘的酥油香味四溢，诱得蕒蕒忍不住自己尝了两块。味道如她设想般甘香，但蕒蕒稍后又觉得夜间吃这个可能会口干舌燥，便又擀了些薄面皮，拿厨房日间做包子剩下的鲜肉包了几个馄饨，投入加了虾皮紫菜的汤中，撒上些葱丝，然后去寻食盒，要盛好给俞二嫂送去。忽闻身后不远处有些轻微声响，回头一看，见一个清秀的男子站在门边，蕒蕒凝神看去，认出那是在宫中有一面之缘的殷琦。

殷琦衣袍宽松，未系带，也未戴幞头，头发披散着，像是自梦中醒来，他的目光恍惚，状甚迷茫，还在微微地喘着气，似乎是一路小跑赶来的。

殷琦盯着案上满满一盘酥儿印，少顷，再转顾蕒蕒。看清她时，他双目一亮，如见故人。蕒蕒心想这公子哥眼神倒是挺好的，只见一面就认出了自己，遂向他露出微笑，正准备施礼，唤他"大公子"，殷琦却大步流星地冲至她面前，有些颤抖的双手抓住蕒蕒一只衣袖，引至面前，深深埋头，去嗅她袖中的味道。

蕒蕒一惊，倏地将袖子从他手中抽出，退后一步。

殷琦目光如月色，温柔地投向她，须臾，脸上露出孩童般明亮纯净的笑容。"姑姑。"他轻声唤她。

蕒蕒愕然，从没人对她用如此尊称，旋即尴尬地道："大公子何必如此客气，宅中人都是叫我名字……"

"姑姑，"殷琦置若罔闻，又唤了一声，然后走上前，展开双臂搂住蕒蕒的肩，低头在她耳边道，"你终于回来了。"

言罢，他如释重负，将头轻轻依靠在她的肩上，面上带恬静的微笑闭上了眼睛。

第五章

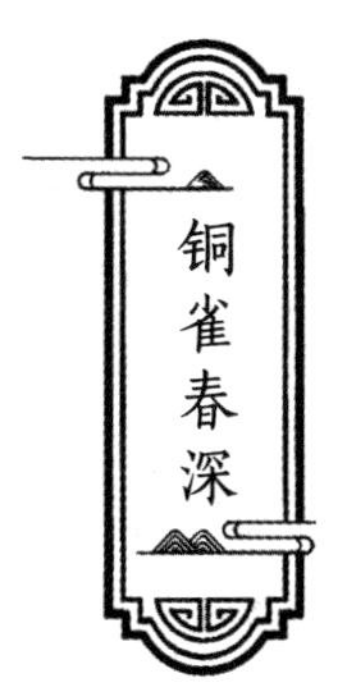

铜雀春深

（一）
刘司膳

这个突如其来的拥抱令萁萁无所适从，旋即疑心这是登徒子的孟浪行为，羞恼之下正想推开他，忽然感到一颗温热的泪珠滴在了她的颈下。

讶异地转过头，萁萁发现这是自殷琦目中坠下的泪，他低垂的睫毛下犹有泪痕。他依然微笑着，但这淡淡的笑意在晶莹的泪光映衬下显得无比凄凉，带着失而复得后唯恐再失去的恐惧，他拥住萁萁的双臂相当有力。

一点儿疑惑悄然萌生：他是不是认错人了？

她联想起他恍惚的神情和那声“姑姑”，这个猜测越发合理。萁萁遂轻轻挣开他的手，退后两步，提醒他：“大公子，我是吴萁萁。”

殷琦与她对视，含笑唤道：“姑姑。”

萁萁继续说明：“我是内人吴萁萁，端午那天，我们曾在后苑舟中见过一面。”

“嗯。”殷琦乖巧地点头，一双充满童真的眼代替他的手温暖地拥抱着她。

萁萁不确定他是否真的听明白了，又道：“所以，我不是你姑姑，我是吴萁萁，你知道了吗？”

“知道了。”殷琦还是热烈地看着她，唤道，“姑姑。”

萁萁无可奈何，叹了口气，招呼他在桌边坐下，盛了一些酥儿印给他：“来都来了，大公子品尝一点儿糕点再走吧。”

殷琦很愉快地拈起一块。

萁萁看看灶台上那碗馄饨，心想这东西搁久了不好，不如也给殷琦吃了，稍后再给俞二嫂另煮一碗，便过去把馄饨端至殷琦面前。

岂料殷琦一看清面前的馄饨，手中的酥儿印瞬间滑落，他似乎被烫了一般跳起来，疾步朝后退去，同时抱着头发出一声声震耳的惊呼。

蒖蒖亦被吓了一跳，忙问他怎么了。殷琦不答，继续退后，直到触到灶台，他惶然回顾，旋即一展臂，把上面所有厨具餐具扫到地上。

锅碗瓢盆锐利的碰撞声与他"啊、啊"的惊叫声交织在一起，陡然撕裂了郡王宅的静谧。

少顷，潮水般的脚步声由远及近地传来，厨娘们、守夜的奴婢、殷琦的侍女纷纷奔来，最后出现在门外的是陈国夫人，她此刻已卸尽铅华，估计是就寝之前得到消息，匆匆赶来的。

陈国夫人进来时，厨房内已遍地狼藉，早有仆妇将蒖蒖绑了起来，押着她跪于地上等待处罚，而对殷琦众人想约束又不便用强，只能跟着他移动，在他砸物事时尽量抵挡抢夺，避免他伤到自己。

陈国夫人冲到殷琦面前，拉着他的手好生抚慰，哄了半晌殷琦才渐趋平静。

陈国夫人命人将殷琦送回房，这才有工夫四下一顾，随即看到了桌上的馄饨，柳眉倒竖，立即指着馄饨怒喝："这是谁做的？"

马上有仆妇一拍蒖蒖的背："就是这个丫头。"

陈国夫人看向蒖蒖，有短暂的愣怔，大概是想起了宫中的那一面。

"先扔到马厩里，明日再作打算。"陈国夫人吩咐道，然后一瞥那碗馄饨，又斥道，"你们是瞎了吗？怎么还没倒掉？"

厨娘们唯唯诺诺，争先恐后地去抢着把馄饨端出去倒了。

马厩比蒖蒖预想的好一点儿，是给了她一间空的，并非与群马共处，避免了受践踏的命运。不过里面阴湿杂乱，带着浓重的不良气息，她又被绑着，无处可避，斜靠在墙角，感觉身边的墙滑腻腻的，也不知是什么附在上面，想站起来又做不到。马厩三面透风，夜晚十分寒凉，蒖蒖极其痛苦地熬了后半夜，才精疲力竭地囫囵睡去。

翌日有人为她松绑，催她起来。蒖蒖甫一站立便觉得头重脚轻，脑袋昏沉沉的，咽喉肿痛，难以发声，才走两步便眼前一黑，倒在地上晕了过去。

也不知过了多久，她迷迷糊糊地只依稀感觉到有人为她擦身、换衣裳，又让她躺在一张温软的榻上，喂她服药。她终于有力气睁开眼睛时，首先映入眼帘的是殷琦的身影。

他立于她的榻前，见她睁眼，便在榻边坐下，含笑问她："好些了吗？"

他衣冠楚楚，眉目清和，俨然是仪貌清雅的翩翩佳公子，哪里还有丝毫昨夜的癫狂迹象？

蓂蓂怔怔地看他良久，忽然低头看自己被人换上的新衣裳，霎时变色，将被子拢至肩头，蹙眉瞪着殷琦："你……"

殷琦似乎明白她心中所思，一顾身后的中年女子，那妇人立即上前，对蓂蓂道："我是大公子的乳保罗氏。大公子今晨让我去请姑娘，姑娘受了风寒，一直昏迷。我便让侍女给姑娘擦身换衣，药是我喂姑娘服下的。大公子放心不下，过来探望，可巧姑娘便醒了。"

蓂蓂向罗氏道谢，再看殷琦，仍心有余悸，不自觉地向后缩了缩。

殷琦微笑着作揖："真是对不住，听说我昨晚失态，吓到姑娘了。"

他语气柔和，神态温雅，给予蓂蓂的礼节与尊重无懈可击，蓂蓂回想夜间所见那人，只觉与面前的殷琦像是选择了同一皮囊的两个灵魂。

殷琦让蓂蓂在他所居院中这间陈设雅致的厢房内住下养病，不时来看她，还给她带来许多点心和水果，对她的照拂非常细心。有次他带来了今年新出的橙子，命侍女破开，再呈上一些细盐，抹在橙子上以稍去酸涩、突出甜味。当侍女奉上盐时，他微略尝了尝，便问那侍女："这不是吴盐吧？"

那侍女一愣，承认院中吴盐用完了，尚未去厨房取，便用了别处出产的。

殷琦温和地让她去取，回头见蓂蓂瞠目看着他，便一笑："吴盐色泽皎洁如雪，口味又清淡，最宜与水果相配，柔和地渍去果酸。"

蓂蓂默默不语，他又解嘲地笑道："在尚食内人面前说这些，是我班门弄斧了。"

蓂蓂随即问他："你知道我是谁了？"

他点点头："我知道，吴内人。"

蓂蓂这风寒养了几日就痊愈了，但殷琦似乎并没有让她搬出去的意思，自乳保罗氏以下，众人都对她客客气气。这反而令蓂蓂浑身不自在，深知以自己的身份实不该领受如此厚待，向殷琦表示想回包子厨。殷琦告诉她："你生病那几天已经有人补了你这个缺。"

于是蓂蓂只得留下来，主动帮院中侍女干活，洗刷洒扫十分勤快，看得罗氏忍不住笑了："你干这么多，倒让那些丫头们做什么呢？"

蓂蓂向她诉说了无所事事的苦恼。罗氏便建议道："我有一个活儿，是在大公子进膳之前先行品尝他的饮食。我近日肠胃不大好，吃什么都觉得无味，怕尝不出好歹，要不你代我试试？"

蓂蓂立即答应，笑道："这活儿我们尚食局内人都要学的，膳食先尝，以免膳食有毒损及贵人。"

罗氏道："我们郡王宅不比宫里，几乎不会有下毒之类的事，不过为贵人先试试菜肴咸淡凉热是必须的。大公子味觉嗅觉都很灵敏，所以膳食先尝这一节尤为重要，半点儿糊弄不得，以后要仰仗姑娘多费心了。”

萁萁一向感激殷琦给予她的善意，既领了这活儿，便完成得相当尽心。每一道饮食品她尝后觉得无问题再呈给殷琦，如果殷琦觉得哪里不妥，就用心记住，下次咸淡温热便按殷琦的喜好来。

殷琦与众不同之处还有一点：长期服药。据说他从小体弱多病，陈国夫人在他幼年时常带他去寺庙求神拜佛，所以给他取小名为“伽蓝儿”。后来他癔症发作，夫人便不敢让他外出，每每聘请名医入宅诊治，殷琦的院中也就常年飘散着药味，几乎每日都要饮几回药汤。

而殷琦最厌烦的就是饮药汤，经常找各种借口不饮，有时罗氏等人劝多了他还会发脾气将药碗砸了，这是他在没发病时流露出的最强烈的情绪。

萁萁为了让他顺利服药，煞费苦心地研究每剂药的成分、熬制时间，一遍遍地品尝，感觉浓淡温热，以探求最易于接受的口感。有时候她研究一天，药喝得多了，自己也头昏眼花，乃至呕吐。然而一到殷琦要服药的时辰，又振作精神，神气活现地端着药搁到殷琦面前，说：“大公子，今日这药汤与昨天的不同，味道更好哦。如果你饮完后尝出哪里不同，我就再给你一块新割的蜂蜜。”

一日，她伺候殷琦喝完药，从他室内出来，还没回到居处，就觉一阵恶心，匆匆走到花圃边，对着花泥呕出的尽是药汁。

罗氏在不远处看见，忙过来帮她抚背顺气，然后牵她来到自己房里，给她取水漱口，见萁萁面色缓和，才松了口气，感叹道：“你是个好孩子，难怪那天大公子将你认成他刘姑姑，你这认真侍主的劲儿，还真像……”

萁萁顿时想起了殷琦对着她唤“姑姑”的情形，好奇地拉着罗氏连声询问刘姑姑是谁。

罗氏犹豫半晌，终于告诉了萁萁：“那个刘姑娘原是先朝齐太师家中厨娘所生的女儿，跟着她母亲自幼学习厨艺，很有灵气。后来陈国夫人嫁给延平郡王，她也作为陪嫁侍女来到了郡王宅，大公子幼儿时的饮食都是她在料理。有一次先帝驾临郡王宅，品尝了刘姑娘做的菜肴，觉得很好，赞不绝口。延平郡王会意，立即送刘姑娘入宫，进了尚食局。”

萁萁恍然大悟：“这个刘姑娘就是刘司膳吧？”

罗氏也一惊：“你知道她？”

萁萁忙摆手，掩饰道：“只是听老宫人提过一次，只知道曾有位司膳姓刘，别的一概不知。”

罗氏颔首，又道：“她起初只是从内人做起，但先帝让她拜他最信赖的尚

食刘娘子为母，跟着刘娘子学艺。”

那尚食刘娘子倒是宫里有名的人物，据说是汴京宫中旧人，厨艺出神入化，先帝一向倚重，她任尚食多年，但后来身染重疾，在今上即位前便已病故。

萁萁忆及此处，对罗氏道：“那尚食刘娘子一生皆在宫中，一定没有亲生儿女，对这养女必定很珍视，会将毕生厨艺倾囊相授。”

“的确如此。”罗氏道，“刘姑娘的厨艺越发精进，不久后先帝便让她常侍左右，为他尝膳。刘姑娘深知这任务意味着什么，她不仅细细分辨每一种食物的味道，还主动去品尝毒药的味道，例如砒霜、断肠草……”

“啊……”萁萁不禁惊叹，“品尝这些一着不慎会送命的。”

“可不是嘛。”罗氏叹道，“这姑娘死心眼，觉得要先知道毒物的味道以后才好分辨，所以一次次地尝，虽说都是一入口感觉到味道便吐出来，但难免有毒素遗留……好几回毒发，她奄奄一息，幸亏先帝召集最好的太医为她诊治，才将她从鬼门关拉了回来。”

萁萁连声赞叹：“佩服佩服！如此尽职我望尘莫及。”

罗氏表示认同：“天下没几个人能做到她这样。所以，先帝格外器重她，让她年纪轻轻就做了司膳。这刘司膳和仙韶部的菊夫人，是当年虽不在嫔御之列，但圣眷之隆不亚于众娘子的两位宫人，一时堪称双璧。”

萁萁听香梨儿提起过菊夫人的风采，忍不住问罗氏：“刘司膳生得美吗？”

“倒没有菊夫人美，不过也是俏丽的……她很爱笑，一笑起来眼睛弯弯的，像月牙，十分甜美。”罗氏答道，忽然着意端详萁萁，又道，“你笑起来的样子跟她有两分相似，大概这也是大公子那晚将你误认为刘司膳的原因之一。”

（二）
王孙妾

“刘司膳入宫后大公子还能经常见到她吗？大公子对她像是熟识的。”萁萁忆及那晚殷琦认错人后对她流露出的依恋之情，遂如此问罗氏。

罗氏道：“她入宫时大公子才两岁，按理说记忆不深，不过身为贵戚，大公子经常入宫与皇子们玩耍，也就经常能与刘司膳相遇。刘司膳很喜欢大公子，每次都会给他吃她做的各种点心，有时候大公子还跟随她去厨房看她做事，特别爱闻她衣裳上附着的糕点香味。”

萋萋瞬间明白了为何那一夜殷琦会忽然拉着她的衣袖闻，这大概也是他在恍惚中确认刘司膳身份的一种方式。

罗氏笑着叹息道：“大公子自小不怎么爱说话，但刘司膳性格活泼，特别会逗小孩，他们在一起就经常有说有笑，夫人那时常感叹大公子对刘司膳比对她还亲。”

“感觉刘司膳是个人缘很好的人。”萋萋道，“忠诚侍主，友善待人，又很爱小孩，宫里的人应该都很喜欢她吧……但是她后来去哪里了？怎么如今宫中很少有人谈论她？”

“这……呃，她后来跟人私奔，逃出宫去了。”罗氏踟蹰着简略地回答。

萋萋大感惊讶：“先帝如此重视她，她还私奔，她爱上的那人一定非比寻常吧。”

“不说了不说了，这种乱七八糟的事儿，你们小姑娘家听了不好。”罗氏言罢起身，“大公子该午睡了，我看看他去。”

走了数步，罗氏又回顾萋萋，有些迟疑地强调：“对了，有件事我得提醒你，别在大公子面前提‘馄饨’二字，更不要做，这是郡王宅的一大禁忌。”

这点其实萋萋自殷琦发病之后便意识到了，只是一直没人跟她解释原因，而如今罗氏也丝毫没有要解释的意思，说完便匆匆赶往殷琦居处，根本没给她发问的机会。

萋萋服侍殷琦进食，万万没料到，在分辨食物细微滋味这点上，他竟然可以做她的老师。

一日晚餐，厨房奉上的菜肴中有一道炙羊肉，萋萋尝过后，另取少许入银盘呈给殷琦，想起殷琦命人换吴盐抹橙之事，便盛了一点儿吴盐搁于他的案上，供其调味用。

殷琦见状，温和地吩咐她撤下吴盐，改用西夏青盐。

萋萋有些诧异，旋即解释：“我以为公子更中意吴盐。”

殷琦道：“吴盐色白味淡，适合与水果相配；而青盐醇厚味甘，更能焕发肉味。”

萋萋留意观察，见吴盐细白，颗粒极小；而青盐晶体较大，颜色泛青。她好奇地撒一点儿在羊肉上送入口中，青盐不会立即溶解，齿间碰触，可以清晰地感觉到晶体的脆度。当盐粒于口舌中脆裂，随之弥散的咸味与原本于油脂下若隐若现的肉香瞬间相融，浓郁而近乎妖娆的滋味开始在舌尖舞动，诱惑着你迫不及待地继续尝试。

自小家中常用吴盐，虽然秋娘也用解池盐、川陕盐等其他产地的盐，但萋

萁几乎不曾留意各地盐的不同用法，也没有意识到其中味道可能存在的细微差别。

晚间殷琦命侍女取出一组琉璃瓶子，里面分别盛着颜色与粗细各异的盐晶。

“盐以来源分，有海盐、池盐、井盐、崖盐或岩盐之别；以形状分，有珍珠、琉璃、珊瑚、水晶、雪花、钟乳、宝塔之类；以色泽分，有赤、紫、青、黑、白几种；以产地分，那就更多了……”殷琦微笑着向萁萁建议，“不如我们来做一个游戏，我们同时蒙上眼睛，然后品尝侍女选取的盐，看谁能正确地说出品类。”

萁萁忙不迭地摆手：“我没仔细分辨过，可不敢跟你比。”

殷琦也不勉强，好脾气地说：“那你蒙上我的眼睛，看看我辨得对不对。”

萁萁依言，用丝巾蒙住殷琦的眼睛，然后用银匙自一个琉璃瓶中取出少许色泽红莹的盐粒，递与殷琦品尝。

殷琦很快下了结论：“不甚咸，颗粒较粗，细品之下隐约有金戈之味，这是西安州的池盐。”顿了顿，他又补充，“是红色的吧？”

萁萁称是，另取一些洁白晶莹，晶体呈塔尖状的盐粒给他品。须臾，殷琦点评道：“这是海盐，口感清澈柔和，还带有一点儿花香，这是大食商人带来的一种拂菻国的盐。”

适才取出盐瓶的侍女已露出赞叹的微笑。

萁萁自取一些细品，虽微觉咸度有异，但什么金戈之味与花香是品不出来的，遂对殷琦敏锐的味觉深表佩服。殷琦摘下蒙眼的丝巾，含笑道：“我很少出门，每日都很闲，所以有空反复做这些很无趣的事……你以后多尝尝，也就能品出其中的差异了。”

随后他建议萁萁蒙上丝巾：“当你眼睛看不见时，舌头会更敏感，更容易品出食物的微小差异。”

萁萁试了试，果然觉得再尝盐粒，能辨出更丰富的滋味了。

“这个法子很妙。”萁萁笑道，“大公子怎么想到的？”

殷琦笑容渐渐隐去，少顷，垂目黯然道：“是刘姑姑教我的。”

他似乎不愿多提刘姑姑，没有就此继续与萁萁谈下去。不过这个蒙眼辨味的游戏他后来与萁萁经常玩，除了盐，还会分辨各种酱、醢、糖、茶，若是谁猜错了就会被赢的那方施加一些小小的惩罚，两人常常玩得不亦乐乎。

某日陈国夫人来看殷琦，刚进到院中就听殷琦房中笑语不断。她不待侍女通禀便疾步入内，正好见殷琦笑吟吟地转过头来，他皎皎如月的脸上赫然多了两道以墨画出的唇髭，而萁萁在他对面扬着一支笔笑道：“这一笔没画好，重来！”

陈国夫人见状脸一沉：“这成何体统！”

殷琦与萁萁忙收敛笑容，过来施礼。

殷琦向陈国夫人长揖，不忘为萁萁开脱：“是我要与吴内人玩猜茶的游戏。我茶饮得少，输给了她，这惩罚也是我想出来的，愿赌服输，不是她的错。”

陈国夫人上下打量萁萁，也未多说什么。须臾，她拉起儿子的手，爱怜地为他拭去额上的薄汗，柔声道：“你觉得有趣就行。只是稍后这墨迹要及时洗去，别在脸上留下痕迹。”

罗氏担心陈国夫人因此不快，随后又去向陈国夫人解释，说虽然此类游戏不顾尊卑，有些失当，但大公子近日来心情愉快，面色也比以前好看了。

陈国夫人若有所思，然后对罗氏道：“这吴萁萁虽然不甚识礼数，但大哥与她倒颇投缘。我看她模样还不错，不如便让大哥收在房中吧。”

罗氏笑道：“夫人考虑周全。难得有个丫头大公子能看上眼的，早日收房，也好尽快为大公子开枝散叶，让夫人抱上孙子。”

陈国夫人微微一笑，想到殷琦婚事高不成低不就，拖至今日仍遥遥无期，不免又紧锁眉头，暗暗叹了口气。

罗氏获陈国夫人授意，向萁萁和殷琦传达此意，萁萁吓了一跳，立即婉拒。罗氏劝她道：“贵戚中若论与天家之亲疏，地位之尊贵，谁能与郡王相提并论？你能嫁入郡王宅是前世修来的福分，何况大公子论人品、模样，也是一等一的人才，不会委屈了姑娘。”

萁萁称自己出身低微，配不上大公子。罗氏又道：“说实话，以姑娘的出身，是不能做大公子的正室，但你好歹是从宫里出来的内人，做公子的妾是绰绰有余的。因大公子尚未成婚，目前暂不宜给姑娘多高的名分，但陈国夫人说了，待公子娶妻，便会禀明官家，届时请他赐你个县君的封号，也不是什么难事。”

萁萁无奈，只得借口说当初出宫时孙司膳说是让她出来历练历练，说不定什么时候慈福宫缺人了，仍会召她回去。罗氏便冷笑道：“姑娘竟把这话当真呢。这宫里赐给臣僚的内人，没听说有召回去的。既赐了，本意也是给臣下做妾的，哪有再把这些姬妾召回宫中之理？”

萁萁一愣，心想一出宫在宫中人看来难保清白，的确难以回去了，这恐怕就是程渊当初让自己入郡王宅的本意。她心中越发难受，不再分辩，但任罗氏如何劝说只是默不作声，始终不松口。

待罗氏走后，殷琦让其余人退下，温和地问萁萁：“你不愿意，是厌恶我吗？”

萁萁摇头，黯然地说道：“大公子很好，只是我有我的难处，此时还不能嫁人。”

殷琦问有何难处。萁萁迟疑地道：“我还要找我妈妈。”

她简单地跟殷琦说了母亲失踪之事。殷琦道："你妈妈的名字，我也没听说过，不过我可以帮你打听。"然后他想了想，又微笑道，"但这并不妨碍你嫁人呀。你嫁给我，我请我爹爹妈妈帮你一起找，不是更容易吗？"

蒖蒖语塞，良久后叹息一声，告诉殷琦："有人曾经跟我说，如果我能出宫，希望我中秋时去找他，与他一起赏月。"

殷琦一怔："你答应他了？"

蒖蒖道："没有立即答应，但是我心里……我心里是……"

殷琦静静凝视着她，不知想起了什么，呼吸逐渐急促，眼神也开始涣散。

蒖蒖觉出异状，唤了一声"大公子"，殷琦不应，飘忽的目光在蒖蒖脸上游移，她却不敢确定他是在看她。

"为什么你们都要出宫？为什么都要离开我？"殷琦喃喃道。

蒖蒖很怕他再次发病，试探着去拉他的手，想给他一些安慰。

殷琦猛地甩开她伸来的手，忽然站起来，胸口起伏，血气上涌，盯着蒖蒖的眼中冒着怒火，也泛着泪光："为什么要出去？你不知道外面很危险吗？有很多人要害你，害你……"

他颤抖着，喘着气，目中滑下一滴泪。

蒖蒖取出自己的手巾，靠近他，想为他拭擦。但那棉质手巾刚触到他的脸，他立即惊叫一声，大力推开她，眼睛旋即又看向那方手巾，瞳孔不自觉地收缩，满含惊惧。

（三）
适安园

殷琦不自觉地战栗着，紧紧咬着下唇，双目失神，一副魂不守舍的样子。蒖蒖一时不知如何是好，又不敢高声唤旁人来，唯恐惊动了他。她默默地僵立半晌，见殷琦兀自不动，但鬓间有冷汗渗出，遂提起茶几上的汤瓶倒了杯温水，用手巾托着杯底尝试递给他，欲缓和彼此间的气氛，不料一声温和的"大公子"才出口那杯水便被他挥手击飞。他旋即捉住她的右手腕，把她拉至自己面前，充血的眼眸露出锐利的光，直直地刺向她："你，又想害什么人？"

此刻他的嗓音嘶哑低沉，与之前判若两人，捏住她的手也逐渐加大力度，蒖蒖的腕骨几乎要被他捏碎。

他整个人的状态陡然转变，适才带着几分怯懦的受惊神情消失无踪，现下看蕙蕙的眼神异常冷酷，其中跳跃着喷薄欲出的怒火，似乎将她视为一个即将撕碎的猎物。

而他也确实开始行动，在蕙蕙开口准备呼喊之前便双手上扬，掐住了她的脖颈儿。

他不断用力，在失魂落魄的迷乱中试图掐断蕙蕙的生气，蕙蕙拼命挣扎，想拉开他锁于自己喉间的手，但那双手如钢铁一般紧箍着她，她费尽全力仍纹丝不动。

蕙蕙委顿于地，将要失去意识前无力垂下的手忽然碰触到刚才被殷琦击落的杯盏，灵机一动，她奋力伸足，踢倒了不远处那方小小的茶几，上面的银质汤瓶和茶盏纷纷跌落，咣咣当当地落在地上发出巨大的响声。

很快，外间的婢女和罗氏听到动静，先后奔来。

罗氏见状大骇，立即上前，抬手批了殷琦面颊一下，喝道："小祖宗，可快醒了吧！"

殷琦愣怔，渐渐松开了掐着蕙蕙脖子的手。婢女们忙七手八脚地将蕙蕙从殷琦身边拉开。

蕙蕙被掐得颈中全是瘀痕，咽喉肿痛，难以发声，人也昏昏沉沉的，卧床两天。第三日罗氏来看她，见蕙蕙惨状颇感怜惜，着意安抚，对蕙蕙道："这次的事，还望姑娘谅解，别记恨大公子。他是病了，不知道自己在做什么。"

蕙蕙默然，须臾，勉力用喑哑的声音问罗氏："所以，宫中传说大公子曾杀死过侍婢，是真的吧？"

罗氏未作答，只是长叹一声。

蕙蕙眼圈一红，想转过头不让罗氏看到自己的表情，然而脖子一动又感到一阵钻心般的疼痛，心里更觉得委屈，忍不住落下泪来。

罗氏解释道："那一次，是那个东宫来的内人不知忌讳，给大公子做了馄饨，大公子抬手打翻，洒了些汤在身上，那内人掏出手巾去给他擦，又勾起了他的心病，所以狂性大发……"

"为什么馄饨和手巾会……"蕙蕙追问。

罗氏四顾，见左右无人，才压低声音告诉蕙蕙："当年刘司膳与人私奔，后来被太师手下的人抓回来过，押回太师宅。那天陈国夫人正好带着大公子回娘家，大公子看见了刘司膳，就跑过去抱着她，心里明白那些押着刘司膳的人会对她不利，便怎么也不肯松手，哭着坚持要她回自己屋，谁企图拉走刘司膳他就像只小兽一样对他们拳打脚踢。那些人只能给大公子和陈国夫人面子，让

他带走了刘司膳。大公子和刘司膳说了半宿的话，一直留她在身边，想保护她。但到了深夜，大公子又困又饿，打着盹儿迷迷糊糊地说想吃馄饨，刘司膳就去给他做，这一去，便没回来……”

蕙蕙顿悟：“所以，大公子觉得是他的错，从此就害怕见到馄饨。”

“唉，还不仅于此……造孽呀……”罗氏重重地叹息，“大公子睡了一会儿醒来，不见刘司膳，就悄悄跑去厨房找她，结果看见……”

她摇头，蹙眉嗟叹不已，暂未说下去。

蕙蕙有几分明白了：“他看见刘司膳遇害了？”

罗氏颔首，少顷补充道：“是被绑在厨房的长凳上，有人用浸湿的棉手巾一张张地贴在她的脸上……”

蕙蕙闻言不寒而栗，紧锁眉头，闭上眼睛，双手暗暗抓紧被褥，似乎感受到了刘司膳当初的痛苦和绝望。

罗氏又对蕙蕙道：“当时大公子才六岁，看见这种事，受到的打击可想而知……大哭大闹发了几天热之后，他就落下了这癔症的病，受点儿刺激便发狂，发病时是认不清人的，并非故意伤害姑娘，待清醒了，若知道曾对姑娘这样，还不知会怎样伤心自责呢。”

蕙蕙叹道：“我明白的，不会怨大公子。”

“我知道姑娘通情达理，不会往心里去。”罗氏握住蕙蕙的一只手，轻轻拍了拍，又嘱咐道，“不过这些事，姑娘自己知道即可，千万别跟大公子或其他人提起，否则，恐生事端。”

这一晚蕙蕙睡到半夜醒来，就着房中未灭的烛光，赫然发现有一人坐在她的床前。

蕙蕙大惊，倏地坐起，而那人见她醒来，瞬间绽开了孩童般纯净的笑颜：“姑姑，你醒了？”

烛光中殷琦的面容温柔秀美，目光脉脉地看着她，完全没有一丝暴戾的痕迹。

他取出一个用油纸包裹的点心，小心翼翼地展开，献宝一般递至蕙蕙面前：“姑姑，你饿不饿？我这儿还有个酥儿印，你尝尝？”

他的眼睛看起来仍有些迷茫，像蒙着一层薄雾，然而他向蕙蕙露出和煦的微笑，等待着她的回应，那孩子气的神情近乎讨好。

蕙蕙想起他与刘司膳的前情，莫名悲从心起，两滴泪霎时夺眶而出。

殷琦一愣，垂手放下点心，问蕙蕙：“姑姑，你怎么哭了？”

留意到蕙蕙脖子上的瘀痕，他颇显焦虑，关切地问：“姑姑怎么受伤了？谁打的你？”

见蕙蕙不答，他决然起身，说：“我去找他们。”

也不知要找谁，他转身欲走。蕙蕙一把拉住他，温柔地道：“没事没事，没人打姑姑，姑姑只是不小心，把画眉的青黛弄到脖子上了。”

他又坐下，呆呆地看蕙蕙的脖子良久，然后伸手谨慎地微微触了触一块伤痕，问：“痛不痛？”

蕙蕙摇头，像拥抱一个孩子那样轻轻拥住了他。

留在宫里的那三十名新来的尚食局内人这期间也有了去处。皇帝没召见她们，仅仅看了看名字，便随便选了四名交给裴尚食管教，日后负责御膳事宜，其余的命尚食局自行分给诸皇子及娘子使唤。

裴尚食见云莺歌厨艺精湛，平日行事也谨小慎微，便将她派往东宫，而听说凤仙药膳做得好，就有意让她去服侍体虚乏力的郦贵妃。在向凤仙宣布这个决定时，裴尚食感觉到凤仙明显沉默了，并不似其他内人那般立即谢恩，欣然领命。

“你不愿意去吗？”裴尚食直接问凤仙。

凤仙忙欠身行礼：“服侍任何贵人都是我们莫大的福分，凤仙自然愿意前往。谢尚食恩典。”

拜谢毕，她又垂首，轻声补充道：“这点秦司膳去浦江选内人的时候，就跟我们说过，凤仙一直谨记秦司膳教诲。”

听她刻意提秦司膳，裴尚食转头看看立于一旁的秦司膳，蹙了蹙眉。

待内人们退下后，秦司膳立即上前，欠身对裴尚食道：“凌凤仙的去向，还望尚食多斟酌。她与二大王，似乎有些渊源……”

翌日凤仙接到新的任命，她将要服侍的主人变成了赵皑。

柳婕妤阁中也分到了两名尚食局内人。她收下这二人，然后立即从自己小厨房原来的内人中挑了两名，让她们去服侍程渊。

程渊不敢接受，亲自前来拜见柳婕妤，婉言谢绝。柳婕妤笑道：“官家给我阁中添了两名内人，这是天家恩泽，我自然欢喜，只是我厨房狭小，原也无需许多人。近日听说先生在西湖小新堤曲院旁新买了处园子，想必奴婢未足，便从旧人中挑了两名精于饮食之道的，想请先生接纳。先生不妨收下她们，为新园子添点儿人气，顺便，也帮我疏解一下人手。”

程渊道：“娘子美意，臣自然心领。但娘子阁中人亦是天家内人，岂可赏给宦者私用？此事万万使不得。”

柳婕妤道：“那两名不是内人，是我带入宫的厨娘，不在宫籍中，先生大

可放心。”

程渊坚辞不受。柳婕妤无奈，只得改口：“看来她们无福，只得继续在我这小厨房里待下去了。不过先生置产之喜，是必须庆贺的。扬州后土祠有一株天下闻名的琼花，国朝开国后，曾移栽到东京，但琼花水土不服，逾年而枯，便又移回了扬州。日前我偶然向官家提起此事，官家误以为我想看琼花，便悄悄下令，让人把花移到我园圃之中。怎奈无论我如何呵护，这花长势也仍旧不好，眼见着快枯萎了。我想，琼花是有情之物，若遇到爱花之人，想必便能活过来。听说程先生一向爱惜花木，自己园中草木蓊郁，遍植名花异卉，不如便把这株琼花也接了去。有先生悉心养护，此花必能枯木逢春，焕发生机。”

这一回程渊没有坚决拒绝，稍做推辞后，谢过柳婕妤，接纳了这株琼花。

出宫之后，他没有立即回慈福宫，而是命令驾车的小黄门，驰往小新堤曲院方向，在他新园子“适安园”外停下，然后他独自步入园中。

这园子占地不算宽广，但设计精巧，山石秀丽奇峭，移步换景，其中又有朱栏玉涧，翠堤画桥，蓉柳夹岸数百株，影落水中，如铺锦绣。

程渊沿着池中小桥，走向彼岸，对面是太湖石叠成的小山，山巅有一座粉墙黛瓦的小楼，朝着黄昏之前青天上那一痕云朵色的月亮挑出了一角飞檐。

想是楼中光线已暗，有人在内点亮了蜡烛，窗纱上影影绰绰地映出一个女子的身影。

程渊注视着那熟悉的影子，心中和暖，嘴角不自知地露出温柔的笑意。

他加快步伐，拾级而上。

（四）
菊姬

来到楼阁门前，程渊重整衣冠，展臂左右看看，确定周身一丝不乱，方才轻轻叩了叩门。

阁中有片刻静默。程渊立于门外朝内欠身，不疾不徐地道：“多日不见，夫人安否？”

里面终于有人回应：“进来。”

程渊隐隐含笑，从随身携带的丝囊中取出一把钥匙，打开了门上悬着的锁。

一个身材曼妙的女子无言独坐窗边，凝望天边白色的月牙，待他走近，才微微朝他看来，无瑕的容光皎洁如月，令他顿感日间身染的俗世红尘瞬间隐去，心境澄净空明，一缕柔情不自觉地蔓延到了眼里。

他再次向她问安，彬彬有礼地称她“菊夫人”。她淡淡地转回头去，望向远方道：“我是吴秋娘。”

程渊一笑，也不就此多说什么，一瞥案上依然满盛着食物的器皿，问秋娘道：“这些膳食，尚不能如夫人意？”

秋娘没有作答。程渊又好言道：“园中的厨娘，手艺是极佳的，夫人想吃什么，让人告诉她，她会按时做好。”

秋娘不由得冷笑道：“我能告诉谁？这园子里的奴婢，非聋即哑，且目不识丁，平日我欲取一非常用之物，都得比画半晌，要请他们传递心意，难于上青天。”她回身与程渊对视，冷淡的笑容中多了点儿嘲讽意味，“程先生倒是大可放心。”

程渊的微笑依然十分温雅，谦恭的姿态无可指摘：“夫人需要什么，此刻告诉我，也是一样的。”

“那么——”秋娘提出了一个要求，“别锁阁门，让我每日在园子里走走，一日三餐，也让我自己做。”

程渊温言道：“若我不在此地，夫人下楼游园，园中奴婢粗鄙，未免伺候不周，易生事端。不如待异日气淑风和，我亲自请夫人下楼，陪夫人赏花。再则，夫人千金之躯，本应居于琼楼玉宇，如今身处这小园，已然委屈了夫人，我又怎敢以庖厨之事烦扰夫人，令夫人这本应调笙拨弦的玉指去沾染阳春之水。”

程渊再问她饮食所需，秋娘并不回答。程渊走到窗边，放眼一观园景，又欠身问秋娘：“夫人向来爱名花异卉，如今园中这些，可有一二曾入夫人目否？”

秋娘仍不应声，索性闭上了眼。

“我新得一株名花，是夫人多年前向先帝提起过的琼花。”他稍做停顿，见秋娘没有睁眼的意思，又继续道，“琼花离开扬州，极难成活。好在这些年我得暇便钻研园艺，略有所成，想必这回能种好这株琼花。”他一指园中池畔某处，请秋娘看，“园圃我已定好，就在那里。”

秋娘未如他所愿睁眼，只有嘴角那一点儿不带暖意的弧度显示着她的不屑。

程渊无奈，低叹一声，似自嘲般沉吟道：“憎我也无妨，[1]而吾庭前花橘，亦不来观赏？”

这轻轻巧巧的一句话却引得秋娘双睫微颤，她睁开了眼，看向程渊的目光蕴含着迷惘与一丝难言的痛楚。少顷，她举目投向楼外池心，任那一泓被晚风

① “憎我也无妨”一句，原文出自日本诗歌总集《万叶集》第十卷。

吹皱的秋水，将她卷入一场旧梦。

她不知道自己父母是谁，自晓事以来就生活在仙韶院里，被多名乐伎、舞伎收养过。因为生在遍开菊花的秋天，有人给她取了个“菊安”的小名。养母换得太勤，她不清楚该跟谁姓，也拒绝跟其中某人姓，于是所有人都只唤她名而不加姓。

她遇到的善良养母不多，大多把她当婢女使唤，一言不合就打骂，偶尔教教歌舞音律，才渐渐发现她在这方面有惊人的天赋。

意识到自己这个优点，她越发主动地苦练歌舞，一壁躲闪着养母的棍棒，一壁明里暗里揣摩仙韶部最美舞伎的舞姿，经常待养母睡着后溜出房门，在寂静的月光中一遍遍地独舞。

终于有一天，当养母又朝她扬起棍棒时，她举手将那木棒压下，对养母横眉道：“听说尹部头病了，明日不能在官家面前跳《梁州舞》，仙韶使正着急呢。如今整个仙韶院除了尹部头，还会跳《梁州舞》的只有我，你若打伤了我，只怕仙韶使和官家那边不好交代。”

养母一愣，举棒的手顿时垂了下来。

翌日她作为尹部头的接替者，被仙韶使在孤注一掷下送入了天子殿中。她在满座宾客灼灼的目光注视下起舞，仙乐缭绕，飞花盈袖，舞至酣处，她感觉自己衣袂飘飖，肢体皆轻，那一瞬似乎即将幻化成壁画上的神女，随风而去。

“来，来，将她挽住。”她听见御座上的官家轻笑道。

有男舞者上前挽住她飞旋的披帛，她渐渐停止了舞步。

官家和颜悦色地问她名字，她说自己名为“菊安”。

“姓什么？”他又问。

她静静地抬起眼帘迎上他的目光：“无姓，就叫菊安。”

他一怔，旋即微笑着，吩咐左右：“赐菊姬金缕衣一袭，东珠一斛，螺子黛六颗。”

那一年，她才十五岁。

那一舞成名之后，官家常召她至御前歌舞，吟诗赏月，亦常命她陪侍。她说想读书习字，他甚至亲自指点。在外人看来，她所获恩遇不亚于官家最宠爱的贵妃娘子，然而官家从未召幸或临幸她，她就这样一年又一年清清白白地陪着他，跳着舞，直到升为了仙韶院之首，著名的菊部头，她被人尊称为“菊夫人”，也仍未被他纳入嫔御之列。

即便如此，她仍然不可避免地感觉到了来自皇后的敌意，行为受到各种约束，未经宣召，不许她接近福宁殿，求见官家。

不去就不去，反正他会来找她的。菊安仰面迎着初春和煦的阳光，慵懒地垂下被镀上一层融融金色的睫毛。

也许是顾及皇后颜面，官家许久未来找她。她等呀等，渐生怨气，当官家终于遣程渊来宣召时，她说自己体乏无力，容色欠佳，不堪在御前伺候，拒不领命。

如此几番，菊安始终不肯应官家宣召。程渊十分担心她激怒官家，挖空心思寻委婉托词代她解释，官家倒不以为意，对程渊说："菊姬自与他人不同，哪怕冷面朝天，亦惹人怜，又何必要她日日随众呈欢颜？"

言罢，他举目望向帘外，但觉庭中花开如锦，景象暄妍，遂一笑，命程渊取来笔墨，在一方碧云春树笺上写下寥寥几字，细细叠好，并附上一枝樱花，命程渊送与菊姬。

菊安展开花笺，默默在心里念出上面的字："憎我也无妨，而吾庭前花橘，亦不来观赏？"

她目光自花笺上反复扫过，温柔地摩挲，一时间幽思恍惚，心下暖洋洋的，失去了抵挡的力量。当程渊再次请她前往福宁殿时，她不再拒绝。

福宁殿中，官家含笑召她近身，屏退内侍，与她独坐于檐下赏花，告诉她此间典故："日前我召见日本来的使臣，论及两国诗歌，他呈上数卷诗集，说是他们国中经典。我展开一阅，顿觉其中一句清丽可喜，今日又应了此情此景，便改写在花笺上，与你同赏。"一言至此，他又站起身来，道，"那几卷诗还在我殿中，我去取来给你看看。"

他刚一转身，菊安即随之而起，自身后搂住了他的腰，将一侧脸颊依靠在他的背上，微弱的声音近乎呜咽："留下我，在你身边。"

她感觉到他的身体倏忽一僵，但他很快回过神来，将她的双手自腰间松开，转而牵住她的右手，柔声道："你的瘦金书练得如何了？来，写给我看看。"

他带她至书案前，用翰墨法帖消解了此前的风花雪月。

（五）
弹棋

此后官家依然经常宣召菊安，他们或舞文弄墨，或浅酌低唱，又或只是并

肩坐于檐下，静静看花开花谢，并不说话，安恬地听时光随风声悄然滑过。她总是设法让自己与他的相处尽可能地延长，然而他严守自己原则，一俟黄昏即命人送她归去，从不让她留宿。

这样的日子相较她遇见他之前的生涯已经足够美好，但她仍患得患失，隐隐觉得不安。于她而言，他是自己经历十五年的晦暗生活后获得的第一束光亮，她且惊且喜地沐浴在他温柔的照拂下，然而伸出手却把握不住他。她离开他时，心境也随渐浓的暝色重新沦入无边的黑暗，她期待与他的重逢，就像期待破晓的阳光。

他有不少宠妃，例如大刘贵妃、小李婕妤，皆可日夜常伴他身侧。她自忖品貌才艺均不输二人，而于良宵添香者，为何不能多一个她?

一日她又被召入福宁殿，她挥毫作瘦金书，官家立于她身侧，不时评点。须臾皇后入内，见她的字迹，怔了怔，但很快回过神，向官家敛衽为礼。

官家与皇后寒暄两句，遂让她坐下旁观，自己依旧指点菊安练字。

皇后默然看了半晌，然后含笑道："妾就说呢，菊部头一向勤学，尤其喜爱精研翰墨，官家爱才，也乐意指点。这原是可传为佳话的美事，偏偏宫中有一些好事闲人，嚼舌头根子，说菊部头常来福宁殿，是想以色惑主，跻身嫔御之列。下回若妾再听到此等谣言，必会严惩造谣者，还菊部头清白。"

官家听了道："也不必大动干戈。无关紧要的谣言，便当风吹过耳，听听也就罢了。"

而菊安停下运笔的手，目光掠向兀自微笑的皇后，淡淡地道："如果不是谣言呢？"

皇后闻言笑意凝结，好一会儿说不出话，随后起身告辞，推说自己与贵妃有游园之约，匆匆离开了福宁殿。

待皇后身影消失，官家对菊安叹道："何必呢，她是后宫之主，你得罪了她，将来日子恐怕不会好过。"

菊安道："我不在乎……你会保护我。"

官家笑了笑，搂住她的肩。

菊安顺势环住他的腰，仰头殷切地凝视他，提出困扰自己许久的疑问："为何不让我做你的娘子？"

官家握住她的双手，将她推开至一臂的距离，然后对她微笑，柔声说出一句话："我待你，如妹妹。"

"菊夫人……"忽然听见有人唤她，秋娘回过神来，这才感到面颊冰凉，抬手一触，发现那是不知什么时候流下的泪痕。

她拭了泪，转头看唤她的程渊，又恢复了此前冷淡的神情。

秋娘压抑着情绪，尽量以平和的语气对程渊说："程先生多年来对我的关照，我自铭记于心。而今先帝宾天多年，我于太后而言，不过是个微不足道的俳优，先生若不提，只怕她也不会想起，先生何苦将我拘于此地，浪费这许多锦衣玉食。若先生开恩，容我回乡，我必一世感念先生恩德，有生之年每日为先生祝祷祈福。"

"你只有在我这里才安全。"程渊微笑着轻声道，"夫人自己也知，你在太后眼中与他人不同。先帝崩后，太后立即派人送诸嫔御出宫，命她们出家了此残生，唯独对你与刘司膳无法释怀，说你们既是先帝最珍视的宫人，想必先帝不忍心抛下你们，让你们独留于这红尘俗世，所以下令追捕你们……这个命令，至今仍有效。夫人这些年卸尽铅华，荆钗布裙隐居于乡间，虽可避一时，但那吴蕙蕙年齿渐长，行事又张狂，泄露夫人行踪是迟早的事。所以我斗胆请夫人避于此处，夫人请安心长居，衣食用度，绝不会逊于先帝在世时，而我也会竭尽所能，确保夫人一世平安。"

"蕙蕙……"听他提及女儿名字，秋娘眼中又蒙上一层雾气，沉吟须臾，她转身朝程渊一福，道，"先生将我带至京城，而不交予太后，想必对我有两分顾惜之情，我很是感激。还望先生垂怜，允我归家，我自会带着女儿离开浦江，再寻个人烟稀少处隐姓埋名地生活。"

程渊略微靠近她两步，用低得近似耳语的声音告诉她："晚了。吴蕙蕙为寻找你已经来到临安，入尚食局做了内人……"

秋娘闻言睁大眼睛与他对视，呼吸渐趋急促。

"更不巧的是……"程渊看秋娘的目光似乎含着怜悯之意，嘴角却扬起了冷淡的笑意，"如今，她应该已经知道了刘司膳的存在。"

秋娘含怒看着他，胸口起伏，一只颤抖的手在身边案上摸索，摸到一只青瓷香炉，旋即抓起，朝程渊掷去。

程渊侧身一避，香炉击在他的右肩上，然后坠落在地，发出刺耳的碎裂声，随之泼出的香灰撒了程渊半身。

程渊不愠不怒，掸掸身上的香灰，退至门边，不失礼地长揖作别，方才转身离去。

在蕙蕙等人精心照料下，殷琦逐渐恢复常态，只是对蕙蕙更显依恋，要她终日守在他身边。陈国夫人见状又重提纳妾之事，劝说蕙蕙数次，蕙蕙仍未答

应。陈国夫人无奈，悻悻离去，却不忘叮嘱殷琦乳母及左右奴婢，务必盯紧蕙蕙，不能让她出郡王宅半步。

蕙蕙不久后听到风声，陈国夫人已暗中让人筹备纳妾事宜，向郡王表示，大不了禀明太后，请太后亲自许可殷琦纳蕙蕙为妾，如此，蕙蕙也无法拒绝。

蕙蕙见势在必行，不免忧心如焚，考虑过逃出郡王宅，然而如今四处看守甚严，她终究不得脱身。

一日，忽闻侍者传报，二大王亲临郡王宅探望大公子。殷琦带着蕙蕙至正门迎接，果然见赵皑下马进来，身后有几名内人尾随入内，另有几名内侍抬着一个硕大的木箱，应是送给殷琦的礼物。

赵皑看见殷琦身后的蕙蕙，笑意浮上眸中，然而先与殷琦两相见礼，二人寒暄着并肩而行，暂未对蕙蕙说什么。

蕙蕙尾随他们朝内走去，忽有一名赵皑带来的内人疾步跟上，靠近蕙蕙，轻声唤了唤她。

蕙蕙转头看去，惊喜地发现那内人竟是凤仙。

来到堂中，赵皑命人自木箱中取出礼物，却是一个由玉料雕琢成的弹棋盘。

寻常弹棋盘四四方方，中间丰腹高隆，四周平如砥砺，而这一个为长方形，中间玉石雕成山川河谷，颇有沟壑，棋子圆形木质，黑白二色，棋盘四角有凹槽，下棋双方以葛巾击拂之下，棋子可沿着沟壑滚入凹槽。

殷琦赞这棋盘极其精巧，山峦峰谷气象不凡。赵皑笑道："国朝人多不喜弹棋，觉得简单无趣。我便让人改了改棋盘形制，如今这模样较为美观，而且玩起来比寻常的难。你居家时多，或可以此消遣。"

殷琦谢过赵皑，两人旋即兴致勃勃地布好棋子，各执葛巾，轮流击拂己方棋子去撞击对方的，以求对方棋子滚入凹槽。

玩了片刻，赵皑停下，对殷琦道："就这样下棋有些无趣，不若设一点儿彩头。"

殷琦答应了。赵皑当即命随从取出珠宝若干，置于堂中。殷琦见状一指堂中摆的珊瑚、金瓶、香山子，道："若我输了，这堂中事物，大王看中哪个自取便是。"

二人继续对战。殷琦技艺显然不及赵皑，很快输了一局。赵皑一指堂中的殷红珊瑚，说："取这个可否？"

殷琦闻言连眼皮都未抬一下，让人速速取珊瑚盛于锦盒中交给赵皑的内侍，然后催促赵皑再开第二局。

第二局殷琦仍落败，又看都没看地任赵皑挑走一块香山子。

第三局殷琦重整旗鼓，与赵皑对战甚酣，坚持到最后一刻，唯一剩下的那枚棋子孤立于山巅，赵皑微微一笑，对着己方一枚黑子闪电般一拂葛巾，棋子应声弹出，飞向山巅与殷琦的棋子相撞，后者应声落下，沿着河谷坠入凹槽。

“抱歉，这一局，还是我胜。”赵皑含笑对殷琦道。

殷琦示意他再取彩头，赵皑徐徐漫视堂中人物，最后目光锁定在蒖蒖身上。

“给我这名侍女。”他提出这个要求，隐含命令的意味。

这次殷琦抬起头，认真地看了看蒖蒖与赵皑，很快否决：“不行。”

赵皑笑道：“我是二大王，你不应该遵我之命吗？”

殷琦镇静地回答：“我是二大王表叔，大王必不会夺尊长所爱。”

赵皑扬声一笑，不好继续坚持，也不再提彩头，只邀殷琦再玩一局。

少顷，蒖蒖见二人玩得无暇他顾，遂轻轻拉拉凤仙的衣袖，示意她随自己出去。

蒖蒖带凤仙至自己房间，二人方才相拥，又哭又笑地表达重逢之喜。二人言及彼此近况，凤仙简单地说了说自己被指派服侍二大王之事，然后追问蒖蒖如今情形。蒖蒖便将入郡王宅后发生之事说了大半，包括殷琦的病症及陈国夫人所提纳妾之事，只隐去刘司膳一节不说。她倒非有意隐瞒，而是觉得此事残酷又复杂，不欲此时提起。

凤仙听后问蒖蒖：“那你真要留在这里嫁给那个癔症病人？”

蒖蒖摇头：“殷大公子是好人，但我对他无男女之情，寻找母亲心愿未了，我不会嫁人。”

凤仙道：“二大王对此事亦有耳闻，所以今日带我来看看。如今看来。殷琦对你颇有执念，恐怕不会轻易放手，我们只能设法让你脱身。”

蒖蒖叹道：“陈国夫人让人监视我的行踪，要逃出去并不容易。何况殷大公子对我很好，不辞而别也不妥。”

凤仙蹙眉道：“事关重大，不能因一时心软让你半生葬送于此。”

她于房中缓缓踱步，思量半晌，又问蒖蒖：“适才你说殷琦不能见馄饨，否则会发狂？”

蒖蒖称是。

凤仙又问：“这事宫中人知道吗？”

蒖蒖道：“听殷琦乳母说，这是郡王宅严守的秘密，不曾泄露于外人。”

“那就好……”凤仙沉吟片刻，然后似做了个决定，对蒖蒖道，“五日后是太子生日，东宫必会邀请殷琦出席生日宴集。你务必劝殷琦赴宴，并带你去。席间你时刻留意殷琦举动，别让他伤到你。其余的，我来想办法。”

（六）
鹭鸶

凤仙没有细说她的计划，临走前仍叮咛再三，让蕒蕒一定保密，不要将她今日所说的话向郡王宅任何人透露一个字，并严肃地告诫蕒蕒：“若想尽快从郡王宅脱身，这是最好的机会，恐怕也是唯一的机会。你且装作没听过我这些话，一切等到东宫宴集那天见机行事。但若你这几日向别人提及此事，必将功亏一篑，那么你余生就要陪着你不喜欢的病人度过了。”顿了顿，她又道，“你侍宴之时，别离殷琦太近，但也别太远，注意保护自己。”

蕒蕒略一回想凤仙前后所言便不难猜到她欲筹谋的事：馄饨会刺激殷琦发病，凤仙或将联系如今在东宫做事的云莺歌，在宴席上加入一道馄饨，待殷琦因此发病，大闹起来，对在他身边侍宴的自己造成威胁，凤仙再请二大王向太子进言，请太子出面拯救。

此计肯定可行，因为太子宅心仁厚，以前便帮过蕒蕒，对她想必颇有印象，且以前殷琦误杀的正是东宫所赐的宫人，太子必不会让同样的悲剧再度发生。

然而若依计而行，蕒蕒又觉得愧对殷琦。自他上次发病以来，陈国夫人又请名医为他诊治，每日他须服大量的药，他喝得反胃，经常把药汁和此前所进食物尽数呕出，如今面色极憔悴，人也更显消瘦，若再刺激他发病，无异于对他再次施加了身体和精神的双重折磨，能不能如这次这样恢复尚不好说。

东宫的邀请果然如期而至，要殷琦兄弟随父母赴宴。陈国夫人询问殷琦的意思，他微笑道：“可以，我这两日感觉神清气爽，正想出去走走。”

待陈国夫人离开后，他接过蕒蕒奉上的药汁，一饮而尽，随后干呕几声，眼泪都被迫流出，然而他以袖掩口，最终抑制住了，没让药汁呕出。

蕒蕒抚抚他的背，又为他扇风，劝道：“如果不好喝就多分几口慢慢咽下，不必饮得这样急。”

殷琦摇摇头，道：“我想尽快好起来……”稍后他含笑对蕒蕒低语，“你随我去东宫，应该会遇见很多你以前在尚食局结识的朋友。你来郡王宅多日，又不得出去，一定很郁闷，正好趁这个机会去散散心。”

蕒蕒一时愕然，这才意识到他一反常态如此积极地饮药是想调理好自己的状态，避免因病缺席宴集，而令她失去与旧友相聚的机会。

“我上次生病，吓到你了吧？”殷琦看着兀自愣怔的蕒蕒，忽然问道。

蕒蕒不觉地睁大了眼睛：“你知道……”

“我发病的时候，是不知道自己在做什么的。”殷琦垂下眼帘，黯然道，“前日我午睡时无意中听见房中伺候的侍女议论，才得知我差点儿伤到了你。”

语罢他起身，牵着蕙蕙向内室走去：“我有个物件要送给你。”

他屏退众侍女，待室内只剩他与蕙蕙时方才打开柜门，从一个上锁的箱子里取出一枚玉簪递给蕙蕙看。

蕙蕙端详，见那簪子洁白莹润，簪头呈流云状，线条柔和优美，而与众不同的是，簪尾被磨得十分锐利，如利器一般足可伤人。

“我房中没有任何利器，但是他们不知道，我悄悄打磨了这个。”殷琦像个背着父母设计恶作剧的孩子一般调皮地笑着，“现在送给你了。”

蕙蕙说玉簪珍贵，欲推辞不受，殷琦不由分说地拉起她的手，把簪子塞进她的手心：“你且收下，以后插在发髻上。如果我再犯病，你就拔下簪子来刺我。”

他此刻双目澄净如孩童，殷切地注视着她，一心期待她收下这个将来可能伤害到他的礼物。

蕙蕙无端觉得鼻子有点儿酸，摇摇头，将簪子递给殷琦：“你好好服药调养，不会再有事的，这个簪子我用不上。”

殷琦接下簪子，旋即轻轻插进蕙蕙的发髻里，温和地道：“用好它。如果你被我误伤，我说不定比被簪子刺更痛。”

如此一来，蕙蕙更感进退两难。她明白如凤仙所说，太子生日宴是自郡王宅脱身的良机，但因此伤害到殷琦又绝非她所愿。顾及殷琦给予她的善意，她几乎已放弃脱身的机会，借故想劝殷琦不去东宫赴宴。而殷琦却道：“父亲已回复东宫我会赴宴，临时推却是大不敬……何况，许久没见太子了，我也想与他们兄弟聚聚。”

于是蕙蕙一筹莫展，一时想不到该如何让他避免可能受到的伤害。

次日蕙蕙陪殷琦漫步于园中，彼时秋意正浓，湖山石外几重枫、槭、黄栌红叶似火，将倒映在碧水明漪中的影子都染上了流霞的颜色。落木风不时簌簌而至，原本翠绕羊肠的小径上已堆积满地黄花。二人行走于其间，忽闻身侧山石外有物坠下，落在干枯的落叶上，持续发出沙沙的声响。

蕙蕙带着殷琦绕到山石后，发现一只白色鹭鸶扑腾着翅膀正在地上挣扎，它通体洁白，颈、喙、腿皆长，体态极优美，然而腿部似乎受伤了，渗出一片殷红的血迹。

蕙蕙上前查看，对殷琦道：“看起来像是被箭矢擦伤。大概它中箭后又勉力飞了一阵，体力不支才坠落下来。”

殷琦细看鹭鸶伤口，道：“好在不重。”然后请蕙蕙取出纱布，他接过纱

布给鹭鸶包扎好，再将鹭鸶搁于地上。

鹭鸶一瘸一拐地走了两步，仍无力支撑，又扑于地上。殷琦便轻抚着它的羽毛道："来了即是客，你安心在我家养好伤再走吧。"

殷琦本想把鹭鸶交给饲养家禽的厨娘，蒖蒖联想起林泓园中的白鹤，表示不妥，如此良禽不能与鸡鸭杂处。两人遂精心在湖畔选择了一块有山石遮挡的空地，将鹭鸶抱到那里歇息，又去厨房取了一些谷物饲喂。

蒖蒖看看周遭，又道："还须给它围一道篱笆，免得它乱跑，或被别的小动物滋扰。"

她很快找园丁借来工具，自己砍了些竹子在鹭鸶栖息地筑好了篱笆，仔细检查觉得无甚纰漏了，才与殷琦一起离开。

不料当夜一场暴风雨席卷而来，蒖蒖睡得迷迷糊糊，将要破晓时被风雨声惊醒，静卧片刻，忽然想起湖畔的鹭鸶，当即一惊，心道"不好"，忙披衣而起，撑伞奔去湖畔。

那道刚筑起的篱笆果然已被骤雨疾风吹得七零八落，而其中的鹭鸶已全不见踪影。须臾，殷琦也赶来了，与蒖蒖一起寻了许久，才在湖面上发现鹭鸶漂浮着的尸身，多半是篱笆坍塌，鹭鸶被风雨卷入湖中，因伤无法解脱而坠入水里淹死了。

蒖蒖极其难受，黯然地对殷琦道："我应该听你的话，把它送至家禽笼中饲养，或者把篱笆筑得坚固一点儿……都是我的错。"

殷琦虽也难过，但仍温和地安慰蒖蒖："你救了它，精心为它修筑篱笆，它在天上一定会很感激你。暴风雨是不可避免的天灾，与你无关，不是你的错，不要太过介怀。"

蒖蒖闻言茫然地看着殷琦，见他目含安抚之意。她细思他的话，心念一动，转而对着湖面上的鹭鸶，双手合十，合目默默祝祷。

两日后，殷琦提出要再与蒖蒖玩蒙眼辨味的游戏。蒖蒖欣然答应，但要求改成她做几道点心，让殷琦蒙眼品尝，再说出做的是什么。

殷琦笑道："这也忒容易了。"

蒖蒖摇头："未必。我在尚食局学了很多种点心的制法，你不大可能都见过，有一两道辨不出来是正常的。"

殷琦同意，应蒖蒖的要求，晚膳时不许他人在侧，安静品尝蒖蒖做的点心。

蒖蒖晚间去了厨房，以保密为名谢绝其余厨娘观看，做好数道点心盛于食盒中，带到殷琦房中。

殷琦许她以丝巾蔽住自己的双目，蒖蒖旋即打开食盒，取出一道点心，以箸搛了一枚送至殷琦嘴边。

殷琦轻轻咬了一口，略一咀嚼便笑道：“是蟹肉包儿。”

蒖蒖愉快地宣布他答对了，又另取一道，让他再尝。

这对殷琦来说实在是轻而易举的事：“这是高丽栗糕。”

随后他轻松闲适地一一猜出答案：酥儿印、牡丹饼、裹蒸馒头、小甑糕蒸、子料浇虾燥面……直到最后一道。

当蒖蒖用汤匙把一个小馄饨送入他口中时，他脸上那一切尽在掌握的笑容瞬间凝固，含着馄饨不再咀嚼，依旧保持着蒙眼的姿态，身体却不由自主地开始颤抖，面上也泛起了一阵潮红。

蒖蒖及时搁下汤匙，握住了他的手：“这一次，是什么？”

“是……是……”殷琦茫然地重复着，胸口起伏，开始喘气，内心在激烈挣扎，是回答她的问题还是任心中那翻涌着的情绪瞬间爆发。

“这是一种再寻常不过的点心。”蒖蒖在他耳边轻声道，“是你以前、现在和将来都可能遇到的食物。只是食物，只代表着烹制它的人向你表达的心意，会给予你温暖和慰藉，而不会伤害你。”

殷琦一把抓下蒙眼的丝巾，吐出口中的馄饨，惶恐盯着面前的碗，喘着气，喃喃道：“姑姑，姑姑……”

“你说，暴风雨吹散篱笆，不是我的错。”蒖蒖又将手覆在桌面上殷琦青筋突起的手背上，“姑姑的事也是如此，并不是你的错。”

（七）
东宫宴

然而殷琦置若罔闻，呼吸声越发短促，身体不自禁地颤动。

蒖蒖再次唤他，他茫然地看着蒖蒖，目光涣散，一副失魂落魄的样子。沉重地喘息片刻，他忽然痛苦地抱住头，张嘴，眼见着就要发出一声惊呼，蒖蒖顾不得多想，立即冲到他身后，伸出双臂，一手揽住他的脖子，一手捂住他的口，阻止他发出激烈的叫声。

殷琦挣扎，蒖蒖拼尽全力，尽量将其桎梏于自己的手臂中。殷琦抬手握住蒖蒖的手腕，想摆脱她的束缚，蒖蒖抵挡之间，袖子拂过殷琦的脸，一缕殷琦熟悉的气息随即钻入他的鼻间，温暖而甘甜，是类似烘烤点心在衣物上留下的

味道。

殷琦怔怔地停下所有动作，沉默片刻，然后轻轻攀住蕒蕒的手，朝她的袖子低下头，去追寻那缕记忆中的香气。

蕒蕒一愣，觉察到他此刻的柔情，却不知是否该松手。而殷琦两滴温热的泪已滴落在她衣袖上："姑姑……"他闭目轻声唤，像个孩子般呜咽着。

他显然又在神思恍惚中把蕒蕒认成了刘司膳。蕒蕒意识到这点，适才剑拔弩张的紧张情绪散去，这一声"姑姑"唤得她内心柔软。她缓步绕到他面前，以袖一点点轻拭殷琦的满脸泪痕，在殷琦捉住她的手，再次唤她"姑姑"时，她对殷琦露出了温和的笑容："嗯，我回来了，伽蓝儿。"

殷琦欢喜的眼神中浮现出迷惘的神色："你去哪里了，姑姑？"

"我给你做点心去了。"蕒蕒把适才让他蒙眼猜的点心一件件摆回他的面前，"酥儿印、牡丹饼、裹蒸馒头、小甑糕蒸、子料浇虾燥面……哪个是你最爱吃的？"

"我最爱吃……最爱吃……"殷琦重复着，目光不自觉地飘向那一碗没有被蕒蕒说到的馄饨，一脸苍白地盯着，却说不出它的名字。

"馄饨。"蕒蕒替他说了，顺势把那碗馄饨推至他的眼下，"这是我今天煮的鸡汁馄饨，你尝尝，看和你第一次吃我做的馄饨时有什么不一样。"

殷琦抬眼看看蕒蕒，又垂下眼看那碗馄饨，思量再三，在蕒蕒的耐心劝导下，终于手持汤匙，将一枚馄饨送入了口中。

蕒蕒耐心地等他细细品味，待他咽下，才又含笑问他的感受。

殷琦此时神色平静了，亦能从容地回答她的问题了："很像第一次吃的，那时，姑姑做的也是鸡汁馄饨。"

蕒蕒记得自己幼时常吃母亲做的鸡汁小馄饨，猜刘司膳若给幼年殷琦做，多半也会用鸡汁，没想到果然蒙对了，顿时笑逐颜开，追问殷琦："还记得第一次吃这种馄饨是什么时候吗？"

"是一次宴会。"殷琦微垂眼帘，陷入了儿时记忆中，"我刚生了一场病，胃口不好，宴会上都是我不喜欢的食物……我悄悄跑开，路过厨房，闻到里面有浓郁的鸡汤味，走进去，就看到了姑姑……"

蕒蕒顿时明了："所以姑姑给你煮鸡汁小馄饨，软滑易入口，又滋养脾胃。"

殷琦依旧沉浸在温暖的回忆里，露出了孩童般明净的笑容："除了馄饨，姑姑还给我好吃的糕点，唱歌给我听……姑姑要我不要害怕喝药，笑着说，我什么时候喝了苦药就只管来找姑姑，姑姑会给我甜甜的点心……可是，我最喜欢的还是姑姑做的馄饨……"

说到这里，他忽然蹙眉，一把抓住了蕙蕙的左手腕："他们为什么要害你？如果我不要那碗馄饨，你是不是就不会被带走？"

蕙蕙将手搁在他抓她的手上，直视殷琦恍惚的眼，摇了摇头："带走姑姑的是难以避免的厄运，不是你要的馄饨。"

"厄运？"殷琦喃喃重复。

蕙蕙继续好言劝导："暴风雨的出现是我们能阻止的吗？姑姑的遭遇和暴风雨一样，是不可避免的灾难，你已经尽自己所能为姑姑筑起了篱笆，虽然毁于风雨，但那不是你的错，姑姑会永远记得，曾被你那么用心地保护过。"

殷琦埋头于桌上，开始呜呜地哭泣。蕙蕙默默守候于一侧，待他稍显平静，再轻抚他的背，温和地道："就让那些不愉快的记忆被昨日的风雨吹走吧。这碗馄饨还剩好些呢，每一个都包含着姑姑的心意。来，把它吃完，将姑姑给伽蓝儿的关爱留在心里。"

语罢，蕙蕙持汤匙又将一枚馄饨送至殷琦嘴边。殷琦无言凝视她半晌，终于张口，逐一接纳了她给予他的所有食物。

殷琦吃完馄饨后很快安歇，次日醒来再看蕙蕙也一眼认出她，没有再唤她"姑姑"，一副神志清明的样子。蕙蕙不确定馄饨的阴影是否已消除，稍后又做了一碗悄悄呈给他，而殷琦也安静地品尝，没有任何发病迹象。于是蕙蕙松了口气，暗自庆幸事态发展如己所愿，他这一心病应该了结了。

然而新的烦恼接踵而至。陈国夫人重提纳妾之事，想必是见这几日蕙蕙与殷琦相处甚和睦，便重燃希望。蕙蕙仍旧拒绝，陈国夫人面子挂不住，忍不住斥责蕙蕙不识好歹。蕙蕙默然不语，殷琦两相劝解，陈国夫人拂袖而去，蕙蕙念及目前这难解的困局，难免忧心忡忡。殷琦将她困扰的模样看在眼里，长久地沉默着，大约心里也颇不好受。

太子生日宴集转瞬即至，殷琦果然如凤仙所料，决意带蕙蕙同往。

这日东宫宴集宾客多为宗室戚里，此前皇帝现身，行了一盏酒便匆匆离去，说是有要紧的国事须与宰执商议。官家不在，余下宾客倒显得轻松不少，亲王兄弟及诸表亲间叙谈也多了起来，觥筹交错间笑语不断。

二皇子赵皑与三皇子赵皓依序列坐于太子座下一侧，而殷琦兄弟所处位置与其相对，蕙蕙侍立于殷琦身后，举目一观，即发现凤仙也在，正立于赵皑身后，此刻正在看她。二人目光相触，凤仙微微一笑，朝蕙蕙点了点头，似乎在暗示一切已安排妥当。

东宫宴亦如御宴，共行酒九盏，每一盏随酒上几道佳肴，中间奏乐排舞，辅以百戏。前四盏酒所配歌舞皆以笙、箫、笛为乐，先有歌者唱中腔，随即有

男女舞伎及女童队分别入内，献艺于宾客席前。行至第五盏酒时乐声突变，锣鼓声铿锵，此刻出场的变成了两队戎装男艺人，挥动未开刃的宝剑，踏着乐音节奏作剑舞。

与此同时，佐第五盏酒的饮食也被一一呈上：群仙炙、天花饼、莲花肉饼、太平毕罗……还有一道像是羹汤，盛在一个有盖的小银盅里，暂不知是何物。

这每一道菜都由东宫内人送来，蕙蕙接过，再奉至殷琦案上，那送小银盅来的内人走至蕙蕙身边时低声唤了声她的名字，蕙蕙闻声一顾，竟是云莺歌。

云莺歌将小银盅传给蕙蕙，朝她微笑，悄声嘱咐："小心些……别烫着手。"

蕙蕙隐隐猜到是什么，接过小银盅后看向凤仙，果然见她亦在观察自己，旋即目光移到了银盅之上。

蕙蕙心跳陡然加速，将小银盅搁至殷琦面前案上时手不禁一抖，令那银器在案上碰撞发出轻微但足够分明的声响。

殷琦回头看了看她，继而转顾小银盅，不待蕙蕙反应过来便自己揭开了银盅的盖。

他适才尚在流动的眼波瞬间凝固。

太子留意到了殷琦的举动，遂含笑向他解释这道佳肴的来历："这种馄饨是新入东宫的内人云氏所创，以鸡茸为馅，辅以松子榛仁，精心调味，口感不俗。我颇喜欢，所以允许列入今日宴席，与诸君分享。"

殷琦之弟殷瑅一听"馄饨"二字，顿时面如土色，蹙眉忧虑地看向身侧不远处的兄长，但众目睽睽之下，不便立即阻止哥哥接触馄饨。

殷琦仍不言不语，只是垂目盯着案上玲珑精巧的馄饨，状甚平和，不似以往受刺激时的模样。

蕙蕙稍稍安心，默默安慰自己道：之前他关于此物的心病已除，应无大碍……

不料下一瞬殷琦即拍案而起，在犹未消停的鼓乐声中跃入舞池，将一名毫无防备的男艺人手中长剑硬生生夺至自己手中，然后回身引剑，上前数步，睁着一双微红的眼，将剑刺向了此时已目瞪口呆的蕙蕙。

（八）
还君玉簪

陡然发现那剑直指自己，蕙蕙心中空茫一片，错愕之下完全没有躲闪。好在殷琦的剑即将触及她胸口的那一瞬，一个酒杯自他座席对面掷出，击在殷琦的刀刃上，殷琦虎口一震，剑脱手而出，与酒杯一起落在地上。殷琨立即一跃而起，冲过来将剑抢至自己手中，再转头望向酒杯来处，见掷杯者是正蹙眉盯着殷琦的赵皑。

剑与杯尖锐的金石迸碎声陡然撕裂了殿中升平的景象，太子目睹此事，不由得惊诧地站起来，立侍于太子身侧的入内副都知、东宫都监王慕泽即刻扬声召殿中内臣护卫太子。

殷琦见剑撞在一人胸前，抬眼一看，闯入眼帘的是掷出酒杯后纵身赶来的赵皑。

赵皑一拉萁萁，让她躲于自己身后，自己抬步上前，迎面走向殷琦。而这瞬息间殷琦的半边酒注子已迎面而至，赵皑护着萁萁侧身一避，殷琦的手斜斜挥下，瓷片的利刃随之划破了赵皑左臂的衣袖。

赵皑见臂上渗出了血，下意识地用右手去捂伤口。殷琦也有一瞬的停顿，但很快再度扬起酒注子，眼看着又要向赵皑挥去。

来不及细想，萁萁拔下发上的玉簪，从赵皑身后走出，反而将赵皑护于她背后，握着簪子让那尖锐的簪尾朝外，对殷琦扬声喝道："住手！"

这玉簪自殷琦送给她后她其实很少用，只有今天簪在头上，与其说是预防殷琦伤害自己，还不如说是为了入宫而选择这一比较体面的饰品，却没料到终于还是如殷琦预设那般用到了它。

殷琦闻声一愣，看着萁萁对准他的簪尖，双睫一颤，目光霎时暗淡下来，神情极凄恻，高举酒注子的手也开始下垂。赵皑旋即抬手握住殷琦的手腕，以迅雷不及掩耳之势硬生生将那残破的酒注子夺了下来。

殷琨扑至兄长身边，展臂将他桎梏住，而数名内臣已在王慕泽的示意下疾步过来，把殷氏兄弟团团围住。

见殷琦已被控制，太子舒了口气，吩咐随侍左右的太医速为赵皑疗伤包扎。凤仙闻声奔至赵皑身边，先蹙眉焦虑地察看他的伤处，再轻声请他落座。赵皑走回萁萁面前，对惊魂未定的她安抚地笑笑，才徐徐退后，回到自己的席位，接受太医对伤口的检视和包扎。

少顷，此前随太子妃坐于女眷所处小殿的陈国夫人闻讯而至，一脸惊惶地拜倒在太子面前，再三代子谢罪，又转而拜赵皑，恳求他们顾及殷琦病症，从轻发落。

太子已重新落座于主席，恢复了一贯的宁和神情，默默注视殷琦、萁萁及赵皑片刻，温和地对陈国夫人道："大公子的病我们是知道的。他困于心疾，

神志不清，伤及二哥，原非他本意，我想二哥不会怨他。也是我考虑不周，未曾向夫人细问他的近况，便贸然相邀，宴上饮食或又拂了他心意，才引出这些事端。稍后我会向官家说明，想必官家也不会责罚于他。”

陈国夫人含泪拜谢，连声称颂官家及太子仁德。

太子转顾萁萁。与他对视的一瞬，萁萁察觉出他向她流露的善意，立即意识到他是记得她的。

太子收回目光，又对陈国夫人道：“若我未记错，大公子今日攻击的这位姑娘原是尚食局内人。”

陈国夫人颔首道：“是。这个吴萁萁是慈福宫派遣到郡王宅的尚食局内人。”

太子又道：“大公子本性柔和，易受陌生人事惊扰，为康宁计，委实不应让他不熟悉的人近身随侍，伺候他的饮食。此前，东宫便犯过一次错，也怪我疏忽，未将此事传至慈福宫。”

陈国夫人心下明白太子意指此前东宫所赐内人被殷琦误杀之事，霎时间冷汗涔涔，低头赧然道：“是妾教子无方，有负太子恩德……”

“夫人多年来悉心照料大公子，大内上下闻之，无不赞叹夫人爱子之心，夫人何罪之有？”太子温言安慰，继而又劝导道，“只是大公子景况尚未平宁，饮食巾栉，宜选多年任职于郡王宅中之人耐心伺候，勿让生人接近他，刺激他再犯心疾。因此……”太子目示萁萁，向陈国夫人建议道，“这个内人，夫人可否许她重回尚食局？郡王宅想必不缺这一人差遣，若留她在宅中，日后再刺激大公子动怒，反倒有违慈福宫起初的美意。”

陈国夫人连声应承，并不敢挽留萁萁，直言愿让她重归尚食局。太子颔首，吩咐王慕泽禀明今上东宫发生之事，并特别提及，若今上不反对，便请传令尚宫及尚食局，接吴萁萁回宫。

延平郡王这日因感染风寒未曾赴宴，惊闻此事也顾不得病体，迅速入宫，除去公服乌靴，于福宁殿前席藁待罪，伏拜称愿为子承担罪责。

皇帝查看赵皑伤势后，回应倒也与太子相似，说殷琦所为是因心疾而起，不能按正常人追责，所幸赵皑手臂伤势不重，郡王不必代子受罚，但请对殷琦严加管束，限制其行动，不可再让他伤人。

随后皇帝允太子所请，同意接回萁萁。尚宫及尚食局接到传讯，立即安排调萁萁回宫之事。在太子授意下，由皇城司派专人护送萁萁回延平郡王宅整理她在宅中的私人物品，再带她回宫。

萁萁收拾好宅中物事，将要出门，回顾殷琦居处，念及他往日对自己的友善，不免一阵感伤，随即拔下殷琦给她的玉簪，来到如今被内侍重重把守的殷琦寝阁前，求见殷琦乳保罗氏，请罗氏将簪子还给殷琦，说以后再也不会用到了，如此贵重之物，自己不应带走。

罗氏带着簪子去见殷琦，少顷又出来唤住正要离去的蒖蒖，递给她一个木匣子，道："这是大公子送给你的，里面是你们昔日品尝过的那些盐。"

蒖蒖闻言心中五味杂陈，暂时未接木匣子，朝殷琦寝阁望去。此刻寝阁廊庑檐下垂着竹帘，她看不到门窗，但门前竹帘下端离地约有二尺，从露出的一段袍裾看来，有人立于帘后。

那是殷琦常穿的青绿衣裳，蒖蒖猜测，也许他正在帘后目送她。

蒖蒖目中一热，屏息侧头，掩去泪痕，举手加额，屈膝向殷琦所在的方向行大礼，轻声道："多谢公子成全。"

再抬头时，她看见帘下袍裾一旋，那人已然隐身于阁中。

蒖蒖从罗氏手中接过殷琦的礼物，出了宅门上犊车，随皇城司人回宫。御街两侧广植花木，不时有甜蜜的桂花香飘入车中，令她回过神来，蓦然惊觉，再过几日便是中秋佳节了。

她在宫门前下车，随内臣指引一步步朝宫内走去。彼时流霞斜晖颜色正浓，已至宫门关闭的时辰。监门使臣一声令下，两侧禁卫将门关上。蒖蒖闻声回头，但见两扇宫门徐徐聚拢，门洞外流入的光线逐渐缩至一缕，最后随着沉重的两壁相合声，这一缕光终于也消失了。蒖蒖心下一恸，只觉自己深埋于心的那一丝愿望也随着这宫门关闭沉入了沉渊。

她回到尚食局，裴尚食原本想按此前安排让蒖蒖去慈福宫，但太后似乎对从延平郡王宅召回蒖蒖之事不满，传话说慈福宫不缺内人，不如留吴蒖蒖在大内或东宫，供内廷所用。

于是裴尚食想送蒖蒖去东宫，猜太子既然甘愿冒得罪太后的风险也要救蒖蒖，想必对蒖蒖是另眼相待的，理应顺水推舟，成人之美。不料东宫回复说上次已接受了尚食局分来的云氏等内人，如今饮食供奉人手充足，不必再遣内人来了，尚食不妨按后宫诸阁所需安排吴蒖蒖去处。

上回派遣内人时，有位分的娘子基本上已各得一二人，唯一没接受这批尚食局内人的是郦贵妃，当时她说自己阁中内人甚多，足够差遣，婉拒增派人手。裴尚食与秦司膳商议，秦司膳道："上月郦贵妃阁中有内人因病自请放出宫，官家与贵妃答应了，如今倒是出了个缺……"

裴尚食有些迟疑："这我也知道，只是吴蒖蒖是太子救回宫的，若让她去郦贵妃阁，太子若知晓，岂非……"

太子不喜郦贵妃，宫中无人不知。秦司膳沉吟，片刻道："太子仁德，极

明事理。如今官家不收这批内人，又只有郦贵妃阁中缺人，尚食据此派遣吴蕒蕒，太子应能理解，不会多想。何况他在宴中出手相救，并非有意于吴蕒蕒，不过是宅心仁厚，不忍见她被殷大公子伤害，换作任何一个内人，太子都会一样救，尚食无须因此有所顾虑。”

裴尚食思量再三，亦觉秦司膳所言有理，于是禀明郦贵妃，再提派尚食内人入贵妃阁之事。此时贵妃阁中生病的内人已出宫，郦贵妃也不再拒绝，同意吴蕒蕒入阁中伺候其饮食。

（九）
月岩望月

郦贵妃居于来凤阁中。她虽身为贵妃，论名位之尊贵仅次于皇后，但性喜简素，阁中用度甚少，内臣侍女也不多，蕒蕒来之前日常专职伺候其饮食者不过二三人。贵妃性情温和，但看上去总是神采欠佳，据说胃口也不好。蕒蕒初入乍到，尚不能近身服侍她，只在贵妃的小厨房协助胡典膳切切菜或清洗厨具。胡典膳三十来岁，应是郦贵妃长年所用的大厨，做的菜看看上去味道不错，但贵妃每日进膳后侍女端回厨房的剩菜颇多，有一些甚至保持原样，贵妃大概并未动箸。

中秋节转瞬即至。这日晚间，宫中在倚桂阁开“延桂排档”，贵人们燕集于一堂，亦如士庶人家一般品尝月饼，观桂花，赏明月。阁内灯烛华粲，映照着的笑脸均洋溢着团圆的喜气。伎人歌舞联翩，仙乐飘飘，响彻皇城内外。

郦贵妃带着阁中多个内人赴宴，胡典膳亦带着下属前往帮厨，蕒蕒因资历尚浅，胡典膳未让她去，她倒也乐得清闲，一人独坐于小厨房院中，仰头望着一轮圆月发了半晌呆，然后长叹一声，回到房中，取出自己冬天在问樵驿做好带来的汤绽梅，拈出几枚冲泡了一杯梅香四溢的蜜糖水，举杯对月，轻声道：“林老师，妈妈尚无音讯，中秋之约，我只能失约了。今夜以梅代酒，遥祝老师生辰喜乐，平安康宁，希望每一件你希望完成的事，都能做得像现在的月亮一样圆满。”

她对月独酌，许久后听见腹鸣，才意识到自己尚未进晚膳，如今腹中空空如也。于是她前往小厨房寻觅食物，厨房有不少精致的月饼，然而她对此全无食欲，一直念着林泓，目光又触及角落的一堆芋头，遂迅速做了决定，洗净两个芋头，温了壶黄酒，取出纸和糟，开始浸湿纸包裹芋头，准备煨林泓教她的“土芝丹”。

她包了芋头，又在地炉中生好糠皮火，正要将芋头置入火堆中，忽有一人提灯自外施施然进来，打量一下她和她手中之物，笑道：“今日佳节有盛宴，怎么你如此可怜，在这里煨芋头？”

蕙蕙未抬头，仅听声音便知是赵皑，一壁继续埋芋头，一壁没好气地说：“我是乡野之人，无福消受盛宴，有芋头吃便很知足了。”

赵皑将手里提着的宫灯搁在地上，含笑坐下，自取了火钳帮她拨开灰，以供她埋芋头，暂时未说话，与她配合得倒是相当默契。

蕙蕙见他身着大袖华服，显然是自宴集中出来的，遂问他：“延桂排档会延续至深夜，大王怎么出来了？”

“宴中喝了几盏酒，觉得气闷，出来走走。到你院门前，见厨房有灯火，又闻见酒糟香，一时兴起便进来看看，不料遇见的竟是你。”赵皑回答道，旋即又温和地对蕙蕙道，“你我独处时，你不必称我大王，显得生分。我听着倒不如你直呼你呀我的自在。”

“那……我该叫你什么？”蕙蕙问。

赵皑想想，道：“二哥？我家人都这样唤我。”

那怎么行，我又不是你家人，蕙蕙心下道。但念及东宫生日宴那日他救助自己的好意，也不欲再咄咄逼人地与他说话，随即转顾他的左臂，换了一个自见他进来就想问的问题：“你的伤，如今怎样了？”

“不妙。”赵皑收敛笑意，正色道，“那日流了许多血，几天了还又红又肿，伤口很深，还有溃烂的趋势。”

但他左手行动自如，并不像臂有重伤的样子。蕙蕙蹙了蹙眉，忽然一手抓住他的左手腕，一手去捋他的广袖，很快他的伤痕暴露在她视野中。

与他说法相悖，伤口不深，似乎瓷片刚划破皮肤，未损伤肌肉。伤口也不长，此刻已经结痂，并无溃烂之势。

蕙蕙略松了口气，收回手。

赵皑拉下袖子，笑道：“你还是个姑娘吗？知不知道男女授受不亲？竟公然捋起我的袖子看我手臂。”

“此刻你在我眼中不是男人。”蕙蕙从容地答道，“我捋你袖子看你伤势，跟我揭开巾盖看新发的豆芽有没有变红是一样的，都是用看菜的眼光。”

赵皑以手抚额：“我刚进来时，以为你会哭着拜谢我，关切地问我伤势，我还准备了满腹表示没关系的话，却未承想，你似乎并没有愧疚的意思，我只

好夸大伤势，否则以后若要你回报，该如何开口呢？”

“愧疚是愧疚……”蕙蕙低头戳着灰堆中的芋头，“不过你总有将人一腔谢意化作恼火的本事。”

赵皑但笑不语，与蕙蕙相对而坐，拨了拨灰堆，才问她：“你今晚赏月了吗？”

蕙蕙道：“适才在院中看了看。感觉没什么特别，和平时十五的月亮一样。”

“那我带你去看一个特别的。”赵皑牵她起身，“在凤凰山上，后苑可上去。这芋头一时半会儿也煨不好，我们正好去山上赏月，回来时芋头应该熟了。”

蕙蕙摆脱他的手，不欲前往，但赵皑再三相邀，说那是他发现的山中奇景，如梦似幻。终于蕙蕙抑制不住好奇心，同意随他而行。赵皑重新提起宫灯，又要牵蕙蕙出门。蕙蕙想了想，自取一竹编提篮，在里面搁了几块月饼、一壶熟水及相应餐具，方才提着与赵皑出去。

临安皇城紧邻凤凰山，后苑连接山体，亭台楼榭随起伏地势而建，台阶颇多。蕙蕙提着竹篮跟在赵皑身后，与他刻意保持着约一丈的距离。赵皑提着宫灯走在前面，回头见蕙蕙手挽竹篮上台阶费劲，便停下来，转身朝蕙蕙伸手：“把篮子给我。”

蕙蕙摇摇头。赵皑再三要求，她才说出原因：“我不是跟你客气。这篮子其实是我的工具，我毕竟不是你的侍女，这大晚上的若有人看见我们同行，只怕会生出些流言蜚语。但若有这一篮子食物，看见的人便会认为是二大王想赏月，所以命我这尚食内人带上月饼随行伺候。如果你把竹篮接了去而我空着手，他们便又会猜疑了。”

赵皑含笑问道：“姑娘何时如此在意你我名誉了？”

蕙蕙道：“我只是个一向不识礼数的小内人，随他们说去吧。不过你毕竟是亲王，一举一动有许多人盯着，若因此被人质疑品行，说你轻佻，沉湎于女色就不好了。”

听了最后一句，赵皑忽地笑出声。蕙蕙联想起以前林泓借淡墨仕女图揶揄她无颜色一事，顿感赵皑只怕也是这样笑她，霎时羞红了脸。

其实这一句是裴尚食给她们授课时提及的，要她们在亲王面前言行谨慎，切勿放肆嬉闹或有亲昵之举，以免累及亲王清誉，引人质疑其沉湎于女色。

“沉湎于女色……”赵皑重复着道，问蕙蕙，“我像那样的人吗？”

蕙蕙恼他刚才的笑，遂径直答道：“像。”

“好吧，那这质疑倒也不算错。”他目光如和风细雨般拂过蕙蕙的眼，“我确实沉湎于你的美色。”

趁蕙蕙无言愣怔，他不由分说地接过了她手中的竹篮。

好在今晚后苑中宫人大多聚集在倚桂阁内外，目睹二人此行的人不多，偶见几个沿途守夜的内侍，也只是恭谨地向赵皑行礼，并不多言。

赵皑带蕙蕙前往的观月之所在山腰上。二人穿过一片秀丽的石林，一块拔地而起、高约数丈的岩石出现在眼前。那石壁有流云般圆润的线条，峭立于一泓清澈的池水之侧，姿态峻秀。近石巅处有一窍，直径尺余，形状与圆月相似，透过这一圆孔，可以看见此刻的天色。

“这块石壁，名为月岩。”赵皑介绍道。

蕙蕙仰头寻觅月亮的踪影，想是被石壁或山上树木挡住了，暂时看不见。

“月亮呢？”蕙蕙问赵皑。

赵皑道：“不着急。”然后他拉蕙蕙在池边坐下，自己取出篮中的月饼，切块与蕙蕙分食。

山间桂香与凉风相逐，他们倒也不觉得冷。林木在风中游荡着，不时吹落点点花叶，月光灯影掩映下的景色格外静美，而回顾山下宫阙，又见楼宇灯火辉煌，明丽如流霞彤云，看得蕙蕙有些恍惚，不知今夕何夕。

“看！”赵皑忽然唤她，引她看向石壁岩孔。蕙蕙才发现天边满月已移至岩孔中心，两圆相叠，大小相若，光如合璧。而月光透壁而出，投射在他们面前的澄澈池水中，亦形成一块圆形光斑，与水相触，如玉镜如幻月。

蕙蕙先望向上方合璧皓月，再顾池中玉镜光影，但觉一实一虚，美得不可方物。

“满月与岩孔相叠的景象只有八月十五才能看到，若有幸看见，不妨对月许愿，据说月神会助你实现心愿。”赵皑告诉蕙蕙，温言建议，“你许个愿吧。”

“只能许一个吗？”蕙蕙问。

赵皑微笑道：“应该是。愿许多了，月神大概会嫌我们贪得无厌。”

蕙蕙低眉思索，最后双手合十，对着合璧圆月许下了早日与母亲相聚的心愿。

片刻后，月亮自岩孔中移开，赵皑示意蕙蕙他们该回去了。蕙蕙颔首，对他道：“谢谢你，让我看见了‘一泓秋水一轮月’的景象。”

赵皑目中微光一闪：“你居然知道这首诗？”

蕙蕙一怔，记得这是林泓当初向她说起自己名字时提到的诗句，但整首诗是怎样的就不知道了。于是她虚心向赵皑请教，赵皑随即告诉她：“这是唐代一位名为喻凫的才子写的绝句，‘银地无尘金菊开，紫梨红枣堕莓苔。一泓秋水一轮月，今夜故人来不来？’”

蕙蕙顿悟，原来临别那夜，林泓不动声色地向她提起中秋时园中的金菊、

紫梨、红枣，而彼时他心中真正所思，只怕是那最后一句：今夜故人来不来？

那么今夜，他也会想着这个问题吗？蕙蕙转身，向前数步，背对着赵皑，将决堤的泪流在松柏交叠的浓重阴影中。

（十）
芹芽脍

尽管蕙蕙婉拒，赵皑还是坚持将她送回来凤阁的小厨房。此时延桂排档未散，阁中人似乎还没有归来，地炉中糠皮灰堆依旧，应该无人动过。

蕙蕙索性便请赵皑稍等片刻，自己从灰堆中取出芋头，要与他分享。

赵皑对这酒浸纸包裹着的芋头也颇感兴趣，不待蕙蕙揭开纸便伸手去碰，立时被烫了一下，倏地缩回手。

一名贵妇这时自门外进来，疾步走到赵皑面前，关切地问："烫着没？"

赵皑一见她即微笑，答道："姐姐，不妨事。"

蕙蕙定睛一看，发现来者竟是郦贵妃，忙起身行礼。郦贵妃查看赵皑的手，确定无碍，于是回头对蕙蕙温和地说"免礼"。

郦贵妃一瞥地炉边的芋头，环顾周围，迅速找到了厨房所用的巾帕，走过去挑了块干净的，又找了双银箸，然后将巾帕覆在一个芋头下半部，以左手摁住，右手持箸，挑开了裹芋头的纸，将干净的芋头取出，交给蕙蕙，让她来剥。

这一串动作流畅而快速，蕙蕙诧异地看着，浑然忘了按礼数应该上前自请代她行动，直到郦贵妃开口命蕙蕙剥芋头，她方才如梦初醒。

"适才你们去哪儿了？"郦贵妃转而问赵皑，语气相当温和，应该没有责备的意思，看着赵皑的目光也堪称慈祥，颇显关爱之意。

"我偶经此地，见值此佳节，她却一人在这里煨芋头，觉得可怜，便带她去月岩赏月。"赵皑解释道。

郦贵妃点点头，着意看看蕙蕙，又对赵皑道："宴集还未散，我觉得有些困乏，便请官家许我先行告退。路过厨房，见你二人一起入内，所以过来看看……二哥，你虽年纪尚轻，未到出阁建府的时候，但居于宫中，总还是该有些顾忌，今日之事，若被有心人看见，只怕会编派些是非，说你夜间私会内人，传到官家耳中就不好了。"

赵皑低眉表示受教，以后不会再任性而为了。郦贵妃便又露出笑容："你虽比你大哥活泼些，但我知，你其实是极懂事的，很多事我无须多说，你都会记在心上。”

赵昛颔首：“这些年，全仗姐姐照料教诲，昛铭感于心。”

郦贵妃安抚地笑笑，又道：“我已吩咐几名内侍守在阁门外，不许外人靠近探看，你且安心尝尝这芋头。闻这味儿，一定是酒糟裹着煨的，很香，想必你以前没吃过。吃完了，我再让人送你回去。”

这时蕒蕒已剥好一个，切成几块盛在盘中，奉至他们面前。赵昛请贵妃先尝，她推辞两次，见自己不吃赵昛也不动箸，才搛一块入口，一尝眉宇间露出喜色，说：“是比寻常的芋头甘香可口。”

赵昛随即尝了一块，也赞不绝口。

蕒蕒见二人反应，自是喜形于色，把剩下的芋头都剥了奉上。郦贵妃却拉她坐在自己身边，道：“你也辛苦一天了，可怜一点儿宴集佳肴都没尝到，现在只能委屈你与我们一起吃这芋头。回头我跟胡典膳说说，以后再逢年节排档，可不能再让你孤零零地留在厨房自己找吃的。”

她让蕒蕒与赵昛继续吃芋头，自己倒停箸不食，只含笑看着他们。听了她关切的言语，蕒蕒心里对她十分感激，遂又去自己房中取了汤绽梅请贵妃饮用。

郦贵妃见那几枚蜜渍蜡梅在滚水冲泡下渐次绽放，甚感愉悦，随后汤绽梅散发的花香也十分合她心意，一饮之下颇多赞誉，说道：“饮这花茶如身处梅林，让人心情也好了起来。”

待赵昛吃完芋头，郦贵妃命门外内侍送赵昛回去，自己仍留在厨房，让蕒蕒浇灭糠皮火，以防夜间走水，自己则找出胡典膳的银索襻膊，把自己大袖的衣袖子往上系好，然后竟自己收拾了适才所用的餐具、茶具要拿去清洗。

蕒蕒一惊，立即上前请她止步，说这是自己该做的事。郦贵妃摇头，说道：“我帮你便能快些做完，这样你可以早点儿歇息。何况我刚进了食，也需要做些事活动活动，才有利于消食。”

不顾蕒蕒阻拦，她坚持自己洗完了餐具和茶具，动作熟练，又洗得极干净。蕒蕒接过，准备安放时，看着餐具发出清亮的光，不由得暗暗赞叹。

郦贵妃看着她的表情，一边自解襻膊，一边微笑道：“没想到我会做这些事吧？”

蕒蕒也不会恭维，诚恳地告诉她自己的感受：“贵妃和我妈妈一样能干。”

郦贵妃闻言笑意霎时加深：“谢谢你，将我与你母亲相比。”

贵妃将要离开厨房回寝阁时，回头又看了看蕒蕒，告诉她：“我也做过侍女。”

后来蕫蕫没有刻意打听，便有尚食局内人在闲聊时告诉她，郦贵妃原本是太后的侍女，在今上还是亲王时便被太后赐给了他。起初今上与原配夫人鹣鲽情深，也不甚在意郦氏，但夫人病笃时郦氏意外获得了盛宠。今上即位后追封原配为安淑皇后，郦氏经几次迁升为贵妃。因生母，太子不喜郦贵妃，除了必要的礼节应酬，平日绝不往来。而二皇子赵皑在生母过世后却是由郦贵妃抚养长大的。郦贵妃无子女，因此对赵皑视若己出，非常疼爱，赵皑也事之如母，便按皇子公主对生母的称呼，唤她“姐姐”。但凡在宫中，必不忘每日晨昏定省。

蕫蕫因此明白了何以中秋那晚郦贵妃发现她与赵皑往来后极力为他们遮掩，并爱屋及乌，对她也十分友善。

也许郦贵妃有所嘱咐，胡典膳对蕫蕫比以前重视很多，开始让她给贵妃做一些菜。

一日，赵皑去南郊玉津园射弓，顺便射下几只斑鸠，回宫后送到郦贵妃厨房。胡典膳将斑鸠处理干净，便准备加些滋补的药材，用来煲汤。

郦贵妃这两年体态渐丰，身子却虚弱得很，太医看了也说不出有没有病，只建议食疗温补，胡典膳便常用药材与肉禽类做滋补药膳。然而郦贵妃吃得越来越少，人也愈显乏力，常病恹恹地躺着。

看多了胡典膳做的药膳，蕫蕫暗想，如果自己天天吃这些，恐怕也会觉得腻。于是她试着向胡典膳建议：“斑鸠如果用于煲汤，用带骨部分即可。而斑鸠胸脯的肉细嫩无骨，不如切下来另做一道菜。”

胡典膳问她：“你想怎么做？”

“或许，可用来炒。”蕫蕫想起了自己带入宫的锅。

带着对那炒菜锅的两分好奇，胡典膳同意让她试试。

蕫蕫迅速取出锅洗净，将几只斑鸠的胸脯肉切成丝，先用油盐酱黄酒及姜葱腌好，再烧热油，将斑鸠肉丝略微炒炒，随即投入一些芹菜芽，继续煸炒。

这个过程中蕫蕫手持锅柄，手势忽高忽低，控制着火焰舔舐锅底的程度，不时颠锅，让肉丝与芹菜芽在锅中起伏翻动，一丝丝跃起又落下。油脂将肉香与芹菜清香融合，满屋生香，不仅胡典膳等厨房中人看得停下了各自手中的活儿，连门外的黄门都被吸引了几个进来，连声问做的是什么，怎的这么香。

这道菜色香味俱全，果然郦贵妃一见便有兴致品尝，最后一碟吃了大半，连主食也吃得比平时多。

“这道菜叫什么？是谁教你做的？”郦贵妃特意召来蕫蕫询问。

蕫蕫道：“叫‘芹芽脍’，是我入宫之前的老师曾向我提起的，说东坡居士有言，‘蜀人贵芹芽脍，杂鸠肉作之’[①]。但是我老师喜素食，极少用禽类做菜，我也未曾实践。今日机缘巧合，二大王送来斑鸠，所以我才想到这样炒来试试。”

郦贵妃含笑道：“你很聪明，仅凭一句记载便能做出如此美味的菜，倒叫我为难了，以后是让你多为我做菜呢，还是少做呢……少做我会错失美食，多做我又怕食量增大，会继续发胖。”

“其实不必有此顾虑。”蘋蘋立刻想起了林泓曾经跟她说过的话，“我老师说：‘人饿了就进食是不会胖的，发胖是因为在脾胃不需要的时候吃了太多食物，例如为了应酬而吃，为了发泄而吃，为了不浪费而吃，为了消磨时间而吃。’如果贵妃娘子正常按时进食，是不会胖的。如今娘子觉得自己稍显丰腴，会不会是因为以前为了食补，强迫自己吃了过多脾胃不需要的食物呢？”

郦贵妃闻言状甚惊讶，思忖须臾，微笑道：“听起来很有道理呢。你老师一定是位学识超群的高人……你跟他学了多久？”

蘋蘋答道：“从去年冬天到今年春天。”

“时间这么短？”郦贵妃讶异道，“感觉你如今厨艺已很不俗了。”

“因为，我的老师是我所见过的最好的老师。”蘋蘋想起林泓，顿时双目发光，嘴角也不自觉地泛起笑意，“起初跟着他学习，我觉得很辛苦，因为我爱睡懒觉，而他起得很早，我必须在他起身之前来到厨房。他又不爱主动说话，告诉我该做什么、怎样做，所以我只能聚精会神地观察他的一举一动，努力记住他说的每一句话。但是这样也使我静下心来，认真揣摩他每一个步骤的原因和意图，分析他的技巧，以及他要向食客表达的心意，反而领悟到不少道理。相熟之后，他渐渐会跟我说很多很有道理的话，这些话似乎说的是食物和厨艺，但又不尽于此，用来比拟人生也是可以的，常令我有醍醐灌顶之感。所以后来，我不再觉得早起是件痛苦的事。夜晚入睡前，我都会愉快地猜测天明之后会在他的教导之下，学到怎样精妙的厨艺，做出怎样的美味菜肴，以及看他如何在不经意间说出富含禅意的话……这让我每晚都对明天充满期待。”

（十一）
蟹酿橙

此后郦贵妃每餐必食蘋蘋所做馔肴，因其饮食风格大异于以往的滋补药

① 此句出自［宋］苏轼《东坡八首（并叙）·其三》。

膳，明显更能获郦贵妃青睐。进膳时贵妃也爱召萁萁从旁伺候，萁萁性情本不像一般宫内内人那般拘谨，常眉飞色舞地与她说些宫外见闻，贵妃听得兴致盎然，心情也好了许多。萁萁又建议贵妃时常进行些投壶、踢毽之类的运动，鼓励她多在后苑散步，贵妃依言而行，精神也颇有好转，颓态大减。

一日贵妃传语胡典膳，官家午间将驾临来凤阁进膳，须精心准备饮食，并特别嘱咐萁萁，务必做一道可令人耳目一新的佳肴，供官家品尝。

皇帝已经许久没来与郦贵妃一同进膳了，阁中人均雀跃不已，奔走相告。胡典膳更觉重任在身，叮嘱萁萁好生筹备自己的菜后便自行去选材，开始忙碌起来。

萁萁环顾现有食材，发现无甚特别珍稀的，最好的就是应季的湖蟹，正值膏满黄肥之时。不过，也正因应季，官家近日膳食中只怕也少不了湖蟹，若只是寻常蒸煮，如何令人耳目一新？

萁萁思索着，目光移至水果篮中的橙子时，心中灵光一闪，忽然有了主意。

虽只得一上午的时间，胡典膳仍做出了好几道精致的菜，如荔枝白腰子、煎三色鲜、百宜羹等，还特意去尚食局调来一尾淮白鱼，做成官家爱吃的酒炊淮白鱼。官家见了亦赞这午膳丰盛，但未具体点评某道菜，不疾不徐地吃着，不时与郦贵妃交谈几句。

少顷，萁萁的菜做好了，她按郦贵妃的吩咐，搁在盘中，自己端至席间。

这菜一上来便吸引了皇帝的目光：两个大橙子，色泽金黄，带枝的顶部看得出是切开过的，留有整齐的一圈刀痕，但这枝顶依旧覆在上面，保持着橙子完整的形态，盛橙子的银盘上还搁着两枝颜色鲜妍的小菊。

萁萁在帝妃面前各奉上一个，分别为他们揭开枝顶，几缕热腾腾的雾气随之逸出，然后映入众人目中的是与金色橙汁相拌的蟹肉蟹膏。

这道“蟹酿橙”，萁萁是按林泓赠她手札上的菜谱制作的：挖空橙子后榨取少许橙汁，再选几只湖蟹，拆出蟹肉蟹膏，盛入橙瓮，拌入橙汁，覆好枝顶，将橙子置入小甑中，在水里加入酒、醋蒸熟。

萁萁先按宫规，用银箸从两个橙瓮中各取出少许蟹肉，搁入一小银碟中，请胡典膳尝过，待她点头示意味道合宜，且帝妃审视无异状，再请帝妃以案上的醋、盐佐食。皇帝尝了尝，笑道：“不错，有橙子清香渗入，这蟹肉蟹膏格外香而鲜，丰腴的蟹膏也不觉得腻了。摆盘也有巧思，新酒菊花，香橙螃蟹，十分应这时节的景呀。”

萁萁下拜行礼谢官家夸赞，起身时悄悄打量了他一下。官家四十岁上下，鼻若悬胆，眉目清和，蓄有美髯。大概因勤练骑射，他肤色偏黑，但整体看来，仍是儒雅多过武人气质，此刻含笑看着她，状甚和善。

郦贵妃品赏后也道好，说这做法有新意，皇帝旋即告诉她："其实，以橙瓮蒸蟹[①]的做法先帝在位时已有。当年刘司膳便为先帝做过，而且是用蝤蛑的大螯拆肉，填满橙子后蒸出来，一块块白色的螯肉浸在橙汁中，如白玉敷金，煞是好看。"

蝤蛑是大青蟹，螯肉大而紧实，十分鲜香。萁萁遥想这螯肉蟹酿橙，暗觉味道可能比湖蟹更清爽甘香，只是要填满一个大橙子，只怕得拆十几二十只蝤蛑的螯。

郦贵妃也想到了这个问题，问道："但要做这一个橙瓮，得用多少只蝤蛑的螯肉呀？"

"所以，这是极其奢侈的做法。"皇帝摇头感叹道，"蝤蛑本就贵，拆了这许多只蝤蛑的螯肉，剩下的蟹身所用有限，大多还是浪费了。"

郦贵妃好奇道："先帝常告诫我们饮食务必从俭，切忌浪费，怎么竟会让刘司膳做这样的菜？"

"这大概是齐太师家的做法。"皇帝道，"刘司膳做好后奉与先帝，先帝不食，命她转奉给我。"

郦贵妃追问："官家吃了吗？"

皇帝笑道："爹爹都不吃，我又岂敢接受？再三推辞后，先帝便让刘司膳把这橙瓮给菊夫人送去了。"

"菊夫人……"郦贵妃有些错愕，旋即与皇帝心照不宣地对视一眼，哑然失笑。

萁萁侍立于一侧，听他们谈及刘司膳和菊夫人，大感好奇，屏息聆听，期待听到她们更多事迹，皇帝却不说了，另换了个话题，对郦贵妃道："今日，大哥竟主动与我提起了冯婧……这大概是选太子妃之事后的第一次。"

郦贵妃不由得睁大眼睛，良久后才轻叹一声，问："大哥怎么说起她来？"

皇帝道："早朝后，主持修建聚景园的蒋苑使求见我，说此前把园中太后寝殿庭院的图纸送入慈福宫，太后回复说需要修改。蒋苑使改了好几次，太后均不满意，但具体该怎样改，却不明示。蒋苑使无计可施，便来征询我的意见。那时太子正好在我身边，默默听我们对话，又细看蒋苑使图纸，后来待蒋苑使退去后，便开口对我说：'太后也许是觉得寝殿庭院与男子居处不同，务必端庄而不失秀美，大气而不失精致。蒋苑使的设计恢宏有余，但灵秀不足，恐怕，

① 蟹酿橙做法出自［宋］林洪《山家清供》。［宋］司膳内人《玉食批》中举例说明"贵家之暴殄"："以蝤蛑为签、为馄饨、为橙瓮，止取两螯，余悉弃之地。"

须有一个对楼宇园林有见解的女子来提意见。”

郦贵妃顿时明了：“所以，他想到了小婧。”

聚景园蕒蕒也听说过，位于清波门外，西湖之滨，是从先帝在世时便开始修建的皇家园林，因占地甚广，工程浩大，延续至今仍未完工。听官家转述太子的意思，似乎冯婧对园林设计还颇有心得，蕒蕒暗暗称奇：自己与冯婧相处的日子不算少，竟从未听她提及，还以为她终日研究的只是厨艺。

“大哥说，冯婧会画界画，精于算学，对土木工程亦有了解，何况她身为内人，方便出入慈福宫，当面征询太后意见，有她参与设计，必能遂太后心意。”皇帝继续说着，感慨道，“其实，大哥说的没错，冯婧是少见的才女，当初我们让她屈居尚食局，真是委屈她了。”

郦贵妃沉默良久，方才道：“但是，当初入尚食局是她自己的意思。官家本来是想让她跟着尚宫学习几年，再给她个高职位……这孩子看上去温柔和顺，实则性子有几分执拗。妾也想让她参与聚景园设计，为太后尽忠，可不知她现下心里怎么想，是否担心因此事再招人议论……”

皇帝想了想，道：“或者你私下找她来问问，尽量劝她一劝，让她接受，别辜负了大哥举荐的美意。他们日后或因此事有转机，也未可知。”

午膳后皇帝要回福宁殿，温言让欲出门送他的郦贵妃留步，嘱咐她好生歇息将养，贵妃便敛衽相送，再让蕒蕒等阁中内人将皇帝送至阁门外。

想是蕒蕒给皇帝留下的印象不错，他上步辇之前回头看了看她，温和地问道：“你叫什么名字？”

蕒蕒欠身回答：“我叫吴蕒蕒。”

“珍珍？是‘珍珠’的‘珍’吗？”

“不，是草字头，下面一个‘真假’的‘真’。”

皇帝沉吟，然后微笑着对她道：“蕒是瑞草的种子，这名字挺好，雅致，又有些意思……是谁给你取的？”

这个问题蕒蕒以前问过母亲，她便按母亲告诉她的回答：“这名是我父亲取的。”

皇帝便又问：“你是哪里人？”

“浦江，我是浦江人。”蕒蕒答道。

“哦，浦江……”皇帝点点头，朝她笑笑，不再说什么，上步辇离开了来凤阁。

郦贵妃依言而行，当日下午便让蕒蕒将冯婧请来，与贵妃在阁中投壶。

这是蕒蕒首次见冯婧玩这个游戏，冯婧的表现也令她刮目相看。第一局冯婧掷出的箭便每一支都投入壶口，得了个“全壶”。执箭投掷前她两眉暗蹙，凝眸瞄准间神情冷静而专注，透着一丝坚毅英气，浑不似那传说中被无情抛弃的柔弱女子。

第二局蕙蕙建议比技巧，她也不遑多让，先是两箭各投入壶耳，完成“贯耳”，继而让人倒去壶中豆子，然后投一箭入内，待箭反弹跃出，接住后再次投入壶里，赢得围观众人一片喝彩。

两局结束，郦贵妃让冯婧坐下与她饮茶，见冯婧心情颇佳，遂故作云淡风轻地提起太子的建议。冯婧一听太子之名，脸上的笑容顷刻间消散，她沉吟片刻，温和但坚定地拒绝了这个提议：“还望姨母奏知官家，冯婧学识浅薄，界画算学，不过是当年在闺中浅尝辄止的游戏，岂敢于御前卖弄？营建聚景园事关重大，太后对寝阁布局，想必已有成竹在胸，且又有蒋苑使等高人主持建设，我实不敢轻易置喙。还望官家恕罪，继续允我容身于尚食局中，做一名普通的厨娘。”

郦贵妃叹道：“当年让你入尚食局，原是权宜之计，官家与我都觉得委屈了你，早晚总要你从中出来，另寻个配得上你才华的职位。”

“潜心于厨艺，没什么不好。”冯婧道，“以往刻意表现那许多技艺，最终不过是自寻烦恼。我哭过，怨过，抑郁过很长时间，最后是在追寻点心温暖而甜蜜的香气中找到了安宁。何况技艺无高下，关键看人如何使用。一个优秀的厨娘，未必逊于能营造园林的大师，因为她可以用食物在人心里营造一个温暖的家园。”

（十二）
集芳园

蕙蕙送冯婧经锦胭廊回尚食局。锦胭廊是一道长达一百八十楹的长廊，两边有可拆卸的木格长窗，漆成胭脂色，宫人可随寒暑交替移动木窗以调节温度。锦胭廊西端是后苑，两侧分列妃嫔阁分院落与六尚，中间有梅林，东端则通向前朝大殿及东宫。

途中蕙蕙一直劝冯婧考虑接受官家指派，参与聚景园设计。冯婧默不作声，目视前方缓缓走着，始终不允。蕙蕙忍不住道：“你学那么多年算学、界画与土木工程，又不是为太子学的，现在有机会用上，何必为了一时意气而放弃施

展才华？”

冯婧这才转头看着她，说道：“我与东宫之事，你知道多少？”

见她眉头微蹙，蒖蒖顿感适才提太子太过无礼，讪讪地道：“不多，只听说，你们此前在集芳园相识之类……”

冯婧继续前行，低垂双睫，神思恍惚。蒖蒖见状不敢多言，陪着她沿着锦胭廊一步步走下去。

两人各怀心事，不知不觉错过了通向尚食局的出口，依旧缓步向东端走去，直到一个大珰昂首阔步地走来，迎面挡住了她们的去路。

二人抬头一看，认出来者是王慕泽，宫中最有权势的宦者之一，如今的官衔全称是入内内侍省副都知、东宫都监、主管左右春坊事。

二人退至廊下一侧，欠身让王慕泽通行。王慕泽却不即刻走，驻足看着冯婧，用似乎客气但隐含讥讽的语气对她说：“冯掌膳留步，再往前，便是东宫了。”

他分明很清楚太子与冯婧的隐情，这话说得相当冷漠，明明二人同行，他却直指冯婧，连蒖蒖都觉得刺耳，更遑论冯婧。

冯婧低头不语，面色苍白，没有回应。蒖蒖为她颇感不平，当即上前一步，直视王慕泽道：“王都知，这锦胭廊前方东边是东宫，西侧是前朝。如今官家在垂拱殿中，都知却为何无端端提东宫？”

王慕泽着意打量蒖蒖，微微一笑，朝她拱了拱手，未再开口，转身继续向后苑走去。

待他走远，冯婧叹了口气，道：“我们并非获官家传宣，你怎么用官家来呛他？”

“他用东宫来讥讽你，也只有提官家才能瞬间压下他的气焰了。”蒖蒖朝冯婧笑笑，“别担心，我只说官家如今在垂拱殿里，又没说我们是去见他，王慕泽就算要追究也不能说我撒谎。”

冯婧淡淡一笑，轻声道：“谢谢你，几次帮我解围。”

“这有什么，举手之劳而已。”蒖蒖笑道，一壁牵着冯婧往回走，一壁继续劝道，“以往的事，你就当做了一场梦，过去就过去了，人总要往前看。做好官家交给你的任务，将来宫中人谁又敢看轻你？如此，今日这样的糟心事也不会发生了。”

见冯婧还是沉默，蒖蒖又道：“以往种种，你还没有放下吧？如果放下了，你的悲喜均与他无关，更不会一味回避与太子相关的事，乃至宁愿荒废多年所学的技艺。”

“要放下，谈何容易。”冯婧止步，立于廊下南侧，目光漫漫，落于廊外千万株开始落叶的梅树之上，开始提及前尘往事，“我知道，宫中盛传我与太子相逢于集芳园，我以诗文获他青睐，因而过从甚密……其实不是的，论诗文，宫中谁能比得过太子？我这点儿微末功底，只堪博他一笑而已……”

“那引起他注意的，是算学？”蒖蒖猜测道。

冯婧颔首，继续讲述：“我的兄长冯钧，是将作监丞。将作监主管城壁宫室桥梁街道舟车营造之事，我从小喜欢算学，又见兄长潜心研究营造法式与技巧，便跟着他学习，还随他一起学了画屋宇园林的界画，多年下来，勉强算略懂些许。后来哥哥负责监督修内司修缮集芳园，我一时兴起，给园中设计了一个曲水流觞的曲水亭，画了图纸。哥哥拿给修内司的人看，他们觉得不错，便真照着建了一座曲水亭。去年上巳节，哥哥说带我入园看看我设计的亭子，我便随他去了。为了不引人注目，哥哥给我找来宫中内人的衣裳，说若有人问起，便说我是长驻园中打理内务的内人……”

她隐于锦胭廊窗格斑驳的光线下，目光随日影明灭，遥想旧事，嘴边泛起了苦涩的笑意。

那一天，风和日丽，集芳园中百花纤秾，芳菲不歇。但因尚未修缮完工，园中并无宗室戚里前来游春。冯婧清清静静地游览许久，忽闻园中响起轻微的喧嚣声，许多内臣内人皆疾步趋向正门处，包括自己的兄长。片刻后，他们簇拥着一个着青衫、戴软脚幞头的年轻男子入园，向他介绍每一处景观，恭请他赐名题匾额。

从园中人的称呼中判断，那便是太子赵晳了。冯婧轻轻靠近，借着身上内人的衣裳没于人群后，默默观察他的一言一行。

他从容挥毫，一个个美好的词现于笔端：倚秀、挹露、翠岩、玉蕊、望江、清胜……她记住了他美妙的字迹，却记不住这些词对应的景观。后来回想这一日，她只觉园中美景有两处，他凝眸是一处，他微笑是另一处。

匾额题毕，修内司提举官请赵晳在曲水亭内上座饮酒。赵晳道：“独乐乐不如众乐乐。恰逢上巳节，又在曲水亭中坐，诸君何不与我行令，同品曲水流觞之乐？”

在他的邀请下，有官职品阶的几个臣子、内侍及女官相继围坐在亭中曲水石畦三侧。那石畦是由一块方一丈五尺、厚一尺二寸的整石凿成，中间剜凿的水槽屈曲，形似“风”字，名为“流杯渠”。流杯渠两端皆在整石西侧，水自一端流入，经过蜿蜒曲折的水道，由另一端流出。入口一端上方设有水闸，以控制水位。行令时主事以荷叶状漆器盏托盛酒杯，付水流去，酒杯停在流杯渠

何处，坐于那一侧的人便饮酒行令。

众人落座后赵晢见尚余一个座位，遂举目四顾，最后目光掠过数人落到冯婧脸上，含笑对她道：“那位梨花树下的内人，可否赏光与我等行令？”

冯婧闻言仰头，才发现自己不知何时来到了一株梨花树下。

树上黄莺啭，心中小鹿撞，她低头朝他敛衽为礼，一边谢恩，一边暗暗期望摇曳的花影扫去她浮上双颊的绯色。

这日太子定下的规矩是，停杯处客人先饮一杯，然后或吟诗填词，请另一嘉宾唱和，或出一谜题让人猜，或说一典故，请人说出处为何。客人若答出，行令者罚三杯；答不出，客人罚三杯，亦可自呈技艺，免去这三杯。

说来甚巧，连续三番水上杯盏都停在了赵晢面前水渠弯折处，每次他都依照规矩自饮一杯，然后作诗，或出题请人唱和回答。诗词典故他信手拈来，而他点来作答的人多半应答不出，每每自罚三杯了事。接下来主事再次放流杯，停杯处竟仍在赵晢处，众人有些尴尬，面面相觑。修内司提举官旋即起身，朝赵晢作揖道：“殿下光临，满园生辉。必是此间花神见殿下风仪，难抑仰慕之情，才每每令流杯停于殿下席前，以示敬君千樽亦不足之意。”

席间众人纷纷附和，恭维太子不已。赵晢含笑不语，但未再取那一杯酒。

冯婧看不下去，起身朝赵晢施礼，然后说出实情：“殿下，流杯多次停于某一水道弯折处，可能是此处宽窄深浅弯度不合法式。此处渠道理应广一尺、深九寸，而今目测，这里弯度有余，但宽度不足，不妨命园中工匠测量核实，看看是否剜凿时有所偏差。”

赵晢遂命工匠测量，结果对照图纸果然弯度及宽度尺寸有不小偏差，于是对冯婧赞叹道：“姑娘好见识。身为闺中人，姑娘是如何熟知流杯渠尺寸的？”

冯婧心想，这图纸便是我画的，难道我还不知吗？然而她却婉言回答：“奴在几所园中看过一些营造法式，所以略知一二。”

赵晢又问如果暂不加工修凿渠道，今日是否还能用。冯婧请放闸调整水位，换小盏托试试。主事吩咐依言而行，测试一番，流杯终于通过了那处弯道。

酒令随即继续进行。接下来这一回，流杯在赵晢的注视下，似有神助般流至冯婧面前停下。冯婧起立，饮下这杯酒，稍后朝赵晢敛衽道：“奴斗胆，想请殿下答一题。”

赵晢微笑着，从容抬手示意，手心向上，请她开口。

冯婧手指面前一碟樱桃，道：“这碟樱桃，三颗三颗地数余两颗，五颗五颗地数余三颗，七颗七颗地数余两颗。问，这碟樱桃最少有几颗？”

赵晢沉吟片刻，然后含笑回答：“二十三颗。”

冯婧赞许颔首，又追问：“如果三三、五五地数余数如上述，而七颗七颗地数，是余四颗，那最少又是几颗？”①

这回赵晳思量许久都未得出结论，他转顾周遭众人，见那些人或苦苦思索，或交头接耳，一时都无人算出。赵晳遂展颜一笑，对冯婧道：“这一局，姑娘赢了。”

他未接主事斟满的罚酒，而命人取来一张琴，自己抚琴，曼声吟唱：“秋风起兮白云飞，草木黄落兮雁南归。兰有秀兮菊有芳，怀佳人兮不能忘。”

起初冯婧还在想他为何要在满园春色中唱这秋天的诗歌，但是很快便觉得这又有什么关系，不能让这傻问题干扰自己听这绕梁之音。

他弹拨琴弦、轻吟浅唱的姿态十分优雅，声音也好听，尾音如曲水萦回，总能温柔地流进听者心里去。周围内人屏息聆听，一个个如饮醇酒，心神皆醉。

而曲终人散时，他起身越过几重宫人，来到冯婧面前，轻言软语地征询她的意见：“姑娘的问题，我回去再想想。你明天还会在这里吗？如果我算不出来，可不可以来请教你？”

其实她根本不确定自己明天还能不能来这里，向兄长要求会不会令他为难，但是这些问题以后再想吧。最终，她在太子温柔的目光注视下微垂螓首，给了肯定的答案：“好。”

---

① 本节中冯婧所述数学题改编自《孙子算经》。此题对现代人来说不难，但宋代贡举不考数学，在普通人看来仍有难度。

第六章

双阙连甍

（一）
一张机

冯婧此后向哥哥表达了次日重返集芳园的请求，冯钧虽然很为难，但太子与冯婧对答的情景他也看在眼里，心里明白太子对妹妹颇有好感，抱着促成良缘的一线希望，他上下打点，让冯婧翌日如约出现在集芳园。

午后，赵晳与她相逢在园中湖畔。

“五十三。”他说出了昨天没立即算出的答案。冯婧颔首说结果正确，赵晳又求教于她：“这个答案是我用七的倍数一步步推算而得，姑娘可有更好的算法？可否指点一二？”

冯婧答应，随即接受他的邀请，入湖畔的清胜阁与他讲解。

清胜阁是作书斋用，其中文房用具一应俱全，冯婧便提笔细说解题方法，赵晳认真听了，又提出一些算学问题请她解答。两人讨论了许久，冯婧才惊觉：“东宫中太傅、讲读甚多，殿下纵有疑问，很容易找到高人解答，奴此举岂非班门弄斧？”

赵晳道：“国朝贡举不考算学，学子多不重视，我素日对算学也不免有几分懈怠，跟着东宫师傅们学的只是诗赋经义。昨日见流杯渠之事，才意识到差之毫厘，谬以千里，算学处处与民众生计息息相关，与诗赋经义相提并论也不为过。所以，我愿意学好它，而你的讲解深入浅出，我很爱听。”

冯婧随后问起他和琴吟唱的诗歌，他耐心解释：“那是汉武帝刘彻所作的《秋风辞》，即景起兴，由咏景而怀人，后面还有几句感慨之词，因为语意悲凉，不符昨日氛围，我没唱出来。若你有兴趣，我可以讲给你听。”

冯婧自然是有兴趣听的。他们由此形成了二人之间独特的相处方式，冯婧讲算学，赵晳讲诗词歌赋，两人都听得兴致勃勃，起初因身份和陌生产生的拘谨也渐渐消失，交谈间时常笑语不断。

这种约会因此延续下去。赵晳每隔两三日总会在午后来集芳园看书，冯婧也在哥哥的安排下与他在清胜阁中相见。每次冯婧都是穿着内人的衣裳，太子问起她的名字，她迟疑后回答姓孟名婧，“孟”是她外祖母的姓氏。她想过要如实将身世告诉赵晳，然而在听家人说官家想册立郦贵妃为后，遭到太子的反对后退缩了。

太子那么敌视郦贵妃，如果得知自己的真实身份，会立即拂袖而去吧……她黯然地想。她也不是没考虑过一味隐瞒将来可能会遭受他更深的反感，但她还是希望目前这样甜蜜的学习生涯能尽可能长一点儿。待他多了解自己一些，事情是否有转机?

相熟之后，他们的学习方式有了变化，加入了惩罚环节。两人约定冯婧出题，赵晳算，赵晳出诗文让冯婧答出处，若算不出或答不出，便要受罚。桌上那把原本用于测量的尺子便成了他们用来打对方手心的工具。

一日，冯婧让赵晳做一道题：“有一名工匠接了给锦胭廊的栏杆长窗刷朱漆的任务，他第一天刷了五楹，但是以后每天都偷懒，每一天都比前一天要少刷一些，每天少刷的长度是一样的。他一共刷了三十天，到最后一天，他只刷了一楹。问，他这三十天一共刷了多少楹？”“楹”是指两柱间的距离。

赵晳闻言笑道：“如此偷懒的工匠留他何用?第二天就别让他再来了，还算什么。”

冯婧正色道：“这是假设。但是有时营造屋宇楼舍，也可能遇到工匠因故减工的情况，或需用这样的计算方法也未可知。”

赵晳沉吟道：“锦胭廊……”他略微算了算，问道，“是一百八十楹吗？”

“那工匠最多时一天才刷五楹，就算不减工，三十天也只能刷一百五十楹，哪来的一百八十？”冯婧让他先伸出手来让自己打了，才提笔算给他看，“这样的题，你先以首尾数相加，得数取一半，再乘以天数就行了……所以，结果是九十楹。”

见他似乎明白了，冯婧又在纸上写了一题，推给他：“今有葭生于池中，出水三尺，去岸一丈，引葭趋岸不及一尺。问葭长及水深各几何。”

“这好像更难了……”赵晳看了笑着摇头，“不行，题目难了我们的惩罚方式也得改，难度须提高，否则每次都会被你轻易打到。”

冯婧问：“殿下准备如何改?”

赵晳道："下次胜者打负者不可用手足、尺子或任何器物，不能用这些直接接触对方，抛掷器物来打也不行。"

冯婧也无异议，垂眸想了想，爽快地答应了："就按殿下说的改……殿下快做题。"

赵晳用绳尺在纸上作图计算，稍后给冯婧看。她立即判断："错了。"

赵晳搁下笔，朝椅背一靠，含笑对冯婧道："好，姑娘可以罚我了。"

冯婧也一笑，立即起身出门，少顷回来，手里多了一支竹筒状物事，竹筒中间插有一尾部长长地露于外的木杆。

赵晳暗道"不好"，迅速引袖遮面，而冯婧已同时引竹筒朝着他，着力将木杆推进竹筒，一道水柱倏地射出，击打在赵晳袖上和身上。

这是灭火用的"唧筒"，竹筒下端开窍，以棉絮裹木杆插入筒中汲水，火灾时可作水枪使用，集芳园每处楼阁都备有一些。

见赵晳已被水击中，冯婧不再将水尽数射出，把唧筒抛在地上，忍不住发出了一串笑声。

赵晳不愠不怒，自己拭净溅到脸上的几粒水珠，朝冯婧一拱手："姑娘机智，在下佩服！"

看着她那明媚的笑容，他也随她笑了起来。

时光悄然在他们笑声中溜走，待她想起去看看天色时，天边已露出了一道夕晖。

"我们该回去了。"她说道，心里不无遗憾。

"不急，今日你要做的题还没做完呢。"赵晳旋即再度提笔，挥毫作行草，写下一阕词："一张机，九章术里织璇玑。千丝绾作同心苣，悠长朱庑，葭生南渚，怎忍许伊归。"

冯婧看着那几行翩若惊鸿，又不失清劲秀雅的墨迹，逐字品读词中意，最后默默重复着"怎忍许伊归"，一颗心如坠温泉里，暖洋洋地被承托着，漂浮在水中，轻轻地晃。

"还请姑娘回答，这词是谁所作？"赵晳向她微微欠身，十分谦恭地提问。

她凝视那词，听着他怎样听来都动人的声音，双颊不由自主地开始发烫。似力感不支，她落于案上的手有些颤抖。最后在他温柔的注视下低下头，她轻声道："不知道。"

"那么，姑娘输了。"他的声音无比柔和，姿态依然彬彬有礼，但他看起来似乎并不想放过惩罚她的机会。

她不作声，甘领惩罚，瞥了一眼被她抛在地上的唧筒，估了估里面还有多少水。

他好像并不准备用唧筒，看也未曾看它，却站起来，靠近她两步。

她不免紧张，又有些疑惑，忽然想到，若不用手足，不用器物，那他会不会用头撞她一下？

她被这个念头吓到了，惊惧地闭上了眼睛。

而他只是倾身过来，让一个轻柔的吻如蝶般降落在她的樱唇上。

锦胭廊内，冯婧回头看看此刻已捂住胸口，惊讶得无言以对的蒖蒖，恻然一笑：“而这，是我们最亲密，也是最后的私下接触……那日临别前，他与我约定后天再见。到了那天，我从早晨等到日落，他都没有来……以后都没有来，也不曾给我寄过只言片语。”

蒖蒖叹息：“难不成是因为他听别人说了你的真实身份？”

冯婧道：“我也只能这样想了……还有个念头，每次想起我都很痛苦，但又忍不住去琢磨……他一向不喜欢郦贵妃，会不会，是利用我来报复她？”

“不会的。”蒖蒖立即否定了她这个猜想，“太子品性高洁，不会心胸狭窄到去做这等事来报复。”

冯婧黯然道：“但我始终想不明白，他为何绝情至此。就算因姨母不想与我再有往来，难道不能好好地说清楚，道个别吗？”

“或许，太子有什么苦衷。”蒖蒖尽量为太子解释，虽然一时也找不出合理的理由。

冯婧一叹，又道：“我与他多次相聚于集芳园中，其实，因为有我哥哥引领，园中人大多知道我的身份。我与太子私会一事逐渐变成了宫中人尽皆知的丑闻，特别是在太子拒绝选我为太子妃之后……我父母积极地为我请媒人说亲，可是没有人想娶我，无人相信我与太子独处那么多次会没有肌肤之亲。”

想不到怎样才能有效地安慰她，蒖蒖最后握住了冯婧冰凉的右手，努力把自己手心的温暖传递给她。

冯婧也转动手掌，与蒖蒖相握。两人牵着手看了会儿远处渐渐被夕阳染红的楼阁，冯婧又缓缓道：“有一阵子，我天天躺在床上，什么都不做，除了昏睡，就是发呆，什么都不想吃……后来，是我妈妈亲自给我做了我小时候爱吃的点心，我才开始进食……我喜欢糕点果子温暖甜蜜的香气，喜欢它们让我联想起无忧无虑的童年。所以，当姨母向我父母建议让我入宫时，我说，就让我进尚食局吧……”

她依然目视前方，望向烟霭中的楼阁，眼中泛起的泪光却让面前的风景开

始在涟漪中晃动：“经历了这些事，你让我怎么还能面对算学和与其相关的事物？一见到这些，往日那或甜蜜或痛苦的记忆就排山倒海般袭来……你说，我如何能放下？”

（二）
廊下丽人

郦贵妃委婉地向皇帝表达了冯婧的意思。官家见冯婧拒不接受，也就暂且按下聚景园一事不提。

近日郦贵妃有了些精神，竟开始做女红，夜间甚至会秉烛做到很晚。蕒蕒见她是在纳一双男子的鞋垫，手法娴熟，技艺颇佳，从容不迫地飞针走线，鞋垫上那精巧的吉祥纹样便渐渐呈现出来。

初时蕒蕒以为这鞋垫是给官家做的，不想纳完后郦贵妃把她唤来，命她把鞋垫送到二大王居住的清华阁中去。

见蕒蕒一脸讶异，郦贵妃解释道：“二大王小时候用的鞋垫都是我亲手纳的，后来他大了，服饰常用尚服局定制的，我精力不济，眼神也不大好，便没做了。前些日子，听他抱怨如今的鞋垫不如我纳的穿着舒适，我才又随意纳了一双……许久未做，手艺生疏了许多，你跟他说，且胡乱用着，下回我再为他纳双好的。”

蕒蕒领命前往清华阁。此时非进膳时间，凤仙不在阁中，赵皑正在看书，见蕒蕒到来颇欣喜，收下鞋垫后请她坐下稍歇片刻，又命人上茶。茶器布好，他挥手命侍女退去，自己坐在蕒蕒对面，亲自为她点茶。

蕒蕒惦记着冯婧之事，一心想替她打探太子决绝斩情丝的原因，遂问赵皑是否知道此事。赵皑道：“我虽与太子是一母所生，大哥待我十分亲厚，但因我自小由郦贵妃抚养，他与我也并非无话不谈，更不会论及贵妃家人。他与冯婧之间的隐情，我知道的未必比你多。”

蕒蕒默然，须臾叹道：“如今冯婧为流言所累，景况不佳，与太子的旧事成了心结，整日郁郁寡欢……你们这些男子，总是见了漂亮姑娘就想招惹，兴起时极力纠缠，没兴致了说走就走，害得姑娘被人讥笑嘲讽，你们可曾有过一点点愧疚？”

赵皑一壁击拂茶汤一壁道：“在这事上，他是他，我是我，怎么就把我和他归在一起了？”

蘡蘡一哂：“若论稳重，你还大不如太子。若论始乱终弃的潜力，恐怕你倒是有过之无不及。”

赵皑不禁笑道：“我这还没乱呢，你就担心将来被弃了？”

蘡蘡蹙眉瞪他：“别扯我，我跟你又没……”

“我懂，我懂。”赵皑勾勒着水丹青，道，“你见冯婧遭遇，所以来探我的口风。大哥的心思我不知道，只能向你承诺，我不会像他待冯婧那样待你……”赵皑忽地一笑，“不知怎的，见你如此担忧，我竟觉得心里有些甜呢。”

蘡蘡无语望天，心想世间怎会有如此厚颜无耻之人。

赵皑完成水丹青，将茶盏奉与蘡蘡。蘡蘡见茶汤面上呈现的是峡谷边的两岸青山。

“愿你我此生一如这对岸青山，相看两不厌。”他含笑道。

蘡蘡正在犹豫要不要饮这盏茶，忽闻阁门外有人传报，说太子殿下驾到。话音刚落，此刻他们所处堂外的小黄门又高声传报一次，看来太子已经走到庭中了。

赵皑和蘡蘡同时起立，默默对视一眼，对太子突然造访，心里都有点儿莫名的不安。何况内人与亲王对坐饮茶，说起来也是不合规矩的事。

赵皑一顾一侧的屏风，示意蘡蘡躲到后面去。蘡蘡退至屏风后。

太子还未入内，赵皑即出外迎接，两相见礼。赵晳微笑着告诉赵皑，自己适才自福宁殿出来，想起许久未与弟弟叙谈，所以特意来访。赵皑道谢，引兄长来到堂中。

赵晳见桌上杯盏，便问：“二哥这里有客？”

赵皑道：“没有。适才我独坐着练水丹青，所以摆了些茶器。”

他言罢命人换新茶盏，自己再给兄长点茶。赵晳待侍女退去，与赵皑寒暄两句，然后敛去笑容，问赵皑：“我听说，二哥最近与内人吴蘡蘡过从甚密，常去来凤阁看她，中秋那晚，还自延桂排档中出去，带她上凤凰山赏月。”

赵皑愕然，旋即一笑：“大哥如何得知？”

赵晳不答，但道：“你虽未出阁建府，但毕竟不小了，与内人往来，总须避嫌。若频频私会，无论于你于她，都有损声誉。你或会被言者说‘不矜细行，举止轻佻’，而她……会被人质疑节操。一个未嫁的姑娘，遭此流言，很可能半生就此被毁。”

赵皑起身至门边，屏退门外黄门，再回来坐下，沉吟片刻，微笑着对赵晳道：“原来大哥知道这一点。”

赵皙闻言脸隐隐泛红，心下明白弟弟意指冯婧。他也不否认，沉默良久后对赵皑郑重地道："你不要犯我当初的错误。"

赵皑道："大哥无须多虑，若她因我名誉受损，我自会负责，给她名分。"

"如此甚好。"赵皙淡淡地道，"想必郦贵妃乐见其成。"

"所以，大哥当初是为了拂贵妃之意，才那样对待冯婧？"

赵皙全没想到弟弟会如此直接提冯婧，不怿道："你在胡说些什么？"

"我没胡说。"赵皑停下点茶的动作，直视兄长，"大哥与冯婧相会多次，以大哥的心思秉性，怎能不查明她的来历就与她亲密往来？宫中传闻，你得知冯婧是贵妃外甥女后才决定抛弃她，是不可能的。"

赵皙避开他的视线，没有反驳。

"因此，我只能得出一个结论：你是借冯婧刻意报复郦贵妃。"见赵皙沉默不应，赵皑不禁苦笑道，"大哥就如此恨贵妃吗？她没有害过母亲，就算母亲过世前后她获爹爹恩宠，但那是她能拒绝的吗？她一直小心翼翼地伺候爹爹，悉心抚养我长大，这么多年来始终恭俭谦卑，你难道看不出来？她并非狐媚邀宠之人。"

赵皙道："她是怎样的人，未必写在脸上。"

"她未必写在脸上，但我可以用心看。"赵皑道，"母亲薨逝时我年纪尚幼，印象模糊，感受到的母爱，大部分是郦贵妃给我的。母亲过世后她便把我接到她身边，添衣喂食，无不亲力亲为，比我乳保做得都多。每一种饮食，她都要先试过温热再给我；每一件新衣，她都会亲自检验修改至最合身，乃至亲手剪掉每一个线头才给我穿。"随即他取出适才收下的鞋垫给赵皙看，"还有鞋垫……你见过哪个妃嫔会低眉顺目地给别人的孩子纳鞋垫？贵妃会。我从小到大的鞋垫大多是她做的，就因为我夸了声好，她现在也仍然会不顾身体羸弱挑灯为我缝制……我还听乳娘说，郦贵妃曾经怀过一个孩子，腹中孩儿几个月大时，她去后苑看我玩耍……那时是冬季，刚下过雪，我在雪地里跑来跑去，忽然脚一滑，踉跄着将要摔倒，贵妃着急地奔去扶我，结果自己重重地摔了一跤，因此在床上躺了许久安胎。可惜那孩子最终还是没保住，出生当天便断了气，而贵妃以后没能再生育。"

赵皙张了张口，似乎想说什么，但赵皑扬手制止了，继续说下去："但是她把我当亲生孩子。大哥还记得我十一岁时患重病，险些死去吗？那时贵妃日夜守护在我床前，忧心如焚。我醒时她总是笑着安慰我，想尽办法劝我进食饮汤药，我闭上眼睛，她以为我睡着了，才轻声啜泣……有一次我半夜醒来，看见她在窗边对月祈祷，说请神灵不要把我带走，她愿意把余生所有的寿命加给我。从那以后，我便完全视她如母亲了……大哥比我大两岁，当年拒绝娘子们的抚育，在乳保和近侍照料下长大，也就没见过贵妃的这份真情。贵妃这些年来，代掌六宫事务，或有些得罪人之处。若有人挑拨，大哥恐怕易对贵妃心生成见，不喜贵妃，我亦能理解。只是无论如何，都不应该借无辜的冯婧来发泄对贵妃的怨气。大哥请恕愚弟直言：世人都称太子仁德，而大哥如今对冯婧这一弱女子所为，委实对不起这二字。”

“事实并非如你臆测的那样。”听了这一席话，赵晳举目直面弟弟的审视，一字一字清楚地说，“而真正的郦贵妃，也未必和你十多年来认识的一样。”

赵皑说道：“那好，真相如何，贵妃怎样，还望殿下明示。”

赵晳斟酌再三，终于徐徐颔首：“好，既然你想知道，那我告诉你……”

他转头望向庭中树下旋转着飘落的一片黄叶，脸上那丝因弟弟犀利言辞激起的怒气开始消失，目光渐趋柔软：“如你所说，我与冯婧往来于集芳园时，我已经知道她的身份……其实，我早就见过她了……第一次见她，是在前年，如现在这样，是满地黄叶堆积的秋季。”

赵皑有些惊讶，但很快想通了：“贵妃常邀冯婧入宫玩耍，我自小便经常见她，大哥若非必要不见郦贵妃，才不认识冯婧，但她常在宫中走动，你们难免有相遇的时候。”

赵晳默认了，又道：“锦胭廊连接后苑与东宫。前年中秋节后某一日，我欲往福宁殿见爹爹，刚从东宫步入锦胭廊，便见一个穿着白衣红裙的少女从前方沿着长廊缓缓走来……她左手托着图册和绳尺，右手执一支铅椠，不时停下查看测量廊内细节，然后记录在图册上……”

他想起她那时的眼睛，清亮而澄澈，目光穿过木格长窗映出的道道光影，执着地探寻着她要寻找的细节和数据。她生得秀美，然而那刻令他心有一动的与其说是她的容颜，不如说是她那双充满求知欲的眼睛。他从未想到，一个女子专注于这种看起来似乎枯燥而无趣的事时，会如此动人。

“我便停在廊中，等她一步步走近。而她潜心于测量记录，完全没意识到我的存在，直到绘完一个图样，后退时撞到我身上，才吃了一惊，迅速向我施礼道歉。”赵晳回忆起当时的情形，不自觉地露出轻浅的笑容，“我说不妨事，问她有没有需要我帮手处，她说已经走到尽头，不用了。她又施一礼，然后带着她记录的满册成果，开开心心地转身离去……她满心沉浸在锦胭廊测绘带给她的喜悦中，只匆匆瞥过我一眼，我想，她根本不关心我是谁，也没记住我长什么样……后来这个推测在我与她于集芳园相遇时被证实了，她那时看我的神情，完全像看陌生人。”

赵皑听得入神，含笑问道："所以大哥在锦胭廊初见后就打听到她的来历了？"

赵哲点点头："会做这种事的女子宫中能有几个？我一问便知。过了些时日，在爹爹那里也见到了她测绘的结果……爹爹让我看冯婧画的一幅界画，描绘的是大内景观，锦胭廊画得尤其精巧，无论首尾长度还是窗格尺寸，完全按比例画的，分毫不差。整幅画笔触也生动，一物一景皆有灵秀气韵，并不像宫廷画师的作品那样呆板。"

赵皑了然："大哥很欣赏她的才华，但介意她是郦贵妃外甥女，所以直到集芳园相见前都未曾与她联系。"

"是的。"赵哲坦承道，"她与郦贵妃的关系令我却步。但那半年中，几乎每次路过锦胭廊，我都会不由自主地想起她，她明亮的眼睛，她转身时飘动的红裙，她在廊下光影里的一颦一笑……后来，又在集芳园偶遇她时，我用了好大的意志力，才在众目睽睽之下保持着平静的表情，没喜形于色。而那种难以抑制的喜悦也让我明白了自己的心意。终于，那天临别时，我向她提出再见的请求，而她，也愉快地答应了。"

赵皑追问道："大哥克服了心结约她相见，也就是准备接受她了，那不是很好吗？为何后来又……"

赵哲闭上眼睛，压抑着如暗流般逐渐翻卷上心头的种种情绪，缓缓说下去："最后一次相会时，我吻了她，同时决定，将与她同度余生……但我回到东宫，将此事告诉王慕泽，让他帮我想如何向爹爹提出时，他却突然跪倒在我面前，用异常坚定，不容置疑的语气说：'殿下，此事万万不可！'"

赵皑困惑地问道："还是因为郦贵妃？"

赵哲恻然垂目，凝视着靴尖，许久才道："你适才提起，郦贵妃曾经生过一个孩子，刚落地便断气了……那你知道那个孩子的生日吗？"

赵皑摇头："郦贵妃从未与我说起这个孩子，她阁中人大概怕她伤心，平时也都不提。"

赵哲置于案上的手渐渐收缩，指节凸显，声音也有些颤抖："这个孩子的生日，与冯婧的，是一天。"

（三）
芙蓉阁

“这是说，那个孩子有可能是冯婧？”赵皑惊讶地推测，然而自己迅速否定了这个说法，“真是无稽之谈！”

赵晳道：“我起初反应也如你这般，后来，王慕泽详细地跟我讲述了前因后果……郦贵妃当时年纪很轻，骨盆窄，身体也不大好，御医一直说她如果产子情况会很凶险，但她还是很希望有自己的孩子。那时我们母亲已经生了两个儿子，很快要生第三个，郦贵妃怀孕了，自然视这个孩子为此生最大的希望，无论如何要生下来。而她的娘家人也经常来看她，就算当着其他人的面，也常常毫不掩饰地说她一定要生个儿子……”说到这里赵晳露出一丝冷笑，“因为我们母亲健康状况不佳，多次生育后更是每况愈下，郦家认为母亲若有不测，郦氏最有可能取而代之，而一个儿子是支持她将来被扶正的最重要条件，她必须赶在其他姬妾之前，先生下一个儿子。当时爹爹虽然只是郡王，但朝野上下都明白，他迟早会成为储君，乃至皇帝。因此，他的正室之位就显得尤为重要了。”

赵皑有些明白了：“你是说，郦贵妃被娘家人怂恿着偷龙转凤？”

赵晳点点头：“她怀孕之后一直不大安稳，身子状况百出，其间又在雪地里摔了跤，每次御医诊断，都说脉象不佳……后来几个月她基本都是躺在床上度过的。不知是不是巧合，她嫁到冯家的妹妹也怀孕了，预产期与她差不多……临近生产，她疼了三天三夜，最后一夜据说她几度昏迷，十分凶险。那两日爹爹被翁翁召入宫议国事，一直没回来，郡王宅中人只见产房内几个稳婆、侍女进进出出端汤送水，表情都很严肃。而郦家也几次派人来，传递郦氏妹妹生产的消息。到了下半夜，产房内依稀传出一点儿婴儿啼声，但很快没声音了。一名姓周的御医出来说郦氏生了一个儿子，郦氏阁中的内臣大喜，立即让人带着按例赠宗室戚里的财物‘浴儿包子’往郦家报讯。很快，郦家派人带着若干礼品到访，说郦氏妹妹今日生下一个女儿……他们互赠的礼品除了金银之类，还有许多酒水、吃食、干果和水果。那时已接近三更，王慕泽在郡王宅门附近看见他们运送礼品的景象，便觉得有些奇怪，寻常宗室戚里生子，无论送礼还礼都是在白天，哪有三更了还上赶着传递礼品的……那些礼品大多用漆盒装着，只有应季水果是用竹编食匮装着，用的是内藏库提供的统一食匮，高一尺余。慕泽说，当送往冯家的竹编食匮经过他身边时，他似乎听见了婴儿哭声，但再

一听又没有了，他只疑心是自己听错了，没有再问。”

“所以他们用竹编食匮把孩子换了，其实郦贵妃生的是女儿，她妹妹生的是儿子？”赵皑问，见赵晳颔首，他蹙了蹙眉，问道：“但是那孩子不是没活下来吗？贵妃怎么会用好好的女儿换个死婴？”

“放进食匮时是活的，可能是食匮造成窒息，也可能是冯家为了婴儿中途不哭泣，喂了药，导致初生婴儿死亡……这也是慕泽后来询问御医后的猜测。”赵晳道，“总之，次日爹爹回来时，听到了郦氏新生儿子夭折的消息……郦氏人算不如天算，送走了女儿，却没得到儿子，而且此后不能生育，只得把希望寄托在你身上。”

赵皑垂目沉思，然后追问道：“那王慕泽又是如何知道这些事的？既然知道，为何不向爹爹道明？”

赵晳答道：“他说，先是发现当日产房中的稳婆和侍女有些失踪了，有些自请归家，而且都是离开临安，去远方定居。他回想非时赠礼及食匮中婴儿哭声，越发起疑，便找那周御医询问，周御医默认了郦氏换婴儿之事，但提醒他切勿泄露出去，因为当时既未发声，如今人证物证已很难找，爹爹又专宠郦氏，若证据不足，反而容易被郦氏问个构陷之罪……慕泽说到这里，泣不成声，说：‘老臣死不足惜，但当时安淑皇后缠绵病榻，殿下兄弟年纪尚幼，老臣担心若有好歹，殿下身边就没了足以信任之人，老臣不敢赌。’”

赵皑沉吟道：“这件事，如今只有王慕泽一面之词，恐怕不能尽信。”

“我查过那天郡王宅人物出入的记录。”赵晳很快说道，“郦氏与冯家，确实是非时互赠礼品，这十几年来，宗室戚里育儿赠礼选在三更的，仅此一例。你说，这些饮食水果，有什么必要非得在夜深人静时大费周章地开宅门运送？当年为郦氏诊治的两名御医中的一位已经去世，而周御医我问过，他虽不敢明说，但一听到此事就瑟瑟发抖跪下求饶，显然默认一切如慕泽所言。而且，你应该记得，当初冯婧被列入太子妃候选名单时，郦贵妃曾多么强烈地反对过。”

赵皑又问：“大哥既然相信此事属实，为何不向爹爹说明，恢复冯婧公主身份？”

“晚了，如今所有人都觉得我与冯婧有不才之事……”赵晳抬头看赵皑，一滴泪滑过笑容凄苦的面庞，“我怎能告诉爹爹乃至天下人，与我在集芳园私会过多次的女子，是我的妹妹？我可以死谢罪，但不能不顾及冯婧的处境和皇室声誉。何况，此事若公之于众，郦贵妃试图混淆天家血脉，就算爹爹有心庇护，大臣们也不会容许她活下去。若郦贵妃因此事而亡，冯婧会如何痛苦，应该会生不如死吧。”

赵皑想一想亦觉感同身受，同情地看着赵皙，轻声问："那么，大哥为何愿意告诉我此事？"

"下一个该选夫人的皇子就是你了。"赵皙默默拭去脸上泪痕，道，"希望你，或爹爹，不要把冯婧列为候选人。"

赵皙不再多说什么，随即起身离开。赵皑恭送他出门，然后迅速折回，与自屏风内移步出来的蒖蒖无言相对片刻，低声道："不要告诉别人。"

"我晓得的。"蒖蒖自知此事的严重性，郑重承诺会守口如瓶，少顷问赵皑，"你信吗？"

"现在最关键的不是信不信，"赵皑凝眸看着她，肃然道，"而是找证据。此事无论是真是假，都要找证据说明。"

蒖蒖回到来凤阁，注意观察郦贵妃一举一动，但觉她始终和蔼可亲，提起冯婧时语气自然，对赵皑关爱有加，实难看出矫饰痕迹。自己心里不愿相信她会做出那等事，但若要按赵皑所说找证据，却一头雾水，确实不知该从何找起。

过了几日，宫中传来喜讯：柳婕妤有孕在身，已满三月。

宫中已经十多年无人产子，这对皇帝来说无疑是天大的喜讯。若按旧例，嫔御有娠，将及七月时有司排办产阁，于内藏库取赐银绢等物若干。而消息传出后皇帝不待到七月，当即命人自内藏库取财物及相关用品、饮食果子，络绎不绝地送入柳婕妤所居的芙蓉阁。

宫中诸阁分得知喜讯，也各备礼品赠柳婕妤。郦贵妃自不会怠慢，早早地亲自选了金银果子、玛瑙缬绢及脯脩、干果、嘉蔬等，命蒖蒖带着几名小黄门送往芙蓉阁。

那芙蓉阁建在后苑凤凰山一隅，蒖蒖以前路过时便觉此处楼阁与众不同，楼高四层，建有宽阔露台，可观星月山景，如今步入其中，更觉处处雕栏玉砌，亭台楼阁设计精妙，足令来凤阁黯然逊色，可见圣眷之隆。

柳婕妤的乳娘玉氏人称玉婆婆，但目测似乎就四十多岁，五官轮廓精致，看得出年轻时亦是个美人。此刻玉婆婆出来笑脸相迎，告诉蒖蒖柳婕妤今日晏起，尚在后庭温泉边梳洗，如不介意，请蒖蒖随她入内面见婕妤。

蒖蒖跟着玉婆婆穿过两重楼阁，来到后庭，但见前方有一圆润山石堆砌的水池，由上至下分为两叠，各有出水口，温泉水汩汩涌出，池面雾气缭绕，后方林木葱郁，宛如仙境。

柳婕妤穿着一身白色寝衣，坐在水汽氤氲的上叠池边，将赤着的足浸入温泉水中，露出水面的两段小腿色如凝脂。长发像是刚洗过，湿漉漉地披散着，

被她绕过左肩拢至身前，以一柄玉梳徐徐梳理。

她下方的池畔有七八名内人，也在临水梳妆，旁边楼阁露台上坐着两名乐伎，一名弹筝，一名吹笙，奏着《清平调》，而旁边另立着一名歌姬，应着曲子唱道："一枝秾艳露凝香，云雨巫山枉断肠。借问汉宫谁得似，可怜飞燕倚新妆。"

柳婕妤朝着拂上双颊的朝阳合眼，隐隐含笑，继续梳发。池畔的内人们听了曲子皆露笑颜，有人向露台扬声道："香梨儿，这曲子很应景呢，再唱一首。"

蕙蕙举目望去，才发现那歌姬是以前与她讲过菊夫人事迹的香梨儿。

香梨儿愉快地答应，继续唱："名花倾国两相欢，长得君王带笑看。解释春风无限恨，沉香亭北倚阑干。"

玉婆婆待她唱毕，走到柳婕妤面前，嗔怪着劝道："娘子如今宜自珍重，可不能像以前那般贪玩了。这水虽温暖，也不能多浸，快回阁中去吧。"

柳婕妤笑道："我已经两三月没来池边玩水了，好容易盼到满三月，这才玩了一会儿，你就催着我回去。"

她入宫多年，如今应该二十五六岁了，但声音软糯如少女，语气娇俏，很是动听。

虽表示不满，她却还是缓缓起来，黑发如丝缎般披在身后，赤足沿着池畔圆石走向阁中。

她的双足形状纤巧，指甲粉润如桃花色泽，踏着山石，白罗柔软的裙裾拂过，石面上露出几弯湿润的足迹。这举动透着几分诱惑之意，但她恬静自若的神情给人的感觉却又是濯清涟而不妖，看得蕙蕙都觉心中一动，瞬间明白了为何她如今能获官家专宠。

（四）
素问

柳婕妤在堂中接见了蕙蕙，收下郦贵妃的礼品，又命自己阁中提举官取金粟、犀玉钱、影金贴罗散花儿及吃食、水果若干还礼，和颜悦色地与蕙蕙叙谈几句，问她姓名、年龄、家乡，不多时便似乎已很熟悉，再称呼时便亲切地唤她"蕙蕙"，让侍女取自己的珍珠花钿赏给蕙蕙做见面礼，另外对运送礼品来的来凤阁小黄门也各有赏赐。蕙蕙原以为柳婕妤这样受宠的嫔御免不了有几分骄横，如今看来倒是随和得很，十分会做人。

自芙蓉阁里出来，未行几步，蕒蕒便听身后有人唤她，要她留步，回头一看，见香梨儿正提着裙子朝她奔来。

香梨儿跑到蕒蕒面前，寒暄两句，便告诉她："官家赏了处院子给姑姑和我居住，就是菊夫人以前在宫中的居处，比我以前住的屋子大多了，姐姐日后有空来找我玩呀。"

蕒蕒笑着恭喜她，问她为何这么巧，获得了菊夫人的院落。香梨儿道："那院子自菊夫人出宫后先帝就命人锁上了，近二十年无人居住。日前官家和柳婕妤来仙韶院听我姑姑弹琵琶，路过那院子，见里面甚大，但杂草丛生，完全荒废了，又听人说我姑姑居处简陋，便让人开锁，将院子打扫干净，赏给我姑姑和我居住。"

香梨儿说得兴起，立时就要邀请蕒蕒前往。蕒蕒说现在要回来凤阁复命，承诺以后会去拜访，香梨儿才松开拉她的手，与她友好话别。

回到来凤阁复命之后，蕒蕒如常去厨房帮胡典膳做事，须臾芙蓉阁送柳婕妤回礼的小黄门到来，将礼品中的吃食水果运进厨房。蕒蕒清点收藏，见盛吃食干果的是漆器或金属器皿，而盛水果的是竹编食匮。触及那些竹编食匮时，蕒蕒想起王慕泽所说郦贵妃以食匮换子之事，不由得动作凝滞，索性俯下身去，仔细打量那食匮。

这些竹编食匮每个长约二尺，宽一尺五，高一尺余，中间有两到三个可以活动或移除的隔层，盖呈拱形，有可以立起的提梁。食匮以竹篾编成，花纹精致，每道纹样之间略有缝隙，水果储于其中可通风。

这样的容器是可以搁入一个初生婴儿，但竹编花纹有缝隙，应当不至于让孩子窒息。蕒蕒心想，如果郦贵妃及家人想换孩子，那这食匮确实是个理想的工具。

胡典膳见她看食匮看得出神，以为她是对这些天家器物感兴趣，遂与她聊起这个话题："这竹编食匮挺好用的，但不及漆器精美。以前宫中及宗室戚里生儿育女要送礼，盛水果的也是漆器，好看得多。不过后来先帝发现漆器太过密闭，盛水果容易腐烂，才命内藏库换竹编食匮。"

蕒蕒闻言心念一动，立即发问："先帝是哪年让人改用竹编食匮的？"

胡典膳想了想，道："总有十七八年了吧。"

"十七年还是十八年？"蕒蕒追问。

"这我哪儿记得清？得问内藏库的人。"胡典膳道，接着嘱咐蕒蕒，"水果吃食取出来后找两个小黄门把这些器皿送回内藏库。"

蕙蕙问："不能留下来，待下次阁中送礼用吗？"

胡典膳道："器皿的形制会改的，隔一两年换一次，旧的没必要留着，送礼得每次去内藏库取最新的。"

送器皿回内藏库那天是蕙蕙带着小黄门去的，对接待他们的中官好生恭维，又奉上许多点心水果。见中官和善，蕙蕙便开始打听盛水果的器皿是哪年从漆器换成竹编食匮的。中官让她稍待片刻，自己入内去查，回来时告诉蕙蕙："是绍兴十八年六月入库，八月启用的。"

蕙蕙很快把这个结果告知赵皑，同时说明："冯婧的生日是在绍兴十八年三月，那时宗室戚里诞育送礼，还是用漆器盛水果，也就是说，郦贵妃和冯家根本不可能如王慕泽所说，用竹编食匮换子。"

赵皑目露喜色："如果这是谎言，那他其余的话也不足信了。这些天我也在四处细查，或许能找到一些人证物证。"

翌日胡典膳告诉蕙蕙，为郦贵妃做菜所用的青盐快没了，让她去翰林医官院找周医官取一些回来。蕙蕙顿时想起郦贵妃生子那天为她诊治的周御医，不知是否为同一个，遂问："是哪位周医官？全名是什么？"

胡典膳道："翰林医官院就一位姓周的医官——和安大夫周之祁。"

蕙蕙又问："我们用的盐不都是向内藏库取索吗？为何要找周医官取？"

胡典膳答道："周医官是贵妃这十几年来的主治大夫，常叮嘱我注意贵妃饮食细节，切勿犯食物忌讳，十分细心。贵妃平时用的调味品他也要先检查过，自己试了没问题才让我们用。所以每次我们从内藏库取来调料都会先送到他那里去，经他检验无误再取回来。"

蕙蕙领命，前往翰林医官院。那日翰林医官院冷冷清清，人很少。蕙蕙好不容易才找到一个年轻医工询问。那医工道："今日太后凤体违和，医官们大多往慈福宫会诊去了，周医官也在其中。"

蕙蕙担心胡典膳急需青盐，不由得面露失望之色，那医工遂问她找周医官的目的。蕙蕙说了，他便笑道："这个无妨，最近周医官常让我帮着调和青盐，想必便是给来凤阁的，现在我那里便有一些，姑娘先拿去用。"

他带蕙蕙来到自己配药处，取出青盐给她。蕙蕙见那青盐色泽如常，但听他适才提到"调和"，不免有些疑惑，遂取了少许青盐入口，渐渐在咸味中品出极淡的一点儿药材味。这药味不明显，要是味觉不灵敏很可能便忽略了，但蕙蕙由殷琦带着经常练习蒙眼辨味，盐味更是仔细辨过多种，因此很快觉出这青盐不同寻常。

“这青盐怎么有药味？”蕙蕙问那医工。

医工笑道：“这是给内人揩牙漱口用的，当然调入了一些药汁呀。周医官说内人们不喜欢药味，要我控制用量，药的比例很小，所以这味儿已经很淡了。”

蕙蕙隐隐感到哪里不对。郦贵妃揩牙用的青盐一直由尚服局调香的内人配制，并非由周医官提供。

低头略一思忖，她不动声色地问医工：“这盐看上去和我们厨房里用的差不多。若一时不慎用来做菜吃下去了，会怎样？”

医工道：“偶尔吃下去一点儿应该没事，只要别长年累月吃就行。”

蕙蕙追问长期吃有何后果。他回答说：“会令人精神萎靡，影响肠胃，气血失调，虚胖浮肿吧。”

心里的疑问渐渐有了答案，蕙蕙谢过医工，问他姓名职位，医工笑着答道：“我叫韩素问，今年十八岁，原来是医学生，刚通过墨义、脉义、大义等考试进入翰林医官院，现在医职是翰林医学。”

蕙蕙称赞道：“不错不错，才十八岁就能考进翰林医官院，你简直堪称医学天才呀！再好好锻炼锻炼，假以时日，一定会成为我朝大国医。”

翰林医官们一般被称为御医、太医，能诊御脉者才能被称为“国医”，那一定是名医中的名医才有资格。故此韩素问听她这般说十分开心，哈哈笑着道谢。

既聊得高兴，韩素问便招呼蕙蕙进一间挂着历代名医画像的厅堂，朝着其中一幅画像拱手道：“实不相瞒，我的愿望，就是成为像他那样的大国医。”

蕙蕙抬头看去，但见画中人是一名着青绿色公服的翰林医官，五官端正，眉宇间有正气，薄蓄唇髭，看样子不超过三十岁，负手握着一卷《素问》迎风立于崖边，目光冷冽地侧头看向画外，颇有睥睨天下的意味。

“这是谁？”蕙蕙问。

“张云峤张国医。”韩素问答道，“他才二十多岁时就被先帝封为和安郎，治愈过很多病人，包括先帝和今上，也包括我的父亲，所以我视他如同神明，每次考试或出诊前都会拜拜他，请他保佑我一切顺利。”

“他已不在人世？”

“这个说不好。”韩素问挠挠头，“他这辈子大概只有一个病人没救活——齐太师。齐太师死后他便离开了翰林医官院，杳无音讯，今上即位后多次派人寻访，但一直没找到，也不知他是否尚在人间。”

韩素问又目示画像说道：“这幅画像就是官家让画师画了来寻访他的，后来赐给了翰林医官院，供人瞻仰。”

萁萁带着青盐回了来凤阁，先检验了厨房中所剩青盐，品出味道与韩素问给周之祁配的一样，立即请胡典膳暂不要用青盐，旋即前往清华阁，面见赵皑，把周医官以加了药物的青盐给贵妃食用之事告知。赵皑先命凤仙取出阁中青盐，让萁萁与凤仙再次对照周医官的青盐加以分辨，凤仙亦品出周医官的青盐加了药物，而清华阁的青盐正常。赵皑遂道："看来此事仅仅针对贵妃……周之祁多年来处心积虑地要害贵妃，只不知是他个人所为还是受王慕泽授意。"

凤仙虽不知赵皙与冯婧隐情，但听赵皑与萁萁对话，已明白周之祁或与王慕泽勾结，有所图谋。她想了想，道："谋害贵妃非同小可，欲知王慕泽是否参与此事，或许可加以试探……"

（五）
真相

凤仙随后前往东宫，告诉秦司膳来凤阁发现青盐被加了药物，但尚不知是何人所加，二大王正在彻查清华阁调料来源，并让尚食局内人连夜辨别是否有异。为确保太子安全，二大王建议东宫也尽快彻查。

秦司膳一听，不敢怠慢，立即召集东宫相关内人检验调料，并按规定将此事报与东宫都监王慕泽知晓。

"如此一来，若周医官一向与王慕泽勾结，王慕泽见此事败露，必然会有所行动。"凤仙对赵皑与萁萁说明，"他会去找，或者派人去找周医官，商量如何应对……当然，若他猜到周医官已无法脱身，为保全自己，可能杀人灭口。"

赵皑了然，立即联络殷琨，请他带皇城司禁卫便装连夜赶往周之祁住宅。

次日皇城门一开，殷琨即入内，告诉赵皑周之祁的情况："夜间果然有两个人潜入周家，与周之祁窃窃私语片刻后，我们忽然听见周之祁惨叫，于是立即冲进去。那两人握着匕首正在刺杀周之祁，一见我们扭头就跑。我们追了一会儿，将人捉住，但是，回去看周之祁时，发现他竟提刀自尽了。"

赵皑问："那两人现在何处？"

殷琨道："押在皇城司，听候发落……看那模样，是两名宦者。"

赵皑派人请冯婧父母入宫，让他们在皇帝视朝结束后随自己入福宁殿面圣，同时邀请郦贵妃携萁萁前往。

他也遣人去东宫，邀请太子同往福宁殿。而太子穿戴整齐，欲出门时，被跪倒在他面前的王慕泽一把拖住。

“殿下，老臣不能继续服侍殿下，看着殿下登大宝，做明君了……请受老臣最后一拜。”王慕泽老泪纵横地说道，郑重地朝太子行稽首礼。

赵晳双手搀他，蹙眉问原因。王慕泽说出了实情：“臣罪该万死，欺瞒了殿下……当年郦贵妃没有换子，冯婧也不是贵妃之女。”

赵晳一怔，旋即大怒，拂袖将他推倒在地：“你为何要撒这种弥天大谎？”

半个时辰以后，赵晳终于步履沉重地来到福宁殿，神态甚萧索。赵皑见人已齐聚，遂让殷琨把昨夜周宅中事当着众人面叙述一遍，并将两名宦者押来，宦者承认是受王慕泽指使。皇帝讶然问何故如此，在赵皑示意下，萁萁上前把来凤阁青盐之事的前因后果细细说出，皇帝明白了大半，垂目不语。

“周之祁多年来暗害贵妃，可见是受王慕泽指使，但此事是王慕泽个人所为，与太子无关，太子亦受其蒙蔽，并不知情。”赵皑旋即说明，然后将王慕泽如何以冯婧身世欺骗太子也和盘托出。

“内人吴萁萁发现贵妃之子与冯婧出生之时内藏库尚未启用竹编食匮盛赠礼，故此推测王慕泽所言不实。而我让人细查当年贵妃生子后离开郡王宅的侍女去处，找到两人，已带到临安，若陛下认为有必要，她们随时可入宫做证。这是她们的证词。”赵皑将证词呈给皇帝，亦向众人说明，“她们都说贵妃当年生的确实是一位小公子，只可惜出生当天即夭折了。她们担心自己侍主不周被追责，所以主动请辞归故里，并非如王慕泽所说，是目睹换子之事为贵妃忌惮才逃走的。”

“臣夫妇，当年生的确实是女儿呀。”冯婧之父冯硕随即上前，躬身向皇帝上呈一卷文书，“这是小女冯婧出生当天，张国医记录的浴儿书，上面写明小女姓名、父母名、生辰八字、出生地点，以及身长体重、体貌情况，包括一块隐于她脑后头发中，常人看不见的红色胎记。若有必要，可请女官验看。”

“张国医……”皇帝若有所思，问道，“云峤？”

“是和安郎张云峤。”冯硕解释道，“当时齐家四处寻找他，他避于臣宅中。适逢臣妇生产，他便悉心照料，并在小女出生后写下了这份文书。”

寻常浴儿书上的字皆作小楷，而这一份上的则如奔蛇古藤，游云流曳，竟是狂草。

皇帝细看之下微微一笑：“果然是他的笔迹。”

他将文书示与众人，并着意注视着赵晳说道：“云峤不会作伪。”

赵晳看了看文书，默默低下了头。

“非时送赠礼一事，还望一并说明。”赵皑继而对冯硕道。

“这个，我来说。”郦贵妃忽然开口，看着赵晳兄弟，平静地道出往事，“那个孩子，我怀得无比辛苦，整个孕期症状百出，临近生产，我又感染了阳证伤寒，为我诊治的两位医官都不敢给我用治伤寒的药，怕伤及胎儿。所以我生产之前受尽临盆和伤寒双重折磨，苦不堪言。临盆那日几番晕厥，张国医得知，在冯家为我煎了药，让冯家人送进郡王宅。可是我的主治医官是先帝指定的，若我不顾他们的诊疗方案而用他人的药，传进宫中，先帝必然不悦，所以，我妹夫遣人与在郡王宅照顾我的母亲商议，决定借互送赠礼之机把药藏在礼品盒里，悄悄带进来。迫于我的病情，已等不到天亮，故费尽周折，深夜送入宅中，可惜那时我的孩儿已经夭折……”说到这里她哽咽不已，拭了拭眼角的泪，才继续往下说，“张国医的药很有效，我服用后伤寒症状很快减轻了。”

这时冯硕补充道：“张国医说，临近生产，治疗伤寒的药已经不会影响胎儿，完全应该对症下药。他随后给贵妃用的药，是寻常剂量的两倍。”

皇帝颔首：“有此魄力，是他的作风。”

“真相就是这样。王慕泽知道大哥关心则乱，平时又不与贵妃娘家人往来，不会深究每个细节核实真伪，所以敢如此构陷贵妃。而臣没这个顾虑，为还贵妃清白，会追查到底。”赵皑言罢，朝皇帝深深一揖，“臣不敢望陛下恕臣擅自行动之罪，但只要此事辨明，臣甘领责罚。”

皇帝叹了口气，命众人退去，仅留太子一人在殿中。待周遭无人，皇帝问太子：“你听明白了吗？可还信王慕泽一面之词？”

赵晳朝父亲跪下：“臣来福宁殿之前，王慕泽已向臣道出真相，承认是他撒谎……臣愚鲁，轻信谣言，恳请陛下严惩。”

皇帝追问道：“王慕泽是怎么跟你说他的动机的？”

赵晳默然，一时没回答。

皇帝便推断：“他一定是告诉你，他服侍安淑皇后多年，看不惯郦贵妃狐媚惑主，甚至在安淑皇后缠绵病榻之际仍夜夜留我在她的房中，不得照料你的母亲，导致她郁郁而亡。后来见你又被贵妃的外甥女诱惑，所以他便是拼了命，也要设法阻止冯婧成为太子妃，乃至将来的皇后。”

赵晳伏拜，一言不发，默认了。

“好，既然你如此介意，那我就与你说说，郦贵妃当年，是如何获我‘专宠’的。”皇帝目光落在殿内窗棂投于地面的光影上，怆然地回忆旧事，“那时太师齐栒独揽大权，在朝中大肆排斥异己，只手遮天，连先帝都不得不忌惮他几分。我年轻气盛，几度与他对抗，他也视我为大敌，几番欲构陷于我，幸而我有良师益友相助，谨小慎微地侍奉先帝，他抓不到我的错处，才没有得逞。后来你母亲病重，他又另起了心思，选择党羽之女向先帝推荐，要我接纳。我怎可能容许身边有他安插的人，故此我刻意夜夜去郦氏房中，并让所有人知道，她是我心仪的女子，我根本无暇他顾。”

赵晳依然伏拜着，看不出是何表情。

皇帝继续讲述：“为何选择她？因为她是太后赐给我的人，她原是太后的侍女，深得帝后青睐信任。我宠爱她，帝后不会不满，还甚感欣慰，而齐栒也无话可说，且不敢借她攻击我沉湎女色。你母亲过世后，齐栒再给我推荐正室人选，我依然表示独宠郦氏，为了她，决定暂不续弦。太后见我如此表态也很高兴，向先帝进言，许我暂不娶新夫人。”

“而事实上，我对她，谈不上爱。”皇帝叹息道，“我这一生，最爱的女子，就是你母亲。我的三个儿子皆她所出，而郦贵妃……当年我虽夜夜留宿她的房中，但心忧国事，又记挂着你母亲，常常整夜与她相对无言，真正与她亲近的时候，屈指可数。”

赵晳闻言，肩动了动，稍后他徐徐抬起头来，有些讶异地看着父亲。

“但她真的堪称温婉贤良，无论我如何待她都毫无怨言，即便心里委屈，也还是努力配合我做戏，默默做着表面上的宠妾，一直承受着家中朝中的关注和攻讦，也包括你的怨怼。”

赵晳再度伏拜，两滴泪随之坠落：“臣知错，多年来误信谣言，害人害己，请爹爹责罚。”

皇帝摇头，亲自过去将儿子搀起：“你轻信谣言，我也有错。以前总觉这些闺房之事不堪与人提及，要与自己的儿子说，更难。却不想王慕泽一再以此构陷贵妃，蒙蔽于你，是可忍，孰不可忍，我要严惩的是他，不是你。”

皇帝当即扬声唤门外的入内都知进来，要入内都知传令皇城司，捉拿王慕泽。而赵晳闻言又向皇帝下跪：“爹爹，适才臣已将他放出宫去……请爹爹看在他悉心服侍臣二十余年的分儿上，给他一条生路。”

然而结果令人惊讶，王慕泽并未如赵晳希望的那样跑出宫求生，而是逃往后苑山上。当被宫人发现时，他以白绫悬于一棵树上，已气绝多时。

皇帝下令彻查王慕泽党羽，东宫宦者受牵连者甚众，翰林医官院与王慕泽或周之祁有私交的医官也多被贬黜，韩素问原也在问罪名单中，好在蘘蘘请郦贵妃向官家进言，说韩素问的职责是为医官们配药，并非仅为周之祁一人服务，不能因调和过青盐便断定他是周之祁党羽。他对周之祁所为毫不知情，坦然将青盐细节告诉蘘蘘，无意中揭发了周之祁恶行，不应该被追责。

皇帝亦以为然，不再追究韩素问罪责，许他继续留在翰林医官院。

冯婧身世之事水落石出，赵晳已无心结，皇帝遂与郦贵妃商议，想让太子纳冯婧为侧室，以使两个有情人长相厮守。郦贵妃含笑道：“妾以前不愿意冯婧成为太子妃，是因为知道太子对妾有怨气，担心冯婧嫁入东宫，日子久了，他们难免会因妾而心生嫌隙，渐成怨偶。如今误会已消除，他们既两情相悦，官家也愿意让冯婧服侍太子，妾自然没有继续反对的理由。”

于是帝妃将冯婧召来，将此事告知，不想冯婧当即下拜，跪请官家收回成命。

皇帝诧异地问她是否已不爱太子。冯婧摇头，说道：“我对太子的心意从未改变过，哪怕他弃我而去时，我也不曾怨恨他。我庆幸官家查明了真相，让太子与我再念及对方时，想起的仍是初遇时美好的样子。但如今太子与太子妃鹣鲽情深，而我也在尚食局找到了想做的事。那么，请官家允许我们保持现状吧。与其让我进入东宫，面临在妻妾争宠中变得面目可憎的境地，我更希望自己在职事中找到长久的安宁。而太子也能怜取眼前人，不因我，伤害到爱他的太子妃。”

皇帝与郦贵妃相顾，一时都不知该如何表态。

冯婧举手加额，郑重再拜：“请官家成全，让我与他，继续在彼此的记忆中完美。”

（六）
舞衣

冯婧自福宁殿出来，发现赵皑手握一卷邸报立于门边，见她出来立即朝她一揖为礼，想必是来找官家，看她适才在殿内，所以没立即入内。

冯婧向他还了礼，欲离开，走了几步，却听他说“请留步”，便驻足，见赵皑跟上来，将手中邸报向她展开。

“官家之前采纳大哥建议，命太史局面对庶人开设算学考试，选拔了一批民间算学人才，邸报上有录取名单。”赵皑展示名单，又道，“以往太史局官员来源以举荐为主，以后像这样考试选拔的会越来越多。这批人才会主修天文历法，按大哥的设想，以后将作监、国子监、太学，也会增加类似的考试，从民间选拔更多算学人才监管营造和参与教学。”

“那很好呀。”冯婧微笑道，“太子睿智，官家英明。长此以往，国朝算学人才辈出，必将造福社稷，功在千秋。”

“大哥说，是你的出现让他想到这一点。”顿了顿，赵皑忽然问，“你不再考虑一下吗？”

这个问题令冯婧一怔，旋即意识到他应该听见了她之前在殿内说的话，遂摇了摇头。

“其实，我们自小在宫学也学算学。”赵皑似乎另起了个话题，含笑告诉她，“《九章》《周髀》《海岛》《孙子》《五曹》《张丘建》《夏侯阳》等算经都学过，不过那时就只当游戏，玩着学，不觉得有多重要。我学得不太认真，每次考试只能考第二。”

冯婧微笑问：“那谁能考第一呢？”

赵皑答：“大哥。”

面对她长久的沉默，他欠身拱手，不失礼数地道别，然后进入了福宁殿。而她过了好一会儿才回过神来抬步前行，集芳园中的往事如书页一幕幕翻过，三七之数，悠长朱庑，葭生南渚……原来他隐藏了自己的优势，来换取与她相处的借口。

她扬了扬嘴角，似乎想笑，但骤然蔓延开的心痛令她放弃了那徒劳的尝试，顷刻间已泪流满面。

她再见太子时，已经入冬了。

那日夜间冯婧沿着锦胭廊回尚食局，长廊两侧的木格长窗大多已装好以御风雪，不过隔两楹仍留一格未封闭，方便通风观景。冯婧捧着一摞从凤仙处借来的《太平圣惠方》，走在长窗遮蔽的廊下，两行宫灯投下忽明忽暗的光影。须臾，步履稍滞，她发现前方出现了一个熟悉的身影，衣袂飘然，渐行渐近。

她定了定神，继续目不斜视地前行，直到与他对面相逢。

“殿下万福。”她施礼如仪。

赵皙欠身还礼，看看她手中的书，温和地问她：“需要帮手吗？”

“多谢殿下，不过书不多，我自己可以拿。”她敛眉回答。

“我以为你会说，已到尽头，不用了。”他微笑道。

他们明显处于长廊中段，所以他的话令她一愣，但这句熟悉的话很快引她寻回了快被她遗忘的一页记忆。

原来那日她撞到的人是他呀，是他……她忍不住错愕地笑了，虽然带了一分苦涩。

他们脸上都带着一点儿笑容，相对而立，却久久找不到打破沉默的话题。

最后是她先开了口：“殿下，我还可以提个问题吗？”

他颔首：“请讲。”

她说：“一座宫城，长六里，宽三里。甲从东门出，乘马前行，马一个时辰能行八十里。乙从西门出，马一个时辰能行一百里。若甲乘马出发半个时辰后乙再出门前行，马速如上述，请问要过多久乙才能追上甲？”

赵晳没有被这一串数字干扰，直接回答：“方向不同，追不上了。”

冯婧微笑道：“是的，他们都不会回头。没有相互追赶，只有各自前行。”

赵晳与她相视，暂时未说话。这时有风自他们身边未闭合的窗格外袭来，带来几片细碎的雪花，落在他们眉梢鬓边。原本遥遥跟在赵晳身后的小黄门见状立即奔来，拉上了那扇长窗，将漫天飘散的雪花与一夕风月都隔绝于这朱色廊庑外。

冯婧再朝赵晳敛衽为礼，赵晳随即长揖还礼，两人互道“珍重”，然后赵晳侧身让路，任她朝着不同的方向，与自己擦肩而过。

“七张机，鸳鸯织就又迟疑。只恐被人轻裁剪，分飞两处，一场离恨，何计再相随？”

香梨儿欢快地弹着琵琶，没心没肺地唱着这首曲子，听得她身边的姑姑江凝烟搁下手里的绣棚，对蒖蒖笑道：“这傻孩子，琵琶和曲儿都没学好，就偏要在你跟前卖弄。这下露怯了吧？把《七张机》唱得这么没心没肺的，整个仙韶院里也只有她了。”

蒖蒖亦笑，但道：“没事，唱得欢快，说明她心情好呀。宫里开心的人不多，我平日见的很多姑娘不是紧锁眉头就是拉长着脸，像她这样爱笑的真的很少了，随她怎么唱我听着都高兴。”

“就是呢，吴姐姐不愧是我的知音。”香梨儿放下琵琶，蹦蹦跳跳地过来拉蒖蒖的手，“琵琶和唱曲都不是我的主业，你难得来看我，我给你跳一支最擅长的舞吧……跟我来，你看看哪件舞衣好。”

她把蒖蒖带到里间，打开衣橱，让她看里面精致绚丽、璀璨夺目的各色舞衣。

这是菊夫人的故居，与芙蓉阁的瑰丽相较，倒是显得清幽许多，虽然从院落中清理过后仍残存不少的枝枝叶叶上推测，这里当年曾有一番花果蔚茂、芳草蔓合的景象，但屋舍及内室色调都是素雅的，乌木窗格白窗纱，幔帐多为青色，十分清幽。唯一的例外便是这衣橱，一打开给人的感觉是满屋色彩都被锁在了这里。

“原来你有这么多好看的衣裳。”蕙蕙抚着那些如烟云一般的纱罗，不由得感叹。

“其实这些都是菊夫人的。”香梨儿笑道，“院子打开后我们发现里面很多她用过的物品还在，包括这些舞衣。仙韶院使已经取走很多了，这几件是留给我的。”

说得兴起，她又牵蕙蕙走到梳妆台前，拉开一个抽屉，让蕙蕙看：“这里还有一柜子的化妆品，大多没怎么用过。虽然搁到如今不能用了，但这些胭脂粉盒都很精美，我也舍不得扔。”

那些化妆品盒子金银、漆器或木质的都有，或雕花錾刻，或镶嵌珍珠螺钿，琳琅满目，煞是好看。

蕙蕙拾起一个粉盒，打开赏玩，发现里面隔层有三道，一层置粉扑，一层盛妆粉，最下面一层没有妆品，却有一张折叠起来的纸。

蕙蕙取出纸，展开看，几行龙蛇飞舞的字旋即跃入目中，看得蕙蕙眼花缭乱，却没认出几个。

这菊夫人听起来是个绝代佳人，怎么笔迹竟如此狂放？蕙蕙想着，正准备搁下那页纸，忽闻香梨儿从旁说了句：“这不是翰林医官院开方子用的便笺吗？”

蕙蕙一愣，重新看去，果然辨出这是御医们用的处方笺，继而感觉到，这字迹有点儿眼熟，跟上次官家向众人展示的张国医的字有点儿像。

“姐姐，菊夫人得的是什么病？”香梨儿好奇地问道，显然她也是认不出上面的字的。

“呃，这病有点儿复杂……”蕙蕙思量着，问她，“能不能让我把这处方笺带走，找个医官问问，下次告诉你？”

香梨儿爽快地答应了：“姐姐问清了告诉我就行，这便笺和粉盒你都带走，不用还我了。”

蕙蕙迅速去翰林医官院，找到韩素问，递给他这页纸，要他解读。

韩素问一看就乐了：“如此狂草，这显然是我们医官的字呀！”

他很快解读出上面的字：“空赐罗衣不赐恩，一薰香后一销魂。虽然舞袖何曾舞，常对春风裛泪痕。”

蕙蕙听后诧异地道：“原来不是开的方子……听起来像是一首情诗。”

“唉，什么情诗！”韩素问不以为然，“我们医官虽然非富非贵，但给喜

欢的姑娘写信，好看的信笺总能买起几张吧？用处方笺写给姑娘，那不是说人家有病吗？”

萁萁不禁莞尔：“那你说说这诗是什么意思？”

韩素问低头细细品读一番，然后道：“我觉得吧，这是写给一个会跳舞的姑娘的。从诗意看，这个姑娘获得了官家或者什么贵人赐的舞衣，她很珍惜，经常给舞衣熏香，但是一想起赐她衣裳的人并没有给她想要的恩宠，就觉得很悲伤，虽然穿上了舞衣，但没有跳舞，而是频频用袖子抹眼泪。”

“这诗为什么会写在处方笺上？”萁萁追问。

韩素问想了想，道：“多半是这个姑娘整天悲伤得吃不下饭，睡不着觉，家人一看，觉得病得不轻，就去找医官给她诊断。那医官一见就明白了，于是开了这方子扔给那姑娘，意思是：你得的是相思病，得治！”

萁萁佩服得连连赞叹：“可以呀！听起来很有道理。没想到你小小年纪，头脑这么灵光，诗书也学得好。”

韩素问骄傲地昂起头：“那是！当初我考入翰林医官院时，可是第一名呢！”随即他展颜一笑，对萁萁道，“我也在练狂草。来，我给你看看，一会儿你说说，练到你认不出的程度了吗。”

（七）
升职

冬季宜进补，赵皑见凤仙煲的汤颇有食补功效，便命她煲了一盅，自己带着她亲自给郦贵妃送去。郦贵妃含笑收了，听凤仙说了此汤妙处后，又留赵皑叙谈半晌，见他不时提起萁萁，亦心领神会，便唤来萁萁，要萁萁送二大王回去。

萁萁送赵皑步入锦胭廊，说了声“二大王慢走”，便欲转身回来凤阁，赵皑立时像忽然想起什么似的，手指前方，说：“大哥就是在那里第一次见到冯婧的。”

凤仙跟在他们后面，见赵皑兴致勃勃地与萁萁说着话，并没有回顾自己的意思，不免有些落寞，自行落下几步，与他们拉开一段距离。

听赵皑重提太子与冯婧之事，遥想二人翩翩风采，萁萁不由得叹息：“可惜了，本来多好的一对才子佳人，随便撞一下都撞得这么美……”

“这个主要看人。”赵皑道，“冯婧是娴雅端淑的美人，又身处这颜色绮丽的锦胭廊中，怎么看都是美的。所以人家这初见，自然富有诗情画意。不像某人，当初骑匹脏兮兮的马，握着条鞭子就来偷窥半裸男子……啊……”

那声“啊”是因蕙蕙击落在他手臂上的巴掌激发的。蕙蕙虽跟凤仙说过与赵皑初遇之事，但并未说他们光腿打马球等细节，如今听他这样说笑，担心被凤仙误会，又气又急，忍不住动手了。

赵皑却还不住口，护住被她打的右臂，又补充道：“……还是两个。”

蕙蕙只觉眼前一黑，旋即双目怒瞪，双手连挥，又啪啪啪地打了他好几下。赵皑只笑着招架，完全不愠不恼。

凤仙在后面看着，脸上保持着面对贵人时无懈可击的微笑，在他们手臂相触的时候默默垂下了眼帘。

以往虽说皇帝的膳食名义上由裴尚食料理，近年来皇帝却更依赖柳婕妤。皇帝膳食与众不同，称“御膳”，御厨中有两百余名厨师，称为“膳工”，另外还有两百余名打杂供膳的“膳徒”，均由御膳所管理，但每日食谱的制订和膳食先尝的工作应该尚食来做，而这两年来这些事大多由柳婕妤代劳了，还常常自行进献饮食给皇帝。

不过如今柳婕妤有孕在身，皇帝担心她过于劳累，且也不适合再主御膳先尝之事，便示意裴尚食，另选一名年轻的尚食局内人协助裴尚食做这些事。

裴尚食观察众内人，觉得凤仙行事稳重，入宫以来从未出错，清华阁中工作也做得可圈可点，又颇懂食补之道，便有意提拔她，将她叫来告知此事。不料凤仙竟不受这天大的恩泽，跪下对裴尚食道：“奴出身民间，厨艺与宫中内人相较并不出色，且入宫未久，规矩都未曾学明白，幸而被分到二大王阁中，他待人随和，不苛求礼仪细节，奴才能平安度日至今。若去官家身边，奴怕每日战战兢兢，难免出错，恐怕会辜负尚食举荐之恩。”

裴尚食好言相劝，凤仙仍不答应，见裴尚食皱起了眉头。凤仙忙轻声道：“奴倒是想到一个合适人选，比奴合适十倍。”

裴尚食问是谁。凤仙答道：“吴蕙蕙。她与奴一样来自浦江，当初尚食局选拔时，她的名次是高于奴的，是秦司膳首选之人，可见厨艺比奴精妙。而且她味觉异常灵敏，之前来凤阁的青盐，便是她尝出异味的，官家身边的尚食内人，最要紧的不就是味觉灵敏吗？”

裴尚食沉吟道：“吴蕙蕙确实不错，但性子过于活泼了些，不够稳重。”

凤仙道：“蕙蕙是比较活泼，但这在官家看来，未必是坏事。若官家只喜欢稳重之人，来凤阁和芙蓉阁都不会是如今的情形。”

裴尚食闻言霎时面色一沉："慎言！"

凤仙立即伏拜于地："奴失言了，请尚食责罚。"

裴尚食未立即做决定，但将凤仙所言也记在了心里。

这几日尚食局命年龄稍长的内人们对十来岁的小内人进行基础厨艺培训，有一项是将菌蕈处理后做包子馅。大多数内人是洗净菌蕈后简单地用水煮熟，然后切碎调馅料，而裴尚食发现吴蕙蕙在煮菌蕈时切了几片姜投进滚水里，并对她教导的小内人说："有些菌蕈是有毒的，我们不一定认识所有的菌蕈，为了安全，最好在煮它们的时候投入几片姜或几瓣蒜，如果菌蕈有毒，姜和蒜就会变色。"

秦司膳见了低声对裴尚食道："吴蕙蕙倒是领会了宫中饮食的首要原则——安全。"

裴尚食未表态，继续默默地观察蕙蕙的举动。

培训刀工时，内人唐璃忽然扬声对自己教导的小内人喝道："都说过多少次了，切菜时你左手手指要收着，别直直地趴在菜上，很容易切到手！"

那小内人被吓得哭起来。秦司膳便提醒唐璃勿高声喧哗，唐璃答应，但忍不住又嘀咕一声："之前便反复叮嘱过她，她就是记不住。"

蕙蕙见状，来到那哭泣着的小内人身边，用手巾给小内人擦干泪，好言抚慰，然后自己提起小内人的刀，微笑着引导："妹妹，我告诉你一个秘密，这把刀其实是有灵气的，每次你右手提起它的时候，你就会瞬间变成一只猫哦……"然后她向小内人亮出自己的左手，"你的左手这时也不是手了，会变成圆滚滚的猫爪。"

她左手随之聚拢，呈拱形，笑着朝小内人晃了晃，接着把刀递到她右手中："你再试试。"

小内人愣愣地想了一会儿，重新面对砧板，提刀置于砧板上时，不断提醒自己"猫爪，猫爪"，她的左手手指果然向内收拢，切菜时再也不直直地伸出去了。

裴尚食与秦司膳相视而笑，回想凤仙所言，渐觉并非全无道理。

而这时来凤阁的胡典膳向郦贵妃提出了辞呈。因为她多年来未尝出青盐里的异味，导致贵妃为药物所害，身体受损，她一直愧疚，且惴惴不安。虽然郦贵妃顾及多年情分，没有追究，但胡典膳思前想后，不敢当作什么都未发生一样继续料理贵妃饮食，遂提出愿自降品阶，作为普通内人回到尚食局工作。

郦贵妃几番挽留，但胡典膳去意已决，坚持辞职，郦贵妃便把裴尚食请来商议。裴尚食也说胡典膳确实犯了错，于情于理都不应该不受惩罚仍居原位，否则难以警诫众内人，降职重回尚食局是适当的处置方式。郦贵妃遂同意放人。

裴尚食便又向贵妃提出了她对主理来凤阁饮食之人的调动方案：将冯婧升为典膳，接替胡典膳的工作，并带两名厨艺超群的尚食局内人同往来凤阁，料理贵妃饮食。而吴蕒蕒，建议调往福宁殿，协助尚食做御膳先尝的工作。

郦贵妃沉吟许久，最后道："御膳先尝让蕒蕒来做自然是稳妥的，不过骤然调动不知她心里会怎么想。她此前于我，可说立了大功，这些事，我想先和她商量，问问她的意见。"

皇帝夜间一向不进食，但想起今天正是他当年纳郦贵妃为妾的日子，便于傍晚过来，陪郦贵妃饮了几杯酒，吃了些小菜和点心。

两人闲话家常许久，皇帝似乎还没有离开的意思。郦贵妃望了望门外，忽然唤内侍过来，说外面飘雪了，要他们准备好官家的斗篷，带好伞具，稍后护送官家回福宁殿。

如此，皇帝只得起身告辞了。

内侍簇拥着皇帝离开。蕒蕒看着那些尚余许多的点心和小菜，轻声问贵妃："官家显然是想留下来的，娘子为何？"

郦贵妃摇摇头，道："他不是想留下来，只是觉得今夜是他欠我的，他应该留在这里。"

蕒蕒便不好多言。

郦贵妃黯然地饮下一杯残酒，借着几分醉意，自顾自地说了下去："起初，我便是太后硬赏给他的，他本不想要，却不便拒绝。于是，本着向帝后尽孝的心，接纳了我……后来，安淑皇后病重，齐太师想逼他娶党羽之女，他便故意每夜宿于我房中，但大多时候不是通宵看书，便是早早睡去，很少与我有话说……柳婕妤入宫后，我这里便彻底冷清了，现在他过来，不过是愧疚罢了……"

她搁下酒杯，向椅背靠去，闭上双眼，须臾一滴泪自眼角滑落："他从来就没有，真正地喜欢过我呀……"

这话听得蕒蕒有些手足无措，不知如何安慰她。蕒蕒想了想，倒了热水拧了一块面巾，递给贵妃擦脸。

"今日裴尚食跟我说，想调你去福宁殿。"拭净泪痕，郦贵妃转而说道，"我没立即答应她。我想，你应该希望去二大王身边吧。"

"啊，不，不！"蕒蕒立即否认，"我对二大王没有任何妄想。"

郦贵妃讶异地睁开了眼睛："我以为你们……"

"只是二大王爱跟我开玩笑而已。"蕒蕒斩钉截铁地道。

“哦，是吗……”郦贵妃有些失望，思索片刻，忽然又问，“以前你跟我提起过你宫外的老师……他应该还比较年轻吧？”

这个问题在蕒蕒意料之外，她迟疑一下才回答：“是的，二十多岁。”

郦贵妃了然道：“你喜欢的是他。”

“也不是……”蕒蕒欲否认，但语气听起来明显弱了许多。

“那你为什么还入宫呢？”郦贵妃叹道，“宫里又不是什么好去处，你在宫外跟老师好好过日子不好吗？”

蕒蕒沉默半晌，终于决定说出实情：“因为我要找我妈妈。”

随后在郦贵妃的追问下，她把家中变故、入宫经过以及与程渊的对话全告诉了贵妃。

“原来是这样……”郦贵妃思忖片刻，最后凝视着蕒蕒诚恳地说，“你母亲的名字我也没有听说过，很可能是化名。她到底是谁，也许真的只有程渊知道了。程渊是慈福宫的人，我也不能指使他，逼迫他说出真相。如今看来，你去福宁殿倒是个不错的选择，成为官家身边的人，程渊也不得不敬你三分，也许不久之后，你再问他，他就会说出你母亲的下落了。”

这事便这么定了。郦贵妃随后向皇帝重提蕒蕒在青盐及冯婧身世一事上立下的功绩，并借裴尚食给她的褒奖之词，建议升她为掌膳。而冯婧升为典膳后正好空出个掌膳之职，皇帝欣然采纳，将蕒蕒升为掌膳，命她协助裴尚食，掌御膳先尝之事。

（八）
御膳

皇帝早膳是五更之前在福宁殿进，菜式较为简单，而隆重的正餐分别在巳时和酉时进，就餐是在嘉明殿。

嘉明殿在皇城东廊门楼对面，东廊门楼下即是殿中省六尚局及御厨。每遇皇帝进膳，门楼上会立有一名内侍，拖长着声音报着一道道菜名，这称为“拨食”。随着拨食声，一列着紫衣、头裹卷脚幞头，被称为“院子家”的御厨侍者右手托一黄绣龙盒衣笼罩的食盒，左手携一条红罗绣手巾入至殿中。待御厨侍者呈上十余盒后，另外十余名侍者又会各自托着金瓜状食盒入内。食盒送到殿中，一道道继续经殿中内侍及尚食局内人之手传至皇帝桌前，内人取出菜肴，先盛出少许，由裴尚食或蕒蕒先尝，她们若感到味道有何不妥，或食用后身体不适，菜肴都会立即被撤换，未觉有异，才请皇帝进食。

裴尚食说自己年纪大了，御医提醒，很多食物不宜入口，经皇帝批准，大部分御膳让蕒蕒先尝。蕒蕒很乐意做这项工作，第一餐品尝了二十余道佳肴，虽每道量很少，但全部吃下来也堪称大快朵颐，十分餍足。一顿下来她只觉这掌膳之职非常轻松，拿着俸禄吃皇帝的御膳，自己还不用动手做，简直是天下第一便宜事，暗地里禁不住笑了几回。

然而这喜悦未持续太久。第一天巳时膳后，裴尚食问蕒蕒："今天的御膳，你感觉哪些味道最佳？"

蕒蕒笑道："酒煎羊、青虾辣羹和莲花鸭签都不错。"

"好，你现在去尚食局厨房，把这三道菜做出来。"裴尚食命令道。

"啊？"蕒蕒愕然地问道，"有食谱让我照着做吗？"

"没有。"

"能请人教我吗？"

"不能。你做好后请尚食局女官或御厨的膳工们品尝，他们或许会给你一些意见。"

"可是每道菜我只搛了一箸……"

"就按这一箸让你感觉到的味道做。"

蕒蕒很快感受到了入宫以来的最大压力。仅凭寥寥一箸给自己留下的印象要复原出一道菜，全程没有任何帮助，配料和程序全靠自己盲猜。第一次尝试的结果一塌糊涂，她做出来的味道完全不是自己尝到的，而请女官和御厨们品尝，得到的意见也五花八门，不知道谁说的有理。

从此蕒蕒对每次品菜都严阵以待，每一块食物入口，经舌头细细品鉴，亦在心里默默辨别其中包含什么佐料，是用何种烹饪方式做的。她进膳后回到厨房，把自己最感兴趣的几道做出来，再四处找人提意见。

渐渐地她发现这请人提意见也有门道：有人吃过这些菜，会给出中肯的意见；有人没吃过，却会胡乱把自己的猜想当配方告诉蕒蕒；还有人明知做法，却不肯如实相告，或缄口不言，或故意指出错误的方向，尤其是御厨里的膳工，惯常做这样的事。于是怎样处理好与他们的关系，让他们乐于协作，也成了蕒蕒要钻研的难题。

"尚食局和御厨，本应相辅相成，但实际上相互忌惮。"后来裴尚食告诉蕒蕒，"膳工们技艺越高，越看不起尚食局女官，认为我们不过是坐享其成，还不时挑三拣四，诋毁他们。所以，我们要勤练厨艺，技艺不能逊于他们，在

制订官家食单，或批评御厨菜肴时，若他们质疑，也能从容地说出子丑寅卯。”

不久后蕙蕙便直面了来自御厨的敌意。

皇帝每日食单一向是裴尚食制订，某日裴尚食身体不适，告假两天，便嘱咐蕙蕙根据自己近日所拟的食单来定明日菜式。宫城北边和宁门外红杈子下有一处早市，各种鱼肉蔬果，应有尽有，宫中嫔御内人常请内侍们去买了来尝鲜。蕙蕙见某个尚食局内人买的猪肉颇新鲜，忽然想起御膳里的红肉几乎都是羊肉，极少见牛肉，猪肉更是完全不见踪迹，遂动了念头，在食单里加入一道东坡肉。

食单送至御膳所，很快御厨里膳工之首，人称“李食首”的李大鸿便怒气冲冲地来尚食局找蕙蕙。

李大鸿将食单往蕙蕙面前桌上一拍，高声道：“御厨不登彘肉，吴掌膳不知道吗？”

蕙蕙镇定自若地道：“以往没有，难道不能增加吗？御膳的种类，难道只能因循守旧，只用那几种？”

“这是祖宗家法的一部分，国朝皇帝从来不吃猪肉，岂能说改就改！”李大鸿大怒道，继续斥责蕙蕙，说她一点儿规矩都不懂，不知怎么当上掌膳的。

喧哗声传至尚在嘉明殿饮茶的皇帝耳中，便把二人召来，询问争执缘由。蕙蕙把起因说了，又解释道：“羊肉虽好，但每日进食，易上火。而猪肉性平味甘，能润肠胃，补肾气，解热毒，与羊肉交替进食，很利于补虚润燥。而且民间因宫中贵人推崇羊肉，导致羊肉价格虚高，若官家尝试食用猪肉，百姓闻知，或可多加效仿，从而稍抑羊肉价格。”

皇帝微笑道：“你说的颇有几分道理。那东坡肉，我做皇子时也曾在民间酒楼吃过，只是感觉有些油腻，不太喜欢。”

蕙蕙道：“猪肉也有不油腻的做法，若官家愿意品尝，奴为官家做一道。”

得到皇帝首肯，次日蕙蕙便找人买来猪肉，来到厨房，取其中精瘦肉切成薄片，以酱油洗净，然后取出自己的铁锅，烧红锅爆炒肉片，待炒至微白，铲出肉片切成丝，再倒入锅中，加酱瓜、糟萝卜、大蒜、砂仁、草果、花椒、橘丝及香油，一起拌炒肉丝。稍后盛出，她把这道菜奉至皇帝面前时加少许醋和匀。①

皇帝品尝后露出笑容：“味道甚美。这做法跟御膳大不一样，颇有人间烟火气呀。”

“我小时候，妈妈给我煎炸过肉丝，再加这些佐料和匀吃。”蕙蕙微笑道，“我那时从未想过要学做，后来裴尚食教我还原吃过的菜肴，我便根据自己的

① 本节中猪肉烹饪法出自[宋]浦江吴氏《浦江吴氏中馈录》。

记忆配好佐料，但改用铁锅炒，这样肉丝更细嫩，也更易入味。”

皇帝颔首道：“不错，我也没想到，猪肉能做出这样的滋味。可见食材无贵贱，关键在掌勺人给予食者的心意。”

皇帝继续吃了几箸，与蒖蒖闲聊间，忽闻内臣来报，柳婕妤在殿外求见。

皇帝当即让她进来，笑着招呼她：“今日吴掌膳做的这道菜颇有新意，你也来尝尝。”

柳婕妤应声过来，在皇帝身侧坐下，含笑看向那盘肉丝，旋即笑意一滞，问道：“这是豚肉？”

蒖蒖称是。柳婕妤面色大变，胸中一阵翻腾，立即以袖掩口，接连干呕。

“官家，娘子一向不能吃豚肉的……”随她进来的玉婆婆面露难色地说明。

皇帝顿悟：“是的，宫中一向不用豚肉，所以我没想到这点。”

皇帝立即命人撤下所有膳食，安抚柳婕妤须臾，待她稍好一些，便带她回福宁殿了。

回到福宁殿内室，皇帝与柳婕妤并肩而坐，柔声道：“你如今有孕在身，怎么行这么远的路来看我？”

柳婕妤道：“官家许久未来芙蓉阁了，妾每日晨昏都惦记着官家，总也等不来，只得自己觍着脸来寻官家。”

“我前日才去过芙蓉阁吧？”皇帝笑道。

“都两日了，一日不见如隔三秋，这都六秋了！”柳婕妤蹙眉嗔道。

皇帝好言抚慰：“现下你宜多静养，我也不便每日都去打扰你。我们来日方长，还有几十年要相处呢。”

柳婕妤俯身过去搂住皇帝的腰，依偎在他的怀中：“如今伺候官家饮食的人不是妾了，妾总忐忑不安，担心官家吃得不如意，也担心官家太满意，以后就不要妾伺候了。”

皇帝笑道：“放心，若论厨艺，谁能与你相提并论呢？待你生下孩儿，少不得再将你困在嘉明殿终日伺候……即便现在，你若不嫌劳累，也可偶尔做一道菜让人给我送来。”

柳婕妤含笑答应了，少顷又幽幽地道：“你还是觉得新人新鲜，连她做的豚肉都肯吃。”

皇帝大笑着拍拍她的肩：“吴掌膳在民间长大，选择食材没那么精细，吃她做的菜可算体察民情，听她说话也可了解一些人间疾苦。我看她如同看子侄辈，你别多想。”

柳婕妤又问：“当初为何不选冯婧？她升至典膳，无论才干身份，都更适

合在官家身边伺候。”

皇帝道：“她虽已与太子斩断情丝，但要忘情谈何容易？在我身边难免经常遇见太子，到时候他们都会觉得尴尬吧。”

“本来好好一段姻缘，就这样被毁了……”柳婕妤一声叹息，想了想又问道，“冯婧还是不愿参与造聚景园吗？”

皇帝摇头：“她觉得现状挺好，我也不想勉强她。”

“那官家找到合适的人了吗？”婕妤又问。

“还没有。”皇帝道，“我和太后看了一些将作监举荐的人的方案，都觉得不满意，不是太过呆板，就是太过浮华。”

柳婕妤在他怀中抬起头，用一双清波潋滟的眼眸看着他，轻声道：“妾倒是想到一个人，或许能令官家和太后满意。”

（九）
四山岚色

过年之后，裴尚食见蕙蕙厨艺突飞猛进，练习的御膳菜式能做到八九不离十了，便问她如何做到的。蕙蕙道：“要学御膳中哪道菜，我还是首选向做这道菜的膳工请教。我留心观察他们的性情喜好，若爱财，我便奉上不薄的学费，请他教我；若爱名，我便频频对其他人夸他厨艺精绝，传到他耳中，他心里自然高兴，我再请教他，他也乐意说了；若不爱名利，我就留意看他缺什么。有人爱茶，我便把官家赐我的御茶送给他；有人好酒，我就默默地把他搁在厨房里的烈酒换成更香醇的酒，并在旁边留下自己做的素醒酒冰；还有些人有事需要帮忙，例如他或他家人病了，我就立即去请翰林医官为他们诊治……如此待他们，他们也会投桃报李，以后看我想学什么便主动教我……不过，也有例外的，那李食首就软硬不吃，无论我怎么做都不理我。”

裴尚食闻言微笑道：“他在御厨中是第一执拗之人，自然不容易被打动。但也无妨，他愿意教最好，若不愿意，也不必强求，只需好生应对，不要激怒他，各自做好分内的事即可。”

尝过蕙蕙的炒肉丝之后，皇帝对她的民间菜肴也挺感兴趣。皇帝正餐以外取物进食称为“泛索”，自蕙蕙来后，泛索次数渐渐增多，蕙蕙做的梅花汤饼、山海兜、鸡汁馄饨、酒煮玉蕈他都吃过，甚至有一天在平常不进食的夜间还吃了一顿兔肉火锅“拨霞供”。

某日，程渊自慈福宫来，传递太后消息，适逢进膳时辰，皇帝便留他在嘉明殿一同进膳。其间皇帝笑赞蕙蕙厨艺，对程渊道：“蕙蕙如此用心，假以时日，成就必不在先朝刘尚食、刘司膳之下……只一点不好，自有她随侍以来，我这腰间革带总得放松一圈。”

程渊含笑欠身：“臣见官家红光满面，龙体日益强健，便知吴掌膳聪慧过人，厨艺超群。”

进膳毕，皇帝离开嘉明殿回福宁殿，程渊送皇帝出殿门，恭送其远离后，正欲回慈福宫，却闻蕙蕙在身后唤他：“程先生，请留步。”

程渊不疾不徐地转身，淡淡地含笑看着她，待她走近，躬身向她长揖：“吴掌膳有何指教？”

蕙蕙随即还礼，然后道：“此前我问过先生我母亲下落，那时先生说我只是一名微不足道的内人，尚无资格询问。那么，现在的我，可有资格再问一次？”

“谁不知姑娘如今是官家身边的新晋贵人，若有疑问，我自然不敢不答。”程渊不卑不亢，语气听起来十分客气。

蕙蕙道：“我只想知道我母亲身在何处，可还平安。”

程渊微微欠身，温和地道：“若姑娘愿意，明日我再来南大内，请官家许我带你去慈福宫办点儿差事，中途可让你与令慈相见。”

蕙蕙答应了。

程渊次日果然又至福宁殿，说北大内大厨们听说蕙蕙铁锅炒菜的绝技，十分艳羡，若官家许可，希望她至慈福宫绘铁锅图纸，以便北大内仿制。

皇帝亦很快同意了，让蕙蕙随程渊去了，想了想又嘱咐蕙蕙：“你索性今晚便宿于慈福宫，四更时我让殷琨带两名皇城司内侍去接你，你顺便去御街中段清河坊的陈氏面食店，给我带几个鹌鹑馉饳儿回来。”

蕙蕙领命，旋即随程渊出了南大内。

程渊让蕙蕙上车，带着她一路北行，却没有立即去慈福宫，而是绕过宫城，停在凤凰山一侧山脚下。随后程渊命驾车的内侍在原地等候，自己带着蕙蕙上山，沿着蜿蜒小路，穿过一片密林，往山腰处走去。

上行片刻，山路渐宽，面前景致亦渐趋开阔，但见前方不远处有一山岩突出，正对山下宫城，而山岩后方地势平坦，苍松翠柏掩映下，矗立着一座砖石砌成的孤坟。

程渊暂停步伐，目示那座孤坟。蕙蕙见状一愣，立即奔向那里，赫然见墓碑上刻有数字：内人吴氏之墓。

“这……这是……”蕒蕒立于山岩寒风中，浑身颤抖，指着墓碑问程渊。

“这是你母亲的墓地。”程渊缓缓走到她面前，淡淡地道。

“你骗我，我妈妈身体康健，不会这么快离我而去的。”蕒蕒瞪着程渊，扬声道，“你休想胡乱指一座坟地来骗我！”

“我可以我的性命发誓，这下面埋葬的就是你的亲生母亲。”程渊冷静地与蕒蕒对视，语调和缓，却带着不容置疑的威仪，“这是我亲自给她选的墓地，也是我亲眼看着她下葬的……这块墓碑上的字，也是我亲手写了让人刻的。”

这年入春了天气仍很寒冷，山上积雪未消，他的手徐徐自墓碑上方拂过，墓碑上的一层残雪随之簌簌而落。蕒蕒愣怔着，目光移向墓碑，见那碑刻刀凿痕迹犹新，像是一年之内立的。

“你的母亲，原是先帝身边一名内人，曾获先帝另眼相待。因此，太后颇不待见她。”见蕒蕒安静下来，程渊开始讲述，“后来，她与一个宫外之人相恋，逃出宫去，生下了你。丈夫死后，她改了名字，带你到了浦江，将你抚养长大。但是，先帝临终时曾下旨，要人将她寻回殉葬。所以这么多年，她始终面临慈福宫的追捕。当年她在宫中，与我私交甚笃，我一直想帮她化解这一场灾厄。我在浦江遇见她时，决定立即把她带回临安，是你的疏忽，导致纪景澜发现她不是寻常人，所以我必须让她置于我的保护下，不让纪景澜继续追查。我准备回到临安后好生劝太后，往事已矣，不如慈悲为怀，饶她一命，让她正式向太后赔罪，求得太后谅解。凭我如今的能力，我相信可以做到，如此，她也不用再提心吊胆，可以与你继续平安度日。但是不承想，她在来临安的途中，好心在客栈照料一个身染伤寒的小姑娘，结果自己也染上了这恶疾，到临安不久后就病逝了。”

语罢，程渊取出一封书信，递与蕒蕒。蕒蕒接过打开信笺一看，映入眼帘的小楷秀丽如兰竹，果然是自己熟悉的母亲的笔迹。

程渊说那是蕒蕒母亲临终前写给她的信。蕒蕒匆匆看完，见信中叙述的前因后果的确如程渊所说，丝毫不差，且母亲又在其后劝蕒蕒，生死有命，不必过于悲伤，亦不必怪罪和怨恨他人，纪景澜、程渊、太后皆非恶人，不过是做了他们觉得理应做的事。自己愧对先帝，有负其恩宠，亦愿早日于九泉之下向先帝请罪。母亲希望蕒蕒以后好生照顾自己，以善待人，知惜福，会感恩，早日觅得良人，余生平安喜乐。

那字写得颇从容，毫不紊乱，想来不会是被程渊逼迫着写的。蕒蕒看完已信了八九分，霎时心中大恸，跪倒于墓前，一声声唤着“妈妈”，放声痛哭。

程渊又道：“你入宫不久后向我追问母亲下落，我怕你那时不懂宫规，关心则乱，乍闻噩耗，不知道会做出什么事来，所以没立即告诉你。如今你经这一年历练，已沉稳许多，见识也大增，想必能理解这些事了，于是我决定如实告知。逝者已无法复生，而你的日子还得过下去。好在你聪明、坚韧，性情也讨喜，在这宫中活下去并非难事。何况你赶上的是一个清明的时代，有才华之人不会被红尘埋没。你继续历练，好好雕琢自己的技艺，将来前途，不会止步于掌膳。”顿了顿，他补充道，“日后你若有何难处，也可告诉我，我会帮你。”

他后面的话蕙蕙已无心再听，扑倒在母亲墓前哭至几乎无法呼吸。程渊亦不劝慰，默默立于一侧守着她，听她的悲泣声在四山岚色中回响，直到暝意蔓延入峰峦，才催促蕙蕙随其离开。

程渊与蕙蕙同乘一车，前往北大内。蕙蕙于途中逐渐抑制住泪水，开始重新梳理思路回忆母亲之事，须臾问程渊：“我妈妈是尚食局内人吗？”

程渊回答：“不是。”

蕙蕙又问：“那她为何会有刘司膳的食谱？”

程渊想了想，回答道：“她们是好友，刘司膳赠她食谱不足为奇。”

来到慈福宫，程渊仍不忘找来笔墨让蕙蕙画了铁锅图纸以交差，但没让她见其他内人，命人安排了寝室让蕙蕙尽早歇息。

翌日四更，北大内宫门甫开，殷琨便进来接蕙蕙，与他同行的不是内侍，而是赵皑。

“我刚接了官家口谕，二大王恰巧便知道了。然后他恰巧路过皇城司，就进去告诉我，恰巧他今日没事，想策马沿着宫城走走，不如与我同来。”殷琨笑着告诉蕙蕙。

赵皑以肘击了殷琨胸口一下，在殷琨含笑退后之时上前欲与蕙蕙说话，却发现她双目红肿，神情忧郁，立即关切地问：“发生了什么？谁欺负你了？”见蕙蕙不答，他一蹙眉，说道，“我去问程渊。”

蕙蕙当即唤住他，黯然地说道：“我没事……只是昨晚梦见我妈妈了。”

（十）
樱桃经雨

蕙蕙不忘官家的嘱托，让赵皑和殷琨先带自己去清河坊陈氏面食铺买鹌鹑馉饳儿。

四更时天尚未亮。国朝不实行宵禁，亦打破了坊市限制，殷琨为蓂蓂驾车，赵皑乘马行于牛车旁，一路行去，但见沿途灯火通明，夜市未罢，早市已开，许多店铺开着门迎客，御街两侧还有许多搭在街边的摊点在热火朝天地卖各类吃食：羊脂韭饼、糟羊蹄、羊血汤、姜虾、海蜇、煎白肠、煎鸭子、煎鲚鱼、香辣素粉羹、清汁田螺羹……

待到了清河坊，他们又见两边有好几家面食店，各有厅院及东西廊庑，门首用枋木扎成山棚，上面挂着半边猪羊以招徕食客，今日店内人气都很旺，食客大多坐了八九成。

蓂蓂等寻至陈氏面食店，一进门便有人笑脸相迎，引他们入座。两壁挂着食牌，写着店内食物名，有猪羊生面、丝鸡面、鱼桐皮面、笋泼肉面、子料浇虾面等面条以及石髓羹、杂彩羹、诸色鱼羹、三鲜大骨头羹等羹汤，亦少不了软羊腰子、鳖蒸羊、夺真鸡、冻肉、鱼茧儿等肉食。馄饨与官家要的馉饳儿亦在其中。①

蓂蓂下单买了馉饳儿，等待时赵皑见时辰尚早，便建议在此进早膳。赵皑与殷琨点了两碗三鲜面，蓂蓂点了个素的七宝五味粥，三人相对正要进食，忽闻邻桌有人惊喜地扬声唤："吴蓂蓂！"

蓂蓂闻声转头看去，亦和颜悦色地打招呼："韩素问。"

韩素问端着自己那碗大片铺羊面无比自然地挪到他们这一桌，问："蓂蓂你怎么在这里？"

蓂蓂尚未回答，赵皑即轻咳一声，待韩素问转头看他。他看着蓂蓂，淡淡地道："这是吴掌膳。"

"我知道，我与蓂蓂早就认识了。"韩素问迅速地应道，坦然地笑着看赵皑，似乎表示他的介绍是多此一举。

赵皑无语，伸手去持箸，挑了几根面，却未立即进食。殷琨看得想笑又不敢笑，只得和颜悦色地对蓂蓂道："吴掌膳，我们尽快吃了，早些回宫。"

那声"吴掌膳"他加重了语气，韩素问忽然有些明白了，对赵皑笑道："虽然我与吴掌膳挺熟的，但兄台不必担心，如果我给她写信，那一定是要用处方笺的。"

蓂蓂恼火地想起他之前说的，若医官给姑娘写信用处方笺，即指姑娘有病，而绝非喜欢她。而韩素问还兴致勃勃地想给目露困惑的赵皑解释："这里有个典故……"

蓂蓂当即拈起一根干净的木箸敲了敲他的乌纱幞头："闭嘴吧你！"

① 本节中早市菜式及食肆描写参考［宋］吴自牧《梦粱录》。

这一敲，蕙蕙忽然发现韩素问穿的是大朝会要穿的公服，才想起今日是二月初一，宫中有大朝会。

“你这小医官也要参加朝会？”蕙蕙问韩素问。

“是呀，今日大朝会，京中所有官员都要参加，包括杂艺官和医官。”韩素问道，又目示适才自己所坐那桌，“他们是我的朋友，一位在书院，一位在画院，今日都要参加大朝会。”

蕙蕙循着他所指的方向看过去，见那两个青年官员也都穿着青绿公服，见她相顾，均搁箸向她作揖。

蕙蕙还礼后举目四顾，见周围大半是穿公服的官吏，只是大多披着抵御风寒的斗篷或黪墨色凉衫，所以刚才未曾留意到。

“你们这些官儿，怎么都不在家进早膳，全跑到店里来吃？”蕙蕙又问韩素问。

韩素问答道：“寒门出身的青年官员，若在京中无甚根基，居住已大不易。俸禄有限，若租一小院，买一匹马，再雇个看门的院子，就所剩无几了。请不起厨子，买不了侍女，若又未娶妻，或娶的是个爱睡懒觉的娘子，谁给我们做早膳？不都得出来吃吗？”

稍后几人进食毕，店家把之前下单的鹌鹑馉饳儿做好送来了。那馉饳儿是状似包子的带馅面食，不过造型更美观，看起来像花蕾，以油煎熟，此时每三个用一根竹签穿着，表皮撒有薄薄一层盐。

赵皑一见便笑了：“这是爹爹年轻时就爱买的小吃……他和翁翁都有不时遣人出来买坊间饮食的习惯。”

蕙蕙让店家把馉饳儿装进自己带来的食盒里，然后与众人出门回宫。

有朝会时皇城开的是北边的和宁门，门外有待漏院，供早到的官员休息。蕙蕙等人一路前行，见御街上穿着公服的朝士如云，均骑着马，因快到五更，朝士们都行色匆匆，显然有许多人还未及进早膳，路过卖炊饼、包子、馉饳儿等易于携带的食品摊点，便驻马，买了早点又迅速前行，其中不少甚至一边控马一边在马背上进食。

有一名官员乘马走在蕙蕙车旁边，黪墨凉衫下露出的是绯罗袍、皂皮履，看起来像是四品官。蕙蕙自窗内搴帘望去，发现他的身影有些眼熟，仔细看他的侧面，认出此人竟是纪景澜。此刻他行于周遭一干绿衣郎之中，单手策马，挺身扬首，任清风吹动颌下美髯，姿态十分潇洒。

然而，行至一个卖饼的摊点边，他忽然“吁”的一声勒马，保持着优雅状态，朝摊主从容转头，道：“两个羊脂韭饼。”

本来蒖蒖家中变故因他而起，虽然他是公事公办，秋娘也说不能怨他，但蒖蒖仍免不了对他有怨气。她适才初见，本不想理他，但此情此景令蒖蒖诧异之余又觉有两分可笑，忍不住扬声唤了他一声“纪先生”。待他回头，蒖蒖问道：“先生也亲自买早点呀？”

“七公子！”纪景澜也认出了蒖蒖，旋即感觉有些尴尬，低声解释，“家里人本来为我煮了面，但我今日晏起，眼见朝会要迟到了，仓促出门，所以只能在这里胡乱买一点儿。”

店家包好羊脂韭饼，他迅速付了钱，也不好意思继续攀谈，匆匆与蒖蒖道别，便携饼驱马朝宫门急驰而去。

三月底，柳婕妤临盆。那日等到酉时婕妤还未生产，皇帝在郦贵妃劝导下回到嘉明殿进膳，然而记挂着婕妤，总是食不甘味，吃得很少。

这天艳阳高照，比较炎热，李大鸿亲自在御膳中加了一道冰镇的乳酪浇樱桃，于最后呈上。

这道甜品盛在金瓯中，其上有琉璃盖，先由内人奉至蒖蒖案上。内人揭开琉璃盖，但见金瓯中铺着冰沙，樱桃一颗颗垒于中央，呈山丘状，其上浇了蔗糖浆及乳酪。

宫中娘子们吃这道甜品，会让人先将樱桃剖开去核，而官家嫌事先剖开会令樱桃味变，故命御厨保留原状，此刻樱桃红艳艳地堆在金瓯冰雪上，色如璎珠，十分美观。

蒖蒖以银匙取两颗置入自己面前银盏中，正欲品尝，忽然看见了什么，动作一滞，没立即送入口中。

皇帝正巧回头看她，见状便问：“怎么了？”

蒖蒖付之一笑：“没什么，奴是见这樱桃如珠宝一般好看，就多看了一眼。”

随后她面不改色地将那两颗樱桃吃了，然后对皇帝微笑道：“这樱桃很新鲜，味道极佳。”

内人正准备将金瓯送至皇帝面前，蒖蒖忽然起身，对皇帝行礼，道：“奴有一个不情之请，望官家应允。”

皇帝许她说。蒖蒖遂道：“奴以前从未吃过乳酪浇樱桃，品尝之下但觉乳香与果香相融，妙不可言。可惜只尝了两颗，所以，官家可否……”

皇帝闻言笑了：“你是想多吃一点儿。无妨，这一瓯便赐给你了。”

蒖蒖欣喜谢恩，却未立即进食，而是嘱咐身边内人将这盏樱桃送至尚食局自己房中。

裴尚食见状有些讶异，欠身询问官家是否要让李食首再呈一瓯上殿，而皇帝尚未回答，芙蓉阁已派人来报信：柳婕妤诞下一个小公主。

皇帝大喜，立即起身去芙蓉阁看望柳婕妤母女，完全顾不上吃樱桃。

萁萁请官家赐樱桃之事传入李大鸿耳中，他顿时火冒三丈，径直冲到尚食局找到萁萁，大骂她胆大妄为，厚颜无耻，竟敢擅夺官家御膳。

萁萁也不分辩，而是默默地把那瓯樱桃推至李大鸿眼下。

李大鸿揭开盖一看，不由得两眼圆瞪：冰沙大半已化为冰水，而水面漂着一些白色的虫，樱桃上也附着一些，有几条尚在蠕动。

“樱桃经雨易生虫，御厨这次显然买到了雨后樱桃。冲洗时看不出，经冰水一泡，虫便跑了出来。”萁萁此时才道。

李大鸿自然明白这点。这是果蝇幼虫，易藏在樱桃、杨梅等果实中，虽然无毒，食之不太会损及身体，但万万不可让贵人见到，何况是官家。以往有过膳工奉给太后的杨梅中含虫，而被杖责后逐出御厨的先例。

李大鸿愣怔了半晌，忽然朝萁萁一抱拳：“这次多谢吴掌膳出手相救。我李大鸿恩怨分明，一定会还你这个人情……说吧，你想学什么菜式？”

萁萁没立即回答，沉吟片刻后笑着问李大鸿：“李食首，如今御厨中膳工加膳徒，有四百多位吧？”

李大鸿称是。萁萁又道：“官家早膳进食不多，远远用不上这么多人。这四百多人，绝大多数五更之前没什么事做，对吧？”

李大鸿警惕地盯着她：“你想让我们做什么？”

（十一）
广寒糕

萁萁道：“我想请李食首与尚食局一起向官家进言，有朝会时，御厨做早点送至待漏院，供朝士们取用，尚食局可从旁协助，食物的烹饪、传送等皆可帮手。”

李大鸿一惊：“朝士那么多人，谈何容易！”

他的问题萁萁早已考虑过，此刻从容地答道：“待漏院不便开火，早点目前暂定为糕饼之类，配以御厨中煮好的羹汤。这些食物可大批制作，御厨有四百余人，完全能应对朝士所需。”

见李大鸿闻言皱眉不言，蒖蒖旋即又道，“我已向裴尚食提议，她亦觉得此事若实施，受益者甚多，尤其是家中无足够人手兼顾每一餐的青年官吏……听说，这些年李食首请名家悉心栽培，如今令郎写得一手好字，进入书院做了祗候，也会经常参加大朝会吧？只是李食首长年在御厨做事，不知令郎吃过几回父亲做的早膳？”

李大鸿闻言重重地叹了口气：“既当了这天家的差事，我十天半月才得回一趟家，回家反而不常做饭。他长到二十多岁，统共就没吃过几回我做的饭菜。”

“所以，若能借此机会让令郎尝到父亲做的膳食，于他也是一种安慰吧。”蒖蒖道，“何况，幼吾幼以及人之幼，李食首将爱子之心化为厨艺，精心烹制早点，令所有寒门出身的官吏皆受益，也是莫大的功德。”

李大鸿回去思量一番，又与御厨及御膳所相关主管商议，得到了许多子侄辈皆朝士或读书人的主管认可，觉得此举虽然多加了些工作，但确实可令广大朝士受益，是一件大好事。

于是御厨与尚食局联合向皇帝进言，提出这个建议。皇帝亦觉得可行，命有司讨论。三司认为此举花费在可接受范围内，为朝士们解决了一部分后顾之忧，可令官吏们更专注于国事，而这种不时施与他们的点滴恩泽，亦会潜移默化地增加他们对朝廷的归属感，可以实行。台谏官员也是赞同者多，并无多少反对意见，却不料，最固执的反对者却是皇帝的老师、参知政事沈瀚。

沈瀚在朝堂上对着皇帝振臂扬声，愤愤不平道：“四更东方未明，玉漏犹滴，宰执及众臣已纷纷手持灯笼而来，聚于宫门外成火城盛况，蔚为壮观。煌煌火城，双阙连甍，彰显天家威仪，百姓望之，莫不拜服。而宫门开启前，宰执于待漏院中，或静思进贤人、斥奸佞、安天下之大计，或与同僚互通国事，以待早朝奏闻天子，人在待漏，心系勤政，这也是朝廷沿袭前朝旧制，在皇城门外设待漏院，以供百官晨集，等待朝拜的初衷。可见这待漏院亦与陛下视事之所相似，是极庄严肃穆的。若在此摆设糕饼羹汤任人进食，人声喧哗，渣滓遍地，群臣顿失庄重，而待漏院也不再清净，实在有失体统！”

皇帝环顾群臣，问道：“就沈参政所言，众卿可有高见？”

群臣大多眼观鼻鼻观心，默默不言。须臾，纪景澜出列，朝皇帝躬身道：“沈参政之言，颇有道理。不过，臣以为，祖宗设立待漏院之初衷，除了沈参政说到的那些，亦有体恤众臣早起，故赐此地供他们暂避寒气、稍事休息之意。此举甚能彰显天子之仁，臣每念及此，皆感激涕零。如今，陛下有意赐食物与待漏朝士，是延续祖宗爱臣之心，让众臣既无寒暑之虞，兼有果腹之乐，实乃一大美事。因此，臣认为，此事可行。朝士皆读书人，在待漏院进食，想来不会如外界酒楼一般喧哗。至于食物残渣，只要派些洒扫之人随时打扫，院中亦能保持清洁。”

皇帝以手捋须，微笑颔首，显然十分认可纪景澜的说法。

沈瀚见状越发不满，怒视纪景澜，道：“残渣可随时清扫，那食物散发的气味呢？若人人都像纪学士这样爱吃葱韭，让待漏院整日飘浮着荤腥之气，等待朝拜之所宛如庖厨，有何庄严可言？”

朝堂中随即响起一阵微澜般压抑的窃笑声。纪景澜尴尬得满面通红，瞪目与沈瀚对视，结舌道：“你……你……岂有此理！”

“好了，此事今日就议到这里。”皇帝适时为纪景澜解围，宣布，“既然众卿大多赞成，朕就命御厨及尚食局筹备此事，先在待漏院施行几天。若朝士觉得甚好，可延续下去；若如沈参政所言，弊端明显，也可及时罢之。”

这朝堂上的争执传入尚食局，女官们的关注点未免有些跑偏，大多在笑纪景澜爱吃葱韭，只有裴尚食一如既往地唾弃沈瀚：“这老匹夫，忘记自己年轻时左手捏着一个马路边买的酥饼，右手控着一匹又老又瘦的马，边嚼着酥饼边赶着去上朝的情景了？”

这话听得众女都笑了起来。萁萁亦跟着笑，忽然想起，裴尚食平时谨言慎行，绝不会轻易评价朝廷命官，唯独对沈参政毫不客气，每次批评起来言辞都很犀利，倒有点儿与其熟识的感觉。

“尚食娘子与沈参政年轻时就认识了？”想起裴尚食与沈瀚年龄相近，萁萁忍不住开口问道。

“谁认识他！”裴尚食嗤之以鼻，“不过是他话多，经常求先帝赐对，我常侍先帝左右，久而久之，他在我面前混了个脸熟而已。”

萁萁又问：“那沈参政骑马上朝的模样尚食是如何看见的？”

裴尚食道：“先帝常命我出宫去买些吃食，有时我待皇城门一开就出去，偶尔会遇见他……每次看见都恨不得洗洗眼睛。你说那酥饼，他吃就吃吧，吃完还不时会留点儿渣在唇髭上，让人真想甩给他一把篦子让他自己篦干净！”

她蹙眉摇头，连声叹气，仿佛又看见了沈瀚让她难以忍受的吃相。这神情和她活灵活现的语气令闻者无不大笑，裴尚食却忽然惊觉，对众女喝道：“笑什么？你们的事都做完了吗？还在这里偷懒！”旋即她转头问萁萁：“近日要给待漏院备的早点单子，你列好了吗？那老匹夫虽然胡言乱语不少，但提到的食物气味一事我们倒是应该重视。给待漏院提供的食物，不能选有浓重气味的。另外，同时备漱口的水和一点儿丁香，供朝士们选用。”

萁萁参考裴尚食和御膳所的意见，拟定了待漏院早点食单，主食以馒头、

包子及各种饼为主，馅料不入气味浓烈的佐料。常做的有煎花馒头、笋肉馒头、糖肉馒头，水晶包子、鹅鸭包子、虾肉及鱼肉包子，以及薄脆饼、糖榧饼、油酥饼、甘露饼、玉延饼、芙蓉饼等。

裴尚食特别提到，昔日汴京太学厨房做的“太学馒头”誉满京师，是以笋、蕨、肉为馅，用花椒及盐调味，食者皆赞不绝口，连神宗皇帝都曾说：“以此养士，可无愧矣。”① 从此士人无不以常食太学馒头自夸。蕙蕙遂细问太学馒头配方，让御厨做了以供待漏院，果然大受朝士们欢迎，每次食物刚送到，太学馒头就被一抢而空。

蕙蕙随之想起昔日乡饮之争，看来典故和好意头的确也是这些读书人选择食物的重要原因。她随即在林泓给她的手札中选取了一个名为“广寒糕”② 的方子，教御厨去做：用干桂花洒甘草水，和米舂成粉，蒸成米糕。待稍干，切成近似笏板大小的长条状。

这糕点名字有广寒高甲、蟾宫折桂的寓意，且色与形似玉笏，因此迅速获得了朝士们的喜爱，往往一人取一块，再分而食之。

朝士们在待漏院进食半个月，反响甚佳，除了沈瀚仍感不满，其余大臣的意见不过是针对食物的品种与口感，对此事本身已全无异议。

一日，皇帝命蕙蕙等候在待漏院三品以上官员所处的堂中，继续征询他们关于早点的意见。蕙蕙前一晚就出了皇城，一直在待漏院静候，四更后，先进来的竟是沈瀚。他盯着向他行礼的蕙蕙看了看，认出她是曾大闹女儿婚礼的尚食局内人之一，待蕙蕙询问他意见时，便没好气地说：“我的意见就是这待漏院中不该出现食物！你年纪轻轻的，跟着裴尚食不知道学好，竟怂恿官家做这种罔顾天家威仪的事！”说得冒火，他气冲冲地抽出腰间所搢的玉笏，拍在桌上，“老夫已遍查经典，找出了许多劝谏官家罢去待漏院饮食的典故，就等上朝奏知官家。”

蕙蕙见那玉笏上有星星点点的字迹，想必是他记录的典故要点。面对他一腔怒火，她亦不好多说什么，便只含笑欠身，再施一礼，然后退至一隅，继续等待。

稍后陆续进来几个一二品官员，他们对蕙蕙倒是颇为客气，若有意见也都与她说了，然后各取摆在堂中的糕点进食。只有礼部侍郎曾玠没有取食物，而是愁云满面地独自坐着，不时叹息。有同僚问他缘故，他说：“昨日我一位老友离开了临安，回乡长居。我前去送别，不免感伤。”

想着想着，他以指叩着桌面，开始浅吟低唱一阕词：“怅望浮生急景，

---

① 本节中太学馒头逸事源自［清］阮葵生撰《茶余客话》引［宋］吕荣义撰《上庠录》记载。

② 广寒糕做法出自［宋］林洪《山家清供》。

凄凉宝瑟余音。楚客多情偏怨别，碧山远水登临。目送连天衰草，夜阑几处疏砧……”

他唱得很动情，音韵也好听，堂中人或凝神静听，或随声附和，都露出欣赏之状，不想唱至中途，沈瀚忽然拍案而起，斥道：“待漏院百官云集，曾侍郎为何公然在此唱这靡靡之音？”

曾玠一愣，道：“这是神宗朝孙洙孙内翰的词，文风典丽，语意清婉，非一般花间词可比拟，怎么能说是靡靡之音？”

沈瀚道：“待漏院原是祖宗设来让大臣朝拜之前思考治国方略之地，侍郎在此吟咏旧情，未免欠妥，有负圣恩。”

其余几个大臣均觉他小题大做，笑着试图劝解，却被沈瀚一一正色斥责，曾玠遂起身拂袖道：“不知所谓！”语罢他便离开此地，去了隔壁房中。另外几人见曾玠已走，顿觉留在这里面对沈瀚比较尴尬，也先后离去，堂中最后只剩沈瀚与蒖蒖。

沈瀚把头别向一侧，摆明不想与蒖蒖说话。蒖蒖遂借口有别的公务要做，亦退了出去。

沈瀚独坐许久，腹中突然咕咕作响，他才想起晨起时记挂着进谏之事，无心饮食，没有在家中进早膳，如今已饥肠辘辘。

他从未吃过待漏院饮食，现下也不欲破戒，于是闭目，正襟危坐，想静待饥饿感过去，无奈摆在堂中的各类糕点的香甜气息一拨拨朝他袭来，与他的嗅觉誓死纠缠，引得腹中那股气毫不消竭，继续上下游走，发出求食的声响。

终于，他徐徐睁开眼睛，先确定四下无人，然后目光飘向那些食物，刚一触及桌上的食物，他便如被烫了一般迅速收回目光，合眼静坐。然而，稍待片刻，在饥饿的肚子的催促下，他忍不住又将眼睁开一道缝隙，移眸朝那方向窥去。

他沉吟良久，手朝离他最近的广寒糕探去，取出一块，徐徐收回来，细细端详。

这糕形状还挺别致，像笏板，却不知是何滋味……手不由自主地掰下一块广寒糕，又不由自主地将那一块送入了口中……他开始犹犹豫豫地咀嚼。

口感柔和细腻，米香中透着一缕桂花香，还不错……他在心里点评着，手中动作不停歇，又掰下一块。

蒖蒖其实并未走远，一直侍立于门外，亦暗中观察着沈瀚举动。见此情景，蒖蒖不免觉得好笑，存心想让他吃一惊，遂故意咳嗽一声。

沈瀚听见，顿时被吓得一哆嗦，猛地将广寒糕抛在桌上，然而见那糕上明显缺了一截，十分担心被蒖蒖看到，又立即拾起来，一把塞进了自己袖中。

（十二）
宝瑟余音

蕒蕒抑制住笑意，入内朝沈瀚一揖，道："沈参政，和宁门即将开启，请到门外等候。"

沈瀚立即大步流星地朝百官列阵等候处走去。蕒蕒目送他，片刻后入堂中检视，发现适才沈瀚拍于案上的笏板还在，立即拾起疾步出去追赶沈瀚。

此时和宁门已徐徐打开，朝士队列开始朝门内延伸，沈瀚在最前方宰执一行中，蕒蕒被人潮阻隔，不得接近宰执，只好踮脚扬声唤道："沈参政……"

她接连唤了数声，沈瀚倒是听见了，但并不想理她，冷着一张脸，倨傲地昂首，迈着四平八稳的步子，目不斜视地进入了宫城。

蕒蕒看看手中的笏板，朝着沈瀚消失在人海中的背影叹息道："好吧，这可是你自己不要的。"

这日垂拱殿中，沈瀚重提罢待漏院饮食之事，诸臣品尝了这许久待漏院美食，已十分习惯，当即便有几个出言反对沈瀚的意见，直言希望这早点供应延续下去。沈瀚闻言愈怒，从礼法、规章、历史等角度滔滔不绝地阐述自己的观点，坚决要皇帝接纳自己的谏言。他提到史书中相关典故，有一些细节想不起来，旋即伸手探向腰间，想取出笏板查看自己之前记录的内容，不想发现原来搢笏处空空如也，愣了愣，双手往腰间前后细探，也没找到。情急之下感觉到袖中有物垂坠着，他便又伸手探进去，这回抓到了个长条状物事，心里略微松口气，立即抽出来，以双手握着，朝向皇帝，正欲侃侃而谈……

他的眼睛霎时瞪得如铜铃般大——此刻立于他视野正中的并非笏板，而是广寒糕，还是缺了一截的广寒糕。

"这……这是……"御座上的皇帝定睛看着，像是明白了什么，忍不住笑了。

见官家都笑了，诸臣也不再拘着，殿内迅速爆发出一阵此起彼伏、连绵不绝的笑声。

"沈参政怎么会拿着待漏院糕点？这广寒糕上似乎还有牙印？"曾玠先开口质疑，随即故意皱眉摇头，"不对不对，沈参政一向对待漏院饮食深恶痛绝，绝不会背着人偷咬一口。一定是我如今仍在梦中。"

"不不不，以下官愚见，沈参政绝非痛恨待漏院饮食，而是比我们中任何人都要热爱。"纪景澜正色对曾玠道，"请看，沈参政现在就在向我们展示，什么叫爱不释手。”

那广寒糕沈瀚抛也不是，藏也不是，只得一直握于手中。群臣听了纪景澜的话，又着意看沈瀚窘状，不免又发出一阵大笑。

纪景澜又乐呵呵地踱着步走至沈瀚身边，道：“沈参政的心思，下官明白。无非是待漏院糕点太美味，参政想大快朵颐，又怕被人看见，有失身份，所以藏于袖中，想带回家中细品……你我都是喜爱美食之人，理解理解！”语罢他又转而对皇帝深深一揖：“陛下爱惜臣子，体恤宰执，臣希望陛下今后特赐沈参政一食盒，专供将待漏院糕点带回家所用，以免每次都塞于袖中，总有残渣散落于衣袖内外，既不洁又不雅，这让一向举止庄重的沈参政如何忍受。”

不少人强忍着笑意故意躬身长揖：“臣附议。”

“众卿言笑之语且到这里，别再说了。”皇帝扬手示意还在奚落嘲笑沈瀚的众臣噤声，然后转顾沈瀚，含笑委婉地道：“既然参政自己都吃待漏院食品，又何必反对它呢？”

沈瀚没有就众臣的嘲讽回应一语，但回到家中，立即洋洋洒洒写下近千言，上书官家，请求致仕。皇帝颇感意外，亲笔回复，好生抚慰，沈瀚再上一书，称年老体衰，有病在身，希望告老还乡，颐养天年。

这次皇帝没有直接回复，而是私下请沈瀚入宫，来到嘉明殿，与之一同用膳。

“今日这御膳与往日不同，不是御厨所做，而是我让裴尚食自宫外购来的。”皇帝向沈瀚介绍，“你看，李婆婆杂菜羹、贺四酪面、脏三猪胰胡饼、葛家甜食……都是汴京旧人做的。当年先帝宣索市食，最爱这几样，也曾邀你我同食，参政可还记得？”

沈瀚欠身道：“皇恩浩荡，臣自不敢忘。”

皇帝感叹道：“先帝惦念汴京，亦珍视老臣故人，常教诲我要尊恩师、近贤臣，尤其是自我少年时便一直辅佐我的沈先生。而今四夷未附，兵革未息，国中也时有弄权之奸人。我全心信赖的大臣不多，先生无疑是其中之一，面临如此内忧外患，先生舍得抛下君国，就此归隐吗？”

沈瀚听得感伤，道：“只要官家需要臣为国尽忠，臣赴汤蹈火，万死不辞。臣不过是见满朝俊彦，个个意气风发，而臣垂垂老矣，所思所想，未必能顺应时代所需，已到该让贤之时，故不敢再忝居高位。”

“不合时宜的是那些不着调的玩笑，不是先生的思想，先生便当风拂过耳，不必放在心上。”皇帝又举觞劝酒，与沈瀚连饮数杯，不时抚慰，最后沈瀚心

情渐好，也不再提致仕之事。

进膳之后沈瀚告退，皇帝见他很喜欢那些市井食物，吃了不少，便让裴尚食将剩下的用食盒盛了让他带回去。裴尚食欠身道：“妾明白。这些市食当时便买有几份，早已将其中一份包好，等候沈参政带走。”

皇帝赞道：“还是裴尚食善解人意，比我想得周全。”

裴尚食微微一笑：“妾知道，沈参政向来不会明说想要什么，只是暗示，要人来猜。这等琐事何必烦劳官家费心去猜。妾便斗胆，先为沈参政安排好了。”

沈瀚刚刚转好的心情又被她这句话毁了，末了他怎么也不肯接受皇帝的赏赐，空着手拂袖而去。

皇帝也看出些端倪，私下召来萁萁，细问裴尚食一直以来对沈瀚的看法，萁萁如实告知。皇帝叹道：“我也知道他们多年来始终对彼此怀有敌意，只不知因何而起……可惜我今日为挽留沈参政所做的努力，几乎因裴尚食那寥寥一语前功尽弃。”

萁萁道：“我看那沈参政为人实在太古板执拗，上次曾侍郎不过是在待漏院唱了半阕好听的小词，就被他骂，说曾侍郎唱的是靡靡之音。裴尚食看不惯他也很正常，所以常忍不住嘲讽他。”

“哦？曾侍郎唱的是什么词？”皇帝问。

萁萁仔细回想，答道：“据说是孙洙内翰的词，我只记得前面一句，‘怅望浮生急景，凄凉宝瑟余音’。”

“凄凉宝瑟余音……”皇帝重复着这一句，若有所思。

“我觉得这词写得很好呀，曾侍郎也说典丽清婉，哪里就是靡靡之音了！”萁萁颇为不忿，“沈参政听后大发雷霆，别人去劝解他还骂那些人，看得我也是一头雾水，真是何至于此。”

皇帝面带一点儿了然的笑意，看向萁萁，问道：“你知道裴尚食的闺名吗？”

萁萁茫然地摇头。

“宝瑟。”皇帝道，“她叫裴宝瑟。”

大臣是极少有机会得知内人的闺名的。这个发现令皇帝和萁萁对沈瀚与裴尚食之间可能存在的前尘旧事产生了浓厚的兴趣，只是他们都不便去追问裴尚食其中隐情，皇帝便将此事告诉了郦贵妃，让她设法探问。

郦贵妃随后将裴尚食请至自己阁中，屏退闲杂人等，告诉她：“上次沈参政在嘉明殿与官家一同进膳，听裴尚食说了那句‘只是暗示，要人来猜’，像是又急又恼，回到宅中便病倒了。御医去看了，回禀官家，病势不轻，大概一时半会儿好不了。”

裴尚食默然，良久后长叹一声：“若沈参政有何好歹，令官家痛失栋梁，我愿以死谢罪。”

“尚食不必如此，官家并非怪罪于你。”郦贵妃安抚道，“官家看得出，你与沈参政之间似乎有心结。尚食若信得过我，不妨告诉我前因后果，我与官家看看如何化解。”

裴尚食低头不语。郦贵妃又叹道：“尚食与参政都不年轻了，休言万事转头空，转不转头，也无非身处一场大梦，到了这年纪，纵有过怨气，又有什么是放不下的呢？”

听了这话，裴尚食徐徐抬起头来，凝视着郦贵妃，平时波澜不兴的眸中浮起点点泪光：“是的，我心有怨气。这怨气埋在心里几十年了，不知如何宣泄，渐渐地，似乎化作了心魔，我一看见他，那心魔就张牙舞爪地跑出来。他的一言一行，在我看来都是错，每次看见听见，都忍不住要去讥刺嘲讽。我也想控制，但控制不了。我厌恶这样的自己，用了几十年光阴试图去淡忘那些往事，但终究不知如何才能抛却爱恨嗔痴，以一颗平常心去看待他。”

郦贵妃同情地看着裴尚食，轻声道出自己的猜测：“尚食与沈参政，曾有过感情？”

裴尚食黯然垂目，须臾缓缓地说道：“确切地说，是有过婚约。”

郦贵妃也不甚惊讶，平静地问道：“是他负了你吗？”

裴尚食点点头，又道：“他辜负的不只是我。”

图书在版编目（CIP）数据

司宫令 . 1 / 米兰 Lady 著 . — 广州 : 广东旅游出版社 , 2024.4

ISBN 978-7-5570-3188-6

Ⅰ . ①司… Ⅱ . ①米… Ⅲ . ①长篇小说－中国－当代
Ⅳ . ① I247.5

中国国家版本馆 CIP 数据核字 (2024) 第 025280 号

司宫令 · 1
SI GONG LING . YI

出 版 人：刘志松
责任编辑：陈　吉
责任校对：李瑞苑
责任技编：冼志良

广东旅游出版社出版发行
地址：广州市荔湾区沙面北街 71 号首、二层
邮编：510130
电话：020-87347732（总编室）020-87348887（销售热线）
投稿邮箱：2026542779@qq.com
印刷：北京君达艺彩科技发展有限公司
地址：北京市北京经济技术开发区（通州）东石东一路 2 号院 3 号楼 8 层 806
开本：787 毫米 ×1092 毫米 1/16
字数：319 千
印张：17.75
版次：2024 年 4 月第 1 版
印次：2024 年 4 月第 1 次印刷
定价：79.80 元（全二册）

今夜故人来不来

MIGHTY ORIGIN LITERATURE

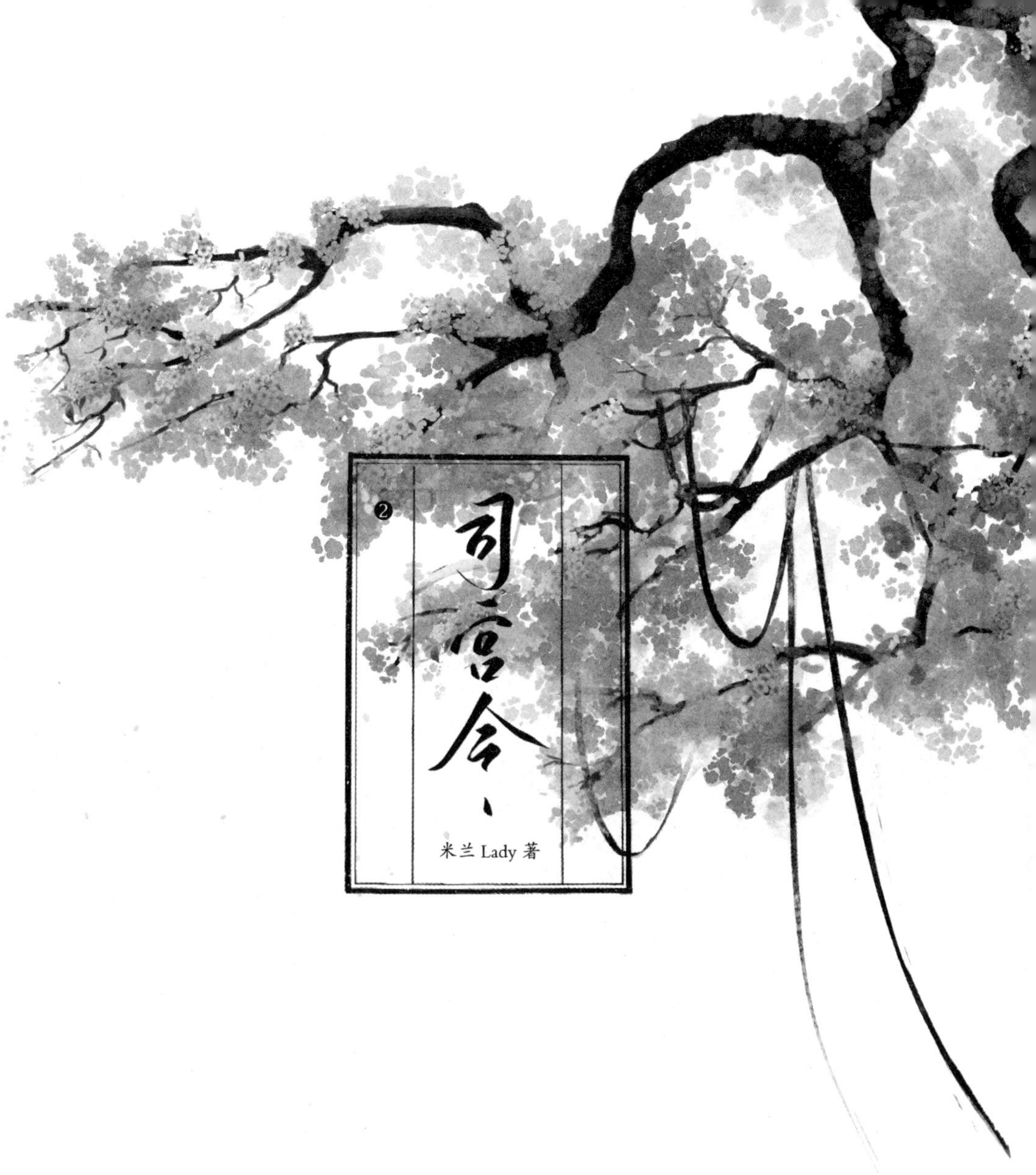

②

司宫令

米兰Lady 著

廣東旅游出版社
GUANGDONG TRAVEL & TOURISM PRESS
悦读书·悦旅行·悦享人生

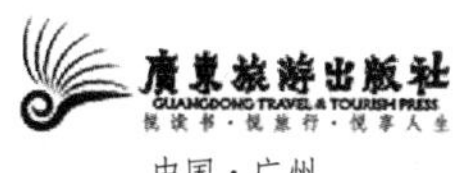

中国·广州

目录

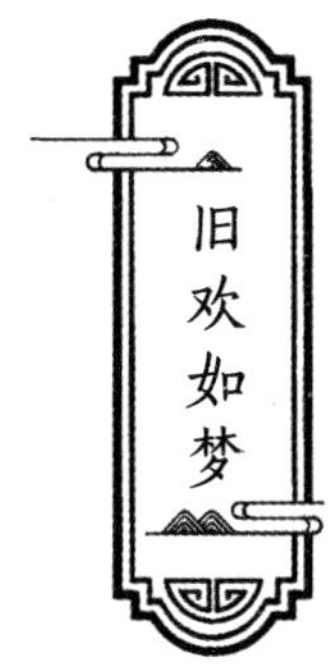

第七章 旧欢如梦

（一）
宿醉

来凤阁内，烛影摇红，裴尚食忧思恍惚，开始向郦贵妃徐徐道出多年来深埋于心里的往事：“我生长在越州，父亲原也是读书人，可惜英年早逝，我是由母亲卖饼拉扯大的。我母亲唐氏做的饼远近闻名，开的虽是小店，但生意兴隆，后来也积攒下一些钱。母亲从不亏待我，我不能说是锦衣玉食，却也堪称是衣食无忧地长大，脾气也被母亲纵容得大了些，所以有时候对看不惯的人说话，会口无遮拦。”

郦贵妃闻言含笑道：“尚食的经历，听起来倒与蕒蕒的颇有几分相似，是否也因为家中变故才入宫的？”

裴尚食叹息一声：“之前的颇类蕒蕒，后来就像云莺歌了……我十七岁那年，出城去探望亲戚，回程走水路，付费乘舟。那条船上有七八个人，其中有一个书生，虽身着洗得发白的旧布衣，但举止端方，气度不凡，我便多看了几眼。船到了越州城，乘客大多下船离去，而那个书生欲离开时却被舟子叫住，看样子他这时才想起来没有付过船费。他在怀中摸索片刻，掏出的所有铜钱还不够一半船费，舟子顿时发怒，出言辱骂。我看那书生手足无措，窘得脸直红到脖子根，不知如何应对，于心不忍，便自己出钱给他补足了欠款。下船后他跟过来，再三向我道谢，与我攀谈，我才知道他是明州人，因借了一大笔钱给寡母治病，母亲病好后又无力偿还借款，所以只得避往越州躲债。我看他已身无分文，越州也无亲友可供落脚处，便建议他去我家帮我母亲记账谋生，他愉快地答应了。这个书生，便是沈瀚。”

郦贵妃逐渐猜到了后面的事情："沈参政既然一表人才，又是个读书人，想必令堂很快会觉得他是个合适的女婿人选。"

"唉……"裴尚食忆及当年旧事，状甚怅惘，"他很有才，不过两天，就把店里的账理得清清爽爽，分毫不差。说起话来引经据典，大道理一套一套的，听的人无不拜服。我那时年轻，不免受他吸引，常去看他。我母亲看出我的心思，倒也不阻止我们来往，反倒是在我家帮工的一个表哥，恼恨他与我接近，有次我与沈瀚私下相见时，表哥带人来围堵他，将他好生一顿羞辱，说他寄人篱下谋财，还想引诱主人家的女儿……我气得痛哭，他试图辩解，可无人听他的，眼见着他要被人打了，我提起棍棒要保护他，这时我母亲听见动静赶来了。她镇定地挡在我们身前，告诉众人：'沈瀚是我为宝瑟选的夫婿，他们迟早是要成婚的。他即将回乡赴州试，日后还要去考进士，你们谁敢伤害他，且先过我这一关，看看我答不答应！'待赶走了那群人，母亲又私下对沈瀚说：'刚才我那样说是权宜之计，并非想逼你娶宝瑟。你很有才华，也到了该回明州参加州府解试的时候，你的欠款不必担心，老身这些年也攒下了些棺材本，且借给你还债。你安安心心回家赴试，祝你早日高中。我借你的钱你也不必担心，我不会催你，你什么时候有富余的钱了再还不迟。'沈瀚听了泫然泪下，拜谢我母亲，说他确实很喜欢我，若我与母亲不弃，他十分希望能娶我为妻，后半生与我一起孝敬我母亲。母亲见他这样说很欢喜，这桩亲事就算定下了。不久后，我送走了他。这年冬天，他曾回来看过我与母亲，很高兴地告诉我们他通过了解试，即将赴临安参加明年春闱。他还承诺，待考中进士，一定三媒六聘，迎娶我过门。"

郦贵妃听着裴尚食的讲述，不时嗟叹，听至这里忽然问道："莫非这一次沈参政没有考中？否则他定当不会食言。"

裴尚食摇摇头："春闱放榜后我们左等右等，不见他回来。后来找来了榜单，才发现他不在榜上。母亲说，那也无妨，还是愿意把我嫁给他，将来他不做官，好好把饼店经营下去也不错。但他一直没出现，母亲又等了几个月，最后忍不住请人去明州按他给的地址去找他，却见人去楼空，左邻右舍都不知道他们母子搬去了何处。见此情形，我表哥等人少不得又说了许多闲话，例如沈瀚存心不归，当初就是来骗财骗色的，如今抛下我携巨款离去，自然能躲多远躲多远。我母亲始终坚信他的为人，认为他一定还是在某处隐居，等将来考中进士才回来娶我。我也是这样认为的，无奈家乡怀疑他对我始乱终弃的人越来越多，每次我出去都有人对我指指点点，我的日子极为难过。就这样过了一年又一年，我不想另嫁他人，而会向我提亲的人也只剩些鳏夫。后来宫中要在民

间选内人入宫，我觉得与其留在越州受人耻笑，不如去应选，到了临安做内人，如果他中进士，成了士大夫，必然有与我相见的一天。”

“这情形，果然颇像云莺歌。”郦贵妃感慨道，“不过我还是觉得沈参政这样的君子与傅俊奕那样的负心人有云泥之别，就算未如期归来，应该也是有苦衷的。”

裴尚食未直接回答，沉默片刻，才继续道：“我入宫做了尚食局内人，跟着当时先帝最信赖的尚食刘娘子学厨艺，后来有了服侍先帝的机会，果然见到了沈瀚。那一年的进士唱名，我远远地看了，他高中一甲。此后先帝对他格外器重，他平步青云，一路高升，未过许久就回到临安做了京官。我也多次与他相遇，有时在宫中，有时是在我出宫为先帝买坊间食物时。有次在宫外，我终于可以与他独处，问他不回去找我的缘由，他说当年确实是因为落榜，无颜见我与母亲，又被当地豪强富室欺辱，才带着他母亲搬家，避往乡间潜心读书。后来他中进士了，也曾去越州寻我，却听闻我已经入宫做了内人……我们感叹世事无常，又庆幸男未婚女未嫁，那时的官家待我们都不错，或许有愿意成全我们的一天。”

郦贵妃微笑道：“这样想没错。蓬山虽远，像小宋那样，遇到重情义的官家，也是有朝廷命官与宫中内人梦圆的先例的。”

裴尚食却面无喜色，淡淡地讲述后来的事：“他也像小宋那样，升至翰林学士，有了不时在翰苑值宿，以待夜间拟诏令的机会。有时先帝就算不须他拟诏，也会召他去闲聊。而那时我升至司膳，为先帝掌御膳先尝的人也由刘尚食换作了我。我们见形势甚好，便约定下次官家召他夜间入对时，由他开口，告诉官家我们的前情，恳请官家成全。这样的机会很快来临。有一天沈瀚值宿时，先帝召他去福宁殿，想给他词头，让他拟宣布长公主婚事的诏书。长公主是先帝在临安唯一的妹妹，先帝千挑万选，终于为她找到一个合适的驸马。眼见着她要出嫁，先帝心里……很高兴，那一晚便饮了许多酒，结果大醉，虽召来了沈瀚，却一直让他在福宁殿外等待，这一等就是一个通宵。我见先帝醉得厉害，剧烈地呕吐，殿中伺候的小内人年轻，没见过这阵势，吓得不敢靠近，我便不好擅自离去，为先帝清理酒后呕吐物，又取醒酒冰给先帝服下，再伺候先帝盥洗……先帝睡着了我也不放心，一直守候在先帝帐外，随时准备为先帝端茶送水。所以，几乎一夜未合眼。第二天快破晓时才迷迷糊糊地睡去，后来还是先帝为我披大氅时我才惊醒的。我忙跪下告罪，先帝却和颜悦色地问我是不是守了一夜，说我辛苦了，还问我想要什么赏赐，会好好谢我。我很想告诉先帝我与沈瀚的事，但终究害羞，又想着沈瀚马上要与先帝说了，我也不急在这一时，便称没想好，什么都没说。待先帝梳洗完毕，我才离开福宁殿。在殿外遇见枯等一宿的沈瀚，见他容颜颇为憔悴，想必我亦如是。但想到我们的心愿就快实现了，心中还是很欣喜，就朝他笑了笑，低头与他擦肩而过。没想到，这一错身，此生便缘尽于此。”

“沈参政随后并没有向先帝提出想娶你的事吗？”郦贵妃隐隐猜到是怎么回事，忍不住在心里叹息。

“没有。”裴尚食黯然道，“后来我听说，先帝也没再让他拟诏书，说他辛苦等待一夜，不忍再烦劳他了，让他早些回家歇息，诏书让下一个值宿的翰林学士拟。而沈瀚也没说什么，默默领了先帝的赏赐之物告退……我以为他是想再择良机去说，却没料到，不久之后，听到了他娶恩师之女的‘喜讯’……”

郦贵妃不知道此时该说什么好，亦只能蹙眉，默默摇头。

裴尚食恻然一笑：“他在婚前送了一笔钱给我尚在家乡的母亲，很多，数倍于当年我母亲给他之数，同时告知他的婚讯，也没说对不起我，只称‘与令爱今生缘浅，幸勿相念’……我母亲多年来一直深信他的人品，在质疑他的人前处处维护他，却不想等来这样一个结局，一口气郁结在心，由此病倒，数月后便撒手人寰，离我而去了。”

（二）
长相思

郦贵妃后来将裴尚食所述往事转告官家，彼时蕙蕙在皇帝身侧，贵妃也未曾让她回避，亦许她成了知情人。

皇帝思及裴尚食“沈参政若有何好歹，愿以死谢罪”一语，感慨道：“尚食这话虽言谢罪，我倒听出了两分生死相随的意思。她因沈瀚孤独一生，固然是造化弄人，却也可看出她当年用情颇深，之后一直无法释怀，虽然怨怼不已，可心里始终有沈郎，才从未向先帝或我提出过要出宫嫁人。这段情缘已然不可再续，但他们之间的怨气或可设法消解。毕竟是曾经相恋过的人，如今又都两鬓华发，这心结，到了该放下的时候了。”

郦贵妃欠身道：“官家所言甚是。妾也觉得，事到如今，他们说不定都有泯去旧日恩仇的意思，只是抹不开面子，总须有人从旁引导，略为助力。”

皇帝沉吟，随后与郦贵妃想出个法子，说与蕙蕙，要她引导裴尚食。

国朝有天子将大内冰窖中的冰于夏季赐予臣僚消暑的传统。时值四月，天气渐趋炎热，皇帝传令赐沈瀚冰，并让裴尚食亲自做一款点心，让萁萁带着，随冰一并送往沈宅。

裴尚食虽略感诧异，但还是领命，独自在厨房里做了一道甜点。萁萁主动提出帮手，她未曾答应，但也没让萁萁离开，任萁萁旁观自己的做法。

一勺凝固的猪油被置于烧热的小锅中化开，裴尚食随后将此前炒熟的适量炒面筛入锅内，不疾不徐地搅匀，让油和炒面呈不稀不稠状，然后离火，撒白糖和匀，再将面团取出，搁在案板上擀开，用刀切成类似菱形的象眼块，最后从一个琉璃罐中取出糖霜，均匀地撒在象眼块上。

裴尚食的调料罐与众不同，是御赐的琉璃制品，晶莹剔透，可令人一眼看出里面装的东西。若干个琉璃罐整齐地被搁在橱柜上，流光溢彩，看起来纯净而金贵。她也如林泓一般给各种调料排列好严格的顺序，想用什么不需抬眼，一伸手就能准确地取出。

萁萁看得暗暗感叹，裴尚食已制作完成这款甜点，待散散热气，自己拣起一块尝了尝，捕捉那洁白如雪的酥块在玉齿间消散的感觉。看来酥松程度如她所料，她咀嚼间嘴角逸出一缕微笑，目光亦格外温柔，令萁萁想起以前母亲为她先试食物温热，觉得合宜时的神情。

裴尚食忽然想起萁萁的存在，旋即示意她："你也尝尝。"

萁萁见切出来的酥块似乎不太多，谢过裴尚食，但摆手说不必了。裴尚食亦不勉强，与萁萁一起将做好的酥块置入官家所赐的食匣中。

宫中惯例，赐予臣僚的食品通常会以洒金诗笺写几句吉祥诗句附上，萁萁就这次的内容征询裴尚食的意见，说官家希望裴尚食来定诗句。裴尚食却沉默了，片刻道："你帮我想想。"

萁萁笑道："我记得的诗词统共就没几首呀……"虽然如此，她还是准备思索一二，便请裴尚食告知这甜点的名字。

裴尚食答道："雪花酥①。"

"雪花酥……"萁萁琢磨着，应该想两句跟雪花有关的诗词。她平生所记诗词，以苏轼的最多，先是背与饮食相关的，后来顺带把其他内容也记了不少。此刻她念着雪花酥，果然想起两句，立即脱口而出："去年相送，余杭门外，飞雪似杨花。今年春尽，杨花似雪，犹不见还家。"

裴尚食闻言蹙眉看着她，倒非恼火，只是看起来有些惊讶。

萁萁忽然想起尚食当年送沈瀚赴春闱之事，顿时意识到，这词也未免太应

① 雪花酥做法出自［宋］浦江吴氏《浦江吴氏中馈录》。

景了，只怕会刺痛了裴尚食，于是低下头，讪讪地道：“不好，不好，这两句不像什么吉利词。还请尚食娘子自己定夺。”

裴尚食面无表情地转头看向门外：“你去问问官家的意思吧。”

而官家觉得此词甚好，笑着赞蕙蕙聪颖，自己亲笔在诗笺上写下这两句，让蕙蕙附在雪花酥食匣上送给沈瀚。

雪花酥与冰块一起被蕙蕙送至沈宅时，沈瀚拖着病体出门迎接，跪拜谢恩，还是一副仪态端方、庄重严肃的模样。蕙蕙取出那一匣雪花酥，连同洒金诗歌笺一并呈给沈瀚，叮嘱道：“这雪花酥，是官家让裴尚食做的。裴尚食悉心制作，每一道工序都是她亲自完成的，滋味与众不同，官家特意为此亲笔题词，还望沈参政细细品味。”

沈瀚再次长揖谢恩，然后才接过雪花酥。他展开诗笺一看，如蕙蕙所料，此前他无懈可击的雍容姿态瞬间出现了裂纹，持笺的手在微微颤抖，眼里泛起的波澜难以自抑地开始在蕙蕙审视下翻涌。

两日后，蕙蕙又遵皇帝之命来待漏院听取诸臣关于早点的意见，出乎意料的是，这回首先步入堂中的仍是沈瀚，且来得比上次还早了许多，此刻待漏院内外只有他一个大臣。

蕙蕙迎上去向他行礼，问道：“参政似乎才将康宁，怎不多将养些时日再来上朝？”

沈瀚不答，但亦不似往常倨傲，长揖向她还礼，默默与她对立片刻，像是斟酌许久，才取出个小食匣沉默地递给蕙蕙。

蕙蕙接过打开一看，发现是一块雪花酥，便诧异地问沈瀚：“这是裴尚食的雪花酥？沈参政有何指教？”

沈瀚点点头，温和地道：“请吴掌膳先品尝，稍后再说。”

当那雪花般酥末落在蕙蕙舌上，令她品出其中滋味时，她霎时明白了沈瀚为何是这般情形。

那雪花酥竟然是咸的，非一般地咸，让人一尝便欲吐出。除去表面那一层糖霜，里面没有一丝白砂糖的甜味。

她取手巾将口中雪花酥吐在上面包好，心里有些惶惑，亦觉不安，遂朝沈瀚再施一礼：“参政……”

沈瀚虚扶一把，请她在自己对面坐下，然后问道：“这雪花酥，从头到尾都是裴尚食亲自做的吗？”

蕙蕙道：“是我亲眼看着尚食做的。”

沈瀚一叹：“虽说她一向不待见我，但以我对她的了解，她若有不满，自

会心直口快地说出来，不会故意借饮食为难我。”

“尚食自然不会是故意的。”蕙蕙忆及裴尚食品尝雪花酥时的温柔目光，立即如此断言，再回想制作过程，蕙蕙十分怀疑她当时误用了一种颗粒大小与白砂糖类似的海盐，遂对沈瀚道，“尚食的厨房中盛调料的琉璃罐都是一样的，其中有一罐海盐，颜色颗粒看起来与白砂糖很相似，尚食是在夜间烛光下做的，她大概没有看出来。这是无心之失，还望沈参政谅解，不要告诉官家。”

“那她做好后，自己有没有品尝过？”沈瀚并不像有意怪罪，而是在一步步探寻真相。

蕙蕙一愣。裴尚食当然品尝过，还平静地以微笑表示肯定，说明她不曾发现味道异常，而这雪花酥中的咸味来自粗粒海盐，味道极重，按白砂糖的量来用这盐，寻常人都能一下尝出这令人难以忍受的咸味，更遑论味觉理应更为灵敏的尚食。

“唉，以她的习惯，为别人做的食物，她不可能不先试咸淡。”没等到蕙蕙回答，沈瀚便自己说了，“所以，她的味觉……”

她失去了味觉。这几乎是唯一的答案。最近帮她打扫厨房的小黄门换了个新人，大概是取调料罐下来拭擦橱柜时没留意各琉璃罐原来的位置，拭擦完误将盐罐与白砂糖罐搁错，没归于原位，才出了这样的事。

许多以往未及细思之事由此骤然变得清晰：为什么裴尚食指点内人做菜，只看流程，不亲自品尝；为什么官家近年偏爱柳婕妤做的菜；为什么官家要选一个年轻内人辅助裴尚食掌御膳先尝之事；为什么裴尚食说自己年纪大了，许多食物不能入口，御膳都让蕙蕙来尝……

蕙蕙但觉心下无比酸涩。作为以做美食、品尝美食为生的人却失去了味觉，自己小心翼翼地保守着这个秘密，舌头不起作用，她就靠眼睛和多年来形成的经验，通过全心观察烹制过程来判断菜肴的滋味……

“不要与官家谈论此事，也不要告诉任何人。”沈瀚留意到蕙蕙眼角的泪光，开始以推心置腹的语气请求蕙蕙为裴尚食保密，“裴尚食一生未嫁，如今无父母子女，除了这宫中职位，堪称一无所有。若被人发现她味觉已不灵敏，轻则逼她辞职，重则逐她出宫，而出了宫，她已无家可归……吴掌膳是裴尚食一手提拔的人，想必会体谅她的难处，日后也请多担待，若有人要她品尝御膳，还望掌膳从中周旋，帮她化解。”

说至此处，他站起来，面向蕙蕙，格外郑重地躬身作揖为礼。

蕙蕙忙起身还礼，忽然意识到，此刻的嘱托就是沈瀚拖着病体来待漏院的原因。无论以往他如何看不惯蕙蕙，为了请她为裴尚食掩饰，他都愿意放下架子，出言相求。

“参政请放心，我必会守口如瓶，不与任何人提及此事。”蒖蒖亦郑重承诺。

沈瀚目露喜色，再三道谢。

他对裴尚食格外关切的态度倒令蒖蒖有些疑惑了：沈参政看起来重情重义，似乎不像裴尚食记忆中的负心人。

她思量几番，终于忍不住开口问他：“沈参政既如此关心裴尚食，当年却为何弃她不顾，另娶他人？”

沈瀚一怔，反问道：“她与你说过我们的旧事？”

蒖蒖道：“是听郦贵妃转述的……寥寥几句，或许听得不是很真切。”

沈瀚沉默片刻方才恻然一笑：“我何曾弃她不顾，是她先选择了先帝，我才与如今的夫人成婚的。”

虽然多年来一直受裴尚食冷面相对，他仍深深记得她当年活泼娇俏的少女模样，尤其是她送他回乡赴解试那天的轻颦浅笑。

那时节秋意渐浓，两岸山上一层层的茂林由青至黄再至红，深深浅浅地染出锦缎般的颜色，他与她一头一尾共乘一叶扁舟，她手持长篙，亲自撑船送他一程。她虽然不舍，却还强忍忧伤，一壁提长篙，一壁尽量寻找愉快的话题，不时让自己的泠泠笑语声荡入河中碧水清漪里。

他怜她撑船辛苦，欲起身去换她过来休息，不想刚站起来迈了一步，船便失去平衡，开始猛烈晃动，他张开双臂，不由自主、忽上忽下地随船摆动，吓得满面苍白。

她倒是毫无惧色，引长篙一点他的胸让他坐回船头，笑道：“你就老实坐着吧，别给我添乱。”

他讪笑着道：“我坐着什么都不做，却让你一个姑娘撑船，十分过意不去。”

她便道：“那你唱支曲儿给我听。”

他答应了，看看两岸山峦，扬声唱道：“吴山青，越山青，两岸青山相对迎，争忍有离情。”

他唱了上阕，想起下阕有一句“罗带同心结未成，江边潮已平”，觉得意头不好，便不再唱下去。

她遂诧异地问道：“怎么不唱完？”

“下阕忘了。”他微笑着，凝视她那在碧水青山中熠熠生辉的笑颜，这一刻但觉功名利禄皆可抛，唯望时光就此停驻，容他与她就这般泛舟江湖，相看两不厌地了此余生。

“那你另给我唱一首吧。”她继续要求。

“你想听什么？”

“唱个和我名字相关的。”

与她名字相关的？也不是没有，但……他犹豫着，在她的催促下才开始唱：“怅望浮生急景，凄凉宝瑟余音。楚客多情偏怨别，碧山远水登临。目送连天衰草，夜阑几处疏砧……”

他还是没有唱完，因为这一首下阕更不吉利，处处隐含离情。那时他一心想娶宝瑟，觉得她品行容德无可指摘，他们又两情相悦，是符合自己一切设想的佳偶，自己一定要考取功名回来迎她风光过门，所以拒绝去想任何与分离有关的事。

无奈如今看来，那日他在碧水之上唱的《长相思》与《河满子》倒成了他与她一生的谶言。

（三）
风露立中宵

第一次贡举失利，沈瀚自惭形秽，不敢赴越州求娶宝瑟。虽然宝瑟与其母亲此前表示过无论结果如何都不会嫌弃他，若考取不了功名，亦可回来接掌店铺，但他寒窗苦读多年，自不甘心后半生抛却诗书，混迹于市贾之中。他每次忆及宝瑟，心中皆是她巧笑嫣然的模样，总是暗暗发誓异日许她钗冠霞帔以衬她的娇颜，又怎忍她大好年华继续被烟火粉尘消磨？

于是他决心重整旗鼓，备战下一次贡举，一定要高中进士才回去与宝瑟成婚。他也因落榜，被当地豪强奚落欺凌，心知裴家人久不见他归来必会来明州寻他，怕她们受自己连累，故而携母迁居乡下，既暂避人寻访，也可静心读书。

他头悬梁，锥刺股地苦读几年，终于如愿以偿金榜题名，兴致勃勃地回越州见宝瑟，却得到了她入宫做内人的消息……但他仍心存希望，努力上进，争取早日赴临安为官，寻求与她相见的机会。他一直坚信，蓬山虽远，只要彼此心意未变，总有相逢的一天。

果然如他所料，在临安他们陆续多次见面，亦知彼此矢志不渝，遂相约寻良机向官家表明，求其成全。终于有一晚他值宿于翰苑，内侍传宣官家旨意，命他入对福宁殿。这是他苦等许久的机会，夜深人静，君臣相对议完公事，或许官家会有兴趣听听他与宝瑟的故事。

但到了福宁殿前，却见殿中一个小内人匆匆出来，回身关上门，略露惊惶状。他上前施礼，求见官家，小内人还礼，称官家尚在饮酒，请沈内翰稍候片刻，然后疾步离去。

他这一等便是良久。他独自徘徊于寒风萧瑟的漫漫长夜中，见福宁殿内烛影摇红，偶有女子钗环剪影拂过窗格，而那门一直深闭不开。

他请殿外伺候的内侍入内请示官家可否赐对，内侍如言进去，片刻出来，也似小内人一般不忘关门，然后朝他一揖道："官家有些醉意，殿中内人尚在服侍。稍后内人料理妥当，自会请内翰入内。"

他想起窗格上那有些眼熟的女子剪影，心头泛起几丝疑惑，如庭中树叶褪去的梧桐，嶙峋的枝丫在地上投出的墨色影子在沿着月光生长。

"中贵人可否告知，殿中伺候的内人是……"他终于忍不住问道，故作镇定的语气仍不免带有一丝颤抖。

"司膳裴氏。"内侍答道。

获得这个猜到却并不想得到的答案，他不禁怔住了。较长的时间内没等到他的回应，内侍毕恭毕敬地再施一礼，然后退至殿门外继续守候。

他默默立于中宵庭中，心里似乎有两个自己在对话：

"若服侍醉酒的官家，两个内人不更好吗？为何小内人离开，却独留宝瑟在内？"

"或许小内人行事不惬圣意，官家不许她伺候？"

"那她为何行色匆匆，神色惊惶，还不忘关门？每次值宿的学士入对时，殿门都是敞开的。"

"……今晚夜凉风急，关门又有何妨？"

忽然，他有些鄙视自己以小人之心度君子之腹：官家勤政，不喜声色，哪儿有召自己来置于门外不顾，而与内人寻欢作乐的道理？何况宝瑟对自己情深义重，岂会甘领圣恩？

想通了这一点，他顿时振作精神，快速于庭中踱步，合手哈气取暖，紧锁的眉头也渐趋缓和。

守门的内侍听见动静，回顾他，和颜悦色道："内翰如觉寒凉，不妨暂回翰苑，加一件衣裳再来。"

他摇摇头："不必，官家应该很快会召我入对，我万万不可离开。"

然而他一等再等，殿门始终未开。他发现殿内烛火不知被谁熄灭时，霎时如坠深渊，感觉自己小心维系的一点儿希望也像这烛光一般被悄然捻灭。

“也许，只是官家醉酒，宝瑟让官家安歇了……”他对自己解释。

另一个他冰冷地反驳：“如果这样，宝瑟会不出来向你说明一下吗？”

“也许，宝瑟在帐外服侍官家，不得辄离……”

“宝瑟的职责只是伺候官家饮食，夜晚起居，自有专职的内人，她没有理由留在官家寝殿内。”

似被冰凌扎心，又痛又冷。他停下踱步的足，僵立着紧盯那已无光影映出的窗格。

“沈内翰，官家似乎安歇了，不如内翰先回去，若官家醒来，我再去翰苑传宣？”内侍见他神色有异，小心翼翼地问。

他置若罔闻，并不回答。

内侍再问一次，见他缄口不言，也就不再多说，任他继续立于风露中。

他屏息静气，凝神聆听殿内声响。他听到夜风晃动廊庑下的帘栊，听到落叶滚过殿前玉阶，听到远处隐隐传来的更漏声，甚至听到足边青砖缝隙里生出的小草承接的露珠自叶脉滑落的声音，但没有听到殿内传来任何动静。

她不会愿意的，他觉得她会出言抗拒，或是委屈地哭。然而没有，什么都没有。

“她一个弱女子，面对九五至尊的帝王，又能怎样？”他又开导自己，“无论发生什么，纵非她所愿，她也只能默默接受。造化弄人，不是她的错，不是她的错……”

他开始想下回见到她是安慰她，再度表明心迹，还是闭口不提，佯装毫不知情。无奈心里血流成河，难抑一阵阵奔涌而出的痛楚，他颤巍巍地走到殿门外阶前，背对殿门，颓然地坐下。

他强迫自己不再想与此有关的事，举目前顾，试图借数梧桐上飘落的树叶转移注意力。

一片、两片、三片……六十九……九十、九十一、九十二……一百零一、一百零二、一百二十……唉，她，怎么样了？

破晓时分，寝殿门自内开启，他牵挂了一宿的宝瑟终于从里面出来了。

他几乎是一跃而起，立即整理衣冠，在她看向他时长揖为礼。

她无声地缓步走到他的身边，在她裙裾飘入他垂目所及的视野之前，他先闻到了一缕柏木、龙脑与沉檀相融的香气。

她来到他面前时这香味更加分明，显然是她身上传出的。

但是，这种香味沉稳冷冽，多为男子所用，并非闺阁香。何况，她身为司膳内人，为防扰乱食物气味，一向不用香药熏衣。

所以，这香是……他怆然地抬头，本以为目光会触及她泪水盈盈的双眸，却不料闯入他眼中的是她半含喜半含羞的笑颜。

与他对视一眼，她飞霞扑面，越发羞涩，低低地垂下头去，唇动了动，似乎想说什么。

她是想解释吧，或者，是想掩饰？沈瀚心下一恸，萧索地想，其实什么都不必说，我自会在心里为你解释，为你掩饰。

而他似乎想多了，她最终什么都没说。她朝他敛衽为礼，便与他擦肩而过，匆匆离去，不知在想何事，甚至忘了通知他入殿面圣，最后还是守门的内侍代为传报，官家才召他入内的。

这日无朝会，官家早晨仍留在寝殿。官家看上去除了眼圈微黑，精神尚佳，依然是往日镇静自若的模样，待沈瀚行礼后赐他座，与他闲聊，半晌不提草诏的事。

沈瀚按捺不住，躬身询问道："陛下昨夜召臣入对，可是有词头要予臣？"

"哦，朕本是想请卿草诏，但后来想了想，此事细节尚待斟酌，也不急于这一两日公布，也须待测算出个好日子……"官家漫不经心地说明。

沈瀚却听得心下一沉，勉强笑道："看来，官家要昭告天下的，是件喜事。"

"嗯。"官家面无表情地肯定了。

官家没有多说什么，一名中年妇人却于此刻携一盒喜饼入内，请官家品鉴选择，越发显示了宫中将有喜事。

听门外内侍传报，沈瀚得知这名妇人是深受官家信赖的尚食刘娘子。

刘尚食将食盒中喜饼一一取出，向官家展示，说："这是妾刚做好的，请官家看看尝尝，纹样、滋味可还妥当。待官家选定，妾再教御厨做了以供官家赐给臣僚。"

那些喜饼皆是表面印有龙凤、牡丹、如意云纹等吉祥纹样的面食糕点。官家略挑几个看看，道："都还不错。不妨再用棠棣子、糯米粉和糖做一些圆欢喜，裹上糖浆，撒点儿干桂花，红红黄黄的，颜色喜庆，名字应景，味道好，她也爱吃。"

刘尚食低头领命。官家一瞥尚在一侧默默聆听的沈瀚，含笑解释："宫中许久没有喜事，这一桩，总须办得上心一点儿。"

她也爱吃，她也爱吃……沈瀚心里反复默念着这一句，暗想这圆欢喜似乎是京中美食，昔日在越州不曾见她吃过，想必是入宫后伺候官家饮食才随他口味爱上的。

他不免又觉得莫名酸楚，恍恍惚惚地，一个僭越的问题竟脱口而出：

“她……愿意吗？”

官家讶异地看着他，仿佛他提了个全天下最不可思议的问题，良久才垂下眼帘道：“愿意。如此美事，她怎会不愿意？”

沈瀚不禁一哂，是在嘲笑自己：是呀，天下女子，谁会拒绝成为后妃？何况，官家本身也是个风度翩翩、二十多岁的青年。

他偷眼打量官家，越看越觉得他俊逸不凡，周身好风仪，非自己能相提并论。

“卿枯候一宿，辛苦了，早些回家歇息吧。”官家温和地道。

“陛下可还有旨意须臣草诏？”沈瀚欠身问道。

官家摇头：“没有了。稍后纵有，也让下一个值宿的学士拟吧。卿神情憔悴，还是回去好好休息吧。”

在沈瀚告退之前，官家又招手命他近身，亲自将适才刘尚食奉上的喜饼交给他：“这些点心滋味颇佳，你带回去吃吧。”

官家举手投足间，沈瀚清晰地闻到了他衣裳中逸出的柏木、龙脑、沉檀香。

（四）
神农

“她身上染有先帝的衣香，先帝又表示好事将近，我又能再说什么？她没有抗拒的意思，难道我要公开反对，毁人前程吗？”沈瀚喟然长叹，“我回家后闷闷不乐，病休了一些时日。其间恩师来看我，提起他有个女儿待字闺中，有意许配给我……不久后，这个姑娘便成了我如今的夫人。”

萁萁一阵叹惋，问他：“参政后来没发现裴尚食并未成为嫔御吗？”

沈瀚道：“先帝说要等些日子再公布……后来再不提此事，我以为天恩难测，或许有什么变故……而我已成婚，也无法改变现状了。”

“还有那桩喜事，”萁萁又问道，“先帝指的是长公主下降之事，参政后来也没收到那份包含圆欢喜的喜饼吗？”

沈瀚讶然地举目与她相视，良久后深深地垂下头去：“唉，长公主下降是在我携夫人赴外郡任职之后，我没收到那份喜饼。”

阴错阳差，就此断送裴尚食一段姻缘、半生喜乐。

萁萁听沈瀚解释，明白于理对其难以苛责，然而想起他一念之差令裴尚食孤独终老，又觉得他领受裴尚食此前对他的种种怨怼也不算太冤枉。对他不便责备，要安慰却也说不出口，默然与他相对片刻后，萁萁朝他施礼告辞，退至外间。

堂中独处的沈瀚追忆前情，引袖拭拭眼角，颇为感伤。他想起孙洙那阕《河满子》，亦似此前曾玠那样，以指叩桌面，一人轻声吟唱此词下阕："黄叶无风自落，秋云不雨长阴。天若有情天亦老，摇摇幽恨难禁。惆怅旧欢如梦，觉来无处追寻。"

这词萁萁当初听曾玠唱后回来查阅过，如今知道了沈瀚与裴尚食的往事，再听这下阕更是无限感慨。随后几天萁萁私下常琢磨这词，有次不自觉地低声吟唱，被裴尚食听见了，蹙眉问她："你这小姑娘，怎么唱这种词？"

萁萁一愣，转而想到这可能是向裴尚食说明沈瀚当年心事，为她解开心结的契机，毕竟一时糊涂造成的误会比刻意遗弃值得原谅，遂展颜笑道："这词我是听沈参政在待漏院唱过，觉得好听，就学着唱了。"

裴尚食讶异道："那朽木一般的老匹夫，竟会当众唱此词？"

"并非当众。那时众宰执还没进待漏院，他一人独坐时不知想起了什么，就开始唱这曲子。我在外间伺候，见他唱得直抹眼泪，就进去劝慰他几句，他感伤之下，与我说了一些往事。"

裴尚食不由得更好奇了，立即追问道："他告诉你什么？"

萁萁笑道："别看沈参政如今如此顽固，其实年轻时也是个多情人。他说当年曾真心爱过一个姑娘，可惜因一场误会，错过了一段良缘……"

沈瀚与萁萁说起往事时其实叙述并不详尽，略去自己许多心声不提，而萁萁发挥说书人一般的天赋，凭借想象添枝加叶，又把沈瀚刻意裁剪掉的细节补回来了，将那晚之事绘声绘色地尽数转告裴尚食，包括柏木衣香与圆欢喜，只是不明说裴尚食姓名身份，只说是沈参政心仪的一个宫人。

裴尚食听了久久不言，脸色上一如既往地平静，并不见情绪波动，但萁萁一低眉时发现她垂于身侧的衣袖在颤抖。

"这老匹夫，真是倔得像头驴呀……"裴尚食终于出声叹道，"他就不知道开口问一问吗？"

"他一心以为那姑娘与先帝木已成舟，大概不想多说什么，以免姑娘难堪。"萁萁轻声解释。

裴尚食缓缓地眨了眨眼，抹去目中一点儿微光，亦不再多言，默默自萁萁面前走过。

下一次蕈蕈去待漏院时，裴尚食提出与她同往。

她与沈瀚相遇，四目相对。沈瀚有些尴尬，赧然地低下头去。裴尚食倒神态自若，依然冷着脸问他："御赐的雪花酥，参政品尝了吗？"

沈瀚朝宫城方向一拱手："谢官家隆恩，赐瀚饮食。不愧是天家玉食，十分甘美。"

见裴尚食闻言有自矜之色，沈瀚又忍不住低声补了一句："只是……尚食以后可否少放些糖……太甜了……"

"太甜？"裴尚食横眉竖眼，抢白道，"这雪花酥的配方是我悉心研究多年才定下来的，糖用量控制得极为精准，一分不多一分不少，官家都说甜味合宜，沈参政想必是市井杂食进多了，影响舌头辨味。"

见她言辞不客气，沈瀚亦有两分火气涌至心头，似乎想反驳，但"你才"二字刚出口，一触及裴尚食的目光，又立即把后面的话咽下去，气馁地垂下扬起的手，嘟囔着道："对，我原是乡野俗人，吃不出天家玉食的妙处，日后还请官家勿再赐我饮食，尤其是尚食做的，以免人说牛嚼牡丹。"

这番斗嘴似乎裴尚食赢了，她微微扬着下巴在沈瀚的目送下离去。然而一转至沈瀚看不见的地方，她便低声嘱咐蕈蕈："看来沈参政口味清淡，以后给他的饮食油盐糖都可少放一点。"她思量片刻，又道，"他如今体态渐丰，饮食确也应该再清淡一些。"

蕈蕈含笑一一受教，感觉到这二人虽然见面时仍是剑拔弩张的样子，但彼此心绪已悄然改变，就连斗嘴也隐隐约约带有几分温情了。

被小黄门放错位置的调味罐蕈蕈私下调换了过来，并对那小黄门千叮咛万嘱咐，要他打扫之前先看清所有物品原来摆放的位置，切勿再弄错。小黄门唯唯诺诺地答应了，蕈蕈想起裴尚食味觉之事，仍不免忧心忡忡：自己当然会竭力为她隐瞒，但尚食身处这一要职，长期与饮食相伴，只怕迟早会被人看出端倪。

一日韩素问奉命将御厨送至医官院检视的调料送回来，在嘉明殿后偶遇蕈蕈。蕈蕈请他稍待片刻，迅速回尚食局取出两包自己新近做的雪花酥、圆欢喜等点心，让韩素问带回去品尝。

韩素问欣喜地接过，当即就打开取了块雪花酥塞进嘴里，闭目露出惬意的表情，旋即连声赞美味。

蕈蕈笑道："你若喜欢，我再取一些给你。"

韩素问忙摆手："够了够了，我再多收你点心，别人会说我收受贿赂、侵占御膳了。"

蒖蒖道："哪儿会那么严重？这些点心是我最近刚学会的，一直担心味道不够好，所以反复调试，做了许多，想多请朋友品尝，提提意见。食材都是用自己的月俸买的。"

韩素问笑道："已经做得很好了，你要相信自己的手艺和舌头。"

听他提起舌头，蒖蒖想起了裴尚食味觉之事，便对他道："有件事正想请教你，一个人的味觉原本很灵敏，但渐渐退化，现在甚至尝不出盐和糖的区别，会是什么原因造成的？"

韩素问惊讶地问道："你味觉退化了？"

"呸！"蒖蒖当即否认，"别胡说……是我以前家里的邻居，一个老婆婆。"

"哦，老婆婆呀，那不奇怪。"韩素问向她说明，"随着人年龄的增长，身体器官也会逐渐老化，不如年轻人。有些人眼睛花到看不清近处的物品；有些人耳背，别人必须吼着说话他才能听清；老年人的舌头也容易老化，导致味觉退化，但每个人程度不同，很多老人只是表现得口味重，饮食喜欢多盐多糖，也有少数味觉严重退化，甚至丧失，最先尝不出的，往往是咸味。"

"那还能治好吗？"蒖蒖追问。

韩素问如此作答："如果因其他病引起的，还有治愈的可能；但若是自然老化，那就很难恢复了。"

见蒖蒖垂目无言，韩素问包好点心，又笑道："你还年轻，不用太担心。有什么头疼脑热的尽管来找我，老了我教你养生，保证你的味觉不会丧失……我得走了，稍后还要出义诊，帮一个皇城司朋友的表弟的堂叔诊治。"

蒖蒖瞠目道："你交游还真是甚广，上次是书院、画院的朋友，这会儿又多了个皇城司的朋友。"

韩素问又露出灿若阳光的笑容："医官朋友多很正常。世人都喜欢和医官交朋友，因为迟早用得上，自己用不上家人也能用上。通常他们第一次接触我，都怀着明显的目的。"

蒖蒖讶异于他心思之通透，问道："那你还能交到好朋友吗？"

"能呀。"韩素问大笑，"你不就是这样交到的吗？"

蒖蒖一怔，想到自己起初与他往来，的确主要是找他打探各种事，不禁脸一红，颇觉尴尬。

"没事没事，你别多心。"韩素问拍拍她的肩，含笑道，"虽然如此，但我相信，只要我诚恳待人，你们迟早会被我折服，忘掉不纯粹的初心，除了头疼脑热，有好东西的时候也会想与我分享……就像你现在一样。"

蒖蒖抬起头，与他相视而笑。

不远处，立于嘉明殿外廊庑下的裴尚食默默转身回了殿中，不再继续观察他们。

她没有听见二人所说内容，但观他们的神情，只觉甚亲密，忆起多年前另一桩往事，不禁有两分担忧。

“你与翰林医官院那个姓韩的小医官相识已久？”夜间在小厨房里与蕒蕒独处，裴尚食开诚布公地问她。

蕒蕒坦然答道：“不算很久，我们认识还不到一年。”

“我今日瞧见你与他说话，像是熟识的。”

蕒蕒忍不住笑道：“他这个人就是跟谁都熟，第一次见都能热络得像多年老友。”

裴尚食沉默了一下，还是决定直言相告：“你是年轻内人，又于御前侍奉，与外界男子接触务必谨慎，若言行失当，一则惹人议论，二则……若自己情难自禁，更易引来大祸。”

蕒蕒想到韩素问那模样，觉得甚难令自己“情难自禁”，正欲笑吟吟地解释，却闻裴尚食骤然提起一个人：“你听人说起过刘司膳的事吗？”

本来要说的话霎时烟消云散，蕒蕒迅速地摇头，目光灼灼地盯着裴尚食，生怕她不继续适才提起的话题，又讷讷地道：“在殷郡王府时，曾听人说起，赞刘司膳厨艺超群，别的，就不知道了……”

“她的事，这些年来太后一直禁止宫中人议论，所以你不知道。”裴尚食道，“她在齐太师宅中长大，又得刘尚食倾囊相授，自然厨艺超群，只可惜，私下与一名医官来往，不获先帝许可，结果……很惨。”

“尚食能与我说说她的事吗？”蕒蕒小心翼翼地问道，“让我引以为戒……”

裴尚食闭目沉吟，少顷才徐徐开口讲述：“刘内人是齐太师家养的厨娘，长大了才入宫做尚食局内人，厨艺自然超群，但先帝忌惮齐太师，起初不敢重用刘内人，只让刘内人做刘尚食和我的助手，不掌御膳。有一年，吴地州府官员向先帝进献了几尾鲜活的河豚，先帝命刘尚食按古法做好，让她先尝，刘尚食却犹豫了。她是汴京人，此前没吃过河豚，去除毒素的步骤按古籍记载进行，但毒素是否尽除，她心里也没底。而那刘内人见她面露难色，当即出列，请先帝许自己代替刘尚食品尝河豚。刘内人一尝之下，皆大欢喜，河豚已无毒，且味道鲜美，先帝食用后甚愉悦，对刘内人也和颜悦色许多。刘内人勤勉认真，平时不爱玩乐，一心钻研厨艺，做的膳食宫中娘子们先后都品尝了，交口称赞。有一次，当年的太后向先帝推荐刘内人做的点心，先帝看着点心上的糖霜，似笑非笑地对刘内人说：‘我听说砒霜与糖霜相似，都是甜的，你知道它们味道上的差异吗？’这个问题把刘内人难住了，随后，刘内人做出了个不可思议的举动……”

蒖蒖猜到了：“她去品尝砒霜了？”

裴尚食叹息道：“她差点儿丧命，许多太医束手无策，最后是一个姓张的医官把她从黄泉路上拉回来的。”

“张云峤？”蒖蒖脱口而出。

裴尚食讶然地看了她一眼，旋即转过头去，淡淡地道：“是他。他医术高明，至今仍是医官们仰慕的楷模。”

蒖蒖有些明白了：“因他的救命之恩，刘内人爱上了他。”

“倒也没那么快。”裴尚食道，“张太医那时虽也年轻，但性情孤傲，暗中恋慕他的内人甚多，他都不理不睬，对刘内人也并未另眼相待，只当病人正常医治。而刘内人一心精研厨艺侍奉君上，也与那些怀春少女不同。两人起初客气相处，无可指摘。那次康复后，刘内人还亲笔写了篇上千言的文字呈给先帝，细述砒霜与糖霜的异同。先帝从此对她刮目相看。不久后刘尚食去世，我被升为尚食，先帝也将她升为司膳，让她掌御膳先尝之事。既获先帝器重，刘司膳知恩图报，为锻炼辨毒能力，竟然私下悄悄品尝一种又一种毒药，结果一次又一次地病倒，张太医救了她很多次，两人的感情大概也是在这一次次的诊治中加深的……后来，先帝大概觉察到什么，安排了别的太医，不让张太医继续为刘司膳治疗，甚至不许他们再见面。但是有一日，刘司膳品尝了一种有毒的菌蕈，又如品尝砒霜那次一般严重，呕出血来，奄奄一息。先帝见情况危急，才又召张太医去救治。而这回，先帝特意叮嘱我，要我留意探视他们相处的情形，稍后向先帝禀报……”

说到这里，裴尚食声音渐轻，思绪也飘向了多年以前，令她记忆深刻的那一日。

那天她引导张云峤来到刘司膳房中，立于一侧旁观了张云峤为刘司膳望闻问切，两人始终如医生与病人一般相处，一切似乎没有什么异样。此后张云峤准备开方子，房中一时却找不到笔墨，裴尚食便说自己回房去取，退至室外。然而她行了数步，想起先帝的嘱托，不免忐忑，遂招手轻唤一名小内人过来，吩咐小内人去取笔墨，自己缓步回去。

她刚至门边，便听到了室内两人一段不寻常的对话。

“你以为你是神农，可以千百次地勇尝百草？神农尚且不能全身而退，何况你一弱女子。”张云峤的语气中有不加掩饰的愤怒，“你为官家试毒，该有

一百次了吧？忠君不是这样忠的！”

“是有一百次。”病榻上的刘司膳很平静地回答，“九十九次是为官家，最后一次是为你……我想见你。”

张云峤闻言瞬间沉默了，与她相视，良久无言。

刘司膳青紫的嘴角露出一丝凄凉的笑：“嫌少？那我再来一次。”

她勉力支身，端起身畔案几上一碗菌汤饮了一口——那是应张云峤的要求盛出来给他研究的毒药样品。

张云峤猛地夺过她手中杯盏掷于地上，旋即紧握她的手腕，双目炯炯地盯着她，似乎要看到她心里去。

“来呀，一起死吧！”他对她说，然后一手拉她入怀，一手托住她脑后金簪已坠、即将散开的云髻，含恨吻向她的双唇。

（五）
林泓

裴尚食的叙述，在说至她回到门边时戛然而止，心里回忆着所见情景，却难以向蕙蕙描述。蕙蕙从她沉默的神情中猜到了事态发展，试探着问道：“他们……有亲密举动？”

裴尚食颔首。

蕙蕙又问道：“那尚食告诉先帝了？”

“没有。”裴尚食否认。刘司膳与张医官之事令她感到震惊，但也并非不能理解。自己感情失意，见到二人两情相悦，虽面对非一般严峻的艰难险阻，仍抛却所有顾虑，相互表白，此刻她除了理解，一种艳羡之情竟油然而生。她默默离开，退至院中较远处，并设法避免他人靠近。以后无论对谁她都没有提过那天所见之事，包括先帝和刘司膳自己。

“我没有告诉先帝，可是，两个人如果倾心相爱，是很难隐瞒的。但凡有一点儿见面的机会，那爱意就会像春天被雨露滋润过的种子，无可抑制地萌出新芽。何况，先帝是心思极细腻的人，刘司膳单纯活泼，在他目中就是个水晶琉璃人儿，他一眼就能看透。她心里爱谁，要藏，怎么藏得住呢？”裴尚食摇头叹息。

“先帝喜欢刘司膳？”蕙蕙问。

裴尚食道："先帝从未让刘司膳侍寝，但对她自是与众不同，给予她的待遇，年节赏赐，不亚于众才人……这内人中，只有仙韶院的菊夫人能与她相提并论。"

这点萁萁以前听殷琦的乳母罗氏提到过，说刘司膳与菊夫人当年在宫中是一时双璧，好奇地追问："那刘司膳和菊夫人认识吗？她们会不会彼此敌视？"

"认识。"裴尚食道，"刘司膳性格开朗，对先帝又无非分之想，自然不会敌视菊夫人。倒是菊夫人一心爱慕先帝，因此，起初对刘司膳不免有提防之心。后来有一次，菊夫人生病了，不思茶饭，先帝让刘司膳料理菊夫人的饮食。菊夫人对刘司膳冷眼相待，但刘司膳毫不介意，仍然天天乐呵呵地过去，悉心照顾菊夫人，菊夫人对她的敌意才渐渐化解，后来，甚至帮助她与张太医见面。可惜，很快被先帝发现了，三人都受到了处罚。但此后刘司膳与张太医的感情倒越发炽烈，终于寻了机会，逃出宫去……可惜他们的好日子没过多久，刘司膳的踪迹被齐太师宅的人发现了，他们把她押回宅中，据说，她很快被处死了。"

萁萁此前虽已听说过刘司膳之死，但此刻再听裴尚食提及，仍感怆然，嗟叹不已，末了又问裴尚食："她被捕时张太医在哪里？他后来也被齐家人寻到了吗？"

裴尚食答道："这就不知道了。我猜，刘司膳被捕时张太医不在她身边，而她必然会誓死隐瞒他的踪迹……宫中人至今也不知张太医的去向。"

萁萁又问道："那菊夫人呢？她后来怎样了？"

裴尚食道："因受太后忌惮，她自请出宫，后来不知所终，宫中传说，她被太后……唉，也不知是真是假，总之从此杳无音讯。"

说到这里，裴尚食着意看着萁萁，语重心长地道："我告诉你这些，是想提醒你，宫外人称我们女官为内夫人，就是视我们为官家的人。事实上，无论我们是否侍寝，都不会有自己选择良人的自由，私下与外界男子亲近，是大忌，若被人发现，后果不堪设想。日后你若有了心仪之人，不妨寻良机告诉官家，官家仁慈，多半会成全你。只是你切勿像刘司膳那样自作主张，有所隐瞒。私通之罪，任何君王都不会容忍，一旦事发，你们面临的便会是灭顶之灾。"

这一番长谈后，萁萁感念裴尚食的关爱提点，处处侍奉，越发上心。而裴尚食也发现，为她打扫厨房的小黄门拭擦调料罐后会对照着手中一卷图画仔细核对那些瓶瓶罐罐的位置。裴尚食接过图卷细看，见上面描绘的是橱柜中物品，各调料所处之处更是用文字注明，分毫不差。

裴尚食略一沉吟，便猜到了萁萁这样做的用意。萁萁从未在她面前流露过对她味觉的质疑，裴尚食也继续保持沉默，两人心照不宣，更有默契。裴尚食

开始主动教蕙蕙厨艺，经常自己演示一遍再让蕙蕙如法烹饪，而不是仅让蕙蕙旁观或品尝了再猜。蕙蕙的厨艺因此再获进阶，对裴尚食更是感激，视她如师如母。两人日常相处仍严守礼数，但心里对对方都亲近不少。

蕙蕙后来向裴尚食打听刘司膳当年在宫中有哪些好友，想从中找到母亲的信息，探知她的旧事。

裴尚食说："刘司膳待人真诚友善，所以在宫中朋友不少，六尚内人中很多人与她交好。"蕙蕙又问有没有跟刘司膳一样逃出宫的。

"没有私逃的。"裴尚食摇摇头，说道，"被先帝或官家放出宫的倒是有许多。"

人选太多，蕙蕙又没了找寻的方向。从母亲私藏的刘司膳《玉食批》看来，她们很可能认识，甚至是好友。有时候传说中的菊夫人的影子在蕙蕙心中一闪而过，想到刘司膳与菊夫人的来往，蕙蕙忍不住猜：如果菊夫人当年没被太后处死，会不会……然而蕙蕙很快否定了心里那个几乎异想天开的念头：菊夫人不是"一心爱慕先帝"吗？她又怎会与人私奔生下自己。何况她那样娇滴滴被收藏在金屋里的冷美人，怎会像妈妈一样荆钗布裙洗手做羹汤。而且，妈妈根本不会跳舞呀，从小到大，自己从未见过妈妈的舞姿。

这年夏天，一名刚从外地入京的年轻男子成为了宫中内人们争相传颂的传奇。

去年冯婧拒绝参与设计聚景园后，柳婕妤向皇帝举荐了她的表弟，据说是个精于园林营造的人才。皇帝欣然接纳，召这个表弟入京。然而那表弟竟然不接旨，推辞说乡野之人才疏学浅，岂敢接此天家重任。皇帝再三邀请，表弟仍不来，只是看了宫中送去的聚景园图纸，略作修改，并向传旨的内臣说了自己的一些构想。内臣回宫后向皇帝及太后转述其思路，二位都甚感合意，太后便要皇帝一定要设法召他入京主持聚景园工程。皇帝让柳婕妤相助，柳婕妤遂亲笔给表弟写了封书信，表弟这才领命，于近日来到临安。

皇帝封他为从六品的将作监丞、宣义郎，与授予状元的初阶官职相若。这个表弟入京后除参加朝会就是去北大内与太后及修内司勾当官商议聚景园设计方案，暂未入后宫探望柳婕妤，而曾在朝会上或北大内见过他的内侍和女官提及他的容颜风度都赞不绝口，惊为天人。

蕙蕙对陌生俊美男子的兴趣不如寻常年轻内人那般大，但听人议论多了未免也有些好奇，遂问曾随郦贵妃去北大内时与此人有过一面之缘的冯婧："柳婕妤的表弟比太子和二大王好看吗？"

冯婧想了想，道：“都好看，但感觉不一样。二大王像早晨洒落在庭前的三尺阳光，温暖而明净；太子像神佛嘴边慈悲的微笑，那种温柔令人心神俱宁；柳婕妤这个表弟呢……静若一潭清波，一池月光，动若谪仙降临，举止优雅，神情淡泊，不似凡尘中人。”

蕫蕫笑道：“你形容他的言辞这么精雕细琢又动听，可见他绝非等闲之人。”

冯婧含笑道：“只恨自己口拙，不能形容出他半分风仪。”

“他容貌与柳婕妤相似吗？”蕫蕫又问。

冯婧摇头：“并不相似，但都是一等一的人才。也不知他们家承接了多少日月辉光，如何钟灵毓秀，才生出了这么一对宛若天人的姐弟。”

蕫蕫循着冯婧的描述试着在心里勾勒这个神仙表弟的形象，得到的轮廓总是模糊不清的。而不久之后皇帝命柳婕妤在芙蓉阁设午宴款待表弟，自己带蕫蕫同去，蕫蕫随即有了一睹其真容的机会。

那日朝会后，蕫蕫随皇帝先往芙蓉阁。皇帝与柳婕妤在阁中叙谈，蕫蕫与几个内人侍立于阁门外，静待迎接那个神仙表弟。蕫蕫留意观察，发现众内人都描眉画眼贴花钿，妆容之精致远超平日，心知她们是刻意想吸引神仙表弟的注意，忍不住暗笑。近日在芙蓉阁伺候的内人庄绫子见了问她笑什么。蕫蕫低声道：“我猜你上一次如此打扮，是在太子选妃时。”

庄绫子啐了她一口，与她窃窃私语：“你且看着，等宣义郎到时，你一定会后悔今日没有好好化妆。”

蕫蕫笑道：“我与你赌五文钱，宣义郎没有太子好看，说不定连二大王都比不过。”

庄绫子道：“好，我就拍出五文钱与你打赌。”

她话音刚落，周遭便起了一阵骚动，内人们纷纷交头接耳，目示山下栈道：“宣义郎来了！”

蕫蕫朝她们所指方向看去，见一个身着绯色公服、戴白色方心曲领、腰系金涂带、悬银鱼袋、头着三梁冠的青年官员正沿着山上玉阶拾级而上。

他的冠服呈现着俗世红尘赋予他的功名利禄，然而他身姿秀颀，略无矜色，长袍广袖，行走于岚色飘浮的山间，果然有谪仙一般的风致。

他冠缨飘飘，渐行渐近，愈加清晰的容颜与蕫蕫千回百转梦里的人逐渐重合，如圭如璧，如琢如磨，就这样披着一身云霞，从她梦的彼端翩然而至。

蕫蕫手捂胸口，一次次眨眼，终于确定是他。而这不真实的景象令她神思恍惚，待他进至阁门前，发现了她，径直走到她面前，她才定了定神，但觉心里袭来的喜悦如同此刻玉阶两侧正在朝山巅蔓延的朱色，被熏风一染，榴花开

欲燃。

他在她面前站定，目光与她愕然的眼相遇。她明明想笑，目中却感觉到一阵热潮。

她略显惶然地低下头去，轻轻唤了一声："林老师。"

她听出了自己声音的颤抖。而他，容止端方地朝她深深一揖，郑重地致意："吴掌膳。"

这个称呼从他口中唤出听起来格外陌生，蕈蕈愣在原地。

林泓在众内人行礼之后抬脚入内，去见皇帝及婕好。

一待他身影消失，庄绫子立即抓住蕈蕈手臂，激动地问道："蕈蕈，你认识他？"

蕈蕈压抑住激动的心绪，徐徐摆脱庄绫子的手，淡淡地道："你赢了。"

（六）
槐花雨

午宴中，蕈蕈如常伺候在皇帝身侧，为他先尝膳食。宴席中好几道主要菜肴是由柳婕好亲手烹制的，蕈蕈发现其中有山海兜与莲房鱼包，无论形状、食材与味道，都与林泓在问樵驿时所做一般无二，心里有几分疑惑，旋即想到，他们是姐弟，那么林泓的厨艺很有可能曾受柳婕好点拨，会做一样的菜肴不足为奇。

席间皇帝频频举杯与林泓对酌，与他聊起婕好家事，蕈蕈才渐渐听出，柳婕好之母与林泓之父是表亲，婕好幼时父母双亡，举目无亲，听说林泓父亲在朝为官，乳母玉氏便带着她前往临安投靠林家，到了临安才知道林父因进言弹劾齐太师而被齐太师党羽构陷，早就冤死狱中，林泓母亲已带着他回武夷山娘家。玉氏又将柳婕好送到武夷山。不久后林泓母亲病逝，从此两个孤儿相依为命。柳婕好大林泓三岁，长姊如母，一直悉心照顾林泓，直到十八岁应选入宫。

"妾在家时，宁哥儿还是个细瘦的小孩，阔别多年，没想到如今长这么高了。"柳婕好看着林泓感慨道，端详一番，她又笑道，"只是，还是瘦。"

蕈蕈心想，原来林老师的小名叫"宁哥儿"，以前倒没听人说起过。皇帝亦留意到这点，问柳婕好："宣义郎小字'宁哥儿'？"

柳婕好答道："他原名泓宁，家人唤他宁哥儿。后来不知怎的，他自己改了名，把宁字去掉，自参加贡举那年起，他的大名就成了林泓。”

林泓闻言淡淡一笑，道：“林泓宁，终究拗口了些。”

进膳后，稍待片刻，林泓朝皇帝欠身道：“东坡诗云，‘饭后茶瓯味正深’。臣自武夷山带了些新茶来，若官家不弃，臣愿煎茶，请官家和婕妤品尝。”

皇帝自然许可，柳婕妤遂命人布茶席，取来茶碾子、茶筅等用具，林泓却说不必，只取一煮水的铫子，盛山泉水，从自己带来的一个小银罐中取出适量茶叶投入铫子中，置于茶炉上以活火烹煮。

“这是武夷山今年的春茶，臣亲手采来炒制，只取新芽，用活水、活火烹煮，最能焕发药性，有益身心。”林泓道。

待茶汤沸腾，铫子中声音如风过松林，林泓提铫子离火，置于案几茶巾上略顿了顿，再注入茶盏中，分别奉与皇帝与婕妤。他并不忘盛一盏送至蕙蕙面前，一揖道：“请吴掌膳先品。”

他毕恭毕敬，今日在她面前礼数未失分毫。

蕙蕙起身还礼，随即坐下品茶，但觉茶汤清冽，入口温润，余香悠长。蕙蕙向皇帝欠身，含笑颔首。皇帝遂举盏细品，少顷道：“宫中多碾磨茶饼点茶，偶有煮茶，也会加盐和茶果，均不若此茶清甘。”

林泓道：“茶若加盐或果，殊失正味；点茶味浓性寒，多饮亦伤脾胃；煎煮茶叶，茶汤温和，更宜养生。”

皇帝笑道：“赵怀玉离京前，我赐宴为他饯行，听他说起饮食之道，觉得颇有道理。他说曾受你教导，学过几道佳肴。如今看来，卿果然精于此道。”

林泓尚未回应，柳婕妤即凤目微睁看向他，颇感惊讶：“宁哥儿，你什么时候学会烹饪了？”

林泓只是礼貌地微笑，低头未语。

柳婕妤转而向皇帝道：“我这弟弟，当年只知道读书，家事都是我做的。我每天给他做饭，他常跟在我身后看着，但就不知道出手助我。”

她的语气中有点儿撒娇的意味，似乎埋怨，甚至忘了向官家自称“妾”，但睨向林泓的目光是含笑的。

皇帝拍了拍她伸过来的手，微笑道：“君子远庖厨。他是读书人，你又是他姐姐，给他做饭理所当然，他不出手无可指摘。想必你入宫后，没人能做出你做的那种美食，他就只好自己动手了。”

柳婕妤笑了：“官家所言有理。”

林泓亦微笑，但眼帘低垂。蕙蕙留意观察，只觉他隐于双睫之下的眸中没有流露任何喜色。

皇帝说希望日后有机会品尝到林泓所做佳肴。柳婕妤便笑道："不必改日，今天宁哥儿就可为官家奉上一道佐茶佳肴。"

皇帝好奇地道："是什么？"

柳婕妤道："这道菜名为'银丝供'[1]。"然而她转顾林泓，叮嘱道："务必调和好，又要有真味。"

林泓心领神会，颔首受教。

柳婕妤低声吩咐身边的内人，内人领命而去，少顷自内室取出一张琴，安置好，再请林泓抚琴。

林泓坐下，从容地调琴弦，片刻，一阵凤鸣鹤唳般空灵的乐音自他指下流出，他随之曼声吟唱："朝饮木兰之坠露兮，夕餐秋菊之落英。苟余情其信姱以练要兮，长顑颔亦何伤。"

一曲终了，皇帝击节赞叹："东坡居士曾说，'琴书中有真味'。今日听君抚琴唱《离骚》，始知此中深意。这一道'银丝供'滋味上佳，妙呀，妙呀！"

三人继续品茗叙谈，稍后皇帝见天色不早，让林泓回宫外居处休息，看看左右，最后对蕒蕒道："我今日留在芙蓉阁，你不必伺候了，早些回尚食局吧，顺便送宣义郎往宫门。临安宫苑不似汴京平坦，山路曲折，别让他迷了路。"

蕒蕒答应。林泓行礼告辞，随蕒蕒出门。柳婕妤起身相送，待离开堂中，唤林泓，道："这芙蓉阁的园子是按我心意建的，你且过来看看，哪里不好，可还须改改。"

她指引林泓随她走到露台栏杆边，离蕒蕒及其他内侍官人有数丈距离，含笑望向下方的园林，但说的不再是园子的事："这几年过得不好吗？怎么如此憔悴？"

林泓欠身道："多谢婕妤关怀。泓近日连夜绘图，或有损气色，但不辍饮食，并无大碍。倒是婕妤在书信中说，产后不甚康宁，不知如今安否？"

柳婕妤道："我没事，早已痊愈。"她见林泓微蹙眉头看着她，似乎不信，便笑了，"不那样说，你会来吗？"

林泓闻言沉默了，悄然退后一步，垂目而立，片刻才道："婕妤既无恙，愚弟便安心了。"

柳婕妤轻叹一声："以前在家中，你不爱称我姐姐，总是没大没小地唤我名字，我听了颇有几分恼火。如今听你一声声称我'婕妤'，倒觉得很奇怪，似乎你唤的是别人，那么生分。"

见他不语，她又侧首朝他莞尔一笑："以后人前，你可以称我婕妤，但我

① 本节中煮茶法和"银丝供"的描述参考［宋］林洪《山家清供》。

们私下相处时，就不必那么客气了，还是唤我姐姐……你若仍习惯唤我的名字，也可以。”

林泓却摇头：“没有以后了。”

柳婕妤不解，颦眉看着他。

林泓沉默片刻，终于决定告诉她：“你走后，我才开始做菜。我凭着记忆，尝试着去做每一道你为我做过的菜。千百次地反复尝试，想做出你做的菜的味道。但是，无论如何做，我总觉得不一样，没有当年尝到的好吃。我让三娘和阿澈品尝，请他们一起回忆，到底是差了什么，他们却说我做得很好，和你做的一样美味，可是我怎么也吃不出当年的味道……后来，我又做了许多菜，遇见许多人，渐渐明白了，其实，我的菜肴与你的相比，并不差什么，非关调料，非关食材，也非我手艺不行。我觉得不好吃，觉得少了什么，只是因为，少了身边的你。”

柳婕妤十分惊愕，凝视林泓，颤声唤道：“泓宁……”

“我现在是林泓，不是泓宁。”林泓冷静地纠正。稍后，他看着她，一字字地说：“自君别后，何谈安宁。”

柳婕妤收敛心神，恢复了端庄的姿态，侧身举目看向园林，这才低声问道：“你如今跟我说这些做什么？”

“我要回去了。”林泓道，“京城非我久居之地。你既平安，我便可放心还乡。稍后会向官家递交辞呈，请他许我重归故里……此后余生，我们也许不会再有见面的机会。”

他郑重地整理冠服，向她深深长揖，转身离开之前，朝她微笑，轻声道：“多珍重，洛微。”

洛神，她是洛神。

萁萁立于远处，忽然意识到这一点。

遥看二人对谈，虽然听不清他们所说的内容，但观察着他们客气的举止，她隐隐感觉到了流转于他们之间的莫可名状的默契与亲密。

怪不得，萁萁含酸想道，以前萁萁总觉得柳婕妤那一双含情凤目似曾相识，原来她便是林泓日夜相对的画中人……

萁萁带着林泓下山，步入锦胭廊，一前一后，相隔约五尺，向宫门方向走去，路上仍不可遏止地想着与“洛神”相关之事：怪不得林泓无心仕途，官家屡次宣召不奉旨，而看了她一封书信就迅速赶来……怪不得她一说“银丝供”

林泓便知道她要他弹琴，两人如此心意相通……怪不得林泓见自己以猪肉供奉洛神如此愤怒，他那“洛神”的确一见猪肉就要呕吐，怪不得！

蒖蒖越想越生气，怒色难以掩饰地浮上眼角眉梢，情不自禁地加快步伐，一个人冷着脸往前冲。

林泓不明白她何以不悦，见她神情不对，也不欲攀谈。走至锦胭廊中段出口处，他停下步履，朝蒖蒖施礼，依旧客客气气地道：“前方已可见宫门飞檐，请吴掌膳留步，我可自行前往。多谢吴掌膳相送，今日辛苦了。”

吴掌膳？这个称呼越发点燃了蒖蒖的无名火气。她倏地一转身，抓住林泓的衣袖，拉着他自锦胭廊出口下去，奔向廊侧远处的树林。

林泓讶异之下来不及反应，茫然地由着她分花拂柳，穿过几处溪流亭榭，一路沐浴着斑驳的阳光，来到一片槐花如云的花阴深处。

蒖蒖止步，松开林泓的衣袖，与他相对而立，冷冷地盯着他。

林泓不知她意欲何为，不禁后退数步，而蒖蒖步步紧逼，直到林泓后背触及一株槐树，无处可避。

蒖蒖继续上前，直到离他距离仅半尺。

她直视他，问道：“我是谁？”

林泓垂目看她，镇定地回答：“吴掌膳。”

蒖蒖两手忽然握住他垂于两侧的手腕，仰头踮足，电光石火般在他的唇上轻轻吻了一口，然后停下来，见他一阵愕然之后在她的凝视下双耳泛红，呼吸也渐趋急促，不由得在心里冷笑：看你还气定神闲！看你还镇静自若！

“我是谁？”她再问。

林泓额上沁出一层薄汗，微颤的双唇中逸出了这次的答案：“蒖蒖……”

他的声音轻柔低沉，甚至透着两分虚弱。蒖蒖看着他眸中的自己，满意地笑了，放开他的手腕，退后两步，深深地看他一眼，然后转身欲离开，不料才迈出一步，右手却被身后的林泓陡然捉住，被他硬生生拽了回去。

林泓拉着她面对自己，像适才她握住他双腕那样握着她的手腕，片刻，略略松开手指，手却没有离开，用手心抚过她的手背，又悄然翻转，与她手心相对，十指相扣。

两人就这样默然而立，他手心的温度绵绵不绝地传递给她。这一回换作蒖蒖呼吸急促，羞愧地听见了自己的心怦怦跳动的声音。

他注视着她的双眸幽黑如深潭，间或有浮光如縠纹般闪过，不知是风动，抑或心动。

这段隐秘的时光似乎有千百年那么久，两人好似凝固在了花阴里，一动不动，任稀稀疏疏的风声游鱼般摆着尾自耳边滑过，任槐花簌簌而落，轻轻敲击在眉间鬓上。

如此良久，他手指微微张开，将她的手握得更紧了些，然后，徐徐朝她低头。

蘡蘡感觉到他轻柔的鼻息如羽毛般拂过自己额上发际，越发紧张，心跳加速，然而心里的那一缕期待终于牵引着她，不由自主地抬起了头。

她闭上双目，嘴边若有若无的微笑显示着她不会抗拒他对她可能的唐突。

可是，并没有，他只是倾身衔去了落在她额发上的一瓣槐花。

感觉到他离开的动作，蘡蘡睁开眼，只见面前的他衔着一瓣槐花，正含笑欣赏着自己的表情。

想起自己刚才的期待，蘡蘡霎时羞红了双颊，无地自容。

林泓将槐花抿于口中，松开蘡蘡的双手，像什么都没发生过一样，很温柔地对她说："好了，你可以走了。"

蘡蘡气急败坏地顿足，转身跑开。

林泓微笑着目送她，却见她很快又提着裙子奔了回来。

"你还是跟着我走吧，"她红着脸不看他，垂目盯着一地花叶说，"我怕你会迷路。"

他摇了摇头，低声道："有你在，我才会迷路。"

（七）
洛微

林泓独自走向丽正门，蘡蘡想了想，终究不放心，待他重新步入锦胭廊，自己又悄悄跟在他的身后，欲送他至宫门处。接近锦胭廊尽头时，她忽见赵皑与殷琨迎面而来，两人均着窄袖劲装，背负弓箭，不知从哪里狩猎归来，赵皑手提一只豪猪，哈哈笑着挥向殷琨。殷琨双手举着一只灰色野兔左推右挡，避免豪猪身上的刺碰到自己。两人在廊中嬉闹追逐着，状若七八岁的顽皮蒙童。

林泓见状止步，静待他们嬉闹着走近。蘡蘡以手抚额，侧首闭目暗叹，只觉那两人幼稚至极，与之相较，面前的林泓越发如芝兰玉树。

殷琨先发现了林泓。他此前奉命带林泓往聚景园勘测过，是认得林泓的，顿时笑着上前见礼，并向赵皑介绍："二大王，这是宣义郎，柳婕妤的表弟。"

林泓向殷琨还礼，旋即转向赵皑施礼。赵皑却看见了他身后的蘡蘡，笑容

顿时消散，目光在林泓与蒖蒖身上略一徘徊，最后停滞于他们鞋履上，眉头不由得微蹙。

皇帝与柳婕妤今日在芙蓉阁宴请林泓，赵皑是知道的，见蒖蒖与林泓同行，亦猜到应是官家命蒖蒖送他出来。但林泓与蒖蒖鞋履边均沾有一些软泥，可见此行他们并非全走宫中主道。芙蓉阁至此，主道均为砖石台阶或木质地板，若不脱离台阶廊庑前往花圃密林，足上是不会沾染泥痕的。

赵皑屏息举目，细细打量林泓，但觉他萧萧肃肃，仪态风度的确如传闻中一般卓尔不群，随即又发现他三梁冠一侧附着一点儿槐花。槐花林远离锦胭廊，这个时辰人迹罕至。想到这里，赵皑更是疑惑，再看蒖蒖，见她正在默默凝视林泓的背影，也不知道在想什么，竟连与自己行礼也忘了。

赵皑心中难免泛酸，但努力抑制，不让心绪形于色，一转念，含笑迎向林泓，拱手道："原来是林舅舅，久仰大名，幸会幸会！"

这声"舅舅"一出，其余三人均感诧异，林泓垂目称"不敢当"，赵皑却上前热络地持林泓的手，引他转向蒖蒖，笑道："蒖蒖，林舅舅是咱们长辈，你对他务必格外敬重，别失了礼数。送舅舅出宫，怎能走在他的身后？应该走在前面，为他引路。"

谁跟你是"咱们"！听他意思还把林老师硬塞给她做"舅舅"？蒖蒖愤愤地想，默默对赵皑一番腹诽，然而碍于礼节，又不好当众驳斥，只得冷着脸含糊地应了一声，走到林泓前方。

林泓见二人情形，心下有两分明白，朝赵皑欠身施礼道："宫门就在前方，不必劳烦吴掌膳相送了。"

赵皑点点头："既如此，林舅舅早些回去安歇吧。"

林泓向赵皑、殷琨、蒖蒖一一致意告辞。

待林泓远去，赵皑对蒖蒖微笑道："我送你回尚食局。"

蒖蒖冷冷地道："尊卑有别，不敢劳烦二大王相送。"她朝他略施一礼，便转头离去。

赵皑一哂，继续沿着锦胭廊回自己居处。殷琨疾步跟上，好奇地问道："柳婕妤只是大王庶母，位分又不高，大王是官家嫡子，为何要称她表弟为舅舅？"

赵皑淡淡地道："国朝崇尚礼仪，我身为宗室，理应为人表率，格外尊重戚里长辈。叫声'舅舅'又如何？礼多人不怪。"

"这样呀……"殷琨似乎恍然大悟，挠挠头，又笑道，"说起来，我也是大王的长辈，以后大王是不是要改口叫叔叔？怪不好意思的……"

"你说什么？我没听见。"赵皑又提起豪猪作势朝殷琨臀部挥去，"快走

吧，殷瑅！”

林泓很快向皇帝请辞，请他许自己回乡，皇帝自然不许，再三挽留，林泓去意已决，竟把冠服及连日来为聚景园绘制的图纸留于居所，自己换上布衣，乘马离京。

皇帝颇为恼火，更有几分焦虑。太后一向不喜欢柳婕妤，自己接纳婕妤的意见让林泓参与聚景园设计，也是希望他的工作令太后满意，以改善太后与婕妤之间的关系。起初皇帝不敢告诉太后林泓是柳婕妤的表弟，而是先呈上林泓的方案，待太后许可，又召林泓拜见太后，面谈细节，太后一见之下赞叹不已，连夸林泓好个人才，皇帝这才小心翼翼地告诉太后林泓与柳婕妤的亲戚关系。太后虽有些不悦，但因的确欣赏林泓的才华，也就默默接受了这个事实。而林泓不知其中隐情，贸然辞官回乡，这该如何向太后解释？只怕太后会以为姐弟俩联手戏弄于她，日后更憎恶婕妤了。

皇帝与柳婕妤说起这点，婕妤也惶恐不已，垂泪下拜道：“宁哥儿长居山中，似闲云野鹤，随性惯了，不懂规矩，不知轻重。是妾没教导好表弟，望官家责罚。妾甘领所有罪责，亦愿亲赴武夷山，带表弟回来。”

“胡闹！”皇帝斥道，“你身为嫔御，岂有出宫远赴外郡之理？你表弟不懂事就罢了，你久居宫中，说话竟也如此不知分寸！”

柳婕妤泪落涟涟，伏拜于地，脱簪谢罪。

蕙蕙旁观，亦知皇帝为难之处，遂寻了个两人独处的机会，向官家请命道：“官家，如若官家许可，奴或可前往武夷山，劝宣义郎回京。”

“你？”皇帝诧异道，“你与他仅有一面之缘，有何把握说服他？”

蕙蕙将一盏汤绽梅轻轻奉于皇帝面前，道：“宣义郎在奴入宫之前曾教过奴厨艺，这汤绽梅，以前的蟹酿橙、拨霞供……都是他教奴做的。我们有师徒之谊，奴知道他的性情秉性，善加劝导，他或许能听进去。”

皇帝端详着她，沉吟良久，最后道：“好，你去试试。此去武夷山路途遥远，我派两名内侍送你去，务必尽早归来。太后那里，我暂且说林泓有家事要处理，须离京数日，待料理妥当，很快会回来。”

蕙蕙在两名内侍护送下来到武夷山，到了问樵驿门边，只见辛三娘在园中喂仙鹤，却不见林泓的身影。蕙蕙扬声唤三娘，辛三娘抬头看见她，霎时忘了蕙蕙离开前她的不快，欣喜地招呼道：“蕙蕙，你回来了？快进来！”

蕙蕙告诉辛三娘奉命寻找林泓之事。辛三娘说：“公子去年在苏州买了座

园子，日前派人送来书信，说要去苏州住几天。你要寻他，稍后我给你地址，你照着去寻吧。”

晚膳后安顿好那两名内侍的住处，辛三娘又将蕙蕙引至她以前的房间，道：“你走后，公子没让我动里面的布置，还保持着你在时的样子，让我定期清洗被褥，应该是在等你回来。”

蕙蕙环顾四周，但见房间雅洁如初，一榻一椅，一杯一盏，果然与当初一模一样，似乎她从未离开。

“去年中秋节，公子晚上来这个房间，打开门窗看着月亮，独坐了一宿。”辛三娘道，“我与阿澈都猜，他是在思念你。”

显然他在等她赴中秋之约。蕙蕙乍闻此事，不知是喜是悲，随三娘描述看林泓当初所坐之处，设想着他空守一夜的寂寥情形，眼圈顿时红了。在辛三娘的追问下，她说了自己当初必须入宫寻母的苦衷及母亲亡故的消息。

辛三娘感慨一番，又握着蕙蕙的手，劝慰道：“你妈妈既已不在，你也没了留在宫中的必要。你与公子两情相悦，为何不在一起？虽说你入了宫，但只是做女官，仍有出宫的机会。日后官家要放宫人出宫，你就出言请求，据说官家待人最是宽仁，想必会同意的。”

蕙蕙默然，片刻恻然一笑，道：“我在宫中，看见‘洛神’了。”

辛三娘一愣。蕙蕙又进一步说明：“阿澈说的洛神，三娘说的送子娘娘……林老师天天守着的那幅画。”

“你看见柳洛微了？”辛三娘问道。

蕙蕙黯然道：“林老师真正喜欢的人，是她吧？”

“唉，那都是多少年前的事了。”辛三娘一叹，决定告诉蕙蕙这段往事，“公子父亲在临安去世后，夫人带着他回武夷山居住。公子五岁那年，有个年轻妇人带着一个八岁的女孩来找夫人，说自己姓玉，是那女孩的乳母，那女孩姓柳，是公子的表姐，她们从岭南来，因为岭南那年疫病肆虐，那小姑娘父母都染疾身亡，乳母只得带着她来投靠林家。随后那个乳母取出若干文书证明了身份。公子父亲的确有一个表妹嫁到岭南，只是相隔甚远，多年未联系了。夫人见那小姑娘生得玉雪可爱，人又懂事，很喜欢她，便收留了她与她的乳母。这个小姑娘，就是洛微。”

蕙蕙点点头：“这我听官家和柳婕妤说起过，后来林夫人也病逝了，从此两个小孩相依为命。”

“可不是，家里只有他们是亲人，所以格外亲近。公子很依恋洛微，天天跟在她后面……”辛三娘又道，“说来奇怪，那玉氏虽然是乳母，但人生得美，肌肤雪白，不像岭南人。玉氏不仅会烹饪，还会弹琴跳舞，谈吐也像是大户人家见过世面的人。玉氏教洛微从小学习音律舞蹈和厨艺，还让她跟着公子读书，每日从早学到晚，洛微若露出疲惫的神情或偷空休息，就会受到玉氏的斥责……”

蒖蒖讶异道：“她只是乳母，竟敢斥责主人家小娘子？”

辛三娘道：“是呢，我们也觉得奇怪，她管教洛微非常严厉，当着我们的面呵斥，背着人有时还会鞭打洛微。有次被公子发现了，护着洛微怒斥玉氏，她才有所收敛。我们觉得她的行为过分，多次规劝，她说洛微的父母希望洛微成长为一个既通晓琴棋书画，又会做一手好菜，日后能相夫教子的淑女，自己监督姑娘，是顺应洛微父母遗愿而为。我们便不好多说什么，倒是公子，很讨厌她，越发与洛微形影不离，保护着洛微，不让玉氏打骂洛微……后来他们年岁渐长，林家的人都希望公子与洛微能顺理成章地成亲，但玉氏不愿意，管束洛微更严了，绝不许公子与洛微独处。洛微十八岁那年，官家要选民间女子入宫，玉氏就瞒着我们，悄悄带洛微去应选，选上快走了才告诉我们。公子大哭，恳求洛微留下，洛微虽然不舍，但在玉氏紧盯下，什么话都没说，只是叹气。出发那天，玉氏和洛微天还没亮就下山了，想避免公子挽留。但她们走后不久公子就发现了，深秋的黎明，十分寒冷，公子披着件单衣就奔出去追洛微。跑到河边终于追上了，公子抓住洛微的手，可洛微还是抽出手，决然地上船走了。公子一动不动，呆呆地站在河边目送洛微，直到中午才被我们强行拽回去。后来他大病一场，这期间我悄悄把洛微留下的用具物事都处理了，怕他触景生情，也不许阿澈他们再提洛微。他病好后也没再问起，但自己画了那幅画，挂在房中终日看着……”

说到这里她停下来，拍拍蒖蒖的手，朝蒖蒖微笑道：“后来你来了，公子才又有了些生气，会笑了。我想过了这么多年，那些爱慕虚荣的人，多多少少他总会淡忘。洛微已成官家娘子，事实无法改变，他肯定也明白这个道理。所以，只要你用点儿心，好生与他相处，他一定会忘记洛微，接纳你的。”

次日清晨，辛三娘送蒖蒖到渡口，拉着蒖蒖手反复叮咛：“到了苏州，与公子多玩几天呀，别急着回宫……公子的园子很大，足够你住，可别在外面找客栈了。”

（八）
拾一园

赵皑午后在清华阁中饮茶常由凤仙伺候，这日凤仙奉茶具入书房，赵皑略看看，问道："今日不点茶，改煮茶了？"

"是。"凤仙一壁安置茶炉铫子，一壁微笑道，"宣义郎从武夷山带了些茗茶献给官家，官家觉得好，便分了几份给诸皇子。这是蕙蕙离京前亲自送来的，还细细教了奴如何掌握烹煮火候。"

赵皑十分诧异："蕙蕙离京？去哪儿了？"

"她没与大王说吗？"凤仙睁目看向赵皑，旋即说明，"宣义郎辞官要归故里，官家让蕙蕙去寻他，务必要把他劝回来。"

赵皑"啪"的一声把手中的书抛到案上，蹙眉追问道："官家为何让她去寻？她一个女官，离京去寻访外界男子，成何体统！"

凤仙停下拨茶的手，面朝赵皑，认真作答："也是机缘巧合。宣义郎林泓，别号问樵先生，也是蕙蕙入宫前教她厨艺的先生。"

凤仙随即把蕙蕙与林泓的渊源述说了一遍，又道："他们师徒虽然只在问樵驿相处过数月，但论知己之情，未必逊于朝夕相对十数年的同窗好友。人都说宣义郎性情淡泊，可才子疏狂也是难免的。官家或认为，他连圣旨都敢不接，大概也只有蕙蕙的话能听进去了。"

那句"在问樵驿相处过数月"如刀一般在赵皑心头掠过。此前他在锦胭廊看见蕙蕙与林泓同行，猜到二人曾私自前往槐花林，然而当时以为他们毕竟是初次相见，蕙蕙虽活泼，但大事不糊涂，不会轻易受男子引诱，所以虽颇不快，但也未多想。而今他得知他们竟然是师徒关系，曾在问樵驿日夜相对，那槐花林之行只怕就不会是简单的叙旧了。

他越想越恼火，更不敢猜他们在宫外会如何相处，终于忍不住拍案而起，抬脚就往大门外走去。

"大王！"凤仙迅速起身跟上，在他身后唤道，"你是又想寻个借口去慈福宫求太后许你出京吗？"

这的确是赵皑惯用的方法。宗室未获皇帝恩准是不能离京的，赵皑仗着太后溺爱，常借口为太后寻物寻人要太后向官家提出许自己外出。皇帝做皇子时受限颇多，深感此身不自由之苦，因此也睁一眼闭一眼，对赵皑行动管束不甚严，赵皑因而每每如愿以偿。这次他也想再行此计，不料被凤仙一语道破，步履便滞了一滞。

凤仙走至他面前，朝他郑重地一福，柔声道："大王，奴家斗胆，想请大王听奴一言。官家希望看见的大王，是位睿智、勤学，文可定邦国，武可驱鞑虏的英才俊杰，而非一个耽于情爱的纨绔子弟。大王如今出京，虽有借口，但大王素日对蕫蕫的关切之情官家看在眼里，岂会不知大王真正目的？大王若一意孤行定要去寻蕫蕫，一定会大损大王在君父目中的形象。"

"他将我看成纨绔子弟又如何？"赵皑一哂，"我又非太子，不必承担安邦定国的重任。宗室的职责就是做个富贵闲人，这是国朝家法规定的，我为何不能顺应心意行事？"

凤仙凝眸直视他，与之前在赵皑面前惯常的低眉顺目的神情不同，目光显得格外冷静而坚定："恕奴直言，如今国本虽立，日后却未必没有变数。东宫一向不甚康宁，异日若有变故，接任储君的就是大王。大王如今宜自勉励，文韬武略、品性德行都要磨砺增进，以免机会到来时毫无准备。"

"凤仙，你知不知道你在说什么？"赵皑闻言很是震惊，迎上那股殷锁定他的目光，声音低了两分，"这话若传出去，罪同谋逆。"

凤仙当即跪下，轻声请罪，旋即又抬起头来，恳切地劝赵皑道："凤仙知罪，但这话句句出自肺腑，也是大家都明白，但不会与大王说的道理。凤仙冒死说出，唯望大王三思，权衡利弊，顾全大局，勿擅离京师。"

赵皑沉默不语。凤仙窥探着他的神色，徐徐站起来，去握他的手腕，想牵引他回去，柔声道："大王，奴听说，今日稍晚些时候官家会去教场骑射习武，大王不妨现在就去换戎装，在官家到来之前先去教场……"

赵皑冷冷地拂开她伸过来的手。

"你想得太多了。"阔步出门前，他抛给凤仙一句话，"姑娘太会算计，就不可爱了。"

林泓苏州的园子名为"拾一"，位于城南沧浪亭之侧。蕫蕫一行到达时正巧见阿澈开门出来。阿澈见了蕫蕫也是大喜，上前好一阵寒暄，问了半晌蕫蕫近况才一拍头："哎呀，我怎么糊涂了，你肯定是来找公子的呀……快进来快进来！"

蕫蕫进至园中，只见一池如镜，水色缥碧，岸边花不甚多，倒是幽篁成林，日光穿竹，光影掠过层峦叠嶂的湖山石，会合于轩户之间。园中颇幽静，偶有清风梳过，间或好鸟相鸣，嘤嘤成韵。

林泓一袭白衣，头戴斗笠，正坐在池畔一块山石上垂钓，看见蕫蕫也不太

惊讶，让她坐下旁观。蕙蕙遂乘机讲述太后官家对他的期待，许以的富贵。林泓一直沉默，待钓上一条鱼，看了看，依旧放回水中，才对蕙蕙道："不必劝了，我不会回京的。"

林泓带她攀上湖山石垒成的山巅，目示对面沧浪亭："当年苏舜钦不堪朝中倾轧，获罪遭贬谪，在苏州建了沧浪亭，觞而浩歌，鱼鸟共乐，感叹道，'返思向之汩汩荣辱之场，日与锱铢利害相磨戛，隔此真趣，不亦鄙哉'。他豪迈旷达，胸怀壮志，尚不能容身于那荣辱之场，何况我这天性散漫之人。这些年我虽未为官，但屡次为权贵营造园林，官场百态，亦耳闻目睹不少。仕宦溺人，不若安于冲旷。这个道理，我不想在宦海沉浮多年后，回到这里，再写篇《拾一园记》来感慨。"

"那'拾一'是什么意思？"蕙蕙问。

林泓道："道生一，一生二，二生三，三生万物。归于此处，如重拾其'一'，化繁为简，涤除杂念，秉持初心，不为外物所羁绊。"

这番话蕙蕙不是很明白，踟蹰着，还在想柳婕妤的尴尬处境是否在他不欲受其羁绊的"外物"之列，他却止住蕙蕙话头，含笑道："你旅途奔波，想必十分劳累，暂且在园子里稍事休息，晚间我设宴为你们接风。你若有兴致，我带你夜游苏州，略尽半个地主之谊。"

晚膳时林泓命阿澈取出美酒以待宾客。护送蕙蕙前来的两名内侍一名是四十多岁的内侍殿头史怀恩，另一名是二十岁出头的内侍高班莫思谨。史怀恩老成持重，一路小心照顾蕙蕙，兼监视约束她的行为。莫思谨年轻，性子活泛许多，对外界充满好奇心，一路伺机四处游览，兴致比蕙蕙还高。那史怀恩别无所好，独爱美酒，既见林泓佳酿，又有蕙蕙、莫思谨劝酒，不免贪杯，一番畅饮之后即醉得不省人事，被阿澈搀扶着去客房歇息。莫思谨见状喜不自禁，寻了个购物的借口即欢欢乐乐地出门闲逛去了，剩下蕙蕙与林泓哑然失笑，原以为他们要出游不免带两人同行，不想如今看来竟被那两人撇下了。

苏州与临安相较，亦有画舫笙歌，楼台金粉，而城中小桥流水甚多，水岸曲径窈窕深邃，景致秀丽。夜间灯火繁盛，河边酒肆相连，门前车水马龙，游人如织。其中一酒楼店面宽阔，高达三层，颇显华侈，蕙蕙止步仰头看上方，林泓以为她对此有兴趣，遂邀她前往。蕙蕙见这店帘幕飘飘，吊窗之外花竹掩映，又听传来阵阵伎乐女声，担心其中有妓侑酒，忙拉着林泓离去，另选了一家小酒肆。

这小酒肆单层三间，面朝河岸开敞布置，厅堂中摆了十多桌，两侧另有屏风隔出少许雅阁。两人入内，店家说雅阁客满，蒖蒖便在厅堂中挑了一可观河景处入座，随后略点了些茶水果子和点心。

此时江蟹正肥，邻座桌上有一大盘，个个被蒸得红艳艳的，煞是诱人，引得蒖蒖不由得多看了两眼。林泓遂唤来侍者，为她点了两只。

无论饮食果子还是螃蟹，林泓都未动箸，只是含笑让蒖蒖品尝。蒖蒖才想起林泓性好洁，一定不会进酒肆饮食，此次完全是为陪伴自己才进来的，顿时觉出一丝暖意，但又不好意思独自进食，在林泓的劝导下才端坐着引箸搛了些小点心，努力以淑女的姿态送进口中小心咀嚼，唯恐被他看见任何不雅的吃相。故此，那吃起来异常麻烦的螃蟹她是不敢动了。

这小酒肆不免有市井俗人，不远处有个三十多岁的男人正在高谈阔论："我从这一对对的男女点的饮食和吃相中便可看出他们是何关系。你看那对……"他指着门边那桌的一对中年男女，"那妇人吃螃蟹直接上手掰开，牙齿把蟹螯咬得嘎嘣响，坐她对面的男人看都不看，埋头吃面，肯定是老夫老妻。"

随即他又指着另一对二十多岁光景的，点评道："你看他们桌上的食物，都是样子好看，但又贵又吃不饱的，说明他们刚刚认识，很可能是在相亲。"

那人的同伴听得连连颔首，频频称是。他越发得意，转顾四周，这次目光投向蒖蒖与林泓，打量两下又笑道："这一对嘛，男的点了螃蟹，觉得两人可以同吃此物，但那小娘子碍于颜面，不好意思当着他的面啃，应该是眉来眼去了一段时日，但还没勾搭上的。"

蒖蒖听了脸顿时火辣辣地烧了起来，又羞又恼怒，正欲开口斥责。林泓却轻轻摇头，低声道："何必与他一般见识。"

林泓随即拾起一只江蟹，又取一双洁净的尖头银箸，驾轻就熟地揭开蟹盖，以银箸刺、挑、拨、搛，不久后即拆出除了螯足的整只蟹肉，盛于盘中。这一串动作流畅如行云流水，他的神情也始终恬淡自若，最后从容不迫地将蟹肉推至蒖蒖面前。

"可以吃了。"他微笑着对她道。

（九）
夜游

林泓拆出的蟹肉蒖蒖但觉甘美无比，满心欢喜地低头品尝，亦不似起初拘

谨，很快将蟹肉吃完，还顺带把桌上其余菜肴吃了不少。此前在拾一园晚宴中，她顾着向内臣们敬酒，自己吃得很少，此刻才觉得饥饿。中途她偶然抬头，发现林泓一直在含笑看着她吃，顿时脸一红，停下动作。林泓了然地侧首，将微笑隐于她视野之外，不再直视她进食。

少顷店主过来，热情地询问他们对菜肴的评价。蕒蕒道："食材不错，蟹很新鲜，但实话说，其余的菜味太淡，都像是盐放少了，尤其是几个腌渍海鲜的小菜，因为盐少，略有异味。"

店主道："姑娘是外地人吧？这你有所不知，如今盐价飙升，每家酒肆的菜味都淡。我们家还算好的，用的盐量虽略少，但保证都是精盐，不像某些店，为压制成本，用的是混有泥沙的劣等盐。"

蕒蕒惊奇地道："盐不是官府专卖吗？怎么会盐价飙升？"

国朝盐必须经官府专卖。盐户生产的盐须先卖给官府，分销的商贩再用现钱向官府购盐，领取官府发放的支领及运销食盐的凭证，之后再卖给店家及百姓。此凭证称为"盐钞"。此举是为防止奸商囤货居奇，哄抬盐价，朝廷亦可借此增加收入。

店主叹道："虽说是官府专卖，但怎么卖是各地盐司官员控制的。今年咱们这里的盐司官员为牟利，用压得极低的价格向盐户收购，还经常拖欠着钱，长期不支付给盐户。之后他们又抬高价卖给盐商，盐商高价买了，必然只能以更高价卖出；若盐商买不起，他们就在盐里掺泥沙，略调低价，逼着盐商买。"

"真是岂有此理！"蕒蕒蹙眉问道，"若盐商不做这个生意了，不买呢？"

店主道："盐商买不完，盐司官吏就按户籍摊派给百姓，逼着百姓高价买，称为'口食盐'，就算家里穷得叮当响的贫民他们也不放过，必须买……更有甚者，待百姓交了钱，他们又不急着发放口食盐了，导致百姓钱付了盐却收不到，不得不再出高价向盐商购买……如此一来，盐价怎能不飙升？"

林泓听后道："盐钞之事我之前常听福建百姓抱怨。盐户不仅钱款被盐司拖欠，待发放时，相关官吏往往还会再向盐户勒索一笔钱，盐户常有因此破产者，盐商也因为重重盘剥很难经营下去。不料这里也有此弊端。"

"可不是嘛！"店主又是一声叹息，"只要盐钞之制不改，哪里都有可能发生这种事。今日的菜盐味确实淡了，很对不住二位，只是本店小本经营，又不欲抬高菜价，若不稍加控制，只怕也难以维持经营。"

蕒蕒与林泓表示理解。店主再三道谢，送了两个水果，又聊了几句才退下。

听了这番话，蕒蕒渐觉食之无味，停箸不再进食，而林泓亦看着这满桌菜若有所思，一时两人都无言。须臾，有个衣衫褴褛的八九岁小女孩从门外来，趁二人不注意怯怯地伸手从桌上拿了一只林泓适才没有拆的蟹螯，附近侍者看见了，立即厉声喝止。那小女孩马上将蟹螯抛回桌上，眼泪差点儿掉下来。

蒖蒖忙向侍者摆手说无妨，让小女孩靠近，把蟹螯连同几块点心一同递给她。那小女孩高兴地行礼道谢。蒖蒖见她眉目清秀，举止有礼，不似一般乞儿粗俗，便问她："你是哪里人？家里还有人吗？怎么流落街头？"

小女孩说："我是绍兴人。家乡去年水灾，今年旱灾，闹饥荒，家里人除了我和妈妈都饿死了。所以妈妈只能带着我来苏州，乞讨为生。"

蒖蒖问道："那你妈妈在哪里？"

小女孩道："生病了，躺在庙里。"

蒖蒖听了十分难受，让侍者取来食盒，将桌上的点心尽数盛了让小女孩带回去，林泓又取出些钱给她，嘱咐她给妈妈买药治病。小女孩千恩万谢后离开了，旁观的侍者见状对蒖蒖道："今年绍兴来的灾民成千上万，每天我们店外都会聚集着一大批这样的孩子。"

蒖蒖问道："这两年两浙都有灾情，官家也下诏书赈济灾民，减免税赋，发钱粮救济，怎么绍兴流散的灾民仍这么多？"

侍者道："官家确实下诏赈灾，但各地官员执行力度不一。苏州情况算好的，都按官家诏书执行，而绍兴的官员就很敷衍，向上隐瞒灾情，朝下克扣朝廷赈灾的钱粮，中饱私囊，去各地视察评估灾情，还要向当地收一笔钱……你说如此赈灾，灾民能不流散吗？"

蒖蒖摇摇头，问道："情况如此严重，就没人将实情上报朝廷吗？"

侍者笑道："姑娘年轻，不知道官官相护的道理。当地官员无人报，周边地方官即便知道，多半也觉得多一事不如少一事，谁会那么多嘴，随意揭发别人呢？"

蒖蒖沉吟思索。侍者旋即走开，又去招呼别的宾客了。林泓见蒖蒖良久无言，便又取了桌上所剩的那只螃蟹，默默拆好，再次递给她。

这回他的动作被之前高谈阔论点评食客的那人留意到了，又开始大发厥词："那个郎君，年纪轻轻的，是个高手呀！小娘子不好意思当着他的面吃螃蟹，他就拆了蟹给小娘子吃，如此体贴，若他再提什么要求，小娘子哪儿有不从的！"语罢那人凑到同伴耳朵边，用略低一些，但还是足够让旁边人听见的声音嬉笑道，"我敢打赌，今晚那郎君就能把这小娘子带回家。"

蒖蒖闻言大怒，正欲发作，又听那人同伴应道："正是。哪位姑娘会吃不相干的男子剥的虾、拆的蟹？她愿意吃，就说明她已把那男子看作情郎。"

蒖蒖一愣，自问如果蟹是韩素问拆的或莫思谨拆的，自己会不会吃。结果

都是否定的，于是她不由得气馁，一腔驳斥的话也被哽在喉头。然而那两人说话如此无礼，要全然无视也难受，何况他们的话已引得不少食客盯着她和林泓，窃窃私语，不时暧昧地笑着，显然把她看成了与人私通的轻佻女子。

她正感尴尬，林泓忽然牵起她的一只手。

“回去吧。”他淡淡地道，似乎在对她说一件再寻常不过的家事，“孩子睡了几个时辰，该醒了。”

与他对视一眼，她福至心灵，瞬间明白了他的意图，遂顺着他的话道：“是呢，二哥该醒了，大哥的字不知写完没有，快回去看看。”

林泓在桌上留下餐费，便牵着蕙蕙的手离开了酒肆。店内不少人面露艳羡的神情目送他们，感叹道：“原来是夫妻，孩子都有两个了，还这么恩爱。”

待远离酒肆，林泓即放开了蕙蕙的手，朝她说了声“抱歉”。蕙蕙却一把挽住他的胳膊，将脸轻轻依靠在他的肩头，仍以夫妻般亲密的姿态与他并肩同行。

那只被她挽住的胳膊霎时有些僵硬，但看着足下他们相依于一处的影子，林泓渐渐放松下来，想起适才他们故意宣之于众的戏言，忽然感觉到一缕心里隐隐憧憬过的俗世温暖。

那是“家”的味道。林泓垂首看着蕙蕙，见她依偎着自己，嘴角含着恬静的微笑，也在垂目注视他们的影子，鼻中无端一酸，旋即向微风习习的夜空睁开眼，希望目中的潮湿能被尽快吹去。

国朝中元节放假三日，其间百姓张灯结彩，祭拜先祖及地官，亦不忘出游夜市，最是热闹。时值中元假期第一日，路边除了卖金犀假带、五彩衣裳、各色花果糕饼的摊铺，亦不时有艺人表演戏曲杂剧。蕙蕙与林泓同行至一路面较宽处，忽闻身后锣鼓喧天，一个戴着面具，作钟馗扮相的男艺人自后方翻腾而来，硬生生将他们冲撞分开，然后挥动扇子，一直围着蕙蕙舞蹈，而数名乐伎各持乐器也围聚过来，奏着乐，似乎在给“钟馗”伴奏，然而也站在蕙蕙与林泓中间，有意无意地阻挡着林泓，不让他靠近蕙蕙。

蕙蕙以为他们意欲索要赏钱，便取出一些铜钱给他们，然而他们拿了钱只作揖道谢，却不离开，依然围着蕙蕙舞蹈奏乐。蕙蕙走他们也走，始终坚持隔离着蕙蕙与林泓。

林泓看出些端倪，问那“钟馗”：“你们收了别人多少钱？”

那“钟馗”倒也坦诚：“三百文。”

林泓当即取出张便钱会子递给“钟馗”，钟馗一见金额即大喜，立即朝同伴们挥手，招呼他们停止奏乐，迅速离开了。

林泓正欲与蕙蕙继续前行，忽闻身后有人一声轻笑："这些人，也忒见钱眼开了。"

蕙蕙闻声回顾，蹙眉唤了声"二大王"，旋即明白了："他们是你派来的？"

赵皑不答，笑着走到他们面前，对蕙蕙道："吴掌膳，你身为内夫人，在宫外更应自重，不可与男子如此接近。"

蕙蕙有些恼火，问道："你跟踪我？"

"谈不上跟踪。"赵皑道，"向拾一园的人问了你们去向，过来相见而已。"

赵皑不忘与林泓相互见礼，然后又告诉蕙蕙："这附近有个叫融秋园的园子甚是雅静，我已为你租下，这两日你就住在那里吧，就别打扰林舅舅了。"

蕙蕙默然，稍后反问道："我不便住在拾一园，难道又方便与你同处融秋园了吗？"

"谁说我要住融秋园？"赵皑大笑，极自然地一揽林泓的肩，对他道，"舅舅，我们既然一见如故，今晚不妨联床夜话，抵足而眠，如何？"

（十）
湖山石边

这一夜蕙蕙按赵皑的安排宿于融秋园，而赵皑果然跟着林泓回拾一园，并婉拒林泓给他准备的客房，反复要求与林泓同居一室。林泓无奈，只得吩咐阿澈铺一套被褥于自己饮茶时所用的禅榻上，供赵皑使用。

林泓的床与禅榻相隔两丈余，两人分别卧下后，赵皑主动找林泓攀谈，打听林泓与蕙蕙之间的事，林泓却轻描淡写地两句带过，倒是把话题引至灾情及绍兴流民之上，与他说了半宿，请他回京后把实情奏知官家。

赵皑听说绍兴流民来到苏州的颇多，居无定所，每每沦落至沿街乞讨，遂问道："常平仓钱粮可用于赈济灾民，州府何不开仓取钱粮安置这些灾民？"

常平仓是各地州府设置的仓库，每年在所收赋税中抽取一定份额，在粮价低的季节大量收购粮食，待市场粮价升高时又以较低价格卖出，以平抑粮价，同时也借此储备粮食，以备粮荒时赈济所用。

林泓道："开常平仓取钱粮须先经朝廷批准，今年苏州也有灾情，此前州府已上报朝廷后开过一次常平仓。而今这些流民自外地来，州府大概认为非自己所辖，不欲以本地常平仓救济。"

赵皑听后若有所思，渐渐无话了。

次日蕒蕒自融秋园过来，见阿澈带着几名仆人正在将园子仓房中囤的粮食分装进若干小袋中，忙得热火朝天，霎时便明白了，问阿澈：“是林老师让你们用园中粮食接济灾民的吧？”

阿澈称是，旋即一叹：“这些粮食是公子以前囤的，看起来不少，但灾民太多，只怕很快就散完了。”

蕒蕒想了想，也不先去见林泓，而是找到史怀恩与莫思谨，跟他们说：“你们把宣义郎要在拾一园派发粮食接济灾民的消息写下来，速去找家可印刷小报的作坊，印成一千份小报，找几个人在苏州大街小巷散发。”

“一千份？”史怀恩瞠目道，“没必要吧。我看拾一园的粮食也不甚多，但凡有几个人领了，回去一传十，十传百，很快灾民就知道了，都会来领的，完全不必印小报，就算要印，一千份也太多了。”

蕒蕒微笑道：“没错，就一千份。你们就按我说的做，尽快印好去散发。”

史怀恩与莫思谨面面相觑，一头雾水。而此时赵皑出现在门边，负手踱步入内，带着一脸了然的笑，对他们道：“照吴掌膳的意思去办，只是一千份太少了，得印三千份……印刷的钱，我出。”

翌日粮食备好，小报也印刷好了，史怀恩按蕒蕒的吩咐让人四处散发。阿澈等人将分装好的粮食搬到拾一园大门外，招呼灾民来取，很快大门口便里三层外三层地围起了许多人。

林泓立于园中湖山石垒成的小山丘之上，那里地势高，可眺望大门外景象。未几蕒蕒也登上山丘，站在他身边与他一同观察灾民领粮食的情况。而赵皑那日清晨与林泓说了句要去一趟州府衙署，便早早离开，半天不见回来。

来领粮食的人越来越多，不少人手中兀自攥着那张小报，从衣着口音上判断，其中有很多本地居民，并非受灾流民。刚至午时，准备的粮食已发送完毕，仍有许多等候的人未领到，更多手持小报的人还在源源不断地拥来。

阿澈向众人拱手致歉，说今日赈济结束，请大家回去。众人哪里肯听，一个个挥舞着小报，纷纷说：你家主人大肆宣扬赠粮之事，结果只准备这么一点儿，莫不是想沽名钓誉，戏弄百姓？

阿澈无法，只得拾了张小报匆匆奔回园中递给林泓，说明情况。林泓展开一看，随即眉头一蹙，转头问蕒蕒：“这是你做的？”

蕒蕒也不隐瞒，坦言承认：“是我让人印的。林老师想代州府赈济灾民，固然出于善心，原是好事，但你并非富比陶朱，灾民成千上万，你一人怎么接济得过来？”

林泓侧首，无言以对。蕙蕙靠近林泓一步，劝道：“我听官家说过，沧浪亭的名字是取‘沧浪之水清兮，可以濯吾缨；沧浪之水浊兮，可以濯吾足’之意。君子处世，遇治则仕，遇乱则隐。若皇帝昏庸、朝廷腐败，君子韬光养晦，隐居避世，自然无可厚非，但如今官家圣明，即位以来一直励精图治，希望重用贤臣，惩恶除弊，以强国富民，使天下更加安定。他求贤若渴，而你有才，也有兼济天下的心，为什么不去京城做官，直接向官家表达你的政见，做一个可以影响官家决策，有助于兴国安邦的贤臣？”

林泓沉吟不答。蕙蕙又道：“我在问樵驿时，你常劝我惜物，说世间万物，从孕育到长成，都经历了漫长的过程，要懂得爱惜，妥善使用，用到实处勿浪费。而你寒窗苦读十数年，才华难道仅仅是用来作几篇诗赋的吗？有才却屈居一隅，不与世人分享，才是最大的浪费。”

此时大门外索要粮食的人只增不减，已将门前大道堵得水泄不通。有几个地痞无赖混迹其中，高声引领众人讨粮食。阿澈再次出去解释，说园中已无存粮。无赖们又喊道：“你家主人既建了这么大的园子，想必存的钱也少不了。如果没粮食，拿钱出来分发也行。”

阿澈说主人并非富豪，园中也无现钱，而那些人压根儿不信，一个个叫嚣着今日一定要领到钱粮。其余的流民亦被煽动，由地痞们带头，竟冲进了园中。

山丘上的林泓见势不妙，立即拉着蕙蕙下山，避入湖山石中部一个洞穴中。

那洞穴曲径蜿蜒，原是通向后方用作居所的楼阁，但此刻林泓见拥入园中的人都冲向屋舍，不敢冒险回去，便在洞穴深处找了个光线较暗的隐蔽处，与蕙蕙暂避于此。

片刻，外面一阵喧嚣，有步履声响起，像是有人正在快步进来，蕙蕙一惊，来不及多想，转身将林泓推进角落里一个内凹处，自己背朝外，以自己身体挡住他。

林泓一愣，旋即明白她此举是欲保护他，顿时搂住蕙蕙的腰，以迅雷不及掩耳之势，将她拉过来与自己调换了位置，并且拥紧她，把她锁于自己怀中，不让她再动。

两人屏息静气相依而立，好在进入洞穴的人很快沿主道奔了出去，并未发现内凹处的他们。

过了许久，洞穴外的喧嚣声渐渐平息，不知那些人是否打砸抢一番后散去，园中似乎恢复了以往的安宁。林泓稍稍放下心，轻轻拍拍蕙蕙的背，跟她说：“我们可以出去了。”

蕈蕈却开始呜咽："对不起，我没想到他们会冲进来……"

"没关系。"林泓温和地道，"你说得对，我这点儿救济的粮食对灾民来说确实是杯水车薪，以前想得太简单了。今日之事，算是一个教训。"

蕈蕈却越想越难过，两肩微颤，难抑哭泣声，眼泪接连坠落。

林泓又劝又哄，不时拍拍她好言抚慰，蕈蕈却哭得更大声了，林泓听得心乱如麻，手足无措，片刻，将她一把揽回怀中，低头吻去了她刚涌出的一滴泪。

这次触碰令蕈蕈周身一颤，悲声顿止。她愣愣地盯着林泓，只见林泓向她露出微笑，晦暗的光线中，他温柔注视着她的眼睛仍亮如星辰。

她忽然双手搂住他的脖子，仰头吻向他微笑的唇。

她笨拙地噙住了他的下唇，然而随后却不知道该如何做了。

他似乎被她的此举惊到，身体僵硬，一动未动，更遑论回应。

她想了想，不轻不重地咬了他下唇一口。

他不免吃痛，下意识地推开她，随即侧首笑了笑，又靠近她，低头看她，无声地再度扬起了嘴角。

她好像困惑多于害羞，双目圆睁仍在打量他的嘴唇，状若思考。

看来此事她也需要他的教导。好似被一卷温暖的浪花忽然撞击，这个念头令他心旌摇曳，一时间所有的禁忌与顾虑尽数忘却，下一瞬即掬起她的脸，闭目，徐徐吻向她湿润的睫毛。

她的心怦怦地跳，忙合上了双目。

他轻轻吻了一下她的右眼睑，转而又吻了左眼睑，令她不再有机会睁眼。然后，他略略低头，让自己的唇触碰到了她的双唇。

他只轻触一下即离开，似两条鱼儿在水中的亲吻。

她的唇润泽柔嫩，有新鲜荔枝果肉的触感。她的气息甘甜，有安息香糖果般的香味。

他如品醇酒，竟有两分醉意，情不自禁地继续接近她，以便进行下一步的尝试。

但这次他尚未碰到她，便闻有人在洞穴外重重地咳嗽一声，然后扬声道："出来吧，没事了。"

林泓听出是阿澈的声音，略微定了定神，随即牵了蕈蕈的手朝外走。他们走到洞口，见阿澈守在那里，见了他们颇为尴尬地笑了笑，然后努嘴向前方，示意他们看。

林泓与蕈蕈循着那方向望去，见赵皑手握一柄剑，分开两膝坐在对面的山石上，正黑着一张脸冷冷地看着他们。

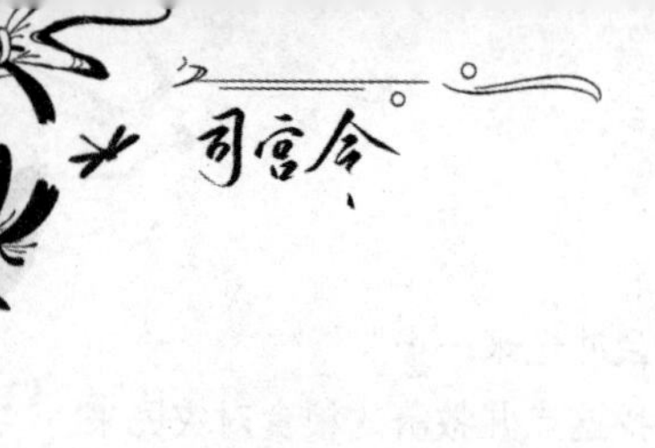

（十一）
同榻

听了林泓描述的灾情及流民之事后，赵皑本来制订了个周详的计划。

苏州属浙西路，多年前被敕升为平江府，但民众仍按先朝习惯将城称为苏州。赵皑这日清晨即赴平江府衙署，向知平江府徐济川出示玉鱼表明了身份，建议徐济川开常平仓赈济灾民。

徐济川面露难色，说法果然与林泓猜测的相似：“大王有所不知，动用常平仓钱粮，必须经朝廷批准，知府无权擅自开仓。本地常平仓今年已开过，托官家洪福，赈济迅速安定了民心。如今平江府灾情缓解，常平仓已关闭。绍兴流民至此，实是当地赈灾不力导致，这些流民非平江府管辖，下官实无权限以本地常平仓赈济。”

赵皑早料到徐济川会如此拒绝，从容地说道：“你们州府官员，赈济灾民也要先看户籍，可在官家眼中，普天之下，莫非王土，无论平江、绍兴，哪里的灾民都是他的子民。如今平江有余粮，绍兴灾民为求生来到此处，你不闻不问，任其自生自灭，在官家看来，无异于他饥饿的小儿子去大儿子家串门，却被大儿子赶出来，连一口饭也不给吃。你说，官家见此情形是何心情？对徐知府，又会如何看待？”

徐济川听得冷汗涔涔，道：“多谢大王教诲，下官如醍醐灌顶，方知自己见识浅薄……下官这就去写劄子，稍后让人快马加鞭送到临安，向官家请示，望官家批准我开常平仓赈济流民。”

赵皑摇头道：“来不及了。待劄子送到临安，上呈官家后少不得须按流程交与朝廷官员讨论，那些官儿一件小事也能吵来吵去，未必都同意，就算最后同意，这一来回就不知会耽误多少天，又会饿死多少流民。徐知府不若当机立断，先开仓赈济，随后再上劄子自劾请罪。”

徐济川惊讶地道：“先斩后奏，这……这如何使得！”

赵皑微笑道：“我可以向你保证，官家只要看出你此举旨在安民救人，是绝对不会处罚你的，甚至会有所嘉奖。”

徐济川犹在踟蹰。赵皑又道：“此事不能拖。一日不赈济，流民死亡人数便会增加不少，而且，温饱若不能解决，人是会铤而走险的，届时四处闹事，平江府岂能独善其身？”

语罢赵皑将手中茶盏搁下，起身，对徐济川道：“现下就有一桩，请徐知

府派一些衙卒随我前去平息……立刻出发，晚了恐怕难以收拾。”

徐济川按赵皑要求，调动了几乎所有衙卒，自己带了随赵皑前往拾一园。在地痞们高呼让拾一园主人取钱散发时，赵皑一行已赶到，守于人群后。赵皑让徐济川暂时按兵不动，看事态发展。

不久后地痞带领流民冲进园中，徐济川不敢怠慢，不待赵皑吩咐便命衙卒迅速入园，抓捕领头闹事者。一些混在流民中企图浑水摸鱼的居民见此情景，一个个大叫着“官人来了”，很快作如鸟兽散，但仍有不少饥饿的流民徘徊不去，还在园中四处砸抢。

徐济川只觉场面混乱，满目狼藉，触目惊心，深感赵皑所言有理，遂将心一横，骑着马奔向园中流民聚集处，高声疾呼：“常平仓即将开仓赈济灾民，请诸位去仓库外等待！”

衙卒们亦随他高呼着向流民重复这句话，流民逐渐停止动作，纷纷掉头出园，去寻找仓库所在地。

事态发展至此，赵皑尚觉一切尽在掌握。

他让人增加小报印量，让拾一园接济灾民的粮食迅速供不应求，短时内便聚集很多人于园外。蒖蒖计划印一千份，聚集的人大概只会在门外吵吵嚷嚷；但若印三千份，来的人翻几倍，群情激愤下就可能会破门而入了。

当然他不会让此事失控。他提前见徐济川，带衙卒过来，一旦有人闹事便及时抓捕，不会让拾一园蒙受过多损失。此乱象也证实了自己与徐济川所说的流民之弊确实存在，会促使徐济川决定及时开仓赈济。

而且，此举能顺便吓吓林泓，给他添一添堵。何况，流民一入园，想必他会惊慌失措，让蒖蒖见了，必然大损他在蒖蒖心中的形象……

赵皑忍不住露出微笑，在心里拍拍自己的肩：一箭若干雕，大王真是个天才呀！

只是，他万万没有料到，林泓竟然拉着蒖蒖躲进了山洞……

流民散去后，赵皑在园中寻找蒖蒖，听阿澈说她与林泓之前站在湖山石小山上，便过去查看，但山上并无二人踪迹，他旋即又往山下寻去。

他走进山洞中，见里面晦暗幽静，心中便有两分不祥之感，不由得放缓步伐，悄无声息地朝内走。

果然，那二人就在洞穴隐蔽处。林泓正捧着蒖蒖的脸，向她的睫毛吻去。而蒖蒖全然不反抗，闭着眼睛，还露出若隐若现的微笑！

赵皑看得火冒三丈，立时便要上前阻止，不想被跟过来的阿澈拦腰抱住，半拖着拽回了洞外。

“他们在干什么？岂有此理，成何体统！”他手指洞内，对阿澈怒道。

阿澈双目圆睁，无辜地看着赵皑：“吴掌膳的眼睛显然进了沙子，公子在给她吹呀！”然后他又放低声音，劝道，“大王说话小声些，被人听见恐怕会误会。”

这话令他的一丝理智拨开重重怒火回到了脑中：的确不能声张，若此事传出去，蒖蒖必会遭到严惩。

于是他什么都不能做，只得冲到前方大石边，气鼓鼓地坐下。而阿澈已回头向洞内大声咳嗽，请二人出来。

待林泓与蒖蒖出来后，赵皑拔剑出鞘，右手提着剑，一步步朝林泓走去。

与赵皑之前推测的不一样，林泓依然很镇定，脸上并不见惊惧的痕迹，面对他与剑的逼近也不显慌乱，只是静静地注视着他。

而他的下唇边，有一道可疑的红晕。

赵皑徐徐提剑，指向林泓。

蒖蒖当即上前一步，挡住林泓，喝道：“二大王，你这是做什么？”

一时间愤怒、心酸、委屈、不甘……各种情绪涌上赵皑的心头，翻腾不已。

赵皑心想，自己不顾凤仙劝阻，想尽办法出京，千里迢迢赴武夷山，又赶到苏州，想看到的是这个吗？自己处处维护她，哪怕见她与林泓亲密之状也默不作声，而她毫不在意，心里眼里始终只有林泓。

他的眼圈不由得红了。

“舅舅，”最后，他紧盯着林泓，手中的剑依然坚定地指向那人，目眦欲裂，杀气腾腾地说，“我剑上有尘埃，麻烦借块手巾给我擦擦。”

林泓略感意外，但还是取出一块方巾递给他。

赵皑接过，收回剑用方巾缓缓地擦了擦，将方巾抛给林泓，然后竖起剑刃看看，让寒光掠过林泓的脸，才吹去剑刃上一丝纤维，收剑入鞘。

“我走了。”他对蒖蒖道。

他这一番举动看得蒖蒖莫名其妙，见他忽然道别，一时间也不知怎样回答好，便只点点头：“哦。”

赵皑本来在等她挽留，岂料她全无此意。他随即愤恨地掉头朝外走，一路都在想：三千小报实在太少了，应该印三万！

林泓与蒖蒖随后指挥园中奴仆收拾残局，又忙了半天才回到书房稍事休息。蒖蒖借机问林泓：“回京之事，考虑得如何了？”

林泓沉吟不答。蒖蒖便又道：“于公，遇治则仕的道理，我此前讲过，想

必你比我更明白；于私嘛……你难道不想经常见到我？”

林泓侧过脸去，掩饰将要形于色的笑意：“不想。”

蕒蕒含笑转朝他的方向，一定要直视他：“口是心非。一泓秋水一轮月，今夜故人来不来……三娘告诉我，有人中秋那夜去我房中，独坐了一宿。”

林泓闻言双耳又开始泛红。

蕒蕒越发来了兴致，继续道：“那日在芙蓉阁，你一见我就称我吴掌膳，你是怎么知道我的官职的？一定是刚到宫中就四处打听，急于知道我的近况。”

林泓无奈，微笑着默认了，旋即道：“好了，我同意随你回京，只是有一事，你须先答应我。”

蕒蕒问道：“何事？”

林泓正色道：“宫中非比坊间，宫规森严……你不可再对我无礼。”

蕒蕒一愣，随即明白这“无礼”意指她两度主动吻他之事。于是她眨了眨眼，略略挨近他，低声问道：“所以……只能你对我无礼？”

林泓哑然失笑。

蕒蕒得意地发现他的耳朵又红了几分。

然而他并非被这一语击得溃不成军，淡定地与她对视一眼，目光掠向她的身后，对着门边的空气唤道：“二大王。”

蕒蕒惊惶地回过头，心想刚才那句没脸没皮的话如果被赵皑听到那可太丢人了。

见门边空空如也，才知是林泓捉弄她，蕒蕒顿时又羞又恼，又见林泓笑出声来，满腹嗔痴爱恨一时无计排遣，只得冲向林泓，抓起他的一只手，一口朝手背咬去。

林泓笑着，兀自坐着任她咬，直到痛得无法忍受了，才抽回手。

夜间蕒蕒依旧回融秋园歇息，林泓独自在房中收拾行李，整理书籍时不慎碰到一个小匣子，那匣子自书架上跌落在地上，盖子也被砸开了。

那是个檀木匣子。林泓一见，便停止手中的动作，默默凝视片刻，才弯腰将它拾了起来。

匣中只盛着一枚针灸用的银质毫针，在摇曳的烛光下，闪着游丝般微弱的光。

林泓低头看着，托着匣子的手渐渐有些颤抖。少顷他重重地将盖子扣上，闭目深吸一口气，不忍再看。

而此时，屋外忽然传来一个欢快的呼唤声：“舅舅，开开门！”

林泓一惊，立即把木匣搁回书架上，才去开了门。

赵皑抱着一床被褥阔步进来，笑道："舅舅，还没睡？"

林泓无言以对，本来下午见他离去，心里不免松了口气，回到自己房中立即吩咐阿澈等人将禅榻搬走，反复洗刷，那床被褥也不想要了，让阿澈自行处置，然后在没有外人的空间焚了一炉香，顿觉舒服多了。

他没想到，赵皑居然又回来了。

赵皑是自己想通的。

原本一腔愤懑，抛下蕓蕓，策马奔腾，想一个人先回京城，出城之后，越想越觉得不对：我就这样一走了之，对他们没有任何影响，说不定他们还没了顾忌，蕓蕓需要林泓吹的"沙子"更多了……我这样生气地回去，在蕓蕓看来，是不是等于绝交？以后我再找她该怎么开口？……我走了，蕓蕓今夜还会宿于融秋园吗？林泓会不会拉着她要她留在拾一园？

他想到这里觉得不能忍受，立即勒转马头，驰回城里。

拾一园中，林泓对抱着被褥的赵皑道："二大王，很不巧，你用的禅榻今日清洗过，尚未干透，还没搬回来。不如我吩咐阿澈，另外备一间宽敞客房，供大王使用。"

"我知道禅榻搬出去了，所以先找阿澈要了被褥。"赵皑道，自行走到林泓床前将被褥放下铺开，又对脸已绿了的林泓笑道，"这是天意让我们同榻而眠呀……我与舅舅，就是这么有缘！"

（十二）
烧尾宴

次日林泓随蕓蕓一行回京，赵皑亦与他们同行，策马紧跟林泓，寸步不离。蕓蕓见林泓眼圈颇黑，气色不佳，遂问他是否昨夜未休息好。不待林泓开口，赵皑就先笑道："我从未见过舅舅这般勤奋好学的人。昨晚他独自在窗边坐着秉烛读书，我催他几次他都不愿躺下睡觉，我只好先睡了，夤夜醒来见他还在看书。今早我起床时他伏案而眠，但睡得也不安稳，一听些许声响就醒了，手里兀自握着那卷书……原来才子都是这样苦读出来的，望尘莫及，望尘莫及。"

蕓蕓心知林泓是不愿与赵皑同宿才独坐不眠的，然而也不便公然说出真相

抢白赵皑，只得暗地里狠狠瞪他一眼。赵皑佯装未察觉，一笑而过，而林泓乘马行于他们前方，脸上仍是不喜不恼，对昨夜之事不置一词。

回到宫中，赵皑先去见了皇帝，将沿途耳闻目睹的灾情流民情况奏知皇帝，而知平江府徐济川自劾的劄子也很快被送至临安。皇帝阅后果然没有处罚他，而是如赵皑所料，在朝堂上肯定了他及时开仓赈济流民的决策，对他公开嘉奖。随后皇帝派纪景澜赴绍兴，将隐瞒灾情、赈灾不力的绍兴知府及相关官员免职，重新任命清正廉洁的官吏主持赈灾之事。

徐济川的劄子中没有提及赵皑的指点，赵皑原也不想皇帝知道他在外与朝廷命官有所接触，徐济川此举正中其下怀。皇帝对赵皑出京一事十分不满，本欲罚他，但念及他一路不忘观察灾情，心怀黎民，也就不忍苛责，此事便不了了之了。

皇帝召见林泓，林泓自请擅自离京之罪，皇帝虽不乐，但仍表示了对他的器重与期待，要他承诺不再如此任性行事。林泓应承，叩谢皇恩，并请皇帝允许他为官家奉上一席“烧尾宴”。

烧尾宴源自唐代。士子身份迁升，例如登科、荣进或迁除，同僚及友人每每设盛宴慰贺，另外大臣初拜官，按例会献食于天子，因这两种情况设下的宴席，都称为“烧尾宴”。如今林泓循拜官之例请求献食于官家，官家自然欣然许可，但嘱咐道：“我一人吃不了许多，不必铺张，略做几道即可……我听说宫外人身份不同，喜食的菜肴风味也各不相同，大致可分为官府菜、文人菜和庶民菜。不如你便每种风味各做一两道给我尝尝。”

林泓当即答应，回去稍做准备，三日后入宫，按皇帝的安排借用御厨房，也不要人协助，独自做出了三种风格迥异的菜肴。

他首先奉上的是两道官府菜：缠花云梦肉与水炼犊。

那缠花云梦肉是切好的凉食肉片，肉片呈圆形，外层表皮红褐色，横断面可见其中脂肪洁白，瘦肉呈粉色，又有晶莹的肉皮线条旋舞于内，与脂肪相绕，状若流云。

萁萁一见肉的色泽纤维已知是猪肘所做，暗暗诧异林泓竟选用这他一向鄙视的肉类。林泓按宫规请她先尝，萁萁搛一片入口，很快猜到这缠花云梦肉的做法：取猪肘剔去骨头，腌制后连皮带肉摊好拍平，卷成圆筒状，用布包裹，以绳缠捆，投入酱汤煮熟，待冷却后解开包裹切片。

这道菜用的是肉香浓郁的猪肉，入口但觉满口脂香，余味悠长，脂肪细腻，瘦肉软嫩，肉皮略带韧性，嚼起来层次丰富，这些都是很好的，但有一个明显的缺点——太咸了，倒不是令人无法忍受，但食者吃完一片会很想立即去饮汤。

皇帝食用后的反应也证实了这点。他咽下一片缠花云梦肉后便举酒盏饮了一口。但他没有立刻点明这个缺点，而是含笑问林泓："我听说国朝士大夫都不喜豚肉，怎么宣义郎今日以此做官府菜？"

林泓欠身道："士大夫不喜豚肉，但这一道菜上至宰相，下至州府官员，几乎无人不爱。因为唐人韦巨源官拜尚书左仆射时，敬奉中宗皇帝的烧尾宴中，便有这道缠花云梦肉。后人食此以为吉兆，所以官府菜中常见。"

第二道名为"水炼犊"[①]，蕙蕙却尝出食材并非小牛肉，而是用极嫩的北方羊肉置于玫瑰水中煮到断生，再切成小块焦烤，同时撒上盐及泊夫兰、安息茴香的细末。外焦里嫩，玫瑰、泊夫兰与安息茴香勾兑出一种妖娆的异域香，食之甚美。只是，盐还是放多了。

皇帝尝了也道好，盛赞调料香味及肉的双重口感，但向林泓提出疑问道："你说此肉名为水炼犊，却为何用的是羊肉？"

林泓答道："这道菜在官府中用的是小牛肉，但臣不欲取小牛肉，所以用羊肉代之。"

皇帝顿时明了，叹道："牛是耕畜，无论宫眷或百姓，亦常用牛车，故此朝廷一向不提倡食用牛肉，宫中若非祭祀，也不杀牛。没想到各地官员无所忌惮，非但食牛肉，还杀小牛犊……唉，'方生勿折'的道理想必早已被他们抛诸脑后。"

皇帝搁下银箸，愀然不乐。蕙蕙立即命人撤去这道水炼犊，示意林泓再上新菜。

林泓随后呈上的是两道文人菜。

一道是新鲜菊苗焯水后裹上甘草水与山药粉调成的粉浆，再以油煎炸而成的"菊苗煎"，皇帝尝后赞取材与味道之清雅，道："爽然有楚畹之风。"

另一道是极细的绿色面条，盛在水晶盘中，碧鲜可爱。林泓请皇帝调入一旁附上的醋与酱，皇帝依言调味食用，旋即双目一亮，对蕙蕙道："这面条中似乎有菜汁，但清香殊异，不同于日常所见蔬菜，是如何制成的？"

蕙蕙也是首次品尝，不由得一愣，赧然道："其中所用的菜，奴也没尝出来……"

"是槐叶。"林泓语气温和地代她解释，目中隐隐含笑，"精选槐叶之高秀者，以滚水略浸片刻，再研细，滤出清汁，和面做成面条，名'槐叶淘'[②]。这食物杜甫亦曾做过，还赋诗一首，其中道：'万里露寒殿，开冰清玉壶。君

① 缠花云梦肉与水炼犊做法出自［宋］陶谷《清异录》。

② 菊苗煎与槐叶淘做法出自［宋］林洪《山家清供》。

王纳凉晚，此味亦时须。’今夜犹带暑气，官家以此消暑，正应了此景。”

皇帝笑道：“此前官府菜皆肉食，味虽香浓，但稍显油腻。而这山林之味一入口，顿觉神清气爽，齿颊留香。”他想想又道，“而且这两道文人菜肴咸淡合宜，刚才的官府菜盐味太重，是否腌制过头导致的？”

林泓从容答道：“山林之人，无欲无求，口味自然清淡；而达官贵人常爱丰腴厚味，重油重盐不足为奇。”

皇帝点点头，饮了一盏酒，又命林泓上庶民菜。

庶民菜林泓只做了一道，此刻由院子家送至嘉明殿内，殿中内侍打开食盒，将菜肴取出，奉给林泓。林泓亲自端着，送至蕒蕒面前。

此前的官府菜容器用金器，文人菜用银器，而这一道菜用的竟是粗瓷盘子，里面盛着一堆黄黄白白的糊状物，有米及豆类的渣滓，其中还杂有一些谷类硬壳。

这道菜看起来像糟糠。蕒蕒十分困惑地取少许品尝，旋即更诧异了，睁大双目看向林泓，而林泓镇静地朝她微微颔首，示意可请官家食用。

蕒蕒见状知他必有深意，亦只得将这道庶民菜奉与官家。

官家见此菜形状也一怔，但转念一想，觉得林泓崇尚自然之味，此菜虽然看起来像糟糠，可能调味自有其精妙处，或蕴含仙酿之味亦未可知，于是欣然舀了一大勺送入口中。

他原本准备向林泓露出的笑容瞬间消散无踪，愣了一瞬后忙不迭地将口中食物吐了出来。

这看起来像糟糠，吃起来就是糟糠，无任何咸味，倒是隐约透出一股馊味。

皇帝吐了之后接过蕒蕒匆忙递来的面巾拭净嘴，随即将面巾重重抛在地上，拍案斥道：“你这是何意？”

林泓并不惊惶，离座面向皇帝下拜道：“官家今日通过这几道菜品味到的，便是官府菜、文人与庶民菜的差异：重盐、淡盐与无盐。朱门酒肉，必求厚味；文人淡泊，尚可自足；庶民贫贱，何论甘苦！”

皇帝默然，片刻缓缓问林泓：“所以，你是借菜进谏，直指盐钞之弊？”

林泓叩首，道：“国朝施行盐钞法，命州县置务拘卖，原是为抑制盐商暴利，稳定盐价，造福于民。怎奈部分州县盐司官吏借此牟利，压榨盐户，勒索盐商，甚至以口食盐名义逼迫百姓买劣质盐。此中弊端，尤以福建路为甚，盐户常有因此破产者，民众虽付高价亦难及时获得食盐，不免民怨沸腾。此事关系民生，若置之不理，一旦积怨爆发，恐非社稷之福。”

林泓又就盐钞弊端将自己所见所闻讲述一遍。皇帝沉吟，片刻后长叹一声：

“这些事，我亦早有耳闻，只是盐钞法国朝沿用多年，历经几代皇帝，若要废除，非一朝一夕所能完成。”

林泓道：“人若长了痈疽，难道仅仅因为怕痛，就不去治疗，任其发展吗？若不及时切开引流、提脓去腐，必会伤筋烂骨，溃糜难敛。”

这日关于盐钞的话题以皇帝的沉默结束，但他没有漠视林泓的谏言，不久后即与大臣议及此事，并坚决废除了福建路的盐钞法，又派官员严查各路盐司官吏，杜绝相关腐败现象，宣布朝廷会根据各地情况决定盐钞法或行或废。

第八章 能如婴乎

（一）
三皇子

林泓继续参与聚景园工程，一旦接受任命便全心投入，常为绘图不眠不休，随后两个月来与蒖蒖见面次数屈指可数。九月中，聚景园太后寝殿搭建初见雏形，林泓请太后及皇帝前往视察，并就以后园林建设提提意见。

太后回复说图纸已看过，比较满意，可按皇帝意见修改，自己待寝殿完全建好再去。皇帝倒是欣然前往，还带了几个皇子及随侍宫人同行，其中亦有蒖蒖。

寝殿虽未完成，却已可看出几重院落、多层露台的格局比宫中殿阁更精妙，将南方园林与屋宇楼台相融，殿阁前后内外皆有花园，且四面墙均为格子门窗，夏天如需消暑纳凉，可将任意方位的门窗随心卸除，甚至可令四面皆通透，一任清风携花香通行无阻地流连于阁中，人若处亭内，兼观周围花景。冬季四壁可加两重格子窗，廊下还可悬几层帷幕，保暖亦无忧。

太后卧榻的寝阁外花园林泓设计得颇清雅，两壁绿植以竹为主，庭中将植一株苍松，园内铺白色卵石，点缀些许湖山石。林泓向皇帝介绍园中布局，又道："竹林中不妨挂一些碎玉子，若风来疏竹，玉振声起，可怡情养性。"

皇帝含笑道："碎玉子风雅，听起来似乎不错。"他又问身边人，"你们以为如何？"

周围人大多附和道好，而蒖蒖意见不同："碎玉子不好。太后年事渐高，若挂碎玉子，夜间恐怕易惊醒。"

话音刚落，赵皑即扬声赞道："吴掌膳所言与我不谋而合。太后睡眠不稳，常受失眠之苦，这碎玉子挂不得。”

皇帝亦感有理，让林泓不必挂了。赵皑见状更觉舒心，难得自己与蕒蕒意见一致，均反对林泓的观点，还得到父亲的支持，不由得似笑非笑地看了林泓一眼，已然觉得自己赢了一局，表面上虽什么都没说，心里却施施然朝林泓一拱手：承让，承让……

林泓视若无睹。他身后跟着一个手捧纸笔随时记录众人意见的下属，此刻林泓回头看下属，淡淡吩咐他记上一笔：“吴掌膳表示，她不喜欢碎玉子。”

他目光投向蕒蕒，没有流露与窃笑、冷笑、任何别有意味的笑相关的神情，气定神闲，目如秋水，然而看似在陈述事实，无比寻常的一句话却令蕒蕒瞬间羞红了脸，低头略略后退，恨不得立即遁地消失。

她当然不会忘记，当年在问樵驿独处那一晚，她与林泓曾相依相偎。她目眩神迷地接受他自她额头开始的吻，若不是屋外竹林中的碎玉子忽然坠地碎裂，只怕那日的缱绻还有甚于此。

所以，“吴掌膳不喜欢碎玉子”其实是只有他们两人能懂的含笑的揶揄。

她有冲过去暴捶林泓的冲动，然而大庭广众、众目睽睽之下，她除了脸红什么都不能做。

赵皑注意到蕒蕒神色有异，不免略感困惑：林泓只是让人记她的意见而已，她为何这般羞赧？难道她担心由此被载入史册？

他再顾林泓，仔细打量，而林泓端雅的仪态一如既往地无懈可击，平静无波的眼中看不出一丝端倪。

他努力劝说自己那两人一切正常，不必想太多，自寻烦恼，但另一个理智的自己却总是冒个头出来质疑：那她脸红什么？你这局好像输了……关键是他连输在何处都不知道。

他决定不再细想，准备在午后的蹴鞠赛中全力以赴，赢得蕒蕒的关注。

这场蹴鞠赛在聚景园一处修建好的球场上进行。太子一向不爱蹴鞠，就坐在球场一侧中间的席位上与父亲及林泓叙谈，二皇子赵皑与三皇子赵皓各带一队宗室及外戚子弟展开角逐。

球场中央立着两根高约三丈的球门柱，上方球门直径为一尺，名为“风流眼”。开球后双方抢球、颠球、带球，最后得球一方传给队长，队长将球踢向风流眼，过者得一筹，比赛结束时进球多者为胜。

赵皑常与殷琨等人蹴鞠，技艺本就十分娴熟，此番与殷琨配合默契，头、肩、胸、膝、足皆能接球，胜似闲庭信步。殷琨得球传带后送至赵皑足下，赵

帟奋力朝风流眼踢去，大多能中。不消多时，得筹数已远超赵皓一队。赵皓面如死灰，越踢越泄气，其他队员也人心涣散，很快输掉了比赛。

球场边围聚了许多内人，见赵帟英姿飒爽，不时发出阵阵喝彩声，比赛结束时更是拥至赵帟将要下场的方向，争睹胜者，高声呼唤着“二大王”，试图吸引他的注意。

凤仙早早为赵帟备好了一壶她花了大半天工夫精心熬制的漉梨浆，守在他的座席边上，见他归来立即端着漉梨浆笑脸相迎。

然而赵帟只是在座位上稍做停留，接过内侍递上的面巾拭了拭脸，即起身笑吟吟地朝蕡蕡走去，不待走近便扬声唤她：“蕡蕡，我踢得如何？”

他甚至没有看一眼凤仙。

凤仙端着漉梨浆，尚保持着看见他时呈出的笑容，僵立于原地。

良久后，凤仙才回过神来，看了看远处笑着与蕡蕡攀谈的赵帟，默默端着漉梨浆走向湖边，准备找个没人留意之处把这糖水倒掉。

她走到湖岸边，发现近处柳树下坐着一个垂头丧气的人，背对着她，从身上所着的紫衫看来，应是刚才输掉比赛的赵皓一队的队员。

凤仙不欲理他，正要转身离开，那人听见动静，回头看了过来。

那人居然是赵皓，懒懒地抬起的眼中郁结着整个秋天所有的阴霾。

赵皓黑黑瘦瘦的，从小容貌风度均不及太子与赵帟，又一向沉默寡言，虽然宫中宴集他也参加，但平平无奇的他若不说话，是很难被人留意到的。刚才赛后也是如此，内人们都去围观赵帟了，几乎无人发现他的存在，至于他何时来到湖边更是无人关心。

四目相对，凤仙只好向他屈膝行礼，唤了声“三大王”。

赵皓瞥了瞥凤仙端着的糖水，冷冷地道：“走开，我不要。”

凤仙霎时明白他误会了，以为自己是来给他送糖水的，心下不由得暗笑，但他既这样说了，自己反而不便离开，遂径直走到他面前，搁下托盘，倒了一盏漉梨浆，双手奉至他眼前：“三大王，蹴鞠出汗多，赛后应尽快饮些汤水。这漉梨浆润肺解渴，此时饮下最好不过了。”

赵皓看看她又看看漉梨浆，颇为犹豫。

凤仙便对他微笑道：“调糖水的梨膏是奴花了七八个时辰熬制的，也不知味道够不够好。还望大王赏脸，稍加品尝，告诉奴滋味如何。”

她倒了也是白倒，不如给他喝，做个顺水人情吧。凤仙想。

赵皓接过，先尝了一口，随即一饮而尽。

“很好喝，比我阁中内人做得好。”他评价道，微微地朝她露出了点儿笑容。

如今伺候他饮食的尚食局内人是唐璃，凤仙刚才看见她也两眼闪着光朝赵皑奔去唤“二大王”了。

凤仙颇觉好笑，但也对赵皓生出一点儿恻隐之心。她联想自己适才的遭遇，他们倒同为天涯沦落人了。

“是二大王让你来的？”赵皓问。因兄弟俩常见面，他也记得凤仙，知道她是赵皑身边的人。

凤仙摇摇头：“奴自己来的，二大王不知道。”

“你特意过来给我送糖水？”赵皓十分意外，“为什么？是怜悯我输了比赛吗？”

“哪里。”凤仙笑着否认，略一沉吟，旋即像下定决心一样告诉他，“奴知道大王文韬武略不逊于宫中任何人，区区蹴鞠，岂在话下。今日失利，只是见二大王兴致高，有意退让，不欲伤兄弟和气罢了。现下这里清静，奴才有幸请大王品尝奴的糖水，所以赶快来了。若待下次大王获胜，恭维大王的人蜂拥而至，奴便挤也挤不进来了。”

好话一句也是说，十句也是说，不如多说几句，让他开心开心。凤仙想着，又给赵皓盛了一盏糖水……这壶糖水换一个亲王的好感，倒也不算浪费。

赵皓听了这番话颇为动容，但倔强地别过头去，不让她看见他泛红的双眼。过了半晌，他才又开口：“可以告诉我你的闺名吗？”

“凤仙。”凤仙含笑答道，“凌凤仙。”

这日夜间，蒖蒖一个人躺在床上，细细回想早晨的事。她忆及碎玉子，深深的羞耻感扑面而来，倏地拉被子蒙住了脸……她想着想着，又觉出一丝甜味，被子自头顶滑下，笑意浮上眼角眉梢，但心中随即浮现的是林泓那于无声处悄然戏谑的样子，爱恨交织之下不知如何是好，只得覆身向下，握拳对着床板一阵乱捶。

满腹少女心事急欲找人诉说，蒖蒖首先便想到了凤仙。次日蒖蒖找到凤仙，拉至隐蔽处，便把离京至今的事一一告知凤仙，只略过与林泓几次较亲密的接触。

凤仙听后问道：“那你如今有何打算？准备向官家说明，请他赐婚吗？”

蒖蒖叹道：“不行。若我现在与官家说，他一定会认为我出宫找林老师是假公济私，只是为了与他相处……我倒罢了，就是担心会连累林老师，令官家误会林老师。”

凤仙思忖一番，对蒖蒖道：“那你不如设法出宫，恢复自由身。如此，你

想嫁什么人就可以按自己心意决定了。”

自接到母亲噩耗以来，蕙蕙对宫廷已无甚留恋，早已想过出宫，怎奈此事看起来并不容易。

“我打听过了，内人出宫通常有两种途径。”蕙蕙对凤仙道，“一是年纪大了，自请出宫嫁人或养老；一是不讨官家或服侍的贵人喜欢，被逐出宫，或在官家放内人出宫时被列入名单。”

“第一种不适合你。”凤仙断然否决，“你才十八岁，以岁数大了的理由申请出宫，至少要年近三十才好开口吧？”

蕙蕙点点头，又问道：“第二种是否可行？”

“被逐出宫就更不行了，犯错的内人多半会被送去做女道士。”凤仙道，“不过，若犯的错不算大，不会被论罪处罚，只是令主子不快，倒是有可能被列入出宫名单，全身而退。”

蕙蕙黯然道：“我也明白这个道理，但不知道什么样的错不会被论罪，但又能令官家或其他什么贵人不高兴到想让我出宫的地步。”

“这个我们都再想想。”凤仙旋即叮嘱蕙蕙，“但日后你要注意，别伺候官家太尽心尽力，让他觉得离不开你……也要尽量避免再升职，官越大越难脱身……你看裴尚食，困在宫里几十年了都不得出去。”

“哦，这个我问过她的。”蕙蕙道，“我听官家说过，若裴尚食想出宫养老，会赐她一座大宅子，丰厚的俸禄也可一直领下去。但裴尚食告诉我，她娘家已经没什么人了，她出了宫也是一人度日，倒不如留在宫中，人来人往的，还热闹些。”

（二）
真话

被分派到各殿阁的尚食局女官内人每五日会聚在一起，聆听裴尚食教诲，交流近期经验心得，讨论完职事，往往便开始闲聊宫中新鲜趣闻逸事。这日也不例外，待裴尚食讲课结束，身影消失在门外，庄绫子便眉飞色舞地与众女说：“你们听说了吗？翰林医官院最近考试甄选提拔年轻医官，本来韩素问考了第一，但几个考官一合计，竟改了规则，硬加入一项‘医官评价’，让老太医们给考生写评语，结果这一项韩素问成绩没第二名好，升从七品翰林医官的机会就这样没了。”

韩素问落选的事蕙蕙之前也听说过，只是不知是何原因。他目前的头衔是“翰林医学”，从九品，虽然平时也被人尊称为医官，但实际属于医工。这次考试要从医工中提拔一人升为从七品的“翰林医官”，那就是不折不扣的御医了，所以韩素问为此认真准备了很久，白天频频出诊，夜晚秉烛苦读，对这个职位志在必得，万万没料到，他会输在医官评价这一项。

众内人纷纷叹惋，都说平时看韩素问待人挺好的，朋友又多，没想到这么不讨上司喜欢。

不讨上司喜欢。蕙蕙迅速抓住了重点。她近来一直在思索如何才能不讨喜，令自己在下次官家放内人出宫时被列入名单，始终没个可行的方案，忽然听到韩素问之事，顿时豁然开朗：原来韩素问就是不讨上司喜欢的人才呀！她必须尽快去找他，请他介绍一下可以借鉴的经验。

蕙蕙很快找了个请医官检验食材的由头，赶往翰林医官院。她到达时韩素问不在，其他医工说他跟随邓太医出诊去了，不过应该快回来了，请蕙蕙稍候片刻。

蕙蕙等了许久，仍不见他回来，便出了医官院大门，准备离开，不想正好看见韩素问与邓太医各提着一个木质医药箱，自外归来。

蕙蕙忙疾步迎上。韩素问看见她很高兴，刚要打招呼，忽闻“咔”的一声响，侧首一看，见邓太医的医药箱提梁一端榫卯脱离，医药箱摇摇欲坠。

韩素问立即伸手托住。邓太医迅速接过，也不顾提梁了，将整个箱子抱在怀中。

邓太医年逾五旬，身材瘦小，抱着医药箱看上去相当吃力。韩素问便建议：“邓太医，我的箱子是上月发的，很新，不如换给你用吧，我用你的。”

邓太医头摇得像拨浪鼓：“不妥不妥，我这箱子用了多年，腐朽不堪，怎能与你新的交换。”

“没事。”韩素问笑道，“老箱子材质都是很好的，我带回去修一修，漆一漆，就跟新的一样。”

语罢他就热情地伸手去接邓太医的箱子：“你老人家一会儿又得去北大内出诊，这箱子一定得及时换了……”

邓太医嗖地抱着箱子转向他够不着的方向，坚决推辞：“我箱子里东西太多了，你箱子装不下。”

“不会。”韩素问提起自己箱子给他看，“我箱子长宽跟你的一样，还要比你的高一点儿呢，东西再多都能装下。”说着手又伸向邓太医的箱子，邓太

医一壁连声称“不用”，一壁紧紧护住自己的箱子不让韩素问碰。

韩素问只当他是客气，下定决心要做这好事，便不由分说地要去夺那老箱子。两人你来我往拉扯几个回合，邓太医手一滑，那箱子突然坠下，箱盖分离，里面的药物、器材、笔砚、处方笺散落一地。

而两枚大银铤从中闪亮地跃出，在阳光下欢快地闪烁着雪白的光芒，一路滚到蕒蕒足下。

韩素问瞬间安静了，盯着那两枚银铤，渐渐明白了邓太医不让自己碰医药箱的原因。

这十有八九是适才出诊的人家额外给他的谢礼，金额甚大，按理说翰林医官不应该收的。

反应过来后，他立即奔至蕒蕒面前，从刚刚拾起银铤的蕒蕒手中接过银子，又跑回邓太医身边，双手奉还给邓太医。

而邓太医“哼”了一声，重重地一拂袖，银铤和医药箱都不要了，愤然离去。

韩素问目送他远去，再看看跟过来的蕒蕒，露出了尴尬的笑容。

人才呀人才，这就是值得我上下求索、苦苦求教的人才！

蕒蕒再次肯定了这个结论。

“这种事，你没少干吧？”蕒蕒问韩素问。

“唉……”韩素问惘然叹息，“也不知怎的，隔三岔五就出一桩，我明明都是想做好事的呀……”

蕒蕒又问起医官考试之事：“你到底做了什么，竟然能让考官临时为你修改规则，联合老太医一起把你刷下来？”

韩素问道：“我也思考过这个问题，经同僚提示，我觉得跟我上次谢绝三大王赏赐有关……上次三大王偶感风寒，王太医带我去给他诊治。王太医诊断后让我给三大王刮痧，我刮完了三大王很满意，分别赏了王太医和我很多钱。我推辞不收，说我们在翰林医官院做事，月俸已经远比民间医者诊金丰厚，每年衣裳用具又都不用自己花钱购买，再收贵人如此多的赏钱怎能心安。三大王还是要赏，我一急，就说：‘我是来行医的，不是来讨赏的。’三大王只得作罢，连声夸我品性高洁……然后王太医也表示不能收赏钱，流着泪把手中的银子还了回去……”

“你瞎说什么大实话。”蕒蕒忍不住笑了起来，“你这么义正词严地当着王太医的面谢绝赏钱，他又怎么有脸独自收下？流着泪退回银子，心里还不知怎么骂你呢。再回去告诉其他太医，肯定很多人会觉得你是刻意在三大王面前表现，讥讽他们。”

“可不是……”韩素问黯然道，“当时我完全没想到这一点，只顾着把内心的想法如实说出来，没想到会得罪这么多人。”

把内心的想法如实说出来……蒖蒖很快提炼出这条能得罪人的黄金法则。

韩素问见她状若沉思，又好心叮嘱：“我这教训你可要记住了，在上司或贵人面前说话一定要委婉，凡事三思而后行。我这次只是没考上医官，但你可是在官家跟前做事，若稍有闪失，轻则遭冷遇，重则被放出宫，那就不好了。”

蒖蒖与凤仙说起韩素问之事。凤仙不禁大笑了一番。蒖蒖又小心翼翼地问她：“依姐姐看来，若我像韩素问那样逢人便说实话，是不是很快会被人讨厌？”

“会。”凤仙收敛笑意，正色道，“真话是很多人不愿意面对的。若一个人频繁对别人的缺点、短处直言不讳，或者建议别人做应该做但不想做的事，都会惹人讨厌。忠言逆耳的道理人人都懂，但绝大多数人难以采纳忠言。真话和讲真话的人就像靴子里的小石子，指甲边长的倒刺，虽然不会对人造成多大伤害，但就是让人不舒服，必须去之而后快。”

蒖蒖便放心了，笑道：“那我决定以后都讲真话了，希望尽快被大家赶出宫去。”

凤仙沉吟，片刻道：“我看行。只是让人不舒服，并非犯罪，借此全身而退的希望还是很大的……不过你聪明伶俐，很难做到像韩素问那样得罪人而不自知。”

“我知道像韩素问那样浑然天成地不通人情世故，是需要天赋的。”蒖蒖道，“我肯定望尘莫及，但是我会学。”

不久后蒖蒖便找到了一个实践的机会。

那日皇帝听到边疆捷报，龙颜大悦，吩咐御膳所今日午膳多上两道菜。

皇帝口中的“两道”，御厨可不会仅仅理解为两道，立即按国宴标准准备，前后一共上了三十道，还不包括点心果子糖水。一行院子家浩浩荡荡地托着这些膳食赴嘉明殿，经层层传递，一道道摆在了官家的面前。

皇帝举箸进食，因一连数夜操劳于国事，风寒入骨，他搛菜时忍不住打了个喷嚏。

蒖蒖闻声一凛，旋即意识到这是个好机会。有一句大实话她酝酿已久，早就想跟官家说了，无奈每次话到嘴边又咽了下去。如今她既然决定要处处讲真话，不如就以此开局吧。

“官家，”她朝皇帝欠身，直言建议，“以后进膳时，可否容奴为官家多备一副银箸，专供搛菜所用？”

皇帝明显有些诧异，暂未回答。

蒖蒖继续说明原因："官家每次进膳，菜肴少则十余道，多则数十道，官家从未吃完过。而剩下的菜，我们会按官家吩咐，分给官家殿中的内侍和内人食用。这原是出自官家爱民之心，让寻常宫人也能品尝到御膳，受惠者莫不感恩戴德。只是，官家进膳仅用一副箸，搛菜和送入口中的都是这一副，如此，再将剩菜赐予宫人，未免……不洁。"

一旁侍立着的入内内侍省都知张知北听得目瞪口呆，当即呵斥："吴掌膳，慎言！"

蒖蒖也十分忐忑，隐隐觉得头皮发麻，但还是一咬牙，坚持说了下去："譬如今日，官家已染风寒，唾沫经所用之箸沾染菜肴，再给宫人食用，那些宫人便很可能因此患病，这岂不有悖官家赐御膳的初衷？"

蒖蒖说完殿内鸦雀无声，暗地里长出一口气。她终于将长期深埋于心的话说了出来，顿时感到一阵舒爽。而且，她偷眼打量官家，觉得自己的目的应该达到了，堪称首战告捷。

官家阴沉着脸，冷眼看着面前的御膳，良久不发一言。

（三）
内膳

眉头紧锁，皇帝陷入了深深的自责。

这事可大可小，为什么自己一直没想到？自己用过的内膳，食材再丰盛，也是残羹冷炙，经沾染了唾沫的银箸拨弄过，的确不洁。宫人非自己家畜，面对剩菜，因无知而无感；亦非自己妻妾，因有情而不介意，泰然处之。为何自己以前一直把赐剩菜给他们当作一项恩典而沾沾自喜，完全没料到他们可能会联想到口涎而心生阴影？何况，正如蒖蒖所言，搛菜与进食不分箸，很容易将疾病传给吃自己剩菜的宫人，也不知这些年来多少宫人因此生过病。众臣常夸自己爱民如子，唉，这点儿事都思虑不周，实在惭愧。

皇帝再放眼四顾，见殿内自入内都知、裴尚食以下，莫不噤若寒蝉，而蒖蒖在怯怯地观察自己的表情，与自己目光相撞，旋即垂下眼帘，不敢再看。

这个小姑娘，真不容易。皇帝暗自嗟叹：这事其他人难道想不到吗？自然是想过的，但恐怕一些人认为官家高高在上，视底下宫人如家畜也是理所当然的，根本没觉得此事值得一提。而另一些人，纵然有意见，但面对九五至尊，不敢说任何可能扫兴的话。蒖蒖是用了多大的勇气，甘冒多大的风险，才能这般直言进谏的呀！你看她，低着头暗暗呼气，那颗心跳得快要蹦出来了吧？虽然，当着众人面乍闻她这番话时，自己甚觉难堪，有“堂堂天子竟被小小内人嫌弃”的尴尬，但与她做这决定受到的巨大压力相比，这点儿尴尬实在算不了什么，不如一笑置之。

想到这里，他笑了笑，温和地对蒖蒖道：“吴掌膳所言甚是。是朕有欠考量，十分惭愧。即日起，凡进御膳，请多备一副银箸，专供取菜所用，与进食之箸分开。”

蒖蒖一愣，她本来已做好准备，待他一发怒即跪下，想好了许多请罪的话，却未料到他居然如此平和地采纳了自己的建议，一时间竟不知如何应对。而裴尚食已在一旁扬声下拜：“官家体恤宫人，顾念小民，从谏如流。能侍奉如此贤明的君主，妾等何其有幸。”

入内都知张知北亦带领众内侍伏拜：“陛下万岁，万岁，万万岁！”

蒖蒖这才回过神，随众叩谢天恩。

蒖蒖仍不敢相信她这无礼的真话能获得官家的谅解，私下琢磨，觉得官家是不便于大庭广众之下发火，虽然被自己逼得采纳建议，心里不会全无芥蒂，暗暗记下，以后再对付自己也是极有可能的。但皇帝很快赐了许多钱和绫绢给她，说谢她直言进谏。蒖蒖坚辞不受，皇帝又命人拨了间很大的宫室给她居住，并让史怀恩带着两名内侍帮她搬家。

自升掌膳以来，蒖蒖亦获得了一间居室独自居住，但那间屋甚是狭小，而皇帝新赐的这间宽敞明净，足有以前的四五倍大。蒖蒖看得惊诧不已，对史怀恩说自己不敢无功受禄。史怀恩笑道：“吴掌膳大可安心居住。官家说了，日子长着呢，一定要让吴掌膳住得舒适些，无后顾之忧。往后一定还有许多他暂未顾及之处，还望吴掌膳及时提醒。这间屋子离福宁殿也近些，若有事，也方便官家传宣。”

蒖蒖闻言脑中嗡嗡作响，一刹那只余一句话反复回旋：“日子长着呢，长着呢……”

十月中，在太后力促之下，皇帝决定册立郦贵妃为后。

入秋以来太后身体不太康宁，常感耳鸣目眩。郦贵妃每日定省北大内，嘘寒问暖，端茶送水，十分尽心。太后见柳婕妤生产后圣眷不减，官家去芙蓉阁的次数倒是更多了，不免担心柳婕妤觊觎后位，遂建议皇帝立郦贵妃为后。

官家也觉得郦贵妃多年来代掌六宫事，从无差池，自已本来对她也心存愧疚，有意弥补，何况太子如今也不会反对，便宣布了此事，命有司筹备册礼，并准备设立内膳。随后皇帝也向太后表示，自己在考虑升柳婕妤为昭仪。

太后淡淡地道："不急。柳婕妤这次生的只是女儿，待她诞下皇子，再议升迁之事吧。"

皇后的膳食相关事称"内膳"，与皇帝的"御膳"相对。自太后移居慈福宫以来，南大内已多年无内膳，设立内膳，意即设立内膳所、建内膳厨房，补充专职官吏、膳工、内侍和内人。皇帝命入内内侍省、修内司、御膳所及尚食局商议相关事宜，修筑营建相关屋舍，并调拨或征召相应人手。

裴尚食与蒖蒖说起增设内膳的事。蒖蒖道："郦贵妃生活一向简朴，平时所用尚食局内人不过数人而已。设立内膳，兴师动众，贵妃实际上用不了许多，似乎没必要吧？"

裴尚食蹙眉，严肃地告诫道："你这话可不能与外人说，尤其不能传到郦贵妃耳中。内膳不是看能用多少，而是象征着皇后的地位和身份。郦贵妃辛苦这么多年，终于入主中宫，这点儿排场自不能少。"

因可调遣的内人不足，尚食局又准备征召民间女子入宫。蒖蒖见此事弄得宫中各司一片忙乱，思前想后，觉得又有一番话不吐不快，反正如今也不怕受罚，不如直说，若因此被逐出宫，倒是一举两得。

于是她求见郦贵妃，叙谈之后进言道："现在的御膳，大小官吏、膳工、内侍和内人加起来近六百人，伺候官家日常膳食所能用到的其实只有十之一二，好在官家也命御膳兼理宫廷宴集、宫城内及待漏院臣僚饮食，如此设置，不至于太浪费。如今增设内膳，即便不与御膳相较，三四百人也是少不了的。修内司正在准备大兴土木，修建内膳所和厨房，御膳所和尚食局即将派人赴各州府征召膳工和内人。恕奴直言，奴伺候过娘子，知道娘子日常饮食用度格外俭素，就连所穿的衣裳，也是多年来反复清洗使用，极少换新的，若非官家到来，阁中每日膳食不过数道。如今官家下旨为娘子设置内膳，固然是娘子应得的礼数与荣耀，但依娘子习惯看来，日后这数百人恐怕闲置的时候居多。内膳之立，若不能物尽其用，一则虚耗钱粮，二则空养闲人。何况，尚食局此番又将征选民间女子入宫，九重宫阙不比寻常豪门朱户，一旦入内与家人便是骨肉分离，实难相见。若因内膳增加这许多远离父母、背井离乡的新内人，恐非娘子所愿……"

蒖蒖一面说着，一面感觉到阁中气氛迅速冷却，所有宫人内侍都屏息静气，不再发出任何声响，这使得蒖蒖的声音响彻阁中，显得非常刺耳。郦贵妃静静地看着蕈蕈，耐心聆听，而她神态越是安宁，蕈蕈越觉得自己的要求过分，恐怕会伤了她的心。于是蕈蕈声音渐小，终于闭口不言，朝贵妃伏拜，深埋首，静待她或其他宫人将自己赶出阁去。

而郦贵妃竟起身走至她面前，轻轻地牵她起来，微笑道："好孩子，你说到我心坎里去了。我正想上表请辞内膳呢，可是身边人都反对。好在你来了，还说了一些之前我没想到的事。你且多留一会儿，咱们商议一下，把理由多列几条，写进表里去。"

蕈蕈很高兴郦贵妃能采纳谏言，但同时惆怅地发现，自己祈求贵人厌恶的愿望又落空了。

郦贵妃恳辞内膳成功，皇帝宣布此事暂停，皇后膳食规模由她自己决定。郦贵妃亦不忘赠厚礼感谢蕈蕈进言，派人送了一箱箱的衣物到蕈蕈房中。蕈蕈打开一看，发现是由春至冬各色衣裳，公服、常服、礼服都有，各有数套，搭配的幞头、宫花、鞋履、革带，应有尽有。

蕈蕈瞠目道："为何赐这么多？足够我穿三五年了。"

送衣物来的宦者笑道："娘子说了，直接赏钱怕吴掌膳不收，不如多赐些衣裳，让掌膳心无旁骛，每逢换季或节庆，不用为衣物操心。本想赐个十年的，又猜姑娘过两年可能高升，衣裳样式会改。这些吴掌膳且穿着，什么时候要换新的随时可告诉她。"

赐个十年的……蕈蕈闻言心一沉，好一会儿才勉强挤出些许笑容，对那宦者道："娘子慷慨，许奴十年宫装……奴不胜感激。"

宦者走后，蕈蕈独自立于这空间奢阔的宫室，看着堆积如山的宫装，想着他们默默许给自己的宫中长久富贵，含着两汪热泪，心情复杂地感叹，自己遇见的帝后，真是一对不折不扣的贤伉俪呀……我谢谢你们了。

内膳之事作罢，皇后册礼却势在必行。册礼之日会有盛大国宴，御膳所拟好当天计划上的菜式，并列出所需食材种类、数量及费用预算，请裴尚食过目。

裴尚食视力衰退，看不清那些蝇头小楷，便让蕈蕈读给她听。蕈蕈读到食材价目与预算，渐渐发现许多食材价格偏高，远非自己记忆中合理的价位。其中仅湖蟹一项，价格就超出待漏院附近市场价格两倍还多。于是念完湖蟹价格，蕈蕈稍稍停顿，轻唤一声"尚食"，想提醒她注意。

而裴尚食仍然保持着闭目小憩的姿势，面无表情地说："继续。"

蕈蕈反复思量，觉得自己不能对此事视若无睹，便在赵皑借故来找她时悄

悄递给他自己记下来的国宴采购食材名单，对他说："拜托二大王派人前往京中几大市场，询问这些食材的价格，记录下来给我。"

赵皑展开看看，已猜到八九分："你怀疑御膳所虚报食材价位？"

蕫蕫颔首。赵皑便道："虚报个一两成，算不得什么大事，官家心里也明白。在宫中做事，有些事睁一眼闭一眼算了，非要查个一清二白，会给自己树敌。"

蕫蕫道："不是一成两成的问题。我发现有些食材价比我知道的市价高两三倍，这样算下来，一场国宴莫名其妙地损失掉的钱数额巨大，若任其发展，长此以往，还会有更多的蠹虫出现。官家一向提倡节俭，郦贵妃更是恳辞内膳以身作则，你我又岂能对这等他们看不到的贪腐行为坐视不理？"

赵皑微笑道："你若决意追查，我自可助你完成。只是这种事往往牵扯甚广，不会是一人所为，届时你可能会面临对方的各种指责、污蔑，甚至陷害。你可想好了？"

蕫蕫心道，官家圣明，就算对方污蔑陷害，多半也能明辨是非。何况，若最后事态严重到把我逐出宫，我是不是也算得偿所愿？在上司宽仁到没脾气的情况下，说真话被讨厌这种事，就要靠其他人来实现了。

一旦没了顾虑，做起决定来格外干净利落。蕫蕫朝赵皑呈出明媚的笑容，答道："想好了，去做吧！"

这时福宁殿中来人，说官家宣召。蕫蕫答应，谢过赵皑，面带微笑，步履轻快地向福宁殿走去。

赵皑握着食材名单，负手而立，目送她远去，心想这真是一个难得的与自己志向相投的女子，是非分明，不惧奸邪，竟有"虽千万人，吾往矣"的气概。无论事态进展如何，自己都要尽力护她周全。被污蔑、被陷害、被逐出宫那样的悲惨命运，绝对不能落在她身上。

（四）
预算风波

两日后，赵皑即把一份详尽的京城各市场的相关食材价目单交给了蕫蕫。蕫蕫看后道："果然所料不差，大部分食材的价格在市价两倍以上，三倍乃至四倍的也有一些。"

赵皑问道："你准备怎样做？直接交给官家？"

蕙蕙沉吟，一时未答。

赵皑遂直言不讳地说出自己看法："你若直接向官家进言，官家有可能认为此事超出你职责范畴，在处理此事之前先迁怒你。何况，因此事牵扯甚广，官家为了不在皇后册礼之前掀起一场大风波，很可能会压下暂不处理。"

"我倒是有个主意……"蕙蕙道，"听说，纪景澜新近升任了御史中丞。本来御史台的职责就是纠察百官歪风邪气，严查惩处贪官污吏，肃正纲纪法规，而且，这个纪先生上辈子一定是只爱抓老鼠的猫，感觉他这些年一路纠察犯法的人不是为了升官，就是酷爱抓蠹虫，如今这事让他知晓最合适不过了。只是，我身为内人，与朝廷命官议论这等事是大忌，你是亲王，也不宜与士大夫私下来往………"

"不必为难，今日大朝会，我已找了名内侍，悄悄把这份价目单和御膳所做的册礼宴会预算一并抛在纪景澜足下了。"赵皑看着蕙蕙笑逐颜开，"你我真是心有灵犀。"

自发现预算问题以来，蕙蕙常蹙眉沉思，而今已有解决途径，顿感神清气爽，又恢复了神采奕奕、见人即笑逐颜开的模样。裴尚食看在眼里，这日夜间私下问她："御膳所所列预算，你是不是泄露给了外臣？"

蕙蕙一愣，下意识地否认："没有。"旋即她心虚地想，自己是泄露给了赵皑，他说起来也不算"外臣"。

裴尚食也不细究，而是另提一问道："你是不是以为，我不理此事，是与他们同流合污，甚至，也收了他们的钱？"

蕙蕙忙道："奴从未如此想过。"

裴尚食叹道："这些年，不是没人送我钱，可我老了，家里也并无后人，也不像那些大珰，有在宫外买园子金屋藏娇的雅兴，你说，要钱何用？这两年来，御厨干办官凡到用钱处，所列费用都很惊人，我也曾提过几次意见，他都置之不理。后来我渐渐明白了，这样做并非他一人的意思，一场宴会，涉及的不仅仅是御厨，还有管茶水御酒看果的翰林司，管陈设器物帷幕的仪鸾司，再往上，有负责检视的入内内侍省和宣徽院，财物用度的审批，还涉及主管财政的三司……如果不是各方都协调好了，或者说，有贵人授意，一个小小的御厨干办官，岂敢堂而皇之地做出这种账目？"

蕙蕙小心翼翼地问道："那么尚食娘子有没有想过让官家知晓？"

裴尚食道："想过，但是又觉得，查出真相又如何？未必是官家想见到的……我老了，没有你这样的锐气，也不敢冒险……我如今最大的心愿，就是平平静静地老死宫中。"

这话听得蕒蕒心中酸楚，回想起裴尚食的身世，忽觉自己之前考虑不够周全，未顾及揭发此事后裴尚食的处境。若纪景澜真的细查此事，裴尚食作为每次都看过账目的人，就算不被列为同流合污者，玩忽职守罪恐怕也无法避免，终老于宫中的愿望只怕会落空。

斟酌再三，蕒蕒决定去找做出这个预算的御厨干办官、入内供奉官夏承义。

因蕒蕒在御前伺候，夏承义自不敢怠慢，一见她即笑脸相迎。蕒蕒也不多话，寒暄后即把记录的食材市价递给他看。夏承义匆匆一览脸即沉了下来，迅速屏退周围小黄门，冷眼看着蕒蕒："吴掌膳这是何意？"

蕒蕒手指价目单："如今京中市场，一兔最贵值四千文，而夏干办的预算上写八千；一只鹌鹑，市价最多三百文，预算为八百文；而六两重的湖蟹，市价约七百文，到了夏干办这里，便成了两千文。如今十八千文便可以买一匹马，按夏干办所列之价看来，吃九只螃蟹便等于吃掉一匹马了。"

夏承义狡辩道："吴掌膳有所不知。国宴食材非市场货色可比，精选产地，由供货者精心种植或饲养，成本本来就高，贵个两三倍不足为奇。"

"我说的市价，是和宁门外红杈子下市场的价，那里是京中最贵的市场，之前我问过，货源地大多便是国宴采买食材之处。"蕒蕒从容地道，"夏干办亦有所不知，我家是开酒楼的，我自小便知道，大量采买的食材价只会比零售的便宜，岂有贵两三倍之理？一场国宴所耗食材成千上万，如此虚报，亏空的国库钱财又该是多少？"

夏承义面子上挂不住了，怫然大怒道："御厨采买的食材是贵是贱，裴尚食都从无异议，不知吴掌膳何来的胆量，以一副执掌御厨大权的模样，来向我兴师问罪？"

蕒蕒一哂："夏干办没说错，我只是一个给官家端茶送水的人，原不该过问此事。只是我天生爱管闲事，见马奔到悬崖边，忍不住想拉它一把而已。这份预算，夏干办最好再仔细算算，若有一时不慎记错的数，还望留心改改。若就这样交给国用司审核，只怕将来少不得会有人来问罪。"

夏承义虽然恼火，但蕒蕒走后细细琢磨她的话，不由得颇为忐忑，心想她竟然如此直言，必定是知道点儿什么，若要举报倒是不会特意来耀武扬威，听她的意思，似乎主要是提醒自己改正预算……想到蕒蕒是官家身边的人，他忽然一凛：莫不是官家授意她来传话？

夏承义顿时惊得汗如雨下，迅速执笔，一行行亲自修改预算。

待御厨、翰林司和仪鸾司关于皇后册礼宴会的预算分别提交到国用司后，纪景澜忽然在朝堂上奏请皇帝，许他审查御厨预算。皇帝许可后纪景澜立即让御史台与国用司连夜彻查所有费用，得出的结论是食材预算略微偏高，但仍属合理。

不过御史台纪台长岂是浪得虚名之人，自会举一反三，又继续细查翰林司和仪鸾司账目，很快发现这两司大幅虚报预算，于是立即上奏弹劾两司官员，于是两司干办官随即被革职问罪。

听闻此消息，夏承义后怕不已，连滚带爬地找到蕙蕙，于无人处向她行大礼，谢她救命之恩。

蕙蕙道："夏干办不必如此。我只是稍作提醒，悬崖勒马的还是你自己。经此一事，想必夏干办也明白了，常在河边走，焉能不湿鞋，有些错一旦犯了迟早会被人发现。还望日后好自为之，切勿再犯。"

夏承义叹道："不瞒掌膳说，我一个小宦官，在宫中生活，月俸足够用，本无多大贪欲，这等事，也是身不由得已，周遭的人都拖你下水，若不答应，轻则受人排挤，重则……性命堪忧。"

蕙蕙问谁人逼迫，他又警惕了，不露口风，只是劝道："吴掌膳别再问了……你疾恶如仇，行事仗义，自然是很好的，但人心险恶，宫中尤其如此，你若事事都要强出头，难免令自己身处险境……总之，自今往后，千万要记得保护自己。"

纪景澜又提出要彻查御厨、翰林司和仪鸾司以往账目，但这次被皇帝拒绝了。那日午后，皇帝召蕙蕙往福宁殿为他烹茶，片刻命其余人退下，但问蕙蕙："这次皇后册礼预算一事是你暗示纪景澜查账的吧？"

蕙蕙暗暗一惊，旋即跪下，说："奴私下与纪台长并无来往。"

"未必要有直接来往，找个人传话传物也不难。"皇帝微微一笑，"纪景澜忽然提出要查御厨预算，必然是有人向他透露预算有问题。但一查之下，有问题的是翰林司和仪鸾司，御厨反而没有，举报的人想让诸司借册礼宴会贪污之事暴露的目的达到了，而御厨及相关人等又全身而退。我想，这个举报的人若不是身处御厨之中，便与御厨有密切关系。御膳所和御厨膳工自然不会做这样的事，裴尚食也不会，她若要举报，也不会等到现在。所以，能接触到御厨预算，又能想到联系纪景澜的人，就只有你了。"

蕙蕙也无意掩饰，朝皇帝伏拜："官家圣明，奴愿领罪，请官家严惩。"

皇帝摇头："你虽然耍了点儿心机，但初衷是好的，我也明白你是想保护裴尚食，这次我不会责罚你。只是以后若有类似的事，你大可与我直言，不要再试图联系朝廷命官，这是内人不可触碰的大忌。"

蕙蕙俯首受教。皇帝又道："我也明白，此事牵扯的远不仅仅是御厨、翰

林司和仪鸾司，纪景澜想追查，我制止了，因为不想在皇后册礼前大动干戈。以前的旧账暂时不去翻，只希望这次杀鸡儆猴，会震慑到相关的人，以后不再犯这样的错。”

听到这里，蕙蕙悄悄抬头，轻声问道：“那么官家想到以后怎么防止这类事再发生吗？”

“让国用司和御史台加强审核？”皇帝见蕙蕙偷偷看他的眼在闪着晶亮的光，不由得一笑，“看起来，你似乎有什么主意。”

“有一个不太成熟的，小小的想法………”蕙蕙道，“以后御厨、翰林司和仪鸾司再做预算，就让他们相互审核了再提交国用司，若他们觉得另外二司的预算没问题，而国用司或御史台查出有虚报，就由之前审核通过的干办官出钱补上虚报的数额。”

皇帝忍俊不禁：“怕是杀了他们也赔不起。”

“正是。”蕙蕙正色道，“就是因为赔不起，他们才会认真核对对方的预算，若有问题，而对方不愿改正，他们一定会先向国用司提出，以防祸及自身。”

皇帝想了想，道：“虽然不成熟，但也不是全无道理，稍后我与纪景澜商议商议……你是怎么想到这个办法的？”

蕙蕙道：“奴只是觉得，他们之前肆无忌惮地贪污，主要是见环境如此，大家心照不宣，相互包庇纵容。让他们相互审核，就是要打破他们抱团贪污的局面，把相互包庇纵容化作相互监督、相互制约。”

（五）
眉思达华酒

皇帝就蕙蕙的建议与纪景澜商议，纪景澜亦觉可暂行数月，以观其效，与国用司讨论后修改了部分实施上的细则，但御厨、翰林司、仪鸾司相互审核这点未变，命这三司重新修改提交册礼预算，按新规审批。

这一回交上来的预算费用锐减，虚报的金额自然没有了，而原来一些昂贵的花销也被删减或用平价物资替代。皇帝看后蹙眉质疑：“这岂非矫枉过正？”

郦贵妃倒毫无怨言，欠身道：“今年受灾州县颇多，不少子民流离失所，求一餐温饱尚不可得，妾若花费巨资行册礼，如何能心安？唯望一切从简，预算锐减正合妾意。”

不仅如此，她还仔细检视各项费用，亲自执笔把觉得花销过大之处一一删除，完了让蘡蘡来看，对蘡蘡道："你再帮我想想，还有哪里可削减。"

蘡蘡知她并非矫饰，的确想节省财物，便又细细看了一番，建议道："宴会的看盘预算仍不少。国宴上的看盘多用髓饼、环饼、胡饼、枣糕，或兔、羊、鸡、鹅等熟食，一层层堆积成山，摆在席间以为装饰，而宾客以食用看盘食物为失礼之举，是绝对不会吃的。看盘数量庞大，耗资不少，做起来也颇费工时，然而正式上菜前即撤下，最终大部分会被丢弃，造成极大浪费，所以，这一项大可削减。"

郦贵妃认为蘡蘡所言有理，而皇帝犹豫道："看盘虽不供食用，但可展现宴会丰盛气象，若大量削减，那也太小家子气了，也难以显示册礼宴会之贵重。"

"有一个法子。"蘡蘡道，"当年奴在武夷山跟随宣义郎学厨艺时，见他在新年时用松竹梅和柑橘做家宴前的看盘，以插花方法摆设装饰，形制可大可小，小者可摆在几案上，大者用松枝做成苍松古树盆景，以花果点缀，可立于中庭，气象盛大。御苑花木甚多，略作修剪即可供宴会所用，宴后看盘可赐予各阁分当作摆设再次利用，便不至于浪费。"

郦贵妃遥想蘡蘡描述的景象，露出微笑："松竹梅清雅，寓意也好，加上金色柑橘更显丰饶。有这样的看盘，宴会也显得更风雅了。"

皇帝笑道："如此甚好，只是宴会需要看盘颇多，要这样做，少不得麻烦宣义郎，他就太辛苦了。"

蘡蘡想了想，道："可请宣义郎设计几款这样的看盘，再教给翰林司的内侍，宴会上中小型看盘可让他们完成，只是中庭的苍松，难度甚大，少不得请宣义郎亲自来做。"

皇帝觉得可行，让蘡蘡次日出宫去找林泓，与他商议此事，又命史怀恩带两名内侍沿途护送。

皇帝赐给林泓的居所与众不同，不是宫城附近官舍，而在西北侧凤凰山上，据说是山腰一处雅致的院落，皇帝说知道林泓喜静，那里应该比较适合他。

翌日蘡蘡乘牛车，在史怀恩等人的护送下前往林泓的居所。一名内侍为蘡蘡驾车，史怀恩与另一人各乘一马，一前一后行于车两头。这日凌晨下过大雨，山下道路湿滑，不时有山间树叶承托的雨水自上方坠下，击打在车厢顶上。行至一面山坡旁，蘡蘡忽闻山上传来一些噼噼啪啪藤枝断裂的声音，褰帘一看，竟见一块硕大的圆形山石正自山巅滚下，朝车厢冲来。

蘡蘡来不及细想，当即一脚踹开车门，迅速跳出车去。因牛车还在前行，她这一跳左足崴了一下，摔倒在地。她不敢停留，奋力朝前爬了数步，很快身

后一声巨响，滚落的大石已把车厢砸得稀烂，连牛也被击伤后腿，仆地不起。

史怀恩与两名内侍倒没事，但乍见此变故，均被吓得面无人色，一时除了勒马驻足也不知如何应对。蕙蕙还未起来，又闻路后方马蹄声疾，侧首望去，但见一匹脱缰的高头大马正朝她迎面狂奔而来，转瞬间已近在咫尺，眼见着就要踩踏在她的身上。

史怀恩等人尚未从滚石之变中反应过来，而奔马来得太快，已不及救助蕙蕙。蕙蕙亦无时间躲避，只能痛苦地闭目，无可奈何地等待奔马的冲击。

就在她闭目之时，一只猎鹰忽然盘旋而下，朝奔马的眼睛啄去。奔马一只眼突遭袭击，止步扬蹄，高声嘶鸣，猎鹰仍不停歇，继续啄向马首。那马声音愈加凄厉，忽然转身，朝来处奔驰而去。猎鹰仍要追去，道路前方传来一声哨响，猎鹰便回头，转向声起处飞去。

史怀恩见状长出一口气，当即下马，扶起了蕙蕙。

前方有一行人策马缓缓行近，蕙蕙认出为首之人是太子赵晳，身后跟着三十余名内侍及禁卫，而太子身侧后方跟着一名四五十岁，着宽袍锦衣，头缠织锦番布，高鼻深目之人。此人体态颇丰，衣着华贵，亦带有十余名随从，从长相装扮上看，显然不是中土人氏。适才那只猎鹰此刻正立于他的肩头，应是他驯养的。

蕙蕙向太子行礼，感谢他及时相救，太子目示身侧那人，微笑着对蕙蕙道：“救你的其实是这个承信郎。”

蕙蕙亦听皇帝提过承信郎蒲琭辛，他是一个大食富商，二十多年前即以船载着若干香药从大食来泉州经商，一船乳香令泉州市舶司抽解所得的钱就高达三十万缗，因此先帝授他从九品“承信郎”的官职。

“承信郎当年入京朝见先帝，便是当时的皇子、如今的官家接引。今次从泉州来，官家亦命我接待。我接了他前往驿馆，途经此地，忽见奔马将要伤人，于是承信郎命猎鹰飞去相救，没想到所救之人竟是吴掌膳。”太子解释道。

蕙蕙当即向蒲琭辛行礼致谢。蒲琭辛在泉州居住多年，汉话已说得相当流利，还礼之后连声对蕙蕙笑道：“不必客气，举手之劳，举手之劳。”

太子询问蕙蕙此行目的。蕙蕙将官家想让林泓设计看盘之事告知，太子又细问了落石砸破牛车的过程，沉吟后道：“凌晨下过雨，落石尚可说是滑坡导致，但那奔马有鞍辔，显然并非野马，又于落石之后疾驰而来，很难说不是有人刻意安排。为安全计，不如我送你去宣义郎居所吧。”

蕙蕙说担心妨碍承信郎行程。蒲琭辛笑道：“无妨无妨，我很久没来临安了，正想四处走走，我随你们一同去吧。”

于是一行人转而赴林泓居所。他们到了山下，未免太过打扰林泓，太子命多数随从在此处酒肆等待，自己带蒖蒖、蒲璟辛、史怀恩及两三近侍上山。

林泓这山间院落格调与问樵驿相似，竹梅相绕，可听幽谷松风，只是略小一些，无池塘仙鹤，但院中有一湾山泉，泉水自山岩石缝中流出，林泓剖竹相接，砌石为一小池，泉水叮咚，颇见意趣。

林泓上次在聚景园与太子言谈甚欢，此番再见亦很欣喜。蒖蒖与他说完看盘之事，林泓表示应承，见时近午间，遂邀请众人在居所进膳。

席间主菜为“山煮羊”，是葱、椒清炖的羊肉，看上去无甚异处，但众人一尝之下但觉羊肉炖得格外香软，就连骨头都是酥烂的。太子赞其口感，问林泓是如何烹制的。林泓道：“捣碎几枚杏仁，投入砂锅中，用活火煮，羊肉就容易酥烂了。”

另外林泓还取羊汤与山药、甘栗的切片同煮，名为“金玉羹”，取山药如玉、甘栗似金之意。“山药补脾、养胃、益肺，甘栗可补肾强筋，如今天气日渐凉了，羊肉羊汤可抵御风寒，正宜食用金玉羹。”林泓道。

众人皆赞这羹既色味俱佳，又可养生，而蒲璟辛盯着自己面前那盏羹许久，忽然问林泓：“宣义郎，这羹是谁教你做的？”

林泓答道：“是家父多年前随手提笔记下的，夹在书中，我数年前无意中在他留下的书里发现了。”

“真巧呀。”蒲璟辛笑道，“我二十余年前来临安，那时官家还是皇子，与我一见如故，我们常一同狩猎。有一天，他带我去一处山中院落，与他两个友人相聚，其中一个是太医，另一个是很俊秀的文士……”说到这里蒲璟辛着意端详林泓，又笑道，“仪貌风度与宣义郎颇有几分相似……那日为我们做饭的是太医娘子，所做菜肴中便有这道金玉羹。那个文士很喜欢，细问了做法，太医娘子说的与宣义郎适才所言一般无二。”

太子听后含笑看着林泓，道：“那个文士既然与宣义郎相似，宣义郎又说金玉羹做法是令尊记录的，莫非承信郎当年遇见的文士竟是令尊？”

林泓勉强一笑，欠身道：“家父福薄，焉能有幸做今上友人……何况，家父也并不认识什么太医。”

语罢他伸手去提自己几案上的酒注子，脸上仍带着淡淡的微笑，但蒖蒖注意到他握酒注子的手有些颤抖。

林泓提起酒注子，发现其中的酒不足，命阿澈去取酒来。蒲璟辛却道：“我此番也带了几款酒来，风味与你们的美酒不同，正好借此良机请诸位同品。”

他随即吩咐身后随从去取酒，片刻随从带酒来。蒲璟辛亲自接过，递给林

泓，一款款说明：“这是葡萄汁酿成的酒，色如宝石，果香怡人，入口温和甘美，可喝多了也易醉……这是糖煮香药酿成的‘思酥酒’，香气四溢，但颇烈……这是蜜和香药酿的酒，叫‘眉思达华酒’，比思酥酒更甘甜香醇，秋冬饮很能暖身，也没那么烈，口感柔和。”

林泓一一记下，再逐一询问太子、蒲璟辛、史怀恩等人欲饮什么酒，然后让阿澈给他们斟上，唯独没有问蓂蓂，而是直接示意阿澈给她斟一杯眉思达华酒。

太子留意到其中差别，不由得含笑问林泓：“宣义郎与吴掌膳相熟吗？”

蓂蓂闻言一愣，这才想起林泓与她的师徒关系她只告诉了皇帝与郦贵妃，太子应该还不知道。而此前皇帝派她出宫找林泓，为免宫人议论，真正目的也秘而不宣，对外只称派蓂蓂出宫寻找珍稀食材，所以太子也不知晓这事。

林泓尚在斟酌如何回答。史怀恩却忽然开口，代他答道：“宣义郎与吴掌膳有碎玉子之谊，可称相熟。”

蓂蓂握着眉思达华酒的手一抖，那杯酒差点儿自手心坠落。这酒还未饮下，她的双颊已红如醉颜。而林泓亦侧首看向史怀恩，双目明显睁大了，可见也颇为惊异。

两人彼时都在想：他是怎么知道的？

而史怀恩起身朝太子作揖，轻言细语地解释：“上回在聚景园，宣义郎提议在太后寝阁外花园中挂碎玉子，吴掌膳说不妥，两人交谈过几句。那时殿下也在，不知可还记得此事？”

太子旋即笑道：“记得，记得，原来如此。”

蓂蓂这才暗暗舒了口气，明白史怀恩是好心替他们掩饰，预防太子追问出她与林泓曾私下相处之事。

她再顾林泓，他也一副放下心来的样子，抬眼与蓂蓂对视那一瞬，目中浅浅闪过一丝笑意。

（六）
抹药

午膳后，林泓带众人观赏小院内外景致，太子对院中那泓清泉颇感兴趣，说水色澄净，不染纤尘，触手冷冽，溅落处如水晶迸跃，水质一定很好，林泓遂请他及其他客人入后院，在自己平时坐禅习静的禅室席地而坐，饮用泉水烹的茶。

这茶汤果然与众不同，入口格外轻软，太子只觉含着的不是水，而是一朵流云。太子赞叹不已，说自己以后要每日派人上山取山泉水，以供烹茶所用。林泓道：“这水有灵性，还是随取随用的活水最好，耽搁些时日，水质就没这么清甘柔软了。”

太子含笑道：“怎奈我是俗人，不能如先生一般居于山中，无随时饮活水之福。”

“未必要居于山中才能饮山泉活水。”林泓告诉他，“可用粗壮的大竹为水管，将山泉水引至东宫。”

“哦？”太子很有兴致，“该怎样做呢？”

林泓详细说明：“截取若干大竹，打通中间关节，以麻绳密密缠紧并涂漆相连。在泉水渗出的岩石下凿大石槽蓄水，再用连接好的竹竿引水入东宫，竹竿上方用葵茅苫盖掩埋，以抵御日晒雨淋及碰撞踩踏，保护水管。”

太子道：“听起来可行，就是不知如此工程花费会不会过多？”

“不会，”林泓道，“用适才我说的材料，每二十里花费不过百缗钱。”

蕙蕙亦想起来了：“确实可行，奴在殷郡王宅中见过这样引进水池的山泉。”

林泓颔首：“这是东坡居士当年为广州城引水出的主意，后世偶有豪富之家也用这方法引山泉水。”

太子想了想又道：“但是竹竿用久了只怕易破裂，若一段破损或堵塞，排查很难，拆换所有管道又恐劳民伤财。”

“这倒不难。”林泓从容道，“可在每一段竹竿上钻一个绿豆大的小孔，平时以小竹针塞住，若日后管道破损或堵了，只要拔出小竹针，看看小孔喷不喷水，便知道是哪一段出问题了。只需将坏掉那段拆换，整个引水管道又能重新启用。”

太子遂微笑着问道：“不知先生可有暇为东宫做这工程？”

林泓思忖片刻，道：“聚景园明年大致能完工，若殿下愿意等到那时，臣愿为殿下效劳。”

“我自然愿意等。”太子笑道，“如此工程，也只有先生这样既有才华又细心的人来做才能尽善尽美。”

史怀恩从旁听了，此刻插嘴道：“只是宣义郎这山泉水所处地势较高，山路崎岖，凿渠道排水管不知会不会很难？”

蒲璟辛当即道：“太子殿下只说要引山泉水，未必一定要引宣义郎这一眼

泉水。我上山时见路两侧还有好几个出水口，看上去都不错，殿下大可从中选个地势较平坦，方便引水的。”

史怀恩怀疑地说：“有吗？我刚才怎么没看到？”

“有。”蒲瑑辛兴冲冲地起身去拉史怀恩，“来来来，我带你去看！”

两人走到门边，蒲瑑辛又回头看太子，发现他一直在含笑目送他们，便又对太子道：“殿下不如随我们去，看看哪个水质最好？”

太子说好，旋即起身，率先出门。

史怀恩立即跟上，蒲瑑辛尾随其后，出门后有意无意地拉上了禅室的门。

萁萁忽然发现禅室中仅剩她与林泓了，有些欣喜，亦有些忐忑，还在想要如何与林泓叙旧。林泓却已起身，走到橱柜前，取出一个小瓷罐，又走回了她身边。

他徐徐在她面前跪坐下来，然后陡然捉住她的左足，拉到自己怀中，不顾她挣扎，不由分说地脱去了她的罗袜。

萁萁足踝处一片红肿，那是从车厢中跌落时伤到的。她已尽力掩饰，尽量让步态如常，然而还是被林泓看出来了。

你面对我不是总一副云淡风轻的模样吗？萁萁捂住脸嗔怨地想，原来还是有一只眼睛始终盯着我。

林泓左手握住萁萁裸着的左足，右手自小瓷罐中取出少许药膏，抹在红肿处。那药膏触感清凉，馨香四溢。萁萁细品，忍不住猜测道：“这药膏里有龙脑、麝香、乳香……”

“还有没药、松香、降真香，消肿止痛化瘀有奇效。”林泓补充道，略一笑，手上抹药的动作仍未停歇，“吴掌膳在宫中果然见识见长，都会分辨香药了。”

“那当然，这两年我嗅觉和味觉都增强了不少。”萁萁得意地道。

“就是风风火火、大大咧咧的脾气没改。”林泓低头揉着她的脚踝，“否则这脚不会肿得跟猪蹄一样。”

“呸！”萁萁抬足轻轻踹他一下，“我是被人陷害的。”

林泓闻言动作停下，蹙眉看着她：“谁要害你？你做什么了？”

“也没做什么，大约就是断了御厨、翰林司和仪鸾司的财路……”萁萁偷眼看林泓越发紧锁的眉头，心虚地道，“而已。”

她随即把最近发生的事和今日遇到的危险简略地说了说，林泓道：“有些事你纵然看不惯也不能急着强出头。你是一个无根基的姑娘家，他们却是身处暗处的一群人，你这样明着与其对抗只会让自己沦为众矢之的，十分危险。”

“其实我不怕他们陷害我。本来想到有可能被他们赶出宫，那不是正合我意，就更无所畏惧了……”蕖蕖叹道，“只是没想到他们这么恶毒，还想要我的命。”

林泓怜惜地凝视她，欲安慰，但一时间不知说什么好，便保持沉默，又低头去轻抚她的伤处。

“哎，你这样握着我的脚，就不怕太子他们回来看见吗？”蕖蕖问道。

林泓道：“不怕。我是在给你治疗，心无杂念，他们看见也无妨。”

“可是……”蕖蕖的声音低如耳语，“你这样，我会心有杂念呀。”

林泓一怔，放开了她的左足。

蕖蕖向他倾身过去，睁着一双清亮的眸子盯着他，含笑问道：“这些天，你想不想我？”

“嗯，有一点儿……”林泓若无其事地看着她，镇静地回答，“毕竟我们有碎玉子之谊。”

蕖蕖猝不及防，被他这淡淡一语撩得羞恼不已，“呀”地轻呼一声，旋即扑过去捶他。

林泓这才笑逐颜开，抬手握着她的手腕，压住了她挥舞着的双拳。

蕖蕖顺势伏在他的膝上，侧首看向午后的太阳透过格子门落于地上的几重光斑，目光也渐趋迷离。

“林老师，我想时时见到你。”她枕着他的双膝，梦呓般低语。

他轻捋着她鬓边的散发，沉吟片刻后温和地道：“再等等。我现在还无所作为，在官家面前说不上什么话。等聚景园完工，或许可以……这段日子里，你千万要谨言慎行，保护好自己。惹人怨恨的事，别再做了。”

“你以菜进谏，请官家废除盐钞法时有没有想过，也可能会惹人怨恨呢？”蕖蕖问。

林泓一时语塞。

蕖蕖又道：“这些事，总要有人去做，我们想做便做吧，就算惹来麻烦，想想法子，总能解决的。”

回宫之后，史怀恩将路上遇袭之事告诉皇帝与郦贵妃。皇帝暂时未表态，而郦贵妃十分难过，私下对蕖蕖道：“这件事，说到底是因我册礼而起，你揭发此中弊端，原是仗义执言，却遭人怨恨，险些伤及性命。我会建议官家彻查此事，找出元凶，还你一个公道，防止这类事再度发生。”

“多谢娘子好意，但依奴之见，不必大动干戈。”蕖蕖道，“官家与娘子，虽明知涉及贪腐之人不仅限于御厨、翰林司和仪鸾司，仍未追查到底，就是不

愿在册礼之前兴师动众，导致朝野动荡。如今我遇袭之事证据不足，连那匹马都没捉住，无法断定是何人所为，要追查也毫无头绪，若真去查，很可能徒耗人力而无结果。还是暂且按兵不动，日后等对方露出马脚，再查不迟。”

郦贵妃叹道：“若不追查，就怕对方一再设计害你。”

蕫蕫朝郦贵妃下拜，道：“奴有一法子，娘子只需当众说几句话，就可震慑那些人，令他们不敢轻举妄动。”

次日郦贵妃召集许多宫人，到后苑梅岗亭赏早开的梅花。在亭中饮了一盏茶后，郦贵妃召来入内都知张知北，在宫人环伺之下问他：“近来雨水多，且让人往凤凰山上四处看看，该修的修，该补的补，别让山体滑坡，滚下大石砸到人。”

张知北俯首领命。

郦贵妃又道：“你们骑的马也都系好了，别不长心眼让马跑出去撞了人。”

张知北明白她话中有话，却不敢细问，一径低头应承。

郦贵妃冷冷地扫视四周的宫人，最后道：“我提到的、没提到的，你们最好都放在心上，别弄出意外伤了人。若再出什么岔子，我们就把青盐、凤凰山上自缢之人的事一桩桩都从头捋捋，看看是哪里不对。”

蕫蕫身处宫人之中，默默听着，心知害她的人多半也有耳目藏在如今这群人里，郦贵妃的话很快会传到主谋耳中。能发现蕫蕫所为，并能知悉她的行踪，布下周密谋杀计划的人不会是一般宦者小吏，这宫中发生过的许多未解之谜很可能与其有关，比如青盐和王慕泽一案，所以不妨请郦贵妃一并提一提，表明再受挑衅就彻查严惩的决心。如今郦贵妃将正式执掌六宫，身份权力都非之前可比，对方不会无所忌惮。

“皇后的话你们都听仔细了。”这时皇帝忽然现身，阔步走上梅岗亭，高声抛出这句话，当众肯定了尚未行册礼的郦贵妃皇后的身份。

他在亭中站定，目视四方，又冷面道：“朕一向忙于国事，难以兼顾后宫，但有些事，朕暂未处理，不等于没看见。如今已把处置的权力交给皇后，若还有人存了兴风作浪的心思，且消停些，自求多福吧。”

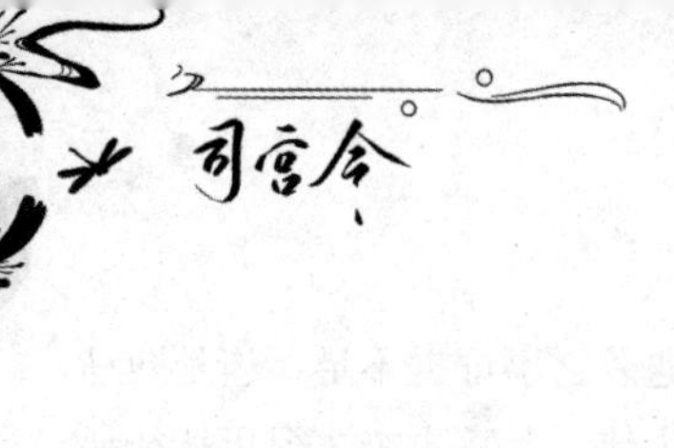

（七）
难题

自帝后公开说了那番话，宫中似乎又恢复了往日的宁和气象，每人各司其职，有条不紊地筹备着册礼事宜，再未出任何纰漏，蕒蕒也没再遇到什么危险，宫中人都对她客客气气，偶尔还会有人着意奉承，显然把她看作了帝后跟前的一大红人。

一日，皇帝在嘉明殿用膳毕，犹坐着与蕒蕒闲聊，忽闻皇后求见。皇帝忙请她进来，笑着问道："怎不早些来一同用膳？"

皇后欠身道："妾岂敢不经传宣便来打扰官家进膳？此时前来，实是有一难题涉及东宫，妾不敢擅作主张，所以来请官家定夺。"

皇帝便请她坐下慢慢说。

皇后落座后蕒蕒奉茶与她，她也未顾得上饮，先将那难题细细道出："说起来，这原是东宫的家务事……太子妃从嫁侍女中，有一个叫孟云岫的颇通文墨，能诗善画，还有一副好嗓子，抚琴作歌时闻者都说如同天籁之音。太子妃小时读书多蒙孟云岫指点，与孟云岫十分亲近，因此钱家也舍不得让孟云岫外嫁，便让孟云岫陪太子妃入了东宫。太子妃有意请太子纳孟云岫为侧室，但这孟云岫比太子大好几岁，今年三十岁了，何况太子对孟云岫虽敬重有加，却无男女之情，因此太子一直未应允。而太子也有许多从小服侍他的宫人，其中一个叫于蕊儿，八岁便开始陪伴太子玩耍，如今十八岁了，自然也期盼有朝一日能成为太子侧室。于蕊儿见太子妃向太子推荐孟云岫，难免拈酸吃醋，明里暗里地讥刺孟云岫，说孟云岫这三十岁的老女人还敢奢望做太子宠妾，真是恬不知耻。孟云岫性情温婉，一向不与于蕊儿计较。前日是孟云岫三十岁生日，太子妃想为孟云岫设宴庆祝，孟云岫不想劳动东宫之人，婉言谢绝。而于蕊儿知道了却公然讥讽孟云岫，说孟云岫是欲掩饰自己年满三十岁这件事，殊不知东宫上下都明白孟云岫已是三十岁的枯木残渣，太子也觉得碍眼，孟云岫还好意思仰着一张老脸巴巴地贴上去邀宠………"

这话连皇帝都听不下去，大怒道："这于蕊儿牙尖嘴利，如此恶毒，太子妃莫非不会施以惩戒？"

皇后叹道："太子妃太过良善，又顾及于蕊儿是东宫旧人，认为惩戒她是拂了太子面子，因此一直隐忍不说。而太子应官家要求，潜心学习治国之道，也难分心料理家宅之事，这些口角也无人告诉他……前日于蕊儿讥刺孟云岫的

话说得格外难听，且又是当众说的，孟云岫也抹不开面子与她争执，就流着泪跑回房中闭门不出。太子妃听说了亲自去看孟云岫，婢女叩不开门，太子妃让内侍破门而入，见孟云岫已悬梁欲自尽……”

皇帝蹙眉问道：“救回来没有？”

皇后道：“好在发现得早，命救回来了，只是脖颈儿肿得不成样子。这两日孟云岫一直说不出话，太医看了说，嗓子一定会受损，就算日后能说话，嗓音也会嘶哑难听，以前的好声音恐怕再也不会有了。”

“这于蕊儿无异于以口舌杀人，其心可诛！”皇帝愤愤不平地道，又问皇后，“太子妃和太子如何处罚她？”

“难就难在这里。”皇后轻叹一声，“太子妃这两日一直守着孟云岫，以泪洗面，别人问她如何处罚于蕊儿，她只是冷冷地说：‘请殿下处分。’而那于蕊儿早已跑到太子跟前痛哭流涕，反复诉说陪伴太子多年的经历，抓住太子的袍裾苦苦哀求。太子一向仁厚心软，若要重罚也狠不下这心，便派人把于蕊儿送去交给魏宫正，请宫正处罚。而魏宫正也十分为难，罚轻了怕难平太子妃怨气，罚重了怕太子不悦，所以来向妾请示……”

皇帝了然：“你的顾虑与魏宫正一样，何况涉及东宫，你也不好做主。”

皇后赧然地垂首道：“妾无能，但求官家圣裁。”

皇帝道：“这类事，若依宫中惯例，只需将于蕊儿逐出宫，勒令出家，做女冠。”

皇后迟疑，默然不应，显然认为这并非合适的方案。

蕫蕫见状，轻声对皇帝道：“官家，恕奴直言，奴记得上次女史郝锦言陷害冯典膳后，宫正想把郝锦言等人逐出宫做女冠，太子阻止了，说逐出宫即可，不必勒令出家，毁其一生。太子与郝锦言等人素不相识，都不忍见她们出家，何况是服侍他十年的宫人。”

皇后亦道：“是呀，若官家如此处置，太子纵不反对，心里也必不好受，恐生怨气。”

“只逐出宫不让她出家？”皇帝很快恼火地否决了这个方案，“那不是便宜她了！不行不行。”

皇后无言以对。两人沉默片刻，皇帝忽然侧首看蕫蕫：“依你之见，如何处罚才好？”

蕫蕫也不回避这一问，欠身朝皇帝施礼，答道：“那于蕊儿口口声声说三十岁的女子是老女人，枯木残渣，可见对三十岁这一年龄厌恶至极。她这般沉醉于炫耀青春韶华，必然是没有想过自己也会活到三十岁，沦为自己深恶痛绝的枯木残渣。既如此，官家不如下令，在于蕊儿三十岁前一天，赐她白绫。”

皇帝与皇后对视一眼，都无比惊诧。少顷，皇后开口道：“虽然于蕊儿口出恶言把孟云岫逼到欲自尽，但依照律法，毕竟罪不至死，就算缓期十二年，也太严酷了，这处罚比勒令出家更重。”

萁萁道：“且先这样宣布，而这十二年中，官家少不得会有遇喜事大赦天下的时候。这期间于蕊儿必须降职，不得再接近太子、太子妃和孟云岫，但请人善加引导，让她从此谨言慎行、行善积德，争取在大赦时获得免罪的机会。是否将她列入大赦名单，全看她这些年的表现，所以，她要自救，只能先让自己学会做个好人。”

皇帝这才解颐，与皇后相视而笑，道：“这法子我看行。如此一来，非但于蕊儿再不敢犯错，有这个先例，东宫乃至六宫的宫人多半再不敢口出恶言、说人是非。太子妃的怨气会消除，太子也不会有太大意见。稍后我先与太子说明，但让他不要干涉后续之事。烦请皇后择老成持重的女官，以后负责约束管教于蕊儿。”

皇后欠身领命。皇帝笑看着萁萁，还欲说些什么，殿外忽然有黄门入内传禀：“官家，宣义郎在大庆殿东庑制作苍松看盘，许是劳累过度，一阵眩晕，张都知派人把他送到翰林医官院请太医诊治，岂料他到医官院不久后就晕厥过去，不省人事了。”

萁萁大惊，紧盯着那报信的黄门，情不自禁地站了起来，又担忧又自责。

那苍松看盘不是寻常插花盆景，主株高近五尺，长两丈有余，形如遒劲苍松古树，枝干曲尽其态，然而并非选取一株古松直接截来，使用的只是御苑园丁剪下的徒长枝或枯枝树桩，林泓带领着十余名翰林司内侍一段段、一枝枝截取修饰，拼成古松形状，再贴树皮，整理枝叶，使之与真树无异。林泓为完成这个作品颇耗心力与体力，会用到锯、刨、刀、锤等各类木工工具。因内侍们不够熟练，很多时候是由他系着襻膊，亲自完成。萁萁很后悔在聚景园事务未曾完结之时又让他领了这个任务，连日操劳，累得病倒。

皇帝亦很关心，随即问黄门：“太医怎么说？宣义郎现在如何了？”

黄门说：“郭太医也说是劳累所致。臣来报信之前郭太医已开始施以针灸，目前情况未知。”

郭太医名为郭思齐，如今是太医之首，医术最为高明，皇帝闻言便放下心来，又见萁萁关切之情溢于言表，遂吩咐她：“你去翰林医官院看看吧。”

萁萁立即答应，施礼后匆匆赶往翰林医官院。

皇后目送她离去，再回头对皇帝，似解释一般道：“宣义郎与萁萁有一段

师徒缘分，所以听闻宣义郎晕倒，蕙蕙不免关心……”

“我知道。”皇帝淡淡地道，“宣义郎年轻俊秀，又有才华，哪个青春年少的女子与他相处后会不动心？”

皇后略显尴尬地笑笑，小心翼翼地试探道：“官家愿意成全他们吗？”

皇帝沉默了片刻，才道：“我看二哥对蕙蕙也很上心。上回你在梅岗亭告诫宫人，我赶过去说那番话，其实是二哥恳求我去说的。”

“二哥？”皇后讶异地反问。

皇帝点点头，道：“他去福宁殿与我说，蕙蕙的所作所为，皆是顺应君意。我早将弊端看在眼里，却引而不发，而蕙蕙如婴儿般无畏，带着一股天真的拙气直面弊端，愿意帮我披荆斩棘，我便顺势而为，接纳她的建议，然而无意中却把她置于风口浪尖，令她遭人怨恨，乃至危及生命……二哥朝我连连叩首，恳请我与你一同表态，警诫六宫，以令想害她的人不敢轻举妄动。”

皇后听后感慨万千，轻声道：“二哥对蕙蕙的情意，妾一直看在眼里，也有心成全，只是蕙蕙似乎一心恋慕宣义郎，妾也就不便强求……蕙蕙十八岁了，也到了该定终身之时，官家看来，是宣义郎还是二哥合适？”

“此事不急。”皇帝举盏饮了饮茶，又垂目看着茶汤，若有所思，“对蕙蕙来说，或许还可以有更好的安排……”

（八）
梦魇

林泓近来异常疲惫。聚景园寝殿竣工在望，细节却还有颇多需要推敲，林泓每夜均挑灯看图纸，冥思苦想。而册礼宴会的看盘也是一个不易完成的任务，除了每日教授翰林司内侍，那株需要他凭空创造的苍松古树更是令他耗尽心力与体力。他先描绘出心中理想的树形，再在御苑园丁提供的树枝树桩中精挑细选，用木工工具处理粗枝，较细的枝条曼妙的线条却通常是他一枝枝徒手弯折而成。纵有学徒帮手，但一看他们处理得不合心意，他少不得又自己重做一遍。他做事一向力求完美，设计好的枝条就算别人赞不绝口，他也会默默反复端详，看到自觉有缺憾处，又一遍遍修改，一日面对苍松往往会站着劳作六七个时辰，其间甚至不愿停下来饮水进食，而夜晚改完聚景园图纸后，可供睡眠的时间便不足两个时辰了。

如此多日，人颇憔悴。这天如常在大庆殿东庑拼接树枝，忽感一阵眩晕，身子晃了晃。在旁观看他创作的入内都知张知北忙出手相扶，见他面色苍白，眼周青黑，当即唤来几名小黄门，让他们送宣义郎去翰林医官院。

见张都知派人送来，翰林医官院亦不敢怠慢，立即请出郭思齐为林泓诊断。郭太医望闻问切一番，确定是疲劳所致，嘱咐林泓暂且在医官院内休息，今日勿再劳作，又让韩素问为林泓按摩头部及肩颈。片刻后林泓缓过神来，韩素问见他面色转好，笑着建议他去堂中闻闻香、品品茶。

那医官院堂中窗明几净，博山炉里飘出的香气以龙脑为主，令人耳目清明。林泓缓步入内，在韩素问的介绍下开始仰视堂中所悬的历代名医画像。前面几幅绘着世人耳熟能详的神医，例如扁鹊、华佗、张仲景、孙思邈，随后是一些国朝国医，大多为翰林医官院的著名医官。

意识到后面那些医官的身份，林泓心跳加速，呼吸又渐趋急促，前行的步伐愈显沉重。将走至最后一幅画像前时，他有些踟蹰，但在韩素问的热情引导下终于还是继续徐徐朝那最后一名国医走去。

果然是他。那清瘦的面庞，冷峻的神情都与记忆中一样。林泓顿感气血上涌，不自觉地捂住胸口，开始喘不过气来。

而韩素问浑然未觉，两眼热烈地盯着那幅自己心目中神祇的画像滔滔不绝地介绍："这是张云峤张国医，官家最信任的大国医，治好过很多人……非但医术好，估计还成了仙，有事对着画像祈求于他会特别灵验。我每逢考试都要拜他的，可惜上回考试时这厅堂修葺，把名医画像撤下收在库房中，使我不得向他祷告许愿，所以就没考上……"

他的讲述被"咚"的一声打断，那是晕厥的林泓头撞在一旁的柱子上发出的声音。韩素问诧异地侧首，只见林泓的身子斜斜地倒了下去。

林泓陷入一片混沌中，片刻似乎又有了意识，发现自己化作了五岁的孩童，眼前间或有零碎的画面闪过：

双目红肿的母亲打开他卧室的门，牵起他的手，说："泓宁，走，我们去见你爹爹。"

母亲牵着他，走进一个如晦暗隧道般的地方，那里有一道道带锁的门，每道门边都站着几名卒吏，他们看看母亲手里的凭据，冷漠地开了锁。母亲就这样带着他，走向那阴冷潮湿，两壁都是囚牢的隧道最深处。

一名男子从最里面的囚牢中走出来，手里提着一个医药箱，发现母子二人，他驻足而立，冷冷地注视他们。

母亲浑身颤抖，怒不可遏地冲过去，大声斥问那人："你为什么在这里？

你又对我夫君做了什么？”

那人并不回答。母亲素日是那么温柔的淑女，此刻竟难抑满腔愤懑，伸手劈头劈脑地朝那人打去。那人也不躲闪，任她打了很多下才一把握住她的手腕，将她甩开，然后大步流星地出去，消失在入口光亮中。

他跟在失魂落魄的母亲身后走进囚室，见父亲躺在地上的稻草堆中，囚衣上满是伤痕染成的血污，大多已经干成褐色了，双目紧闭，眉头深锁，一点儿血色也无，整个人看上去如同石雕。

母亲试了试父亲的鼻息，眼神和动作都瞬间凝滞了，良久后才抱住父亲放声痛哭。而他只是站立在一旁呆呆地看着，尚未意识到这就是死亡，而父亲的死亡意味着什么?

母亲强抑悲声，振作精神为父亲换上自己带来的衣裳，并为他梳头。当她的手托起父亲后脑处时，她似乎感觉到什么，迅速推父亲侧身，拨开他脑后的头发，凝眸寻找。

她从那里缓缓拈出了一枚银色毫针，末梢处的紫红色血迹衬得针尖的光芒格外雪亮。

凝视着那点儿冰冷的光，他止不住地战栗起来，首次感觉到了对生命丧失的深深恐惧。

囚室景象逐渐淡去，取而代之的是母亲临终时的房间。

她颤巍巍的手抓起枕边一个木匣子，递给他。

他愣怔着打开，毫无准备地，任那一点儿冰冷的光芒再一次刺痛他的眼。

“那个人，叫张云峤，太医张云峤……”母亲用尽最后的气力，喃喃道。

这是他多年来反复出现、难以摆脱的梦魇，常在半梦半醒之间出现，令他分不清是梦还是从深锁的心间逃逸出的回忆。从小到大他不知道被这梦魇惊醒过多少次，经常会泪流满面，乃至大声哭喊，幸而，有洛微在，每次听见他叫喊，她都会奔到他身边，搂着他柔声安抚：“有姐姐在呢，不怕……”

林泓徐徐睁开眼，空气中弥漫着温暖的药香，因四周安静，甚至能听见药罐里熬煮的药汁在火上汩汩翻腾的声音。

他自榻上坐起来，只觉眼前景象在荡漾，一时间有些恍惚，不知身处何方。

房中一隅有个小茶炉，炉上搁着一个熬药的砂罐，而一个身姿窈窕的姑娘背对着他，正手持蒲扇，坐在炉边扇着火，不时低头查看药罐内的汤药，少顷，大概觉得火候差不多了，她站起来，轻轻伸了伸腰，松了口气。

林泓双目潮湿，迈着虚浮的步伐向她走去，自她身后伸臂拥住了她。

她受了一惊，略一挣扎，旋即意识到是他，便安静下来，乖巧地依于他的怀中，保持着沉默。

像怕她忽然逃逸，他将她搂得更紧了，下颌轻抵在她的额发上，他闭目，抑制着鼻端的酸楚，梦呓般唤出适才萦绕于心的名字：“洛微……”

她浑身一颤，姿势瞬间变得僵硬，然后她轻轻挣脱他的拥抱，转身看向他，努力朝他微笑：“林老师，药熬好了，我给你盛一碗。”

柳洛微最近颇不顺心。见太后凤体违和，她四处寻访、花重金买来许多珍稀药材和补品送至慈福宫，没想到被太后原封不动地退了回来，并让人传话：“老身体虚，怕受不得这般进补，还是柳娘子自己用吧。心肝肠肺若有什么不妥，还望尽快调理好了，早日为官家再添一个皇子。”

柳洛微将这话琢磨了好几遍，又差人去请程渊来芙蓉阁，三番四次地邀请，程渊才勉强前来，躬身问她所为何事。

柳洛微将太后退礼品之事说了，问程渊：“这些年我侍奉太后不可谓不尽心，然而太后始终不待见我。此前受程先生提醒，我已很少为官家做饭，舞如今也不跳了，太后为何对我依然如此冷淡？”

程渊道：“太后前半生曾随先帝颠沛流离，后半生居于这修罗场般的后宫，什么人没见过？娘子做的事，她看在眼里，娘子的用心，她不看也知晓，以后娘子再怎么孝敬她，只怕她也很难消除对娘子的成见了。”

柳洛微屏退左右，对程渊微笑道：“程先生且说说，太后看见我做什么了。”

程渊淡淡地道：“御厨、翰林司和仪鸾司大幅虚报账目，大约开始于三年前，而那时，正是官家让娘子替代裴尚食掌御膳先尝的时候，娘子起初只是代裴尚食品尝御膳或为官家做菜肴，后来便插手监管御厨账目，从此，与御膳、宴会相关的账目便不清不楚了。”

柳洛微一哂：“程先生慎言，我一弱女子，哪里指挥得了那些官吏做这事？”

“所以，此前内侍省和宣徽院必然早有了娘子打点好的人。”程渊道，“娘子借御厨、翰林司、仪鸾司敛财，又拿获得的财物继续贿赂朝廷命官，几番下来，宫里、朝中估计已有了娘子不少亲信。”

柳洛微也不否认，轻叹道：“我出身低微，在宫中毫无根基，若不找些可适时援助我的人，只怕早已悄无声息地消失在后宫中。”

“娘子收手吧，继续下去，难免引火烧身。太后早已看出你的心思，见官家独宠你，又不便直言，便想出了召民间女子充实尚食局的法子，最后阴错阳差，冒出个吴蕙蕙，改变了娘子把持操纵御厨的局面。有她在，娘子就算生产了也不能重掌御膳先尝，所以那些账目也没有理由监管了……”程渊停下来，

着意看了看柳洛微，又道，“说到这里，娘子是不是应该解释一下吴萁萁宫外遇险的事？”

“什么遇险？与我无关，程先生请勿无端指责。”柳洛微冷着脸面道。

程渊朝她一揖：“程渊失言，还望娘子原宥。”

柳洛微又露出温和的笑容：“程先生言重了。我知你句句出自肺腑，原是为我着想。我在宫中举目无亲，幸得先生关怀照拂，十分感激。我愿拜先生为义父，日后对先生便如父亲一般奉养，希望先生也能视我如女儿，在太后面前，多为我说几句好话，凡事多加提点……”

“老奴没那个福分。”程渊略略提高声音打断她，道，“我今日与娘子说这些，无非是觉得娘子有两分像一个故人，所以忍不住稍加提醒。日后该如何行事，还望娘子自行斟酌，老奴岂敢再干涉娘子之事！”

语毕，程渊转身欲出门，柳洛微却扬声唤住他：“程先生！”

程渊止步，但亦没回头。

柳洛微起身，慢悠悠地踱步至他面前，意味深长地微笑着问他：“菊夫人近来可好？”

（九）
年轮

不出所料，柳洛微看见程渊转向她的眸中射出了两道锐利的光，她不由得笑得更肆意了，有条不紊地开始讲述发现他秘密的经过：“上次我要给先生送厨娘，先生谢绝，我暗暗钦佩，认为先生与众不同，洁身自好，食色皆不爱，所以改赠琼花给先生。送花到适安园的内侍回来说，先生园子里奴仆均为聋哑之人，我按捺不住好奇，正巧有个厨娘生病烧坏了嗓子，就派她去适安园应聘。先生不忘让人测她双耳听力，好在这厨娘定力好，竟然通过测试，入了先生的园子。”

程渊冷笑道：“娘子栽培的人，必然是十分妥帖的，这点儿定力算什么，但凡娘子需要，随时生病毁嗓子。”

柳洛微并不反驳，继续道：“她不久后就得知先生买这适安园原是为金屋藏娇，锁了一个天仙般的美人在园中楼上。这美人每日茶饭不思，也是机缘巧合，我那厨娘做的膳食尚能入美人的眼，她送饭上小楼的机会便多了些，偶有几次，听见了先生与那女子的对话……先生称那女子，菊夫人。”

程渊面不改色地道：“她是我买来的舞伎，因我倾慕菊夫人当年风采，所以以菊夫人之名唤她。”

柳洛微一哂：“这个菊夫人，好几回追问先生一个叫‘蕈蕈’的姑娘近况，先生的回答，显然是在说吴掌膳，这就更有意思了……我查了吴蕈蕈的身世，得知她是浦江人，母亲名叫吴秋娘。随后我又让人查了先生近几年的行踪，询问了随先生出行的内侍，知道先生曾去过浦江，并带回过一个名叫吴秋娘的女人，然而这吴秋娘刚到临安，先生就对外声称她染病身亡了。我委婉地向官家询问菊夫人的下落，他说菊夫人当年自请出宫，居于先帝赐给她的园子中，但不久后便失踪了，从此杳无音讯。我又向仙韶院的人打听，她们说菊夫人出宫前往来密切的人是刘司膳和太医张云峤，而菊夫人出宫之后，这两人也同样失踪了。我便又让人去翰林医官院查了张云峤当年的出诊记录，发现菊夫人出宫前频频唤他诊治……”

柳洛微盯着程渊渐渐阴沉的面色，放缓了语速，说出她推断出的结论：“若我所料未差，菊夫人应该是与张太医暗生情愫，出宫后与他私奔了……或许，还有刘司膳？两人效仿娥皇女英共事一夫也不足为奇……而吴蕈蕈就是菊夫人与张太医的女儿。”

程渊闻言容色未变，但攥紧了隐于长袖下的拳头。

柳洛微依旧含笑，走至他身侧，低声道：“你说，如果此事被太后得知，她会有多少理由，列出多少条罪名，用多少种刑罚来对付菊夫人？仅背叛先帝、私奔生女一条，就足够挫骨扬灰了吧？”

“她没有背叛过先帝！”程渊终于忍不住瞪着柳洛微怒道，“她从未生过孩子，吴蕈蕈是张云峤和刘司膳的女儿。”

柳洛微有些错愕，旋即又笑了，柔声道：“这就对了，你我坦诚相对，知无不言，这样多好。只要先生与我相互扶持，一同在宫中活下去，我自会像保护自己一样保护菊夫人。”

程渊自知入了她的套，闭目调整呼吸，片刻再看柳洛微，叹息一声：“娘子到底想要什么？”

柳洛微没有立即回答，默然片刻，手轻轻抚上自己的小腹，目光投向门外的小庭深院，淡淡地一笑：“我又有身孕了。太医说，从脉象看来，很有可能是位皇子。”

那声“洛微”一出，蕈蕈与林泓这几个月来日趋亲密的氛围被霎时打破了，

那天两人都没再多说什么，蕓蕓表达了帝后对林泓的关心，林泓客气地道谢，在看着林泓饮下药汁后蕓蕓叮嘱他多休息，旋即匆匆离去，林泓也没挽留，只是看着她远去的目光颇显惆怅。

虽然皇帝让林泓休养几日，暂停所有工作，林泓次日还是出现在了大庆殿，带领着内侍继续修饰看盘。将近酉时，林泓见内侍的活完成得差不多了，便让他们回去歇息，而自己仍留在东庑端详松树，不时调整枝叶。

少顷，蕓蕓端着一盅鸡汁梅花汤饼入内，说是官家让她送来的，嘱咐林泓进食。林泓致谢，洗净手，接过汤饼尝了尝，便明白这是他教给蕓蕓的做法，遂会心一笑："做得比你在问樵驿时好多了。"

蕓蕓微笑道："终究不及老师做得好。"

林泓顿时想起，当年那风雪夜，他将蕓蕓救至自己房中，随后便做了这梅花汤饼，以备她醒来时食用，想必她一直记着，这两年来不知做过多少次，才能做到形、色、味都无限接近自己那一盅。

他想到这里心微微一颤，看她的目光更柔软几分。

蕓蕓请他继续进食，自己坐下静待，庑中便归于沉寂，只有一点儿轻微的汤匙碰到容器的声音偶尔响起。

为了掩饰此间的尴尬，蕓蕓打量四周，稍后拾起一片薄薄的松树枝干横截面，细细观察。

那是林泓修改枝干长度时锯下的。见蕓蕓指头在年轮上抚过，林泓便道："这一圈圈的痕迹，一明一暗即代表树生长了一年。你且数数，这一株活了多少年？"

蕓蕓由内而外，认真地数，少顷抬起头来，笑道："十八，它跟我一样大。"

林泓笑而不语。

蕓蕓这时有了兴致，继续四下搜寻，道："我找找看有没有与老师一般大的。"

她找了好几片，数下来都与林泓年龄不符。见蕓蕓颇沮丧，林泓在身边木片里挑了挑，捡了一片递给蕓蕓。蕓蕓数了数，目露喜色："二十三，果然是老师的年龄。"

蕓蕓审视那木片，发现不似自己那片完美，里面有不少断裂处和虫蚀的痕迹，便叹道："这棵树看来多灾多难，在年轮上留下这么多痕迹。"

林泓道："年轮记录着树一生的经历，无论水旱灾难、雷电虫蚀，都会留下痕迹。"

蕓蕓见最大的虫蚀痕迹出现在第五圈外，是一个不小的空洞，便道："这树五六岁时一定吃了不少苦头。”

林泓闻言一惊，搁下了汤匙。

蒖蒖注意到他异样的神情，关切地唤道：“林老师……”

林泓垂下眼睫毛，告诉她：“那时……我父亲去世了。”

“啊……对不起……”蒖蒖顿时有点儿懊恼，因自己无心之言，勾起了林老师不愉快的回忆。

林泓朝她微微一笑，以示不介意，片刻，对她道：“这是我不忍回顾的往事。每次忆及小时候的事，我总是强迫自己越过这段，于是这一年，在我回忆中也有了一个宛如虫蚀的空洞。”

想了想，蒖蒖拾起树下的剪刀，从与自己年龄相符的木片上剪下一小片，贴在林泓那片的虫蚀痕迹上，然后对林泓道：“这一年，蒖蒖也出生了，那么，以后就让我的年轮来填补这个洞吧……你以后想到这一年，就可以告诉自己，这世上多了一个叫蒖蒖的女孩。”

林泓保持着微笑，凝视被她填补空洞的年轮。

蒖蒖又剪下一片，贴在林泓下一处年轮的伤痕上：“这一年，蒖蒖和妈妈快乐地生活在浦江，认识了蒲伯，他是一个像林老师一样善良的好人。”

她继续剪，继续贴，力求剪下来的年轮曲线与林泓的吻合：“这一年，蒖蒖进学堂了。她觉得同窗的男孩子们都很讨厌，整天打闹爬墙揪她辫子掏树上的鸟蛋，万万没想到，十年以后，会认识林老师那样的男子。

“这一年，蒖蒖求妈妈教她做饭，被妈妈拒绝了，她就跑出去找了几个男同学，一起到河边烧火烤了几条鱼，烤得黑乎乎的，但她还是吃得很开心……蒖蒖，你再等等呀，再过几年，就有林老师教你做非常美味的饭菜了。

“这一年，妈妈把蒖蒖许配给了杨盛霖，好在杨盛霖喜欢女子蹴鞠，被蒖蒖抓个正着，退了婚……蒖蒖决定日后回浦江一定要请杨盛霖好好吃一顿，谢他不娶之恩……”

林泓忍不住笑了笑，但看着蒖蒖认真的神色，心中无端一阵酸涩。

“我是说真的。”蒖蒖侧首看着他，道，“如果嫁给了杨盛霖，我就不会遇见林老师了，那么，大概一辈子也领悟不到什么是饮食之道，也不会真正明白……情为何物。”

说到这里，她双目盈盈，抑制不住地开始呜咽：“林老师，我喜欢你。无论你心里牵挂着谁，我还是喜欢你。”

说出这句深锁心底的话，她如释重负，眼中含着的泪也随之坠下，随即羞涩地保持着垂目状态，不敢看他，直到听见他的声音再度响起。

“别叫我林老师了，”林泓温柔地向她建议，“如果你不介意，不妨叫我泓宁……我的家人都这样唤我。”

“泓……泓宁？”萁萁有些不确定地轻声道。

“嗯，萁萁。”林泓含笑牵起了她的手，将她拉入自己怀中，轻轻拥着，感受着她带给他的安宁，在她耳边道，“以后，就让我们用半生的光阴，来填充彼此的年轮。”

他们彼此相依，默默坐在东庑里，一时都没有想到要避人耳目，也没有留意到今冬的第一场雪悄然而至，有零星雪花飘入了敞开的格子窗内。

庑外的赵皑无声地为他们拉上了窗，然后在窗外冰冷的石阶上徐徐坐下，怆然仰头看苍茫的天色，任几点雪花落入目中，以减轻泪光带出的灼热。

他去嘉明殿见父亲，却发现萁萁端着汤盅朝大庆殿走去，猜到她要见林泓，便尾随而来，隐身于东庑外看见了这一幕。

他听到他们最后的话，起初的恼火与愤懑逐渐消散，心里只觉一阵无可奈何的悲凉，他挥挥手示意欲接近这里的内侍退去，无言地守护着那扇刚被他关上的窗。

也不知过了多久，萁萁自内出来，陡然看见默默坐在石阶上的赵皑，吃了一惊：“二大王！”

赵皑起身，犹豫了一下，旋即唤她：“吴掌膳。”

萁萁立即觉察到了他称呼的改变，亦意识到他可能听到了她与林泓的话，脸霎时红了，但看着闻声朝这边走来的林泓，她还是决定抬头正视赵皑，表明了自己的心迹：“我真的很喜欢很喜欢林老师。”

赵皑尽力朝她微笑，温和地道：“我知道。”

萁萁后退数步，在林泓走出门之前转身朝尚食局的方向奔去。

（十）
百事如意

皇后册礼宴会行酒九盏，中间奏乐、排舞，一如以往宫廷大宴，最大的变化是令人耳目一新的看盘。大庆殿庭前原来宴会中摆的羊首肉禽看盘换成了以一株苍松为主造就的冬日小景。松树枝叶有文人墨客挥毫舞就的画意，行神如空，行气如虹，树形劲健遒美。树干中心处下方插有蜡梅、水仙、山茶花叶及结着红色珊瑚珠一般的冬青果，枝条向四方延伸，长短各异，姿态曼妙。树干根部附近立着两块嶙峋奇石，使整个景象看起来有乱山高木、碧苔芳晖之意韵。

桌上看盘花果皆不少，花多用松、梅、山茶、水仙，果用金柑果、朱栾及香橼，或插瓶，或摆盘，清雅脱俗，色彩、寓意又彰显吉庆气氛。竹子多为花器，制成竹筒、舟船，贮水插花，悬挂于殿内梁、栋、柱、栱之上。

太后入席之前着意看庭前苍松，暗暗赞叹，问张知北："这棵树是后苑中的吗？似乎以前没见过。"

张知北欠身答道："此树并非天然植株，是宣义郎林泓用后苑修剪下来的枝叶拼接而成的。"

"不是真树？"太后讶异道，又细细观察树干细节，少顷感叹道，"真是巧夺天工。"

太后入座后又发现自己案上摆设与众不同，有一高一矮两个花器，高者是一汝窑花瓶，其中从高到低依次插着松枝、梅花、山茶，松枝苍翠，山茶盛大丰美，红梅曲折而下呈悬崖状，造型富丽而不失雅致，矮的花器则是一白瓷水盂，其中以灵芝和沉香山子布成小景，花器旁另摆着两枚百合鳞茎和一个柿子。

"用这些花果，是取'百事如意，长寿迎春'之意。"张知北含笑解释。

"这花，也是宣义郎插的？"太后问道。

张知北回答："正是。今日殿中所有花果装饰均是他带着翰林司内侍做的，太后案上的则由他独自完成。"

太后颔首："倒是个有心人。"

听说此次宴会上看盘皆用花果，太后本来颇为不悦，认为会大失天家气象，透着一股穷酸气。如今看来，景象出乎意料地令人满意，花果亦能点缀出繁盛喜乐氛围，而所有看盘材质中最贵重的灵芝和沉香山子被他摆到了太后案上，这两者珍贵、雅致，作为看盘符合宴会整体格调，又不失太后需要的体面，可见他完全明白太后的心态。

林泓虽曾多次前往北大内商议聚景园之事，但太后多让程渊接待传话，偶有两次太后直接与他对谈，也让他远远地立于几重帘幕后，不曾见过他的真容。今日宴中花果令太后暗暗折服于他的才华，对他本人便有几分好奇，行过五盏酒，中歇宾客更衣簪花之际，太后即命张知北将林泓召至帘前，与他叙话。

林泓依礼仪在乌纱幞头边簪了一朵银红大罗花，他肤色白，在这花映衬下越发显得颜如冠玉。太后让人褰起珠帘，将林泓端详一番，随后含笑道："宣义郎果然好个人才。"

太后问了林泓年龄，又问成婚与否，得到答案后笑着对帝后道："这却奇

了，朝中那些有女儿的官儿竟会放过他？”

帝后皆笑而不语，张知北便从旁代答：“要向宣义郎提亲的人都快从凤凰山上排到清河坊了，无奈宣义郎闭门不见，一直不曾议亲。”

太后遂对林泓道：“宣义郎可是没遇到合适的人选？你且说说，心仪怎样的小娘子，说不定老身可以为你做个媒。”

林泓拜谢太后却不答，面色泛红。太后见状笑道：“好了，大庭广众的，不为难你了。这几个月你劳心聚景园工程之余也不妨想想自己的婚事，喜欢谁家的小娘子，就在聚景园寝殿落成之时告诉老身，老身为你做主。”

张知北忙提醒林泓：“太后赐婚，这是莫大的荣耀呀！”

林泓遂再度下拜向太后致谢，随即想起蕒蕒，觉得太后的承诺必能使他们如愿以偿，心中亦十分喜悦。

宴罢太后回北大内，程渊一路随侍，想起今日太后对林泓的态度颇感意外，小心翼翼地问太后：“娘娘是真准备为宣义郎赐婚吗？”

“嗯。”太后闭目，淡淡地道，“林泓眼神清澈，周身干净，像个冰玉琢成的人。柳婕妤与他，倒并不像姐弟。”

太后有意赐婚，倒令皇帝颇为不安。他心知一旦让林泓自己选择妻室，林泓十有八九会选蕒蕒，而这，就打破了自己的计划。

思忖几番，皇帝觉得此事不能等，于是一日召太子与蕒蕒一同来到福宁殿，让皇后与他们说自己的安排。

皇后和颜悦色地对二人道：“太子自成婚以来，一直未纳侧室，虽说太子夫妇鹣鲽情深，太子妃也十分贤惠，但东宫深宅大院的，需要操心的家务事不少，太子妃未必都能兼顾。官家希望太子择一聪慧良善的女子为妾，协理东宫内务，如此，既能服侍太子，又可襄助太子妃，使她不至于太操劳。而蕒蕒，聪敏能干，厨艺出色，做事又极为妥帖，入宫以来颇有功绩，年貌也相当合适，所以，若你们愿意，我便为蕒蕒备上妆奁，择一个好日子，送蕒蕒去东宫。”

蕒蕒全无心理准备，乍闻此事，惊得目瞪口呆，一时不知如何应对。太子见状，向帝后欠身道：“臣谢爹爹、孃孃美意，只是臣与太子妃一向相处和睦，太子妃亦无过失，此时纳妾，恐会令她伤心。”

“上次孟云岫之事，也可说是太子妃的过失。”皇帝接过话道，“她不顾你的意见，公开流露欲择孟云岫为太子妾室之意，使孟云岫沦为众矢之的。孟云岫被羞辱悬梁后，她只会哭而把处罚于蕊儿之事推给你，作为东宫主母，不惩罚犯罪侍女，不威慑其余奴婢，这完全失职。”

太子辩解道：“她只是太过善良，不忍心严惩奴婢。”

“她这不是善良，是软弱！”皇帝直言道，“如此小事都避而不理，将来如何能做一国之母？”

见太子沉默，皇后温和相劝：“太子妃出身于王侯之家，锦衣玉食地长大，未识人间疾苦，所以处事经验是少了些……官家的建议自有道理，蕒蕒协理东宫，一定会将这类事处理得极为妥当，使太子无后顾之忧。”

“官家，皇后，请容奴说几句话。”蕒蕒此时开口道，“两人议及姻缘，必是准备一起度过余生几十年，那首先考虑的，难道不应该是彼此性情是否相宜，志趣是否相投吗？官家欲为太子纳妾，似乎不是看他喜不喜欢，而是想找个人协理东宫内务，其实，这是派个女官就可以达到的目的，为什么一定要让太子纳妾，使他与太子妃之间多个人呢？”

“太子是储君，将来会成为天子，后宫不会只有一个皇后，他纳妾，是迟早的事，既如此，何不现在就纳，协理东宫，开枝散叶，一举两得。”皇帝说到这里，又盯着蕒蕒，推心置腹地道，“蕒蕒，我也是为你终身考虑，希望为你找一个最合适的人，既能让你继续发挥所长，又能给你足够的尊荣。而太子，正是这个最合适的人。”

蕒蕒摇头道：“对我来说，最合适的人是与我情投意合的人，而非能给我尊荣的人。”

皇帝闻言无名火起，一把拉着太子至蕒蕒面前，对她怒道：“你且说说，我儿子哪里不如你自认为与你情投意合的人。是容貌、才华，还是品格、性情？”

蕒蕒泫然俯首，伏拜：“奴岂敢妄议皇太子？是奴福薄，不敢高攀殿下。”

太子轻轻摆脱父亲，亦在父亲面前跪下，拱手道：“爹爹，吴掌膳所言不无道理。在有情人眼中，名利荣华皆是浮云，情投意合，才能相守一生。吴掌膳自有意中人，无意于臣，臣也不想因赏识她的才能而逼她入东宫，还望爹爹三思。”

他郑重地朝皇帝稽首，然后抬起头来，又对父亲徐徐说出一句话：“人才可以再栽培，而有情人离散，便是一生。”

这句话终于令皇帝沉默了，思量许久后，他挥手命太子与蕒蕒退去。

退至殿外，蕒蕒举手加额，向太子行大礼，感谢他出言相救。太子不禁笑了：“相救？想必入东宫在你看来是羊入虎口。”

蕒蕒忙摆手：“不不，我不是那个意思……”

太子温言抚慰：“我说笑而已，你别介意。”旋即他又含笑道，“祝你和

宣义郎早结良缘，琴瑟相调。”

蘋蘋闻言惊讶不已，红着脸问道：“殿下知道？”

太子微笑道：“那日宣义郎没有问过你便让人为你斟眉思达华酒，显然与你极其相熟才会这样。后来蒲琭辛拉史怀恩和我去看山泉，宣义郎作为主人和将领东宫工程的人，不相从随行，却留在禅室，于情于理都不应该，我便明白了，一定是他非常想与你独处才会留下来。”

蘋蘋赧然低头，循着他的话揣摩那时林泓的心思，心间不由得觉出一丝暖意来。

“再等等，”太子眉眼温柔，犹萦笑意，“不久后，你们便可以长相厮守了。”

（十一）
欲破禅

既然事已说开，皇帝也不再让太子纳蘋蘋为妾室，等于默认了林泓与蘋蘋将来的婚事，皇后甚至很贴心地为蘋蘋安排与林泓见面的机会。

聚景园预计在五六月竣工，皇帝本来计划届时在园中安排一场庆典，恭迎太后入园，太后却说不必如此兴师动众，设个曲宴，也不必请太多人，就邀自家亲近的宗室戚里赴宴，品尝几道时令小菜便好。

皇后遂召蘋蘋来，与她说：“我看太后的意思，是不想要往日宴集上那些山珍海味。菜品需要符合时令，但万万不可真理解为寻常蔬食，须得别出心裁，才能惬太后圣意。这事估计宣义郎能想出法子，你既精通厨艺又能与他说得上话，不如去与他合计合计，看这曲宴该怎么安排。”

蘋蘋自然当即领命。这几日皇帝常让林泓午后带着聚景园新绽的花枝来嘉明殿为他插一瓶花，皇后便又向皇帝说明曲宴之事，请他许蘋蘋在嘉明殿与林泓商议。皇帝对她的意图心知肚明，不过如今也懒得计较，也就顺势同意了。

这日林泓带着一些新开的朱红色贴梗海棠来到嘉明殿，皇帝不在殿中，史怀恩说柳婕妤这次怀孕后身体状况不佳，官家经常去陪她用午膳，今日也是如此，此前留下话来，请林泓一切自便，需要什么就告诉史怀恩。

林泓坐下开始插花。少顷蘋蘋奉茶入内，与他说了曲宴之事。林泓道：“此事不难，但具体怎样做我想想再与你商议。好在离竣工还有些时日，也不急于一时。”

蓂蓂便在他身后坐下，静静地看他插花。待他插好一瓶，见尚有五枝花未用，她便问亦在旁观的史怀恩：“我可以请宣义郎教教我怎么插海棠吗？”

史怀恩满口答应，立即另取一青铜方尊给她做花器。

林泓与她说了应该修剪的大致长度及弯折花枝的方法，便起身把案桌让给她，请她自行插花。

林泓教她的花型至少需要插五枝，而目前剩下的花材仅有五枝，完全没有挑选的余地，这五枝中，有些是几乎无花的半枯枝，有些枝上仅有蓓蕾，只有一枝靠近顶端处有一朵孤零零盛开着的花。

蓂蓂着意看那唯一的花朵，心想可得小心轻放，千万别把它碰落了，整瓶花就指着它撑门面呢。于是她修剪与弯折的过程格外谨慎，尽量不去碰触那一朵花。

她有了这个顾虑，感觉这花插得越发艰难。青铜方尊口开阔，需要修剪一段木杈卡进瓶口，把修剪好的花枝依次插入杈口中，再剪一段海棠木枝横在花枝后，木杈之上，首尾与方尊内壁贴合，方能固定花枝。蓂蓂费了好大劲，才做到在不碰到花朵的情况下将花枝固定在方尊中。

插完花，蓂蓂抬手拭拭额头上的汗，暗舒一口气，自己端详海棠，见远景有向斜后方伸去的枯枝，近处有向前探出的蓓蕾，正中那枝枝头盛开着她悉心呵护的花，前后有高矮各异的枝叶作配，花枝弯曲的弧度十分优美，与林泓的作品相似，心下便有几分得意，站起身让开，请林泓点评，暗暗期待着他的赞扬。

林泓缓步过来，坐下，看看枝头怒放的花，微微一笑，然后提起案上的花剪朝花枝伸去，剪刀干净利落地一合，那朵被蓂蓂小心翼翼呵护的海棠应声而落。

“啊……”蓂蓂失声低呼，双目圆睁看着落下的花，再看向林泓，惊讶得无以复加。

“为什么？”她不解地问道，“这是我唯一盛开的花，剪了就只剩枯枝和蓓蕾了。”

“你太在意它了。”林泓注视着蓂蓂，温和地道，“枯枝是可以借鉴的过去，蓓蕾是可以期待的未来，都是值得我们珍视的。而完全绽放的花是眼前的繁华，也许明天就凋谢了，倒是不必太过执着。”

蓂蓂又心悦诚服地领略了一回林老师的禅意，然而看着那朵被剪的花，心头隐约有不祥之感掠过：这段时日过得太顺风顺水了，每件事似乎都得到了最好的结果，这算是“眼前的繁华”吗？

史怀恩见他们插完了花，便招呼着殿内伺候的两个小黄门出去取水打扫大

殿，然后对蕙蕙道：“殿内交给我们，吴掌膳和宣义郎早些回去休息吧。”

蕙蕙道：“我还有些插花的问题要请宣义郎指教。”

史怀恩微笑着连连点头：“明白，明白，请便，请便。”他一壁说着，一壁退了出去。

他随蕙蕙去苏州时早已将两人的情谊看在眼里，明白蕙蕙的小心思，也有意成全，因此愿意给他们一点儿独处的空间。

待史怀恩出去后，林泓也不问蕙蕙想请教什么，嘴角含着一丝若有若无的笑转过身，默默去收拾她遗留在案桌上的残枝。

在问樵驿时，无论厨房还是书房，他是不会帮蕙蕙收拾做菜或插花后的残局的，如果她忘了清理，他便冷着一张脸，直到她自己意识到并展开行动。而现在他居然主动去帮蕙蕙清理，可见待她的确与之前不同了。

蕙蕙想到这一点，心仿若被什么撞击了一下，漾出千丝万缕的柔情，忍不住靠近林泓，自他身后搂住了他的腰，将右颊依于他的背上。

他动作一滞，旋即沉着道：“松开……会有人来。”

她反而将他搂得更紧了：“我不管，你且回答我一个问题。”

他问道：“什么？”

她将头低低地埋下去，隐藏住将要逸出的笑容：“你何时再对我无礼？”

他闻言一颤，手中的残枝撒落于案面上，然而这已不重要了，他展臂一拂，将满桌枝叶尽数拂落在地上，然后转身，迅雷不及掩耳地将她抱起一旋，让她坐在了案上。

他双手食指与中指微屈，指节轻叩在她纤腰两侧的案面上，虽然保持着一点儿距离，却等于将她半桎梏着，不容她潜逃。

他幽亮的眸中含着影影绰绰的笑，渐渐地向她欺近。

她只觉被他旋入了眼波中，有溺水之感，快喘不过气来。而今面朝外，眼角余光瞥见兀自敞开着的大门，忽然着了慌，不由得懊悔适才对他出言撩拨，于是翘起足尖轻轻踢他的膝盖，道：“哎，哎，会有人来！”

他并未因此停止接近她。

她越发紧张，双手摁住他的两肩抵抗：“宫规森严，你不要明知故……”“犯”字没有出口，因为他在将要触及她脸时闭目，用睫毛在她左颊上一拂，她顿时觉得有根从头连到脚趾的弦被骤然收紧，浑身一阵战栗。

她闭上眼睛，等着这令人心跳加速的感觉淡去，再睁目看他，见他依然是好整以暇的样子，含笑凝视她。她不由得又羞又恼，索性将心一横，抵住他肩的手向前伸去，搂住他的脖颈儿，强迫他低头，自己不管不顾地向他的唇吻去。

他亦毫不示弱，在她唇欲离开时果断地回吻。

她是吹入他干涸心里的春风，她是来破他静寂禅定的花香。他在自己掀起的波澜中浮浮沉沉，模糊地想，对这一场不曾预谋的明知故犯甘之若饴。

三月底，柳洛微生的宜嘉公主满周岁，皇帝本想在宫中设宴广邀宾客庆贺，被柳洛微劝止了。柳洛微说："她只是个女孩儿，才满周岁而已，不必花费钱财大张旗鼓地庆祝，否则恐怕会折福，损她寿元。不如就在芙蓉阁摆个小宴，我们自家人坐着给她说几句吉利话，也就罢了。"

皇帝想了想也觉得有道理，便答应了。柳洛微随即又请示："那日可否请宣义郎来？公主的闺名是他取的，自上次芙蓉阁一别我们再未相见，一直没机会向他道谢。"

公主美名"宜嘉"是皇帝定的，闺名"如婴"则是林泓取的。当初皇帝要给公主取名，苦苦思索均未想到满意的，正巧林泓有事入对，皇帝便请他想想。林泓略微斟酌，道："'如婴'二字可否？《老子》曰：'专气致柔，能如婴儿乎？'婴儿纯真无邪，元气充沛。据说毒虫、猛兽、恶鸟都不会伤害初生的婴儿。希望小公主无论何时都能保持婴儿般纯净的心境，神闲气静，不为外物所伤，不为红尘所扰，一生平安顺遂。"

皇帝连称甚妙，便采纳为公主闺名。此刻听柳洛微再提林泓取名之功，皇帝遂欣然同意请他赴家宴。

柳洛微又道："芙蓉阁家宴而已，官家信得过妾，就别让掌膳来。膳食横竖都是妾定的，官家害怕妾在里面下点儿什么，非要带个人先尝尝吗？"

皇帝笑道："御膳有人先尝是祖宗定的规矩，不过你既不喜欢，我就不带掌膳来你阁中，反正在这里我吃的喝的你都尝过，我有什么不放心的？"

柳洛微嗔道："你还提这事！本来妾日日陪着官家，嘉明殿的御膳都是妾先尝的，吴蕒蕒一来，你就不要妾过问了。"

皇帝将她搂住，柔声安抚："这不是怕你生养孩子辛苦，不便兼顾饮膳之事嘛。你自己的饮食都需格外慎重，让人先尝，又怎好累你先尝我的？"

柳洛微恼火道："都是哄我的。你就是看上了吴蕒蕒，才让她时时刻刻随侍左右！"

皇帝大笑："在我眼里她只是个跟我儿子一辈的小丫头，何况她也快要嫁人了。"

柳洛微一愣："嫁人？她要嫁给谁？"

皇帝笑道："让宣义郎告诉你吧。"

宜嘉公主生日那天，林泓如约来赴芙蓉阁午宴。席间阁中人频频向公主祝酒，都是皇帝代饮。宴罢皇帝大醉，柳洛微便让人扶他去寝阁睡下，又命侍女在花园内布茶席，请林泓饮茶。

柳洛微惦记着吴蓂蓂之事，与林泓闲聊两句，便对他道："近日我听见一些风言风语，说你和吴掌膳……"

"我正欲与婕妤说这事。"林泓略一停顿，看看身边布茶的侍女。柳洛微会意，立即命侍女们退至远处，仅留与自己形影不离的玉婆婆在身后。

林泓取出一个小小的黑色漆盒，送至柳洛微面前。柳洛微打开一看，见里面锦缎中立着一个流光溢彩的翡翠镯子，通体翠绿，呈半透明状，水头极佳。

林泓开始讲述此间缘由："姐姐当年离家赴京时，我追至山下河边，去抓姐姐的手腕，姐姐挣扎，手从我握住的翡翠镯子中滑出，我心急之下抛开镯子再去拉姐姐，姐姐已让舟子撑船离开……那镯子坠在地上摔碎了。后来，我千挑万选，才找到一个与你那镯子品质接近的翡翠，自己雕琢打磨许久，今年终于做成了手镯。"

柳洛微含笑道："一个镯子，多大的事呢，难得你一直惦记着，花这许多心思另琢一个。"

语罢她将翠镯取出，细细欣赏把玩。

"这镯子我一直带在身边，如今到了该还给姐姐的时候。"林泓顿了顿，又道，"我要娶妻了，她是我要与之相守一生的人，往事已矣，我不希望她因这物件产生任何误会。"

柳洛微闻言笑容凝固了，将镯子搁回了盒中，她又看着林泓，问道："你要娶谁？"

"吴蓂蓂。"

"啃。"听他亲自说出这个意料中的答案，柳洛微还是忍不住一阵错愕，旋即发出一声冷笑。

两人默然相对片刻，柳洛微又问林泓："你很喜欢她？"

林泓抬起眼，坚定地说："是爱。"

柳洛微深吸一口气，侧首望远处流云，片刻回过头来，又露出了微笑，轻言软语地问道："泓宁，那枚银针，你还带在身边吗？"

林泓闻言一惊，蹙眉盯着她。

"舅母临终前，把银针交给你，让你莫忘舅舅之事。此后多年，你谨遵母亲遗命，上哪里都带着。"柳洛微兀自微笑着，引他追忆那残酷的旧事，"不过以后不必再随身带着了，舅舅的事，看看你枕边人就能想起。"

林泓困惑而不安，沉声追问道："你想说什么？"

柳洛微凝眸与他对视，一字字道："吴蕙蕙是张云峤的女儿。"

林泓霎时语塞，紧拧着眉头盯着她，探索的目光像是要刺到她的眸心深处。

"不相信？"柳洛微一哂，随即垂目，黯然道，"姐姐几时骗过你？现在说这些，无非是不忍见你日夜相对的妻子成为一枚更扎你心的针。"

柳洛微开始讲述张云峤与刘司膳及吴秋娘的瓜葛以及吴蕙蕙的身世。玉婆婆一直在柳洛微身后默默旁观，见林泓听得魂不守舍，便阻止柳洛微说下去，召来两名内侍，让他们送林泓回去。

待林泓走后，玉婆婆款款上前，握住柳洛微的手，温言劝道："起风了，娘子还是进屋里吧，小心别着凉。"

她牵着柳洛微进了自己房中，关上门，然后脸色骤变，朝柳洛微甩了一耳光。

"你跟林泓说这些做什么？"她大怒道，"吴蕙蕙这么会折腾，留在宫中迟早会坏你我大计。以林泓的性子，是不会久居京城的，让吴蕙蕙随他回武夷山做一对乡下人有什么不好？"

"她嫁谁都可以，唯独不能是泓宁！"柳洛微捂着被打的脸悲声抽泣道，"泓宁是这世上唯一真正爱我的人呀！"

玉婆婆一愣，看着在自己面前泣不成声的柳洛微，怒容逐渐淡去，片刻冷声道："你毁了他们的好事，就等着瞧吧，吴蕙蕙将来不是被官家收了就是被赐给太子，届时为妃为后，倒会让你看她的眼色讨饭吃。"

"不会的。"柳洛微拭了拭满面泪痕，倔强地扬起头，"我不会让这种事发生。"

（十二）
梅妻鹤子

五月中，聚景园殿阁竣工，帝后请太后入园游览，并在园中依照汴京赏花钓鱼宴模式设曲宴，邀宗室戚里一同赴宴。

太后在会芳殿降辇，皇帝及皇后之前已到达翠华殿，随后请太后一起至瑶津亭小坐，再乘步辇游园赏花。其间宗室戚里在园中接驾见礼，随即各自散布于园中，三三两两赏花、垂钓、赋诗、习射，其乐融融。太后赏花毕，再至瑶津西轩，宾主入座，开始饮宴。

曲宴又称小宴，不同于大宴九盏，前后只行五盏酒，而且气氛远比大宴轻松。大宴庄重严肃，席间宾客不得喧哗，不得醉酒失仪，否则会遭弹劾；而曲宴不受烦冗礼仪限制，宾主可较随意地把酒言欢，往来祝酒、高声言笑也无妨，更利于交流畅谈。此次曲宴林泓与蓂蓂为太后特别拟定了一份别出心裁的食单，也建议宗室戚里若备有佳肴可于宴中献上，请太后品尝。

宗室戚里献上的膳食大多仍为山珍海味，因太后性喜素食，林泓给她定的食单则以素食为主，且以时令花果入馔，例如采木香嫩叶，焯水后以油盐凉拌，或取荼蘼花瓣，用甘草水焯了，加入米粥同煮，再配以嫩白莲蓬煮熟细捣，和米粉及糖蒸成蓬糕。太后品尝后似乎挺满意，对帝后道："世人都觉得鹿茸、钟乳最为滋补，可延年益寿，老身倒觉得这样的山野食材才大有补益，既不伤生害物又花费甚少，正合官家提倡的俭素之风。"

皇帝虽觉这些菜肴风雅，但又感奉与太后显得过于俭素，此刻听太后如此说，心下反复琢磨太后是否暗含讥讽，不免有些忐忑。

行第三盏酒时，蓂蓂奉与太后的是一道用荷花做的菜：红色荷花去心及蒂，用热水焯了再与豆腐同煮，断火后加盐及少许胡椒、姜。

这道菜红白交错，色彩极美。太后只一观便赞道好看，又问菜品之名，蓂蓂道："叫'雪霞羹'。"

太后颔首道："花瓣映于豆腐之上，果然如雪霁之霞，此名贴切。"

太后话音才落，便见凤仙款款上前，行礼后道："二大王听闻此次曲宴宗室可为太后进献佳肴以尽孝道，十分欣喜，早在数月前便苦苦寻觅食材，细细挑选，近日才找到稍觉满意的，命奴精心烹饪，今日奉上，还望太后笑纳。"

太后含笑看看赵皑，随即命凤仙奉上菜肴。

凤仙示意身后两名小内人端着两道菜奉于太后案上，只见一道是五色花瓣与生菜拌成的凉菜，另一道是两朵盛开的花，一黄一紫，裹以薄面粉后以油煎脆，再撒上些许精盐，辅以绿叶，置于水晶盘中，以白色大粒结晶盐托着，依旧拼成对舞春风的样子。

太后仔细看了，讶异道："这是牡丹？"

凤仙称是："拌生菜用的是潜溪绯、玉板白、照殿红、鹿胎花和倒晕檀心，油煎薄脆的是姚黄和魏紫。"

赵皑闻言睁目看着凤仙，微微蹙了蹙眉。

太后问道："临安的牡丹三月底便开尽了，这些名品却是从何而来？"

凤仙微笑道："二大王知道太后素爱牡丹，便早早部署，差人去北方买来，请了最懂种植牡丹的园丁，一路用冰小心呵护，防止花早开，才如愿完整地运到了临安。”

太后叹道：“好是好，但如此运输也太费周折了。”

凤仙道：“二大王说，只要能称太后心意，无论多费周折，都是值得的。”

太后转顾赵皑，笑道：“老身还道二哥仍是个不懂事的孩子，没想到如今为备两道菜，这般上心。”

赵皑勉强一笑，欠身道：“娘娘喜欢就好。”

太后品尝了牡丹菜肴赞不绝口，赵皑却有些心不在焉。第三盏酒后有一段较长的时间供宾客更衣簪花，赵皑便乘机让凤仙随他走到较远处的琼芳亭，径直问她：“你为何擅作主张说我从北方买牡丹来给太后做菜？”

凤仙朝他行大礼，道：“大王恕罪。大王确实只给奴重金让奴精选食材为太后做菜，买牡丹是奴自己的主意。但奴想，虽然食材并非大王选择，可这份心意来自大王，太后问起，奴自然不敢居功，说是奴选的食材。”

赵皑问道：“牡丹是从哪里买的？”

凤仙答道：“洛阳。”

赵皑冷冷地道：“洛阳距此山遥水远，关卡重重，你是找什么人去买？那些牡丹价值多少？我给你的钱远远不够吧？”

凤仙道：“三月前奴的爹爹进京述职，与奴见了一面，奴便托他设法从洛阳购买牡丹。那些牡丹也还好，除了姚黄一枝五千钱、魏紫一枝一千钱，其余还不算贵，奴让爹爹加的钱也不多……”

“你真是胆大妄为！”赵皑打断她，怒斥道，“此举与强行让我受贿何异？你不知道宗室不能私下结交大臣吗？何况还是武将！再则，官家与皇后都身体力行倡导节俭，你却当众说我为了这几朵花不惜劳民伤财从北方运到临安，官家听了会作何感想？”

“大王且放宽心，无论太后或官家都不会因此事怪罪于你。”凤仙不惊不惧地从容解释，“官家并非太后亲生，奴又听说，本来太后想扶立的皇子另有其人，以至如今两宫……太后有什么想法，不会坦诚地与官家说，所以太后的话不能只听字面意思，须多斟酌。此番她建议用曲宴代替大宴，只用时令蔬果，看似是体谅官家倡导节俭之心，但若真用寻常蔬果设宴，她是不会满意的，虽然不说，心里必会怨官家怠慢。林泓定的食单，虽然看似符合太后的要求，但官家不免会担心太过寒素，所以此时大王奉上两道看似清淡但煞费周折才能获得的花馔，自会称了太后的心，而官家也会觉得弥补了俭素之过，绝对不会怪罪大王。”

“妄议两宫旧事，如此猜度太后与官家之心，是你一个尚食局内人该做的

吗？”赵皑审视凤仙，徐徐问道。

凤仙顿感失言，忙下拜请罪。

赵皑道：“你不必求我宽恕了，你这样工于心计的内人我消受不起。回宫后你收拾收拾，回尚食局去吧。祝你另择良枝，博个好前程。你父亲为买牡丹花的钱，我也会尽数还给你。”

语罢他抛下凤仙决然离去。凤仙追了几步，唤了两声“大王”，不见他回头，回想起自己这两年为他委曲求全，前前后后做的许多事皆是为他打算，却不料他从头到尾都毫不领情。她一时气苦，刹那间泪如雨下，呜咽起来。

这时从亭子后方的花树后走出一个人，慢慢踱至凤仙面前，伸手递给她一方丝巾。

凤仙抬起头，悚然一惊，立即低身行礼：“柳娘子万福！”

也不知她刚才与赵皑的对话被柳洛微听见多少。凤仙一颗心怦怦直跳，吓得泪都不敢再落了。

柳洛微见她不接丝巾，微笑着自己去拭凤仙脸上的泪痕，又握起她的手，用少女般软糯的声音安慰道：“男人惯不得。他不要你服侍，你就立刻把他抛诸脑后。你这样聪慧的一个人，难道离开他还活不下去吗？”柳洛微顿了顿，又一哂，“子不我思，岂无他人。狂童之狂也且！”

凤仙愕然与她对视，反复琢磨着她最后说的话：“子不我思，岂无他人……”

曲宴行至第五盏酒，内侍撤去瑶津西轩四周格子窗，霎时西面通透，凉风袭来，立解暑热。裴尚食上前请太后转顾轩外湖景，太后极目望去，只见有内侍撑一叶扁舟朝藕花深处掠水而去，而林泓立于舟头，广袖飘飘，正手持竹笛在吹奏一首清悠的采莲曲。小舟中央坐着萓萓，待船划至芙蕖新绽处，她举棹拨开重重花叶，找到一卷卷兀自在水中挺立着的，之前叶面被包裹系好的荷叶，逐一剪下，搁入舟内，然后示意内侍掉头，继续棹舟莲荡，沿着来路归去。

这时林泓曲过两叠，略一停顿，又换了新曲，乐音婉转悠扬，但细细品味，能觉出两分忧伤之意。而萓萓听着乐音，下意识地唱起了与曲对应的歌：“涉江采芙蓉，兰泽多芳草。采之欲遗谁？所思在远道……”

舟回到殿前，林泓与萓萓上岸，来到瑶津西轩将荷叶展开。太后才发现原来一部分卷成筒状的荷叶包裹着美酒，另一部分被叠成四方形，包裹的则是腌制好的鱼鲊。①

“这些酒和鱼鲊是我们前一天泛舟过去包入荷叶中的，”萓萓解释道，“今

① 雪霞羹及荷叶酒肴的描述源自［宋］林洪《山家清供》。

天风熏日炽，早已酒香鱼熟，正宜此刻食用。”

太后取少许入口，但觉荷香扑面而来，融入酒液及鱼之肌理中，柔和了酒的烈气，又将鱼的腥味淡去，强调了咸味过后悄然绽放的鱼肉甘香。

“这最后一道，不但酒香鱼熟，也让老身看见了一幅极美的好景致，如此巧思，实在令人叹为观止。”太后微笑道，“这是宣义郎的主意吧？”

林泓上前施礼，应了声“是”。

太后又道：“上回老身承诺，聚景园竣工之时会为你赐婚。如今你想好要娶哪家小娘子了吗？”

林泓垂目，一时沉默不语。

皇后只当他是面皮薄，不好意思直言，便从旁含笑对太后道：“娘娘，今日的情形娘娘已然看见了，应该不难猜到宣义郎心仪的女子是谁吧？”

“哦……”太后当即侧首看蕙蕙，上下打量良久，微微一笑，“不错。这小妮子有运气，能嫁给宣义郎是三生修来的福分。”

太后与蕙蕙不十分相熟，但蕙蕙既是官家身边的人，日常行动自有人报与她知道。她不喜欢蕙蕙的直率，觉得蕙蕙行事颇多逾越内人本分，不过也谈不上厌恶。此刻她见皇后表示林泓要娶的是蕙蕙，虽不甚满意，却也不至于反对。

蕙蕙听太后如此说，明白她认可了自己与林泓的婚事，心中欢喜，面蕴彤云低下头去。

林泓仍垂着眼帘，表面上无甚表情，看不出是何心情。

柳洛微一直在冷眼观察两人情态，此时忽然脸面上堆笑，柔声唤蕙蕙：“吴掌膳，请过来，我有话与你说。”

蕙蕙依言走至她面前，欠身行礼。

柳洛微又让蕙蕙走到她身边，取出之前林泓送给她的翡翠镯子，对蕙蕙道：“难怪你我当初一见如故呢，原来如今竟有做亲戚的缘分。这个镯子是娘家人给我的，我一直舍不得戴，今日便转赠给你吧，权当我给弟妹的见面礼。”然后她牵起蕙蕙的左手，把镯子往蕙蕙手腕推去。

镯子在蕙蕙手掌最宽处稍有滞涩，但柳洛微略一着力也就套进手腕处了，可见尺寸是比较合适的。

柳洛微有一瞬的失神，旋即又笑开来：“真好，你手腕细白，戴这翠镯很好看。”

蕙蕙看着镯子，愣怔不语：从翡翠的色泽和种水可以看出，这极有可能是由林泓当年在问樵驿常握的那块绿色石头雕琢出的。柳婕妤说是“娘家人”送的，她几乎可以坐实这个猜测。所以……林泓花费多年心血，打磨好这个镯子，

然后一路贴身带着，来临安送给了柳婕妤？

薫薫不可遏止地想起林泓握着这块石头凝视墙上洛神画像的样子，顿感心似乎被利器刺入，尖锐的疼痛由内及外，迫出她一层冷汗。

而这时的痛苦只是开始，随后她很快听到林泓回答了太后的问题。

“聚景园中梅树甚多，臣请娘娘赐八株古梅予臣。”林泓朝太后下拜，清晰地请求道，“臣愿效法和靖先生，以梅为妻，以鹤为子，不再娶世间女子。”

他此言一出，满座皆惊。太后良久没有应对，而皇帝则暗锁眉头警告林泓：“宣义郎，太后面前，切勿说笑。”

“臣并非说笑。”林泓转向皇帝，叩首，道，“臣长年居于山野之中，早已习惯独自一人眠琴绿荫，赏雨茅屋，的确不须女子为伴。有梅妻鹤子，此生足矣。”

他的语气有不容置疑的决绝，薫薫瞬间意识到这一回她真的把握不住他了。原来那么多回的郎情妾意、耳鬓厮磨仅仅源自她一厢情愿的接近，而初雪之日关于年轮的倾心表白也只是出于她的臆想。

她的冷汗持续渗出，在烈日蒸腾的暑气里周身冰凉。她听见殿中逐渐有窸窸窣窣的窃窃私语声响起，不消看也知道殿中所有人此刻都在观察她，更有许多嫉妒她的、想看笑话的、落井下石的人在对她指指点点，讥笑嘲讽她这个众目睽睽之下被林泓抛弃的女子。而柳洛微仍握着她的左手，眼睛一眨不眨地盯着她，嘴边悄无声息地扬起了一丝意味深长的笑。

“看来我是误会了，我无福做吴掌膳姐姐了。”柳洛微含笑道，又伸出另一只手轻轻拍拍自己握住的薫薫的左手，“不过没关系，这镯子既然我已经送了，你还是留着吧，不必还我。”

薫薫冷冷地摆脱她的手，将镯子退出，搁回到她的案上，盯着她道：“我不要。”

她没有任何虚伪的客套，如此直白地说出了这三个字。这令柳洛微笑容隐去，略显尴尬。

薫薫后退数步到殿中，面色苍白，步履虚浮，耳中嗡嗡作响，身体摇摇欲坠，一时不知该往何处去，只能尽量控制着自己不要在众人灼灼目光中倒下。

而就在这时，太子忽然起立，朝父亲躬身长揖，用不大，但足以令殿中人听到的声音对皇帝说：“臣斗胆问爹爹，昨日已将吴掌膳许给臣掌东宫饮膳之事，爹爹是否还未宣之于众？所以孃孃与柳娘子有了这样的误会。”

第九章 东宫夕照

（一）
侧室

太子此言一出，那如水之将沸的私语声霎时消失了，所有人都屏息静气，暗暗等待着皇帝的回答。

“哦，是的。”皇帝如梦初醒，很快明白了太子的意图，顺着他的话说下去，“我昨日已答应过你，调吴蕒蕒往东宫，后来沈参政有事求赐对，一来便坐了许久，我就忘了通知皇后和尚宫、尚食。不过也不晚，今日这里人多，正宜宣布此事……”

他调整一下坐姿，准备正式宣布。赵皑却忽然起身向他拱手：“爹爹，将吴掌膳调往东宫一事，可曾事先征询过她的意见？”

皇帝带点儿疑问的目光投向他，片刻道：“没有。”

赵皑恳切地道：“女官是人而非物件，吴掌膳辛勤服侍爹爹这许久，如今要为她换个主人，可否顾及她的心情，先问问她心意？”

皇帝沉默了一会儿，然后转顾蕒蕒：“吴掌膳，你愿意去东宫服侍太子吗？”

蕒蕒从皇帝父子的对话里不难分辨出他们给予自己的善意，明白太子此举是向众人表明，她早已是东宫看重的人，皇帝根本无意把她赐给林泓，所以她并非林泓的准弃妇，而是有更光明的前途。

于是她朝皇帝下拜，抑制着翻涌的各种情绪，尽量用平稳的声音答道：“奴出身微贱，蒙太子不弃，有望入侍东宫，何其幸矣，岂有不愿之理？”

太子以这种方式，拾起了她被林泓击碎、散落一地的自尊，将她从被飞短流长淹没的命运中拯救出来，她决定涌泉相报。

皇帝也像是松了口气，正襟危坐，郑重地道："传朕口谕，进掌膳吴氏为典膳，即日起赴东宫，掌皇太子饮膳之事。"

蒖蒖举手齐眉，向皇帝行大礼谢恩。少顷她抬起头来，勉力露出微笑，然而还是有一滴锁不住的泪滑过上扬的嘴角,无声无息地在地上烙出一个湿润的圆。

太后见林泓仍沉默地跪于殿中，遂对林泓道："宣义郎，老身允你所请，稍后你去园中挑选古梅，看中哪株便告诉宫苑使，让他派人送到你宅中去。"

林泓叩谢太后恩典。太后让他平身退下，再一顾张知北。张知北会意，立即命乐伎奏乐，很快殿中笙歌再起，舞袖翩翩，又恢复了起初的升平景象。

林泓趁周围的人热火朝天地把酒行令之际离席，悄然走至殿外。刚下了玉阶，便听身后有人唤他"林泓"，他闻声转身，尚未看清来者，那人已闪电般出手，一拳击在他左颊下方。

林泓凝神站定，抬头与正怒目瞪着他的赵皑对视。

赵皑挥拳还欲打他，但被赶过来的几名内侍又是抱腰又是压手拦住了。

林泓引袖拭去嘴角流下的血痕,向赵皑拱手长揖,默默退后几步,转身离去。

林泓对赵皑愤怒的原因心知肚明，不想解释什么，亦不想报复他的暴击，自知与蒖蒖今日所承受的相比，这点儿痛苦和折辱根本不值一提。

正如柳洛微所说，自从知道蒖蒖是张云峤之女后，每次见她都成了一种煎熬，他难以抑制接近她的渴望，但理智又无时无刻不在警告他，逼他远离她。她的微笑、她的拥抱、她脉脉含情的目光和在他耳畔的轻言软语都化作了蘸蜜的钥匙，他才刚觉出甜意，转瞬间被开了锁的童年记忆又一页页飞出，把心割得鲜血淋漓。

他也曾想过与她好好说明，从此断了来往，但又怕这样分手太温柔，反而彼此都尚存希望。蒖蒖感情炽热，而他在她面前总是不够坚定，若她哪天再来找他，在他面前哭泣，抑或突然拥抱他、亲吻他，他只怕会罔顾孝义，再次与她坠入修罗道。

他就这样在犹豫不决中一天天拖下去，终于到了太后重提赐婚之事，无处可避的时候。听到太后问话之后他还在考虑如何温和地推却这桩婚事，而柳洛微要赠翠镯给蒖蒖，蒖蒖那时的沉默尽入他眼中，他便明白这个镯子刺痛了她。那么就这样吧，他索性继续用梅妻鹤子彻底让她痛一回，她或许会恨他，然后便会对他死心了，举目向前看，去寻找比他更好的归宿。

他漠然地朝梅林走去，心想，这大概是目前最好的结局。

"二大王息怒，今天宗室戚里欢聚一堂，切勿让他们看笑话！"抱着赵皑

腰的内侍连声相劝。

赵皑兀自喘着气，但扬起的手渐渐放了下来。

夏天的风雨说来就来，刚才还骄阳似火，转瞬间一阵野马奔腾般的狂风掠过，三两下吹散了阳光，带着泥土与草木气息的雨大滴大滴地砸向地面。

赵皑承受着雨滴的冲击，忽然想起蒖蒖：她在哪里？她还在殿内吗？

他大步流星地回到殿中，四下一顾，没有发现蒖蒖，当即转身出门，一头扎进越来越密集的雨里，向遇见的内侍追问蒖蒖的行踪，然后奔向园中去寻她。

蒖蒖在林泓出门之前便已悄然离去，漫步于偌大的聚景园中，但不知该往何处去。她茫然独行半晌，感觉到雨落了下来，但头晕乎乎的，也没想到找个地方避雨。

迎面奔来三五个将荷叶顶在头上挡雨水的小内人，其中一个见蒖蒖傻愣愣地站着，便分了一片荷叶递给她，温和地道："姐姐，这雨会下大的，你还是赶紧找个屋檐避避吧。"

蒖蒖接过，小内人又继续奔向远处亭榭。蒖蒖看着手中的荷叶，顷刻间泪如雨下，旋即埋首于荷叶中，像个孩子般大声哭泣，在一阵阵电闪雷鸣中释放压抑了许久的悲伤与委屈。

她就这样哭了好一会儿，忽然有人靠近，一把自她手中抽走了荷叶。蒖蒖抬起头，看见了如她一般被淋得浑身湿漉漉的赵皑。

"你胡乱答应什么！"他在风雨声中紧盯着她高声斥问道，"你知不知道答应入东宫就等于答应给太子做侍妾！"

"那又如何？"蒖蒖冷冷地扬起头，"如今我的命都可以给他，何况是做侍妾。"

"你应该嫁的人是我！"赵皑忍无可忍地怒吼。

蒖蒖一惊，与他四目相对，一时不知该说什么。

"到我身边来，"他朝她伸出手，"我会让这漫天风雨在你面前绕道而行。"

她反而退后两步："大王回去吧，别让人看见了误会。"

他有满腔情意想表达，她却没有给自己听他说话的机会。他又气又急，不知所措之下忽然一把拥住她，低头向她的唇吻去。

蒖蒖迅速侧首避开，他的吻落在了她的耳下。

她猛地推开他，扬手狠狠地甩向他的面颊，然后疾行数步，与他拉开距离。

赵皑跟在她的身后想追去，却见前方走来几个撑伞的人。为首的宦官在蒖蒖面前止步，欠身道："吴典膳，太子妃命我来寻你。往东宫的车舆已备好，请随我回去吧。"

蕙蕙认出来者是如今的东宫都监杨子诚，遂点点头，与他见礼。

杨子诚示意身后内人为蕙蕙撑伞，带她离开，然后朝赵皑深深一揖，恭谨地连退数步，才追随蕙蕙一行而去。

赵皑独自立于无边的雨中，看着蕙蕙逐渐自他的视野中淡出，目中雾水朦胧，不知是雨还是泪。

蕙蕙随太子妃来到东宫。太子妃选了一处极清雅的院落给她居住，又拨两名侍女伺候她，待她沐浴更衣后，亲自到小院来看她。

太子妃钱氏脸庞圆润，眉眼弯弯，朱唇含笑，观之可亲，一见蕙蕙行礼即双手虚扶，示意免礼，然后让蕙蕙在茶床上与她相对而坐，和颜悦色地与蕙蕙说话："不瞒妹妹说，此前官家有意让太子纳妹妹为侧室，皇后知晓后便先与我说过，对妹妹品格性情颇多赞誉。我虽人在东宫，但对妹妹的事迹也略有耳闻，一向钦佩妹妹才能，得知妹妹将入东宫，十分欢喜。谁知后来又听太子说，妹妹另有所爱，不愿领官家旨意，我还好一阵惋惜。不想今日有此机缘，我们又可以一起长居东宫了。"

蕙蕙见她如此示好，不免暗暗猜度其中有几分真意，心想哪儿有女子见丈夫要纳妾而不妒忌的？太子妃这样说多半是掩饰醋意，故意试探，蕙蕙遂道："奴早听说太子与太子妃伉俪情深，太子因此一直不愿纳妾。奴也并无任何妄念，入东宫只是奉官家之命伺候太子饮膳，对太子妃也自会奉若主母，尽心服侍，不敢有丝毫懈怠。"

"妹妹不必如此见外。"太子妃叹了口气，黯然道，"我知道说来你不会信，可我是真想让太子纳妾……你还记得孟云岫之事吧？去年十月，我为太子生下长子，那孩子是脚朝下出来的，让我吃尽苦头，痛了三天三夜。好容易生下来了，但我的身体因此受损太重，恶露不止。太医叮嘱我务必耐心将养，至少一年不能与太子同寝。太子在我怀孕时便一直未纳妾，如今又这样，我甚感惭愧，便想请他纳了云岫，却没料到后来闹出那桩事来。好在妹妹聪颖，想出那个惩罚于蕊儿的法子，平息了此事。现在想来，这大概是天意，让妹妹因此与东宫结缘。"

蕙蕙这才明白，原来孟云岫一事有这等内情。想必当时太子妃急于给太子纳妾，而东宫里的内人见太子妃和善，常有忤逆或僭越的言行，太子妃不想从中提拔，才极力向太子推荐孟云岫。

太子妃随后也证实了这点："我也能猜到，官家要妹妹来东宫，是觉得我软弱，管不住底下人。这我承认，做女儿时父母将我保护得太好，东宫里那些糟心的事我以前没见过，也不知如何应对。原想让云岫助我，却无意中害了

她……我也因此想通了，我确实需要一个强势的人来协理东宫内务，而你是官家与孃孃选择的，人品我信得过，所以，我很希望妹妹能放下心结，与我一同关爱太子，处理好东宫内务，为他分忧。”

说到这里，太子妃握起蒖蒖的手，推心置腹地道：“今日我所言，句句出自肺腑，并非矫饰。万望妹妹允我所请，代我服侍太子。日后你我姐妹相称，我必不会亏待你，给你我所能给的最高名分。你需要什么，也尽管与我说，我自会一一为你添置。”

蒖蒖抬头与她相视：“所以，太子妃与官家、皇后一样，都觉得我成为太子侧室是最好不过的事，你们乐见其成？”

“那是自然。”太子妃微笑道，“妹妹不必有什么顾虑。虽然你现在未必喜欢太子，但相处一些时日你就会明白，他是再好不过的人了，你会愿意长伴他身侧的。”

见蒖蒖默然不语，太子妃又安抚道：“你也不用担心，且先做典膳，不必侍寝。待过段日子，你与太子两情相悦了，我再择良辰，让太子正式纳你为侧室，并上报官家，请官家封你为郡夫人。”

“择日不如撞日。”蒖蒖当即应道，直视着太子妃，镇静地说出自己的决定，“既然大家都觉得这是桩美事，我愿意今晚就为太子侍寝。”

（二）
有所思

宴后赵皑回到自己阁中，左思右想，越想越担心，觉得不能任蒖蒖留在东宫，遂前往东宫，要求面见太子。

太子正在翠竹环绕的瞻篆堂中看书，见赵皑一脸焦虑地匆匆入内，便猜到他此行所为何事。果然赵皑一开口即开诚布公地要求他让蒖蒖转往自己的清华阁中任职，说愿意另派数名内人入东宫以为交换。

太子微微一笑，将手中书卷一合，对赵皑道：“我且问你，你既如此珍视吴典膳，今日林泓拒婚时你为何没有像我一样出面为她解围？”

赵皑垂目，片刻道：“我没有想好怎样说。”

“我知道你的顾虑。”太子直言点破，“林泓梅妻鹤子的话一出，所有人都明白他是拒绝娶吴蒖蒖。要助蒖蒖摆脱被抛弃者之名，只能证明她的前途已有安排，根本与林泓无关，而且这个前途，要比嫁与林泓为妻更好。你一定想过站出来请官家许你娶蕈蕈，但你是皇子，国朝皇子的原配夫人若非出自勋旧之家，便是在戚里或异姓王后裔里选，像蕈蕈这样的酒肆茶楼店主之女，你若要求娶为正室，是对天家宗法与尊严的公然挑衅。若只是要纳她为妾，做宗室的姬妾于她而言并不如嫁与朝廷命官为妻，身份反倒降了，不足以助她避过众人讥诮。所以，这事只能我来做。你也知道，只有我能挽回她被林泓丢弃的颜面。"

"可是，你让她入东宫会让宫中所有人都认为你准备纳她为妾！"赵皑恼火地道，"众所周知，历代帝后特意赐予太子的内人最后都成了太子的姬妾、将来的后妃。"

"这个想法倒也没错，"太子坦然地直视自己的弟弟，"我也是这样想的。"

赵皑闻言怒气升腾："难道你不只是为她解围？"

"我的确需要一个协理东宫家宅事的人。"太子平静地道，"太子妃力有不逮，我无心于此，蕈蕈是很合适的人选。何况……我是储君，延续天家血脉是我的职责，需要广衍子嗣，迟早会被要求纳妾。对蕈蕈本人来说，入东宫意味着将来可做妃嫔，也利于她发挥才能，成就一些于国于家有益的功绩。正如爹爹所言，或许这是最好的安排。"

"可那也是做妾！"赵皑愤愤地道，"嫁给我，就算现下做不到三媒六聘地迎娶，以后也会设法将她扶正。"

"你趁早断了这个念头。"太子凝眸冷冷地道，"做我的妾将来可以为妃，你若以妾为妻则是犯罪，会遭到律法严惩，甚至会连累她。"

赵皑顿时语塞，心知兄长所言确属事实。她做太子的妾将来非但可以为妃，若有机缘，太子即位后册立为后也是有可能的。远的不说，单看如今的太后和皇后，当年可不都是做妾的？而宗室若以妾为妻确实会被定罪，受刑律严惩。所以在外人看来，入东宫当然比入亲王阁有前途，而在皇帝看来，蕈蕈若嫁亲王而不嫁太子更是大材小用。

"但蕈蕈并不喜欢你。"沉默良久后，赵皑黯然地说出这最后的反对理由。

太子旋即提了一个令他彻底语塞的问题："那她喜欢你吗？"

晚膳后，太子妃又命内人来伺候蕈蕈兰汤沐浴，稍后为她梳妆，换上一袭白色寝衣。少顷有一名中年女官前来，向蕈蕈稍加解说房中事，嘱咐她务必尽心服侍太子。

女官离开后，院中内人请蕈蕈跪坐于房中静候太子，她们也退至廊下等待。

蕒蕒决定今晚侍寝，一半原因是想报太子之恩，另一半是欲借此斩断与林泓的羁绊，让自己没了后路，以防以后还对林泓时时牵挂，乃至难抑相思去找他。但如今见夜色越来越深，太子随时可能入内，她禁不住紧张起来。她想到女官传授的房中事，越发面红耳赤，觉得给自己挖了好大一个坑，暗暗懊恼。

她一顾自己所穿的单薄寝衣，不由得在心里嘀咕：好歹也算洞房花烛，难道一件红褙子也没有吗？她们竟让人穿这么少与太子见面。她旋即想：做个妾而已，还能指望六礼皆备吗？大概太子政事烦冗，忙到深夜，所以底下人也不搞虚礼那一套了，怎么方便怎么来吧。

她联想到日间之事，更觉辛酸，目中含了两湾泪，眼见要坠下，但她很快引袖拭去，对自己道：“好歹都是自己选择的路，怨不得他人。来来来，值此良宵，当浮一大白！”

房中桌上有一壶酒和一些点心小食，蕒蕒起身走到桌边，斟了满满一盏酒，仰头饮下，顿感心头暖洋洋的，似乎好受多了。稍等片刻，她见太子仍未来，便又自斟自饮一盏。她等到二更后，注子里的酒几乎已被饮尽。此时她面泛桃花，醉眼迷离，忽然想起了香梨儿以前唱的一首歌，觉得很符合自己要与林泓恩断义绝的心情，遂伏在桌上，叩着桌面唱道：“有所思，乃在大海南。何用问遗君？双珠玳瑁簪，用玉绍缭之。闻君有他心，拉杂摧烧之。摧烧之，当风扬其灰。从今以往，勿复相思！相思与君绝！”

“摧烧之，当风扬其灰。从今以往，勿复相思！相思与君绝！”这两句被她咬牙切齿地反复吟唱着，越唱越觉畅快。蕒蕒心下舒坦多了，眼帘渐沉，歌声渐弱，终于含着笑意睡去。

她迷迷蒙蒙地睡了许久，忽然有人双手将她抱起，轻轻放在了床上。蕒蕒一睁眼，发现抱她的竟是太子，霎时惊得倏地支身坐起，醉意也被吓掉大半。

太子在床沿坐下，看着她微微一笑。

“殿……殿下怎么来了？”她讷讷地问道，刚才睡得有点儿蒙，一时没意识到眼下是何景况。

“你不是在等我吗？”太子反问道，“本来我以为，今夜就来你这里未免仓促，应该择一好日子，多少请几个宾客，我们彼此见见礼。但太子妃跟我说，你觉得今天日子很好……我转念一想，人家小娘子都如此豪迈，我不来，倒显得矫情了。”

蕒蕒哭笑不得，暗暗在心里给自己两耳光。

太子见她双颊嫣红，呼吸犹带酒香，遂笑道：“害怕吗？所以饮酒壮胆。”

蕒蕒心想，事到如今也不能认怂了，便道：“不是，是奴等殿下到深夜，有些冷，所以饮酒取暖。”

太子闻言低头看看她的寝衣，蕫蕫顿时大窘，拢了拢衣袖略略向后缩去。

“嗯，官家要我看的先朝奏议没看完，所以迁延到现在，应该遣个人先告诉你的。”太子解释道，一顾燃烧近半的宫烛，温和地道，“太晚了，就寝吧。”

然后他微微张开双臂，侧首看着她。蕫蕫愣了愣才反应过来，这是要她宽衣的意思，遂红着脸挨过去，伸手去解他的革带。

太子的革带与她平日所用女官的革带不同，她不得要领，带鐍怎么解也解不开，本来就紧张，此刻又觉难堪，额头上沁出汗来。

太子见状，自己解开了带鐍。蕫蕫赧然低头，轻声道：“很抱歉，为别人宽衣解带这种事，我做得还不太熟练。”

“没关系。”太子目光飘向她打结的衣带，很体谅地说道，“你可以解自己的。”

如此暧昧的话他偏偏说得这般温文尔雅，且他坐姿端正，神色淡然，蕫蕫一时竟无言以对。

见蕫蕫坐着不动，太子欠身，彬彬有礼地询问道：“需要帮助吗？”

蕫蕫不答，他的手便伸向衣带，似乎真要拉开那个结。

蕫蕫低呼一声，迅速缩向床角落里。

太子朗声一笑，系好自己的革带，起身远离床榻，阔步走到桌边坐下。

“你放心。”他对蕫蕫道，“这时候纳你，无论你愿不愿意都是乘人之危，我不会那样做。”

仿佛心头大石落地，蕫蕫长舒一口气，移到床沿坐着面对太子，说道：“我第一次见到殿下的时候，就知道殿下是个好人。”

“哦？你第一次见我是什么时候？”太子问。

蕫蕫遂把当初在丽正门内第一次遇见他与太子妃之事说了一遍，又道：“那时我入宫不久，不谙礼仪，意外遇见殿下竟忘了行礼，周围内人都低身施礼了我还傻愣愣地站着，而殿下全不在意，微笑着看着我，还欠身致意，我当时就觉得，殿下真的好和善呀！”

“我想起来了。”太子含笑道，“不过，这只是你第一次见到我的情景，我第一次见到你，比这还要早。”

“啊？”蕫蕫十分惊讶，“殿下之前就见过我了？”

太子颔首，道：“尚食局后院与东宫一墙之隔。有一天，我在那墙后的楼阁里看书，久了觉得眼睛累，便走到栏杆边远眺观景，忽然听到尚食局后院里一阵喧哗，举目望去，见好几个内人拦着你，大概想知道你希望去的阁分，便

直接问你：‘皇太子、二大王和三大王，你选哪个？’然后你反问道：‘选了你们就把他送给我吗？’”

蕙蕙笑着捂脸：“我都忘了说过这没羞没臊的话。”

“我觉得这话有趣，便着意看你，记住了你。”太子微笑道，旋即又正色对蕙蕙说道，“也许你现在真有选择权。今天二大王来找我，要我将你调往他的阁中，被我拒绝了，因为我知道你未必愿意去。现在，你还是先做典膳吧，如果我们相处一些时日后，你觉得我不至于讨厌，做我的侧室不至于太委屈，那么欢迎你留在我身边。如果你想想还是觉得二大王比较好，那我也愿意放你去他那里。”

这话令蕙蕙甚为动容，当即走到太子面前，郑重地向他行大礼，谢他如此善待自己。

太子轻托她的手肘，将她扶起来，含笑道：“今日你那一句‘择日不如撞日’颇有当年风采，豪气一如‘选了你们就把他送给我’……别被悲伤击败，如此张扬的你才是你。”

“早些睡吧，明日来陪我用膳。”他临走之前说，“可得振作精神，在饮食方面，我或许比官家更难伺候。”

（三）
赵怀玉

凤仙被赵皑退回尚食局，裴尚食暂时没决定再将她派往何处，只让她每日帮着尚食局众女官做些琐碎的事。过了两日，芙蓉阁忽然有内侍来找凤仙，说柳婕妤请她过去，有事相告。

凤仙来到芙蓉阁中，赫然见服侍自己母亲的许姑姑在里面等她，一见她即唤着“二姑娘”，哭着下拜。

柳洛微于一旁向凤仙说明：“这个许姑姑最近每天守在和宁门，一见有内人出来就上前问她们认不认得你，要请她们传话。那些内人有些不认识你，有些虽然认识但不知她的底细，怕惹是非，也不敢答应。今日玉婆婆有事出宫，又被她拉住询问，正巧我前日向玉婆婆夸过你，玉婆婆便耐心听她叙说，觉得她说的事关重大，还是让她直接告诉姑娘最好，便设法带她回阁中，让我请你过来。”

凤仙忙问许姑姑："你怎么到这里来了？难道家中有何变故？"

许姑姑哭着道："夫人过世了……"

凤仙脑中轰然作响，好一会儿才回过神来，柳眉倒竖，含泪追问道："怎么回事？是不是有人害她？"

许姑姑道："姑娘临行前警告过朱五娘子，要朱五娘子照顾好夫人。前两年倒还好，朱五娘子有所顾忌，对夫人倒是不失礼数，夫人温饱无忧。但是今年，将军又纳了个颜十娘子，她仗着受宠，行事嚣张，对将军所有妻妾都十分无礼。朱五娘子也吃了她不少苦头，心有怨气，因夫人一直缠绵病榻，朱五娘子觉得夫人花了家里不少钱，将怨气撒到夫人身上，对夫人便越来越不耐烦。后来朱五娘子想出个一箭双雕的计策，让底下人造谣，说将军本来有意把颜十娘子娶为正室，但因为夫人尚在才作罢，颜十娘子就只能从妻降为妾了。颜十娘子听了竟然信了，明里派人日日到夫人面前挑衅，暗里扎小人诅咒夫人。朱五娘子也故意在我为夫人煎药时借故叫我过去问话，让颜十娘子的人有接近药罐的机会。然后，她们不知道在药里加了什么，夫人服药后病越来越重，上月就撒手离去了……"

许姑姑说着说着又是一阵大哭，凤仙倒是没放悲声，双唇微颤着又问道："这些事，你是怎么知道的？"

许姑姑道："朱五娘子见夫人去世了，就到将军面前告状，说是颜十娘子做的手脚。将军这些年虽然没有善待夫人，但毕竟是多年夫妇，多少还剩两分情义，夫人不在了似乎也有些难过，便把颜十娘子叫来，鞭笞一顿。颜十娘子哭闹着喊冤，就说是朱五娘子捣的鬼，于是两人互相怒骂撕扯，我从旁听着，倒是明白了八九分。后来我私下问朱五娘子，当初她是否故意把我从药罐边调开，她没有否认。我就质问她为何忘了姑娘的嘱咐。她竟然冷笑着说：'二姑娘入宫这两年多也没听说高升，只不过是个皇家的烧火丫头，恐怕自身难保，难道还有空管家里的事？'我既与朱五娘子撕破脸，自然也待不下去了，便收拾这些年所有积蓄，悄悄出来，到临安找姑娘，一心想着夫人不能这样不明不白地含恨离去，一定要把真相告诉姑娘。"

凤仙放开拥着许姑姑的手，默然地僵立于阁中，片刻两行泪滑过她神情冷漠的脸，被她狠狠地擦去。

柳洛微见状过来牵着她的手引她坐下，柔声劝道："朱五娘子那乡下俗妇鼠目寸光，说的话你不必放在心上。你才貌双全，还怕将来没有出头之日？"

凤仙霍然站起身，旋即向柳洛微下拜："娘子今日救助许姑姑，让奴与她相见，奴感激涕零，望有朝一日能涌泉相报。若娘子不嫌弃，奴愿来芙蓉阁，

竭尽所能服侍娘子。”

柳洛微双手将凤仙搀起，温和地道：“你的心意我领了，我自己说到底也只是个伺候官家的宫人，你有血海深仇要报，我担心所为有限，帮不到你。不过我可以为你指条明路……”

凤仙蹙眉，目含疑问地看着她。

柳洛微一笑，拾起纨扇，徐徐摇扇道：“你不妨求人将你派去慈福宫伺候太后。太后注重养生，你聪明，据说又很会做药膳，一定容易讨太后欢心。只要太后喜欢你，将来你要嫁个多么尊贵的夫婿都不难，届时要向娘家那些小人还以颜色，那还不是如碾死几只蚂蚁一样容易？……以后你若有什么难处，也尽可来找我，只要我能做到的，就一定帮你。至于许姑姑，倒是可以留在芙蓉阁做事，我会照顾好她。不过为免他人口舌生事，你们以后最好不要告诉别人你们认识。”

凤仙觉得柳洛微所言有理，开始琢磨怎样才能去慈福宫，但很快突发一事，暂时打破了这一计划。

这两年赵怀玉在外为官，政声颇佳，传至皇帝耳中，皇帝有意提拔他，便命他还京，召试馆职。赵怀玉不负所望，表现极好，入了馆阁，皇帝便迁他为校书郎，还特意让人拨了处官舍供他与母亲居住。

因他的宗室身份，皇帝一直对他另眼相待，是以他官阶虽不高，却常有入对面圣的机会。这日皇帝又召他入延和殿，让他就此前策论中提到的国事与太子细细论述。赵怀玉讲解完毕，太子表示心悦诚服，皇帝亦龙颜大悦，厚赏赵怀玉一些文玩，随后闲谈时又问他是否成家，赵怀玉赧然说尚未娶妻。皇帝惊奇地道：“未婚士子一旦金榜题名，必有大臣豪族前去提亲。卿早有功名，为何还未成婚？”

赵怀玉朝皇帝深深一揖，道：“陛下，实不相瞒，臣赴贡举之前曾寓居浦江，在那里遇见一个女子，心仪许久，可惜那女子后来应选入宫，做了尚食局内人。臣难以忘情，所以独身至今。”

“来自浦江的尚食局内人……莫非是吴蕒蕒？”皇帝讶异道，旋即暗想，赵怀玉此番说出此事明显是想求娶蕒蕒，必须先绝了他这个念头，遂不待赵怀玉回答便笑道，“只是很不巧，吴蕒蕒数日前刚被朕赐给太子了。”然后皇帝又对太子故意问道：“听说，你已经去她那里了？朕该补个词头，封她为郡夫人了吧？”

太子一怔，但还是低声如实作答：“臣只是去看了看她，尚未留宿。”

皇帝颇为不悦，怒其不争，皱眉埋怨道：“这点儿小事都办得拖拖拉拉的！”

太子当即欠身："儿子惭愧。"

赵怀玉见状即知此中情形，忙躬身道："陛下，臣所说的内人，并非姓吴，而是姓凌，小字凤仙。"

"凌凤仙？"太子微笑道，"我知道她。原本是伺候二哥饮食的内人，最近不知何故，回到了尚食局。"

皇帝一听赵怀玉心仪的不是蕡蕡，顿时露出笑容，十分乐意向这个臣子展示君王的大度："回到尚食局，说明冥冥之中自有安排，天意让凌凤仙结此良缘。朕便将凌凤仙赐予卿，为妻为妾，悉听尊便。"

赵怀玉大喜过望，立即叩谢圣恩。

皇帝又问他："卿希望何时接凌凤仙出宫？"

赵怀玉面红过耳，但踟蹰片刻，还是直言相告："自然是越快越好……"

皇帝大笑："好，好，好事宜早不宜迟。朕这就命尚食局放人，再赏些财物给凌凤仙。你且在和宁门内等等，待她收拾妥当，今日晚些时候便随你回家。"

赵怀玉再次稽首谢恩："陛下万岁，万岁，万万岁！"

皇帝命他平身，再瞥一眼太子，语重心长地低声对儿子道："你看看人家……"

太子含笑不语，但长揖以示受教。

这事很快传遍尚食局，内人们纷纷来向凤仙贺喜，说赵怀玉是难得的青年才俊，又入了馆阁，将来入翰苑、进中书指日可待，凤仙以后势必享尽清福。而凤仙只是微笑以对，虽然自知对内人来说这的确堪称良缘，但心里莫名空落落的，称不上惊喜。

凤仙领了官家赏赐的财物，回房收拾物事准备出宫。因她不甚期待，动作便慢吞吞的，迁延到宫门将闭时才出来，上了一名内侍驾的牛车，跟在赵怀玉所乘之马后面，随他归家。

赵怀玉的居所离宫城较远，牛车行得慢，一路上赵怀玉又遇见不少同僚，有的拦着他贺喜，有的尚不知发生何事，见他身后有宫车同行，不免又拉着他询问一番，如此耽搁了不少时间，待回到居所门前时，天色已晚，赵怀玉轻轻推推门，门纹丝不动，显然已自内关紧。

赵怀玉面带歉意地对从牛车中出来的凤仙说："我母亲习惯早睡，今日我们归家太晚，母亲必以为我今日不回来了，所以已关门就寝。"

凤仙见他随后无任何行动，便不解地问道："公子不能叩门请老夫人开门吗？"

赵怀玉道："我母亲睡眠不深，极易惊醒，醒后很难入睡，所以我们暂时

别叩门了，且先等等，若见院中透出灯光，再请母亲开门。”

凤仙只得答应，陪他在门外等着。

驾车的内侍见人已送到，便卸下凤仙的行李，告辞离去。凤仙随赵怀玉在院门前石阶上坐下，本想跟他聊几句，但见赵怀玉说话声音极轻，明白他是怕声音大了吵醒母亲，便也没了说话的兴致，两人默默无言地并肩坐着，漫无边际地等下去。

他们这一等就是几个时辰。白天下过雨，晚上凉风习习，凤仙穿着夏衣，近三更时颇有些冷，便埋首于膝上，抱紧了双肩。赵怀玉见状解下自己外穿的凉衫，要披在凤仙身上。凤仙忙婉拒，无论如何不肯接受。赵怀玉便讪讪地收了回去，片刻道：“拜托姑娘再等一等，也许母亲很快就醒了。”

凤仙未进晚膳，此刻又冷又困又饿，不时回头从门缝里探视院内，却始终不见烛火亮起，于是试探着建议：“或者我们去找一食肆，吃一点儿东西再回来等？”

赵怀玉为难地看了看凤仙的行李。凤仙顿时意识到带着这些箱子包袱的确不方便，遂气馁地不再说话。赵怀玉本想自己暂离片刻买食物回来，但一转念，觉得不能留她孤身一人在此，便按下不提。

少顷更漏声响，已至三更，凤仙只觉石阶冰凉，坐得浑身发冷，关节寒湿，腰酸背痛，又饿得头昏眼花，几欲晕厥，气息奄奄地伏在膝上，联想到母亲之事，心中更觉一片凄楚。

而此时，忽闻前方传来一阵马蹄落在青石板上的声音，由远而近，一声紧似一声。

凤仙直起腰望去，但见巷道一端有人策马而来，渐渐行近。此人戴软脚幞头，着圆领窄袖长衫，足上乌皮靴边缘有金线绣的如意云纹。

凤仙目光移至他的脸上，认出了他，惊讶地起身，一时忘了行礼，直接唤道：“三大王！”

赵皓与她四目相对片刻，然后提起一个油纸包递给她，淡淡地道：“趁热吃吧。”

凤仙接过打开，见里面是两个热腾腾的大包子。

（四）
誓不为妾

凤仙的双目似乎被包子的热气蒸熏，有些潮湿。她仰头看着马上的赵皓，问道："大王怎么在这里？这么晚了竟没回宫？"

赵皓顿显局促，不自然地侧首看看远处，方才答道："哦，我在一个宗室宅中品评书画，一时忘了留意时辰，没在宫门关闭前赶回去，就想着乘机在城中四处逛逛，也是凑巧，遇见了你……"

大概自己也觉得这个理由不能令人信服，他说着说着，脸已红到了脖子根。

凤仙猜到几分他的心思，便也不再追问他怎么想起买食物给她，默默凝视手中的包子片刻，她将之搁在自己带来的箱子上，再举手加额，向赵怀玉行大礼。

赵怀玉一惊，忙双手相扶，问道："姑娘何故如此？"

凤仙坚持跪着，对赵怀玉道："凤仙有一事相求，万望公子成全。"

赵怀玉问她所求何事。凤仙道："公子这般青年才俊，理应娶一个名门闺秀为妻。家父出身草莽，凤仙自幼又为父所弃，长于乡间，无甚才华学识，不配为公子妻室。若为妾，公子尚未成婚，异日与豪门望族议婚，恐怕对方会介意奴的存在。所以，公子可否许奴回宫，公子再另择良配？"

赵怀玉闻言在夜风中萧索地沉默许久，才问道："你是不想嫁给我吧？是否已心有所属？"

凤仙不答，但眼角余光有意无意地掠向了赵皓。

赵怀玉见状恻然一笑，道："好，你跟三大王回宫吧。"

赵皓闻言立即下马，将凤仙扶起，对她说道："我带你回去。"

凤仙却又向赵怀玉敛衽道："多谢公子……日后官家问起，公子可否说是令堂早已有喜欢的媳妇人选，不愿接纳凤仙，所以公子才让奴回宫？"

赵怀玉沉默了片刻，但还是说了声"好"。

凤仙大喜，再三道谢。赵皓催促她上马，然后自己牵着马要带她离开。凤仙回头犹豫着看了看行李，赵皓掉头回去却只取了箱子上的包子，过来递给凤仙，道："那些物事不重要，稍后我再让人来取。"

凤仙坐于马上，咬了一口热包子，再看看为她牵马的赵皓，露出了入宫以来难得的、发自内心的喜悦笑容。那包子只是坊间食肆蒸的寻常鲜肉包，然而此时在凤仙品来，却无异于人间至味。

凤仙一路与赵皓闲聊，通过他遮遮掩掩的叙述加以猜测，渐渐把赵皓此行

经过打探了个八九不离十：自聚景园那次相遇后，赵皓便留意凤仙动向，得知她被退回尚食局后即开始琢磨怎么去将她索要到自己阁中，不料半道杀出个赵怀玉，竟让官家把凤仙赐给他。赵皓闻讯后又气又急，策马出宫一路寻来。此前隐于暗处观察赵怀玉情形，发现他竟让凤仙挨饿受冻，自己便转身往夜市，买了包子给凤仙送来。

凤仙想到他只买了两个给自己，由始至终都没有分一个给赵怀玉的意思，不免觉得好笑，又有两分感动，便道："以后大王想吃什么就与奴说，奴做了送到大王阁中。"

赵皓默然牵马继续前行，半晌才应道："不必了。你来我阁中吧，我让人做给你吃。"

凤仙自然明白这"来我阁中"是何意思，心中暖流一漾，忽然想起柳婕妤之前与她说的"子不我思，岂无他人"……但她迅速收摄心神，正色道："大王，我不做妾的。"

赵皓抬头，有些讶异地看她。

"凤仙此生，只会堂堂正正地嫁人做正室，誓不为妾。"凤仙坦然地与他对视，冷静地重申。

凤仙回到宫中，立即引起六尚热议，众人都在猜测她被赵怀玉退回的原因。有人说赵怀玉母亲厌恶她，有人说赵怀玉与她有一夕之欢后不满意，有人没忽略她是被赵皓接回来这一点，绘声绘色地编造了一个她素日与三大王暗通款曲的谣言，说赵怀玉发现了她与三大王的私情，不愿娶一个失贞的女子，所以才不让她进门。

而凤仙次日一大早便求见魏宫正，在宫正门前公开扬声道："请宫正派女官为凤仙验身，若凤仙已非处子，愿受任何处罚，即便官家赐死，亦无怨言。"

宫正果然让人查验，结果是凤仙仍保持着完璧之身。凤仙把写着这结论的文书拍到编造谣言的内人脑门上，冷冷地道："这上面白纸黑字，你可看好了。三大王那日是从宗室宅中归来，与我偶遇于御街上，三大王宅心仁厚，所以送我回来，此前我们毫无瓜葛。以后我若再听到什么谣言，必会请宫正严惩造谣者。若发现谣还是你造的，不待宫正发话，我就先过来撕烂你的嘴！"

于是造谣者偃旗息鼓，流言很快平息。皇帝虽觉奇怪与不快，但既然赵怀玉说是听从母亲意见不纳凤仙，也就淡淡地说了声"卿孝心可嘉"，就不去管此事了。

萁萁后来私下问凤仙，赵怀玉人善心好，前途无量，她为何不抓住这个机会出宫做赵怀玉夫人，凤仙将那日在赵家门前枯等大半夜的情形简单说了说，道："他好是好，但与我不是一路人。他孝敬母亲，自然是好的，但显而易见，他将母亲置于一切之上，他可以为母亲失去自我，我与她母亲相比，更是微不足道，以后若我与他母亲有何争执，他必然想也不想就会维护母亲。这不是我想要的夫君。"

蒖蒖点点头表示明白："你想找个事事以你为先的。"

凤仙道："是的，我希望他在意我胜过一切。就算我掀起滔天巨浪，他都会无怨无悔地拉我蔽于他的身后，为我抵挡所有冲击。"

虽然赵皓很希望凤仙去自己阁中，但被凤仙一口回绝，而经赵怀玉一事，后宫娘子们都看出凤仙是个厉害角色，都不怎么愿意让她到自己身边来，于是凤仙暂时只能继续留在尚食局干杂活。

一日，慈福宫的孙司膳来尚食局为小内人们授课，这回她带了自己的得意弟子陈可妍同行，当着众人面盛赞陈可妍："可妍悟性极高，无论什么菜，我一教就会，还能举一反三，学会一道就能做出同类型的几道……在北大内做事，处处为太后凤体考虑，做的菜不仅色香味俱全，还很是滋补，最宜太后食用。人又细心谨慎，烹饪之后，所有器具都及时洗清干净，各归其位，一丝不乱，从不出错。最难得的是，可妍整理器物，不只顾着自己的，若看见别人没整理好，就会默默地帮人收拾，也不求他人回报……"

随后孙司膳命陈可妍做一道她擅长的"十远羹"以为示范。这道羹汤需用十种食材：石耳、石发、石线、海紫菜、鹿角脂菜、天花蕈、沙鱼、海鳔白、石决明及虾魁腊。另取鸡、羊、鹌鹑，先煮成高汤，再将那些食材置入汤中炖煮。陈可妍检查尚食局大厨房中的食材，发现少一味海鳔白。裴尚食便道："我小厨房中有一些，放在橱柜里，你自己去取吧。"

顾及陈可妍对小厨房器物食材放置之处不熟，裴尚食又吩咐凤仙带她去。陈可妍一步入小厨房，起初谦和的神情便消失无踪，也不待凤仙指引，便自己打开橱柜，从中翻找。凤仙上前说自己可以帮手，陈可妍倨傲地拒绝，执意自己搜寻。

海鳔白是干制的鲨鱼鳔，裴尚食置于一个瓷罐中，与其余干制海味归于一处。陈可妍一个个揭开罐盖找，发现在靠墙一排中，遂欣喜地去提那瓷罐，不料动作太快，碰倒了前面一排的瓷罐，其中一个随即掉下来，坠于地上砸得四分五裂，里面的海味散落一地。

门外的孙司膳听见那清脆的碎裂声，立即冲入小厨房，一见摔碎的瓷罐，

顿时面如土色，厉声质问二女：“谁摔的？”

凤仙不动声色，而陈可妍已吓得一脸苍白，双唇颤抖着嗫嗫道：“我……我不是故意的……”

裴尚食及其余内人随后入内，她们没听到陈可妍适才的话，目光流连于她与凤仙脸上，都在猜测是谁砸碎的。

孙司膳忽然疾步朝凤仙走去，劈面扇去一耳光，喝道：“我看你年纪也不小了，怎么做事还这么毛手毛脚的，比十岁的小内人还不如！”

凤仙一愣，旋即意识到她是硬拉着自己为她的弟子顶罪，起初不免恼怒，但很快冷静下来，索性直直地跪了下去，低头道：“是凤仙一时不慎，误将这罐子碰倒摔碎。凤仙知错，愿受尚食责罚。”

此话一出，孙司膳与陈可妍对视一眼，都十分诧异。孙司膳原已想好满腹斥凤仙“抵赖狡辩”的话，如今竟毫无说出的必要了。

裴尚食冷冷地看着凤仙，道：“先把小厨房收拾干净。今日尚食局院子你来扫，扫完面壁思过两个时辰，晚膳不必进了。”

凤仙俯首领命，不忘谢裴尚食轻罚之恩。

凤仙扫完院子时尚食局众人早已散去，她将扫帚归于原位，拭了拭额头上的汗，正准备去洗手，一转身忽然看见孙司膳正向她走来。

凤仙忙向孙司膳行礼。孙司膳走到她面前，冷冷地问道：“你为何愿意认错？”

凤仙低眉道：“那罐子是凤仙摔碎的，自然应该承认。”

孙司膳凝眸细细打量凤仙，觉得传言不虚，这姑娘果然与众不同。自己刚在众人面前夸过陈可妍，而陈可妍居然立即摔碎了尚食的罐子，若因此公然处罚陈可妍，无异于当众打自己的脸，所以自己必须拉凤仙来顶罪。凤仙也心领神会，不但甘愿配合，在无外人在之时也承认是她犯的错，且不邀功不请赏，可见是个极聪明的人。

“你需要什么？我赏点儿给你。”孙司膳道。

凤仙欠身道：“凤仙一无所缺，只是仰慕司膳已久，若有机会在司膳手下做事，于愿足矣。”

孙司膳蹙了蹙眉：“你想去伺候太后？”

凤仙轻声道：“奴想为司膳做事。奴虽不敏，但愿意尽心尽力做司膳助手，有信心做得比陈可妍好。”

孙司膳沉吟良久，最后同意了：“那你且来试试，若做不好，我也会随时将你退回南大内。”

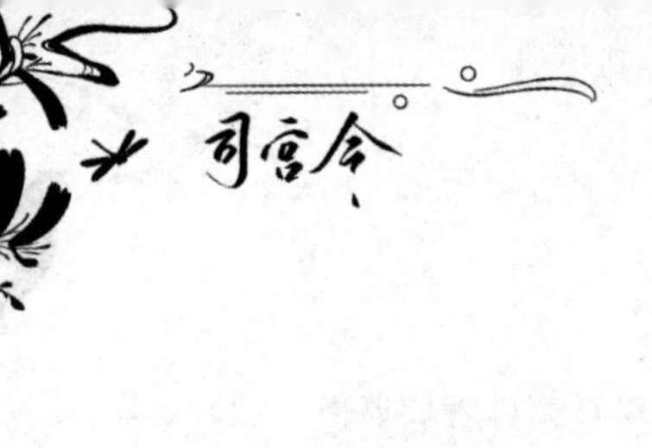

（五）
殿下如酒

蕒蕒赴东宫后裴尚食选择冯婧接替蕒蕒做自己的助手掌御膳先尝，东宫膳食仍由秦司膳主理，太子的食谱由她制订，上呈太子的饮食只要她在就由她先尝，但现在她作为官家和裴尚食默认的下一任尚食候选人，经常需要回尚食局协理局中事务，所以她十分重视培养蕒蕒，让其在自己不在东宫时掌太子饮膳先尝，并列出厚厚一册饮食禁忌交给蕒蕒，嘱咐说太子脾胃虚弱，饮食稍有不慎便会呕吐、腹泻、消化不良，务必处处小心。

蕒蕒见那册子记录得极其详尽，例如海鲜水产不能与石榴、葡萄、柿子等水果同食，兔肉不能与芹菜同食，鹅肉不能与梨同食，鹌鹑不能与蘑菇、木耳同食，饮酒前后不能吃柿子，鲤鱼不能与豆类同煮……除此之外上面还注明向太子进生冷油腻的食物必须格外慎重，更不可进烧烤之类烟熏火燎、外表焦煳的肉类菜品。

蕒蕒观察秦司膳为太子安排的膳食，见基本都是蒸煮炖品，以油煎炒的少之又少，且调味清淡，食材制法健康得毫无纰漏，只是，像给三岁小童的饮食一样。蕒蕒暗暗猜度，太子天天吃这样的食物，不丰腴无刺激，会不会觉得了无生趣？

一日，赵皑狩猎之后来到东宫，要送只獐子给兄长，说：“现在的獐子肉质细嫩，比羊肉好吃，最宜烧烤。”

太子目露喜色，显然有意尝试。秦司膳却当即制止：“殿下不能吃烧烤食品，尤其是野味，有损脾胃。这獐子还是请二大王带回去吧。”

赵皑笑道：“送都送来了，岂有带走之理？既然大哥不能吃，我就送给吴典膳。”

语罢他不由分说地把獐子递给蕒蕒。蕒蕒愕然地接住，用询问的目光看向秦司膳。秦司膳大概觉得不能一再拂二大王盛意，不再反对。蕒蕒又一顾太子，见他含笑颔首，便收下了。

赵皑走后，秦司膳也前往尚食局与裴尚食议事。蕒蕒趁左右无人，悄悄对太子道：“殿下是不是想尝尝獐子？秦司膳一时半会儿不会回来，要不我现在去烤了给殿下送来？”

“好是好，不过你若去东宫厨房烤，那里人多，肯定会有人告诉秦司膳。”太子想了想，建议道，“不如你带回居处，夜里就在院子里烤了，我晚些去找

你，我们一起品尝？”

蕒蕒觉得太子所言有理，东宫厨房确实人多口杂，如果在那里烤了送给太子秦司膳必然会知道，遂颔首接纳了太子的建议。

太子随即托起面前的茶盏，将漾出的笑意融解于饮茶的动作中。

夜间蕒蕒先用盐、酒、香料将切块的獐子肉腌过，然后切羊油包裹獐子肉，一块块穿在铁扦上，在院中架炉烧烤。少顷听见有人轻叩院门，蕒蕒快步过去开门，见来者果然是太子。他步履轻快地进来，手中提着一壶御酒蔷薇露，身后并未带任何随从。

伺候蕒蕒的两名内人吃了一惊，旋即向太子行礼，然后对视一眼，默契地远远地避到一隅，不敢打扰他们。

蕒蕒请太子在花厅桌边坐下，自己又奔出去热火朝天地烤獐子肉，片刻后烤好，便用盘子盛了送到太子桌上，又取杯盏来斟酒，再以箸剥去烤焦的羊油，将净獐子肉递给太子。

獐子肉被羊油包裹，所以完全没有焦煳的痕迹，极其细嫩，而烤融的羊脂深入獐子肉肌理，更添几分脂香，一块入口嚼之，略带烟熏味道的肉香大气磅礴地逸出，如风暴一般瞬间主宰了味觉，细细品来，泊夫兰与安息茴香的气息渐渐丝丝缕缕地泛起，萦绕于口腔中，既抑制了野味膻气，又完美地与肉香共舞，丰富了这大脔滋味。[①]

太子赞蕒蕒手艺好，又拉她坐在自己身边，要她与自己一同进食。于是两人佐以蔷薇露各自吃了两串，不时笑着闲聊几句，都觉此刻气氛大异于平时太子正襟危坐在秦司膳面前进膳时，十分轻松愉快。

“这样烤制的肉很香，又不会煳，是谁教你的？”太子忽然问蕒蕒。

蕒蕒一愣，但还是回答了：“是宣义郎。我曾在武夷山随他学厨艺，他自己不爱烟熏火燎之物，我吃多了清淡食物，便悄悄背着他烧烤。后来他发现了，就教我这个方法，说这样肉不会煳，对身体比较好。”

太子听后淡淡地“哦”了一声，然后良久无言，也不再吃獐子肉。

蕒蕒有些忐忑，试探着问太子：“殿下，我是不是说错什么了？”

太子伸手轻轻把她鬓边的散发捋向耳后，温柔地凝视着她，微笑道：“傻姑娘，虽然我这样问，但你大可不必如实答……听你提到他我并不高兴。”

他是在……吃醋？蕒蕒被这个念头吓了一跳，垂目不敢与他相视，片刻轻声道：“殿下一向宽容大度，也会为此不高兴？”

“是的，我不高兴。”太子坦然地回答道，“当初见他不问你便让人给你

① 獐子肉烧烤法出自［宋］林洪《山家清供》。

斟眉思达华酒时就不高兴。”

蕙蕙无比讶异，脱口问道：“既然如此，那天你为何还让我和他独处？如果是二大王，一定会留在茶室或拉着他一起出去。”

“小孩子才那样做。”太子推开面前的杯盏，低身将头枕在臂弯上，侧首看着她，恬淡的笑容看起来似有两分感伤，“我只要你记住我的好。”

蕙蕙遥想闻喜宴时，他端坐于殿堂之上的样子，仪态庄重，容止端雅，天人一般，而眼前的他，却像只温驯的小鹿一样伏在自己面前，悄然上挑看向她的桃花眼忧思恍惚，又隐隐含笑，清澈如水，又亮如星辰。

蕙蕙忽然感觉到了他的危险。林泓像一盏清茶，由里到外都散发着草木香，而太子则像她小时候偷偷喝的母亲酿的梅子酒，甘甜清香，每一滴都在表达着温良无害，诱她一口口饮下去，不知不觉饮多了，才知道这酒并非果汁，会让人面红心跳，醺醺然如立于浮桥上。

太子还在枕着手臂无辜地凝视她。蕙蕙叹了口气，忍不住去触摸他玉琢般的脸，道：“但是，殿下，现在你是在故意流露孩子气，以惹人怜爱吗？”

“倒也不是……”太子抚了抚胸口，蹙眉道，“蕙蕙，我胃痛。”

蕙蕙一惊，迅速在心中搜索秦司膳那饮食禁忌的册子，思索獐子肉是否不能与酒同食。她见太子状甚痛苦，顿觉不能拖，倏地站起来，道：“我去请太医。”

“罢了。”太子一把拉住她，让她坐下，然后起身，微笑着说，“我没事，回去歇歇就好了。你让那两个内人别告诉他人我来过这里。”

他告辞离去，临行留下一声含笑的叹息：“还真是个傻姑娘呀……”

虽然蕙蕙千叮咛万嘱咐，但估计那两个内人还是走漏了风声。

最近太子妃见太子勤学政事，过于操劳，便找了几个仙韶部的歌舞伎来东宫，每日在太子进膳之时进呈歌舞助兴，大概有为太子选姬妾的意思，其中便有香梨儿。太子看得心不在焉，也不与歌舞伎们叙谈。香梨儿乐得清闲，午后无事时便来找蕙蕙聊天，一开口便问她：“听说太子前几天夜里去你那里了？”

蕙蕙暗叹消息散布之快，但见香梨儿是自己极相熟的朋友，遂与她说了实情，声明太子只是来吃獐子肉，没有留宿。

香梨儿听了诧异道：“他说胃痛你就说要去请太医？”

“是呀。”蕙蕙反问道，“有何不妥吗？”

香梨儿抚额：“姐姐，你都十九岁了，该懂点儿事了……这事的正确应对方式是这样的，太子说胃痛，你就问：‘哪里痛？奴来为殿下揉揉。’你伸手揉几下，太子大概会表示疼痛减轻了，但还没完全消散，也许还会补一句：‘可

能是夜太凉了，酒太冷了。’如果没补，这话就应该你说。然后你建议太子去你温暖的房中躺着歇息歇息……随后的事便顺理成章了。”

蕫蕫听得脸一红，道：“太子是正人君子，去我那里不会怀着这个目的。”

香梨儿摇头，凑上来低声道：“我跟你说，一个男人夜间到一个女人的居所去，无论身份高低贵贱，无论他嘴上说了什么理由，最终目的都是要留宿。”

“去！”蕫蕫赧然斥道，“你年纪轻轻的，比我还小两岁，却是从哪儿学来这么多歪道理？”

香梨儿笑道：“我在仙韶部，天天听人说男女之事。没吃过猪肉，还没见过猪跑吗？”

林泓在聚景园曲宴之后便想辞官回武夷山，太子及时劝止了他，提醒他此前已答应主持引山泉水入东宫的工程。林泓亦觉既然承诺过，不便失信于人，于是答应留下来完成此事。

一日林泓来东宫勘测地形，太子亲自出门相迎，一见面即主动长揖，充分展示了礼贤下士的风度。林泓亦立即施礼，两人雍容揖让，十分客气。

事毕太子请他到瞻箓堂饮茶，命蕫蕫取出一枚福建新入贡的小龙团，建议林泓与他斗茶。林泓见他兴致高，只得领命。蕫蕫取来两个建盏，奉上茶具，为他们碾好茶粉，太子与林泓便各持茶筅，分别注汤击拂。

聚景园之事已过去大半个月，但蕫蕫再见林泓依然心如针扎，匆匆一瞥，只觉他憔悴了许多，也不敢细想下去，他们斗茶时便垂目立于太子身后，刻意不看林泓。林泓也一直微垂眼帘注视茶汤，避免与蕫蕫相视。

击拂一番后两人茶盏中均乳花翻涌，咬盏凝结，皎然似雪。两人搁下茶筅，端坐静待。片刻后林泓盏中沫饽消散稍快，露出了水痕。林泓遂向太子一揖，认输道：“殿下技艺超群，臣心悦诚服。”

“先生技艺何曾逊于本宫，”太子微笑道，“只是今日不如本宫心静而已。”

语罢太子请林泓饮茶，自己也手持茶盏，欲品一品，不料蕫蕫忽然过来，将茶盏自他手中夺去。

“秦司膳说过，点茶过浓，太过寒凉，殿下不宜饮用。”蕫蕫道，“点着玩玩无妨，喝就不必了。”

太子微微向她侧首，微笑着与她商量：“我只饮半盏。”

蕫蕫摇头：“半盏也不行。”

“那我就喝一口，尝尝味道即可。”太子继续轻言软语地央求。

“不行。”蕫蕫断然拒绝，“上回殿下也是这样说，结果接过来就全饮了。”

随后她再不听他辩解，捧着茶盏转身出了门，连行礼告退也忘了。

太子笑着摇头，收回送走蕙蕙的目光，对默默旁观的林泓表示歉意：“治家无方，先生见笑了。”

（六）
其叶蓁蓁

听了太子这话，林泓并未流露任何愠色，只是黯然重复了一声：“家……”他的嘴角有上扬的趋势，但终究没能笑出来。沉吟片刻，林泓举目视太子，然而目光似乎透过他看到了蕙蕙，颇显温柔：“‘桃之夭夭，其叶蓁蓁。之子于归，宜其家人……’这诗很适合蕙蕙。她如果喜欢谁，就会以一片赤子之心相待，给她一点点善意，她都会应以一片明亮的笑颜。有她在的时候，每个寒冷的日子好像都变成了春天。”

太子觉出此中情思，不动声色地问道：“你还喜欢她？”

“我庆幸遇见过她。”林泓道。

两人一阵短暂的沉默，然后林泓继续道：“她表面活泼、张扬、风风火火，其实敏感、多思，心中难过也不说。我与她此生缘浅，兜兜转转，终是负她良多。而我从不怀疑，无论她嫁给谁，都会全心全意爱夫君，做个贤妻。如果那个人是殿下，希望殿下能用给予家人的珍视与爱护，去抚平她的不安与委屈。”

语罢他起立朝太子长揖，不待太子回应即转身离开了此地。

那小龙团茶十分稀少，贵逾黄金，蕙蕙自己并不舍得喝，决定端去奉给太子妃。她进到太子妃阁中，听说是太子点的茶，太子妃很高兴地接受了，又让她坐下，和颜悦色地对她说：“我正要找你呢。”随即太子妃回头向自己身后的孟云岫示意，孟云岫便取出一卷文书给蕙蕙看。

蕙蕙诧异地问道：“这是什么？”

太子妃道：“听说太子前几日去过你院中了……我之前承诺要给你名分，自不会食言，准备上表官家，请他封你为郡夫人。这是我让云岫代我拟好的表章，你且看看，措辞可还妥当？”

蕙蕙展开大致浏览了一下，但觉表章辞藻典雅，有许多溢美之词，说自己品性“柔嘉维则，淑慎其身”，又夸自己服侍太子尽心尽力，“克勤不怠，秉心肃恭”，然后提出了封自己为郡夫人，纳为太子侧室的请求。

蒖蒖合上表章交回给孟云岫，含笑道："这词句真优美，我听都很少听到，难为姐姐写得出来。只是，我哪儿有那样好，恐怕配不上如此谬赞。"

孟云岫高挑清秀，气品高雅，但格外消瘦，立于太子妃身后如淡烟疏柳。自悬梁获救后，她的嗓音一直沙哑，如今更不爱说话，听了蒖蒖所言只礼貌地略笑了笑，并未答话。

蒖蒖又起身朝太子妃施礼，道："奴谢太子妃美意，但太子那晚去奴那里，只是坐着与奴说说话，吃了点儿小食，很快就回去了，并未留宿。太子与奴都认为奴现下还是做典膳比较好，尚未到可以为侧室的时候。"

"那不是迟早的事吗？"太子妃道，"我先上表也无妨，回头好日子定了，我们再见礼。"

蒖蒖仍不愿接受："此事不急，还是先看太子殿下的意思吧，他觉得合适，再上表也不迟。"

太子妃想了想，道："如此也好，表章我先收着，待时机合适，便上呈官家。"然后太子妃又一顾孟云岫，对蒖蒖道，"这表章也是云岫对你的一番心意。她即将离开东宫，临行前字斟句酌地为你写了这篇文章，说要谢你为她处理去年之事。"

蒖蒖颇感意外："孟姐姐为何要离开？要去哪里？"

太子妃叹息道："她说不想留在这里，我便准备请爹娘为她安排一门婚事，但她坚辞不受，说已无意成婚，愿出家为尼，长伴青灯古佛。我家在凤凰山上修了一座庵堂，会接她去那里。"

蒖蒖摇头，对孟云岫道："姐姐一身才华，若余生困顿于庵堂之中，不得施展，实在可惜。"

孟云岫黯然道："养母让我从小读书，勤学诗词歌赋，原是想为我择一士大夫为婿，有些学识，方可相夫教子。但造化弄人，也曾错失良缘，如今沦为这般模样，我也绝了与人为妻的念头，只愿找个清净之处，了此残生。"

"姐姐读这么多书，只是为相夫教子吗？"蒖蒖诚恳地劝道，"女子若有学识，或掌握一门手艺，完全可以不靠男人活下去。我认真学厨艺，有一个想法，便是将来若出了宫，也可以凭借厨艺生活，开店也好，授课也好，未必要靠夫君。姐姐如果不想成婚，不妨把心思都放在自己擅长的事上。"

"擅长的事……"孟云岫若有所思。

蒖蒖点点头，又道："我听说尚仪手下的司籍一职出了缺，尚仪局掌后宫礼仪教学，司籍掌宫中经籍、教学、纸笔，十分重要。这次皇后决定不按资历迁补，吩咐尚仪在内人中公开征选，一定要才华出众者才可接任此职。我觉得姐姐很合适，不如前去应试。一旦中选，姐姐便可以向内人们授课，甚至可以像班昭那样，做后妃与公主的老师，若有著作，也能流传后世，在青史上留名。这样的生涯，难道不比避于一隅漫无目的地消磨余生更有意义吗？”

太子妃闻言也露出喜色，劝孟云岫道：“蒖蒖所言很有道理。既有这样的机会，你不妨去应选试试。即便不成，你再出宫，也不迟。”

孟云岫思忖良久，终于答应了。

蒖蒖随后告辞，太子妃让孟云岫送她出门。孟云岫在阁门外止步，向蒖蒖道谢。蒖蒖笑道：“该道谢的是我。姐姐那篇表章写得真好，这是第一次有人为我写这么优美的文章。”

“是吗？”孟云岫含笑道，“我还担心哪里写错了让你不高兴呢。”

“词句都很好，若说小错，倒是有一处。”蒖蒖告诉她，“我名字的‘蒖’，是草字头下一个‘真假’的‘真’，姐姐写成‘其叶蓁蓁’的‘蓁’了。”

“蒖蒖？”孟云岫似乎吃了一惊，重新上下打量蒖蒖，然后问她，“你是哪里人？令慈姓什么？”

蒖蒖道：“浦江人，我妈妈姓吴……怎么了？”

“哦。”孟云岫目中的光略淡了淡，微笑道，“没什么，只是忽然觉得你长得有些像一个故人。”

蒖蒖回到瞻箓堂，先四下一顾，才向太子行礼。太子了然，告诉她：“林泓已经走了。”

蒖蒖低头避开他的目光，默默上前收拾杯盏。

“你还是很在意他。”太子断言。

“殿下，”蒖蒖停止手中的动作，侧身面对太子，“是我言行失格吗？我甚至没有看他。”

“我不是在怪你，别这样紧张。”太子微笑道，“我知道你一直在避免看他。可是如果心里完全放下了一个人，面对他就与面对他人无异，该说就说，该笑就笑，更不会刻意回避与他对视。”

蒖蒖无言以对。太子又道：“适才你走后，我跟他说了句挑衅的话，但他真有风度，竟然完全没生气，反而对我说出了些真心话。”

蒖蒖讶然抬头看着他，太子便把“治家无方”及林泓随后的回应叙述一遍，蒖蒖听到林泓说“我庆幸遇见过她”后，忍不住潸然泪下，面对太子又不好痛哭，泪一坠下即以手背去擦。

太子起身过来，取自己手巾为蒖蒖拭泪，温和地道：“虽然这样说对我没好处，但我还是想告诉你，他对你仍然有情，谈起你的时候眼中有光，这是无

法掩饰的。”

蕙蕙黯然道：“都过去了，这一点儿情有没有也不重要了。”

太子牵她在自己对面坐下，道：“你们之间的事我一直没问过，但现在很想知道，既然你们彼此仍有情，为何要分开？”

蕙蕙沉默片刻，缓缓道：“他心里一直有个人，被他视若洛神，他家中挂着那人的画像，常常凝视着陷入沉思。后来遇见我，虽然与我在一起也有开心的时候，但他始终忘不了她，头晕时甚至会把我误认作她。但是我太喜欢他了，我愿意忍，只要能和他在一起。可我没想到，他最后还是不愿意骗自己……他拒绝太后赐婚，大概是想明白了，我永远不可能取代他爱的那人，而他今生不可能得到她，所以不如梅妻鹤子……”

说到这里她含泪看向太子：“殿下，那一刻我也明白了，他的心始终是我最难抵达的地方。”

太子同情地凝视她，问道：“那个人，是柳婕妤吧？”

蕙蕙闻言眼帘一垂，默不作声。

“这显而易见。”太子道，“听说林泓与柳婕妤是一起在武夷山长大的，两人才貌相当，心生恋慕之情也不足为奇。”

“是的，他们一起相处了十年。”蕙蕙恻然一笑，“而我与林泓相处的日子加起来还不到一年，他对我即便有情也有限，我能拿什么去与他们相濡以沫的十年比？”

太子又揾去了她即将坠下的泪珠，见她手背上亦有泪痕，便牵过她的手来一一拭净，方才道：“感情的深浅，倒不是以相处年限来论的。”

“那是以先后来论吗？第一个爱上的人是不是很难忘记？”蕙蕙忽然问他，“殿下，你是怎样忘记冯婧的呢？”

太子霎时沉默了，垂目思量许久，才又看蕙蕙，认真回答了她的问题：“我没有忘记她，她会永远留在我的记忆中，成为我很珍视的一页。对我们的未来，她看得很清楚，我的身份和现状注定我无法符合她关于婚姻的期待。所以就像她说的那样，我们都不会回头，没有相互追赶，只有各自前行。人不是在为昨天活着，总要向前看。沉溺于舔舐昨日的伤痕，只会让人日渐消沉，对当下不闻不问。”

他的目光渐趋柔和，此刻向她露出了微笑：“蕙蕙，我希望你也像我这样想。昨天已支离破碎，我们不要把今天也丢了。”

蕙蕙与他相视，努力笑了笑。

他见她虽然笑着，一双美目兀自湿漉漉地闪着细弱幽亮的光，不由得心中一颤，甚觉怜惜，便倾身过去，彬彬有礼地征询她的意见："我想像哥哥那样抱抱你，可不可以？"

而蒖蒖上次经香梨儿点拨，此刻忽然触类旁通，福至心灵，直白地道："殿下，这么大的哥哥是不会抱妹妹的。"

太子惊愕了一瞬，回身坐直，抚额笑了起来。蒖蒖见状亦笑，两人相对笑了许久，倒是把她的悲伤与他的尴尬都融化在了笑声中。

（七）
蓂初

孟云岫参选司籍，经过一番考评，六月中结果揭晓，她果然如愿以偿，获任此职。搬离东宫前，她把蒖蒖请到自己房中，说："有一件事，我思前想后，觉得还是应该与你说明。"

然后她带蒖蒖到书案旁，提笔写下两个名字：张云峤、孟云岫。

蒖蒖一见"张云峤"三字，便道："这不是张国医的名字吗？"

孟云岫点点头，又运笔将"孟"字划掉，在一旁另写了个"张"字。

蒖蒖目光在这两个名字之间徘徊，恍然大悟："姐姐原来姓张，张国医与你是兄妹？"

孟云岫道："张国医的叔叔是我的父亲，我是他的从妹。我母亲早逝，父亲娶了继室，我那时才六岁，继母容不下我，经常虐待我。父亲见我从兄身为御医，常往来于贵胄之家，便托他寻一个好人家收养我。从兄曾救治过太子妃父亲的妾孟氏，孟氏得知此事，便让从兄将我送入钱府，收养了我，我从此改姓孟，在钱府长大。"

蒖蒖笑道："原来如此。难怪我觉得姐姐有些面善，原来是与张国医画像神韵相似。"

孟云岫仔细观察她的表情，问道："你没见过张国医？"

蒖蒖摇摇头："久仰张国医大名，但他失踪很久了，一直无缘相见。"

孟云岫继续挥毫，在张云峤名字旁另写下三字"刘蓂初"，然后问蒖蒖："你认识她吗？"

蒖蒖看着这陌生的名字，惘然道："不认识。"

"她是先朝宫人，曾在尚食局任司膳之职。"孟云岫道。

“啊，原来她是刘司膳！”蕙蕙惊喜地道，“我听说过她很多事迹，不过今天才知道她的名字。”

孟云岫遂问道：“那你听说过她与张国医的故事吗？”

蕙蕙如实答道：“在宫中听说过一点儿。据说她与张国医相恋，后来逃出宫，但被追捕，最后被处决于齐太师宅中。”

“是的，她是我的嫂子。”孟云岫道，“我入钱府后，从兄每次出诊到钱府，都会来探望我，所以我与他比较亲近。钱府的女眷常有入宫参加宴集的机会，有时会带我同去，刘司膳知道我是张云峤的妹妹，便会特意来找我，给我许多点心。我十二岁那年，养母带我去灵隐寺进香，到达后忽然让侍女悄悄把我送到附近的天竺看经院，让我与等候在那里的从兄及刘司膳见面。从兄说他们即将离开临安，恐怕以后很难再见，所以请养母许他们与我道别。那时刘司膳已经怀孕了，她满心欢喜地与我说起从兄给孩子取的名字，说如果是男孩，叫‘张铮’，‘铮铮铁骨’的‘铮’，如果是女孩……”说到这里孟云岫顿了顿，凝神注视着蕙蕙，才又道，“就叫‘蕙蕙’。”

蕙蕙愕然，片刻问道：“就是我这个‘蕙’？”

“是的。”孟云岫手指纸上那个“蓂”字，详细解释：“蓂是‘蓂荚’的‘蓂’。蓂荚是《竹书纪年》中记载的瑞草，每月朔日生一荚，到了月半则生十五荚，十六日后，每日落一荚，到了月末则落尽。若是小月，则有一荚焦而不落。如此，一次循环即一月，所以蓂荚又称历荚。传说这是尧时出现的瑞草，只有盛德之君治下才会生长。刘司膳出生在正旦之日，齐太师给她取名为‘蓂初’，后来把她献给先帝，大概是借此名表示对先帝的恭维。而‘蕙’，则是蓂荚的种子，因此我从兄将蓂初的女儿命名为‘蕙蕙’。”

蕙蕙小时候也曾问过母亲“蕙”字的意思，母亲只告诉她是一种瑞草的种子，但从未如此详细地解释过。此刻她乍闻张国医、刘司膳的女儿叫这名，只觉心绪一片紊乱，盯着“刘蓂初”几个字，半晌才道：“我与刘司膳女儿名字相同，恐怕是巧合吧？”

孟云岫道：“我刚听你说起你的名字时也是这样想的，不过，越看越觉得你与刘司膳有几分相似。后来我又打听到你的生日，与我嫂子孩儿的预产日子大致对得上。这个名字非常稀少，这几点都能相合，大概真是千年难逢的巧合了。”

“不可能！”蕙蕙断然否决了孟云岫未明说的猜测，“我是我妈妈亲自带大的，与她一起生活十几年。妈妈是两年多以前去世的，不是刘司膳。”

孟云岫欲言又止，斟酌良久，温和地道：“我的养母是个非常善良的女子，对我视若己出，悉心呵护着我，让我在钱府无忧无虑地长大。虽然她不是我生母，但在我心里，她就是我的母亲，我们对彼此的爱，不会因为没有血脉联系而消减。”

见蕇蕇仍沉默不语，孟云岫轻轻牵她坐下，又道：“我说这些不是想离间你与母亲的感情，只是告诉你我所知的一些与你名字相关的事，当然有可能你与张国医、刘司膳完全无关，但若你将来想知道更多关于他们的信息，或许可以参照我所说的，去找其他知情人询问。”

蕇蕇颔首道：“我明白，谢姐姐耐心告诉我这些。”

孟云岫微笑道：“我即将离开东宫，以后若要见面或许不是很方便了，所以把这些天想起来的事都告诉你。你若将来有疑问，想探寻更多的细节，或可求助于太子。虽然你目前名分未定，但谁都知道，他就是你将来的夫君，是最值得你信赖和依靠的人，有任何事，都不妨与他商量。”

蕇蕇想起孟云岫亦曾是太子侧室人选，然而如今提起自己与太子的关系竟毫无妒意，不由得有些感动，又担心是自己的到来逼她出走，遂问她：“姐姐，我来东宫，会不会令你觉得不自在，所以要离开？”

“当然不是。”孟云岫当即否认，随即说明，“我虽然敬重太子，但对他全无恋慕之情。”

沉吟片刻，孟云岫又推心置腹地对蕇蕇道：“我年少时，曾仰慕一个有家室的人，但嫁给他会伤害到我最尊重的人，又不愿嫁给其他不喜欢的人，所以一天天蹉跎下去。后来太子妃嫁到东宫，要我同行，那时我养母已辞世，我心无牵挂，见太子妃惧怕离开娘家后的生活，便答应陪她出嫁，原是只打算做侍女的。后来太子妃决定为太子纳妾，想找个知根知底好相与的人，便向太子推荐我，其实我并无此意，后来又闹出那些事……好在有你指引，如今我有了合适的去处，也有了新的寄托，日子会好好过下去。谢谢你，蕇蕇，别后多珍重。”

孟云岫走后，蕇蕇总想忽略她与自己说的事，但那些忘不掉的话和随之带来的疑惑就如这个季节的狂风一般，不知什么时候就劈头盖脸地袭来，完全不受自己控制。

有一天她给太子斟煮好的清茶，太子顺便告诉她引泉入东宫的工程进展顺利，选的水源就在离东宫最近的山麓上，预计最快下月初就能启用了。而蕇蕇兀自想着刘司膳的事，惘然不觉，茶不知不觉溢出杯盏，太子轻叩了一下桌面她才惊觉，忙边拭桌面边赔罪。

太子温言问她：“你这几天恍恍惚惚的，可是有心事？”

见他眉眼温柔地凝视自己，蕇蕇忽然想起孟云岫说他是自己将来的夫君，

是最值得信赖与依靠的人，不由得脸一红，低下头去想了半晌，终于问他："殿下，你认识刘司膳吗？"

"刘司膳？是先帝一朝的宫人吧？"太子道，"我小时候见过她。"

"那我长得像她吗？"蕒蕒追问道。

太子笑道："她伺候先帝时我还是个幼童。她出宫多年，我对她的记忆很模糊了，已经记不清她长什么样。怎么，有人说你长得像她？"

"是的……"蕒蕒迟疑道，"还说刘司膳的女儿也叫蕒蕒。"

蕒蕒随即把孟云岫所说的话转述给太子，在太子询问下又把自己的身世和秋娘的情况全告诉他了，包括家中变故和程渊带走秋娘，又带自己去看秋娘之墓等事，最后声音有些虚弱地道："我在延平郡王宅时，殷琦的乳保曾跟我说起过刘司膳之事，说她是被私刑处决于齐太师宅中，殷琦目睹过，那是十几年前的事了。所以，她不会是我妈妈，对不对？"

"嗯，刘司膳不会是抚养你长大的妈妈。"太子镇定地回答，但很快提了个蕒蕒颇感刺耳的问题，"但你有没有想过，抚养你长大的妈妈，可能不是你的生母？"

"不会的！"蕒蕒立即激烈地否认，"我妈妈是天下最好的母亲，无微不至地呵护我长大，为让我过上舒适的生活自己每天起早贪黑地劳作，却不舍得我做任何家务事。我小时候生一点儿小病她都会整日整夜不睡觉地抱着我，还曾命都不要地把我从火场中救出来……不是亲生母亲怎么可能这样爱我？"

她越说越激动，眼圈都红了。太子过来引她坐下，自己倒了一盏茶递给她，好言安抚："我不是说事实一定如此，不过你既然这样问我，大概心里也有一点儿疑惑。孟云岫提出的疑点，或许我们可以试着去查查，看实情究竟如何。"

蕒蕒沉默不语。太子又道："我知道这种涉及在意之人的事最难冷静面对。我当初何尝不是如此，一听王慕泽的话就本能地想逃避，拒绝深思和追查，却不自觉地选择了最坏的结论去相信，所谓关心则乱。所以，孟云岫关于你身世的猜测，你现在也不必选择信或不信，我会帮你去查证，我们只信有证据的结论，好吗？"

蕒蕒思量片刻，终于点了点头。

"程渊带你去看你母亲的墓之后你又去过吗？"太子问道。

蕒蕒答道："我很少有机会出宫，偶尔出宫也有人跟着我，所以不便前往。妈妈的生辰忌日和清明、中元等节日，我都是悄悄在宫里朝着妈妈墓地的方向拜祭她。"

太子含笑道："那么，明日我带你出宫，我们一起去拜拜你妈妈吧。"

翌日太子让蕙蕙与自己同乘一车，带着几名便服内侍出了宫，按蕙蕙的指引来到凤凰山下，车停下后太子与蕙蕙出来，太子仅让两名带着祭扫物品的内侍随行，其余人在山脚等待。

他们沿着山间小路上行，穿过郁茂芳林，很快见秋娘的墓出现在苍翠松柏掩映下的山崖上。两名内侍上前，清扫墓台，将鲜花果品奉上。蕙蕙先跪倒在墓前，含泪道："女儿不孝，迟至今日才来看妈妈。"

伏地哭拜片刻，感觉到太子走至自己身边，蕙蕙才想起应该给母亲介绍，便朝墓碑轻声道："妈妈，这是太子殿下……"

太子躬身长揖，单膝跪下，与蕙蕙并肩，对秋娘墓道："姑姑，我是赵晳。"然后他自取香烛点上，又与蕙蕙一起烧纸钱拜祭，态度恭谨，一如家人。

少顷有一个五十多岁的樵夫担着一肩干柴走近，好奇地打量太子与蕙蕙一番，问太子："你们祭拜的是郎君的岳母吧？"

太子淡淡一笑，问樵夫道，"老丈如何看出？"

樵夫笑道："这不很明显吗？小娘子哭得两眼通红，肯定这墓中躺的是她至亲。郎君祭拜之余又不忘扶持娘子，你们郎才女貌，不是夫妻是什么？"

太子含笑道："老丈真是慧眼如炬。"

樵夫听了甚喜，索性搁下担子，分开两膝坐于一旁的大石上，取笠帽扇着风，与太子闲谈："我在这山上住了几十年，怎么以往没见郎君和娘子前来扫墓？"

太子道："我们长年居于外地，最近才搬回临安。"

樵夫道："原来如此。那往年清明、中元前来祭扫的人，是郎君请来的？"

太子不动声色地道："是曾托付人来祭扫，不知他们做得可还妥当？"

樵夫答道："都是些胡子还没长出来的年轻人，干活还挺利落，每次墓周围杂草都除得挺干净，所以这墓十八九年了，现在还保持得挺洁净。"

十八九年？蕙蕙霎时睁大了眼睛：程渊说秋娘是到临安后不久去世的，那么这墓理应存在不足三年，何来十八九年一说？

太子显然也有这个疑问，着意端详墓碑，见那上面仅有"内人吴氏之墓"六字，其余并无生辰死忌等日期，但碑刻及周围石凿痕迹较新，倒不像存在多年的。他想了想，又问樵夫："前些年我曾安排人来立碑，也不知他们是否按时完工。老丈可知这碑是何时所立？后面的砖石可曾换过？"

樵夫道："坟立了十多年了，碑倒是两三年前才立的，坟包周围的砖墙也是新砌的，但上面的大石头没换。"

太子与蕙蕙闻言都起身去查看坟包，果然见上方覆盖的青石板苔痕累累，十分斑驳，缝隙中还长出许多较粗的草木，确像有些年份的，且坟包的样式与

近几年新坟颇有异处。

太子沉吟片刻，命内侍取出些钱给樵夫，又问了他的居处，说以后再来或去拜访。樵夫喜出望外，再三道谢后告辞离去。

（八）
醉花渚

樵夫走后，蕒蕒对太子道："当初程渊以性命发誓，说这墓中埋葬的是我生母。可这墓既然存在多年，就不可能是我妈妈的。"

太子道："如果按孟云岫的猜测，刘司膳是你生母，那程渊倒也不算撒谎。存在了十八九年，这墓很可能是刘司膳的。"

蕒蕒心知他所言有理，但要认可这个结论就等于承认秋娘并非自己生母，万万不可接受，于是一径默不作声。

"不过如果这样，有一点倒是好的。"太子安慰地朝蕒蕒微笑道，"说明你妈妈有尚在人世的可能。如果她两年多以前真去世了，程渊安葬她之后带你去真的墓地即可，何必大费周折地为这旧年墓地重新立碑修葺，矫饰为你妈妈的墓？"

刚才心中疑云重重，蕒蕒被压得喘不过气来，而这一语如拨开乌云的阳光，忽然令蕒蕒看到了希望，顿时乍惊乍喜地笑了："是的，是的，如此看来，我妈妈多半还活着！"然后她立即问太子，"殿下可以向程渊询问我妈妈的下落吗？"

太子摇头："程渊城府极深，煞费苦心地掩饰此事，必然不会被我一问就说实话。我若直接问他，他必有虚言应对，而且打草惊蛇，他会把你妈妈藏得更深。不过你放心，我会设法追查。以后你做不了的事，都由我来为你做。"

这最后一句令蕒蕒心头一暖，颇感动地看着面前的男子，一时不知说什么才好。而太子朝她和煦地一笑，自然地牵起她的手，带她到山崖边，指着下方的山谷道："那里有一片荷塘，景色不错，我们去坐坐再回吧。"

荷塘中芙蕖映日，红白相间，袅袅婷婷，开得正艳。太子与蕒蕒在水边并肩坐下。蕒蕒眉间犹萦愁绪，看着在烟波上跳舞的阳光，默然不语。太子瞥了她一眼，然后揽过近处的荷叶，摘取一枝，将茎弯曲做象鼻状，打了个松松的结，递至蕒蕒眼前。

"啊，碧筒杯！"蕒蕒双目一亮，接过上下打量，霎时想起了两年前的闻喜宴上，她以荷叶做碧筒杯替代被盗的太子酒器，在大殿中想说明碧筒杯典故，却背不下去，是太子出言相助，帮她背完的。

"唉，那魏人郑悫的典故太拗口，我只看了两三遍，实在背不出来，窘得差点儿晕倒在殿中，好在殿下记得，帮我解了围。我顿时松了口气，心想，阿弥陀佛，菩萨显灵了！"蕒蕒对太子笑道。

"一看就是书没读够。"太子一笑，又问道，"我帮你解围，你只感谢菩萨，对我就没一点点少女绮思？"

蕒蕒瞠目道："那时觉得你高高在上，像天神一样，怎么会有绮思？谁会对庙里的神像有绮思？"

蕒蕒转念一想，觉得倒是太子比较可疑："莫非那时殿下对我，已有邪念？"

"那倒还没有。"太子笑道，"只是觉得，你在众目睽睽之下结结巴巴背不出书的样子可怜兮兮的，又有点儿可爱，就随口帮帮你。"

蕒蕒旋即问道："那殿下为何现在会对我另眼相待？"

"你觉得呢？"太子反问。

蕒蕒心道：我哪儿会知道你怎么想？她一时促狭心起，故意道："发现我天生丽质？"

"哦？"他淡定地问道，"有我美吗？"

蕒蕒啼笑皆非，下意识想出言打击殿下的自信，但一思量，又觉得若论美貌，他在男子中的排名似乎的确高于自己在女子中的排名，不由得气馁，只得悻悻地问道："那你喜欢我什么？"

太子道："你尝出郦贵妃的青盐有问题，又在澄清贵妃生子事件中起了很大作用。那些相关的旧事困扰我多年，已成心结，真相大白后我自然会关注到你，觉得你机灵，又有主见。后来，我去嘉明殿陪官家进膳时，经常会观察你，你感觉到了吗？"

蕒蕒十分讶异："完全没有。我一向觉得殿下在官家面前用膳都是举止温雅，目不斜视，从未发现殿下特别关注过我。"

"那是因为你的眼中只有御膳和在用膳的官家。"太子道，"别人进食就是进食，你进食却是在工作。嘉明殿中的你眼睛紧盯每一道膳食，先细看，再凝神辨味，奉与官家后你又着意观察他每一个微小的表情，想知道他对食物的感觉，这时候你是不会关注到周围其他人和事的。"

"是的。"蕒蕒笑道，"观察官家对膳食的反应是我的职责，而且裴尚食要求我通过辨识色香味来复原这道膳食，所以我必须全神贯注才能做好。"

太子目光柔软："我喜欢认真做事的姑娘。你们专注地做自己擅长的事时的神态，简直美不可言。"

蒖蒖却敏锐地从他话中捕捉到了一个字："这个'们'里包括冯婧吧。"

太子意外地笑起来："这漫天的荷香怎么变酸了？"

蒖蒖一时语塞，只得瞪了他一眼。

"蒖蒖，你现在对我是何感觉？"他笑得很开心，"君子坦荡荡，不要掩饰。"

蒖蒖将心一横，说道："好吧，殿下，我好像有一点点喜欢你了。"

"嗯。"太子若有所思，"看来是时候再约一次烤肉了……"

"啊，不！"蒖蒖笑着跳起来，退后数步。

太子亦站起来面对她，含笑道："据说你曾表示我们间的事由我来定，那我觉得如今时机很好。"

蒖蒖想了想，道："殿下，请再给我一些时日。"

"用来学习解革带？"他随即问道，反应极快，而且他说这种话时神情总是很淡然，就像在陈述一个事实，你若认为是调笑反而是自己想歪了。

见蒖蒖羞得烧红了脸，他才侧过脸去对着清风笑了笑，放过了她，继而对她的要求表示回应："我不同意。"

"不，"蒖蒖扬言道，"你已经同意了。"

太子笑道："何以见得？"

蒖蒖道："我就是仗着你不会乘人之危。"

"你不会再有'危'了。今后所有的危机在碰到你之前都会被我化解。"他柔声道，"不过如果你还没想好，我可以等你。"

蒖蒖凝视着深情款款的他，那种薄酒三五杯，醺醺然欲醉的感觉又来了，不自觉地捂了捂心口，想暂缓那突如其来的心动。

他朝她伸出手："来，蒖蒖，这里景致如画，我们多留片刻。"

她中蛊般走回去，将手交到他的手心。

他引她重新坐在荷塘边，两人默默观千叶风荷，一时无语，但心中皆是一片安宁。少顷，他一指前方，道："那里有一只白鹭。"

"哪里？"蒖蒖兴起，引颈张望。

他拾起身边一片扁平的小石头，调整一下角度，然后发力，让石块旋转着抛出。石块一点儿一点儿，接连在水面上弹跳了几下，最后轻轻落在一只隐藏在荷叶下的白鹭身上。白鹭受惊，展翅飞向云水相接处。

"这个有趣！"蒖蒖见状亦学他捡小石块打水漂去寻找花叶之下的白鹭，只是技巧不如太子，连续几次没有一次打到白鹭近处。太子端详她的姿势，不时帮她调整，两人言笑着又玩了一会儿，后来太子发现不远处水中有一对鸳鸯，便拈起小石块又准备抛去，蕈蕈却双手抓住他的手臂，道："它们在相会呢，不要打扰它们。"

太子举目望去，见那对鸳鸯正在交颈戏水，状甚旖旎，回头看蕈蕈，又见她双手把握着自己的左臂，脸颊因适才的游戏而微热，目光盈盈，仰头看着自己，不由得心旌一荡，抛开石子，骤然揽住她的双肩，将她向右侧倾倒，让她躺于自己双膝上。

那石子坠入水中，惊起附近两只鸥鸟白鹭，一左一右地交错飞舞于花影交织的水面上。蕈蕈一声惊呼，左手扶住他的右肩，右手向上伸去，想挣扎着坐起，手腕却被太子一下子握住，徐徐按下。

他向她轻颤着的双唇吻了下去。

以前蕈蕈经历的吻都轻轻浅浅，且大多为她主动，碰触一下即分开，全没想到还可以如现在这样，由他主导的吻如浪花一般席卷侵袭，轻易攻入她唇舌之间。她一时有些昏眩，但带着一丝好奇，似乎不反感他的碰触。他善于引导，吻得不容拒绝却也不失温柔，像潮汐，轻轻抚过又退去，如此几次，在她觉得可以松口气时新的浪花又猝不及防地袭来，惊得她严阵以待，手不自觉地攀上他的脖颈儿，欲挽回不断陷落的趋势，却好像更激起了他的士气，喜悦地展开新一轮的攻势。

彼时天色渐晚，水云间掠过一层霞光，犹蕴金辉的落日在云朵之后若隐若现，将他们身后一湾碧水也染成了金红色。间或有鸥鹭飞过，影子随清风洒落在他们的衣衫上，他们无心再顾，迷失于这汀州花渚，一时不知今夕何夕。

不知过了多久他才放开她，凝视着她随之睁开的羞怯的眼，正色道："一个月，不能再多了。"

她一时愕然，不知他所指何事。

他露出微笑："给你的时日。"

（九）
交错而过

六月底柳婕好生下一个小皇子，但小皇子身体羸弱，生下来没几天就黄疸不散。柳婕妤忧心忡忡，天天以泪洗面。皇帝为宽解她心绪，命扩建芙蓉阁园

林，仍让林泓设计。

七月引泉入东宫的工程完成，出水口砌池美观，泉水清冽甘甜，太子很满意，吩咐以后为自己煮茶熬羹汤皆用泉水。林泓本欲完成后便辞官归故里，但因柳婕妤之事又只能继续留在临安。

太子没忘记彻查蕒蕒身世。七月下旬东宫都监杨子诚搜集了派出的人初步获得的信息，一一列于太子面前，禀报道："国朝规定，离乡者迁徙到外地，居作一年即可落户附籍。臣奉殿下之命派人去浦江查阅吴秋娘落户附籍文书，发现她当年是独自一人带着女儿吴蕒蕒从宁国府迁来的，当时女儿三岁，并无丈夫同行，附籍时说丈夫已亡故。臣又派人去宁国府查吴氏信息，按浦江附籍内容查询，竟全无存档可查验，吴秋娘及她在浦江留下的丈夫姓名均查无此人。再细查浦江当年留下的文书，发现出自宁国府的皆为伪造，很可能是吴秋娘贿赂了当时主管附籍的官员，借假宁国府户籍文书在浦江落户。不过前往浦江调查的人又向吴秋娘邻居询问，他们都说吴秋娘刚来时说话带宁国府口音，如此看来，吴秋娘也有可能是宁国府人，或在宁国府居住过。"

太子翻阅这些文书，沉吟片刻，又问杨子诚："程渊那边，查得如何？"

杨子诚道："一直让人盯着呢。程渊在外买了几个园子，去得最多的叫适安园，管得也最严，不许外人靠近，里面仆妇皆为聋哑人。臣也曾派聋哑人前去应聘，但均被驱赶，无法入内。附近人传说，程渊买了几名绝色歌舞伎养在里面。臣还会想法子探听里面的消息。"

太子道："好，继续盯着程渊。不只适安园，他平日与什么人来往，置办什么，送到哪里，都需要查清楚。"

杨子诚欠身道："臣明白。"他又请示太子，"这些信息要告诉吴典膳吗？"

太子道："暂时不必，待完全查清了再告诉她……这些户籍文书，你可以送给孟司籍看看，让孟司籍誊录一份保存。"

杨子诚领命，收拾好文书带着离去。

他出门后蕒蕒便端着一壶煮好的茶入内，问太子："杨都监查到我妈妈的消息了吗？"

太子道："程渊老谋深算，做事滴水不漏，目前还没查到你母亲的下落。不过我会加派人手，继续追查。"

蕒蕒有些失望地"哦"了一声，搁下茶壶，给太子倒了一盏茶，方才微笑道："殿下不能饮点的茶，又嫌煮茶味淡，但今天的茶秦司膳和我都饮过，十分香醇，回甘悠长，殿下一定喜欢。"

太子品了两口，笑着说不错。与蕒蕒聊了片刻茶，忽然问道："你想好了吗？"

蒖蒖不解地反问道："想好什么了？"

太子笑道："再过三日，我们的一月之约就到期了。"

蒖蒖倏地脸红了，立即退后两步。

"姑娘行事一向磊落，不要赖账……"太子话音未落，忽然色变，一手捂着胸，弯下了腰，"蒖蒖，我胃痛。"

蒖蒖越发退后，笑道："殿下，你这伎俩我已经知道了，不灵了。"

太子痛得启唇喘气，勉强笑道："你来帮我揉揉。"

"还来！"蒖蒖兀自笑着说，"我知道殿下的企图，还是换一招吧。"

太子已无力分辩，头一低磕在桌上，痛苦地喘着气，大滴的汗珠自太阳穴两侧流了下来。

蒖蒖这才发现不妙，冲过去扶着他察看，迅速扬声让门外的小黄门去请御医。

这一场病非比寻常，来势汹汹。太子先是胃痛，然后接连呕吐，每次吐得呕出胆汁后必须断食断水几个时辰才能进少许饮食，否则又会引起剧烈的呕吐。如此几番后周身又开始发热，烧得迷迷糊糊的，更难进膳食。

御医说症状类似食物中毒，但秦司膳、蒖蒖和御医一起按食单排查了太子此前数日所进所有膳食，发现食材都取自最安全的途径，无腐败变质现象，并不犯食物禁忌，且所有膳食在太子入口之前都由秦司膳或蒖蒖品尝过，她们均无症状。

国医郭思齐决定还是先退热，再按食物中毒处理，开了方子，嘱咐蒖蒖等人除方子药物，目前只能让太子进清淡粥水。但太子还是时好时坏，有时能喝一碗粥，但有时同样的粥喝完不久又会呕出来。

如此大半个月不见好，人越来越虚弱。帝后均来看过，见状都很焦虑，但束手无策。最后太后也带着几名负责北大内饮膳的内人来了，看了太子后命凤仙留下，对太子妃道："凌凤仙很会做药膳。日前老身肠胃不适，进了她做的膳食后很快调理过来了。且让她先留在东宫几日，给太子做点儿药膳，让太医先看看，没问题再请太子食用。"

凤仙见太子心腹痛，觉得脏气虚邪，建议用桃仁、生地黄、桂心、生姜和粳米一起熬粥给太子喝。郭思齐觉得可行，凤仙便去准备食材。取水时，先前分到东宫的内人云莺歌告诉她："太子让我们给他煮茶做羹汤都用凤凰山上引来的泉水。"凤仙便拿了一个白瓷罐让云莺歌带她去出水口。

取水时有内侍过来问云莺歌太子的情况，云莺歌便与他聊了一会儿，其间凤仙独自接水，忽然发现出水口中涌出的泉水落在白瓷罐中，似乎带了一点儿杂质。凤仙拈出来，见是一片极细小的菌蕈，灰白色，似乎被煮过。凤仙再顾

水池，没发现还有类似的物质。凤仙略一细思，迅速把菌蕈藏进手心，又把瓷罐中水倒掉，对云莺歌道：“我想起来了，医书中说煮这粥最好用井水。我们还是去取井水吧。”

太子喝了凤仙煮的桃仁粥没有呕吐，昏睡到半夜睁开了眼睛。自他病倒以来，每晚都是蕙蕙为他守夜，伺候他夜间服药或进食。此刻一听到动静，蕙蕙即惊醒，迅速赶过来问他感受。太子微笑道：“我好些了，倒是你，很多天没睡过整觉了吧？眼圈乌黑，人也憔悴。”

蕙蕙听了这话既欣慰又心酸，几乎哽咽起来：“殿下很久没说过这么长的话了……”

“傻姑娘……”太子笑着朝她伸出手，“来，躺到我身边。”

蕙蕙迟疑，没有立即从命。

秦司膳向她转述过郭思齐的话：“殿下如今十分虚弱，务必节慎，与内人接触，万万不可行房，否则后果不堪设想。”随后秦司膳还特意叮嘱蕙蕙，“你服侍殿下更要注意，切勿与他过于亲近，引他动情。”因此蕙蕙这期间伺候太子很注意保持距离，太子清醒时曾想吻她，都被她避开，如今听太子这样吩咐，她自不敢轻易顺从。

太子似乎看出她的顾虑，微笑着道：“放心，我不会碰你，只想和你说说话……虽然已过一月之约，但如今我这般光景，是不会纳你的……我若走了，你保持着清白之身，尚能嫁人，否则，会孤苦一生，我情何以堪。”

蕙蕙闻言眼泪霎时间掉下来，道：“呸呸呸！什么走不走的，不许殿下这么说，殿下说好要护我一辈子的。”

语罢她决然地走过去，上了床榻，轻轻躺在了他身边。

太子握住她一只手，徐徐道：“我这病不知道能不能好，且先嘱咐你几句，我若不好了，你可以嫁人，林泓也好，二大王也好，你爱选谁选谁。以后生了孩子，若长得像你，你来祭拜我时，就带来给我看看；若长得像他们，就算了，我并不想见……”

前几句蕙蕙听得颇感伤，谁知他最后那样说，蕙蕙既好气又好笑，忍不住轻轻拍了他一下，低声道：“我谁也不要，只要殿下好起来。”

然后她侧身搂着太子一只手臂，将脸埋在他的衣袖中，闭上了眼睛。

次日蕙蕙便决定自己一切饮食皆按太子入口的量准备，不仅与他一样，还他进多少自己便进多少，因为想到自己以往为他先尝膳食，尝的只是极少的一点儿，他进食的量会比自己尝的多，食物若有毒，便可能存在自己因进食量少而不会中毒的情况，从而验不出毒。

于是凤仙再为太子做羹汤，也盛了一碗给蕒蕒。蕒蕒徐徐品味，然后问道：“这汤是用井水做的吧？”

凤仙称是，赞她味觉灵敏。蕒蕒立即想到昨日太子只喝了凤仙做的桃仁粥，一天一夜没有呕吐，精神也比较好，忽然如醍醐灌顶：“是水，可能是水！”

凤仙不动声色地问道：“什么水？”

蕒蕒没有立即回答，直接起身冲出去找林泓。

这一个多月来太子茶和羹汤皆用山泉水。因引来的泉水量不大，又怕取用者多会污染水质，太子妃决定让太子专用，太子妃自己都很少取用。若水有毒，蕒蕒和秦司膳虽然为太子先尝饮膳，但因饮用的量不大，所以没有症状，而太子日日饮茶喝汤，就会中毒……蕒蕒很懊悔，之前只想到查食材，却忘了检查水质。

打听到林泓那日会自芙蓉阁园中来，蕒蕒便候在锦胭廊出口处等他。蕒蕒这日穿戴着女官的幞头圆领衫，腰系革带，见了林泓远远地便向他长揖行男儿礼，口中唤道：“宣义郎。”

林泓见是她，颇感意外，立即止步，停在两丈外，亦向她长揖：“吴典膳有何指教？”

蕒蕒把太子生病，一月以来与之前饮食食材唯一有异者仅山泉水一事说出，林泓顿时了然：“你怀疑水中有毒。”他旋即道，“水源是我亲自选的，选定之前自己先饮了几日，无任何不适，还请多名御医看过，都说水质上佳才采用的。”

“我并非质疑宣义郎，或怀疑水本身有毒。”蕒蕒道，“因为水管是由竹子制成，内部会不会有腐败霉变，导致泉水变质？”

林泓道：“不太可能。竹竿是新制的，做水管内部无甚空气，流水不腐，不大会有霉变。”

“那会不会竹竿连接处漏水、进杂质？”蕒蕒又问。

林泓想了想，道：“连接处反复测试过，很难漏水。若说进杂质……或可检查一下管道，看近期有没有人挖开，将检查管道所用的竹针拔开过。”

蕒蕒顿悟，向林泓道谢。林泓道：“吴典膳不必如此客气。回去还请多费心照料太子，助他早日康复。”

“我会的。”蕒蕒道，“如今我饮食与他一般无二，若他有恙，我也不能独活。”

林泓默然，须臾问道：“你喜欢他吗？”

蒖蒖与他相视，镇静地道：“事夫誓拟同生死。”

心好似被这一句话陡然重重撞击了一下，林泓痛得一刹那停止了呼吸，然而他表面上仍是平静的，下一刻即决定含笑迎着她坚定的目光，温和地道：“祝吴典膳与太子殿下鸿案相庄，白首偕老。”

“谢谢。”蒖蒖亦微笑着送上祝福，“祝宣义郎使君延年，琴鹤神仙。”

林泓点点头，保持着微笑向前走去，不由得想起当年问樵驿中的她，在这样风和日丽的时候，常在园中摘了花给他送去，抬头看见他，眼中闪烁着阳光般的碎金，一笑嫣然，总是喜悦地唤：“林老师！”

此刻与同样微笑着的她擦肩而过，他们皆目不斜视，各自前行，然而在那错身一瞬，几乎同时，彼此含笑的眼中分别坠下了两滴泪。

（十）
生死之交

蒖蒖回到东宫，立即请秦司膳、凤仙与云莺歌来自己房中闭门议事。东宫也如御厨一样备有大量膳工，但太子饮膳精细，平日所进以秦司膳率众尚食局内人做的为主，生病以后秦司膳更规定饮膳、汤药必须出自自己或蒖蒖、凤仙、云莺歌之手方可奉与太子，以确保安全。蒖蒖及时将山泉水可能被人投毒之事告诉三人，秦司膳立即决定从此弃用山泉水，饮膳全用井水。蒖蒖道：“自然应当如此，但敢谋害储君者必非寻常人，恐怕东宫内亦有他的眼线。所以我们不能公开宣布弃用山泉水，反而要像平时那样每日按时取水入厨房，以免打草惊蛇，让对方察觉到我们没有发现水有问题。这样便有时间追查投毒一事。”

秦司膳深以为然，吩咐凤仙、云莺歌按蒖蒖所说的如常取山泉水，进厨房后倒掉，只用井水。

蒖蒖再请杨子诚检查自水源至出水口的管道，看哪里有曾被挖开的痕迹，并建议：“此事须暗中进行，宫内部分让负责洒扫的内侍或园丁来做，不要引人注目。宫外的部分须请皇城司接手，让便装的逻卒检查管道。”

检查很快有了结果，确实在凤凰山上有管道被挖开的迹象。蒖蒖又对杨子诚道：“继续请皇城司逻卒扮成樵夫、农夫散布在凤凰山的管道附近，日夜巡视。如今看来，投毒者是多次、少量地投，因此我们之前尝不出毒素，而太子殿下脾胃弱，积少成多便病倒了。投毒者不会善罢甘休，一定还会来挖管道拔竹针，所以皇城司务必严控每一段，乔装潜伏好，一旦有人动手投毒就及时抓捕。”

皇城司如蒖蒖建议那般巡视，两日后便传来消息，夜间发现有两个黑衣人上凤凰山挖管道，逻卒追捕，一人逃逸，另一人坠入河中失踪，搜寻一天后在下游找到其尸首，面部被泡得肿胀，且被沿途岩石所伤，看不出原来面目，但从身形看，是一名内侍。逻卒还找到他们丢失的一个竹筒和一罐汤水，那竹筒和灭火用的唧筒类似，而出水处安装有较细的中空竹枝，正好可以插进检修水管所用的小孔内，想必他们就是拔开竹针后用这唧筒将有毒的汤水灌进管道的。

那汤水近乎无色，闻起来有菌蕈之味，以银簪试，簪不变色，而加姜、蒜煮，姜蒜很快变色。蒖蒖以汤匙取少许入口，确定是熬得很浓的菌汤，虽然立即吐了出来，但还是感到一阵昏眩恶心，不久后开始剧烈呕吐。好在郭思齐最近常驻东宫，带着韩素问很快赶来，及时救治，为她解了毒。几个御医检查那汤水，也认为是剧毒菌蕈熬成的。那些人将这菌汤注入山泉水管道中，流至出水口会被冲淡许多，所以不易被人察觉，但每日这样投，脾胃弱的太子便中了招。

蒖蒖感觉稍好点儿便立即入福宁殿将情况告知皇帝，建议皇帝先排查南北大内所有内侍，看是否有人失踪，并检查宫中尚食局、御厨及诸阁分所有厨房，再在宫中每个角落搜寻，看有没有毒菌蕈的痕迹。皇帝迅速命人排查南大内，结果是内侍齐全，无人失踪，暂时也没找到毒菌蕈，而当张知北去北大内向太后转达皇帝的意思时，太后竟勃然大怒，拒绝排查，怒斥道：“官家这是怀疑老身要谋害太子吗？老身这就把话搁在这里：慈福宫没有谋逆者！若官家不信，尽可置诏狱，把老身的内侍一个个抓去严刑拷问，找出所谓的凶手！”

如此皇帝也不好强行搜查慈福宫，便命皇城司暗中入北大内继续调查。

这几日蒖蒖心力交瘁，疲惫不堪，秦司膳见状让她回去好好睡一晚，自己来为太子值宿。蒖蒖见投毒主谋虽未查到，但太子渐渐好转，也略放心了一点儿，回到房中昏昏沉沉地睡去，次日直到天色大亮才醒来，刚睁眼便看见太子坐在她的床边，吓了一跳，立即坐起来，问道：“殿下怎么在这里？”

“听说你为我试毒，竟去尝那毒菌汤？”太子质问道。

“只是一点点，不妨事的。”蒖蒖笑道，“当初刘司膳为先帝尝了近百次毒呢，我这算什么！”

“张云峤一定不够爱刘司膳，居然允许她尝毒近百次。”太子断言道，然后长叹一声，“你只这一次，我心里就已经这般不好受了。”

蒖蒖将手一摆，依然笑得很明媚：“不用不好受。要这样想，这样我们就是生死之交了，是好事。”

太子闻言眼睛有些潮湿，轻轻把蒖蒖拥进了怀里。

蓒蓒依偎在他胸前，轻声道："你对我这么好，我尝千百次也愿意……发现你被人投毒，我恨极那人了，一心想把他找出来，挫骨扬灰……可惜太后意气用事，不允许搜查慈福宫。"

"她这倒不是意气用事。"太子冷静地分析道，"谋害储君，等同谋逆。如果查出投毒者是慈福宫的人，那无论她有没有参与，都脱不了干系，就算官家不追究，御史台、刑部等官员也不会轻易放过。轻则设诏狱，重则危及她太后之位，所以她必须现在就阻止人排查慈福宫，防患于未然。"

蓒蓒仰头看着他说道："我有个猜测……主谋会不会是程渊？殿下最近在派人监视他，他或有察觉，又仗着有太后庇护，所以如此胆大妄为。"

"我也是这样想。"太子思忖着，道，"但证据不足。我监视他是想查你母亲下落，他若只是禁锢一个民妇，不可能如此铤而走险想谋害我，除非你母亲身份非比寻常，若被查出，会危及他的性命……我还会查下去，迟早会找出你母亲。"

蓒蓒迟疑道："我有些害怕，万一这次的事再发生……"

"不会的。"太子低头吻了吻她的额头，朝她微笑，"现在秦司膳吩咐，无论哪里取的水都要先验过毒再用，食材也是。他们想要借饮膳谋害我没那么容易了。"

两人相依片刻，蓒蓒又道："我还有一不情之请，虽然说出来殿下或许会不高兴，但是……"

"林泓。"太子镇定地直接说出了蓒蓒感到为难的原因，"你怕林泓因我的事被官家处罚……不必担心，今晨官家来看我时我已经与官家说了，林泓清净无为，不染红尘，不会想害我，如果因主持引水工程而罚他更无道理。一个人在路上捡到一把刀，拿去杀了人，难道要处罚那个铸刀的人吗？"

蓒蓒百感交集，不知怎么感谢他才好，最后只默默将他的腰搂得更紧，只觉这一生都不想放开了。

太子回到寝阁，很快召来杨子诚，问程渊近况。杨子诚道："程渊近日曾派人去仙韶院索要《梁州舞》的曲谱和图册，次日他的适安园中便传出《梁州曲》的乐声，似乎有乐伎在排练。"

"《梁州舞》？"太子道，"近年来似乎只见柳婕妤在宴集上表演过。"

杨子诚道："这舞属于敦煌乐舞，难度甚大，如今仙韶院无人能完整地跳下来，只有柳婕妤表演过一次。先帝在时，也只有菊夫人会。"

菊夫人……这个名字令太子想起了停留在童年记忆里的一个模糊的影子，一身红色衣裙，手持玉笙，立于池中玉栏杆边，清风拂过，美人衣袂飘飖欲举。

“菊夫人当年因何事出宫？去哪里了？”太子又问。

杨子诚五十多岁，也是宫中两朝元老，对大内旧事很熟悉，答道：“大约是太后容不得。菊夫人自请出宫居住，过不了多久便失踪了，至今下落不明。太后在先帝生前处处委曲求全，先帝宠爱的美人都不太尊重太后，尤其是菊夫人，屡次当面顶撞太后。所以先帝驾崩后，太后立即请官家把先帝的美人们都送出宫，削发为尼。那时菊夫人已失踪，宫中传说，太后曾命人追捕，要杀她为先帝殉葬。”

太子又细问了菊夫人出宫和失踪的时间，沉吟片刻，又问：“菊夫人全名叫什么？”

杨子诚道：“她是孤女，在宫中换了好几个养母，都对她不大好。她性子执拗，不肯随养母姓，后来先帝问她时，她便说，无姓，叫菊安。”

“无姓……菊安……”太子思量一番，旋即对杨子诚道，“你派人去找一个善于听人描述绘写真的画师，带到浦江去，让吴秋娘的街坊邻居向画师描述她的容貌身形，请画师画好带回来。”

虽然韩素问在御医们看来性子不讨喜，但他毕竟是年轻一代医工中医术最高明的人，所以老御医们为重要贵人诊治时常会带上他做助手，太子病中郭思齐也常带韩素问来东宫。如今太子日渐痊愈，将韩素问多日辛劳看在眼里，便请官家特别加恩，把韩素问擢升为翰林医官。从此以后，韩素问便有了独自出诊的资格。

一日太子觉得神清气爽，便对教他导引术以舒展筋骨的韩素问说：“我可以自己做了，以后韩医官不必每日来，若有需要我再让人去医官院请你。”

太子还厚赐韩素问许多财物。韩素问虽谢恩，但神色怅然，似乎并不高兴。

蕙蕙送他出门，一路上他不断问蕙蕙：“我看你面黄肌瘦，十分憔悴，是不是脾胃不佳？我明天来为你诊治诊治吧。”

蕙蕙道：“我只是这几日吃得少，没睡好而已，休息几天就好了，你不必再来。”

“疲劳也会导致很多病症。我明天还是要来，仔细为你瞧瞧，看哪里可能有病。”韩素问想了想又道，“仅一天还不行，你这样子怕是病已在肠胃，将近骨髓，必须隔一两日便复诊一次。”

蕙蕙不耐烦地摇头：“我没病……”

“不，你有！”韩素问固执地坚持。

蕙蕙感觉有些蹊跷了：他反复强调自己有病，是不是以此为借口欲常来东宫？

她遂停下来上下打量他，蹙眉道："韩素问，你不会是喜欢我吧？"

韩素问顿时露出一副被侮辱的表情，嫌弃地说道："我看姑娘的眼光那么高，怎么会喜欢你！"然后他朝蕒蕒一拱手，"实不相瞒，我内心一直敬你是条汉子，你可别打我的主意。"

话音未落，他们便听大门外莺声燕语，原来是住在东宫的歌舞伎姑娘们从仙韶院回来了，三三两两地说笑着入内。

韩素问立即抛下蕒蕒，满面堆笑、如沐春风地朝其中的香梨儿走去，边走边轻言细语地唤"江姑娘"，迥异于素日与蕒蕒说话时那种大大咧咧的语气。

蕒蕒恍然大悟：他喜欢的是香梨儿，怕不能常来东宫，失去与香梨儿偶遇的机会。

蕒蕒着意端详香梨儿一番，不得不承认，香梨儿娇俏可爱，能歌善舞，又善解人意，自己与她相较，似乎的确糙得像个汉子。

于是她静待韩素问与香梨儿搭讪完，待香梨儿离开后，蕒蕒走到兀自伸长着脖子目送意中人的韩素问面前，道："好吧，哥答应你，隔三岔五向翰林医官院报一次哥贵体有恙，请你来诊治。"

韩素问大喜过望，笑着抱拳："多谢兄台！"他又特意叮嘱，"报的症状不要太严重，以免别的医官也跟着来。说头晕、食欲不振或恶心呕吐就好。"

（十一）
拜月

太子病中赵皑每日来东宫探望，那时太子终日昏昏沉沉，蕒蕒忙里忙外，东奔西走，与他见面说话的时间不多。如今太子日渐痊愈，赵皑心中欢喜，也想多见蕒蕒，主动提出陪兄长看书习字、散步赏花，来得更勤了。虽然太子明确拒绝将蕒蕒转派给他，但他见太子一直未宣布纳蕒蕒为妾，不免心存希望，又觉哥哥与蕒蕒相处十分守礼，两人应该不会有儿女私情，却不知太子一向懂得克制，无论私下与蕒蕒如何亲密，人前不流露半点儿逾礼举止，两人偶有交流，也相敬如宾，太子甚至不唤蕒蕒闺名，而称"吴典膳"，有时两人目光相遇，会默默相视而笑，但也仅仅是在没被别人关注之时。

除了常驻东宫的师傅，皇帝还不时会派朝廷重臣前来为太子讲学，太子康复后来东宫讲学的第一个大臣为参知政事沈瀚。赵皑闻讯说，沈参政是官家当年的老师，聆听他讲学的良机甚为难得，请求随太子听讲，三皇子赵皓旋即称二哥所言甚是，自己也想来东宫听讲。见二子一心向学，皇帝颇感欣慰，很快同意，并对二子多有褒奖。

赵皓对凤仙的感情源于聚景园漉梨汤一事，当时只觉天下人都漠视自己，只有凤仙关注他，并不吝表达关爱，便开始视她为知音。凤仙拒嫁赵怀玉后，赵皓耳闻目睹她平息风波的行为，不由得更为倾慕，只觉此女不仅明艳动人，还聪明睿智，十分有个性。他本身有些怯懦，而凤仙性情强势，在他看来越发觉得英姿飒爽，且凤仙对他的示好无动于衷，无意为妾，更引得他辗转反侧，寤寐思服。

此前他也常借探望太子之机来东宫，非常希望见到凤仙，只是凤仙不像蕙蕙那样长伴太子身侧，他并非每次都能见到。这日他获悉将有听沈瀚讲学的机会，便找了个借口来东宫问兄长该准备些什么，与太子叙谈毕，来到尚食内人的厨房附近迁延许久，才见凤仙出来，看样子是要去往尚食局，就暗暗尾随，待凤仙走到夹道垂杨外，此刻无人的内宫门廊处，才开口唤她。

凤仙见是他，无甚喜色，只行礼如仪。赵皓走到她面前，也不虚言客套，直接切入主题："那日别后，我将你的话思来想去，觉得甚为有理。你这样的女子，端庄聪慧，堪为良配，岂可委身为妾。而我中馈犹虚，何不求娶佳人为妻？何况你虽为内人，但生于将门，出身原不算低。若你愿意，我会好生筹谋，想办法请求官家许我迎娶你为我的夫人。"

凤仙有些诧异。那日自己称"誓不为妾"，一方面是对妾室身份深恶痛绝，另一方面是对赵皓无爱慕之心，不愿委身为妾，所以提个高要求，心想如果他对自己好感有限，便让他知难而退，却不料赵皓如今竟真有求婚之意。她惊讶之余，随即泛起丝丝缕缕的喜悦，然而她很快控制住上扬的嘴角，正色道："大王，我的要求不仅于此……我这一生别无所求，只想嫁个一心一意对我好的夫君，他一辈子只能爱我一人，大王能做到吗？"

赵皓爽快地回答："能做到。"

凤仙又问道："我的夫君要事事先顾及我的感受，我喜欢才做，不喜欢就不做，大王能做到吗？"

赵皓还是答："能做到。"

"如果我和大王的家人有争执，大王能先维护我吗？"凤仙追问道。

赵皓犹豫了一下，仍答："能。"

凤仙微微一笑，再道："大王不能移情别恋，不能亲近别的女子。如果我发现大王摸了谁的手，我就剁她的手；摸了谁的脚，我就剁她的脚。大王的孩

子只能由我来生，如果你让别的女人生孩子，我就杀了她，好吗？”

最后这几句她语气娇嗔，目光脉脉地凝视赵皓，引得赵皓心中霎时欢喜雀跃起来：她竟然开始为我吃醋，对我撒娇，还想为我生孩子！

那几句杀气腾腾的威胁全被他理解成了她面对情郎时的娇痴戏言，迅速一口答应：“好，好，都依你！”

凤仙满意地笑了，取出一方绣有凤仙花的丝巾，塞到赵皓手中，然后转身，加快步伐朝尚食局奔去。赵皓喜不自禁，紧握丝巾，目送她远去，良久才回过神来，半跑半蹦地踏上归家路。

杨子诚派往浦江的画师归来，带回了吴秋娘的写真。杨子诚奉与太子，太子展开看看，依旧卷好，让内侍捧着，稍后在自己去福宁殿见父亲时一并带去。

太子让蕙蕙随自己同往福宁殿，不想冯婧也在，正在殿中为官家点茶。太子倒是神色如常，对冯婧和蕙蕙道：“我有些事要向官家禀报，你们先去廊庑中稍待片刻，晚些再进来。”

二女答应，冯婧随即带着蕙蕙往西庑去。

自与太子生情后，蕙蕙再见冯婧便有些尴尬，但又觉日后要相处的日子还长，不如先坦诚地与她将此事说明。二人默默相对片刻，蕙蕙轻声问她：“冯姐姐，如果我喜欢太子殿下，你会不会介意？”

冯婧微微一笑：“你们的事，官家与我说了。若说完全无感觉，只怕你也不信。难受是有的，但只是一些感慨和失落吧，不算严重。我与他毕竟分开三年多了，这些事我在决定不嫁他之时就已想清楚，他以后肯定会爱上别的人，也会有别的人来爱他，这都是他们自己的事，与我无关。如果仅仅因为我爱过他，自己不嫁他，也不许别人爱他，那我成什么人了。”

“那姐姐与他误会消除时，为何不愿嫁入东宫？”蕙蕙又问道，“是不愿为妾，觉得名分比较重要吗？”

“我只是害怕妻妾共处的局面，怕自己受伤，也怕控制不住嫉妒心，去伤害别人，又觉得此前分开的那一年我已经渐渐习惯了没有他的生活，可以宁静度日，如果再让他介入，以后再度失去，该多么痛苦呀，恐怕再也走不出来了……”冯婧叹道，但旋即笑着鼓励蕙蕙道，“不过你和我不一样，比我坚强得多，又很有能力，可以应对各种复杂的场面，这也是官家看好你的原因。好好照顾太子，勿负官家期望。”

福宁殿内，太子展开画卷请父亲观看，问父亲是否认得画中人。皇帝端详片刻，道："看面容身段，颇似先帝宠爱的菊夫人……这画你如何得来？"

太子掩饰道："这是一个当年曾见过菊夫人的翰林图画院画师所绘。他日前出京探亲，遇见一名女子，怀疑是菊夫人，便绘了这写真。我听过菊夫人的传说，甚为好奇，便问他要了画，来向爹爹求证，看看是不是很像菊夫人。"

"很像。"皇帝肯定道，"如果画师遇见的人长这样，那有七八分可能是菊夫人……不过写真我们看看便好，别传到太后那里去，以免她让人去追捕菊夫人。"

太子遂问道："宫中传说太后要追捕菊夫人为先帝殉葬是真的吗？"

皇帝道："先帝驾崩时太后要求我将先帝的美人们逐出宫，倒没让我追捕菊夫人。不过这一说法宫中流传甚久，恐怕也不是空穴来风，她或许会让程渊派人追捕。"

太子又问道："菊夫人失踪的时间与刘司膳的相近，她们会不会相约逃亡？"

"她们确实是朋友。"皇帝开始回忆往事，"菊夫人先自请出宫，居住在先帝赐她的园子里。刘司膳却是和张云峤私奔的，出宫后在我私下为他们找的山中小院里住过一段时日。后来张云峤为齐栒治病，没有治好，齐家人追杀他，他在京中东躲西藏，后来索性带着刘司膳逃往外地。菊夫人失踪的时间的确与他们离京时间相近，相约同行有可能，但也无证据表明一定如此。"

"山中小院？"太子忽然想起蒲琭辛那日在林泓居所提及，曾与官家、一个文士及太医夫妇相聚于一山中院落，遂将此事告诉父亲，并问他，"那日与爹爹相聚的太医夫妇可是张云峤与刘司膳？"

皇帝称是，太子便又问道："那个文士又是谁？"

皇帝道："林泓的父亲林昱，当时任司谏之职。"

"如此说来，爹爹与他们二人交好，他们彼此应该也是朋友？"太子有些诧异，"但为何朝中一直有种说法：张云峤一度想寻求齐栒庇护，而那时林昱常向先帝进谏，弹劾齐栒结党营私、通敌卖国，所以齐栒先构陷林昱受贿，蓄意攻击宰执，令其入狱，再授意张云峤以治病为名将他杀害于狱中？"

"林昱弹劾齐栒是真，被构陷入狱是真，为张云峤所杀也是真。"皇帝叹道，"但张云峤杀他一事是有隐情的……"

随后他花了挺长时间与太子细述他们三人相识的经过，与林昱一案种种隐情，太子听后感慨不已，亦随父亲叹息。片刻太子又问道："这些事林泓知道吗？"

"大概只知张云峤杀了自己父亲，而不知其中隐情吧。"皇帝道，"这事

毕竟不能放在明面上说，所以只有我们三人知道，林昱连他妻子都未告知……时隔多年，张云峤又一直失踪，我便没与林泓说起，但毕竟对林家心存愧疚，所以虽然林泓书生意气，行事率性，我给他功名，给他官职，他想辞就辞，我也不计较，而宠爱柳婕妤，也算爱屋及乌吧。我知道她背着我做过一些不好的事，但看在她舅舅的面子上，也就睁一眼闭一眼了。”

皇帝留太子与蕙蕙在嘉明殿进膳，又品茶叙谈一番，赞蕙蕙在追查太子中毒一案中立了大功，说已命学士拟制，将在数日后太子生日那天宣布封蕙蕙为郡夫人。太子闻言含笑看向蕙蕙，而这次蕙蕙只是低头避过众人的目光，没有表示反对。

从嘉明殿出来，太子见今夜月光澄澈，便让随行的内侍先回去，自己提了一盏宫灯，邀蕙蕙随自己前往月岩赏月。

太子牵着蕙蕙缓步上山，一路与她说道：“第一次来月岩，是我母亲安淑皇后带我来的，据说那时我才两岁，二哥都还没出生。母亲随后每年我生日都会带我来这里赏月，后来二哥稍大点儿，便是我带他来……”

“为何不是安淑皇后带他来？”蕙蕙脱口问道，但很快自己意识到此中原因，发现自己提了一个非常戳人痛处的问题。

太子果然沉默了，良久后才道：“我五岁时母亲辞世，那时二哥三岁，母亲之前缠绵病榻已久，所以没带他去过。”

蕙蕙忙请罪，说自己失言了。太子温言道：“无妨。”他又继续与她讲述母亲之事，“爹爹与母亲是少年夫妻，十分恩爱，但齐栒为了逼父亲娶自己党羽之女，培养一些精于饮膳的姑娘，暗中送进爹爹府中，她们在母亲膳食中慢慢下毒，让母亲日渐消瘦憔悴，气血枯竭而亡……这事后来刘司膳告诉了爹爹，爹爹本就因国事厌恶齐栒，得知真相后更是恨透了齐栒。筹谋许久，终于报了大仇……”

谈到这里，他似乎意识到什么，没继续往下说，换了话题：“母亲去世时我虽然也不大，但还记得一点儿她的音容笑貌，记得她为我唱的歌谣，记得她爱吃松江鲈鱼鲙……你呢？蕙蕙，我幼年丧母，你幼年丧父，你还记得你父亲的模样吗？”

蕙蕙惆怅地摇头：“不记得了……他给我留下的印象只是很模糊的轮廓，只记得几个画面，是他读书写字的侧影，还有就是他身上的药香……”

“幼童对悲伤的景象会记得比较清晰，我还记得母亲临终时的样子……”太子黯然问道，“你父亲去世时的景象你还有印象吗？”

蕙蕙回答：“没有，完全不记得。”

“葬礼、白幡之类的也没有？”太子追问道。

“没有。”蕙蕙肯定地道，“对这些没有任何印象。”

太子想想，道：“可能是你妈妈把你保护得太好，不忍让你目睹这些景象。”

两人继续向上走，将要抵达月岩时，忽然发现上方灯烛摇曳，似乎已有人在那里，还隐隐有女子哭声传来。

太子与蕙蕙相视一眼，不约而同地放轻步履，缓慢地靠近月岩。

那女子的声音越来越清晰，且泣且诉：“女儿不孝，每年爹爹的寿辰都不能公开祭拜爹爹，只能来这里对月祝祷……愿爹爹庇佑女儿与外孙，让女儿早日完成爹爹心愿，以慰爹爹在天之灵。”

旁边又响起一个妇人的声音：“夫君，娘子很争气，已诞下皇子，夫君的遗愿迟早有实现的一天。”

这二人的声音太子与蕙蕙均觉耳熟，而此时一阵风吹过，把月岩前女子焚烧的纸钱吹走一片飞向蕙蕙，太子忙挥袖将纸钱拂开，行动间弄出些声响，月岩前二人闻声赶来向下望去，亦令太子与蕙蕙看清了她们的面容，发现果然是柳婕妤与玉婆婆。

柳婕妤看见他们，顿时面如土色，一时愣怔不言，而玉婆婆迅速上前一步，朝太子行礼，道：“殿下恕罪。娘子担心在阁中祭拜先人令官家不喜，才移步至此。万望殿下原宥，勿将此事外传。”

太子平静地颔首，道：“我明白。柳娘子孝心可嘉，不妨继续，我不会告诉他人。”

柳婕妤也回过神来，向太子施礼道谢。太子一揖还礼，然后牵着蕙蕙往回走。

待远离她们后，蕙蕙对太子道：“玉婆婆似乎把柳婕妤父亲称为夫君，难道玉婆婆是柳娘子父亲的妾？”她又问道，“柳婕妤如此受宠，父亲生辰也不能在自己阁中祭拜？”

太子若有所思，没有即刻与她讨论此事，只牵着她加快了步伐。

回到东宫，太子让蕙蕙先回居处歇息，然后召来杨子诚，命他查查今日是不是柳婕妤父亲生日。次日杨子诚即来回禀：“柳婕妤之父柳堃生日是五月十三，并非昨日。”

太子不觉意外，旋即吩咐：“再去查二十六年来已故五品以上官员的生日，看是否有人生忌在昨日。”

（十二）
珠钿

那夜回到芙蓉阁，玉婆婆关上房门，对柳洛微又是好一阵斥责："当初你拈酸吃醋，不许林泓娶吴蕒蕒，现在如何？不出我所料，吴蕒蕒就要成为太子侧室了！她与东宫，本来就都不好对付，如今在一起，又目睹今日之事，虽然我尽量掩饰，但他们回过神来是迟早的事，很快你连看吴蕒蕒眼色都会求而不得，我们将面临的是一场灭顶之灾！"玉婆婆说着说着悲从心起，狠狠地抹泪道，"老娘谋划多年，忍辱负重，好不容易走到今天这步，即将如愿以偿，却没想到会毁在你这孽障一时意气上！"

"我说过我不会让那种事发生。"柳洛微亦红着眼道，"爹爹去世多年，这些年他生辰忌日，京中从无祭拜仪式，他们不会知道今日是爹爹生忌。就算觉得疑惑想查询，已故官吏那么多，一时半会儿也查不出来，我们还有时间。"

"这回你想自己动手？"玉婆婆冷笑道，"经过毒蕈一事，东宫进膳更为谨慎，从食材到水，取用和入口之前必须多次验毒，要借饮食行事几乎不可能了。"

"除了饮食，我还有别的法子。"柳洛微缓步走到榻前，然后坐下，颇为倨傲地一顾玉婆婆，道，"去把程渊找来，我要问他要一味药。"

次日柳洛微即让人把凤仙请来，先让她与许姑姑见面叙谈一番，见两人笑逐颜开，十分欢喜，遂对凤仙笑道："以前竟不知，许姑姑是个极妥当的人，这些天协助玉婆婆，把芙蓉阁管理得井井有条，什么事我想不到的，许姑姑也能先帮我想到，真是令我没了后顾之忧，只需安享清福。说起来，许姑姑是因你才能到我身边来的，你也算有引荐之功。近日官家赐我两斛南珠，我做了几副珠钿，便赠一副给你吧，聊表谢意。"

语罢她让玉婆婆将珠钿送至凤仙面前。这珠钿一副五枚，供女子分别贴于眉心、唇边和鬓边，珍珠洁白无瑕，表面细腻凝重，珠光莹润，格外亮泽，似有灵性一般，玉婆婆手微微一颤，那光便如载着日月之辉的露水一般在珍珠上流溢滑动。

凤仙一看即知这珠钿价值非凡，忙辞谢道："娘子美意奴心领了。只是珠钿太过贵重，奴只是一个寻常内人，用这样的珠钿是僭越了，万万不敢领受。"

柳洛微温和地道："你容貌气品哪里配不上这珠钿了？眼下虽无品阶，但以你这般才华，高升指日可待。先收下吧，不久便能用上。"

凤仙仍坚辞不受。柳洛微两眉微蹙，略有愠色，片刻又道："你素日不忘聆听太后教诲，适时转达于我，这些好处，我自会记在心里，一直想着要赠你一份厚礼。如今珠钿已送到你跟前，自不会收回，你若不要，可转赠他人，毕竟宫中人多，应酬也多，你拿去送给重要的人，或可多收获一份人情，也不是坏事。”

见她话说到这份儿上，凤仙也只得收下珠钿。柳洛微神色稍霁，又留她饮了会儿茶，才命人送她回去。

待她走后，玉婆婆问柳洛微：“你能确定凌凤仙会把珠钿送给吴蕙蕙？”

柳洛微道：“无品阶的内人不能用这等珠钿，她无法自用。而吴蕙蕙好事将近，她一向与吴蕙蕙交好，自然会想到送这珠钿给吴蕙蕙，做个顺水人情。”

凤仙回到东宫房中，取出珠钿细细端详，用于眉心那一枚尤其耀目，一粒主珠有指头大，周围饰以较小的珍珠，珠光之亮，直可映照人影，而珠钿背面有一层透明的呵胶，平时干燥光滑，用时朝呵胶哈气，胶随即变黏稠，可将珠钿牢牢地贴于面上，卸妆时用面巾蘸热水敷一下，珠钿便可取下。

寻常呵胶多用鱼胶熬制而成，这一副似乎添加了香料，闻起来有明显的香橙气息，还带有蜂蜜味，像糖果一样，令人很想去舔舐一下。

凤仙逐一把玩，若有所思。少顷，与她同居一室的云莺歌自外归来，一眼瞥见珠钿，便走过来笑道：“这是你新买的？真好看呀，我还没见过这么亮的珍珠。”

凤仙想了想，道：“你喜欢？那就送给你。”

语罢她将盛珠钿的匣子推至云莺歌面前。云莺歌吓了一跳，忙摆手道：“我只是觉得好看，没有别的意思。”

凤仙微笑道：“我是真的想送你。我忽然被太后派到东宫，人生地不熟的，很是惶恐，好在有你处处提点，帮了我许多忙。太子生日宴后，我要回慈福宫了，便准备了这个礼物，一心想赠你，以感谢你这段时日对我的关照。”

那珠钿云莺歌很是喜欢，听凤仙这样说，开始犹豫，思量片刻，对凤仙道：“我如今只是个女史，不宜用这珠钿。倒是蕙蕙，已经身为典膳，而且很快要成为郡夫人了，这珠钿给她用再合适不过，不如送给她？”

凤仙道：“我倒是另备了贺礼给蕙蕙。不如这样：珠钿我反正送给你了，以后就是你的了，你再送给谁你自己决定。这完全是你的心意，送时也不必再提我。”

云莺歌笑道：“如此，多谢了。我正犯愁没合适的礼物送给蕙蕙呢，这倒是解了我燃眉之急。”

近日慈福宫的孙司膳有恙在身，告假养病。皇后见太子已痊愈，蕙蕙亦能

主持东宫饮膳之事，便命秦司膳暂往慈福宫代孙司膳掌几日太后膳食。秦司膳选了云莺歌做自己的助手，同往慈福宫。云莺歌临行前便把珠钿给蕒蕒送去了。她平日将蕒蕒与太子的情形看在眼里，有时问蕒蕒，蕒蕒对她亦不隐瞒，所以她知道太子生日那天也是蕒蕒的好日子，担心那日自己在慈福宫不能回来，便先赠蕒蕒珠钿，以为贺礼。

蕒蕒见了珠钿亦很喜欢，但怕云莺歌过于破费。莺歌笑道："我家里又不缺钱，别担心这些。我只怕拿着钱买不到好物事，不足以表达我对你的心意。好在机缘巧合，遇见这副珠钿，最衬你不过，你若用它妆点，太子殿下一定会觉得你更美了。"

翌日沈瀚来东宫为三位皇子讲学，午膳时裴尚食送来数道御膳，而太子不思饮食，蕒蕒问太子欲食何物，太子表示近来时常想起松江鲈鱼鲙。蕒蕒顿时忆及那夜在月岩之下，太子向自己追忆母亲的情形，明白此时的松江鲈鱼鲙于他而言，并不仅仅是一道美食，而是打开关于母亲美好回忆的一把钥匙，那时的他还是个无忧无虑的孩子，可以依偎在母亲身边，看她言笑晏晏地与自己分享喜爱的时令河鲜。

所以尽管沈瀚反对，蕒蕒还是决定去御膳所申领一尾松江鲈鱼，为太子斫鲙。太子如今所进膳食已基本如常，之前蕒蕒询问过秦司膳，太子往年也吃鱼鲙，只要确保新鲜洁净，控制好食用量，应当无碍。

午后赵皑、赵皓与沈瀚相继告辞离去，蕒蕒亦前往御膳所，太子在寝阁中稍事歇息，之后杨子诚入内，向他回禀了日前太子要求查询之事："殿下，臣按殿下所指日期让人细查，今日终于有了结果，那一日，是此人生忌……"

杨子诚奉上一页信笺，上面写着一人姓名。太子定睛一看，霎时屏息静气，面色沉了下来。他又凝眸盯着那名字，片刻吩咐道："备步辇，我要去福宁殿。"

杨子诚答应，正要向外传令，守门的小黄门忽然进来传禀："殿下，宣义郎林泓已至东宫门前，求见殿下。"

太子有些诧异，但还是下令："请他进来。"

林泓入内，施礼如仪，然后向太子表达了因引泉工程导致太子得病的歉意，请求太子降罪，愿承担一切罪责。

太子温和地道："此前本宫已就这事向官家说明，工程是本宫要求先生主持的，虽有人利用水管图谋不轨，但已知是能驱使内侍的人所为，与先生无关，先生无须自责。"

林泓仍表愧疚。太子好言抚慰，又请他饮茶。二人叙谈半晌后，林泓起身告辞，太子屏退周围侍从，对林泓道："先生或已有耳闻，我将纳蒖蒖为侧室。有一个问题，我一直想不明白，先生可否告知实情？"

林泓请他直言，太子遂问道："你当初为何放弃蒖蒖？"

林泓沉默了一下，然后抬头，看着太子道："我与她之间，有个很大的障碍，永远不可能逾越。"

太子蹙眉："障碍？"

"是的。"林泓道，"是一堵永远拆不掉的墙。"

太子默然，猜到林泓可能已知蒖蒖身世，作为林昱之子，饱读圣贤书的儒生，这自然是永远无法逾越的障碍，他绝对不会娶杀父仇人之女。然而太子又想会不会还有别的可能，便换了个方向追问道："不是你另有所爱？"

林泓冷静地回答："不是。"

见太子无言，林泓朝太子长揖，退后几步，转身欲离开，太子却唤住他："宣义郎，其实……"

林泓回过身面对他，静待他继续说。太子却踟蹰了，末了展颜一笑："其实我很感谢你成全了我与蒖蒖。"

"这哪儿能称为成全呢？"林泓怅然道，"我伤她太深，若非殿下出现，她会痛苦得多。"

他再顾太子，决定提起一事："殿下病中，吴典膳曾来问我管道之事，还与我谈及她对殿下的感情，说……"他顿了顿，转述了那句当日深深刺痛他的话，"事夫誓拟同生死。"

语罢，他不再看愣怔中的太子，迅速离去，怕停留太久自己也会失态。

如果要说成全，也许告诉太子此事才算是吧。他黯然地想。

乍听林泓转述蒖蒖那句心里话，太子自然既是惊喜又感动，但觉得她此言，此生无憾，旋即又想起林泓放弃她是不知父辈隐情，他与蒖蒖因此缘尽，自己知情而不告之，未免胜之不武。可自己与蒖蒖日渐情深，此时要与他们说明真相，林泓多半会懊悔那样待蒖蒖，而蒖蒖很可能又会想回到林泓身边，就算留下，只怕也会对林泓念念不忘，牵挂一生吧。

要明说谈何容易，不说又良心不安，一时间太子心烦意乱，在阁中来回踱步，暂时也不再想去福宁殿告诉父亲柳婕妤之事了。

蒖蒖申领了一尾松江鲈鱼，将鲈鱼鲙斫好，按惯例应该先请秦司膳品尝，而秦司膳已往慈福宫，蒖蒖心知裴尚食在厨房内，便奉与她先尝。其实两人在

官家跟前共事已久，早有默契，裴尚食完全信任蕙蕙，何况因味觉问题，也不会真的去尝，便默许她将鲈鱼鲙送往东宫。

晚膳时蕙蕙自己尝了几片鲈鱼鲙，再请太子取用。太子尝了些许，笑说与儿时记忆中的味道相若，再要多食，蕙蕙却不允了，说毕竟是生食，尝尝味道即可，切勿进食过量。

太子有晚膳后在瞻箓堂看书的习惯，蕙蕙端着几枚今年新出的橙子入内，见他手持一卷书坐在椅中，在烛光映照下默默出神，不知在想什么。

蕙蕙轻轻走到他身后，见他握着的是一册《史记》，书翻到了《刺客列传》的"荆轲"那一页。蕙蕙搁下橙子，伸手去夺太子的书，笑道："这书这么好看？殿下看得如此认真，连我进来也不知道。"

太子抵挡住她的手把书迅速放回书架，道："没什么好看的，只是怕明日讲学的师傅提起，先细读一遍。"

他过去关上门，随即从书架上另取一卷画轴，在书案上展开，问蕙蕙："你看看，能认出此人是谁吗？"

蕙蕙仔细审视，惊讶地道："很像我妈妈……这是谁画的？"

太子道："临安府的一个画师，他最擅长根据证人描述绘出失踪者真容。此前他奉我命去浦江，走访了你家多位街坊邻居，听了描述画出这幅写真，又请他们一一看过，都觉得像你妈妈才带回来的。"

蕙蕙问道："殿下是想对外公布这幅写真，寻找我妈妈吗？"

太子摇头："我送给官家看了，他说……这是菊夫人。"

蕙蕙震惊不已，一会儿看写真一会儿转顾太子，一时无言以对。

"如果你妈妈是菊夫人，那许多事倒说得通了。"太子道，又将此前查吴秋娘户籍的结果告诉蕙蕙，分析道，"当年张云峤与刘司膳为躲避齐家追杀，逃出临安，菊夫人很可能与他们同行。此后刘司膳被齐家人捕回临安处决，张云峤与菊夫人带着你继续逃亡，你记忆中那身上带药香的父亲便是张云峤。只是不知他后来为何失踪，菊夫人随后独自带着你，可能先在宁国府住了一段时日，然后去了浦江。而且，程渊如此处心积虑地隐瞒你妈妈的下落，也有了理由。正因为你妈妈是菊夫人，他或受命于太后，或因倾慕菊夫人而想禁锢在自己身边，都是不难理解的。"

见蕙蕙失魂落魄，没了主意，太子心知她仍然不愿面对热爱的妈妈不是生母的结论，遂安慰道："不过这也是我的推测。如果当年菊夫人没有与张云峤夫妇同行，而是自己出京，遇见喜欢的人，生下你，因为喜欢刘司膳女儿蕙蕙的名字，也给你取名叫蕙蕙，也不是没有可能……我还会继续追查，找出真相。

程渊那边我也让人盯着，会争取早日解救出你妈妈，与你团聚。”

蒖蒖既觉心酸又觉欣慰，如今与他在一起，以往时不时浮上心头的漂泊无定之感逐渐淡去，感到他真是自己可以完全相信和放心依靠的人。有他在，自己终于不再是孤身一人，有他并肩而行，她更有信心去应对未知的风雨了。

千言万语不知如何与他诉说，最后她只默默引刀破开一枚新橙，细细切成数块，用小茶罗筛上薄薄一层吴盐以去酸涩之味，再含笑递给他。

待太子吃完橙子，蒖蒖取水让他漱了口，收拾好几案，然后行礼告退，他却在她转身之时一把握住她的手腕，将她硬生生拽到自己怀中，坐于自己膝上。

“今天林泓来找我，还曾与我说起你。”太子告诉蒖蒖。

蒖蒖一愣，旋即道：“他说什么我并不想知道，殿下不必告诉我。”

太子抱着她，在她耳边道：“如果有一天，林泓向你道歉，说他错了，希望你原谅他……你会不会跟他走？”

蒖蒖想了想，干脆地回答：“会。”

太子霎时目光一暗，搂着她的手也僵住了。

蒖蒖见状一哂，怡然道：“然后骑着马儿嗑着西瓜子儿，看你怎么把我追回去。”

太子顿时暗舒一气，作势将手完全放开，笑道：“不追不追，不要了！”

蒖蒖立即双足一并，从他腿上跳下：“告辞。”

太子笑着拦腰将她揽回怀中：“不是发誓要和你的夫君同生共死吗？这就走了？”

蒖蒖大感意外：“这话他竟然都跟你说？”

“嗯。”太子不动声色地道，“我与他快成知己了。”

蒖蒖啼笑皆非。

“你跑不掉的……”太子吻了吻她眉心的珠钿，柔声道，“我连跑的机会都不给你。虽然我会装，但在这事上一定不是君子，做不到把心中所爱拱手让人。”

他低头一路向下，去寻找她的唇。而蒖蒖骤然伸出双手捧住了他的脸，俯身一下子先吻住了他，他尚未反应过来，她即以舌拨开他的牙关，学着他以往的模样挑起一层层浪花席卷他。

一旦确定了自己心意，她便不再纠结、患得患失，只觉迷失了很久的那个洒脱的自己又回来了。因为自信和他给予她的安全感，面对他，她可以毫不胆怯，爱他，便不吝于表达。

他们以前的吻都是他主动，让她被动回应，她从未像这次一样热情。她掀

起的巨浪重重拍打在他的心上，他惊得浑身战栗，旋即感觉到一阵足以令人昏眩的喜悦，他很快搂紧了她，任她纠缠一番后又回吻攻向她。良久后他见她双颊嫣红，被吻得目光迷离，一直搂着自己脖子的手略松开了些，有不支之状，他再也把持不住，决然将她抱起，疾行数步后，把她放在了大插屏前平时饮茶小憩所用的榻上。

他抹去她的袜履，自己也倾身而下，以肘支撑，伏于她的上方，又开始吻她，一点儿一点儿，从额头直吻到颈下。

她能猜到他意欲何为，也不抗拒，感觉到他有些气喘，倒是比较关心他的身体，问道："殿下，你累不累？"

他停下来，一时有些不解，抬眼看她。

"我是说……"蒖蒖坦然告诉他，"解革带我的确顺便学了学。"

他认真想了想，问她："其他的也学了？"

蒖蒖想起初至东宫那一夜，女官向她授课的内容，直言道："还真有。"

太子闻言即悠然地躺下，好整以暇地看着她："那你教我。"

（一）
高唐云散

萁萁俯身过来，轻松地解开太子的革带，虎虎生威地将他外面那层衫袍除去，抛在地上，然后盯着他白色的中衣，大概想到这一层解开就真的坦诚相见了，动作略有停滞，掠向他眉目间的眼光也不似起初杀伐果断，稍显犹疑。

在这事上，她显然还是个虚张声势的蒙童。太子强忍笑意，摁住她伸向他中衣衣带的手，温言指点："接下来你无论要做什么，都别用手。"

她缩回手，想了想，忽然朝他衣带低头，额头在他肩下不经意地摩挲一下，贝齿噙住衣带末梢，随即抬头，渐渐拉开衣带的结，蝶翼般的睫毛也随之上扬，露出一双清澈的眸子，含着疑问看向他，似乎在问道："是这样吗？"

他的心弦如那松脱的衣结一样被悄然拨动，她还睁着懵懂的眼不知道这神来之笔是怎样的罪孽。他暗暗深呼吸，佯装镇定，微笑以示肯定。她喜悦地继续为他宽衣，并牢记他的教诲，始终没有用手。她像是把这当成了一种规则明确的游戏，兴致勃勃地进行着，甚至忘记了羞涩。感觉到她的气息似羽毛一次次拂过他的肌肤，他却不由得懊恼自己给予她的教导过于精辟，言简意赅，而她学得过于迅速，令他的定力面临严峻考验。

聪颖的她太会举一反三，又遵循着这原则开始进行下一步尝试。他忍无可忍地翻身，将她转至下方，让一切重归自己掌握。

香囊暗解，罗带轻分。窗外淅淅沥沥，开始落雨，他把她掬于手中，吻亦如雨点，倾覆而下。

鹤膝桌上博山炉中瑞烟缥缈，她星眸半合，神思随着烟缕飘散无定，但觉身体似蓬松的积雪，经他化身的煦阳暄风照拂，渐渐消融为一池春水，轻软无力地向四方蔓延。

最后关头，他不忘彬彬有礼地在她耳边请示：“可不可以？”

她闭上眼睛：“嗯……”她聊作应答，旋即在他领命后的迅速行动下发出一声低呼，仓皇间抓紧了他的双臂。

他稍微停止，待她镇静下来，才开始推波助澜。

因为他之前足够温柔和耐心，疼痛并没有她设想的那么严重。她头朝后仰去，轻咬下唇，感受着他泛起的一层层涟漪。

她颈下枕着一个定窑刻花白瓷枕，将要松开的发髻上玉簪半坠，一圈涟漪漾过，玉簪便轻磕着瓷枕，发出空灵的响声。室外风雨不歇，雨落玉阶，也若室内玉枕之音一般，编织着一段从舒缓到急促的轻灵韵律。

湿漉漉的竹影摇曳着反复拂过格子窗，潮湿的空气透窗而入，房中光影亦与之一同氤氲。她渐觉自己如云似雾，没了身形，飘浮于摇红烛影中。她恍惚间，一页故纸从记忆深处飘来，是少时同学之间偷偷传阅的《高唐赋》。她默诵着其中词句，如今才领悟到其中深意：旦为朝云，暮为行雨，朝朝暮暮，阳台之下。

窗外风止雨霁时，他们也安静下来。他让她躺在自己臂弯中，待呼吸均匀，他侧首看她，见她莲脸犹潮红，周身温热，出了一层薄汗，眉心的珠钿有松脱的迹象，睫毛上萦结着一层水珠，也不知是泪是汗，顿觉此情此景可怜可爱，他不禁低头吻了吻她的睫毛，此间闻到一阵令人愉悦的香橙味道，略一探寻，便知是珠钿呵胶散发出的。

香味似橙子清新，又有蜂蜜般甜蜜，经她体温蒸腾，味道越发浓郁，像糖果一样，诱惑着他不断靠近。他在她眉间闻了又闻，终于忍不住去吻那枚珠钿，珠钿随之而落，附于他的唇上，他一抿，珠钿便滑入了口中。

那呵胶果然是甜的。他想起此前蕈蕈给他切的橙子，一壁让珠钿在舌尖流转，一壁凝视着依于自己怀中的蕈蕈，又被牵引出心中柔情千缕。在她抬眼看他时，他柔声建议：“跟我回寝阁去？”

“不行。”她竟然当即否决，“你生日宴的食单我还要再捋一遍。今晚被你耽误了不少工夫，还得赶回去做完。”

他只好退而求其次：“那我跟你回去，你忙你的，我陪着你？”

“你先回你寝阁吧，在我身边一定不会安分。”她不为所动，一言直指后果，怕他不悦，又安抚道，“明晚如果我把你下月食单拟好，就许你过来。”

他笑问道：“我与职事，哪个重要？”

“我现在是典膳。”她毫不犹豫地回答道，“完成职事当然更重要，尤其是秦司膳不在的时候。”

他无可奈何，只得放弃与她继续同度良宵的企图。将珠钿吐出，任其落于榻下，他穿好中衣，拉下衣架上的大氅，将蕈蕈全身盖住，再扬声吩咐一直侍立于门外的两名内侍，去取温水来。

那两名内侍早已听见动静，知道室内情形，立即响亮地应答，很快各自端了一盆水，备好面巾，开门进来，奉于榻前，并笑吟吟地朝太子行礼：“恭喜殿下。”

太子含笑点点头，他们又朝蕈蕈略略转身，作揖道：“恭喜吴夫人。”

二人默契地改变了对蕈蕈的称呼。蕈蕈亦不害羞躲闪，淡定地应道：“多谢。明日听赏。”

二人喜形于色，连声道谢，然后退至门边，出去后不忘关上了门。

太子笑赞蕈蕈大气，说：“本来我以为你会羞怯地裹着氅衣躲在我身后。”

蕈蕈从容不迫地披衣而起，道：“如果扭扭捏捏，倒落得他们有话说，明日不知会怎样眉飞色舞地向别人描述我的窘迫之状。不如泰然处之，以后对他们该赏则赏，如果他们乱说话，也该罚则罚。”

他们随即洁身穿衣。蕈蕈先自己穿戴好，又为太子系好革带，戴上唐巾。太子转侧间发现榻上有几点淡红的血迹，不禁对蕈蕈微微一笑。蕈蕈觉出他的笑别有意味，转头一顾，顿觉脸上火辣辣的，立即取面巾将那些痕迹拭净，然后把面巾投入水中。太子笑着拉她入怀，环住她的腰，在她唇上轻轻吻一下，蕈蕈忽然发现他的唇有些发乌，再握他的手，又觉很是冰凉，立即问道：“殿下，你是不是着凉了？”

太子摇摇头：“没事，可能夜深了，有点儿冷。”

他向前走了几步，蕈蕈见他步履虚浮，忙去扶住他，请他先坐下歇歇。他在蕈蕈的搀扶下朝榻走去，但尚未挨近即感到一阵天旋地转，跌坐在榻前的小踏床上。

他闭目蹙眉，面色青白，开始痛苦地喘气。蕈蕈大惊，一边为他抚背顺气一边呼唤门外的内侍，要他们速请御医。

两名内侍闻声进来，一见太子景况也吓得不轻，一人拔腿就跑，去找御医，一人迅速过来，与蕈蕈一起把太子扶到了榻上。

太子躺着辗转反侧，身子发颤，痛苦不堪，片刻支身半坐，朝榻旁探去，开始呕吐，直吐到无物可吐，躺回去不久后又浑身痉挛，旋即渐趋昏迷。

蕈蕈泪流满面，握着他的手一声声地唤着“殿下”。片刻后他勉力睁开眼，尽量控制着麻木的舌头，以微弱而含混的声音对蕙蕙道："去……找……杨……子诚……"

蕙蕙慌乱地点头，但已无心去做他吩咐的事，因为发现他的瞳孔正在放大。

她的脑中轰然作响，好像一座坚实的堡垒骤然坍塌。隐隐感觉到一种无力回天的绝望，她停止了哭泣，只茫然地紧握着他的手，似乎想用双手锁住他一丝一缕的生气，不让他逃逸，然而还是能感觉到他体温一点一点降下去。

她的头也开始痛，眼前景象逐渐晃动起来，视野中出现一块块大小不一的黑斑，像深渊中浮上水面的黑色泡沫，逐一浮现又破裂。

开始有人冲进来，内侍、内人、多名御医……人越来越多，但他们的出现在蕙蕙看来只是无声而模糊的画面，早已分辨不出谁是谁。她周身发抖，意识在涣散，最后只觉有人把她架离太子身边，她随即陷入了无边的黑暗。

蕙蕙觉得自己在暗夜中奔跑，太子一袭白衣，衣袂飘然地走在她前方，明明他步态从容，走得不慌不忙，但她就是怎么疾奔也追不上他。她想唤他，请他等等，但喉头似乎被什么锁住了，张开口却发不出声音。她浑身虚脱，连哭都无力哭出来，只能眼睁睁看着他远去，最后精疲力竭地倒在地上……

似乎有人扶起了她，往她干涸的咽喉里灌汤汁。她被动地一口口咽下，渐渐苏醒。

她惘然睁开眼，发现身处一个极其陌生的环境，一间小小的房屋，阴冷而潮湿，家具陈设很简陋，但房屋本身像是修筑不久的。

"姐姐醒了！"

她听见一声欢呼，侧首看去，见将自己扶坐起来的是香梨儿，此刻穿着一身医工的衣服，正在把手中的药碗搁在几案上。

房中的韩素问闻声过来，仔细看了看蕙蕙面色，对香梨儿说："我早说过她应无大碍，不会昏迷很久。"

蕙蕙茫然地问道："这是哪里？"

"聚景园的一个湖心小岛上。"香梨儿道，"翰林医官院有些老头儿坏得很，自己查不出太子病因，就把责任推到姐姐身上，官家都要让姐姐下狱了，幸亏韩素问之前请姐姐报过那些症状，郭思齐一看，问韩素问姐姐是不是有孕在身，韩素问立马说是，症状极像，郭思齐便报与官家知晓，官家才让人将姐姐送到这里禁足，暂不下狱。"

"殿下……殿下如今怎样了？"蕙蕙渐渐想起昏迷之前的事，立即问香梨儿。

香梨儿面露难色，转顾韩素问。韩素问遂上前，对蕙蕙道："今日是太子

殿下小敛之日。”

小敛是在死者离世后第二日进行，是为遗体沐浴、更衣。

蕙蕙听后倒没有落泪，只是愣怔着，那种浑身发冷、摇摇欲坠的感觉又来了。

香梨儿忙搂住她，温言安慰，要她节哀。

“吴蕙蕙，你听我说。”韩素问难得表情严肃，认真对她道，“现在情况很不妙。太子殿下骤然薨逝，医官们细查饮食记录，看不出明显病因。然后有人觉得是因为当天你给太子吃了鲈鱼鲙，伤及脾胃，或鲈鱼处理不干净，导致食物中毒。另有些人认为，是太子大病初愈，你却与他行房，所以……无论怎样，看起来都是你的错。当然，我并不这样想，太子的身体状况我很清楚，这些小事不会致死。我已经搜集了太子所有呕吐物，会再仔细研究，找出真正死因。因为上报官家说你可能有身孕，官家暂时还不会处罚你，但翰林医官院很快会派别的医官来为你诊脉，大概瞒不了多久。不过我会据理力争，说你昨日既然侍奉过太子，或当时受孕亦未可知，至少再等一个月再诊断。尽量争取到一个月的时间，这期间再想办法……”

语罢韩素问叹了口气，又道：“本来可以请二大王帮忙，但他因为在午宴上劝过太子吃鲈鱼鲙，也被官家禁足在阁中。有人传，他一向与你交好，说不定此事是他与你谋划的，毕竟按排行，太子之后就轮到他……”

香梨儿忙瞪他一眼，阻止他说下去，转而对蕙蕙道：“但是我们还可以找殷琨、宣义郎……多几个人一起想，总有解救的法子。”

两人又安慰蕙蕙片刻，然后香梨儿告辞，道：“我送了些钱给看管姐姐的内人和内侍，让他们许我们与你说一会儿话，但他们要求我们不能待太久，我们得回去了。姐姐多保重，一定要想开一些，振作起来。一则不能任太子殿下这么不明不白地离开，姐姐日后总要查出真相；再则……万一姐姐真有了太子殿下的血脉呢？所以当务之急是养好身体，好好活下去。”

（二）
重逢

皇太子薨后第三日大敛，大敛后是成服日，按仪制皇太子本宫人服斩衰，宫僚服齐衰，皇帝合服次粗布幞头、襕衫，皇后合服次粗布盖头、长衫、裙帔、绢衬服，并白罗鞋，宫中嫔御亦服粗布盖头、衣裙、白罗鞋。

这日尚服局女官为柳婕妤送来丧服，玉婆婆接了，亲自送到柳洛微寝阁，要她换上。柳洛微换好，走到妆台边对着镜子左右照照，拈了一枚花钿作势往眉心贴去，姿态翩跹似舞蹈，嘴角含笑，口中轻吟浅唱着一句花间词：“醉来咬损新花子，拽住仙郎尽放娇……”

玉婆婆一把摁住她，正色道：“娘子噤声，可不能让人看见、听见！”

柳洛微微微一笑，将花钿抛回妆台，坐了下来。

玉婆婆走到她身后，看看镜中的柳洛微，帮她整理着盖头，亦笑着低声道：“这事娘子做得不错，如今无人生疑。谁会想到去检查珠钿呢？都认为是吴蘋蘋的罪过。太子死了，官家一连痛哭了三天，吴蘋蘋肯定是活不下去了。”

柳洛微冷笑道：“我就知道她不是真爱泓宁，这么快就和太子勾搭上……官家还是太仁慈，指望她为太子生遗腹子，如今竟还让她活着。”

“活不了多久。”玉婆婆漠然道，“就算她真怀了太子的孩子，这几个月住在那人迹罕至的岛上，出点儿什么意外也不足为奇。”

柳洛微点点头：“这点儿小事，难不倒妈妈。”

玉婆婆一笑，又道：“现在，倒是顺便除掉裴尚食那老婆子的良机。别看她平时不言不语的，耍的心眼可一点儿不少。吴蘋蘋就是她一手培养的，不知给娘子添了多少麻烦。如今她又扶持冯婧，官家也十分看重，仍不让娘子插手御膳之事。要想重掌御膳，便不能让裴尚食继续挡道。”

柳洛微想想，道：“我们常联络的那几个谏官台官，也到用上的时候了。”

“我明白。”玉婆婆道，“我已经把娘子想要他们做的事吩咐下去了。”

一连数日，蘋蘋只是浑浑噩噩地躺着，没有哭，但也不想做任何事，整日发呆或昏睡，汤药和粥水都是太医示意看管她的内人灌的。

她开始发烧，后来连药和饮食都拒绝，毫无求生欲，没有立即自尽是因为抑郁得连动一动的精力都没了。

聚景园与西湖相连，她所处的小岛就在西湖之中，这几日秋雨绵绵，湖水上涨不少。一天夜里又是风雨大作，守着蘋蘋的内人忽然发现雨水漫进了房中，便开门去看。门一开便有如潮汹涌的水冲进来，几名内侍在外蹚着水奔走相告：“湖堤开闸了，岛快被淹了！”

小岛不远处有道湖堤，主要是供蓄水灌溉所用，如今绝非正常的开闸泄洪时间，暴雨时开闸，处于下游的这小岛就会被淹。内人们一听都慌了，个个忙着出去逃生，无人再管床上的蘋蘋。

蘋蘋听到声音，侧首看了看，见湖水在源源不绝地涌入，也不惊惧，只是闭上眼睛，静待被水淹没。

湖水很快漫过床，蕖蕖陷入了水中。她小时候原是跟着男孩子学过泅水的，下意识地划了几下，但如今病得气息奄奄，体力不支，兼不想求生，便任自己沉下去。

她闭着气在水中悬浮片刻，忽然有人双手拨水，潜泳着进来，摸索到她，便将她拖起，朝外游去。

蕖蕖感到一只指节修长的手先握住了她的手腕，让她浮出水面，继而两手扳转她的身体，让她仰躺着，那人两肘夹住她的双肩，自己仰泳着把她拖出了被淹的屋舍。

这时雨势渐弱，但四周晦暗，看不清岸在何方。那人带着蕖蕖游到一露出水面的树冠旁，让她依于枝丫上小憩，自己四顾，终于发现前方有一艘亮着灯火的船朝被淹的小岛方向划来。待船靠近，他又拖着蕖蕖向船游去。

那船不小，船上立有十余人，见状抛下了一个杉木做的浮环。浮环上系着绳子，那人将蕖蕖套进浮环，托着她，让船上的人将她拉上船。

蕖蕖上船后很快有人过来查看她的状况，旋即扶着她进了船舱。而船上的人似乎并不关心救蕖蕖的人，没有再投浮环让他上船，而是迅速开船离开了。

那人也不计较，默默看着船远去，又回身游向树冠处。

蕖蕖意识模糊，但能感觉到那人如何救她，几次睁开眼想看看他，但光线太暗，就着船上灯火也只看到一个极不清晰的轮廓，自己经此一事也是精疲力竭，进入船舱后不久便昏迷过去。

她醒来时只觉周身温暖，衣裳已换过，躺在一张衾枕香软的床上，透过幔帐可以看见屋内一灯如豆，灯下依稀坐着一个女子。

蕖蕖还是头痛欲裂，浑身发烫，喘着气，转侧间发出一些声响，那女子听见了，疾步过来，褰开幔帐，柔声唤她："蕖蕖。"

听见她的声音，蕖蕖惊讶得无以复加，旋即奋力支身，含着两眶热泪朝她伸手，颤声唤道："妈妈……"

秋娘在蕖蕖床头坐下，将她拥入怀中。

虽然蕖蕖烧得迷迷糊糊，但用手摸索着，辨清了母亲的眉目，感觉到的秋娘的气息、温暖的怀抱也是她十几年来再熟悉不过的。就像无边黑暗中乍现一丝光亮，蕖蕖一时间百感交集，像个孩子般"哇"地哭出声来，紧紧拥着秋娘抽泣道："妈妈，妈妈，你去哪里了？我找了你好久……太子殿下没有了，我再也见不到他了，妈妈……"

秋娘亦紧搂着她，将脸颊贴在蕖蕖额头上，含泪安抚："我知道，知道……

没事，妈妈在这里，妈妈陪着你……”

蕙蕙极度悲伤，又在病中，思绪紊乱，哭着断断续续地倾诉：“我好想见你呀，妈妈，这些年你有没有受苦？……太子殿下快帮我找到你了，他是个很好的人，我一直想带他来见你，你肯定会喜欢他的……可是他走了，妈妈，我见不到他了……我没有害他，那个鲈鱼鲙我也吃了，没有毒的，我也没让他吃多少……我没有不知道节制，那晚我都没让他跟我回去……我不知道哪里错了，妈妈，我不明白他为什么就这样走了……妈妈，是不是我害了他？到底是哪里没做好？”

“你没错，蕙蕙，你没有做错任何事。”秋娘听着女儿的哭诉也坠下泪来，但很快拭去，尽量控制着声音，平静地劝慰蕙蕙，“太子殿下那样好的人，一定是天上的神仙来凡间历劫的，劫数历尽，便回天界去了，但一定还会在天上看着你，守护着你。你要好好的，像他在世时一样好好地生活，如果一味悲伤，整天哭泣，他看见了也会难受的。”

“可是我好想见他呀，妈妈，如何才能再见到他？”蕙蕙仍泪如雨下，悲泣道，“如果我死了能不能见到他？”

“蕙蕙，不要这样想！”秋娘双手摁着蕙蕙的肩，让她面对自己，肃然道，“自己放弃生命，会堕入地狱道，那你永远也不会见到他了。”旋即秋娘又把她拉入自己怀中，泫然道，“而且你不顾妈妈了吗？妈妈还在这里等你呀……”

蕙蕙又抱着秋娘一阵痛哭，凌乱地叙述着一些与太子的往事，表达着对他的思念。秋娘像抚慰幼时生病的蕙蕙一样搂着她，轻轻拍着她，不时轻言软语地哄着她，等蕙蕙逐渐平静下来，秋娘才放开蕙蕙，去取了一碗粥，一勺勺地喂蕙蕙，劝导着她吃下去。

待蕙蕙喝完粥，秋娘又取了一碗药让她饮下，再用温水为她洗脸擦身。蕙蕙渐渐觉得没那么难受了，倾诉之后心里那郁结的情绪似乎也消减不少，有了倦意，眼帘不由自主地合上了。

“妈妈，这是哪里？”蕙蕙闭着眼喃喃地问道。

秋娘没有回答这个问题，但轻声对她说：“蕙蕙，妈妈说的话你好好记下，今天过后，你可能暂时又见不到妈妈了，但不要难过，妈妈会一直在这里等你。你当务之急是保住性命。太子是官家最爱的儿子，官家现在一定非常悲伤，虽然你没错，但他此时是不会冷静思考的，他对你的误会暂时还无法消除，所以你最好离开临安，不要让官家找到你。你要懂得以退为进，先活下去，才有机会查明太子离去的原因，有朝一日，才能与妈妈重逢。”

蕙蕙恍恍惚惚地听着，呼吸又急促起来：“妈妈，你又要走了吗？”

“妈妈不走，妈妈在这里等着你。”秋娘强调，又郑重地嘱咐蒖蒖，“记住，先离开临安。一定要活下去，我们才会有相见的一天。”

蒖蒖尽力去抓母亲的手，秋娘亦伸手与她相握，柔声安慰。蒖蒖想睁开眼，但不知是体力还是药物的原因，怎么也睁不开，旋即陷入了昏睡状态。

不久后有人进来，把她背下楼，置入一辆犊车中，驾车将她带离此地。被扶上车时蒖蒖被惊醒，略有知觉，依稀听到园中飘来一阵琵琶声，与寻常琵琶曲不同，这曲子带异域风，婉转的旋律中不时闪现一些铿锵之声，平添几分恢宏气韵，令人闻之心境开阔，一时忘忧。

随着犊车行进，琵琶声渐趋微弱，蒖蒖昏昏沉沉，又在无边的暗夜中失去了意识。

适安园小楼中，秋娘放下了琵琶，兀自盯着犊车消失的方向，久久目不转睛。

程渊出现在她身后，温言道：“夫人辛苦了一夜，早些安歇吧。”

秋娘没有回过身看他，只冷冷地道：“你答应过，要把蒖蒖送到安全的地方，不要骗我。”

程渊从容地应道：“夫人也知道，这两年来，我对夫人一向坦诚，若夫人问起吴蒖蒖近况，但凡我知道的，我都事无巨细地告诉了夫人，几时有半点儿欺瞒？如今对你承诺过的事，也不会食言。”

“好。”秋娘迎着扑面而来的幽凉夜风，闭上双目，淡淡地道，“这一回，只要你救了蒖蒖，我也自会兑现承诺，嫁给你。”

（三）
天若有情

驾犊车的内侍带着蒖蒖来到一座山前，沿山路而上，最后把她从车中扶出，让她倚靠在近山巅处的一处小院门前，随即独自离去。蒖蒖兀自昏睡着，破晓时，有人开门发现蒖蒖，入内禀报后有一男子出来查看，然后吩咐侍女把蒖蒖扶入房中，让她躺下安眠。

将至午时，蒖蒖渐渐醒来，见房中无他人，门窗是关上的，色如乌木，地上青石为砖，室内陈设素雅，家具呈原木色，形制简洁，但工艺精致，几案上的香炉焚着檀香，外间有梵呗声隐约传来。

床边鹤膝桌上置有粥与水，蒖蒖取水饮下，歇了歇，又把粥喝了，感觉比昨夜好了一点儿，伸手摸摸脸和额头，温度似乎退了不少。

这时屋外有步履声响起，看窗上光影，似乎有两人走近。

“师妹怎么今日才来？”一名男子温文尔雅地问道，声音蕒蕒听上去颇觉熟悉。

一个女子幽幽地叹了口气，说道：“道兄，上月我来看经院太频繁，家人生疑，这个月就不许我来。后来因为爹爹要为故人做法事，请看经院僧人诵经超度，我请求前来拜祭，爹爹才答应了。”

这女子的声音蕒蕒也似曾相识，但一时想不起此人是谁，又听二人互称“道兄”“师妹”，似修道之人，更感疑惑。

那男子又道：“长此以往也不是办法，不如我禀明父母，请媒人拜访令尊，正式向你提亲？”

那女子沉默了一会儿，想必心里是高兴的，却顾虑重重，轻声道：“我就怕我爹爹执拗，不愿与戚里结亲……”

那男子似乎也踟蹰了，片刻才道：“令尊位高权重，是会顾及这些，何况我名声不好……”

“你是怎样的人我再清楚不过了，我不会介意的。”那女子柔声安慰，但又忍不住叹息，“但众口铄金，我也深受其害，不知这回爹爹会怎么想……”

蕒蕒听得为他们着急，遂起身走到门边，隔着门对他们说：“你们既然彼此有情，就应该争取在一起。要提亲就去提，没提怎么知道老丈人答不答应。先提了再说，他不答应再想办法，总好过在这里唉声叹气，自己先退缩了。”

那两人霎时噤声，未敢回应。

蕒蕒自内开门，庭院内立着的一男一女齐齐看向她，蕒蕒顿时睁大了眼睛，认出那是殷琦和沈瀚之女沈柔冉。

少顷，三人围坐叙话，蕒蕒才知道，当年殷琦大闹东宫宴后被禁足许久，次年陈国夫人让人在天竺看经院附近修筑了这一院落，让殷琦搬来居住，常去看经院或不远处的灵隐寺听高僧说法，每日临帖抄经静心。

殷琦渐渐习惯了这种宁和的生活，亦自得其乐。而沈柔冉当初帮助云莺歌在婚礼上揭露傅俊奕的罪行，固然是侠义之举，但也招来一些流言蜚语，退婚之后来向她求亲的人也少了，高不成低不就，迁延至今日仍未出嫁。

后来沈柔冉来天竺看经院借阅经书，有风吹来一页手抄经文，她见那字为小楷，字形纤秾合度，刚柔并济，且静气迎人，意境空灵高远，叹服之余不由得憧憬是何等清雅脱俗的人才能气定神闲地写出这样的字。她打听后得知是殷琦所书，便寻至小院旁，殷琦正巧在院中习字，见她探看，便落落大方地邀请

她入内旁观。沈柔冉随即发现，殷琦还擅正、行草体，两幅草书顷刻挥就，潇洒流落，俊逸俏丽。

沈柔冉亦喜翰墨，出言点评，能直指重点，殷琦不免对她刮目相待，肃然起敬。起初两人只觉得面熟，叙谈之后才想起，原来当年端午排当，他们在大内后苑舟中曾有一面之缘，一起听过吴蕒蕒说银字儿。殷琦笑说那一次同舟大概是前世修来的缘分，沈柔冉便戏称他“道兄”，殷琦答应了，亦玩笑着唤她“师妹”。

于是沈柔冉此后经常借故来天竺看经院，与殷琦切磋翰墨。两人常并肩习字，相互点评，视对方为知音，自然而然地，彼此都心生情愫，希望此生长相守，只是国朝惯例，在朝为官的士大夫通常只与同僚通婚，何况殷琦的疾病世人皆知，沈柔冉很担心父亲无法接受，所以至今仍只能暗中与殷琦交往。

他们说到这里，天竺看经院传来的梵呗声暂歇，沈柔冉悚然惊觉，起身道：“我是悄悄出来的，得回去了，父亲母亲还在看经院，怕他们找我。”

殷琦与蕒蕒起身送她。殷琦随口问道：“今日是为谁诵经超度？令尊、令堂都来了。”

沈柔冉看看蕒蕒，迟疑了一下，还是答道：“裴尚食。”

蕒蕒如遭雷击，蹙眉难以置信地看向沈柔冉。

皇太子大敛后，很快有台谏官员要求彻查太子饮膳问题，并将矛头指向裴尚食，说她此前提拔吴蕒蕒，当日又失职，未阻止吴蕒蕒向太子进松江鲈鱼鲙，应该交予御史台，依法严惩。

皇后怜裴尚食劳苦多年，劝皇帝让宫正先查此事，暂勿交给御史台。因事关重大，魏宫正审问裴尚食那日，除了帝后、嫔御、六尚高级女官列席，连太后都从慈福宫赶来旁观。

魏宫正细问裴尚食当日的每一细节，听到蕒蕒做好鲈鱼鲙，奉与裴尚食先尝时，魏宫正追问裴尚食是否品尝了，裴尚食一时语塞，最后还是如实回答：“没有。”

魏宫正继续问她不尝的原因，裴尚食久久不答，魏宫正便说：“进呈太子的食材是自御厨取的，理应先由尚食检验并品尝，才可送往东宫。裴尚食却省略了这一步，难道是长期身居高位，已经傲慢到不屑于履行这最基本的职责了吗？”

裴尚食俯首称“不敢”，但仍未说明原因。

魏宫正出示一页信笺，道：“昨日有人向我匿名举报，说裴尚食很可能味觉减退，但仍想占据尚食之位，所以当初极力栽培吴蕡蕡，让她代掌御膳先尝。裴尚食不尝松江鲈鱼鲙，也是因为味觉问题，尝不出好坏，所以不尝。是不是这样？”

裴尚食含泪伏拜，还是一言不发。

魏宫正命人奉上早已备好的三盏水，对裴尚食道：“这三盏水，一盏咸，一盏甜，一盏无味。请尚食当众一一品尝，然后告诉我，哪一盏是什么味道。”

“不必了。”这时裴尚食抬起老泪纵横的脸，双唇颤抖着说，“是的，我味觉早已丧失，无论是咸是甜，到我口中，味道都是一样的。”

魏宫正凝眸又问道：“何时丧失的？”

裴尚食道：“五六年前便开始衰退，越来越弱，大约三年前，就几乎辨不出味道了。”

“真是岂有此理！”旁观的太后忍不住开口斥道，“一个掌御膳先尝的人丧失了味觉，竟然还一直占据着尚食之位不让贤，尸位素餐这么多年，这是欺君之罪！”

裴尚食叩首道：“妾愿承担所有罪责，以死谢罪。”

这时皇帝开口问她：“你为何一直隐瞒此事？一个尚食的职位而已，就值得你如此贪恋？朕向你承诺过多次，你若想出宫养老，朕自会赐你厚禄大宅，让你安度晚年。”

“我要的不是厚禄大宅，”裴尚食难抑悲声，忽然泣道，“不想辞职，是因为我无家可归。我的家，只有尚食局了呀！”

她恸哭起来，腰深深地弯下去，以头点地，浑身颤抖着，哭声凄恻，尽显绝望。

“交给御史台吧。”太后冷冷地对皇帝道。

“罢了。”皇帝叹道，“她毕竟是从我年少时起就伺候我饮食的人……何况，其实我并非全无知觉，几年前就感觉到她辨味不准，所以……”

“所以官家宁愿吃柳婕妤做的膳食。”太后冷道，“官家仁慈，不想严惩裴尚食，但她隐瞒味觉之事在先，失职贻害东宫于后，无论如何不能轻饶。逐出宫，送去做女道士吧。”

皇帝无言以对，低头思量。皇后见状轻声建议：“逐出宫是应该的，只是裴尚食年事已高，再做女道士似乎没有必要。不如给她一处陋室，让她长年茹素思过吧。”

皇帝觉得可行，此事便这样定了。次日孑然一身的裴尚食穿着素衣，提着一个小小的包袱，一步一步，迟缓地穿过宫门灰色的阴影，走出丽正门，

融入门洞外人影幢幢的御街，没有再回顾身后那座埋葬了她数十年光阴的皇城。

皇后让史怀恩给裴尚食购置一处居所，为免台谏议论，居所较小，隐藏在小街中。

沈瀚听说裴尚食之事，嗟叹不已，思量再三，把自己与裴尚食的前尘往事与夫人说了。沈夫人深明大义，对沈瀚道："当年你们阴错阳差，误了姻缘，如今她老无所依，晚景凄凉，想必你也于心不安。不如我们把她接到家中，我与她姐妹相称，日后让儿女为她送终。"

沈瀚十分感激，再三拜谢夫人，遂告诉沈柔冉此事，要女儿前往裴尚食居所邀请她入沈宅。

沈柔冉拜访裴尚食，转述父母的心意。裴尚食却恻然一笑，对沈柔冉道："此时入沈君宅，是妾还是奴？"

沈柔冉道："我妈妈说希望与尚食姐妹相称。尚食与爹爹，可像朋友那样相处。我们一家，都会对尚食敬若上宾。"

裴尚食婉言谢绝，但沈柔冉不放弃，反复相邀，裴尚食终于松口，说要收拾一下，请她明天来接。

沈柔冉大喜道："如此，说定了，明日我请爹爹同来迎接尚食。"

待她走后，裴尚食沐浴更衣，晚间自斟了一杯酒，取出一个小药瓶，将里面的白色粉末倒进去，缓缓摇晃着酒盏，喃喃道："蓂初，当年我阻止你尝这个，但心里也止不住地好奇，想知道它到底是什么味道……如今，终于有勇气尝了……"

见粉末溶解得差不多了，裴尚食起身，打开从宫中带来的包袱，取出一个珠翠萦绕的冠子。那是新娘的钗冠，累丝嵌宝，极其精美，只是放置多年，光华淡去，不如当年夺目。

裴尚食郑重地戴上钗冠，徐徐饮尽那盏酒，然后端坐在垂着幔帐的床边，似新娘静待新郎入洞房。

这居所所处的小街环境杂乱，附近有酒肆茶楼，此刻不知哪家的歌伎正应着笛声唱着曲，那词听起来倒不陌生：

"怅望浮生急景，凄凉宝瑟余音。楚客多情偏怨别，碧山远水登临。目送连天衰草，夜阑几处疏砧。

黄叶无风自落，秋云不雨长阴。天若有情天亦老，摇摇幽恨难禁。惆怅旧欢如梦，觉来无处追寻。"

一曲终了，兀自正襟危坐的裴尚食目视前方，露出一点儿浅淡的笑意。与此同时，一缕殷红的血从口中溢出，自她上扬的嘴角坠下。

（四）
入梦

殷琦此前已从殷璟处获悉蕒蕒之事，虽不知何人送她至此，但亦不多问，只嘱咐她安心在自己的小院养病，说这里清静，因自己的身份，想来暂时不会有人到此处搜查。

得知裴尚食的悲惨遭遇后，蕒蕒只觉自己的罪孽又多了一重，更感到痛苦，暗地里痛哭几次，病情也反复几番，白天似乎好转了，一到傍晚又开始发烧。她发现与母亲相聚那晚，母亲除了给她换了衣裳，还在她的腰间系了一个小香囊，由银丝编织而成，里面没有香药，只有一粒红色的种子，看上去像豆子，但不是自己认识的任何一种豆类。每当悲伤或病痛来袭的时候，蕒蕒就把那银香囊攥在手中，提醒自己要记得妈妈的话，要心存希望，妈妈还在等着她。

殷琦让侍女精心照料蕒蕒，自己观察她的病情，去寻访良医，带回药物要煎给蕒蕒服用，蕒蕒却谢绝，说风寒之症，休养几天便会好，其实是自己对怀有太子遗腹子一事也暗含期待，担心药物会伤害那有可能存在的孩子。

蕒蕒请殷琦为自己寻一套斩衰孝服，想为太子服丧。殷琦道：“你自聚景园失踪，虽说官家会觉得有葬身湖底的可能，但想必一时不会放弃对你的搜索。斩衰服丧太重，谁见了都会询问，一旦暴露，就不仅仅是你自己的事了，我和我的侍女，乃至我的家人都会被牵连，所以还是别太引人注目。”

语罢他摘了一朵白色的花送给蕒蕒，又道：“你不妨每日簪一朵白色的花寄托哀思，代替服丧。你如今这般处境，太子殿下若在天有灵，见了一定十分怜惜，不会怨你的。”

那花花冠呈漏斗形，上端近花萼处带着一抹浅浅的紫色，下端白色，像散开的舞裙。蕒蕒接过，问殷琦：“这是什么花？”

殷琦回答道：“曼陀罗。”

过了数日，殷琦见蕒蕒气色好了一些，就建议她如自己一样抄经以静心养神，蕒蕒也希望能以此为太子及裴尚食做些功德，便开始每日抄经诵经。

殷琦从天竺看经院借回的经书中有一套《妙法莲华经》，书页泛黄，外观

古朴，应是收藏了多年的古书。蒖蒖翻开第一卷，偶然发现里面夹着一页纸，上面数行草书，字很小，字迹似曾相识。蒖蒖细细分辨，又对照着经书看看，认出上面抄的是这一卷《妙法莲华经》的一段经文："尔时世尊，四众围绕，供养、恭敬、尊重、赞叹。为诸菩萨说大乘经，名无量义，教菩萨法，佛所护念。佛说此经已，结跏趺坐，入于无量义处三昧，身心不动。是时天雨曼陀罗华，摩诃曼陀罗华，曼殊沙华，摩诃曼殊沙华，而散佛上、及诸大众。普佛世界，六种震动。"

其中在"曼殊沙华"四字旁画了一道线，令这词显得格外突出。蒖蒖又凝神细看一番，忽然想起，这字迹很像之前见过的张云峤的草书，继而又想到，孟云岫曾经说过她最后一次见张云峤夫妇是在天竺看经院，他们与孟云岫道别后就离开临安了，如此说来，这页经文的确有可能是张云峤手抄的。

蒖蒖立即找到殷琦，请殷琦向看经院管理藏书的老僧人询问，这页经文是否为张云峤笔迹。殷琦打听回来告诉蒖蒖："法师原不愿意说，后来我说事隔多年，时过境迁，张云峤已不再受人追捕，如今官家也很希望找到张国医，他才承认这页经文出自张云峤笔下。当年张国医和刘司膳在看经院躲了几天，然后离开临安，临别时告诉法师，他们想去宣州，也就是如今的宁国府。"

"那他为什么抄这段经文？曼殊沙华是什么意思？他为什么要在这词旁边画线？"蒖蒖追问道。

"这我就不知道了。"殷琦道，"我只知道曼陀罗华、摩诃曼陀罗华、曼殊沙华、摩诃曼殊沙华是四种天界之花。这段经文是说，佛说完大乘经，空中有这四种天花如雨般坠下，散落在佛及诸大众身上。张国医在曼殊沙华旁画线，或许是因为他对这种花很感兴趣。"

蒖蒖又问道："那你知道曼殊沙华是什么样的花吗？"

殷琦摇摇头："没见过。有人说是一种红色的花，又有人说这四种花只存在于天界，并非凡间品种。"

不知为何，"曼殊沙华"这几个字就此深深印入蒖蒖脑海，挥之不去。这夜蒖蒖默默念着那天界之花的名字，迷迷糊糊地睡去。朦胧间，她忽然听到一阵琵琶声，似是母亲相见后离开时听见的乐音。她立即循着琵琶声觅去，拨开一段浓雾，只见前方小桥流水，清风吹月，景致怡人。桥头柳树下，有个轻裘缓带的翩翩佳公子正在对月独酌，将杯盏举至唇边。

蒖蒖缓步走近，发现那公子竟是阔别多日的太子赵晢。她又惊又喜地唤了声"殿下"，却本能地留意到他杯中物，便蹙眉问道："殿下，你在喝什么？"

太子侧首朝她微笑，举杯道："这不是酒，是一杯可以忘却此生之事的断情水，喝了便可步入往生路了。”

她这才想起他已然离她而去，然而眼前的他如此真实，仿佛从未消失过。

她奔去夺走他的杯盏，抛入桥下河中，含泪对他道：“不要，我不要殿下忘了我！”

“哦，对了，我的饮膳你都要先尝的。”他笑道，“这一回，你也尝尝，这断情水是什么味道。”

然后他揽住她的腰，将她引至自己怀中，低头将一个含笑的吻融于她的唇舌间。

而她惊惧于那断情水的效力，推开他，朝地上啐道：“呸呸，我不尝，我不要忘记你。”

他忍俊不禁道：“我什么都没饮。你没看出来，我只是想亲亲你吗？”

他没有饮，那就一切好说。她放下心来，认真地思考一下，反问道：“只是想亲亲？”

他大笑起来，又拥她入怀，片刻，柔声问她：“那一晚的事，你后不后悔？”

“不后悔。”蕙蕙没有半点犹豫，“对和殿下在一起做过的所有事，我都不后悔。”

“我却后悔了。别离来得如此猝不及防，给你留下的悲伤比欢喜漫长……”他有些黯然神伤，但随后又露出了一缕浅笑，“令我后悔之前故作君子，没有乘人之危。”

她质疑道：“若你乘人之危，我还会爱上你吗？”

“你确定你爱上的是那个做君子的我？”他正色问她，只是目中仍有锁不住的慧黠笑意一闪而过，“烤肉之约前，你只是把我当庙里的神像。”

她一时语塞，又觉爱极了面前这人，双手搂紧了他，唯恐他骤然消失，少顷，依在他胸前轻声道：“殿下，我想为你生个孩子。希望孩子会有你的眼睛，你的笑容。”

他却一声低叹：“还是不要了……这样你会太辛苦。”然后他松开她，温柔地与她四目相对，“我希望你天天有自己的笑容，无论我在不在你身边。”他朝着桥的方向退后几步。

蕙蕙又惶恐起来，颤声唤他：“殿下……”

太子含笑目示她身后：“看，二哥，他又给你送獐子来了。”

蕙蕙回头一看，见身后空空如也，立即再顾前方，发现太子已过了桥，一路衣袂飘飘，犹在侧首向她微笑。

她追上前，欲随他去，却见那桥轰然碎裂，坠入河中，瞬间了无痕迹。

她低头看，只觉那河亦不是河，而是一片红色花海，其中每一株都没有叶子，枝头只开着正红色的花。成千上万株，清风拂过，花朵起伏摇曳，令花海波澜乍起，恍惚间望去，像一条血色的河。

她自这一场幻梦中醒来时，窗外明月当空，透过窗棂，默默在她床前洒下一层素辉。她怔怔地躺着望向上方，没有再入眠。次日她发现推迟了几日的月事终究还是来了，这就意味着，她不会再有为逝去的爱人延续血脉的可能。

蒖蒖向殷琦表达了离开临安的意愿，殷琦决定去找弟弟殷瑅相助。她由衷地感谢殷琦以前的成全和现在的照顾，向他与沈柔冉奉上诚挚的祝福，并建议殷琦：“你最好亲自去沈家提亲，并带上你与沈姑娘一起习过的字给沈参政看。跟沈参政说，有缘同舟，是前世修来之福，名利失之尚可再得，而有情人一旦离散，便是一生。”

殷琦颔首答应，赞道：“你最后这句话，说得真好。”

蒖蒖恻然道：“这话不是我说的。”

“那是谁说的？”殷琦问道。

蒖蒖没有回答，眼圈已先红了。

殷琦见状了然，叹道：“当年东宫宴上，是太子救了你。后来我听说你们的事，还暗道这大概就是你与东宫缘定三生的先兆，却没料到后来竟会这样……早知你如今这样痛苦，我当初就不会放你走了。”

蒖蒖问他：“如果当初留下我，你便不会遇见沈姑娘了，那你对我，是留是放？”

殷琦想了想，一哂道：“那你还是走吧。”

蒖蒖亦忍不住笑了笑。这是她自太子薨了以来，首次露出真正的笑容。

殷瑅不久后来到殷琦的小院，告诉蒖蒖，她失踪后聚景园宫人上报称她被洪水冲走，监管湖堤的官员说当天水闸故障，导致非时开闸，官家处罚了几名相关官吏，又命人追查蒖蒖下落，活要见人，死要见尸。但殷瑅又让蒖蒖别担心，说他已安排好，会给她皇城司逻卒的名牌，让她乔装后出城。

殷瑅问蒖蒖想去哪里。蒖蒖说希望去宁国府。殷瑅道：“宁国府不算远，我会为你打通沿途的关节。”

蒖蒖再三感谢殷瑅的倾力相助。殷瑅道：“不必客气。我如此助你，一是兄长的请求不能不顾，二……也是受人所托，有人反复叮嘱我一定要助你逃生。”

蒖蒖立即道：“是二大王吗？”

殷琨称是，道："其实他的处境也非常不妙，宫中谣传太子之事与他有关……毕竟他平时对你太好，确实不加掩饰。官家听多了，难免受流言影响，一直将他禁足在清华阁，好在还允许我去看他……他听说太子和你的事，哭得眼睛都肿了，但还是要我设法救你，逃出临安。"

蕫蕫怔怔地想了半晌，又问殷琨："官家只是让二大王禁足，没想处罚他吧？"

"朝中大臣传说，官家有意将他放出京去，任职于外郡。"殷琨道。

"这怎么可能！"蕫蕫惊讶地道，"国朝皇子，一向居于京城，从无外放一说。"

"所以如果传言属实，那真是个不寻常的决定。谁会让皇子，尤其是按顺位应该继任储君的皇子离京？"殷琨黯然道，"这等于在向世人宣布，二大王不再是储君的人选。"

（五）
青梅酒

太子临终时曾让蕫蕫去找杨子诚，但此后风云骤变，蕫蕫完全没有与杨子诚相见的可能。如今蕫蕫见了殷琨，便想起此事，问殷琨是否可以设法让她与杨子诚见上一面。殷琨却摇头，道："太子薨后次日，杨子诚便失踪了，官家也在找他，但他至今音讯全无，也不知人在哪里，是死是活。"

太子谥号定为"庄文"，薨后第二十四日是庄文太子出葬日。因为国朝南渡，暂以"掩攒"代替正式安葬，即浅葬待迁，以期恢复中原后迁回祖陵，如今掩攒之处只称"攒所"。攒所定在城外南屏山下、西湖南岸，一处山明水秀、四时风光皆可入画的风水宝地。

殷琨安排蕫蕫就在此日出城。庄文太子贤德之名远播中外，这日送葬者众，除了各级官僚、诸色祗应人，还有大量自发前来的百姓，守城门卒吏对出城人身份核查不严，便于蕫蕫离开临安。

这日，天尚未大亮，宗室使相、东宫官僚及引揖班次、祗应人即腰系黑带，奉引太子灵柩出城，车骑导从成千上万，一路向南屏山行去。沿途百姓夹道跪拜泣送，悲声四起，蕫蕫着粗布盖头，亦在其中，默默伏拜于太子灵柩将行的路边。当灵柩自她面前经过时，蕫蕫的心如被冰刃徐徐切割，天地颜色顷刻间淡去，只余一个念头："这大概是我余生离他最近的一次了。"

她颤抖着埋首向十里烟尘，在民众扬起的泣声中涌着泪。

灵柩过后，跪拜的百姓逐渐散去，蕙蕙良久后才抬起头，缓缓起身，拭净泪痕，木然地朝宁国府的方向走去。

渐趋冷清的道路边仍不时有零星的哭声响起，其中有一文士，或许与庄文太子有些渊源，仍立于道上，遥遥目送灵柩远去，凄然吟唱着一阕词："秋月冷、秋鹤无声。清禁晓、动皇情。玉笙忽断今何在，不知谁报玉楼成。七星授辔骖鸾种，人不见、恨难平。何以返霓旌。一天风露苦凄清。"

蕙蕙选择宁国府，是因为如今有家乡亦不能归，怕回浦江连累蒲伯、缃叶等人，又听说秋娘、张氏夫妇有可能在宁国府居住过，蕙蕙便觉此地与自己有了两分羁绊，想去看看那里究竟是怎样的，亦怀着一点儿希望，想找到与身世相关的更详细的信息。

皇城司逻卒的名牌颇好用，殷琎大概也打点过，蕙蕙一路通行顺利，有时途经城镇的卒吏还会问她需不需帮她雇车，指引方向很是热情。数日后她进入宁国府界内，此地山路多，蕙蕙上了一座山，渐觉误入歧途，怎么走也找不到大路。她忽闻前方有一妇人呼叫，蕙蕙乍闻人声，忙疾步奔了过去。

呼叫的是一个白发苍苍、瘦骨嶙峋的老婆婆，衣着朴素如农妇，左足被一只捕兽夹锁住了，脚踝被铁齿夹破皮，正汩汩地流出血来。她跌坐于地，身边有一竹篮，里面盛着一些刚挖不久的野菜，有不少散落在地上。

蕙蕙上前查看，找到捕兽夹开关，将老婆婆左足解脱出来，取出自己的丝巾欲为她包扎。那老婆婆却骂骂咧咧地指责蕙蕙，说捕兽夹是蕙蕙安装的，意在谋财害命。蕙蕙见状遂罢手，站起来说："那你自己看着办吧。"

蕙蕙背着行囊择了个方向走了几步，听见身后那老婆婆"哎哟"一声，回头一看，发现那老婆婆又重重地摔在地上，大概是竭力想起身走回去，但足部伤势太重，寸步难行。

这时有只豪猪跑到蕙蕙足下，蕙蕙想了想，抛了一颗枣至老婆婆身边，指引豪猪向她奔去。老婆婆见豪猪奔近，目露惊恐之色，但仍怒骂不止。蕙蕙从容不迫地走回来，又远远抛了颗枣将豪猪引开，再弯腰面对老婆婆，道："捕兽夹与我无关。这里人迹罕至，如果不要我帮助你就遥遥无期地等下去吧，比豪猪更凶猛的野兽很可能会比其他人先找到你。"

然后蕙蕙再次拉过老婆婆的左足，开始为她包扎。而这次老婆婆不再挣扎，虽然还说些"老娘是死是活你管不着"之类的气话，但语气没之前凶狠了，显然已愿意接受蕙蕙的帮助。

包扎完，蕙蕙问老婆婆家住何方，老婆婆骂着骂着扭捏半天，但见四周的确再无人来，只得告诉了蕙蕙。蕙蕙便搀扶着一瘸一拐的她，慢慢回到了她山脚下的家。

到了家老婆婆也不道谢，急着赶蕙蕙走。蕙蕙四下打量，见那是一个有三间房的小院子，简陋破旧，处处积尘，也不知多久没打扫过，灶台也冷冷冰冰的，上面只有两碗残羹冷炙和半个冷硬的馒头。

"你一个人住？"蕙蕙问她。

老婆婆不答，见蕙蕙没有立即离开，又开始恶言恶语："你别多管闲事！磨蹭着不走，是想害死我霸占我家产吗？"

蕙蕙一哂："你这家徒四壁、破破烂烂的屋子，白送给我，我还懒得花钱出力拾掇干净呢。"

蕙蕙见老婆婆足上伤势重，躺在床上动弹不得，便不顾老婆婆驱赶，自己到院中晒了会儿太阳，想看看能不能等到她家人回来。但等了一个时辰也不见任何人来，蕙蕙遂又进屋，对她道："你这伤口还需要郎中处理。这里我不熟，你且告诉我哪里可找到郎中，我帮你请。"

老婆婆沉默半晌，大概伤口疼得厉害，最后还是告诉了她："出门往东走一里，找大槐树旁边住着的郑二叔，他懂些医术。"

郑二叔五十余岁，人看起来挺随和，一听蕙蕙叙述便立即随她来为老婆婆诊治，细细清理了伤口，重新包扎好，不仅不收诊金，还留下些适用的药。蕙蕙送他出门，他又叮嘱蕙蕙："我医术有限，宋婆婆是否伤到骨头还不好说，还望姑娘稍留几日，观察看看。她如今行走都很困难，又孤单一人，只能仰仗姑娘照料了。"

"她姓宋，无儿无女，独自一人生活吗？"蕙蕙问道。

"是的。"郑二叔道，"她是二十多年前从临安搬来的，当时带着女儿和外孙女，但后来……唉，女儿和外孙女都没了，她过得孤苦，脾气也越来越怪……现在行动不便，只怕一时好不了，天又渐渐凉了，若无人管她，后果不堪设想。"

蕙蕙回到房中，自己翻看宋婆婆橱柜里的物事，找到些面粉、调料，又见厨房内吊着一小块五花肉，便自己动手，也不问宋婆婆意见便开始和面剁馅准备做面食。宋婆婆怒斥蕙蕙乱动他人食物，蕙蕙便抛了块碎银子给她，说："我饿了、乏了，且将就着在你这儿吃顿饭，用你一些食材，付钱给你，你别废话。"

蕙蕙蒸出一笼肉馒头，又用宋婆婆挖的野菜煮了个汤，邀她同食。宋婆婆先还赌气说不吃，蕙蕙便掰开一个馒头送至她的鼻下："这叫太学馒头，多少

士子想吃都吃不上，如今便宜你，你有口福了。”

那馒头表面光洁细腻，皮薄馅嫩，蒸出不少汤汁，热腾腾的，刚一裂开，带有一点儿花椒之味的肉香便随蒸气四溢。宋婆婆忍不住接过尝了一口，旋即冷笑道：“没有笋蕨，还敢叫什么太学馒头！”

“咦……”蕙蕙惊奇道，“看来是行家呀，还知道里面应该加笋蕨。”

宋婆婆颇有自矜之色：“婆婆我当年遍尝汴京美食的时候，别说你了，连你妈妈估计都不知在哪儿呢！”

两人吃完馒头，蕙蕙见另一房中有一张堆满杂物的藤榻，便自己把杂物搬下来，取水清洗藤榻，打扫那间房。宋婆婆见状警惕地问道：“你这是干吗？难道想住在这里？”

蕙蕙说道：“天色已晚，再赶路不方便，只好在这囫囵住一住。”

宋婆婆拒绝，要蕙蕙立即走。蕙蕙便对她道：“我给你的银子可不止买那点儿食材，你有钱找吗？没有就让我留下来。”

宋婆婆大怒，而把银子抛给她。蕙蕙接住，又拍在桌上：“馒头我已吃了，钱是一定要付给你的。我这人账一向算得很清，不会吃亏，也不愿占人便宜，待住够这银子钱我便走。”

宋婆婆直想起身赶她，无奈腿脚不便，只得眼睁睁地看着蕙蕙清理完房间悠然地住下。

第二日蕙蕙去附近镇上买鸡、鱼、蔬菜，做了两顿丰盛的饭菜给宋婆婆吃，晚上又道：“我顺便问了问镇上客栈的价，原来我那点儿银子可住十天半个月呢。你这破屋哪儿有客栈好，不过好在清静，我暂时也懒得搬行李，便将就着再住几天吧。”

宋婆婆虽有意见，又说了许多刻薄的话，但倒也没激烈反对，蕙蕙就一连住了月余，见宋婆婆渐渐能拄着拐杖走路了，才决定告辞。

那日蕙蕙又做了一席盛宴，对宋婆婆道：“你现在可以走动了，我也该出去找点儿事做，以免坐吃山空。明日暂且别过，今后若有机缘，我再回来看你。”

宋婆婆沉默了片刻，然后对蕙蕙道：“去厨房，从酒坛中取一些酒来，我们一起喝。”

蕙蕙去取了一壶酒，倒在两个白瓷酒盏里，但见那酒液呈淡黄色，清澄明净，举盏浅品一口，一缕幽香立时萦绕于口腔，甜蜜的果酒滋味也随之蔓延至舌尖。

蕙蕙霎时愕然，旋即心怦怦地跳，难以遏制地浮出的酸楚之意逐渐攀升上鼻端。

“这是我酿的青梅酒。”宋婆婆徐徐对蕒蕒道，“不烈，很是甘甜，果香中还带有一点儿花香，姑娘们最喜欢了，总爱把它当果汁喝。不过它可比果汁多了些小心思，就以这甜甜蜜蜜清清香香的味道引诱你，让你不知不觉喝多了，才觉出面红心跳的醉意……它会醉人，但不上头，就是让你觉得浑身暖洋洋的，神思飘浮，可头不会疼，也不至于伤身，所以，是一款适合姑娘的好酒……”

她停止了描述，因为发现面前那个整天与她直来直往、横眉冷对的姑娘此刻已虚弱地支肘于桌上，伸手捂住了满是泪痕的脸。

（六）
金灯花

宋婆婆遂问蕒蕒：“这是怎么了？好端端的，怎么哭了？”

蕒蕒不答，但悲伤越发难抑，索性伏在桌上埋首痛哭。

宋婆婆靠近，轻抚蕒蕒的背：“这酒令你想起什么人了？”她等了等，不闻蕒蕒回答，又看着蕒蕒鬓边簪的花叹道，“你不戴首饰，每天只簪一朵白花，是为了谁？”

蕒蕒良久后才道：“是为我夫君。”

“你嫁过人？”宋婆婆旋即又问道，“那为何孤零零地一人在外漂泊？你娘家夫家都不管你？”

蕒蕒道：“我娘家家破人亡，夫家认为我夫君是被我害死的，把我逐出了家门。”

“是不是说你青春年少，缠着夫君不知餍足，害他色痨而亡？”宋婆婆忽然双目圆瞪，一脸怒色。

蕒蕒默然，只拭泪而不答。

宋婆婆当她默认了，更是火冒三丈：“这天下的舅姑都是混账！只知道心疼他们儿子，媳妇略看不顺眼，便往死里作践。自家儿子，无论如何折腾，如何胡闹，只要不杀人放火，就都是对的，出了什么事，都是媳妇的错！不生孩子，是媳妇没尽力，伺候不周；儿子病了，又说是媳妇放荡，耗尽儿子精力……如果儿子病死，那媳妇更是该千刀万剐，否则难解他们心头之恨！娶个媳妇就是用来为奴为婢的，横竖不是自己的女儿，哪儿会有半点儿怜惜……”说着说

着自己也流下泪来，不住地引衣袖去揾，倒看得蕈蕈过意不去，反过来抚慰她：“都过去了，我如今也没事，日子过得倒比以前自在，婆婆别为我难过。”

宋婆婆揾去泪痕，又问蕈蕈：“若离开这里，你有何打算？”

蕈蕈答道：“大概会寻个好一点儿的人家做厨娘。或者在镇上摆一面食摊，先落脚再说。”

宋婆婆连连摇头：“不妥。你去大户人家，他们见你年纪轻轻的，模样又生得好，必定会欺负你。摆面食摊抛头露面，也会有很多人为难你……你既有一手好厨艺，不如开个正经的食肆酒楼，好生经营，还安稳得多。”

蕈蕈道：“开酒楼得先租屋舍，又要修饰装潢，购买家具器物，所需资金不少，我带的钱不算多，恐怕不够。”

离开临安前殷琦想给她不少钱，但蕈蕈怕欠他人情太多，只收了十之一二，且声明是借的，以后若回来，必将奉还。

宋婆婆低头思忖，默然不语。

蕈蕈见她灯下的面容颇苍老憔悴，目边犹带泪光，顿生恻隐之心，牵过她的手轻轻拍拍，温和地道：“婆婆，我留了些钱在你柜子里，你先用着。以后切勿一个人上山挖野菜了，若有什么需要买的，便请郑二叔帮忙，我已拜托他每日来看你一回。这些天你爱吃的菜式，做法我都写了下来，搁在你床头，你没事就看看，自己做做。若字看不清楚，就在郑二叔过来时，请他念给你听。我以后也会尽量抽空来看你，给你带好吃的……”

“别说了。”宋婆婆忽然抬起头，对蕈蕈道，“今晚你先安歇，明日我带你看一处所在，或许可当店铺使用。”

翌日宋婆婆带蕈蕈来到离家十几丈外的一个院落门前，取出钥匙开了锁，让蕈蕈入内看。

那院子比宋婆婆自居的大了数倍，中植不少花木，屋宇有两层，还带一阁楼，单层也有四五间房，十分宽敞。整栋楼粉墙黛瓦，外观甚美，度其形制新旧，应是二十多年前修的，但保持得尚佳，想必稍加修缮即可使用。

“我以前也开过店，就在这里。别看这儿离城略远，但酒香不怕巷子深，只要菜做得好，多少城里的达官贵人都会专程来这里品尝。”宋婆婆带蕈蕈来到二楼，推开窗，让蕈蕈看外面的景色，“这里前面有河，远处有山，景观很美，我开店时，几乎每天都客满，必须预约才有座。”

进了屋，蕈蕈却觉得此处莫名亲切，像在哪里见过。她信步走向二楼南边的房间，见那里的窗呈圆形，日光透窗而入，在地上映出一个圆形的光斑，窗下有一书案，她忽然有些恍惚，一个画面倏地掠过心头：身材清瘦、面目模糊的父亲坐在书案旁，奋笔疾书，上方圆窗如明月，静静地照拂着他。

这屋中还有床铺和衣柜，打开衣柜，见里面犹叠着许多男子的衣物。蒖蒖便问宋婆婆："这里以前住过人？是什么人？"

宋婆婆黯然道："我女儿和外孙女走后，我也无心开店了。这院子对我来说太大，空荡荡的，见了伤心，便搬到现在的小院里住，这院子就一直闲置。后来，有一个生得像天仙一样的小娘子来找我，说她听说我厨艺好，专程来拜访我，想拜我为师，学做膳食。我一口拒绝了，她却不死心，天天抱着个几个月大的小女孩过来，找我闲聊。我见她没奶水，又的确不怎么会做饭，不知道喂孩子什么才好，那女娃娃瘦瘦的，我看着于心不忍，便开始教那小娘子厨艺。后来她见我这院子空置，便提出，想买下来，和她夫君孩子同住，我同意了，她给了我一大笔钱，然后一家三口搬到了这里。"

蒖蒖怔怔地听到这里，忽然问道："那小娘子是不是姓吴？她夫君会不会医术？"

"是的，她姓吴，她夫君据说姓乔，起初整日在家中读书，我还道是个准备参加贡举的秀才，后来郑二叔的爹病了，他去诊治，才知道他医术很好……郑二叔的医术便是他教的，后来村里人都称他乔医师。"说到这里，宋婆婆觉得有些诧异，问蒖蒖，"这些事你怎么知道？"

蒖蒖掩饰道："我也是听郑二叔说的，但他没说得很详细。"然后她又问宋婆婆，"你确定吴娘子和乔医师是夫妇？"

"一男一女，带着个孩子一起生活，不是夫妇是什么？"宋婆婆道，但想了想，又补充道，"不过，他们似乎是分房而睡的，乔医师住这里，吴娘子和孩子住那间屋……"

她遥指这层东端的房间，并带蒖蒖去看。那间房略大一些，桌上还摆着一个拨浪鼓和一个手缝的布偶，蒖蒖再看衣柜，发现不少女子和幼儿的衣裳。

"他们在这里住了多久？后来为何离开？"蒖蒖追问道。

"住了两年多吧。"宋婆婆答道，"吴娘子天天跟我学厨艺，非常上心，也很贤惠。乔医师整天不是看书就是出去给人看病，孩子全是吴娘子带的，每日操持家务，给夫君孩子做饭，忙里忙外，非常辛劳。我看不过去，常来帮她，她待我也很好，待我像母亲一般……那段日子，也算是我自家人离去后少有的和乐时光……"宋婆婆忍不住又抹了抹泪，略定心神，才继续说道，"可是有一天，我感染风寒，一天一夜都躺在家里，烧得难受。那天晚上风雨大作，我迷迷糊糊地好像听到这院子传来女人的哭声。我很想知道吴娘子那边发生什么事了，但实在浑身无力，无法起床。直睡到第二天午后，我略有点儿精神了，

便过来查看，只见院门和房门都没锁，钥匙还搁在屋里，但他们一家三口都不见了，我坐在这院里直等到天黑也不见他们回来。我就守着这空屋子，一天天地等下去，可他们至今也没回来。这十几年里，有很多人想买这院子，我都拒绝了，说这房子已经卖了，我已不是主人，做不了主……如今交给你使用也是权宜之计，若将来他们归来，你须按使用时日付他们租金。"

蕙蕙答应了。宋婆婆又带她上阁楼，开门一看，里面堆积的全是开酒楼所用的器物，且相当精美，酒器是官窑所出，餐具为银质，皆成套配置，数量甚多。

"我想这些应该够你开店所用，不必再买了。"宋婆婆对蕙蕙微笑道。

蕙蕙好奇地道："这么好的餐具酒器，怕是临安的大酒楼也不过如此。"

宋婆婆不禁又露出得意的神色，道："我最初的店，便是开在临安的。我做的菜，连先帝都经常派人来买呢。"

蕙蕙再往后院查看，见里面有几块花圃，桃李梅树之类已长得相当粗壮，另有一些想必当年是种草本花所用，如今已杂草丛生，而正中那最大的花圃中却盛开着一片红艳艳的花。此花无叶，一簇开五朵，花直接从茎顶生出，花瓣一丝丝地从里层向内合抱，外层向上外仰，花形呈盏状，妖娆艳丽，一朵朵热烈地绽放着，连成一片，如血色光焰在蔓延。

蕙蕙讶异地细看，一刹那想起了梦中隔断她与庄文太子的桥下花海。

"这是什么花？"她面色苍白地问宋婆婆。

"金灯花。"宋婆婆答道，"大概是因为这花朵像金灯光焰，所以被取了这名。不过这草本花比较稀奇，花开时无叶，花落后叶片才慢慢生出，一生花叶不相见，所以又有一名——无义草。"

蕙蕙又问："这花是婆婆种的还是吴娘子种的？"

"我没种过，但也不确定是她。"宋婆婆道，"这花是自吴娘子一家离开后才长出来的，年年都开，越开越多。有人劝我把花铲了改种菜，我倒觉得，花开得这样好，何必呢。何况我也不再是这里的主人，一花一木都不能擅动。"

皇帝一直不甘偏安南方，常思北伐，立志恢复，即位以来相当注重练兵备战，多次在宫外大教场阅兵，检阅守卫临安的殿前司、侍卫马军司及侍卫步军司三衙军队，称为"教阅"。原定于今年十一月在茅滩大教场举行教阅，但因庄文太子骤然离世，皇帝哀毁过甚，憔悴颓废，便传令有司，准备取消这次教阅。

消息传出，各方都在准备停止筹备教阅之事了，三皇子赵皓却求见父皇，跪于福宁殿中，请父亲收回成命，依旧教阅。

皇帝颓然地倚于御座中，斜睨儿子，道："你看我这样子，哪儿有精神再去教阅？”

赵皓朝父亲一拜，道：“爹爹，大哥撒手人寰，爹爹思子伤心，是人之常情，但大哥薨至今已过三月，爹爹作为一国之君，务必节哀，振作精神，将因此事耽搁的事务一一拾起，让这家国继续保持安定、昌盛，教阅即是其中之一……”

皇帝大怒道：“你是说我沉溺于悲伤中，不理朝政，令政务停滞吗？”

赵皓吓得连连叩首，谢罪道：“臣不敢，若出言无状，还请爹爹责罚。”

他俯首片刻，见父亲没再斥责，悄悄抬起头，打量一下父亲，旋即又低下头，伏地恳求道：“臣只望陛下听臣几句肺腑之言：教阅事关重大，既可向天下臣民表明陛下恢复之心，鼓舞三衙，乃至所有军士士气，又可检视近年练兵成果，若发现有何差池，可及时整顿，以便备战。此番教阅，三衙已筹备一年，若突然取消，难免引人议论。体谅的，会明白陛下爱子之心；而那些心思阴暗的，只怕会胡乱猜测，觉得庄文太子薨会影响时局，乃至认为陛下圣躬受损，无法出席……”

“放肆！”皇帝怒而拾起身边的杯盏掷向赵皓，“这种话也是你能说的？”

赵皓不敢躲避，任那杯盏重重击于肩头，旋即在身边碎裂，直惊得浑身哆嗦，但还是伏地继续恳切进谏：“这话不是臣说的，是许多臣民心中会臆测的。储君既薨，天下人都在观察着陛下的反应，如今陛下只有表明一切如常，才能消除流言。依旧教阅，才能安定民心，振奋军心，且向四方邻国表示，时局平稳，一切尽在陛下掌握。”

这日赵皓是被父亲轰出福宁殿的。他失魂落魄地去慈福宫找到凤仙，将遭遇一一道出，拭着额头上的汗埋怨道：“你非要我这时去进谏，不出我所料，爹爹震怒，差点儿要了我的命。”

“没事。”凤仙微笑着以自己的手巾为他拭汗，安抚道，“你说得很好，官家现在虽有几分火气，但很快会回过神来，会觉得你所言有理，且甘冒这么大风险直言进谏，是个识大体、顾大局、有胆略、眼光长远的好儿子。如今你别再多想此事，只管把骑射练好，到时候一展身手。”

皇帝果然最终采纳了赵皓的谏言，决定教阅如期举行。那一日，皇帝带着二皇子赵皑、三皇子赵皓同行，父子三人皆易金装甲胄，自祥曦殿乘马出丽正门，身后跟着若干戎装宰执、近臣，在八百骑护圣马军护卫下，浩浩荡荡地朝茅滩大教场而去。

驾入教场，皇帝升帷殿，诸司数千人在场中排列整齐，殿帅举黄旗，鼓声顿起，一鼓唱喏，再一鼓，诸君齐声呼“万岁”，继而两鼓，又接连再呼“万岁、万万岁”，呼声震天。皇帝坐于殿内，在这山呼声中露出了久违的微笑。

此后皇帝登上将坛，帷殿鸣角，四下肃然。又一阵鼓声响过，马军上马，步军举旗，应着鼓声，或举白旗，或举黄旗，五鼓之后，又举赤旗和青旗，而场中军士也随旗变阵，或方，或圆，或呈长蛇形，或变为三角锐形，鱼贯斜行，形成冲敌之形。此后叠鼓交旗，步军相对击刺混战，马军随后四面大战。鸣金收兵后，诸军又相继呈大刀、车、炮、烟、枪等诸色装备于御前供检阅。

皇帝看得龙颜大悦，命殿帅传旨抚谕将士。此时军士们大多已退为起初方阵，另有一队士兵在将坛下围成圆形，有将领把一头獐鹿放入其中，随后一个全身金甲，连面上也戴着金面罩的亲王纵马进去，驰向獐鹿，再对着獐鹿从容引弓，一箭封喉。

獐鹿挣扎几下后倒在了地上。诸军喝彩，呼声雷动。那射獐的亲王面朝将坛的方向扬弓示意，然后下马，走到皇帝面前，跪下行礼。

这是教阅最后的仪式，射獐鹿者称为“射生官”。皇帝此前授意，欲在亲王中选一个出任此职，但之后因心绪不佳，只命有司筹备，没有过问每一个细节，偶尔想到，也觉得此职多半是交给一向喜爱骑射的赵皑了。

然而，当那射生官取下面罩时，皇帝霎时大睁双目，惊讶地发现，那亲王竟然不是赵皑，而是三皇子赵皓。

赵皓行礼如仪，恭谨地向父皇奉上射杀的獐鹿。

皇帝含笑接纳，却还是忍不住低声问了问身后随侍的殷琨：“射生官为何不是二哥？”

殷琨躬身答道：“二大王这几个月来一直在为庄文太子斋戒，已很久不杀生了。”

（七）
凉月如眉

萁萁花了些钱将宋婆婆给她使用的院落屋舍修缮装潢一番，又将阁楼上的家具器物整理清理干净，大体筹备妥当，可堪开店所用。其间，宋婆婆不断催促她去城中办理开店需要的凭由，说：“城镇管理店铺，最紧要是为抽税，开店之前城中商税务，镇上的镇务，会涉及的酒务、茶务、楼店务，都要一一前往联系，取得凭由。若哪里有疏漏，后患无穷。”

道理萁萁自然懂，但去申办开店凭由，相关官吏会查阅她的户籍文簿，她除了一个不可用于此处的皇城司名牌，再无任何可证明身份的凭据。如今她近似逃犯，也不便把难处与宋婆婆说明，只得试探着问郑二叔，说自己离家仓促，当时没想要来外郡开店，没带户籍文簿，家乡又离得远，回去一趟很不容易，不知可有什么通融的方法。郑二叔想了想道：“其实商税务、镇务的官吏都欢迎人来开店，方便征税，据说对文簿审核得不是很严。实在有难处，可找城里印小报的孙八郎帮忙，你把户簿内容告诉他，他可帮你做一份，到时他和审核文书的各相关官吏你都给点儿好处，应该就行了。”

蒖蒖依言而行，找到孙八郎，造了一份供审核所用的文簿，一日带着去宁国府商税务申办凭由，但刚到大门前，便见两名小卒押着一个垂头丧气的人出门，朝着府衙方向去，观者忙相互询问缘由，一个自内出来的官吏扬声对众人说：“这人伪造户簿来申办店铺凭由，商税务按新任太守的意思严惩，押送到府衙治罪。来办凭由的可要好好看看自己的文簿，若有一点儿不实，这人便是前车之鉴。”

闻者窃窃私语，都说这太守果然新官上任，做事雷厉风行，急于整顿世风。有人问新任太守姓甚名谁，那官吏道：“这你都没听说？这人可不同寻常，乃是当今官家的嫡亲皇子，排行第二，如今进封魏王，判宁国府。”

这个消息令蒖蒖十分惊愕，霎时想起了殷琨的话，为被外放出京的赵皑感到一阵心酸，觉得他是受自己牵连，很是内疚，此后也听不进他人议论，默默立于原地，直到后面排队的人催她进去才回过神来。

她木然地被后面的人推进商税务大门，缓缓走向审核文簿的官吏，想起适才的事，越发忐忑，经那官吏再三要求才取出准备的文簿，双手徐徐呈上。

那官吏一脸狐疑地盯着她，伸手正要接，忽听门外一老妇人喝道：“且慢！”

蒖蒖惊讶地回头，见宋婆婆拄着拐杖一步步走到了她身边，递给她一册文簿，其中一页已经翻开，字面朝上。

“你这丫头冒冒失失的，就怕商税务关门，心急火燎地赶来，文簿拿错了也不知道……这才是我们的户籍文簿！”宋婆婆嗔怪地道。

蒖蒖愣愣地接过，见翻开那页上写着的名字是“宋桃笙”，注明是户主外孙女，又翻看户主那页，发现户主名为“宋五娘”。

宋婆婆示意蒖蒖把户簿交给商税务官吏，指着蒖蒖对官吏笑道：“这是我外孙女桃笙，之前在外郡居住多年，今年才回来的。”

那官吏仔细查看户簿，按出生日期算了算年龄，又盯着蒖蒖上下打量，怀疑地问道：“你有二十七岁？”

宋婆婆抢着答道：“这丫头在外过得逍遥，啥事都不操心，无忧无虑的，

一团孩子气，显小。”

那官吏又凝神翻看户簿，没发现其他疑点，也就不再多问，以宋桃笙之名为蒖蒖办理了凭由。

宋婆婆带着蒖蒖办妥一切凭由，回到家里，才细细与蒖蒖从头说起往事：“我原居汴京，后来南迁至临安，在西湖边上卖鱼羹为生。后来有一天，先帝乘船游西湖，让内侍买湖边市食来品尝，喝了我的鱼羹，觉得味道不错，又听说我是汴京人，便召我见驾。我们聊起汴京旧事，都很感慨，相对拭泪。从此先帝常遣人来买我做的食物，临安人听说后，更是每天都来争购鱼羹，我很快存了一大笔钱，便在西湖边开了一家大酒楼，生意好得很，日日满座，我和家人的生活也越来越富足。”

蒖蒖遂问她：“那后来发生了什么，婆婆才决定搬到这里？”

宋婆婆长叹一声：“我夫君早亡，遗下一个女儿，与我相依为命地长大。后来家势渐好，也有大户人家来向我女儿提亲，我择了一个与她年貌相当的富家子弟，将女儿嫁了过去。婚后三年女儿没生孩子，她夫家人就风言风语，指责我女儿不能生育。后来女儿好不容易怀上了，她夫君又患上了痨病，拖到我外孙女出生，就咽气了。这下他父母可恨死我女儿了，硬说是她为生孩子掏空了夫君的身子，将他害死，于是，大冬天，冰天雪地，就要把我没出月子的女儿赶出家门。我女儿哭着抱着孩子不撒手，她夫家大概觉得她生的是女孩，继承不了家业，这孙女便也不要了，和我女儿一并逐出……我把女儿和外孙女接回来好生养着，见女儿受不了四邻奚落，便把临安的酒楼卖了，带着她们来到了这里……那时这里还叫宣州。”

蒖蒖瞬间明白了为何当初与宋婆婆提起自己遭遇时她会那么感同身受、同仇敌忾，很想问宋婆婆女儿和外孙女后来为何不在了，又怕宋婆婆伤心，便保持沉默。倒是宋婆婆不待蒖蒖发问，自己说了下去：“我在宣州开了酒楼，照样做得风生水起。一年后，一个自称名为春融的年轻女人来我酒楼应聘使女，说自己是扬州乐户收养的孤女，后来被卖给一个官人做妾，但他家大娘子容不得，把春融赶出家门，沦落至此。我见春融可怜，便收留了她，又见她做事勤快，渐渐地开始教她厨艺，让她帮厨。她学得很认真，不久后便能独当一面，做酒楼主厨……可是，我外孙女桃笙三岁生日前一天，我和我女儿去镇上给她买礼物，让春融带着桃笙玩，回来后却发现她们都不见了。我和女儿快急疯了，四处奔走寻找桃笙，寻遍周围城镇，悬赏找人，但家产都快耗尽了，还是一无所获。我女儿在月子里便落下了病根，经这一事，更是身心受尽煎熬，病越来越重，最终离我而去……”

说到这里，宋婆婆忍不住又老泪纵横，恸哭不已。蕙蕙忙拥着她，好言抚慰。

宋婆婆哭了一阵，擦干眼泪，握着蕙蕙的手道："我知道你有你的难处，拿不出户籍文簿，所以今日让你顶桃笙之名申办凭由……户籍每三年一查，这些年我总盼着桃笙回来，所以从未给她销户，一直跟人说她去外地了，总有一天会回来……如果你不介意，我以后就叫你桃笙吧。"

"好。"蕙蕙一口答应，诚恳地道，"我无外婆，既然天意让我与婆婆相遇，我愿认婆婆为外婆，今后像亲外孙女一样照顾婆婆。"

宋婆婆含泪笑着答应了，又道："以后你就用宋桃笙的名字经营酒楼。若有一天，桃笙果真回来了，酒楼赚的钱也还是你的，你要更名，我也会让桃笙配合，我们不会与你争这些。"

蕙蕙搂着宋婆婆道："我只求有一个容身之地，谢谢婆婆让我用桃笙姐姐的名字。等她回来，自会将一切奉还，但还是会和她一起，继续孝敬你。"

蕙蕙将酒楼命名为"湛乐楼"，取"鼓瑟鼓琴，和乐且湛"之意，雇了一个帮手的厨娘、一名使女和一个茶博士，筹备妥当后便开业迎宾。她顾及起初客人不会太多，便没有广购食材，让客人点菜，而是根据当日购买的新鲜食材来定食单，让客人在上中下三种价位的套餐中选一款，具体菜肴由店主自定搭配。这样成本可控，食材不至于浪费，客人也不必费心点菜。

因为蕙蕙厨艺了得，每道膳食都色香味俱全，菜式当地少见，令人耳目一新，食客品尝后大多很满意。蕙蕙为保证品质，也控制每日客人数量，渐渐形成口碑之后，客人只有事先预约才能进湛乐楼用膳。既有美食美景，连店主都是个美貌的小娘子，湛乐楼在宁国府声名鹊起，来的客人不是乡绅便是城中的富贾、贵人，蕙蕙不愁客源，收入也日益可观。

一日宁国府长史李瑭派人来预约次日午间的一桌宴席，说要带贵宾来，使女小鸥接了单，告诉蕙蕙此事。蕙蕙吩咐小鸥购买食材，悉心准备，但自己连日操劳，疲惫不堪，白天又吹了寒风，到了晚间开始发热，暗觉不妙，忙让小鸥请郑二叔来看看，服了他开的一剂药，很快沉沉睡去。

蕙蕙还与宋婆婆住在原来的小院，这一晚睡得很沉，醒来发现已至正午，想起长史预订的宴席，惊出一身冷汗，立即穿衣起身，稍事梳洗便赶往湛乐楼。

进了湛乐楼小院，见宋婆婆慢悠悠地自楼中出来，蕙蕙忙问她："长史和客人来了吗？"

"来了。"宋婆婆道，"你别急，宴席我都帮你做好了，他们应该挺满意，正在吃呢。"

蕙蕙为免宋婆婆劳累，酒楼一切事务都自己亲力亲为，从不让宋婆婆帮厨，

也从未见宋婆婆下过酒楼的厨房，如今听宋婆婆如此说，感激之余也有点儿担心，问她："婆婆都做了什么？"

"炒鳝、酱蟹、盆鳅江鱼、软羊焙腰子、四软羹、假牛冻、东坡豆腐、鸡丝面、梅花饼……还炒了冬笋和香菌，做了我拿手的鱼羹。"宋婆婆一迭声地答道，"放心，不会砸了你的招牌。他们都说味道不错，不过三番五次问起你，你还是上去打声招呼吧，他们在二楼正对河景的阁子里。"

蕒蕒答应了，匆匆上了二楼，然而刚至二楼楼梯口，才靠近阁子门，便听里面传出一个熟悉的男声："宁国府水泽地带多，最宜广修圩田，如今我却见大片圩田坍废，田园荒芜，甚是可惜。修筑堤坝围田，挡水于外。围内开沟渠，设涵闸，旱时引江河水灌溉，涝时又可把堤坝中余水排出，如此排灌自如，可保田地不受水旱重创。圩田修复，可将大片沼泽洼地改造为膏腴农田，宁国府稻麦产量必会大增。"

这竟是赵皑的声音。蕒蕒愣怔着立于原地不敢入内，被动地听阁子中人继续议论。

一个中年男士随后道："大王所言自然有理，只是修筑圩田相当耗费人力财力，每修圩堤一里，至少需费钱百多缗，粮十几石，用工六千余个，目前州府钱粮不够呀。"

赵皑又对他道："这事我想过，李长史看看这样可好，每年宁国府应缴的赋税暂留一部分，先不交予户部，我会奏请官家，将这部分税钱用于修筑圩堤，如此，取之于民，用之于民，官家必然会答应。"

这李长史必定就是预订宴席的李瑭了。蕒蕒常接待城中贵客，也听人说起过府衙之事。长史李瑭与司马丁希尧名为判宁国府魏王赵皑的幕僚佐官，实际却分管宁国府钱谷与讼牒，常常自行做主，等于将实权掌握在手里，令赵皑这一太守有名无实。

赵皑语音刚落，李瑭尚未回答，另一人就先否决了："万万不可。朝廷评估各州府政绩，主要看的不就是赋税嘛！知府们都恨不得多征税，向朝廷多交羡余，岂有扣赋税修圩田之理？修圩田花费甚多，见效又慢，一年半载修不好。大王要让官家速见大王功绩，不如多征税来得便捷。"

李瑭忙附和道："丁司马所言甚是。"他又劝赵皑道："国朝皇子都是安享清福的天潢贵胄，官家虽说让大王纡尊降贵判宁国府，但也必然是体恤大王长年居于宫中，难得游历山水，才借此让大王出来玩玩。大王只需将宁国府视为自己的食邑，安心受民众供养即可，至于治理州府这种小事，就让下官与丁司马为大王分忧吧。"

司马丁希尧亦笑道："大王年轻，难得有机缘摆脱宫中管束，何必想那些琐事，不如走马寻芳，诗酒趁年华呀……对了，李长史定在这里宴请大王，便是听说这酒楼的女店主非比寻常，不但膳食做得好，人也生得极标致，大王一定得见见，若觉得好，我等帮大王说合说合，带她回去专门伺候大王。"

语罢，丁希尧与李瑭同时发出一阵猥琐的笑声，赵皑则沉默了，不再多言。

小鸥这时奉酒上来，见蕒蕒默默站着，便唤了声"娘子"，李瑭在内听见了，当即扬声道："宋娘子在外面吗？可否进来相见？"

蕒蕒取出丝巾蒙住眼睛以下的面容，低着头进去，故意说着新近学会的宁国府方言，向三人施礼道万福。

李瑭诧异地问她为何要蒙面，蕒蕒称身染风寒，怕把病气过给客人，所以不得不如此。李瑭挥手说不介意，要蕒蕒取下丝巾。蕒蕒连声咳嗽，依然婉拒。丁希尧看得火起，上前两步就要强行去拉蕒蕒丝巾，幸而赵皑出声喝止，道："宋娘子既不愿意，就不要强人所难。"

丁李二人由此作罢。蕒蕒再次对赵皑敛衽为礼道谢，赵皑作揖还礼，随后默然打量她，不再说什么。

三人宴后稍坐片刻，看了看周围的风景便策马回城了。见外面开始飘雪，蕒蕒也不想立即回小院，便开了锁住的卧室门，在小时候与母亲的房间里歇了歇，晚上待所有宾客与厨娘、使女、茶博士都走了，又翻开账簿，写下要使女明早准备的物事，一一处理完毕，才起身看看窗外天色，准备回小院。

此时雪霁风静，圆窗外，一痕凉月如眉，而澹澹月光下，一个骑黑马、披白色轻裘的青年男子正沿着河滨小路，踏雪而来。

他在湛乐楼门前驻马，扬手叩门。楼上的蕒蕒辨出他的身形，踟蹰了一下，最终还是提着灯笼下楼，轻轻开启了院门。

门外的男子抬头，风帽滑落，露出面容，正是许久不见的赵皑，他风采一如往昔，只是略显消瘦。月光加重了轮廓的阴影，一路风霜染上眉峰，令他看起来目光深邃，五官比当年更显成熟与俊朗。

"蕒蕒。"他朝她微笑道，"我一看你的眼睛，就知道是你。"

"二哥，"她也尽力露出平静的笑容，如此称呼他，"托庄文太子之福，也许我可以这样唤你。"

他的笑容霎时凝滞，他明白了她要他保持距离的意图。

"二哥"这个称呼他曾经建议她使用，而她并不采纳。现在她终于肯如此唤他了，却不忘提醒他这是拜大哥所赐，她是以大哥家人的身份来这样称呼他的。

他沉默了一瞬，然后黯然道："你还是接受了爹爹的安排，又或是为了报

大哥之恩……”

“不是的。”她断然否定了他的臆测，直言道，“以身相许，是因为我爱他。”

“爱……”他重复着这个刺耳的字，问她，“像爱林泓那样爱吗？”

“像爱丈夫那样爱。”她毫不犹豫地答道。

他只觉一颗心像春风乍起时湖面上的冰块一样，内部凌厉的裂痕在蔓延。

他努力未让这种感觉形于色，末了只是淡淡地一笑：“我知道了。我回来只是想告诉你，找到安身之处不易，我不会打扰你，希望你不会因为我的到来离去。”他顿了顿，又道，“必要的时候，也请你不要拒绝我给予大哥家人的善意。”

“好的，二哥，谢谢你。”蕒蕒亦对他微笑，稍后笑意隐去，垂目道，“我累你至此，十分惭愧……有什么我能为你做的，我也愿意去做。”

（八）
卫清浔

赵皑正如他声明的一样，此后没有频频来找蕒蕒，偶有一两次路过，也是带属下官吏勘察池沼田地状况，遇见蕒蕒并不私下叙谈，蕒蕒也似寻常百姓一般对他毕恭毕敬，不失礼数。

宋婆婆开始教蕒蕒自己积累多年的厨艺，顺便也教她一些经营之道。在她面前，蕒蕒就是一个好奇的学童，认真听，认真做，还会自己尝试创新。例如宋婆婆教她用鲈鱼、火腿、笋丝、香菇、鸡汤等做鱼羹，蕒蕒学会后会提出：“鱼换成鳜鱼行不行？换成淮白鱼行不行？或者香菇换成另一种菌蕈，高汤不用鸡，会是什么味道？”宋婆婆无奈，说道：“你自己试试看吧。”而蕒蕒也果真一遍遍尝试，在实践中去寻找更美的滋味。

宋婆婆感慨道：“你这是铆足了劲要超越我呀！”

蕒蕒道：“婆婆教我毕生所学，不就是希望有人能把自己的厨艺传承下去，并发扬光大吗？我只有反复尝试，做到最好，甚至超越老师，让更多的人记住这些菜式，才是报答老师的最好方式。”

宋婆婆颔首：“是的，我想把我会的全教给你，就是怕我过世之后这些菜式也随我没入尘土，再没人知晓。我希望你年纪大了后也多收几个品性好的弟子，传承你的厨艺。”

蕒蕒想了想，道：“品性好、与自己性情相投的弟子须看有没有缘分遇见。不过等我有闲暇了，我会把自己会的菜式做法写下来，这样会有更多人看见，更便于流传后世。”

湛乐楼生意兴隆，收入颇丰，但被抽的各种税也越来越多。蕒蕒见税钱名目除了朝廷规定的，还有不少是州府新增的，名目花样百出，例如“节料钱”“地理钱”“醋息钱”“酒息钱”。因为多次与负责镇上税务的税官周昀打交道，蕒蕒常请他吃饭饮茶，与他有了几分朋友交情。在周昀说长史欲向河边酒楼新增一项“河景钱”时，蕒蕒直言道：“这税钱不合理呀！这河本来就在这里，又不是州府派给我们的，为何要抽河景税？”

周昀道：“河虽不是州府派的，但若长史一不高兴，下令在你门前修一道高墙，把河景挡了呢？到时你看看会损失多少客人。”

蕒蕒一哂：“这回抽了河景钱，下回要不要抽山景钱？我门前四时风景还不一样呢，若真让他征了这税，那以后他说春夏秋冬各抽一道景观钱，我岂不又得从命？”

“好主意！”周昀拍案道，“长史怎么还没想到呢？可千万别提醒他，否则他说不定真会征这四季税钱。”

蕒蕒无奈地付之一笑。

周昀又正色道：“我见你是个奉公守法的良民，你我又这般熟识了，所以不怕告诉你，每年各州府除了正常缴纳的税赋，还会争取向朝廷进献‘羡余’，也就是除了朝廷规定的税赋，额外的盈余，州府官员以此显示自己施政有方，辖地富足，以期获得官家嘉奖，使其升迁。这羡余从哪儿来？可不就是用给百姓新增的税钱来凑嘛！我也觉不合理，但我奉命行事，只能上头吩咐什么就让你们做什么，实在对不住了。”

“周税官言重了，这些道理我都明白。”蕒蕒道，“我会按长史的意思纳税，但我记性不大好，税钱交多了，哪笔交过哪笔没交过有时记不清楚，周税官可否在给我的纳税凭据上注明每一项税钱的名目，而不是笼统地写收到税钱多少？”

“州府新增的税钱名目凭据上一般都不会写得很具体……”周昀沉吟道，但蕒蕒反复请求，他还是松口了，“那我单独给你备注一下，仅供你算账所用，你可别跟同行说。”

蕒蕒自然满口答应，从此后，手里渐渐存了一沓各种名目的纳税凭据。

次年春天，宁国府宣布将以“实封投状”的方式出售两千亩荒芜的官田，让有意耕作经营的富户竞买。实封投状类似扑买制，州官命造一木柜封锁，留一开口，供竞买者投入注明出价及出价时间的文状，期限到后，搜集完众人文状的木柜会被送到州府衙门当厅开拆，相关官吏宣读文状，将竞买物给出价高者，若有两个以上的人出价相同，则给先投状者。

周昀在与蕒蕒闲聊时说起此事。蕒蕒好奇地问买这么多田地需要多少钱。周昀道：“这些田地很贫瘠，每亩也就值两贯，但是长史想卖出高价，便授意人高估了价值，估价每亩十五贯。”

“十五贯！”蕒蕒惊讶地道，“这平白翻了这么多倍，会有人买吗？”

周昀道：“这是长史让人四处宣扬的估价，投状前定的底价是每亩十贯，至于最后投到多少，就看那些竞买的人出价能到多少了……不过说起来，这块地倒也不是全无好处。田地中间有一条河，下游很多农户灌溉田地需要仰仗这处水源。长史表示，这块地若有人买了，就可任意使用这条河，或向下游农户收水钱，或填河成田，均可自行决定，所以他对如此定价颇有信心。”

“若那样用，那不是侵占民众水源吗？”蕒蕒蹙眉道，“我听说官家曾明令禁止侵占水源之事，会允许州官这样承诺吗？”

“区区两千亩地，难道官家还会亲自过问吗？”周昀笑道，“以前有很多案例，都是这样操作的。州官甚至会把河流的使用权写入契约中，反正这些契约不会被买家送到官家眼前。”

蕒蕒思量了几日，最后决定去府衙投文状。接待她的官吏很是诧异，道：“我道只有鹿鸣楼的卫清浔能出这大手笔买这么大、这么贵的地，却没想到宋娘子也有此实力。看来你真是经营有道，赚了不少钱。”

蕒蕒笑道：“哪里。我也是倾家荡产，四处借贷才能勉强凑足这买地钱。”

官吏赞道：“好眼光！别看这块地如今比较荒芜，你若买到了，只要有河在，光卖水的钱慢慢都能让你挣不少。”

从府衙出来，蕒蕒雇了一辆牛车，乘车回家。车行至鹿鸣楼前，蕒蕒想起那官吏的话，遂让赶车者暂停，想好好看看这城中最大的酒楼。但牛车骤然停止，却令一正堆着许多粮食往楼中走的板车与车厢相撞，车厢一阵摇晃，而那板车中的米袋倒在地上，撒落出不少米粒。

推板车的大汉十分冒火，破口大骂，并对从车厢中出来的蕒蕒道：“这是我家店主特意请人从湖州买来的上等稻米师姑秔，价格是寻常稻米的好几倍，你看看你弄撒了多少，每一粒都得赔！”

蕙蕙俯身拾起一些米粒仔细看了看，然后淡淡地告诉他："这是十里香，不是师姑秔。"

那大汉大怒道："我家店主买的，还会有错？你休要耍赖，别想以下等稻米的价来赔师姑秔！"

蕙蕙在尚食局许久，又掌御膳先尝，早已熟识天下稻米品种，此刻从容地对大汉道："师姑秔肥而糯，口感好，自是上等稻米。而散落在地上的这些米粒形状较师姑秔细而长，再看色泽，应该是十里香。十里香价虽不如师姑秔高，但自有一种特殊香味，煮饭若以师姑秔一斗，杂以十里香一升，可结合二者长处，口感既好，米饭更易散发清香。"

那大汉还欲驳斥，却闻鹿鸣楼上有一不怒自威的声音传来："别争了。这个小娘子说得对，撒落的是十里香。"

蕙蕙闻声仰头看去，见三楼露台上立着一名穿圆领窄袖锦衣、头戴软脚幞头的年轻人，二十岁出头光景，身材高挑，鼻梁挺直，眉目清朗，容颜隽秀，俨然是位玉树临风的佳公子，然而声音听起来却是女声，薄唇此刻扬起的怡然笑容也令她隐隐透出一分不自觉的媚意。

大汉抱拳向她行礼，蕙蕙遂看出，此人便是鹿鸣楼店主卫清浔。

卫清浔不理那大汉，却对蕙蕙一揖，含笑道："在下卫清浔。今日有幸聆听小娘子高论，颇长见识。如若小娘子有暇，不妨上楼一叙。望小娘子赏光，容在下请你在鄙店用晚膳，在下亦有些食材的问题，欲向小娘子请教。"

蕙蕙朝卫清浔还礼，道："卫楼主盛情相邀，宋桃笙心领了。只是我外婆尚在家中等我，我答应过她会按时回去，不便在此久留，还望卫楼主原宥，日后若有缘相见，桃笙再请卫楼主赐教。"

"原来你便是宋桃笙。"卫清浔笑道，"久仰久仰。"

卫清浔继续挽留，但蕙蕙坚持谢绝。卫清浔便不再强求，依旧在楼上负手而立，目送蕙蕙远去。

"小娘子不上她的楼是对的。"为蕙蕙赶车的车夫在路上忍不住对她说，"那卫清浔不男不女的，天天穿男装，二十多岁了还不嫁人，仗着家里有钱，整天和一些美貌婢女厮混，在城中风评极差。今日想必是看上小娘子了，才热情地搭讪，小娘子若留下来，只怕凶多吉少。"

蕙蕙道："可是我听说她生意做得大，除了酒楼，还经营绸缎庄、香药铺，是宁国府首富。"

"她做生意倒是在行的。"车夫道，"她是临安人，想必家里本来就有很多钱，宁国府的酒楼原来是她哥哥开的，几年前回京了，就把酒楼交给了她。

她来了之后招了许多美貌厨娘、婢女和乐伎，倒是把酒楼经营得有声有色，整天灯红酒绿、歌舞升平，赚了很多钱，顺便把其他生意也做起来了……不过有啥用？我看她爹娘迟早会抓她回去嫁人，这里的生意多半会回到她哥哥手里。”

赵皑得知蕒蕒投状参与田地竞买后迅速驰马来找她，直言那块田地的弊端，要她放弃竞买，说：“你若放弃，我会让人私下开柜，把你的文状取出来。”

“那为这些官田估价，也是大王让人做的吗？”蕒蕒问。

“当然不是。”赵皑当即否认，“宁国府钱谷之事，都掌握在长史李瑭手里，他借口国朝宗室只领虚衔，一直不让我过问，大小事都越过我直接上报朝廷，甚至不让我知道。卖官田估价之事我还是向他手下小吏打听才得知的。”

蕒蕒便问他：“大王甘心一直受制于他，容他僭越，鱼肉百姓吗？”

赵皑摇头，说道：“我在搜集他和司马的罪状了，想劝官家放权给我，以便为宁国府做些切实的好事。”

蕒蕒入内取出数月来存的纳税凭据，交给赵皑：“李瑭借各种新增名目收税，企图用税钱充当羡余上交朝廷，以为自己谋求好仕途，这些凭据便是我保留的证据。我参与投状竞买官田，也是想从过程中获取他高估田价，偷卖水源，盘剥百姓的证据。若竞买成功，我会获得一份详细的契约，里面除了地价，还会约定河流的使用细则，这些都是大王将来可以用于弹劾他的证据。”

“可是，你有那么多钱吗？”赵皑很是怀疑。

“没有。”蕒蕒如实回答，随即解释道，“竞买成功次日，我只需交纳一成的钱，余款一月内付清，所以我暂时只用凑这一成的钱……虽然我连这一成也没有，不过想必大王会借给我。而一个月的时间，应该足够大王把证据呈交官家，如此，此番交易肯定会被取消，届时那九成余款就不用付了，已付的钱也会退还给我。”

“这样做虽可行，但是………”赵皑迟疑道，“你不怕被官家发现你的存在吗？”

“我现在是宋桃笙呀，二哥。”蕒蕒露出笑容，“在宁国府户籍上存在了二十多年的宋桃笙，不是吴蕒蕒。”

（九）
簪花会

转眼到了验封开拆日，正午过后，宁国府职官将投状竞买官田者召集至府治厅中，然后取出封锁的木柜，当厅开拆，长史与司马列席旁观。将要开始唱名时，赵皑也来了。

因这回底价定得明显高了，投状者并不多，包括蕒蕒在内一共八名。唱名官依次取出文状，分别唱出投状者姓名、投状日期及出价。前六位出价都接近底价，最高者也不过每亩十三贯。第七位是蕒蕒，唱名官展开她的文状，在公布姓名、日期后唱出了一个令人惊讶的出价："每亩二十贯，两千亩总价四万贯。"

对这块贫瘠的田地来说，底价每亩十贯已不合常理，而蕒蕒的出价竟然比底价翻了一倍，相当于实际价值的十倍。这价一报出，厅中霎时就响起一阵惊叹及私语声。唱名官亦对蕒蕒赞叹地颔首，似乎也觉得她势在必得，胜利在望。

唱名官随后取出了最后一封文状，拆封后先唱出投状者的名字："卫清浔。"

这日卫清浔并不在厅中，蕒蕒原以为她没有参与投状，却没料到出价者还是有她，顿时隐隐觉得不安。

果然唱名官最后唱出的卫氏出价震惊全场："每亩三十贯，两千亩总价六万贯！"

厅中人声沸腾，大家左右四顾，都在寻找卫清浔的身影，而唱名官此后也宣布卫清浔为最终中标人，请她出列签押。一个原本隐身于人群中的中年男士此刻徐徐起身，朝赵皑、长史、司马及唱名官分别一揖，解释道："在下是鹿鸣楼主事薛易。我家楼主每年春秋两季各择一日举行簪花会，选拔雇用乐伎优伶。今日正巧是春季簪花会举行之日，因日期早定，她无法脱身，所以命在下前来代为履行签押落定事宜，另外代她向诸位官人请罪，楼主说，待开拆签押事毕，若诸位官人赏脸，不妨前往观赏簪花会，她将奉上佳肴美酒，宴请诸位官人。"

长史李瑭与司马丁希尧相视一眼。李瑭随即对薛易道："你代为落定可以，但签押之事得你家楼主亲自做。你可以把相关文书契约带回去，请她签押后，该上交的那些再交回来。"

薛易连声答应，旋即取出相当于一成出价的会子，当场落定。另有官吏带他往后厅，继续办理相关事宜，交付契约文书。

厅中人陆续散去。萁萁目送薛易远去，暗暗懊悔，只恨自己当初担心报价太高引人生疑，结果却让卫清浔压过了自己。

她无奈地看向赵皑。赵皑倒是不急不恼，与她四目相对时也神态自若，不动声色。

萁萁亦如众人一般，向诸位府官行礼告退，赵皑也似对待其他人一样淡淡地颔首，并没有起身相送。待萁萁出了府治大门，司马丁希尧倒是追了过来，对她道："自上回赴宋娘子酒楼宴席之后，那滋味久久萦绕于心，我甚是怀念。今日公事已毕，不如我送宋娘子回去，顺便再在湛乐楼进晚膳，细品娘子手下佳肴美味。"

他旋即向一旁招手，叫来一辆两人坐的马车。萁萁见他说这番话时目光迷离、神情暧昧，便知他对自己不怀好意，遂礼貌地微笑着婉拒："小女子怎敢劳烦司马相送。也是不巧，我今日原本想再请几个官人前往小店品尝新一季的菜式，但出门时外婆告诉我，今日食材不够丰富，不足以款待贵人，她便随意让几个乡绅预订了晚宴，又嘱咐我好好看看城里的食材，适当选购一些，准备妥当了，再请官人们改日前去用膳。所以我暂不回去，还得先逛逛城里市场。"

岂料丁希尧毫不退却，又道："那我陪宋娘子逛市场，待你选购完毕，再送你回去。"

萁萁再三推辞，丁希尧仍不放弃，坚持要陪她。萁萁无法，只得转身向附近市场走去，任他跟在后面。

到了市场，萁萁装作选购食材，不与丁希尧多说一句话，但一时又甩不掉丁希尧，心烦之下也无心细看食材。此时忽闻身边有人在议论鹿鸣楼簪花会之事，说乐伎选拔到了最精彩的时候，建议同伴随他前往观看："人山人海的，再不去就挤不进去了。"

萁萁心念一动，对丁希尧道："我以前也听人说起过簪花会盛况，但一直无缘得见。今日既然正巧遇上，很想前去看看。"

丁希尧笑道："这个容易，随我去便是。"

鹿鸣楼资产雄厚，无论大厨、侍者还是乐伎、优伶，一旦雇用即给予丰厚月钱，赏金另算，所以每年应聘者成千上万。为防被踏破门槛，也为充分吸引城中人关注，卫清浔决定以簪花会的形式招聘乐伎优伶，每年仅两次，让应聘者当日在鹿鸣楼后、卫清浔骑马射柳所用的园子里各呈技艺，展示才色。最后由卫清浔评定，觉得可雇用，便择一枝花让那人簪上。当天鹿鸣楼允许城中人围观整个过程，这一方式宛如选美，自然人人想看，往往天还没亮便有人赶去排队，等着进场，人满后还有很多人聚集在园外，不肯散去。

蕫蕫正是以为此处人多，挤来挤去很容易把她和丁希尧冲散，自己好乘机摆脱他，却不料他们刚到园子边，即有鹿鸣楼侍者认出丁希尧，立刻带他们走小门，引他们进入园中，还找了个最便于观看的内场坐席，请他们坐下欣赏。

此刻表演的均是前几轮中脱颖而出的优胜者，个个才艺不凡，容貌甚美，三五人一组，或清歌，或曼舞，不时含情凝视卫清浔，期待获得她的青睐。而卫清浔施施然坐于正中主席上，居高临下地含笑睨向众女，那神情便如惬意地看众妃争宠的君王一般。一组歌舞毕，卫清浔也会环顾四周，看看围观者的反应。当蕫蕫与丁希尧出现时，她适时地发现了他们，好整以暇地静待蕫蕫转头看她，然后在彼此目光相遇时对蕫蕫悠然一笑。

待最后一组表演结束，侍者向卫清浔奉上十枝花，有牡丹、芍药、石榴、蔷薇等。卫清浔半展一把白色洒金折叠桧扇，蔽住妙目以下的面容，向侍者低声说出她的选择，于是侍者依次将一枝枝花送至她选中的美女面前，请她们簪上。中选者无不笑逐颜开地上前向卫清浔行礼道谢，卫清浔微笑着颔首，再赠她们一些首饰作为见面礼。

当最后一朵牡丹花被她最后选中的舞伎簪上发髻时，落选者们纷纷发出失望的叹息声，垂头丧气地准备退场。而此时卫清浔忽然将面前案上花瓶中插着的红色贴梗海棠折下一小枝，捋去多余花叶，仅留枝头一朵，然后提起一把小竹弓，起立，转身走下台阶，跃身上了柳树下等待着的白马，驰马绕场一周，双目犹带笑意，环视场中诸女子。

众女不知她意欲何为，但一个个都满含期待，立于原地，目光热烈地追随着她。

卫清浔最后策马在场中站定，面朝蕫蕫所在的方向，含笑引竹弓，将那一枝海棠当箭矢射出。海棠直直地飞出去，正中蕫蕫的发髻，如簪子一般插在了她的髻上。

围观者如梦初醒，旋即爆发出一阵阵喝彩声，为卫清浔这别出心裁的举动叫好。

卫清浔驱马走到蕫蕫面前，俯身向她伸出一只手，似命令又似邀请地道："上来。"

蕫蕫一心想摆脱身边那令人厌恶的丁希尧，没有过多犹豫，很快把手递给卫清浔，任她拉着上了她的马。

卫清浔比蕫蕫高半个头，此刻将她半搂在怀中，催马疾驰，朝园外奔去。围聚在大门内外的人见那马来势汹汹，匆匆退向两侧，纷纷让道，于是卫清浔一骑绝尘，迅速带蕫蕫远离了此地。

卫清浔引马驰向城外，路上对蕒蕒笑道：“刚才我听人说你也去投状竞买官田了，输给了我，生不生我的气？”

蕒蕒道：“生气倒谈不上，只是觉得奇怪，你为什么肯出这么多钱，那片地并不值得。”

“那片地不值得，但父母官得小心伺候着呀。”卫清浔直言道，“有人希望我出高价买，那我只能从命，毕竟生意做得越大，就越要看官人脸色行事。若人满意，此处亏了，别处还能让你赚回来；若得罪了人，那以前赚的，也都能让你吐出来。”

“是谁让你买的？”蕒蕒问道，“李瑭还是丁希尧？”

卫清浔笑而不语。

蕒蕒想了想又道：“你若怕得罪父母官，今日就不该带我出来……你没看到丁希尧在我身边吗？他……”

“他在骚扰你，我看出来了。”卫清浔在蕒蕒耳边笑道，“所以决定这样助你脱身。至于怕不怕得罪他……以前或许会有顾虑，但现在没有了。”

蕒蕒诧异道：“为什么？”

“因为魏王。”卫清浔语罢回头朝后看了一眼，旋即放缓马速，对蕒蕒道，“让他自己告诉你吧。”

蕒蕒此刻亦听见身后有另一匹马正紧追他们奔来，回顾之下发现纵马赶来之人竟是赵皑。

赵皑驰马至她们面前，挡住卫清浔的去路，然后冷冷地盯着蕒蕒，命令道：“下马。”

他这犹覆严霜的神色是蕒蕒从未见过的，不免有些惶惑，犹豫了一下，但还是在他的逼视下下了马。

赵皑策马靠近她，向她俯身伸出手，动作几乎与之前卫清浔的一模一样。

“我可以雇一辆车回家……”蕒蕒试图拒绝，但很快被他扬声喝止：“别废话，上来！”

蕒蕒还在惊讶于他空前强硬的语气，愣怔中已被他一把拉上马。

他让她坐于自己前面，在卫清浔似笑非笑的注视下策马扬长而去。

蕒蕒被他半揽于怀中，感觉尴尬，姿态颇僵硬。她能察觉到他的愤怒，一时却又不明白他为何如此恼火，默默与他同行片刻，才听赵皑冷冷地开口道：“我说的话，你全不放在心上。”

蕒蕒愕然，下意识地问道：“什么话？”

“我早就跟你说过，”赵皑道，“我们以后都不要跟别人同乘一马了！”

这句话令蕙蕙迅速回忆起了初见他那一日发生的事，一时间只觉恍若隔世，又有些感慨，面对他这充满少年意气的醋意，不知怎样应对才好，良久后方才嘀咕道："她是个女人……"

"女人也不行。"赵皑冷哼一声，不怿地道，"她爱穿男装，打扮得雌雄莫辨地去调戏姑娘，看着真碍眼！"

"刚才簪花会上的事，你也看见了？"见赵皑默认，蕙蕙忍不住告诉他，"二哥，其实……我入宫之前也爱穿男装去调戏姑娘。"

他沉默了一下，然后道："那不一样。你穿男装，那叫英姿飒爽。"

（十）
西窗

两人乘马默默前行，蕙蕙想起卫清浔之前的话，忽然顿悟："是你授意卫清浔去投状买官田的。"

赵皑并不否认，道："如果你出面买下这么多官田，必然会引人注目，将有更多人对你的家世经历感兴趣。日后若官家命御史台彻查李丁二人劣迹，多半要传唤你做证，你会面临很大风险，我不会让这种事发生。而卫清浔，家大业大，买多少别人也不会生疑，让她来代你做此事再合适不过，如此，你的目的达到了，又可置身事外。"

"那你是怎样说服卫清浔配合你的？"蕙蕙问。

"我只是提醒她，李丁二人顶多不过做这一任的地方官，而我这亲王是要当一辈子的，得罪我比得罪他们严重。"赵皑淡淡地道，"她是个精明的商人，自然懂得审时度势、趋利避害。"

蕙蕙想了想，又问道："那我的那些纳税凭据，你能用上吗？"

赵皑道："你让我知道了他们那些苛捐杂税的名目，已经很好了。这几个月来我经常视察宁国府各地，也认得不少农户商贩，既知这些名目，私下询问他们，要他们做证，并非难事，未必一定要将你的凭据呈交至官家眼前。"

蕙蕙叹道："这些事你都自己做了，让我变得毫无用处。"

"怎能这样说？你为我出了这些主意，已经助我良多。"赵皑说着，在蕙蕙目光未及的身后，露出一丝笑容，"好像我们自相识起，就能一起做许多正事，并且相互保护，相互成全……这样挺好的。"

蕙蕙细细回想，发现无论是解决假鹿肉问题、化解灾民风波，还是揭发借御宴敛财之事，他们的确不知不觉地一起配合着做了许多正事，只是……“我考虑总是不够周全，常常闯祸，总是你为我善后。”她感慨地对赵皑说道。

“可是那些事，如果你不做，我未必会想到去做，所以说，我们配合默契。”赵皑忽然勒马，掉转个方向，“来，我让你看个地方。”

他带着蕙蕙朝北边驰去，跋山涉水行了许久，夕阳西下时到一湖滩边，待行至山丘之上才驻马而立，指引蕙蕙看下方那片已然坍塌荒废、杂草丛生的圩田：“这片圩田叫惠民圩，三国时便开始修筑。圩堤可保护农田，防涝抗旱，但年久失修，前些年又遭遇洪灾，被洪水冲垮，导致农田被淹，田地荒芜，佃农流散，民不聊生。”

蕙蕙从残存的圩堤看出，此处原为一块块或大或小的方形圩田，连接起来又形成一广袤方形，大如城池。只是圩堤四散，中间的农田不是衰草连天便是积水成洼，映着如血的残阳，更显荒凉。

“现在你看见的这些圩田，大多为田主农户自修的小圩、私圩，但要抵抗洪水，还需官府出面，修筑将这些小圩田、私圩围聚起来的大圩堤，每一官圩方数十里，圩堤宽数丈，高一丈有余，上面再种桑植柳加固，方能坚实不摧，不惧滔天洪水。”赵皑道。

蕙蕙颔首：“宁国府沼泽河滩多，广修圩田方可助农耕作，利国利民。但李瑭和丁希尧急于向朝廷展示政绩，急功近利，无心修圩田，一味横征暴敛以求进献羡余，所以你才想从他们手中夺回判府的权力。”

判府与知府一样，都是州府太守，只是高品阶官员兼掌低品官职称“判”，同级官员任此职则称“知”，赵皑以亲王之尊出任宁国府太守，因此称“判宁国府”。

“是的，但这事挺难的。虽然判府一职不算高官，但国朝皇子一向只领虚衔，不掌实权，所以李丁二人有恃无恐，公然把我架空。”说到这里，赵皑苦笑道，“爹爹让我判宁国府，意在命我出京，远离储君之位，这判府的实权恐怕也是没想过要给我的，才左一长史、右一司马地设置，名为幕僚佐官，实则代我全权行事。现在要说服官家授我实权，相当不易。”

“不怕，我们不是搜集了他二人许多罪状证据了吗？”蕙蕙回头安慰他道，“你上奏官家，禀明这些事，官家英明，若体恤你爱民之心，一定会从你所请。”

赵皑含笑看着她道：“我准备写奏章了，你帮我想想措辞。”

“我文采实在有限，措辞不行，但想想理由倒是可以。”蕙蕙道。

赵皑一笑，又策马带着蕙蕙来到附近小镇边上的一家客栈。那客栈主人显然与他是熟识的，一见便一边作揖一边连声唤“赵判府”，请他与蕒蕒入内上坐。

客栈有三层，一楼做食肆，二三层做客栈。店主奉上酒菜，请赵皑和蕒蕒进晚膳，又陪他们闲聊，蕒蕒才知道他姓巩，他家原本是附近佃农，因圩田被淹，无法继续耕作，父母亡于贫困，兄弟赴外地谋生，他自己体弱，不能远行，原本赴府治欲求一衙役之职，也因年纪大了，身体又不好，未能如愿。好在他遇见赵皑，赵皑与他对谈一番后觉得他有几分生意头脑，且知道此地有一屋舍在招租，便自己借钱给他租房开了这家店。

巩店主对赵皑感恩戴德，向蕒蕒频频夸他，除了人品德行，对他外表才华也赞不绝口，便如要向蕒蕒做媒一般，热情地看着她推荐，听得蕒蕒颇为尴尬。赵皑倒是神态自若，微笑着问他最近生意如何，他道：“托判府的福，为我找了这好地段的房，东西和北边往来宁国府的人很多要经过这里，打尖住店的客人不少，估计再过一两年，判府的钱我就能还上了，还能奉上利息。”

晚膳之后蕒蕒见天已然黑尽，忙让赵皑送她回家。赵皑尚未回答巩店主便抢先对蕒蕒道：“这么晚了，走夜路不太平。鄙店虽小，洁净客房倒是有几间的。三楼有一间上好的大套房，今晚空着，正宜小娘子居住。”

蕒蕒哪里肯住，仍说要回家，但看看外面如墨的夜色，心里也有几分忐忑。赵皑见状遂对她道：“山野道路不比城里，夜间若误入沼泽池塘，有性命之忧。不如在此稍留几个时辰，一待日出我便送你回去。”

见蕒蕒犹豫，赵皑又微笑道：“你不是说要帮我斟酌奏章内容吗？咱们不如今夜就完成。而且三楼那间房可观日出，旭日东升时万丈金辉洒在一望无垠的广袤田野上，有一种动人心魄的壮丽之感，我们商议到那时，正好一观。”

考虑到夜行安全问题，又对赵皑描述的景象有两分憧憬，蕒蕒思量半晌，终于同意留下来，但要求只议奏章，彻夜点灯，不能躺卧。

赵皑自是满口答应，随后巩店主带他们上楼。赵皑径直走向那间宽敞的套房，里面看起来确实雅洁，家具齐全，幔帐之外，有书案桌椅，文房四宝也一应俱全。

巩店主奉上茶水和足够的灯烛，便欠身告退，离开时把门关好，蕒蕒立即过去拉开。赵皑见三楼再无他人，也不计较，含笑取纸笔，开始写奏章。

显然要写什么他早已构思成熟，与蕒蕒略一商议，旋即下笔洋洋洒洒，如有神助。他先言李丁二人横征暴敛、违法乱纪之事，又直指冗官之弊：“臣被命判府，今专委长史、司马，是处臣无用之地。况一郡置三判府，臣恐吏民纷竞不一，徒见其扰。”他建议皇帝明确让自己主管二官，掌握宁国府最终决策权，“长史、司马宜主钱谷、讼牒，俾拟呈臣依而判之，庶上下安，事益易治。”

写完后他让蕙蕙过目，蕙蕙亦认可他所写内容，他遂道：“待卫清浔把官田契约送来，奏章与我搜集的证据便可以一并上呈官家了。希望官家采纳我的谏言，罢免李丁二人后，即便再任命新的长史、司马，让他们唯我马首是瞻。”

收好奏章，赵皑建议蕙蕙去里间小睡片刻。蕙蕙一径摇头，无论如何不愿躺下。赵皑便不再多劝，自己陪着她有一搭没一搭地闲聊。如此过了许久，蕙蕙再也支撑不住，伏在桌上小寐，迷迷糊糊地睡了一会儿，忽闻赵皑道：“天快亮了。”蕙蕙立即睁开眼，朝窗外望去。

天色确实渐亮，但不知为何，田野之外地平线处并不见红日露头。

“太阳呢？”蕙蕙困惑地问。

“也许被云挡住了。”赵皑拉了两把椅子置于窗边，“来这里守着，应该很快能看到了。”

蕙蕙走到窗边坐下，赵皑亦在另一张椅子中坐下，与她并肩举目眺望，静待日出。

天地间的蓝色调逐渐淡去，窗外开始充盈着日光，而蕙蕙一心期待的红日始终未出现，她开始意识到有什么不对，沉着脸转头看着赵皑：“天都大亮了，你说的日出呢？”

“哦，我记错了。”赵皑近距离与她四目相对，自然地伸手抹去窗外微风送至她眉间的一点儿飞絮，若无其事地道，“这间房是朝西的。”

为了尽早回家，蕙蕙又被迫与他同乘一马，让他送自己回去，但到了村口，蕙蕙坚持下马，自己朝家快步走去。赵皑亦下马，牵着马跟在她身后，一直护送着她。

很快有村民看见了他们，因赵皑曾多次到此视察，有人认出了他，扬声叫道：“那不是赵判府吗？”

村里顿时热闹起来，路人围聚过来向赵皑行礼问好，本来在家里的人也闻声开门开窗，一个个热烈地争相唤“赵判府”或“魏王”。赵皑含笑继续跟着蕙蕙前行，面对打招呼的民众，不时颔首示意。

大家发现他与蕙蕙同行，有人便直言道：“赵判府这是要去宋娘子家？”

蕙蕙暗暗叫苦，而赵皑保持着微笑，淡定地回答：“路上偶遇宋娘子，顺道送她回家。”

所有人都觉得这“偶遇”不简单，然而均面带心领神会的笑容，表示他们都懂，更热情地招呼：“那赵判府在宋娘子家多坐坐，别急着回去呀！”

这些话听得蕙蕙如芒刺在背，好容易到了自己家院门外，她立即命赵皑止步，赵眧笑着问道："送你走了这么远的路，你不请我进去坐坐？"

蕙蕙冷面道："你这样会败坏我的名声。"

"反正你看起来也不准备嫁人了，那么名声好一点儿坏一点儿似乎也无所谓。如果你的名声终有一天会被人败坏，那我希望那人是我。"赵眧微笑着说道，似乎恢复了当年初见她时的欢乐与自信。

在掉头离去之前，他笑意淡去，正色对她道："从此以后，应该不会有人敢打你的主意了。"

（十一）
醉梦间

此后赵眧来湛乐楼的次数逐渐增多，通常并非作为食客光顾，而是像熟人一样向此地遇见的人嘘寒问暖，乐于倾听他们的讲述，为他们排忧解难。为避嫌，蕙蕙不大搭理他，他便常与宋婆婆闲聊，得知宋婆婆当年在临安卖鱼羹，立即表示久仰大名，如雷贯耳："我还记得先帝隔个两三天便要差人去买婆婆的鱼羹。先帝一向最疼我们兄弟三人，什么珍奇宝贝、山珍海味都经常大把地赏，唯独买回来的鱼羹舍不得与我们分食。有次中官买回来时先帝还在和大臣议事，中官把鱼羹放在福宁殿，被我和三哥悄悄偷吃了，先帝回来对我们好一阵斥责，还差点儿亲自操起麈尾抽我们小腿。"

这话听得宋婆婆掩口直乐，道："虽然先帝确实曾好几次差人来买我的鱼羹，但这一番好形容，大王真是过奖了……我离开临安时，大王哥儿几个应该还没出生呢！"

赵眧对宋婆婆表达的善意并不仅限于口头的恭维，但凡见她在劳作便会出手相助，从腌鱼腌虾到晒干菜，都会亲自动手从旁协助。有一次蕙蕙自外归来，见赵眧正挽着袖子帮宋婆婆搬一块厚重的青石板去压抹好了盐的肉，以控干水分，忙去阻止："大王千金之躯，岂能干这等粗活？"

"去去去，别妨碍我。"赵眧一摆手，拭拭额头上的汗，又继续搬石板，"我这是深入乡里，体察民情。"

赵眧对蕙蕙的情意宋婆婆亦能看出，私下询问蕙蕙与他是否有情，一夜未归是否与他在一起，蕙蕙坚决否认，说那夜只是有事耽搁了，所以在城内客栈留宿一夜，次日清晨才与他偶遇，他一向爱民如子，不忍见她独行，才送她归家。

宋婆婆心知他们之间的事一定不尽于此，但也不再追问，只是叹道：“我看魏王倒与那些登徒子不同，对你是极用心的，也是个可托付终身的良人，不过……就是身份过于高贵了，你嫁给他，只能做妾。”

除了赵皑，常来湛乐楼的还有卫清浔。她陆续带了好几拨朋友来，让萁萁以美酒佳肴款待，自己暗暗观察萁萁所备食材与菜式，与其他客人谈笑间也不忘细心品尝，默默辨味。

如此几番过后，她独自来找萁萁，问萁萁：“我发现同一道菜品，你未必每次都做得完全相同。例如鱼羹，有时很酸，有时又全无醋味；有时汤色黄褐，有时又色白如乳；有时鱼肉成丝、成片，有时又会细碾成茸……难道你一直在探索，固定不下做法？”

萁萁答道：“做法倒不是固定不了，而是因人而异。你第一次带来的客人都是生意人，且全是三四十岁的男士，他们偏爱甘腴厚味，所以我用肉禽高汤煮鲈鱼片，加笋丝、火腿、香菇丝，勾芡，调入醋，让味道鲜香，又能借酸味解腻。第二次带来的是一对在广州开香药铺的夫妇，带着一个七八岁小女孩。广州人喝羹汤不喜欢过度调味，偏爱食材本味，做香药生意，为保持嗅觉灵敏，也不便进味道刺激的饮食，且那小女孩正在换牙，不宜食酸，所以我以几种时令鲜鱼熬成白色浓汤，完全不加醋，不勾芡，煮更细嫩的鳜鱼肉丝，不用纤维较粗的笋丝，改用切成龙须状的莴苣丝和胡萝卜丝，让口感更细滑，且有绿色橙色细丝点缀，汤色更美……还有一次，来的客人是致仕归故里的王内翰和他年近八旬的母亲。王老夫人牙已经掉了许多，所以我在给广州客人的鱼羹基础上继续改进，把鱼肉碾成茸，配料剁成末，熬煮勾芡成羹，再请老夫人食用。”

“宋嫂鱼羹多年前已名满天下，而今你有这因人而异的心思，青出于蓝指日可待。”卫清浔赞道，旋即轻摇折扇，含笑道，

“我想把你这酒楼买下来，然后请你去鹿鸣楼做主厨。你报个价吧，我自不会亏待你。”

萁萁摇头：“我并不想出售湛乐楼。店虽小，但也是自己一手创立的，便如自己的孩子一样，不会随意卖给别人。”

卫清浔道：“湛乐楼并不是卖给我就不存在了，或许我们可以合作。我给你一笔钱，你把湛乐楼的经营权转给我，但你今后全权负责鹿鸣楼和湛乐楼的菜式制定和管理、指导厨师及膳工，我会定期从这两家酒楼的利润中抽一些给你。至于多少，你可以与我商量。这样一来，你并没有失去你的孩子，而是多了一个大孩子，何乐而不为？”

萁萁仍然婉拒：“多谢卫楼主给我这一机会，但我自觉能力有限，能经营

好自己一家小店已不容易，不敢贸然干涉鹿鸣楼的事务。”

卫清浔倒也不勉强她，微笑道：“若你认为不妥，我也不会强人所难。不过还是希望你稍加考虑，日后如若有意，随时可找我商议。”

赵皑的奏章呈交皇帝后，皇帝立即命御史台查李瑭、丁希尧之事。御史台迅速派官吏至宁国府细查案情，赵皑早已备好充足的人证、物证，李丁二人借苛捐杂税充羡余、天价卖官田及私卖水源等罪坐实，被革职问罪，而皇帝也终于决定从赵皑所请，让新任的长史与司马听命于他，分管的事务都须上报赵皑，由赵皑作决策。由此，赵皑如愿以偿，获得了他想要的判府实权。

那日皇帝的诏令传至宁国府时天色已晚，赵皑接旨之后按捺不住心中的喜悦，急于将此好消息与蕙蕙分享，遂扬鞭策马，一路踏着月光，朝湛乐楼驰去。

他到了湛乐楼院门前，小鸥听见马嘶声，出门探看，惊讶地问赵皑：“这么晚了，大王还过来？”

赵皑系好马，对她道：“有点儿急事想与宋娘子说……她在吗？”

“在。”小鸥道，“娘子有每餐都饮一盏梅子酒的习惯，今年青梅成熟后她便请宋婆婆教她用果子酿酒。今日她亲手酿的酒能喝了，晚膳时她就和宋婆婆对饮了好一会儿。后来宋婆婆撑不住，先回房了，娘子还不停地喝……”说着小鸥朝二楼努了努嘴，“喏，现在还在楼上一人独饮呢。”

她每餐都饮酒？赵皑闻言阔步向楼上走去，一壁走一壁想：她什么时候养成了这个习惯？以前似乎并没有。

上至二楼，赵皑见蕙蕙在厅中圆桌上俯首小寐，面前摆着一副白色琉璃酒器，注子与酒杯都如冰块琢成，几近透明。注子中犹盛着小半壶淡黄色的酒液，赵皑斟了一杯，一口饮下，但觉甘甜似蜜，又清香怡人。

酒器旁还立着一个较大的越窑青瓷缠枝荷花纹梅瓶，是储酒所用，亦名“酒经”，赵皑提起摇了摇，感觉里面只余半瓶酒，不由得笑叹蕙蕙的贪杯，看着她酡红如霞的面颊，醉梦沉酣的神情，又心生怜惜，柔软目光照拂她片刻，他俯下身，将她抱起，送至里面的卧室，想让她好生歇息。

把她放在床上时，她忽然惊醒，双眸半睁，于黑暗中抓紧他的双臂，难以置信地求证：“你……你来了？”

“嗯。”他轻声回应，忍不住伸手摸了摸她温热的脸庞，道，“这酒这么好？竟让你如此贪杯。”

“这酒一点儿也不好，像你一样坏。”蕙蕙酒后的声音略显含混，此刻他听来满是娇慵之意，“甜甜的，骗人误以为是糖水，一杯接一杯饮下去，不知

不觉，却被你醉倒。”

她是在形容我？赵皑惊讶之后旋即感觉到一阵狂喜迎面袭来：她的意思是，不知不觉被我打动，待有所察觉，已情难自禁？

蒖蒖醉眼迷离地伸出个拳头捶着他的胸：“一步步引我陷落，让我如此难过，你真坏呀……”

他含笑握住她的手道：“不至于，不至于……我并非烈酒，不会令你上头伤身。”

“不会上头，但会上瘾。”她伸双手环住他的腰，依偎在他的胸前，“当我意识到你的好后，就每天都想见你，一刻也不想离开你。”

她突如其来的亲近简直令他不知所措，只觉此景如梦似幻，他满心欢喜地拥紧她，心想她平日掩饰得真好，若非今夜酒后真情流露，他还丝毫看不出她已对他情深至此。

“唉，这会不会又是梦？是梦也没关系，只要你在我梦里停留久一点儿，我就很开心了……”她闭上眼，埋首在他的怀中，梦呓一般喃喃唤道，“殿下……”

这声呼唤令他如雷击顶，适才的喜悦轰然散去，旋即涌上心头的是绝望、恼怒、羞耻与无可奈何的委屈与悲凉。这些交织在一起的情绪令他不自禁地开始颤抖，一滴泪也难以遏制地夺眶而出，坠至她的额头上。

她察觉到他的泪，困惑地仰起头，抚摸他的脸颊：“你怎么哭了，殿下？”

他不答，也没有勇气把她推开，只是沉默着，努力深呼吸，压抑胸中那几欲奔腾而出的郁气。

“你是为我难过吗？”她低声叹道，“我已经没事了……已经习惯了没有你的日子，每天日出而作，日入而息，饮食如常，会说会笑……除了每次进膳时会多饮一杯梅子酒，一切和做女儿时没什么不一样……”

他心中越发痛楚，又有泪相继坠下。她支身与他相对而坐，以手探向他的脸，摸索着扶住他的双颊，去亲吻他落泪的眼，吻了左边，又吻右边，将泪痕抿去，然后唇顺势而下，烙在他的双唇之上。

感觉到他那一瞬的呆滞，她松开手，略停了停，然后继续一下一下，吻向他的唇。

她主动给予他这般隐秘的亲密，是他曾无数次在无人的夜里憧憬过的景象，然而全没想到是在这样的情况下发生。深藏于心的满腔爱意令他情难自抑地开始回应她的亲吻，却无法说服自己忽略此间事实——她此时的每一个吻都在表达着对大哥的爱。他也是在她这异乎寻常的热情中深切地意识到，她与大哥曾如何炽烈地相爱过。

他流着泪继续着这痛苦的亲吻，就像啜着一滴滴甜蜜的毒，直到感觉到欲望与痛楚一样有失控的趋势，逐渐扬起的烈焰即将把他烧毁，他才将她按于胸前，桎梏住她，不让她再动。

她沉默了一会儿，渐渐在他拥抱中睡去。他将她放在床上，为她掖好锦被，才缓缓退了出去。

“不要告诉娘子我今晚来过。”离开之前，他给了守在院子里的小鸥不少钱，这样叮嘱道。

（十二）
河豚

这晚之后赵皑很久没来湛乐楼，蕙蕙听别的食客说他自获实权以来忙了许多，除了每日批阅公文，更频繁地奔波于各地田野，查看残存的圩田状况，筹备修复并新建官圩。

蕙蕙继续平静地经营着自己的酒楼，一日卫清浔又遣人来预订次日午宴，说要带一个贵客来。蕙蕙如常备食材。翌日巳时，卫清浔与一男子各乘一马，先后而至，蕙蕙出外迎接，发现那男子竟是阔别多日的赵皑。如今已入夏，日光炽热，看来他果然常四处巡视，皮肤已被晒成温暖的小麦色，神色也颇显疲惫，但看见蕙蕙与宋婆婆，仍粲然一笑，露出的牙被皮肤衬得比以前白了许多。

卫清浔带了几尾鲜活的河豚，交给蕙蕙，道：“有朋友送了我一些河豚，正巧魏王把买官田的钱退给了我，我想设宴请他，聊表谢意，便让鹿鸣楼的主厨将这河豚烹制好请魏王品尝。岂料主厨竟然说这时的河豚毒性大，他不敢为大王烹饪。我想来想去，估计偌大一个宁国府，也只有宋婆婆有这技艺和信心做好河豚了。”

宋婆婆也不推辞，落落大方地答应了，请赵皑与卫清浔入内上坐。

卫清浔没有立即入内，而是从桶中捞出一尾河豚，双手捧着给蕙蕙看。那河豚背部有斑纹，腹部纯白，有刺状小凸起，受了刺激便吸入大量空气，胃膨胀数倍，身体霎时变得圆鼓鼓的，腹部像个小皮球，状甚可爱。

卫清浔微笑着附耳对蕙蕙低声道：“像不像某人生气的样子？”

蕙蕙一瞥赵皑，他正在观察她与卫清浔，见卫清浔与蕙蕙耳鬓厮磨的样子，

笑意顿时隐去，抿唇鼓腮的不悦状确实与河豚有神似之处。

蓂蓂有些想笑，又觉得不妥，低头接过卫清浔手里的河豚，让小鸥引导魏王与卫楼主上楼小坐，自己随宋婆婆进厨房，两人系好襻膊，开始工作。

宋婆婆取一尾河豚洗净，按于砧板上，提一把利刃，几刀便干净利落地切掉鱼鳍和尾部，再从鱼目前方开始，将鱼嘴整个儿切下来，又翻转鱼身，左右两侧各划一刀，随后刀锋轻挑，插入鱼皮下一拨，手顺势一撕，鱼皮便很完整地被剥离鱼身。

随后宋婆婆切除鱼目，开膛去内脏，边操作边对蓂蓂道："河豚的毒素主要在血、眼睛和除精巢白子以外的内脏。卵巢与脾脏毒性最大，春夏之交，将要产卵时的雌鱼最毒。肌肉无毒，若处理妥当，去净内脏血筋，便可食用。白子与鱼皮毒性甚微，白子柔滑细嫩，又称'西施乳'，鱼皮红烧胶质丰富，味道似甲鱼裙边，亦可酥炸，做好了也很美味，但不宜多食。"

她带着蓂蓂将几尾河豚处理好，细心地去除内脏，将鱼肉置于流水下反复冲洗，嘱咐蓂蓂道："一定要记住，去内脏时不能把内脏戳破，例如胆囊，汁液一旦沾染鱼肉，再怎么冲洗炖煮毒素也难去尽。"

她将一部分洗净的鱼肉、鱼骨略煎了煎，用高汤炖煮，又换了块干净砧板，将剩下的鱼肉搁上去，另取了把斫鲙的刀，开始引刀自上而下，斜斜地将鱼肉斫成薄至透明的鱼片。但这细致刀工颇费眼神，她年事已高，视力减退，斫起来颇吃力，便把刀交给蓂蓂，让她来斫。

蓂蓂有些犹豫，鲈鱼鲙之事已成她心中一道深深的阴影，她至今无法确定太子之死是否与鱼鲙有关，自此一直避免斫鲙，湛乐楼的菜肴里也从无鱼鲙。现在她虽然接过了宋婆婆的刀，但迟迟不提刀去切那块鱼肉。

"你是怕鱼肉残留毒素，斫鲙会害人吗？"宋婆婆问道，旋即又道，"放心，我已经处理好了，没有纰漏……食材本身是不会害人的，害人的是含着毒素的人心。"

蓂蓂微微一凛，然后振作精神，定睛开始斫鲙。一片片鱼鲙如冰绡般自刀刃边飘落，在这运刀自如的快感中，她开始感觉到此刻湛乐楼中的宋桃笙与尚食局中快乐自信的吴蓂蓂正在逐渐相遇。

河豚鱼鲙斫好，摆盘完毕，鱼汤也熬成了乳白色。宋婆婆又在汤中加菘菜、蒌蒿、荻芽同煮，告诉蓂蓂："本地人吃河豚，都会加这三种菜同煮。我这几十年来，都没听说有人吃了这样煮的河豚中过毒。"

宋婆婆另炸了少许鱼皮，烤好白子，配以酱料，与鱼汤、鱼鲙一起，奉于赵皑及卫清浔面前。卫清浔盛情相邀，请宋婆婆与蓂蓂坐下同食，宋婆婆再三推辞，蕙蕙心想，若是寻常宴席，自不便与客人同食，但今日食材与众不同，理应先为客人试毒，她遂坐下来，命小鸥为自己备上餐具。宋婆婆见她应邀入席，也随她入座。

在这些菜式中，赵皑似乎对河豚鱼鲙最感兴趣，率先伸向鱼鲙。蕙蕙立即请他稍待片刻，欠身道："鱼肉虽经反复冲洗，理应无毒，但为防万一，请许我先为大王试毒。"

赵皑却摇头，淡淡地说了一句："我相信你，你又不会害我。"然后他径直搛了片鱼鲙，蘸了酱汁，送入口中，少顷，对宋婆婆一笑："清爽鲜美。"

"大王刚才那句话，听起来很熟悉呢。"宋婆婆亦笑道，"我以前有两个邻居，其中那娘子也跟我学烹制河豚。她的夫君整天看书或外出，对娘子冷冷淡淡，我总觉得他不甚喜欢他娘子，但当他娘子第一次在我的指导下做好河豚，自请先为夫君试毒时，她的夫君也是这样直接吃了，说：'你又不会害我。'"说到这里，她看看赵皑与蕙蕙，露出了慈爱的笑容。

蕙蕙听后当即问宋婆婆："婆婆说的，可是吴娘子与她的夫君？"

"正是。"宋婆婆肯定地道。

蕙蕙又问道："她夫君吃后没事吧？"

"没事。"宋婆婆道，"吴娘子学得很认真，烹饪过程极为细心，不会出纰漏的。以后我又见她为她夫君做了几次河豚，都没事。"

蕙蕙不再就此追问下去，然而想起自己年少时所见，秋娘对河豚深恶痛绝的态度，心中又有一朵疑云升起，挥之不去。

席间卫清浔问赵皑最近在忙些什么。赵皑说在筹修圩堤的钱。蕙蕙见他提到此事眉头深锁，甚为忧虑，遂问他："进展不太顺利吗？"

赵皑道："足够坚固的圩堤，需要宽七尺，高一丈三尺，还须在堤上种植杨柳和榆树，如此，每修复一里，仅土石材料钱就要一百二十贯。而每个工人每日工钱一百文，修一里的工钱算下来要六百六十多贯，加上材料钱和粮食，一里所费近八百贯。这还只是修复旧圩堤的费用，如果修筑新圩，每一里的工钱还得翻倍……州府钱谷空虚，义仓、常平仓的备用钱粮不能全用于修圩田，所以挺难的。"

"那需要修复多少里？新筑多少里？"蕙蕙问道。

赵皑答道："我仅算了这两年亟须修的，仅惠民、化成两圩，就需要修复四十里，新筑九里，预计全修好，所需的钱总要四五万贯……我上奏请官家从内藏库支拨部分钱粮给宁国府修圩田，官家虽恩准了，但拨出的不是钱粮，而是三十道度牒。这确实是特别的恩典，支拨给州郡用于工程的度牒一般不会有

这么多，可需先变卖才有钱，而此番诏令给度牒定的价是每道五百贯。三年前也曾拨给宁国府十道度牒贴充开浚所用，那时定价为每道四百贯，这十道都卖了一年多才卖完，而今价五百贯，恐怕更难卖出。”

度牒原为唐朝时起，朝廷颁发给僧尼，以表其出家人身份的凭证。持有度牒可免徭役和赋税，州郡官府可公开出售度牒，将所得贴补各项支出。后来度牒在民间流通，竟如会子一般有了钱币的功能，可购买物品，乃至购房置地，所以内藏库支拨度牒也是对州郡官府的财政支持，但若一时不能卖出便不能变现为经费。

卫清浔听了安慰赵皑道：“此事不急。度牒我可先买五六道，加上州府现在可支取的钱粮，圩堤大王且先修着，这两年中剩余度牒总能卖出去的，宁国府也不断会有赋税入库，修完这四五十里，并非难事。”

赵皑一笑，垂目思量间忧思不减。

待二人走后，蕞蕞一直记挂着圩田之事，思索一夜，次日一早便赶往城里，去鹿鸣楼找卫清浔。卫清浔见了她亦很高兴，带她入自己的园子，在潺湲溪水上，荼蘼花影下的亭中坐下，不紧不慢地为她煮水布茶，才问她此番前来所为何事。

蕞蕞问她是否还想获得湛乐楼的经营权。卫清浔便笑问道：“你想通了？”

蕞蕞道：“我可以如你建议的那样，把湛乐楼交给你经营，我自己主持拟定两家酒楼的饮膳食单，并指导厨师膳工，协助你管理酒楼。至于以后你给我多少利润，这个好说，我只要求你向宁国府购买十二道度牒，并把其中六道给我，作为购买湛乐楼经营权的费用。”

“十二道？真不少呀。你要六道也是开了个高价，三千贯钱可以在城中买所不小的宅子了。”卫清浔含笑道，虽然表示着对报价的意见，但她看起来毫不惊讶，继续从容不迫地为蕞蕞斟着茶。

“我将来可以为你赚回来的，比三千贯多得多。”蕞蕞胸有成竹地说道，“这点你肯定能看出来。你能花六千贯作为买官田的定金，自然也可用来买十二道度牒，这事对你来说一点儿也不难。何况买来的度牒是可以保值的，就算不用，存在那里，迟早还会增值。”

“我喜欢你的自信。”卫清浔一哂，“我可以直接给你三千贯，何必要那度牒？度牒现在定价太高，在民间可值不了这么多钱，现在拿出去卖，一道至多能卖四百贯。我可以眼睛都不眨地抛出六千贯去下定金，是因为我知道这钱会退给我，而拿去买度牒就不一样了，我必须考虑风险，承诺买五六道，是给魏王面子。说到底，这度牒与会子一样，不过是一张纸而已，不像真金白银那样本身就很贵重。朝廷需要钱了，几万道一发出去，民间的价很快就会降下来。当初元丰年间，一道度牒价值三百贯，到了大观年间，民间就已贬至九十贯，南渡之前，还曾跌到六十贯。所以，多收度牒和收会子一样，是有风险的。”

“如今与南渡前不一样。”蕫蕫镇定地与她说明，“南渡之后，先帝立了新法，朝廷爱惜度牒，不轻易出卖，每次增发度牒，往往不过千余道。度牒很快从六十贯增至百贯一道，此后价格逐年攀升，很多富户拿着钱也买不到度牒，所以如今才会定价五百贯。度牒关系徭役赋税，比会子本就多了一分价值，又获先帝及今上重视，甚至规定在会子大量增发，导致贬值时，可用度牒收兑会子，所以度牒很难再大幅贬值。你若信得过我，不妨多收度牒，过几年再看看，或比黄金更保值升值。”

“你怎么会懂得这许多？”卫清浔坐直身子，凝眸打量蕫蕫，道，“这些事不是一个酒楼女子会知晓的。”

蕫蕫一时语塞。关于度牒与会子的事，她是伺候官家时从官家与大臣的议论中听来的，刚才急于说服卫清浔，顺口把这些道理讲出，却忘了这可能引起卫清浔对自己身份的质疑。

思忖再三，她垂目答道：“是魏王告诉我的。”

卫清浔又笑了：“看来你与他相识已久。”

蕫蕫掩饰道：“他来宁国府，视察乡里时才遇见我的。”

“不是。”卫清浔断然否定，冷静地盯着蕫蕫道，“你平时与人说宁国府方言，与魏王说的却是字正腔圆的临安官话，官话说得比方言好，所以你是从临安来的吧？”

蕫蕫无言以对。卫清浔又分析道：“宋婆婆做的都是民间菜式，而你做的，从食材到烹饪方法，乃至摆盘、菜名，往往都会精致得多，更像文人菜和宫廷菜，若我所料未差，你或许曾高就于尚食局。”

蕫蕫勉强一笑：“我不过是在临安的大酒楼学过一招半式……”

“别再掩饰了。我听说过东宫松江鲈鱼鲙之事，也知道魏王被外放至此的原因，再目睹他对你的情意，不难猜到你的身份，所以……”卫清浔莞尔一笑，朝蕫蕫彬彬有礼地欠身一揖，“幸会，吴典膳。”

见蕫蕫苍白着面色无言以对，她又温言安抚：“别担心，我很欣赏你，不会将此事告诉别人。证实了此事，以后也知道该怎样保护你。”

“宫中那些事你怎么会知道？”蕫蕫问她，“难道已传至民间，人尽皆知？”

“那倒还没有。”卫清浔坦然地告诉她，“我知道这些，是因为我出自戚里……先帝的母亲显仁皇后，是我的曾祖姑。”

萁萁意外地直视她，讶然地问道："我以前为何没见过你？"

卫清浔道："我哥哥当年不愿受父母管束，到宁国府开了这鹿鸣楼。后来又被爹爹硬叫回去做官，便把这酒楼交给了我。我到宁国府五年了，偶尔回临安，也不爱赴宫中宴集，所以我们之前没遇见过。"

萁萁起身朝她深施一礼，郑重地道："幸会，卫小娘子。"

"千万别这样唤我。"卫清浔笑道，"我一听人叫我小娘子就浑身起鸡皮疙瘩……你直呼我名字清浔便好，我也唤你萁萁……人前唤桃笙，如何？"

萁萁欣然答应，斟酌了一下，又问她："那度牒，你还买吗？"

卫清浔大笑起来："买！我现在决定买十五道了，你要的六道也会及时交给你。"

萁萁放下心来，微笑道："那很好。宁国府的富户们见你买了这么多，一定会猜测，你一定是有什么来自官府的消息，知道度牒会很快升值，才大量收购。他们必会跟风，如此，剩余的那些度牒也会迅速卖出去。"

"不错。"卫清浔意味深长地笑道，"尤其是他们发现，宋桃笙卖湛乐楼竟然不要现钱，只收度牒，而她又是魏王的红颜知己的时候……"

第十一章

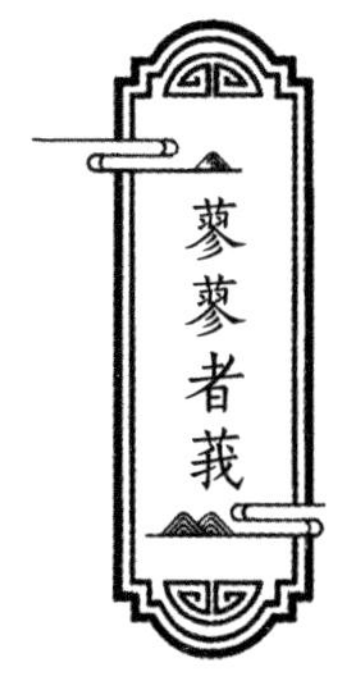

蓼蓼者莪

（一）
回忆

正如蒖蒖所料，因卫清浔是宁国府首富，本地富户一向关注她的一举一动，想学习她的生财之道，一旦听到风声说她一下子认购了十五道度牒，内心岂能毫无波澜？她戚里的背景早在富户口中暗暗流传，如今她又频频与赵皑见面，他们自然认定她是得知了官府内部消息才会出此大手笔。他们琢磨出的原因有二：一是会子会大幅贬值，朝廷将以度牒收兑，度牒会因此大涨；二是不久后徭役将更繁重，赋税将会高涨，而持有度牒能免役税，会有更多人争购。无论何种原因，看起来度牒涨价势在必行，于是富户们闻风而动，很快把剩下的十五道度牒抢购一空。

蒖蒖开酒楼，每日面对不同的客人，且客人大多爱与她闲聊，因此她消息极为灵通，且通晓宁国府世态人情。静待度牒售完，蒖蒖随后几天每日上午处理好酒楼事务即奔波于宁国府三大寺院之间，谒见住持，与他们议事，谈妥后，她带着卫清浔交给自己的度牒去府治见赵皑。赵皑听说她主动求见自己，颇感意外，当即让人带她来到自己书房。

蒖蒖告诉他："最需要度牒的其实是寺庙，除了朝廷颁发给他们的度牒，他们平时也须自购不少，以供度僧之用。而今朝廷严控度牒数量，此番下发的度牒卖得太快，竟无一道为寺院所得，而原来民间持有度牒者，见如今的情形也都惜售待涨，寺院想从民间收购度牒也不容易。这些天我见了三大寺院的住持，与他们说了宁国府圩田坍塌，佃农流散的现状，你一心为民，力求修好圩堤的初衷，以及你面临的钱粮匮乏的局面，请他们相助。每所寺院都有大量信众，我恳请住持出面，就此事化募善款，捐与宁国府修公圩。我自己愿捐出五道度牒，无论哪家寺院募集到五千贯善款，我便赠他们一道度牒，希望最后一共能募集到两万五千贯。住持们表示，如果最后的善款不足此数，寺院的长生库可以借一部分钱，凑足两万五千贯交给州府，两年后判府可从获得的田租赋税里抽出相应的钱还给他们。我觉得这样也很好，无论最后收到的钱是善款还是贷款，我都一样赠他们度牒。”

长生库是规模较大的寺院积集和运营钱物的质库，资金主要来源于信众供奉或出借的钱，居民可提供有价值物品向长生库质押借贷，约定日期，到期还款付息。大寺院香火旺盛，长生库资金通常很充足。

“你哪来的度牒？”赵皑当即问她。

“我把湛乐楼卖给卫清浔了，换了六道度牒，捐出五道，还剩一道，以备不时之需。”蕈蕈微笑道，“其实只是把经营权交给卫清浔，以后我还可以管理湛乐楼，甚至鹿鸣楼也可以参与管理，做起事来反而更顺畅了。”

蕈蕈见赵皑久久不言，以为他是担心借贷利息之事，遂解释道：“你放心，就算善款不足，需要长生库借款，但除了我赠的度牒，寺院不收利息。住持们也说了，他们也留意到魏王格外关注民生，是一位爱民如子的好官人。修复公圩利国利民，他们愿意为此效力。长生库一向受朝廷和官府庇护，收益从来无须纳税，如今官府有需要，他们又怎会收取利息。他们也会尽量募集善款，圩堤之内的田地虽有官田，但大多是有主的民田，魏王为民主持工程，是行善积德之举，相信愿意为此捐赠的民众也会很多。”

言罢她取出五道度牒，呈至赵皑面前：“这些是我捐出的度牒，你且收着。如果觉得可行，我便去与寺院确认此事。以后哪家寺院送来五千贯钱，你便赠他们一道，赠完了也请即时告诉他们，不必再筹了。我想，有了这两万五千贯，加上此前州府可调动的和卖度牒收到的钱，应该够修圩堤之用了。”

“此事可行，但不能用你的钱。”赵皑看看度牒，对蕈蕈道，“你这些度牒，我买了，钱给你，你去赎回湛乐楼，度牒仍旧按你的计划赠给募款的寺院。”

蕈蕈不禁笑了：“你虽是父母官，但不是父母呀，管的宁国府事务又不止这一桩，事事出钱，金山银山也不够你自己贴补的。这事就这样定了。我有一技之长，千金散尽还复来。你且好好修圩堤，让民众年年丰收，家家户户都富起来，以后这样的钱我想出也没机会了。”

赵皑摇头道：“我岂可因自己一桩公务，累你失去你辛苦创立的湛乐楼？”

“我失去了一座酒楼，可是你……你失去的可能是整个天下。”前尘旧事涌上心头，蕈蕈黯然地垂下眼帘，“我对不起你，二哥，请你让我向你表达一

点儿歉意，虽然这点儿补偿与你失去的相比实在微不足道。”

“你为什么这样想？”赵昶恻然一笑，“是因为我曾劝说大哥食用松江鲈鱼吗？那些话又不是你逼我说的。我从不因此怨天尤人，我会为自己的行为负责，承担一切后果。”

蕙蕙随即道：“我也是在为我的错误负责。”

“那么一起吧。”赵昶凝眸注视她，目光冷静而笃定，迥异于她印象中那终日嬉笑的少年，如今的他看起来俨然是一个胸有丘壑的成熟男子，“东宫之事很蹊跷，未必是你的错，真正的负责是探寻出其中真相。我愿陪你探寻，让你不再惧怕面对全天下的质疑。”

“探寻真相？”蕙蕙茫然地反问。对太子的死因她一直心存疑惑，但太子饮食皆经她手，那些日子与他朝夕相伴的人也是自己，除了自己，她委实不知该归咎于谁。

“是的，我相信真相不会如目前大家所知的那么简单。”赵昶道，“你好好回想一下，大哥薨之前几天内，都有什么不寻常之事发生。”

蕙蕙痛苦地闭上眼睛。庄文太子薨前后之事对她来说不堪回首，每次略微忆及，都会像被灼伤一般马上迫使自己跳脱出来。那几天早已成为一道无法愈合的深重伤痕，她不忍回顾。

“不要回避，蕙蕙。”赵昶殷殷劝导，“找出真相，才能化解你的痛苦。大哥必然也不愿这么不明不白地离开，于国于家于你都造成如此大的伤害……把你看到的、知道的都告诉我，或许我可以帮你分析，看看到底是哪里不对。”

蕙蕙沉默良久，在赵昶柔和的目光安抚下，紧张不安的情绪渐趋缓和，终于开始徐徐讲述那段日子发生的事：“太子殿下那时已基本痊愈，起居正常，心情也不错……如果说有什么异样，大概是在薨前几天，让我随他去福宁殿之后。那天他让内侍捧着一幅画去福宁殿，呈给官家看。但到了殿中，他让我和冯婧在外等候，他与官家在内说了许久的话，出来后心情似乎不甚好。晚膳后他让内侍先回去，让我随他去月岩赏月……”

“他让官家看的画，画的是什么？”赵昶忽然问道。

蕙蕙答道：“当时他也没给我看，但从画轴的样子推断，很可能是他几天后给我看的我妈妈的画像。”

赵昶很讶异：“大哥怎么会让爹爹看你妈妈的画像？”

“后来殿下告诉我，我妈妈很可能是菊夫人，他让官家看那幅画像，官家便说是菊夫人。”蕙蕙怅然道，随后把自己知道的菊夫人、刘司膳与张云峤的渊源以及庄文太子与她探索她身世信息的经过都细细告诉了赵昶。

“所以，大哥的意思是，张云峤与刘司膳是你的生身父母，而菊夫人是你的养母？”赵皑问道。

蕙蕙轻叹：“他推断出的结论应该是这个。虽然他也说有菊夫人仅仅因为喜欢蕙蕙这个名字，而给我取了刘司膳女儿之名的可能，但是……他显然觉得这个可能性不大，这样说只是为了安慰我吧。”

赵皑不置可否，继续问她月岩之事。蕙蕙道：“一路上殿下看起来都心事重重，不甚开心，还与我提起安淑皇后，那天他十分怀念母亲，说到官家与安淑皇后的情义，又说安淑皇后如何被齐太师派的婢女以饮食害死，官家如何伤心，后来筹谋许久，终于大仇得报。”

“筹谋许久，大仇得报……”赵皑沉吟道，“但是众所周知，齐太师是病故的。”

蕙蕙这才意识到当初太子为何说到这里戛然而止，于是换了话题：“所以，齐太师其实是官家……我以前一直听说是张云峤曾为齐太师治病，但没治好，还因此受到齐家人的追杀。”

“冯婧身世风波后，我也曾向人打听过张云峤的事，听说他因为与刘司膳有私情，被先帝猜忌，因此投靠了齐太师，寻求庇护，后来成了齐太师临终前最重用的医师……”赵皑道，“但我还记得查冯婧身世那回，爹爹看到张云峤写的浴儿书时的神情，脱口称他‘云峤’，一眼就认出他的笔迹，宛如面对多年老友……爹爹对齐栒恨之入骨，如果张云峤真的投靠了齐栒，爹爹焉能是这种态度？”

“是呀，官家还多次派人寻找张国医，命人把他的画像挂在翰林医官院里，与历代名医并列，如果张国医是齐氏一派的人，哪怕只是曾经，官家必定不会给他这般待遇。”蕙蕙思量着推测，“所以，张国医先投靠齐太师，然后故意……不治好齐太师的病，是出自官家的授意？”

赵皑肯定道：“很有可能，因此大哥才说‘筹谋许久，大仇得报’……那天应该是看了菊夫人画像，爹爹与大哥说起当年往事，大哥才那样怀念母亲。”

蕙蕙亦觉这个推论有理。赵皑又让蕙蕙说以后的事，听她提到柳婕妤拜月祭父亲，微微有点儿诧异，但还是没打断蕙蕙，让她继续说下去。

“然后……一直到临终前一晚，殿下都有些忧思恍惚……”蕙蕙想起了那一夜的事，心难以抑制地一阵剧烈跳动，脸颊泛红，但还是强自镇定，说了下去，“薨前那夜，殿下在瞻箓堂看书，我进去时，他握着一卷书在看，盯着书默默出神……”

“他看的是什么书？”赵皑插嘴道。

“《史记·刺客列传》中荆轲那篇。”蕙蕙道，“我走近想细看，殿下却不许我看，把书搁回了书架上，说因为第二天讲学的师傅会提到，所以他先读一读。”

“那时东宫的讲学我也会听，师傅们授课内容会先让我们知晓，但《史记》不在其中。”赵皑回忆道，旋即起身走到书架边，取出一册书，翻开其中一页，送至蕙蕙眼前，“是这个吗？”

蕙蕙接过书，定睛细看，见那页正是那晚太子盯着出神的荆轲篇。

荆轲刺秦王的故事她并不陌生，小时候，蒲伯与学堂里的先生都给她讲述过，不过她一向只留意到其中主角荆轲、秦王嬴政及燕太子丹的事迹，如今反复回忆那晚细节，想起庄文太子当时看的那页，除了荆轲，她还曾瞥见樊於期的名字，遂着重看关于樊於期的情节。她看到秦将樊於期与赵国作战惨败，得罪秦王，逃亡燕国，获燕太子丹礼待，而樊於期父母宗族却被秦王诛杀，荆轲刺秦王之前，为设法取得秦王信任，私见樊於期，与其商议……目光落于这一段上，蕙蕙再三品读：

荆轲曰：“今有一言可以解燕国之患，报将军之仇者何如？”

於期乃前曰：“为之奈何？”

荆轲曰：“愿得将军之首以献秦王，秦王必喜而见臣。”

她默默思索半晌，忽然抬头问立于她身后也在看书的赵皑：“官家当年身为皇子，一向与齐栒不和，若张国医在官家的授意下投靠齐栒，就算齐栒不知道他们有私交，但张国医此前出入宫禁，曾受先帝倚重，因职业又频频与宗室来往，齐栒老奸巨猾，岂会轻易信任他，把病体交给他诊治？张国医是不是为此做过什么？”

“他为取得齐栒信任，出卖了他的朋友，当时的司谏林昱。”赵皑答道，顿了顿，凝视着讶异的蕙蕙，补充说明，“也就是林泓的父亲。”

赵皑自从得知蕙蕙心仪林泓，很快暗暗把林泓的家世背景查了个遍，知道林泓父亲的往事，但因此前不知张云峤有可能是蕙蕙的父亲，这些事便从未与蕙蕙说起，事到如今，遂决定把自己所知的都告诉蕙蕙：“林昱的父亲，林泓的祖父，因主张北伐，被齐栒构陷贬谪往崖州，患病客死他乡。张云峤与林昱原本私交不错，后来林昱常进谏弹劾齐栒及其党羽，令齐栒很恼火。张云峤投靠齐栒时，告诉齐栒自己曾在林昱家中看见一幅应藏于秘府的晋人尺牍，因林昱早年曾任职于秘府，齐栒便指使党羽攻讦林昱监守自盗。此后沈瀚站出来说明那尺牍是先帝赐给他，他转赠林昱的，齐栒党羽便又说无功不受禄，林昱收这等厚礼是受贿，与沈瀚结成朋党构陷大臣，于是林昱被下狱问罪。沈瀚因爹爹在先帝面前据理力争，才避免了牢狱之灾，但也被追责补外几年。林昱在狱中病倒，张云峤去为林昱诊治，这回大概是齐栒派张云峤去的。最后，如齐栒所愿地没治好，林昱很快死于狱中。不久后，张云峤便成了齐栒的随侍医师。”

蕒蕒听后沉吟须臾，又与赵皑说起一事：“我出宫被山石与逸马攻击那次，庄文太子与蒲琭辛救了我，送我去见林泓。那日在林泓家中，蒲琭辛说多年前曾与官家、一名太医和一名文士相聚于一处山中小院，还说太医的娘子很会做菜，林泓长得与那文士相似。如今想来，那日他见到的，恐怕就是张国医和林昱。”

“林泓听见他这样说是何反应？”赵皑问道。

蕒蕒道：“他说他父亲并不认识什么太医。”

赵皑闻言道：“林昱与张云峤的瓜葛在朝中算不得什么秘密，林泓必然也知道，那样说大概是因为恨极了张云峤，不想承认父亲曾与其有私交吧。”

蕒蕒默然，少顷把那册《史记》递与赵皑，目示樊於期那段，问赵皑：“你说，有没有可能，张国医投靠齐栒之前出卖林昱，甚至导致林昱身亡，是官家和他们二人商议谋划的结果？”

赵皑接过书迅速浏览完那一页，也不惊讶，从容地道：“我也想到了。张云峤悬壶济世多年，声誉极佳，应是一位正人君子。如果是卖友求荣的人，爹爹也不会如此看重他。齐栒通敌卖国，大肆诛锄异己，爹爹和林昱，与齐栒之间都有国仇家恨，便联合张云峤，设下一个类似刺秦的计策，为让张云峤获得齐栒的信任，铲除大奸，林昱自愿慷慨赴死，用自己的性命，把张云峤送到齐栒身边。”

蕒蕒黯然垂目，忆及林泓那日听蒲琭辛提起太医时的神情与回答，心知他必然认定了张云峤是杀父仇人，却未必知道父亲当初很可能是怀着樊於期这样的初衷赴死……她忽然悚然一惊，对赵皑道：“所以，林泓那日公然拒婚，宁愿以梅为妻也不娶我，是不是因为，有人告诉了他我是张云峤之女？”

赵皑沉着地应道：“如今看来，很可能是这样。只有这个原因，才能令他那么有君子风度的人不顾你的尊严，当众拒婚。”

“谁告诉他的？”蕒蕒怅然地问道，“官家知道吗？会是官家吗？”

“不会。”赵皑推断道，“若谋杀齐栒是真，这等事自不便公之于众，爹爹肯定会保守这个秘密。时隔多年，为免节外生枝，也没必要告诉林泓张云峤和你的关系，何况他还不一定知道。就算要说，也会耐心解释他与张云峤的苦衷。林泓不是不明事理之人，若知道来龙去脉，便不会迁怒于你，就算不想与你成婚，也会私下好好说明，不可能当众拒婚。”

“也不会是庄文太子。”蕙蕙旋即道，“若他在聚景园宴集时便已知道这些事，薨前那晚何必再看着荆轲篇出神，只有刚知道才会这样细细思量吧……”

回想那时的情形，她不禁双目微睁，一刹那想通了一件事：“那天夜里，他显得格外患得患失。我伺候他吃完橙子，想告退时，他忽然拉住我，说那天林泓来找过他……还问我，如果有一天，林泓向我道歉，说自己错了，我会不会跟林泓走……他肯定是刚知道那事，担心林泓得知真相后与我再有牵绊……”

“你是怎样回答的？”赵皑问。

“我说，我会跟林泓走，然后等他把我追回去……”蕙蕙此时情绪有些失控，呼吸渐趋急促，头低垂下去，不自觉地紧紧捏着裙带的手在颤抖，“我是说笑的，我并不想走……为了让他安心，所以我……我……”

“所以你什么都答应他。”这一瞬赵皑心如刀绞，但还是强抑住心中悲苦，让自己保持着平和的神情，温言对她道，“好了，好了，不必再说下去。”

霎时泪如泉涌，蕙蕙崩溃地捂住脸，抽泣道：“我不知道殿下为什么忽然……到底是不是我的原因？”

赵皑在她面前蹲下，取手巾递给她拭泪，轻声安慰她：“我后来问过韩素问，他肯定大哥的死与这个无关，说当时大哥已经痊愈了……你再想想，大哥自己有没有察觉到什么？”

蕙蕙茫然地抬起头，怔怔地想了许久，然后告诉赵皑：“他跟我说过一句话，让我去找杨子诚……可是我随后被囚禁在岛上，什么消息也不知道。逃出来后在殷琦的小院里住过一阵，向殷琨问起杨子诚，殷琨说杨子诚第二天就失踪了，一直音讯全无。”

“杨子诚若非与大哥的死因有关，便有可能知道是谁要害大哥。如今不知是自己躲起来了，还是被人灭口了……”赵皑沉吟片刻，又勉力对蕙蕙露出鼓励的微笑，“我会派人寻找他。我们在追查真相，你别太过自责，目前并无证据表明是你导致大哥辞世。振作起来，像你以前那样积极地生活，别让自己一直被笼罩在这事的阴影中。”

（二）
俗世温暖

赵皑派了几名心腹内侍，让他们回临安打探杨子诚的消息，并请殷琨暗中派信得过的逻卒一同寻找。但人海茫茫，他们一时也难以获得确切的消息，直到入冬时也无佳音传来。

这期间赵皑继续处理宁国府事务，特别关注圩堤工程，经常亲自纵马前往惠民、化成二圩工地观察工程进展。一天夜里，他自化成圩归来，手持一束在路上采的蜡梅，驰向鹿鸣楼，要给萁萁送去。那日白天，乍见陌上花开，他想起萁萁常在酒楼中插花，放缓步履，漫步于花海中，不禁露出温柔的笑容，霎时间决定摘取一些供她插瓶。

此时萁萁已长驻鹿鸣楼，湛乐楼平时则由宋婆婆和卫清浔派出的助手管理。她为鹿鸣楼设计了新食单，佳肴既有临安与宁国府的经典风味，也不乏自己的创新菜品，吸引了不少新旧客人。萁萁明白湛乐楼环境清雅，适合三五好友闲聊议事，鹿鸣楼处于闹市，气氛则要热闹得多，客人需要伎乐助兴，卫清浔举办簪花会，目的便是让城中人都知道，鹿鸣楼有全城最美的歌舞伎。萁萁又听客人闲谈，知道广州有许多色艺俱佳的胡姬，有歌舞侑酒的酒楼往往宾客满座。见客人们说起时满目期待，她便派人去广州买来两名精于歌舞的胡姬，献艺于鹿鸣楼。如此一来，鹿鸣楼门前果然终日车水马龙，客人源源不绝，比以前更热闹几分。

赵皑来到鹿鸣楼时，时过二更，当日的顾客已散去，卫清浔见近日生意兴隆，心情不错，这晚便命胡姬在厅堂歌舞，自己与萁萁并肩而坐，推杯换盏地饮酒自娱。

赵皑进到楼中，见是这般情形，不由得蹙了蹙眉。卫清浔见状，故意一搂萁萁的腰，笑着与她碰杯，两人依偎着将酒饮下，然后怡然地问赵皑："大王要不要坐下饮一杯？"

赵皑不答，径直走到萁萁面前，把蜡梅递给她，然后转身便要走。萁萁当即起立，问他："二哥，你用晚膳了吗？"

她的声音中隐含关切，听得赵皑心中一暖。他沉默了一下，摇了摇头。萁萁便道："这里的膳食凉了，我去给你煮碗面吧。"

萁萁把花插入瓶中，便朝厨房疾步走去。赵皑稍待片刻，实在不欲与卫清浔独处，便尾随萁萁而去。

萁萁在灶台前烧水煮面。赵皑默默在桌边坐下，奔波一天后，在这充满烟火气的环境里，凝视着她烛光中为自己忙碌的身影，忽然鼻端一酸，感觉到一阵从未体会过的寻常百姓的俗世温暖。

"圩堤修筑得还顺利吧？你最近在忙些什么？"萁萁随口问道，手中动作仍未停歇，也没有回过头来看他。

“还好。工程没问题，只是圩堤腹内被废弃的荒田太多，目前在招佃户耕种。”赵皑定了定心神，开始回答她的问题，“我规定每亩将来只需纳课子五升，是很优惠的条件了，但此事进展仍不太顺利。那些荒田多年无人认领，佃户们也不敢轻易报名耕作，担心地将有收成时原主忽然出现，要收回田产，如此佃户会血本无归。我承诺若原主回来，也须待佃户收完庄稼后才能收回田产，可佃户还是顾虑重重。”

“这个容易。”蕓蕓道，“你不如报请朝廷批准，以后明文规定，凡耕种荒田满五年，又按时纳课子者，可将耕种的荒田充自己田产。五年内如有原主来找，就等当时种的庄稼成熟后，让佃户收了，再把田还给原主。佃户没什么资产，一定渴望拥有自己的田地，要让他们看到希望。如此，佃户有了把荒田收归自己所有的希望，一定会积极去领荒田来种。就算原主回来，根据此前规定分配，原主和佃户也应无异议。”

赵皑遂问：“原主若是五年后回来又该如何？”

蕓蕓答道：“佃户辛苦耕作荒田多年，五年后理应把田地判给他们。不过若寻来的真是原主，也不能让他们蒙受损失。宁国府被废弃的荒田很多，到时带他们去认领另一块便是了。”

赵皑斟酌后道：“听起来颇有理，我会上奏请示朝廷。”

不久后蕓蕓煮好一碗菌蕈鸡汁面，端至赵皑桌上。那汤色黄澄澄的，煞是诱人，赵皑立即引箸开始进食。

蕓蕓见他吃得迅速，像饿了许久，便问他：“你今日进过午膳吗？”

“没有。”赵皑道，“白天太忙，又是在田野里，周围人烟稀少，没有食肆可进食……倒是带了些干粮，但也没什么胃口吃。”

“如今天凉了，干粮冷冰冰的，肯定不好吃。”蕓蕓想了想，在厨房里翻找一番，取出个银食盒给赵皑，“以后你再要去圩田，便提前一天告诉我，我一大早做好饭菜盛入这种食盒，让人送到府治给你，你带去圩田……还可以请工匠打造一个小支架，到了午膳时，你找个避风的地方，把食盒搁在支架上，下面燃一小截蜡烛，便可以加热饭菜了。”

赵皑运箸的手暂缓，他刻意埋低了头，不欲让蕓蕓看见他泛红的眼眶。

蕓蕓倒没留意他此刻的变化，仍在想怎么完善自己的方案，须臾叮嘱他道：“加热饭菜时你先在食盒中加一点点水，这样饭菜不易煳。”

赵皑仍垂着头，低低应了声“嗯”，然后快速搛起剩余的面条，三两口吃完，随即端起碗，把汤也饮尽了。

自听上次蒖蒖说师姑秔杂以十里香可为米饭增香后，卫清浔一直让鹿鸣楼用此法煮饭，近日师姑秔存货不多，她便又吩咐人去湖州购买，蒖蒖知道后对她道："师姑秔这两年产量不高，价被哄抬太甚，如今未必值得购买。其实江南两浙一带品种佳、味道好的稻米有很多，例如徽州有桃花米，色白偏红，煮成米饭格外香软；苏州有红莲稻，米粒较肥，吃起来也很香；而昆山有一种在湖边生长的香稻，香味尤在红莲稻之上。另外，镇江的灰鹤、芦花白、早红芒、晚红芒以及临安的早占城和晚熟的雷里盆，都是粳米中的精品。我们不妨都买一些来试试，说不定客人会更喜欢。"

卫清浔觉得可行。蒖蒖又道："既要去当地买米，不如顺道把那里上好的糯米也买一些回来，例如徽州的牛虱糯，临安的金钗糯，昆山的乌丝糯、佛手糯、闺女糯，镇江的羊脂、虎斑、柏枝……都是适合做食品和酿酒的好糯米。"

"不愧是掌过御膳先尝的人，说起天下米粮，如数家珍。"卫清浔笑道，"本来煮点儿饭，酿点儿酒而已，用不上那么多不同品种的米，不过听你列举这些好听的名字，我倒生出几分兴趣，想看看这些米到底有何异处。"

蒖蒖随后列出清单，卫清浔遂派几路人分别往这些稻米产地去购买，最后买回来的米多达数十种。蒖蒖想起临安嘉会门外有一片供皇帝躬耕劝农，祈求农事丰收的天家籍田，为八卦状，中间有圆阜，周围八丘，每一丘分为四块横田，每块田地里种着不同的庄稼，大豆、小豆、大麦、小麦、稻、粟、糯、黍和稷之类，庄稼生长时从高处看去，色彩各异，十分悦目。于是蒖蒖画出八卦田的图样，改为银盘图纸，交给银匠，打造出多个可盛食物的大银盘，然后在每一格横田中加以产地、形状、色泽不同的粳米或部分杂粮，又以白糯米和黑糯米填充太极部分，放进大甑子中蒸熟，凡在鹿鸣楼或湛乐楼订八人以上宴席者，皆赠一盘这样的八卦米，并附上一张可按图查询各格粮食品名的八卦图纸。

这八卦米别致的造型很引人注目，客人得知每一格中粮食产地、味道各异，更是大感兴趣，往往会各取少许，逐一品尝，并加以点评。蒖蒖又让使女们以小布袋盛各种米，注明品名，在酒楼旁售卖，如此一来，品尝过八卦米的顾客常会挑自已喜欢的品种再买一些回家食用。

一次可令食客品尝到三十四种粮食的八卦米很快名扬宁国府，又为酒楼吸引来一大批顾客。许多客人订的宴席不足八人也会自愿出钱求购，其中有些是喜欢钻研美食的老饕，有些则是家有田产，欲寻求良种耕种者。卫清浔为售卖的小袋米定价颇高，然而卖家仍络绎不绝，好些品种很快销售一空，令卫清浔不得不迅速派人去补货。

蒖蒖根据稻米断货的情况，结合酒楼侍者们上报的客人反馈意见，列出最

受欢迎的品种名单及购买地点，交给了赵皑，对他道：“圩田工程进展顺利，圩内荒田也分配得差不多了，接下来就是让田主和佃户选种耕作。这些品种是鹿鸣楼和湛乐楼的客人愿意花钱买的，品质上佳，可建议农户广泛耕种。种好了，产量足的话，或许还能卖到外地去。”

赵皑面露喜色：“我正在处理选种的事呢。领荒田耕种的佃户许多连购买稻种的钱也没有，我已决定由官府出面购买稻种，借贷给他们播种，等庄稼成熟后他们再偿还。目前在考虑去何处购买，看来我们心有灵犀，你这名单来得正是时候。”

萁萁微笑道：“你能用上最好了，我还担心你早已定夺，我多此一举。”

“你关于饮食的意见总是很有道理，只要你愿意告诉我，我任何时候都愿意听。”赵皑的语气淡淡的，却显得很诚挚，须臾又提起另一个话题，“对了，还有一事，也须请你相助，宁国府位于长江以南，自古以来，家家户户主食多为稻米。但是南渡之后，大量北人南迁，迁来的北方民众偏爱面食，而南方人种麦较少，非但宁国府，如今整个江南两浙，面粉都供不应求，所以麦价大涨。官家一向提倡农户五月种水稻，十月收获后，再翻耕田地种二麦，来年四月麦子成熟收割，翻耕之后又可继续种水稻。如此，一年之中稻麦两熟，二麦产量大增，能平抑麦价，田地也不至于闲置几个月。但南方人重稻米而轻二麦，宁国府农户也是这样，大多宁愿种双季稻也不愿种二麦，而无论早稻晚稻，皆不能越冬，从土地利用上看，也不如稻麦两熟。你可否带着酒楼厨师，多做些好吃的面食，让更多人品尝，从而接受面食，让农户意识到种麦的好处，自发地种麦？”

萁萁略一沉吟，对赵皑道：“我回去想想，应该可以试试。”

萁萁决定以一种更引人关注的方法来做此事。她说服卫清浔让自己每隔七日在那举行簪花会的院子中隔出一个露天圆形的临时厨房，自己在其中做面食点心，允许客人和路人围观，并在院门前立一招子，公开招募精于面食者前来向自己挑战。挑战者与萁萁在院内厨房中各做一款面食，任人围观，做好后同时置于酒楼门前销售，两人做的面食数量一致，每位客人限购一份，先售罄者获胜。若挑战者获胜，萁萁会立即让人奉上十贯钱以为奖励，并再与他商议一个价格，作为挑战者转让配方制法，许可鹿鸣楼和湛乐楼此后烹制售卖的费用。

萁萁在尚食局早已学会做各类面食，如今除了太学馒头、水滑面等可作为主食，还常挑当地人很少见的做：糖榧子、糖薄脆、煮沙团、雪花酥……每一次做的都不一样，手法看得人眼花缭乱，面点造型精致，令围观者一见即有食欲，一摆出去很快会被抢购一空。常有人自告奋勇来挑战，然而能胜过萁萁者很少。渐渐地这院内厨房的挑战又成了继簪花会后鹿鸣楼的一大盛事，一到日子便有人早早来排队，准备围观，而宁国府中但凡精于面食者，无论厨师或寻常主妇，大多跃跃欲试，想来争那笔不小的彩头，或击败蕙蕙，一举成名。蕙蕙又在城中找了几个小门面，开了数家鹿鸣楼旗下的面食铺，每次挑战结束，获胜的面食次日便会在面食铺中销售，经围观挑战的路人自发口口相传，面食销量也十分不错。而围观过蕙蕙做面食的人，往往会想自己模仿着做，若做成功了，对面食的兴趣大增，面粉也买得越来越多。

这一日蕙蕙决定公开做京中一道面点——玉灌肺，而前来挑战她的看起来像个外地人，是一个四十多岁的清瘦文士，似乎游历至此地，原本只是来看热闹的，见一时无人站出挑战，又顾院中所备食材中有自己需要的，遂开口表示自己可做一些油铗儿："请宋娘子指教"。

两人备好食材，便开始在临时厨房中各自忙碌。蕙蕙做的玉灌肺是用面粉与油饼、芝麻、松子、胡桃、茴香六味拌和，擀开再卷成长卷，入甑子蒸熟后切成块以供食用。干果杂于热腾腾的面卷中，口感甘香，也对健康有益，所以这点心一向为京中贵人所喜爱。那个文士做的油铗儿则是一种油饼，和面过程无甚特别，但选用的馅料是腌制好的雪里蕻干菜与偏肥的五花肉。他将雪里蕻干菜略微泡发，洗净切末，五花肉切成小丁，拌匀，调了调味，然后包成饼，以油煎熟。形状平平无奇，出锅时也没特殊香味逸出，但当他与蕙蕙按惯例取自己做好的面点切成小块先请周围人品尝后，许多人对这油铗儿露出了强烈的兴趣，反复询问可否再尝一块。

蕙蕙亦取一块油铗儿入口品尝，一嚼之下脂香满溢，吸饱油脂的雪里蕻咸香滋味与肉味相辅相成，配合得天衣无缝，越嚼越香，是种非常家常的味道，就像老祖母做的下饭菜，吃着吃着，这并不复杂的小面食和它传递到手心的热度一起，会令人很快感觉到这冬日里家常日子带来的温暖。

两种面食送至酒楼门外售卖时，油铗儿果然略胜一筹，卖完时玉灌肺还剩两份。蕙蕙表示输得心悦诚服，向那文士询问允许鹿鸣楼做这种油铗儿的费用。那文士笑道："这是我家常食物，食材与做法都无稀奇之处，我也不靠厨艺谋生，你们想做就做，不必付钱给我。此番来到宁国府，我也听说过一些宋娘子的事迹，若我所料不差，宋娘子此举主旨不在获利，应该是想借公开做面食引导此地居民重视二麦，促进二麦种植。既如此，娘子示范的面食用料和做法不如再简单一些，让居民易于模仿，这样更利于传播，甚至流传后世。"

赵皑知道这日蕙蕙的行动，处理完公务便信步至鹿鸣楼来观看。彼时围观者已散去，而蕙蕙仍与那文士在院内叙谈。赵皑见蕙蕙与那人聊得容光焕发，

满面笑容，顿时有些不悦，咳嗽一声，缓步走向他们。蕙蕙侧首见是他，笑着请他过来与那文士见礼："这位是曾之谨曾先生。"

曾之谨听说赵皑的身份，立即躬身长揖。赵皑也施施然还礼，而神情仍是淡淡的。曾之谨很快告辞，蕙蕙送他至门外，不忘反复邀请："明日鹿鸣楼的宴会，曾先生一定要来呀。"

待她回来，赵皑问她何故对曾之谨如此热情，蕙蕙把今日之事说了，又道："曾先生家学渊源，他祖父的兄弟曾安止是熙宁年间进士，感叹于当时士大夫只乐于写书论花木，而轻农事，便自己写了一部论稻禾的《禾谱》。曾之谨先生也潜心研究农事，对选种、种植都很有心得，如今在写一部论述农器的《农器谱》。清浔邀请宁国府拥有大量田地的乡绅明日来鹿鸣楼赴午宴，我便请曾先生同来，向他们传授些农事知识。明日你也来吧。"

赵皑迟疑道："明日公务繁多，不知能不能过来……"

"一定要来。"蕙蕙告诉他，"清浔与乡绅们说你会出席，他们才都答应来的。"

次日的午宴，趁着乡绅济济一堂，卫清浔故意向赵皑问起圩堤修筑状况，赵皑将工程进展介绍一番，卫清浔又道："我近日也在惠民圩买了一大片田地，那块地原本有自己的私圩，但年久失修，如今到处是缺口。不知公圩修筑得是否足够坚固，我们是否静待公圩修好就行了，不必再为圩内田地修私圩？"

赵皑道："公圩虽然坚固，但为防万一，你们最好还是为圩内私田再修一道私圩，如此若遇上大洪灾，就算洪水漫过公圩，内部还有私圩保护田地，这双重防护，足以令田地旱涝保收。"

卫清浔笑道有理，当即表示要为自己的田地修私圩。赵皑亦含笑表示一待她修成，将公开嘉奖。在座乡绅顿时坐不住了，纷纷附和，争先表态，都说愿意为自己田地修私圩。蕙蕙旋即问卫清浔："我看楼主买的那块地附近是新近被佃户认领耕种的荒田，他们肯定拿不出钱来修私圩，不知楼主能不能帮帮他们，把这一片也顺便修了？"

"这有何难？"卫清浔笑道，立即命人取来惠民圩的地图，提笔一勾，把自己田地附近那一片的荒田也圈上，"就按这个路线修吧。"

这下众乡绅不敢唯她马首是瞻了。私圩虽不如公圩高宽，花费要少很多，但若要连附近的荒田一起修，也是一笔巨款，于是众人或相顾无言，或眼观鼻鼻观心，都不再开口。

卫清浔偏偏把地图推到近处的王员外面前，指点道说："我本想把这条线再画过去一点儿，但一看，那边快到王员外的田产了。以员外的实力，难道还需要我这晚辈管邻近田地之事吗？我把私圩修到员外田产附近，倒怕人说我年轻不懂事，故意到员外跟前炫耀。”

王员外只好尴尬地笑道：“那片荒田临近老夫田产，也是有缘，理应由老夫顺带修筑私圩。”言罢他也提笔，圈出了自己准备修的范围。

其余乡绅见状，当着赵皑之面，也不便继续沉默了，一个个相继画圈，把公圩内荒田的私圩认领殆尽。

见此结果，赵皑心情大好，笑着举杯向众人道谢，又把曾之谨介绍给他们，推杯换盏之余，引导着众人向曾之谨请教选种及选择新奇好用的农器之事。大家逐渐放开胸怀，相互祝酒畅饮，直到酒酣耳热，宾主尽欢。

事后赵皑问蓑蓑，是不是蓑蓑劝卫清浔修私圩田的。蓑蓑道：“她先看出我公开做面食意不在赚钱，询问我的目的。我说钱赚到一定量以后就不再影响自己的生活，只是账簿上不断增加的数字而已。她已经成宁国府首富了，钱多一点儿少一点儿其实关系不大，但若用部分用不上的钱来做做好事，造福百姓，则是行善积德的行为，会有福报。而且，使更多人活得安定富足，不比自己多赚些用不上的钱更显得有成就吗？她觉得有道理，我便顺势建议她修私圩了。不过设这宴会让乡绅们也出钱修圩，是她自己想出的法子。”

（三）
白日畹晚

次年四月，惠民圩工程过半，圩内的荒田已开垦不少。将近小满时，赵皑来邀蓑蓑同往惠民圩，看看去年冬天种下，而今即将收割的小麦。

两人各乘一马，沿着修好的圩堤，驰向金色麦田处。一路惠风和畅，堤上杨柳依依，圩内沉甸甸的麦穗在风中此起彼伏，泛起的麦浪映着太阳发出柔软的光辉。

他们在一片一望无垠的麦田边停下，赵皑一指麦田，对蓑蓑道：“这片麦田的主人本来只想种双季稻，冬天预备偷个懒，睡过去，但吃了你做的面食，又见万人争购面粉的盛况，终于改了主意，赶在最后关头找人翻耕播种，种麦越冬。”

“他运气不错。”蓑蓑笑道，“去年到今年都风调雨顺，还降了瑞雪，麦穗长势好，他必定会赚得盆满钵满。”

赵皑亦笑道：“不知这些麦穗里有没有两歧麦。若一株麦上长出两个穗头，会被视为祥瑞，是时和岁丰、海晏河清的象征。”

“我们去田里找找？”蕫蕫建议道。

赵皑笑而颔首。于是两人将马系在堤柳上，沿着阶梯下至麦田中，开始寻找两歧麦。弯腰细寻良久而不见，蕫蕫站直拭拭汗，失望之下怅然望向远方，却闻身后的赵皑扬声道：“那里好像有！”

蕫蕫回头一看，果然见赵皑面前不远处一株麦上似乎长着两个穗头，立即笑逐颜开地疾步赶过去，但行动间忽然感觉到踩到了什么软软滑滑的东西，低头看去，顿时吓得魂不守舍：她踩到的竟是一条蛇，此刻已经盘旋而上，缠住了她的小腿。

听蕫蕫一声惊呼，赵皑迅速过来，见状想也不想，一伸手便把蛇硬生生地从蕫蕫小腿上拽下，而他握住的是蛇身中段，那蛇挣扎着回头缠着赵皑的右手，立即咬了他的手臂一口。

赵皑左手将蛇扯下，抛在田中，右手抽出佩剑，连挥数下，把蛇斩为几段。见蕫蕫面色煞白，他安慰地朝她一笑，道：“田地里的，多半是水蛇，不碍事的。”

蕫蕫过来细看那蛇，见它背部是黑色的，身上有白色横纹，并不像无毒的水蛇，顿时忐忑起来，托起赵皑的手，查看伤口。

赵皑仍然微笑着说不痛，但不久后蕫蕫即发现他的右手似乎动弹不得了，伤口也渐渐渗出血来。蕫蕫焦虑地看看四野无人的周围，既担心又难过，两滴泪夺眶而出。

“没事，一点儿也不痛，只是手有点儿麻……”赵皑仍在试图安慰她。

蕫蕫见眼下只能自救，当机立断，取出手巾将他伤口上方的手臂扎紧，减缓毒素沿着血脉上行，然后双手握住他的手臂，低头含住他的伤口，去吮他伤口内的毒血。

赵皑立见状立刻想把手抽出来，但蕫蕫全力把住，不许他缩手，坚持一口一口地将伤口的血从深色吸至鲜红才放开他，掉头将口中残血吐在地上。

蕫蕫待呼吸均匀，去扶赵皑，欲带他回去乘马至有人烟处，但那蛇毒似乎很凶猛，赵皑未走几步即双足发软，跌倒在麦田里。他心跳加速，捂着胸口喘了一会儿，忽然开始呕吐，吐至胆汁呕出，他勉强笑着说好些了，挣扎着走了一丈余，还是头昏目眩，双膝一屈，摔在地上。这回他放弃前行，索性仰面躺在了麦田中。

蕫蕫虽然每吮一口即把毒血吐出，但口中难免有余毒，此刻也觉头晕恶心，四肢绵软，便也不支地卧倒在赵皑身边。

“如果不是要救我，你也不会被蛇咬伤。”蒖蒖仰面看天际一抹流云，黯然地对赵皑道，“看来我是个不祥之人，把噩运带给了你大哥，如今又连累了你。”

“这怎么能怨你，是我要带你来看麦田的。”赵皑微笑道，“你不怨我，反而怪罪自己，哪有这样的道理？”

彼此沉默了一会儿，赵皑又道：“有一个问题，我一直想问你，但又不敢问。如今只怕再不问就没机会了……”

蒖蒖遂道：“想问什么就问吧。”

赵皑问道：“你喜欢大哥什么？”

蒖蒖想想，道：“他像阳光，跟他在一起，任何时候都觉得暖暖的。”

“那林泓呢？”赵皑追问道。

“他是月光，一泓秋水一轮月，纤尘不染。那时看着他，就觉得内心安宁。”蒖蒖认真作答。

赵皑努力让自己看起来毫不在意：“那我呢？是什么光？”

“你……是跃动的光点儿。”蒖蒖斟酌着，缓缓回答。

赵皑眨了眨眼：“星光？”

蒖蒖一笑：“你是会发光的萤火虫。”

“他们是日月之光，普照大地，而我只是一只萤火虫？”赵皑不由得诧异，旋即又自我解嘲地笑了，“也罢也罢，做一只萤火虫，围绕着你不离不弃，仅有的微末光芒，只为你一人点亮，也不错呀。这样就算你身处无边暗夜，仍可见一点儿萤光飞舞。”

蒖蒖扬了扬嘴角，想对他露出一点儿笑容，然而此刻心隐隐作痛，想起他以前默默为自己所做的一切，只觉对他满心愧疚。

“而且，日月离你太远，我却离你很近。”赵皑又道，“近到你一伸手，就可将我把握在手心……虽然你并不想要。”

蒖蒖侧过头去，以避免让他看见自己的泪眼。

赵皑惆怅地笑了笑，又提起往事：“林泓拒绝娶你的时候，我想出面保护你，但没想好怎么说……这一犹豫，就被大哥抢了先……其实为什么要想那么多？站出来直接把你拉上马，甩给林泓一道冷傲的眼神，扬长而去就行了……我起初输给大哥，也就只这半目吧……”

见蒖蒖默然不语，他叹了口气，看看天边的微云，四周金芒，感受着身边有她的好时光，终于决定豁出去，尽量控制着开始麻木的舌头，对蒖蒖道：“反正大抵是活不到明天了，那我也不妨说出心里话，值此良辰美景，我只想做个世俗的农夫，一棒打落太阳，两手抱你入房。”

说完后他顿感释然，起初的昏眩之感也逐渐淡去，现在他倒觉出了几分困意。他在暖洋洋的日光中安闲地闭上眼，暂时不去想蕒蕒此刻是何表情。

那句直白的话令蕒蕒的思绪陡然凝滞，这是个比经营田地酒楼更难的题，她发了半天愣，渐觉脸烧得比日光灼热，也未想出如何回应才得体。随后她发现赵皑闭目不再说话，不知是睡着了抑或是昏迷了，顿感不安，轻轻拍拍他的脸，唤“二哥”。而赵皑全无知觉，一动不动，蕒蕒越发着了慌，又掐了掐他的人中，仍未唤醒他，她想起庄文太子临终那一幕，那沉重的悲伤又如一卷墨色的巨浪迎面袭来，一时间如天旋地转，心痛得几欲裂开。她跪在赵皑身边，握着他的手，无声地哭泣着，在极度的痛苦之下一点点弯下腰，然而在额头触及他胸膛时，她听到了他的心跳声。她立即侧耳细听，感觉到他的心仍在不徐不疾地跳动着，迅速一抹泪痕，强抑所有的不适，硬撑着站起来，深一脚浅一脚地尽全力向圩堤快步走去。

她爬上圩堤，四顾许久，终于看见一辆载着麦穗的牛车出现在圩堤一端。她向牛车挥动双手，待车渐近，又扬声召唤，令那驾车人催促着牛加快速度行至她面前。她向驾车的农夫说明赵皑中毒之事，农夫立即随她进入麦田，把赵皑背起来，送到牛车上。蕒蕒见牛车行得慢，来不及回城，便请农夫驾车到巩店主的客栈，自己骑上马，牵了赵皑的马，跟在牛车之后。

她本就头痛至极，好容易支撑到现在，早已筋疲力尽，便昏昏沉沉地伏在马背上，任马缓行。好在那马与她相处了好几个月，也颇有灵性，此刻自知跟着牛车走，一路平安地走到了巩家客栈。

巩店主一见他们的情状，吃了一惊，忙招呼左右扶赵皑与蕒蕒上楼休息，亦不忘取钱重谢那驾车的农夫。

听了蕒蕒叙述，巩店主道：“如今天气和暖，正是蛇出蛰之时，这附近田地荒芜已久，的确有毒蛇出没。好在这附近住着一个捕蛇人，平时捕蛇养蛇取毒，也会很多治疗蛇毒的方子，我这便让人去请他过来。”

那捕蛇人名叫罗世华，自称今年六十了，但身体壮实，满面红光，也很少见白发。他看了赵皑伤势，又问了蕒蕒受伤经过和那蛇的外观，判断道：“应该是银环蛇，毒性最大的蛇之一。好在你及时为魏王吮出许多毒血，目前魏王虽然昏迷，但还有救。”

他为赵皑清理伤口，从带来的药箱中取出半枝莲、马齿苋、徐长卿等好几种草药，捣碎后敷在伤口上包扎好，又取一些药粉，请巩店主立即取水让赵皑冲服，另给蕒蕒少许药粉，亦请她服下。

蕙蕙服药后休息片刻，逐渐觉得头晕恶心之感没之前那么严重了，而赵晗仍未醒来，她不免面露忧色。罗世华见状安慰道：“娘子请宽心，我这药治蛇毒很管用，魏王又年轻，应无大碍，再睡几个时辰就会醒了。”

他另取一剂药，让巩店主先拿去煎煮，待魏王醒来后请他饮下，又提笔开了方子给蕙蕙，嘱咐她此后几天按此请魏王服药。蕙蕙收下方子，又问他自己是否也须继续服药，罗世华笑道：“娘子服了这一剂已无碍，不必再服了。这蛇毒号称见血封喉，可也要蛇咬破皮肤，让蛇毒进入血液，才能毒死人。娘子只是口腔接触到蛇毒，并非被蛇咬伤，不会危及性命的。”

“就是说，蛇毒要遇血才能令人中毒？”蕙蕙诧异地问道，“那我为何也有头晕恶心、四肢无力的中毒症状？”

罗世华反问道：“娘子是不是口中有一点儿口疡或舌疡？”

蕙蕙愕然，旋即意识到，最近因忙于酒楼事务，睡眠不足，饮食不规律，虚火上升，口中的确长了米粒大的一点儿口疡。

见蕙蕙承认，罗世华又道：“如果娘子身体健康，口腔、食道和胃都无溃疡，嘴唇和牙龈也不曾出血，就算吞下蛇毒，也很难中毒。娘子此前觉得头晕恶心，是因为少许蛇毒经口疡溶入血液，才引发了这些症状。”

蕙蕙若有所思，旋即问道：“一个人经常胃痛，是不是胃中有溃疡？如果服下沾染蛇毒的食物，就会中毒吧？”

“很有可能。”罗世华道，“经常胃痛多半是因胃内壁有所损伤，这样从食道进入胃部的蛇毒就会与血相触而使人中毒。”

蕙蕙沉吟许久，又问他：“巩店主说先生捕蛇养蛇取毒为生，所以，蛇毒是可以从蛇口中取出来另作他用的吗？”

罗世华答道：“是的。取蛇毒不难，握住蛇颈部，将一个小瓷碟卡入它口中让它咬，它口中便会流出毒液。稍后取出瓷碟，待毒液干燥了，便会凝结成干蛇毒。”

言罢他又在药箱中翻找片刻，取出个小瓷瓶，打开让蕙蕙看：“喏，这就是干蛇毒。”

蕙蕙接过，见那瓶中有一些如砂糖盐粒般的晶体，聚在一起呈极淡的黄色，单看晶体则近乎无色。

“取蛇毒不难，但就是费事。”罗世华笑道，“别看就这一点儿蛇毒，可要取上千次毒才能凝成这么多呢。”

“所以……”蕙蕙握瓷瓶的手有些颤抖，“这种干蛇毒，只要挑出一丁点儿，放进食物中，让一个胃有损伤的人吃了，他是不是就相当于中了几十条蛇

的毒？”

“差不多吧。”罗世华道，“不过蛇毒并非全无用处，若人口腔食道肠胃都无损伤之处，口服少许蛇毒还可止血镇痛，治一些病……对了，宫中有位先帝和太后宠信的中贵人程渊，前些年因血瘀导致头痛，据说就是用蛇毒治好的。消息传到民间，这蛇毒的价又翻了两番……”

说到这里，他发现蕫蕫神思恍惚，面色苍白，便关切地问她：“娘子仍感觉不适？”

蕫蕫摇头，勉强笑笑说“没事”，又继续问他：“蛇毒应该很腥吧？当药服用是否难以下咽？”

罗世华答道：“是有点儿腥味，但药用的量极少，置入口中迅速用水服下是感觉不到多少腥味的。或者溶于汤水中饮下，味道浓郁的饮食可以掩盖它的腥味。”

在他告辞前，蕫蕫提了最后一问：“蛇毒可用银针验出吗？”

罗世华当即否定：“银针只能验出砒霜的毒，碰到蛇毒并无反应。”

蕫蕫回想这次赵皑的中毒症状，觉得与庄文太子临终前很相似，都是恶心呕吐、晕眩、四肢无力、肌肉麻木，只是赵皑病势较缓，而庄文太子毒发迅速。设若太子是经食物中了蛇毒，那许多自己之前百思不得其解的问题倒是都有了答案：太子胃部有损伤，所以就算他与自己吃了相同的食物，中毒身亡的只是他，而自己虽晕厥却无大碍……想来那时自己有轻微破损的皮肤只可能是嘴唇或口腔黏膜。蛇毒隐蔽，事后就算太医在太子口腔和呕吐物中验毒也很难验出来，银针无效，哪怕让小动物去尝呕吐物，很可能也不会中毒……

如果是这样，下毒之人真是用心险恶……蕫蕫心寒了半截，这人熟知太子的身体状况，所以“对症下毒”，让太医看不出端倪，只能把罪责推到自己身上……那人会是程渊吗？他懂蛇毒药性，必然知道如何用毒。那时太子在追查菊夫人之事，程渊若有所觉察，担心所作所为败露，会有加害太子的动机，但这个动机足以令他如此铤而走险，竟敢毒杀储君吗？如果是他，他又如何能在自己眼皮底下把毒下到太子饮食中？就算用量甚少，但自己味觉灵敏，那点儿腥味会尝不出来？

蕫蕫反复回忆那日太子的每一道饮食，甚至怀疑那松江鲈鱼会不会中过蛇毒，但那尾鱼是自己在一缸活鱼中亲自挑选出来的，一直活蹦乱跳，哪儿有半点儿中毒迹象？她想来想去仍找不到疑点，头却又开始隐隐作痛，只能暂时搁置这一问题，又去观察赵皑的情况。

巩店主在二楼分别为赵皑和蕫蕫各备一间房，供他们歇息，但蕫蕫心忧赵皑的伤势，一直留在他房间中默默坐着守护，不时看看他的面色，试探他的体温。到了夜间，感觉到赵皑额头有些发烫，蕙蕙便取来温水，拭擦他的头部和手心，想为他降温，但赵皑眉头紧蹙，左右躲避着，开始梦呓。蕙蕙停止动作，轻声抚慰，赵皑却越来越激动，一壁唤着"蕙蕙"，一壁紧张地坐起来，双手胡乱挥动，似乎想抓住什么。

蕙蕙去握他的手，告诉他："我在这里。"但赵皑恍若罔闻，甩开她的手，依然叫着她的名字伸手向前，喘着气想起身。

她见他的声音与动作越来越大，情绪紊乱，却无清醒的势头，蕙蕙用双臂搂住他的两肩，轻拍他的后背，连声唤道："二哥，快醒醒，我在这里！"

他还在挣扎，眼见就要挣脱她的掌控。蕙蕙双手不敢松开，又见他头不住地转动着，满脸急躁，于是情急之下搂紧他，将唇贴于他的眉心上，像母亲抚慰孩子一般，希望他在自己的关爱中获得安宁。

他果然安静了。当她徐徐放开他，拉开一段距离后，他睁开了迷惘的双眼，在烛红影里盯着她，半晌，难以置信地试探着唤她："蕙蕙？"

"嗯，"她微笑着应道，"是我。"

见他那兀自犹疑的神情带有两分孩子气，蕙蕙忍不住摸了摸他烧红的脸，温柔地看着他，再次肯定："是我。"

他彻底清醒了，垂目凝思须臾，忽地黯然地问道："是我在梦中还是你在梦中？"

蕙蕙一怔，不太明白他语意所指。

"你对我这般温柔，是不是又认错人了？"见她似乎惊住了，他不由得恻然一笑，手指轻托她的下颌，闭目在她唇上印下轻浅的一吻，旋即退后，睁开眼，眸中流露出了他一向深锁于心的悲伤。

这深夜卧室中的独处，与这流转于唇际的温柔都似曾相识。蕙蕙忽然想起了曾经的一个梦……自己第一次酿好青梅酒那晚做的梦，梦见心心念念的太子殿下又来相见……她脑中轰然作响，盯着赵皑轻声问："那一夜，是你？"

赵皑无声地侧首，又吻了吻她，目光探入她眸心里，答道："是我。"

蕙蕙不知所措地向后缩去，想起自己彼时的失态和他可想而知的痛苦以及他此后若无其事的长久的掩饰，顿觉羞惭、愧疚与悲哀交织，一时竟无颜以对。

而赵皑一把握住她的手腕，阻止她继续退缩。

"如果我今天就此死去，你会不会为我哭泣？"他问道。

她没有回答，但双目凝视着他，一眨不眨。须臾，一滴清泪自右眼角坠下，莹光一现后，没入夜色浸润的阴影里。

他轻叹一声，拉她入怀，默默拥着她，良久后，在她耳边低语道：“蒖蒖，白日晼晚，人生苦短，希望我们不会成为彼此的遗憾。”

（四）
立储

任赵皑拥抱片刻，蒖蒖轻轻抽身而起，去取熬好的汤药让赵皑服下，收回药碗，搁回桌上，保持着背对他的姿势，忽然告诉他：“我忘不了庄文太子。”“我明白。”赵皑执着地凝视她的背影，道，“如果我没记错，你们应该相处了三个月。到明年大哥辞世满三年，你用三年的时间化解这三个月带给你的喜乐与痛苦，够不够？我愿意等你。”

“他曾与我说，感情的深浅，不是以相处年限来论。”蒖蒖缓缓转身，对赵皑道，“你不知道这三个月对我意味着什么。这段时日虽短暂，他却让我感觉到了男女之情最好的样子……我与他之间，有天然的吸引，也有因欣赏才华的相知相惜。我们在一起总有许多话说，他与我聊天，可以淡淡一语令我脸红心跳，也可以坦诚地与我谈心。例如身世、以往爱过的人，这种平时难以启齿的话题我们都能自然而然地与对方诉说……我都无法断定是从哪天起爱上他的，只觉相处多一日，便多爱他一点儿。当他那次因菌蕈之毒病危时，我感觉到了天崩一般的恐惧，才发现已对他情根深种，太怕失去他。”

赵皑勉强一笑：“大哥应该比林泓待你更温柔。”

蒖蒖道：“他很尊重我，对我的爱也不吝于表达，这是他有别于林老师的一大优点。”

赵皑遂问道：“林泓不尊重你？”

“也不能那样说，但是他的尊重更接近客气，令你很难分辨这种尊重是对待爱人或是对待客人。”蒖蒖想想，又道，“林老师自矜而内敛，什么事都放在心里，不愿主动流露。和他在一起，我总是小心翼翼，生怕说错话，做错事，令他生气，有时甚至会不自觉地放低姿态去取悦他，每天都在猜测他到底喜不喜欢我，为此时悲时喜，忐忑不安。而庄文太子的尊重，是愿意倾听我的诉说，愿意将心比心，借我的眼睛去看待世事。所以他懂得我的欢欣与悲苦，也明白我的遗憾与希冀……他一直妥善护我周全，我想到的，他已先帮我做了；没想到的，他也为我做了……他的尊重，是理解，是呵护，是以诚相待。他对我的感情，也表现得明明白白，不需要我猜，让我可以放下所有伪装与戒备，安心与他相守。所以，自他离开后，我每一天都在怀念他。”

“其实，我也很尊重你，对你的爱也不吝于表达。”赵皑徐徐道。

“嗯，是的。”蕙蕙当即肯定，然后道，“可是你非但不吝于向我表达，也不吝于宣之于众，让大家都知道，这有时会令我很尴尬。”

“所以甜言蜜语，私下与你说就好了，当着外人，表面上要装作云淡风轻、相敬如宾。”赵皑恍然大悟，抚额道，“我又输大哥半目。”

蕙蕙不禁一笑，但很快收起笑容，对赵皑道：“我心里仍记挂着你大哥，何况他走得不明不白，这事像块沉重的大石一直压在我心头，如果抛开这疑云，不去探寻真相，为求安稳而接受你，无论对你还是对他，都不公平，我会于心不安。”

赵皑点点头：“我懂你的意思，也不会强迫你接受我。那么就让我们顺其自然吧，我们仍旧可以做朋友，关于大哥死亡的真相，我们继续探寻，有朝一日水落石出，相信上天会给你最好的安排。”

蕙蕙又将关于蛇毒的猜想与赵皑说了。赵皑思忖后道：“这个设想是有可能的，但证据不足，且无法确定蛇毒是下在什么饮食中，暂不能报与官家知晓，否则细节未明，你作为东宫饮膳先尝者，无论毒是不是你投的，都摆脱不了罪责。待找到更多证据，投毒者是谁也有些眉目了，我们再一同回京，澄清此事。”

两人相对说着话，不觉天将欲曙，一层红色的光窥窗而入，洒落在他们面前的地上。蕙蕙见状一愣，旋即快步走去推开了窗，只见正前方地平线上，一轮红日正冉冉升起。

“这间房是朝东的，可以看到日出。”蕙蕙惊喜地回头对赵皑道。

赵皑闻言起身，含笑缓步走到蕙蕙身边，举目望向那轮红日。

近处田地里的麦浪随微风起伏，被初升日头镀上了金红色的光芒，与霞光相映，辉煌似锦。而东方渐白，远方近地平线处又呈出了一痕新绿，如初春草色，浅鬣寸许。

蕙蕙遥指那一抹绿意，问赵皑：“那是什么？”

“那里是水稻秧畦。”赵皑欣然笑道，“秧苗已育好，待二麦收割后就可以插秧了。”

蕙蕙顿时笑逐颜开，对赵皑道：“恭喜，恭喜！你计划中的稻麦两熟指日可待。”

“同喜，同喜，”赵皑微笑与她相视，“这里也有你的功劳。”

蕙蕙与赵皑并肩而立，仰面迎接着旭日金辉，浑然忘却了昨日的惊惧、忧

虑与悲伤，带着笑容迎接满含希望的新一天，只觉日光温煦，熏风柔软，一切刚刚好。

良久她后一侧首，才发现赵皑在微笑注视着她，也不知看了多久。蕙蕙避开他的目光，赧然地转过头去。

“希望有一天，我这只萤火虫也可以化作这样的一束光，为你点亮无限喜悦，驱散所有悲苦。”赵皑在她身侧对她说，然后淡定地收回目光，依旧负手而立，与她一同看向那白水青秧、柔绿一痕处。

罗世华的药果然有效，赵皑回去休养数日后，中毒症状完全消失，伤口也愈合了。他很快又潜心处理公务，于稻麦耕作交替时四处巡视，常为此废寝忘食。而不久后，却有中官自临安来，向他传达了皇帝要他暂时回京议事的旨意。

在中官催促下，赵皑不得已即时启程，回到了阔别许久的皇城。

刚入皇城门，赵皑便直奔福宁殿，欲拜见父亲，而殿中内侍却道，官家与三大王今日又上凤凰山去教场练骑射了，请二大王稍后再来。赵皑便回自己阁中稍事休息，然后往福宁殿，又等了许久，才见父亲与赵皓一同回来，两人均身穿金甲，谈笑风生地阔步进入殿中。而皇帝起初并未留意到出来迎接的赵皑，还一径拍着赵皓的肩赞道：“三哥射弓技艺又精进了，不错不错，如今你这英武模样，很像我！”

赵皑默默忽略了浮上心头的一缕不祥之感，上前向父亲行礼。乍见到他，皇帝似有些诧异，但很快露出笑容，温言款款地为他兄弟二人赐座，略问了问赵皑宁国府公事，对赵皑修圩田、促进农耕之事表示肯定，赞赏一番。

赵皑躬身请问父亲召他回来是要议何事，皇帝道：“你且去慈福宫，让太后与你说吧。”

见父亲不欲多加说明，赵皑只得告退。赵皓见状也起身行礼欲告退，皇帝却挽留道：“三哥再坐坐，我还有些话要与你说。”

赵皑遂独自离去，敏锐地从父亲的态度中察觉到了自己与三哥在他心里已是亲疏有别。

赵皑又去往慈福宫，沿途见不少内侍行色匆匆，奔走相告，说今晚翰林学士院要锁院。

每当皇帝有重要制诏让当值翰林学士拟，会召内翰面谕，待内翰回到翰苑，内侍即锁院门，禁止里外人等进出，此谓“锁院”。翰林学士拟好制诏，内侍上呈皇帝，翌日交中书授舍人宣读，然后开院，此谓“宣锁”。

而今赵皑见要锁院，便知明天有重要诏令宣布，但见皇帝并未与自己提及任何大事，便以为事不关己，亦未多想，仍马不停蹄地去往北大内。

赵皑到了慈福宫，太后倒是对他左右细看，嘘寒问暖，不时抹着泪说他瘦了，想是在外吃了不少苦，颇显慈爱之心。赵皑陪着她话了片刻家常，再问她有何事要与自己讲。太后便道："你早已年过二十，不小了，却一直不愿婚配。先前你大哥薨，你齐衰在身，后来你爹爹又让你去外郡做官，倒也不便成婚。如今你大哥已薨了几年，我眼看着你做官也做出些政绩了，但无人主持家事，累我孙儿憔悴至此，看得我真是心疼。如今我在王侯后裔、勋旧之家与戚里贵胄中挑选了几位容貌品性都好的女孩儿，让画师给她们绘了写真，你今晚且留在北大内好生看看这些写真，若有相中的，我便与你爹爹说，尽快为你纳聘。"

"此事不劳娘娘费心了。"赵皑当即拒绝，"孙儿如今终日忙于公务，不欲为婚姻分心。何况外郡生活艰苦，日子不如临安好过，别连累这些贵戚小娘子随我去过苦日子。"

太后不悦道："男大当婚女大当嫁，公务再忙也不能耽搁了婚姻大事……你就别为那些小娘子操心了，人家只要肯嫁你，自然愿风里雨里都随你去，何况你堂堂一个嫡亲皇子，国朝尊贵的亲王，人又仪表非凡，谁家姑娘不上赶着想嫁你？吃一点点外郡的苦算什么！"

言罢她也不再听赵皑推辞，让他晚膳后留宿于北大内，夜间在寝阁中对着那一堆写真挑选未来的夫人。

内侍夜间把写真送来，一幅幅展开请赵皑过目。赵皑几乎不以正眼瞧，大致瞥了瞥便挥手让内侍卷好收回，自己另取了一卷书坐着翻阅，不理内侍苦苦相劝。

次日一早赵皑即辞别太后回南大内，刚入皇城便觉气氛迥异于昨日，路上所见的官员、内侍与禁卫都在窃窃私语，脸上难抑兴奋之色，见了他却立即噤声，向他行礼后往往会别有意味地深深看他一眼，似欲观察他的神情。

赵皑满心疑惑地继续朝内走，见殷琨守于垂拱殿前，便上前唤他，问他今日发生了什么大事。殷琨颇踟蹰，但最终告诉了他："适才中书宣读了储君册文……官家决定立三大王为太子。"

赵皑霎时无语，默然立于殿前，一时不知该往何处去。而此刻已受命领旨的赵皓在入内都知张知北护送下从殿内昂首阔步地款款走出，脸上尽是锁不住的喜色。见了赵皑，赵皓一愣，迟疑一下，才走到他面前，作揖轻声唤了声"二哥"。

赵皑微微一笑，向他还礼，道："恭喜殿下。"

赵皓脸红了，道了声谢，匆匆告辞离开。张知北向赵皑行礼后跟随赵皓而去，不忘低声叮嘱赵皓："殿下是储君，日后见了魏王不可先向他行礼，须待

他行礼后再还礼……”

这声嘱咐随风飘入了赵皑耳中，他倒不愠不怒，只觉心中萧萧瑟瑟，像当年被废弃的圩田那般，一片荒凉。其实这是他当初被外放宁国府之时便已想到的结果，但没料到此事成真时仍会令自己如此难过。

少顷，他掉转头，放弃了见父亲的念头，依旧往北大内而去。

“娘娘昨日留我宿在北大内，便是知道三哥将越次做太子，怕我闻讯不满生事吧？”赵皑直言问太后。

太后叹息一声，劝慰道：“孙儿呀，你以为官家好做吗？真要做了，你便会发现，烦恼比做亲王时多多了。官家，官家，三皇官天下，五帝家天下，听起来风光，是天下至尊，可这天下是那么好管的吗？就说臣子吧，官家既希望任用有才能之士，又怕重用之臣自恃才高，无视天威，甚至弄权谋逆。为保家卫国，恢复故土，少不得倚重些武将，却又担心他们拥兵自重，导致陈桥驿之事重演。管起臣子来轻不得，重不得，稍微失衡，都会导致严重后果，甚至杀身亡国之祸……再则，你做了地方官想必也知道，每逢天灾，国中遭遇饥荒，各州郡都像饿坏的孩子，一个个嗷嗷待哺，官家手中就那么点儿余粮，又得操心怎么分，先给谁，处理不好，又会成为祸端……对了，赈灾之前还得先下一道罪己诏，把引来灾异的罪责揽到自己身上……这几十年来，我眼见着你祖父和父亲为国操碎了心，深知治国不易。而你是我最钟爱的孙儿，我倒宁愿你做个无忧无虑的富贵亲王，过得轻松一些。”

见赵皑沉默不言，太后又换了个话题，温言道：“我听中官说，你对画像中的女子都不满意。其实还有个贵戚女子，身份尊贵，与你也颇有缘分，官家也觉合适，正要我与你说呢……”

“此事请娘娘不要再提了。”赵皑打断她，再次表明态度，“皑如今只想在宁国府多做好几件事，不希望因婚娶分心，还望娘娘与爹爹成全，容我尽快回宁国府去。”

“你不想娶妻，让我与你爹爹成全，可三哥身为太子已到必须娶妻的时候，你就不能成全他？”太后换上一副肃然神色，冷冷地道，“你是兄长，你若不先成婚，三哥也不便越次成婚。”

赵皑一哂：“太子妃可有人选了？”

“有了。”太后坦然答道，“说起来你也知道，便是伺候过你的尚食局内人凌凤仙。”

这个答案赵皑完全没料到，不由得有些惊愕。他能看出赵皓心仪凤仙，但从未想到凤仙身为内人竟会被列为太子妃人选。

“三哥喜欢凤仙，常为她借故三天两头地往慈福宫来。”太后缓缓解释道，“本来我也觉得她只是个内人，赐给三哥做妾便行了，但上官忱看了她的面相，与我说，此女龙睛凤颈，有大贵之相，将来可母仪天下。她父亲是凌焘，这些年北方时有兵将南下滋扰，凌焘戍边也立了些功，所以官家也觉得凌凤仙作为勋将之女，可列为太子妃人选。”

想起凤仙此前劝导自己做的事，赵皑在心里冷笑，但未形于色，只淡然道：“甚好。凌凤仙与三哥，也算天作之合。”

“所以，你愿意成全他们，先行完婚吗？”太后问。

“不愿。”赵皑干脆地回绝道，“三哥要娶便娶，不必依我行事……他既能越次做太子，为何不能越次成婚？”

（五）
澹月秋水

赵皑默默接受了储君之位被弟弟夺走的事实，就此并不出怨言，甚至在父亲要求下留在临安，参加了赵皓的册礼。但对婚事他则毫不让步，一直坚称如今忙于公事，无意为婚姻分心，恳请太子先行纳妃。皇帝无奈，最终同意他回去，婚事暂且延后，且下令先筹备太子婚仪。

回到宁国府，面对一堆这段日子积压下来等待他处理的政务，赵皑又开始了日理万机的生活，与蕙蕙见面的机会都很少，一直到秋分，蕙蕙见他稍有闲暇，才邀请他去湛乐楼，赴自己为他专设的秋宴。

立储之事已举国皆知，蕙蕙自知赵皑心中郁闷，这日特意带从广州买的那两名胡姬来呈献歌舞，又请卫清浔一同来，欲让她一起开导安慰赵皑。

卫清浔对立储一事绝口不提，倒打趣赵皑道：“大王这般郁郁不乐，一看就是回临安被长辈逼婚了。”

赵皑一瞥她，问：“你家人又从临安给你传什么闲话了？”

“非也非也。”卫清浔笑道，“没人传话，我猜测而已。我每次回临安，都会有长辈天天在我耳边念叨，要我尽快成婚……大王年纪不小了，此番竟能全身而退，不知有何绝招，可否传授于我，让我也用来拒婚？”

赵皑道：“没什么绝招，就是坚决不答应，谁提就冷脸起身告辞，任他们再说什么，一句也不听。”

卫清浔惊奇道："父亲每回跟我说这事时，我一表示不想听，父亲就气得直想取鞭子抽我。官家劝你你不听，难道他不会生气？"

"气自然是生过的。"赵皑答道，"他还想过让我禁足，逼我娶了妻再走。据说夫人都给我选好了，就要开始问名纳聘了，结果那小娘子父亲回禀说，自己女儿近日病了，暂不能成婚，官家这才作罢，许我回宁国府。"

蕙蕙闻言问："是谁家的小娘子？"

"不知道。"赵皑一摆手，"我一点儿兴趣也没有，只听说是出自戚里，无论谁跟我提这事我立即翻脸，所以究竟是何人也不清楚。"

"二哥怎不耐心听听，抽空见见呢？"蕙蕙笑道，"说不定一见之下觉得投缘，又成就一段佳话。"

赵皑抬眼看她，微微一笑："你才是我的佳话。"

随后，他将目光从蕙蕙愕然的脸上收回，又投向卫清浔，彬彬有礼地微微欠身："抱歉，都是朋友，且容我直言不讳。"

卫清浔旋即搂住蕙蕙的腰，在她颊上吻了吻，再朝他一哂："大王，这得看我答不答应。"

赵皑蹙了蹙眉，空气中忽然多了点儿剑拔弩张的味道，而那两名胡姬不明就里，只当他们在说笑，忍不住相继笑出声。蕙蕙脸一红，斥她们道："笑什么笑！我让你们停下来了吗？还不快奏一曲新练的曲子来听听。"

胡姬唯唯诺诺，很快一人吹箫，一人抱琵琶，开始演奏一曲有异域风韵的曲子。那曲调时而哀艳柔美，时而铿锵作金石声，弹琵琶的胡姬指头飞旋，指法错综复杂，越弹越快，弹到激越处，一根弦忽然断裂，令乐曲戛然而止。

胡姬赧然告罪，说自己才开始练这首曲子，而此曲是宫廷乐曲，难度极大，自己技艺不精，所以没能完成。蕙蕙则面色陡变，问那胡姬："这曲子叫什么？"

胡姬答道："《梁州曲》。"

蕙蕙默然。曲调一起她便觉得似曾相识，胡姬弹至中途时她已想起，这正是她最后一次见秋娘后，被送出那陌生的园子时楼上传出的琵琶声。与秋娘相处的那几个时辰中，她并不见那小楼里有他人，可见那琵琶曲十有八九是秋娘弹奏的。此前香梨儿又与她说过菊夫人擅作《梁州舞》，所以这也是秋娘即菊夫人的一个证据？

她的心情越发郁结。那时她被迫离开临安，至今不得归去，也不知母亲怎样了。每每想起母亲，她只好安慰自己，那夜所见的母亲容颜如旧，神采不减，衣饰精致，看起来似乎得到了善待，应无性命之忧，自己也只能如母亲所说，好好活下去，日后设法回临安，才有与母亲相见的一天。

赵昀见她神思恍惚，泫然欲泣，关切地唤她一声，萁萁才如梦初醒，尽量睁大眼睛，吩咐胡姬道：“别弹琵琶了，另外唱支曲吧。”

胡姬答应，低声商议了一下，然后箫声再起，适才弹琵琶的女子曼声唱道：“阑边不见蘘蘘叶，砌下惟翻艳艳丛。细视欲将何物比？晓霞初叠赤城宫。”

萁萁问唱的是什么。胡姬道：“这是鹿鸣楼乐师新教我们的曲子，说是薛涛写的绝句《金灯花》。适才我们在后院练习，见院内花圃中金灯花开得正好，便准备唱这曲了。”

卫清浔听后便走到朝向后院的窗边，向花圃望去，果然见正中最大那一块开满了金灯花，没有叶子，一朵朵红艳艳地盛开着，花瓣如舞动的焰火，连成一片又绮错似锦，在周围萧瑟秋景中显得尤其炫目。

萁萁此刻也缓步走到她身边，与她一同观赏那花。卫清浔略一沉吟，问萁萁：“这花是何时种的？往年秋分前后我都没来湛乐楼，倒一直未曾留意到。”

萁萁道：“花是这院落的主人种的，我又见它开得好，便保留至今。”她见卫清浔没有笑容，不似赞赏，遂问，“怎么，有何不妥？”

卫清浔道：“这花性喜阴暗潮湿之地，常开在古木森森的林中、幽深的洞穴口，或者……坟头，它还有一个名字，叫‘鬼灯檠’，所以很多人不喜欢它，认为不吉利。来湛乐楼用膳的客人没提过？”

萁萁一怔，摇了摇头，再看那片血红的花儿，忽然觉得那姿态多了几分妖冶诡异之感。

“大概这花儿花期短，这里见过的人不算多，就算有人知道，出于礼貌，也没有提。”卫清浔道。

萁萁沉默一下，又问她：“所以，你的意思是，我们开酒楼就不要保留这不吉利的花，最好把它铲除了？”

卫清浔微笑道：“那倒也未必。因为金灯花生长之地不佳，国人不喜欢，但有位日本来的高僧曾对我说，他们觉得金灯花很美，这花很可能就是佛经中提到的四大天花之一，曼殊沙华。所以吉不吉利关键在看花的人怎么想，这湛乐楼你仍可做主，你若不在意，大可留下它。”

曼殊沙华！萁萁又暗暗一惊，旋即想起了当年张云峤在《妙法莲华经》上着重标出的那几个字。

她举目注视那片金灯花，越看越觉得红得刺目，琢磨着卫清浔的话，不寒而栗，心跳无端紊乱起来。

这时赵昀忽然问卫清浔：“卫楼主很喜欢花木？似乎很有研究。”

“是我母亲喜欢莳花弄草。”卫清浔道，“她独处深院，平时没什么事做，

便天天侍弄名花异卉。我小时候长伴她身侧，看得多了，自然也略知一二。”

赵皑又道：“令慈与你一定母女情深。爱养花的人多半很温柔，想必是不会向你逼婚了。”

“我想被她逼婚也没机会了。”卫清浔眸光一暗，“她已去世好几年了。”

赵皑忙就出言不慎向卫清浔表示歉意。卫清浔略一笑，道“无妨”，少顷，向他和蓁蓁讲述了关于母亲的事：“她生了我大哥和我之后，我父亲便纳了妾，冷落了她。她开始寄情于花木，不惜花重金求一名花，日子便被儿女和花木填满了。后来大哥不服父亲的管教，跑到宁国府来开酒楼，父亲大发雷霆，差点儿要与大哥断绝亲子关系，从此更偏爱妾生的弟弟。母亲很难过，经常对着我流泪，怨我不是儿子，不能代替哥哥讨父亲欢心……她不知听谁唆摆，认为只有再生出个听话乖巧的嫡子才能改变被妾室欺压的局面，于是甘冒风险高龄产子，却不料最后母子俱亡……她辞世后，我也不想留在那个家里了，大哥回来奔丧时，父亲一定要他去做官，我便请大哥把鹿鸣楼交给我，然后不顾父亲的反对，来了宁国府。”

她顿了顿，看看听得神色恻然的赵皑和蓁蓁，又露出点儿冷淡的笑容，道：“你们说，我母亲这一生是不是太不值得了？把喜怒哀乐和希望全系于一个男人身上，浑然忘却了自我。难道生为女子，只有成婚生子一条出路吗？天天在争宠失宠和有没有儿子的焦虑中沦为怨妇？我偏不听父亲的安排，终于在宁国府找到了我想要的生活。”

说完她一看听得入神的那两名胡姬，重新露出神采飞扬的笑容，扬声命她们斟酒，再举杯对赵皑与蓁蓁道：“来呀，诗酒趁年华！”

酒饮到夕阳西下时，卫清浔告辞回城，见赵皑无意离开，也不邀他同行，倒是命两名胡姬跟自己回去了。

蓁蓁等她们走后，才谨慎地提及立储之事，欲稍加宽慰。赵皑却止住她的话头，道：“其实我从小便认定皇位将来是大哥的，所以从未对此有所希冀，如今与储君之位失之交臂，也不算太失望……而我真正难过的是，此番回宫，让我深深意识到，爹爹彻底放弃了我。”

蓁蓁劝慰道：“官家一直很关爱你的，只是当初因庄文太子之事对你有误会，才导致今日的局面。但他愿意力排众议给你宁国府实权，可见仍相当看重你，有意栽培你。”

赵皑黯然地摇头：“不是的，蓁蓁，他早在将我外放时便已放弃我了……为什么让我离开临安？因为他那时已准备立三哥为太子，而越次立储，必然会有大臣反对，所以他让我先离开临安，以免有与朝臣联系结党的机会，这样纵有异议，也不成气候，他容易平复。给我这点儿地方上的实权，不过是聊表抚慰，反正无论我做得好不好，都不会影响到三哥。”

赵皑又看着萁萁自嘲地一笑：“这一次见他召我回去，我还以为他想起我了，想见见我，结果是他怕我见三哥做太子后要谋逆，于是特意在立储前夕让太后留我在北大内关了一夜，此后也让人严密监视我的行动，严禁我与大臣接触，一直到三哥册礼后，大局已定，才放我回来……我只是他一个不成器的儿子呀，何德何能，值得他如此提防！”

他苦笑着，自斟一杯酒仰头饮尽，提注子欲再倒一杯时，手被萁萁按住。

“二哥，你今天饮得够多了。”萁萁温言制止，又劝道，“我们的生命是父母所赐，再养育我们成人，便是莫大的恩典了。家产和更多额外的关爱，能给我们，固然是锦上添花；但若他们不愿再给，也无可厚非，那是他们的决定，我们不必怨怼。他们已培养我们成人，我们可以自食其力，就不必计较他们给予我们的财物和关爱孰多孰少了，因为我们终究要不依仗他们独立生存、独立行走。我也坚信，父母都是爱自己的孩子的，官家是一国之君，家事即国事，考虑得必然比我们周全，希望事事谨慎，不落人话柄，那样做，也许他只是认为理当如此，而不是对你的特别防范。从另一面想，他大概知道你一向洒脱不羁，愿意给你更多的自由，才破天荒地让你离开都城，来宁国府发挥所长。”

赵皑默默听着，不就此表态，倒是问她：“萁萁，你还记得你父亲吗？他当年对你好不好？”

萁萁一愣，然后道：“我爹爹在我很小时就离开我了，但我相信，离开我非他所愿……”

“后来你一直没查出他去哪里了吗？”赵皑又问。

萁萁摇摇头，却苍白着脸，不自禁地再一次看向那片“曼殊沙华”。

赵皑微醺中没觉出她神色有异，也不再追问，又断断续续地与她倾诉了些心事，直到暮色四合，秋虫唧唧，才站起道：“我该回去了。”

萁萁担心他饮多了酒，骑马走夜路不安全，便建议道：“要不你今夜就在二楼的卧室歇息吧，一会儿我回宋婆婆的院子。”

“不了。”赵皑道，“我留宿于此，会有损你清誉。”

“清誉？我早就不在乎了。”萁萁一笑，“宋桃笙的清誉早被赵判府毁得干干净净了。”

他们过从甚密，他更是几次刻意表现，宁国府只怕已人尽皆知，的确都会视他们为情人。赵皑想到此处，心中莫名一暖，又见她不甚介意，不由得觉得甜蜜，嘴角无声地上扬。

蕙蕙又道："经历了这许多生生死死的事，到如今，我早已看开，名字、身份、所谓的名誉都不重要，无论外人如何议论，私下揣测我们怎样相处，只要自己坦坦荡荡，问心无愧就行了。"

赵皑含笑伸出一指，轻点在她的唇上，低声问："真的一点儿都无愧？"酽酽夜色中，蕙蕙只觉他双眸幽深，目中若隐若现的情意随着烛影在晃，心怦然一动，一时竟无言以对。

赵皑一笑，收回手，道："我不是柳下惠，再待下去我会想，如果我拥抱你，你会不会推开我？如果被你拒绝，我会颜面大失，甚至很长一段时间不好意思再来见你；如果你没推开我，我又会自问你如此善待我是否只是因为同情我的现状以及我这是不是卖惨求怜……算了，我还是别给我们出这种难题了。"

他下楼上马离开，并不让蕙蕙出门相送，蕙蕙便立于楼上窗边，目送他远去。

他策马行了几步，忽然回头望向她，展眉一笑，又循着澹月秋水离去，一路夜风习习，衣袂翩翩，在她含笑的注视下，马蹄声都显得格外轻快悠扬。

待他身影消失，蕙蕙才惊觉自己刚才一直保持着微笑。回想他当年踏雪而来之时她那潮湿的心情，她隐隐感觉到，他和她之间，似乎的确有点儿什么在悄然变化。

（六）
郡夫人

次年春，惠民、化成两圩均已建成，私圩也在各乡绅主持下修筑完毕，流失的佃农陆续回归，稻麦两熟计划实施顺利，初秋早稻已熟，稻穗累累，大获丰收，收割后农户对土地耕治晒暴，加粪培肥，准备复种两麦或蔬茹豆类。庄稼长势喜人，耕作者脸上喜气洋洋，放眼四顾宁国府，皆一片欣欣向荣的景象。

立秋后第五个戊日是秋社日，每年此时，朝廷及各州县官员都要祭社稷于坛，报谢神灵。今年秋社，赵皑亦在惠民圩附近设郊坛，率宁国府差官进行祭祀仪式。

民间女子有在秋社日做社饭请客供养的习俗，宫中也如此，尚食局会以猪羊肉、腰子、肚肺、鸭、饼、瓜、姜之类，切成棋子或片状，调和好滋味，铺于饭上，呈给皇帝及诸宫院。蕙蕙知道赵皑今日仪式结束后会留在惠民圩，继续视察田地情况，遂按尚食局菜谱做好了社饭，亲自给他送去。

蕙蕙到达惠民圩，在河边见到赵皑时，他已除去公服，换了一身短衫，脱掉鞋袜，上了一架高达数丈的巨型水转翻车，和另外六名青年农夫一起，弯着腰弓着背，正在兴高采烈地踩着，引河水注入漕渠中。

他和农夫们有说有笑，边劳作边叙谈，直到有差官提醒他该进午膳了，他才下来，洗手濯足更衣，好一会儿才发现默默立于人群中的蕙蕙，当即对她露出笑容，手指水车，介绍道："这是曾之谨先生设计的龙骨车，需要七人方能踩动，如此气势，从未见过吧？这龙骨车引水量极大，咱们多造一些，若遇旱情，百车齐动，顷刻间就可引河水灌溉完两岸田地。"

蕙蕙听着前面的话，本欲赞扬，但又闻他称"咱们"，这亲密的称呼引得一众旁观者开始对她暧昧地笑，便赧然垂首，一时倒不好应答了。

围观民众中有不少捧着社饭的女子，此刻见赵皑已收拾妥当，便纷纷上前，向他献上自己做的饭，你一言我一语地争相请他品尝。赵皑接箸，将围着自己的女子所献社饭各尝一点儿，然后不忘举目看蕙蕙，目光移至她手中的食盒上，会心一笑，走到蕙蕙面前，一言不发地径直接过食盒，打开连吃了几口她做的社饭。

蕙蕙低声问他："味道如何？"

"不错。"他答道，仍专注地吃着饭，眼皮也不抬地加了一句，"不过和平日你做的饭相比，略咸了一些。"

"哦……"旁观者表示心领神会，有大胆者直问道，"赵判府，这是你媳妇呀？"

赵皑笑而不答，四周旋即响起一片笑声。

蕙蕙大窘，只觉无地自容，偏偏又有几名农妇上前，亲热地把一些新葫芦和枣子塞到她手里，祝福道："祝娘子和赵判府早生贵子。"

秋社日民间女子皆归外家，娘家人会赠以新葫芦和枣子，取宜良外甥之意，所以她们带有不少此类物品。

蕙蕙再也无法面对众人含笑的审视，退回那些突如其来的礼物，拨开人群，上了自己骑来的马，沿着圩堤朝远处驰去。

赵皑旋即起身，快步找到自己的马，亦策马奔腾，去追逐蕙蕙。

奔驰须臾，两人远离了人群，赵皑见前方无路人，遂扬鞭跃马，很快与蕙蕙并肩而驰，在蕙蕙侧首看他时一伸手，搂住蕙蕙的腰，硬把她拽过来，将她搂于自己身前，侧坐于马背上。

蕙蕙拼命挣扎，撞偏了赵皑策马的手臂，那马便偏离了正道，下了圩堤，朝稻田奔去。

蒖蒖还在不停抵抗，赵皑见马已驰入田地，索性双手将蒖蒖拥紧，一侧身离开马背，抱着她滚入那片尚未收割的稻田深处。

两人连滚数下方才落定，蒖蒖见自己彼时身处下方，而赵皑伏在自己身上，只是以双肘支撑在两侧，避免压住她，顿时又羞又急，双手不住抵挡，想推开他。

赵皑却没有放开她的意思，反而一手握住她的双手，盯着她，正色道："蒖蒖，我是真想娶你为妻。"

蒖蒖一怔，在他灼灼的目光凝视下暂时停止了挣扎。

"你听我说，蒖蒖。"赵皑轻声道，"不久前爹爹给我寄了家书，私下告诉我，他准备让我离开宁国府，徙判明州。明州不仅有良田河泽，还是个港口，设有市舶务，主管海运贸易。如果我去明州，可做的事又多了，除了农业、渔业、水利，或者还可监管市舶事务。我很想去，但是放心不下你……从此一别，天各一方，我们以后想再见就难了。"

蒖蒖循着他这话设想一下，心中也一阵酸楚，才惊觉这三年来早已习惯与他同处一城，相助相守，若他骤然离开，再不相见，生命便如缺了一块，又该用什么去填补？

见蒖蒖闻言黯然神伤，赵皑遂似乎受了鼓励，有勇气说出了如下的话："所以，我思来想去，决定回复爹爹，说我很愿意去明州，但我在宁国府遇见了一个善良的姑娘，名叫宋桃笙，我想给她名分，让她跟我同往明州。爹爹很快回信，说这有何难，赐她个名分便是……于是，昨日我收到了爹爹派人送来的制词，封宋桃笙为信安郡夫人……纳为魏王妾。"

蒖蒖无比惊讶，睁目蹙眉道："这怎么可以……"

"这已经是目前我所能想到的最好的办法了。"赵皑继续道，"从此我们可以堂堂正正地在一起，日后你若生了我的孩子，我再设法带你回临安，请爹爹赦免你往日的罪责，看在孙子的分儿上，他应该会答应的。"

"可是我不会答应。"蒖蒖驳斥道。

"对不起，蒖蒖，没有事先征得你的许可。"赵皑诚恳地致歉，又解释道，"我知道你先知晓了便不会同意，所以自作主张……但请你扪心自问，不过多顾及其他事的话，此后余生，每天与我在一起和再也见不到我，你更愿意选哪个？"

蒖蒖一时茫然，久久没有作答。

赵皑目光落在蒖蒖鬓边一朵小白菊上，徐徐伸手摘去。

"蒖蒖，三年了，就算是斩衰，也该除服了。"他轻声叹息道，又直视她的眸子，问道，"我们没有过错，为何要生生错过？"

蒖蒖难以应对，也难以面对自己内心的波动，双睫一低，忍不住落下泪来。

赵晗伸手抹去她的泪痕，又柔声道："你曾说过，大哥让你感觉到了男女之情最好的样子。而我们这几年来，一起做正事，做大事，相互信任，相互成就，是不是也算一种最好的样子？"

不待她回答，他想了想，又道："当然，只做正事是不够的，但我想，我们在其他事上，也能配合很好。"

"其他事？"蕒蕒下意识地问，旋即反应过来，霎时羞红了脸。而赵晗展颜一笑，然后垂目低头，向她的唇吻去。

蕒蕒身体轻颤，缩身欲退却，他们此刻的姿势又让自己无可可避。她一时间心乱如麻，面对赵晗渐渐靠近的脸，呼吸越发急促，无措之下闭上了眼。

就在赵晗即将碰到蕒蕒双唇之时，忽闻圩堤上传来一个似曾相识的声音："吴蕒蕒，二大王！"

两人一惊，蕒蕒立即推开赵晗，站起。赵晗亦随之起来，一同朝圩堤上望去。

只见一名牵着马的男子立于堤柳之下，另一只手正在热烈地向他们挥动着，口中欢快地对他们表达着自己的欣喜："真的是你们！太好了，终于见到你们了！"

来人是久违的韩素问。

虽然的确算是老友相见，但在如此尴尬的情况下，蕒蕒与赵晗也只能面面相觑，没有立即给他回应。

而于这对视的一眼中，赵晗发现蕒蕒发髻上还沾有一粒稻谷。在与她离开稻田之前，他借搀她抬步之机，若无其事地伸手至她的脑后，帮她拈去了这枚暧昧的证据。

"许久不见，韩医官一向安否？"圩堤之上，赵晗仪态端方地主动向韩素问作揖致意，与面上犹带红晕的蕒蕒相比，他神色相当自若，好似刚才他与蕒蕒不过是在稻田里查看了一下稻谷长势。

韩素问笑吟吟地施礼。两人寒暄之后，赵晗问韩素问何故离京至此。韩素问告诉他："大王此前上表官家，请求官家许你在宁国府纳妾。听福宁殿的内人说，官家虽然答应了，却对皇后抱怨，说你不肯娶夫人，原来是在宁国府有了美人，竟然这般急切地请求纳妾，也不知那女子如何狐媚。皇后就劝说道，二大王在外日理万机，十分辛苦，是应该有妾室悉心服侍才好。不待回京禀报便上表请求，说不定是那姑娘已身怀六甲，必须尽快给她名分。官家听了一拍脑门：'对呀，我怎么没想到！'于是官家转怒为喜，便命我来宁国府，一则长驻府治，确保大王安康；再则，顺便观察信安郡夫人的情形，若有喜讯，即刻上报官家。所以我领命而来，到了府治，衙吏说大王在惠民圩，我便又赶了

过来。我刚到龙骨车那里，便见你们从人群中驱马奔出，就跟了过去。瞧着背影觉得应该是你们，你们进稻田后我又打量半天，看来看去认为有把握了，才开口呼唤……”

想到适才情景尽入他目，蕫蕫暗暗抚额，更是羞惭难言，赵皑则含笑不语，韩素问便自顾自滔滔不绝地说了下去：“原来兜兜转转，你们还是遇见了。这样很好呀，当年和你们吃面时，我就暗中观察过了，你们郎才女貌，十分般配，相处又那么融洽，彼此间有什么说什么，毫不见外，早就该在一起了……”

回到府治，三人再叙别后之事，蕫蕫将这几年的遭遇告诉了韩素问，韩素问也细述当年事，提到庄文太子的死因，又道：“我搜集庄文太子呕吐物后，与众太医细细辨识过每一点儿残渣，还让一些小动物吃过，但小动物都无明显异状，没有中毒迹象，所以太医们都认为食物本身无毒，坚持认为是你的过错，献生冷膳食，后来又……当然我始终不同意他们的意见，可也找不到有力的证据辩驳，只能四处奔走，想寻求个能救你的人。好在好人自有天佑，你终究还是逃了出来。”

蕫蕫遂把关于蛇毒的猜测说与他听。韩素问沉吟一番，道：“有道理，若是蛇毒，的确可以通过创口溃疡令人中毒，而用健康动物验不出。只是时过境迁，当年遗留下来的食物证据都找不到了，若真有人利用蛇毒加害庄文太子，也不知是把毒下在哪里，我们要查也无从查起，很难辩白了。”

韩素问着意看看蕫蕫与赵皑，又劝蕫蕫道，“事已至此，你不如安心嫁与二大王，好好在官家见不到的地方过日子。等再过几年，官家对庄文太子的哀思渐渐淡了，你再带着孩子和二大王回去，好生与官家解释，求得他的谅解。”

赵皑也对蕫蕫道：“我记得你说过大哥之事真相未明，你便无法释怀，不便接受我。可眼下的情形，我们必须先有光明正大地相处的机会，才能继续一起去探求真相。如果分开，失去了彼此的支持，水落石出之时更会遥遥无期。”

见蕫蕫沉默，不再表示反对，赵皑便开始积极地筹备婚礼。虽然上报官家说是纳妾，但他在宁国府命人安排置办的婚仪、用具皆与官宦之家娶正室无异，六礼皆备。他真诚地对蕫蕫道：“我的身份限制我娶你为宗牒上的妻子，但我要给你匹嫡之礼，让你成为我第一个迎娶的女子，我心中的原配夫人。”

婚礼定在九月底，蕫蕫重回湛乐楼居住，而随着婚期临近，赵皑不断让人把钗冠、红褙子、各色妆奁首饰络绎不绝地送入她的居处，婚礼前两日，又让一名喜娘送来婚礼备用的花钿，共有十余副，请蕫蕫挑选。

那些花钿由翠羽、宝石、珍珠等制成，盛在匣中，琳琅满目。喜娘奉至蕫蕫眼前，蕫蕫目光扫过，鬼使神差地拈起了一枚珠钿。

喜娘笑道："娘子眼光真好，这一看就知道是最上等的南珠做的。"

言罢她拉蕒蕒在铜镜前坐下，接过珠钿，托在指尖，反面朝上，递至蕒蕒唇边，请她哈气。

这是庄文太子薨后蕒蕒第一次使用花钿，不知为何，她的心忽然异常地怦怦跳起来，迟疑地看了珠钿好一会儿，她才缓缓启唇哈气。

珠钿背后的呵胶蒙上一层雾气，散发出一点儿脂粉般香味。蕒蕒忽然想起与太子相处那夜，她眉心珠钿散发的橙子香气，莫名一阵眩晕。

喜娘浑然不觉，一壁将珠钿贴向蕒蕒眉心，一壁赞道："这富贵人家用的好呵胶就是不一样，还融有香脂，掩盖了鱼胶腥气……"

蕒蕒脸色煞白，盯着镜中刚贴上的珠钿，霍然站起来，快步朝外走去。

她刚至大门边，忽然撞见刚在门前下马的韩素问。他见了她，满面笑容地赞道："今天的妆容不错呀，挺好看，不愧是喜事将近的人。"

旋即他转身自马上行囊中取出一个小锦盒，递给蕒蕒："这是我搜集庄文太子呕吐物时在榻下拾到的。我想应该是你遗失的，这珠子珍贵，我便顺手收好，想着见你时再还给你。后来一忙，暂时忘了。这次从都城出来也准备顺便寻访你，珠钿便也随身带着，那天重逢时本想取出来给你，但这是闺中之物，怕突兀地送还会让二大王多心，才迁延至今。"

蕒蕒打开锦盒，见其中正是她那天所用的那枚珠钿，翻开看背面，发现上面呵胶已失大半，但犹有一点儿残留，便再也按捺不住起伏的情绪，两眶热泪顿时簌簌而落。

韩素问吓了一跳，忙问她这是怎么了。蕒蕒捂住口，强抑悲痛，须臾用尽量平缓的语气对韩素问道："去找一只试毒的小动物，让它尝尝这珠钿的呵胶。"

韩素问找来一只仓鼠，刺破其口舌，诱它去舔舐珠钿背面的呵胶，结果如蕒蕒所料，未过许久仓鼠即抽搐倒地，症状如中蛇毒。

蕒蕒立即赴府治，找到赵皑，两人独处一室时，蕒蕒毫不隐瞒地将仓鼠试毒的结果及太子临终那晚品尝呵胶之事告知赵皑，并对他说："如今已可断定，庄文太子是被人谋害而亡。这呵胶若只碰触到皮肤，是不会令人中毒的，凶手必然知道庄文太子爱吃橙子，所以用橙皮香脂调入混有蛇毒和蜜糖的呵胶，料到庄文太子与我亲近之时闻到香味会忍不住去尝……若我明知此情，却不去追查真凶，为太子复仇，而只顾着自己婚事，躲在你身后避于一隅得过且过，那我余生怎能心安，将来又有何面目去见庄文太子于九泉之下？"

赵皑沉吟后点点头，道："我明白你的心情，我们的婚期可以延后。只是

你如今自身难保，回到临安一露面便会被捕，又怎有机会追查真凶？就算你说出呵胶有毒之事，不知道真凶是谁，也摆脱不了你自己下毒的嫌疑。”

蕙蕙自知他所言有理，一时也无良策，遂黯然垂目，默然不答。

赵皑又道：“再过几日三哥便要举行纳妃典礼，正式迎娶凌凤仙了。爹爹也催我回去观礼，不如我先回临安，暗中查明那珠钿的来源，真凶有些眉目了，再禀明官家，请他许你回宫做证。”

蕙蕙道：“那珠钿是云莺歌送给我的，说是她花钱买来给我做贺礼的……她一向温柔良善，又感激我帮助过她，我们私下相处十分融洽，她对庄文太子也很忠诚，没理由会如此狠毒地害我们呀。”

赵皑问：“会不会是她恋慕大哥而不得，所以下此毒手？”

蕙蕙摇头：“她自被负心郎害过一次后就不再轻易对男子动心了，虽然一直兢兢业业地侍奉庄文太子，但对他从无表露过思慕之情。”

“也有可能是凶手借她之手传珠钿给你……”赵皑猜测，旋即又道，“无论如何，等我回临安找到她再说吧。就算不是她，也一定能查到重要线索。”

蕙蕙希望乔装打扮与他一同回临安。赵皑坚决不许，说：“你我同行，少不得有密切接触，无论怎样乔装都容易暴露。你万万不可如此冒险。”

蕙蕙只得放弃这个念头。赵皑安慰她片刻，又向她表明心迹：“这回我们的婚事只是暂时延后，并非取消。我已将你看作未过门的妻子，一待澄清真相，我还是会给你一场盛大的婚礼的。”

蕙蕙自嘲地笑了笑：“我大概是受了什么诅咒，每次将要与人成亲，总会横生枝节……有时候忍不住想，是不是彻底放弃嫁人的念头，才会过上平静的日子。”

“别胡思乱想了，傻姑娘。”赵皑微笑着搂搂她的肩，道，“以往那些婚事取消，是天意如此，上天知道他们都不是最适合你的人，而我才是你最终的归宿。”

在他的拥抱下，蕙蕙将头依靠在他的肩头，少顷，轻声问：“我与庄文太子的事，你如今全知道了，会不会介意？”

“介意自然是有一点儿……”赵皑徐徐道，然而话锋随即一转，“但那点儿介意会让我越发感到你我的今日来之不易，我会加倍珍惜。”

（七）
婕妤身世

赵皑很快启程回临安，让蕒蕒留在宁国府安心等候好消息。蕒蕒遂再往鹿鸣楼，一边等待，一边如往常那样助卫清浔管理酒楼。

一日午后，鹿鸣楼茶博士向蕒蕒报告，说有位客人点了团茶，但茶博士为他点茶他却不饮，坚持要请宋娘子来为他烹茶。

蕒蕒只当是遇上了蓄意轻薄之人，本想避而不见，但那人让茶博士传话："团茶过浓，太过寒凉，老夫饮不得。"

这话令蕒蕒霎时一惊，想起了庄文太子的饮茶习惯，立即疾步去见那人。

那人身形看上去瘦骨嶙峋，作文士打扮，头上却戴着一顶渔樵所用的笠帽，帽檐压得很低，蔽住了大半面容。

"先生不爱点茶？"蕒蕒试探着问。

"爱是爱的，"那人答道，"只是肠胃不好，少不得烦劳娘子将茶煮了，方可饮下。"

他尚未抬头摘帽，听到他的声音，蕒蕒已红了眼圈，侧首让茶博士退去，关好阁子门，百感交集下含着泪朝那老先生一福："杨先生，终于又见到你了……"杨子诚忙起身长揖还礼："吴典膳，当年太子薨后，我被恶人追杀，不得已远走他乡，未能及时为你辩白，实在惭愧！"

两人坐下叙谈，杨子诚将往事一一道出。原来太子薨后不久，即有蒙面刺客企图暗杀杨子诚，他奋力奔出东宫，骑马暂时摆脱了刺客的追踪，但每次一接近宫门，立即又有人现身追杀他。他在都城中东躲西藏，感觉到追杀他的人越来越多，自己完全无法再入皇城门。为保性命，他只好逃出城去，仍有刺客在循着他的去路锲而不舍地追踪。他一路向南，直到进入岭南才感觉完全摆脱了身后的刺客。

"你知道是谁想杀你吗？"蕒蕒问。

"有一次，我躲在暗处，听见刺客说话，能听出他们是黄门。"杨子诚道，"所以那时我猜是程渊指使的，因为程渊以拱卫慈福宫为名，控制着大量习武的宦者，在都城中做过一些伐除异己的事。而且，当时庄文太子让我查菊夫人的事，菊夫人极有可能是被程渊禁锢，程渊怕此事败露，也有杀我的动机……我躲在岭南，暂时不敢回去，隐姓埋名地生活。后来机缘巧合，在广州进了一家书院，谋了个讲学先生之职。书院的先生中，有一人名叫陈乐山，

与我志趣相投，私交甚笃。有一次我与他饮酒，说漏了嘴，告诉他我来自临安，他也喝多了，故作神秘地问我知不知道柳婕妤。我说谁不知道，柳婕妤是今上宠爱的娘子。他就说，柳婕妤做过他的女学生。我很诧异，细细问他，他便告诉我，他在崖州时，曾被柳堃聘去为柳家女儿做启蒙先生，那时柳姑娘才五岁多。两年后柳堃收留了一对流浪母女，那个小姑娘与柳姑娘同龄，柳堃便让她给女儿做伴读。两个小姑娘八岁时，崖州疫病肆虐，柳姑娘不幸染病夭折了，那伴读的母亲玉氏见柳夫人悲痛欲绝，便跪下说愿将女儿送与柳夫人为女。柳夫人还未答应便与夫君双双病倒，不久后相继离世。柳家仆人死的死，散的散，陈乐山念及柳堃往日恩情，留下来料理后事，那玉氏便与他商议，要让女儿以柳家女儿的身份为柳堃夫妻送终。陈乐山心想柳家已无后人，估计玉氏是想借此获得柳家屋舍地产，而自己怜惜那个女学生，也就没有反对，让女学生冒了柳家姑娘之名为柳堃夫妇送葬。此事既了，陈乐山便离开了崖州，辗转来到广州，与玉氏母女失去了联系。多年以后，他偶然听说柳堃之女入宫获封婕妤，心知她必然是当年那个流浪的小姑娘，只是顾及柳婕妤如今的身份，再不向外人提起。”

“原来柳婕妤并非柳堃亲生女儿……”蕫蕫霎时回想起与太子撞见她对月祭拜之事，疑窦顿生，遂将此事说与杨子诚听，又问，“所以，那晚她祭拜的父亲，是柳堃还是她的生父？”

“原来如此，原来如此，殿下是这样知道的……”杨子诚也像是终于想通了所有关节，喃喃低语着，不禁老泪纵横，须臾，拭去泪痕又道，“我想，柳婕妤祭拜的，应该是她的生父……那天之后，太子殿下曾让我查柳堃的生日，查出来并非那日。后来太子殿下又让我查二十六年来已故五品以上官员的生日，看是否有人生忌在那天……我查到了，并禀报了太子殿下。他当时便想去福宁殿告诉官家，可惜宣义郎林泓忽然造访，殿下便没去成。”

所有的信息如一块块拼图，聚集在一起终于快拼出了最终的真相。蕫蕫咬住唇，竭力控制住翻涌的情绪，追问杨子诚：“先生查到的那人，是谁？”

“齐熙。”杨子诚旋即答道，“齐栒之子，齐熙。”

莫名错愕之下，蕫蕫不由得哑然失笑，一阵剧烈的愤怒与悲伤继而涌上心头，愤恨地坠下了两行泪。

杨子诚长叹一声：“从陈乐山口中得知柳婕妤之事后，我联想起太子殿下让我查的生忌，便知柳婕妤身世可疑，极有可能是齐家人。若我调查她父亲生忌一事被她知道，那她加害太子殿下和追杀我，也都有了理由……我想回临安提醒官家柳婕妤居心叵测，但如今势单力薄，很可能皇城门都没摸到便惨遭杀害。我思前想后，决定绕道来宁国府，找到二大王，请他带我回去，禀明今上。不料晚到一步，衙吏说二大王已回皇城观礼……衙吏听说我是魏王故人，便让我来鹿鸣楼找宋娘子，说宋娘子已获封信安郡夫人，要与魏王说的事，都可告诉她。我便来寻宋娘子，在门外窥见你的身影，就认出了你，故而以茶为借口，请你过来相见。”

经此一事，蒖蒖更是无法再安心静待赵皑消息，一心想带着杨子诚尽快赴临安将真相告诉官家，遂向卫清浔请辞，表明要回宫澄清庄文太子之事。卫清浔问她，难道不怕身份暴露，被捕关押治罪。蒖蒖道：“我带着官家封我为郡夫人的制词，以这个身份入城，一路掩饰好面容，杨都监乔装为我家祗应人，应该不会有太多人询问。我们找到二大王，再作打算。”

卫清浔便道：“我陪你去吧。我有戚里身份，遇人询问盘查，更容易助你化解。”

蒖蒖自是感激不尽。这晚二女一起回到湛乐楼，蒖蒖心知此番回皇城祸福难料，遂向宋婆婆下拜，郑重地道别。宋婆婆双手将她搀起，见她如此哀戚，心里明白了几分，径直问道：“你是准备回宫面见官家，自证清白吧？”

蒖蒖很是讶异，自己从未向宋婆婆说过以前的身份及宫中之事，不知她如何猜到的。

宋婆婆道：“我当初见魏王与你相处，言谈间相当熟络自然，像是相识许久，便猜你来自宫中。但你们长久以来又若即若离，两人之间像有什么阻隔。我想起你以前说过，婆家将你夫君之死怪罪于你，把你逐出家门。庄文太子之事世间亦有传闻，说与内人有关，我便推测可能是你。如果是你，那你与魏王的情形就不难理解了。”

蒖蒖见她已猜到大半，自己与她相处数年，又早已情同至亲，便把自己的隐情和盘托出，全告诉了她。

宋婆婆听后道：“我也随你回临安吧，一路上多个照应。何况我好歹在临安也有些名气，路上谁敢质疑你的身份，我便告诉他们，这是我亲外孙女，宋桃笙。官家当年也喝过我做的鱼羹，我这次要是有幸见到官家，说不定还能帮你说上几句话。”

蒖蒖虽有顾虑，但宋婆婆始终坚持陪她同往。蒖蒖猜到她可能是担心自己一去不归，她连最后一面也无法见到，心下一恸，也就答应了。

卫清浔帮蒖蒖收拾好行李，见她在灯下发呆，手下意识地握着腰悬的那枚银香囊摩挲，便问她：“这几年来，你一直贴身带着这个银香囊，惴惴不安时便会去握它，一定是对你来说很重要的人送给你的吧？”

蕙蕙颔首："是我妈妈给我的。"她想了想，又打开香囊，将里面那粒红豆般的种子呈至卫清浔眼前，"你熟悉花木，且帮我看看，这是什么花草树木的种子。"

卫清浔接过细细辨认，须臾道："是琼花的种子。这花珍稀，当年我母亲派人带重金去扬州求购，也仅仅得了一枚种子，而且后来没有种活。你妈妈是如何得到的？她也去过扬州吗？"

蕙蕙摇头，道："她离开浦江后，一直在临安。"

卫清浔了然："或许是从适安园取得的。官家曾把扬州的琼花移植到临安宫中，赐给柳婕妤。据说，柳婕妤后来转赠给了程渊，程渊便把琼花种在了适安园。"

"程渊很喜欢花草吗？"蕙蕙问。

"是很喜欢，他的园子里有很多名花异卉。"卫清浔道，"不过近年来听说他不只养花了，还日夜笙歌，纵情声色，买了不少乐伎，还娶了一个舞姬做夫人。"

"娶了舞姬？"蕙蕙怔怔地重复道，隐隐有一丝不祥之感。

"嗯，一个会跳《梁州舞》的舞姬，还写下婚书，明媒正娶。"卫清浔继而说明，"戚里私下传说，程渊娶的是个绝世佳人，但他将那美人关在适安园里，外人无法见到。"

蕙蕙骤然起立，只觉脑中轰然作响，一只手按着桌面，另一只手越发紧紧攥着银香囊，满腔愤懑与忧惶无计排遣，眼前一黑，身体摇摇欲坠。

卫清浔当即出手扶住她，问她有何不妥。蕙蕙艰难地调整着呼吸，良久后轻轻挣脱卫清浔的手，走到窗边，对着后院中那一畦花期已过的金灯花闭上眼，少顷又睁开，回首凝视着卫清浔，道："还有一件事，我想拜托你帮我做。"

（八）
银杏树下

蕙蕙与卫清浔带着杨子诚、宋婆婆、韩素问及几名随从次日即启程回临安。蕙蕙与宋婆婆坐在车内，终日戴着帷帽，外人很难窥见她的面容，偶有巡查者盘问，卫清浔出面说明她是信安郡夫人，很快便被放行，无人就此纠缠。

他们一路风雨兼程，离临安城还有二三十里时，忽闻身后车马喧嚣，有呵道者高呼着让行人避让，说太子妃驾到。蕙蕙闻声一愣，旋即反应过来这“太子妃”应该是指凤仙。

与赵皓的婚事既定，凤仙便被父亲接回娘家居住，直至婚期临近，才从外郡出发，回临安完婚。彼时凤仙乘坐着四匹高大名马所驾、高如屋舍的宫车，前后随从数百人，有的前引开道，有的持武器护卫，有的吹奏礼乐，有的抬着若干妆奁箱子，络绎不绝、浩浩荡荡地向临安走去。

卫清浔骑着马回头一看，然后示意为蕙蕙驾车的随从停车，避往道路一侧，自己与杨子诚、韩素问等人下马，亦退至路边。

路上行人皆分列道路两侧，欠身向太子妃宫车行礼，而蕙蕙担心露面会多生是非，便没下车，依旧坐在门窗紧闭的车内。那呵道者见蕙蕙的车形制比寻常女眷用的车略大，纹饰也精致，便猜乘车人有些身份，又存心想讨好凤仙，让她感觉到睥睨众生的尊贵感，遂刻意朝蕙蕙的车呵斥道：“谁人这般无礼，见太子妃鸾驾也不下车施礼！”

卫清浔从旁解释道：“这是魏王家眷，信安郡夫人。因长途跋涉，舟车劳顿，今日十分昏眩，所以刚才在车中睡着了，未及下车行礼，还望太子妃恕罪。”

她以为一提魏王家眷，来者便会如此前巡查者一般不再刁难，岂料凤仙听闻后却在车中开了口：“既是魏王家眷，那与我也可说是一家人了，妹妹何不下车，与我叙谈叙谈？”

言罢她自开了车窗，定定地朝蕙蕙的车看去，然后打量卫清浔等人。杨子诚穿着卫清浔家仆的衣裳，此时故意毕恭毕敬地伏拜于地，凤仙看不见他的面目，也不甚在意，目光一路逡巡，只在卫清浔仆人驾车运送的一个长方形红木箱子上多停留了片刻。

听她这般说，蕙蕙自知躲不过，只得下车，依旧戴着帷帽，向凤仙俯身施礼：“妾，信安郡夫人宋氏，拜见太子妃。太子妃万福。”

为免凤仙听出她的声音，她故意以宁国府方言说话，头也低垂着，蔽于纱幕之后，不让凤仙看到自己的眉眼。

凤仙盯着她上下打量，淡淡地道：“你我姐妹初次相见，夫人何不摘下帏帽，让我有缘得见夫人芳容，日后宫中再见，也好相认。”

蕙蕙低头道：“妾此行日晒雨淋，又兼蚊虫叮咬，脸上浮肿不堪，故此以帏帽遮面。为免丑陋之状惊吓到太子妃，还望太子妃恕妾失礼，恩准妾继续戴帽。异日宫中相见，妾自会当面拜谢太子妃宽宥之恩。”

凤仙仍居高临下地审视着她，沉默须臾，方又开了口：“也罢，你戴着吧。难得有缘，与夫人相逢于此，我且赠夫人一份薄礼，聊表寸心，还望夫人笑纳。”

随后凤仙唤过身边的侍女，低声吩咐两句。侍女领命而去，自后列车中取出一方锦盒，打开后双手呈给蒖蒖。

蒖蒖抬目一看，见其中是一套白色花钿，霎时一惊，定睛一看，才辨出这花钿是螺钿和云母镶嵌而成，工艺精美，在阳光下泛着七彩的光。

蒖蒖缓缓接过，再次拜谢凤仙。凤仙含笑说免礼，然后让侍女关好车窗，重新启程。

蒖蒖回到自己车中，拈取一枚花钿，翻转看后面的呵胶，呵胶半透明，看上去并无异状，蒖蒖又闻了闻，也没闻到任何香味。

她合上锦盒，尽量让不安的心平静下来，闭目想，也许凤仙只是单纯地赠自己一个见面礼，自己反应过大，看来真成惊弓之鸟了。

蒖蒖一行人来到临安城外，没有立即进城，而是先去皇城外西北方的宝石山上的大石佛院。

这座寺院建在山腰，院中有一座巨石所镌的弥勒佛半身像，那巨石传说原为秦始皇缆船石。后周显德年间，吴越国王在此修建僧院，弥勒佛像则是国朝宣和年间镌成，僧院遂被命名为“大石佛院”。

卫清浔送蒖蒖、宋婆婆及杨子诚到了院内，即与韩素问一起进城去找赵皑。蒖蒖求见僧院住持，请求将所带的红木箱子暂存在后院中，住持同意了，且留蒖蒖一行在院中休息饮茶。

蒖蒖亲自指挥随从将箱子安置在院内，随从旋即离开饮茶去了，而蒖蒖还立于原地，目光落在箱子上，久久不曾移动。

那院中大石佛面前立着一株高达十几丈的银杏树，枝繁叶茂，此时秋意已浓，落木萧萧而下，银杏叶拂了蒖蒖一身还满，她也浑然未觉，始终静静伫立，直到听见一声鹤唳，才惘然地举目，望向鹤舞之处。

大石佛倚山而镌，佛顶后乃山麓中段，有一观景平台，一只白鹤在蒖蒖上方旋舞须臾，又飞向平台，落在了此刻凭风而立的一个男子身侧。

蒖蒖仰头，在逆光中眨了眨眼，才看清那个轻袍缓带、身披大氅的男子竟是阔别三年的林泓。

宝石山山顶巨石成峰，在上面可观断桥全景。林泓这日带着阿澈来到山顶，面朝西湖，临风抚琴，将要归家时，路过山腰平台，见银杏落叶如金，便信步过去，俯视下方风景。

银杏树冠广阔，扇形金箔般的叶子随着秋风舞动的节奏，时而如蝶翩飞，时而倾覆而下，满地堆积，已将大半院落染成金色。院内放置着一个红木箱子，上方也覆上了厚厚一层黄叶，一名身着白色衣裙的姑娘立于这金色世界的中央，身形单薄，意态萧疏，青丝被风托起，漾向后方，如影似魅，而当她仰面向上时，太阳的金辉映在她光洁的脸上，她睁开迷惘的眼，那神情纯净如婴孩。林泓在落木风中无言地与她对视，好一会儿才想起今夕何夕，旋即沿着山中石阶而下，绕至大石佛院正门，直入后院，阔步走到蕒蕒面前。

他目蕴光彩，刚唤了声“蕒蕒”，却见杨子诚忽然自一旁的禅房中出来，向他一揖，介绍道：“宣义郎，这是信安郡夫人。”

林泓顿时缄口不言，须臾，默默向蕒蕒深施一礼。

杨子诚引他与蕒蕒进入禅房，房中有一个正在往一个胆瓶中插花的年轻僧人，见他们面色凝重地入内，猜他们大概有要事要谈，便起身告辞，留下未插完的花枝，先往殿中去了。

三人坐下，跟着林泓过来的阿澈搁下琴，自去外间取水为他们烹茶。杨子诚先打破沉默，问林泓何故到此。林泓道：“我在附近的小岛孤山上买了一个小园子，现在居于其中，种花养鹤，闲时会往周边山上走走。今日来宝石山上弹琴，不想有幸得见故人。”

他很想问蕒蕒这几年来在外的遭遇，然而蕒蕒并不主动谈，他也不好开口，房中便又一阵尴尬的沉默，当他决定离开，起身道别时，蕒蕒却唤住了他：“林老师，以前我跟你学艺时，常听你讲一些典故逸事。今日，我也有个故事，想讲与你知，你愿意听吗？”

林泓颔首，遂又坐下。

蕒蕒看着他，开始讲述：“某朝某代，奸臣当道，欺君罔上，国家内忧外患，民不聊生。一个励精图治的皇子决定铲除奸佞，中兴帝国，却被大奸臣报复，害死了他的夫人。皇子有两名好友，一名是谏官，一名是太医，谏官的父亲也被奸臣迫害致死。国仇家恨令三人决心联手惩恶锄奸，定下了一个类似荆轲刺秦王的计策……”

“刺秦？”林泓思量着重复道，目光有些恍惚。

“是的。”蕒蕒继续讲述道，“皇子是燕太子丹，太医是荆轲，而谏官是樊於期……谏官主动出击，弹劾大奸臣，大奸臣因此恨透了谏官。这时太医表示要投靠大奸臣，大奸臣知道他们有私交，不相信太医是真心投靠他，便要太医出卖谏官，提供其罪证，以便他构陷谏官。这是皇子及其朋友早已料到的事，太医与谏官此前已商议好，谏官愿付出生命，以让太医取得大奸臣的信任……后来的事，老师应该知道吧？”

林泓不答，只凝神盯着蕒蕒，问道：“谁告诉你的？”

蕒蕒恻然一笑：“庄文太子……以一种特别的方式。”

此时杨子诚从旁长叹道："这事是真的。在被官家派往东宫做都监之前，我是官家的近侍，从他少年时起便服侍他。他很信任我，当年与张国医及令尊议此事，常让我暗中联络，所以我知道其中隐情……此计虽然成功了，但令尊付出了生命，张国医则名誉扫地，成为朝臣心中背信弃义、卖友求荣之小人，后来也不知所终。此中内情无法公开，想必宣义郎及令慈皆被蒙在鼓里，一直不知真相。"

林泓目光在杨子诚与蒖蒖之间游移，显然是在衡量他们所言的可信度。蒖蒖遂道："杨都监忠诚可靠，从无妄言，所以当初官家才在王慕泽事发后将他派往东宫，负责引导庄文太子。而我，面对老师，我总是心里想什么便说什么，以前如此，如今、将来也会如此。何况，经历了这些生生死死之事，老师还会认为我有必要编造谎言欺骗你吗？"

林泓默然不语。蒖蒖又道："这个故事还没结束……大奸臣死后，家破人散，而他有个孙女，被母亲引导着，去了岭南……"

林泓心下悚然，然而神色未大改，只凝视着蒖蒖，微微蹙着眉头，屏息静气地听她述说。

蒖蒖把玉氏利用柳婕妤冒充林泓表姐，入宫为嫔御之事化为故事讲了出来，一直讲述到太子撞见柳婕妤拜月祭父，此后不久太子离奇身亡。

杨子诚亦继续做证，把自己在岭南遇见柳家启蒙先生的事告诉了林泓，向他证明柳婕妤实非其表姐。

听二人讲完，林泓许久不曾出声，蒖蒖知道此事对他的冲击无异于天翻地覆，只是他生性内敛，喜忧哀乐皆深藏于心，心中已伤得血流成河，表面上偏还是淡淡的样子，就如此刻，除了蒖蒖低目瞥见他双手暗暗握拳，指甲深深陷入手心，他看起来似乎没有任何异常。

"你为何刻意提起这些？"良久后，他才黯然问道。

蒖蒖道："我想知道，老师与柳婕妤及玉氏往来时，有没有发现事关她们身份或庄文太子的可疑之处……为了揭开庄文太子被害之事，为了洗刷流言强加于他的耻辱和我蒙受的不白之冤，为了挡住奸佞之人伸向天下权柄的手，我需要更多的证据。"

林泓再度缄口，不发一言。

蒖蒖明白他对柳婕妤的多年情分非自己寥寥数语所能割舍，哪怕他明知她与他无任何血脉联系，甚至有可能是仇家之女。

她暂时未再劝说林泓，转头看看适才僧人留下的花枝，起身去往僧人插花的座席，自择花枝插进瓶中。

她先插好几枝从绿到红色彩渐变的枫叶，又剪了一些白色小菊参差点缀，然后选了一朵红色菊花插在近瓶口处，两枝同色蓓蕾一高一低立于那朵花后，略微调整，让三枝花伸向不同的方向。

林泓默默看着，不置可否。而当蕒蕒剪了一枝红色木芙蓉，试着插在菊花旁边，并问他是否合适时，他制止了她。

“这木芙蓉与菊花同色，也差不多大，不能同插。”他对蕒蕒道。

“为什么？”蕒蕒问，“这两朵花都开得很好看，我想当作最重要的花材，同时用。”

“一瓶花中最重要的花材只有一种，两种类似的花同时用，就都不是‘最’重要的了。”林泓仍如往昔那般耐心教导，“要懂得取舍。”

“是呀，要懂得取舍。”蕒蕒放下花枝，直视林泓，肃然道，“大义与生命不可兼得，令尊选择了大义；大义与名誉不可兼得，张国医选择了大义；如今，大义与儿女私情不可兼得，老师会选择什么？”

林泓与她相视良久，想必内心在痛苦挣扎，最后微微垂目，转而凝视那散落的花枝，终于开了口：“庄文太子饮菌蕈水中毒之前，玉氏曾来找我，说柳婕妤想仿东宫水道，引山巅泉水入阁中，问我要东宫泉水管道地图参考。我当时不疑有他，借给了她……太子病倒，你来找我询问水质，我后来想起此事，隐隐觉得此事可疑，对庄文太子深感愧疚，所以专程赴东宫请罪。”

“是了，山中管道上覆有遮盖物和泥土，若非有地图，一般人不能这般容易地找到并挖开管道。”蕒蕒错愕地冷笑一声，“你为何当时不说？”

林泓道：“此事说出来，牵扯甚广，何况我也只是怀疑，没有确凿的证据。”

蕒蕒想了想，也明白他彼时想维护柳婕妤的心情，也明白了他在太子痊愈后为什么一定要去请罪。百感交集，不知说什么好，良久后才生硬地道：“多谢你告诉我此事。”

“还有一事。”林泓又道，“后来，柳婕妤让我为她改建芙蓉阁园林。有一天，玉氏请我派一名工匠去为她修补漏雨的屋顶。工匠回来后告诉我，其实是玉氏床底地板下有一间小密室，那时渗了水，所以让他去修补……第二天，这名工匠忽然留下书信，说是父母患疾病，他必须回乡，从此失踪，也不知是否真的回乡了。”

言罢他抬头看着蕒蕒，道：“如果将来要搜查芙蓉阁，不妨去找到这间密室，玉氏或许会在里面藏一些重要物件。”

蕒蕒尚未应对，杨子诚已起身朝林泓长揖：“宣义郎，异日庄文太子与吴典膳沉冤得雪，我必禀明官家，不忘你今日直言之恩。”

林泓勉强一笑，站起来还礼，然而不知是久坐后骤然起立还是适才过于伤神伤情，莫名一阵眩晕，身子晃了晃。蕒蕒从旁看见，下意识地伸手去扶，林泓右手垂下，正好握住了蕒蕒伸向他的手。

他的手格外冰凉。

蕒蕒垂目看去，只觉那只手如冰似玉，洁净白皙，此刻握着她的手，指节微屈，形状修长美好。

这电光石火的一瞬，蕒蕒的思绪忽然飞至聚景园小岛被洪水淹没那一夜，救她的人也是这般握住她的手，她另一只手迷迷糊糊地抓去，能依稀感觉到他修长的指节。

她似乎被灼一般倏地缩回自己的手，定了定神，才抬眼看林泓，问他："林老师，你会不会泅水？"

林泓短暂地沉默后，温柔的眼中浮出一丝浅淡的笑意，向她略略展开双袖，道："你看，我这样子，像是会泅水的吗？"

蕒蕒再次端详他，只觉他一如自己记忆中那样，一身书卷气，文质彬彬，全然不似弄潮儿。何况，他爱洁成癖，要他跃入浑浊的湖水中去救人，的确是不太可能发生的事。

"对不起，多此一问，是我失礼了。"蕒蕒低眉道歉。

"无妨。"他应道，脸上的微笑无懈可击，旋即客客气气地朝她再施一礼，"我该告辞了。"

夕阳西下时，赵皑随卫清浔来到大石佛院，同行的还有殷瑅和一名中年妇人。

赵皑独自带蕒蕒进入一间禅房，告诉蕒蕒："我到临安后，打听到云莺歌一年前已随庄文太子妃搬离东宫，住在官家赐给庄文太子妃的宅中。我借送宁国府山珍给大嫂的机会，找到了云莺歌，与她闲谈，将话题引到她当年送你贺礼之事上。她似乎毫无顾忌，坦然说送你的礼物是珠钿，然后提及大哥辞世，她看起来很伤心，抹着眼泪说：'没想到庄文太子和蕒蕒这么快就天人永隔了，可怜的蕒蕒如今也不知道在哪里，是否平安。'我留意观察，她对你的关切之情倒不似矫饰，如果是刻意做戏，那她的功力也忒深厚了。"

"她一向单纯，当年如果说谎，一定面红耳赤，结结巴巴，骗不了人的。"蕒蕒感叹道，"我估计这珠钿的秘密她是真不知道……你问她珠钿是从何处得来的了吗？"

赵皑道："自然问了。她说是花重金从宫外买的，但说到这点时神色倒有些不自然。我还欲追问，这时庄文太子妃走了过来，我便不好再与她多说了……

但也无妨，待杨子诚入宫，禀明官家此案隐情，官家自会召云莺歌来审问。今日皇城门已关闭，已无法入宫，我先带你回我王府，明日一早一起入宫。”

蕙蕙诧异地道：“我也去？就这样大剌剌地去，还未靠近宫门便会被人捕了关押起来吧？”

“本来我准备让杨子诚禀报官家后再带你去，但如今情况有变……”赵皑蹙了蹙眉，“适才有东宫的内侍来魏王府，说太子妃回城路上遇见信安郡夫人，一见如故，特邀你明日入宫观礼……你真遇见她了？”

蕙蕙遂把偶遇凤仙之事告诉了他，又道：“我一直戴着帏帽，她没有看清我的面容。但我与她相处多年，彼此太熟悉了，虽然我故意换了口音与她说话，她仍有认出我的可能。现在特意相邀，不知是祸是福。”

赵皑沉吟片刻，须臾神色凝重地道：“凌凤仙这人颇可疑。你曾告诉我，云莺歌送你的珠钿一共五枚，大哥薨的那日你只用了眉心那枚，其余的留在你房中。你被囚禁后，你的小院曾被查封，所用物件被抄没入库。这次回来，我设法查了当年你被查抄入库的什物，结果发现，凌凤仙被聘定为太子妃后，以忆及姐妹旧情，想留点儿念想为由，请皇后把你留下的首饰赐给她。皇后答应了，赐给她的首饰中就有这套珠钿。”

“你是说，凤仙可能与这珠钿有关？”此事远不在蕙蕙意料之中，她本能地拒绝将凤仙与之联系起来，但心头有一朵疑云隐隐升起。

“是否有关，明日审问云莺歌就知道了。”赵皑又道，“既然太子妃出面邀请，你不去等同大不敬，是躲不过了，所以我去找殷琨。皇城司逻卒在城中刺探消息，经常需要乔装改扮，有专人负责乔装易容。我请殷琨找了一个来，就是外面那个妇人，稍后请她给你和杨子诚化妆，让人看不出本来面目。明日你随我入宫，亲王妾的席位远离御座，一时应该不会有人认出你。浙东路转运使向官家进献了一批山珍海味，明日一大早要送入御厨。为免杨子诚被人认出和追杀，进皇城之前，我让殷琨安排他先扮成运送货物的小吏，混迹在人群中进入御厨。待婚礼完成，宴会将开时，官家、皇后和太子夫妇都要各回寝殿更衣，这时我再带杨子诚入福宁殿见官家。”

殷琨带来的妇人果然精通乔装易容之术，用妆粉胭脂青黛在蕙蕙脸上涂抹勾勒一番后，蕙蕙一照镜子，感觉像面对一个陌生女子，围观者也啧啧称奇，均说完全认不出她了。

去年官家赐了一座宫外府邸给赵皑，赵皑今夜便带着蕙蕙回王府，又把杨子诚交给殷琨，要他务必护杨子诚周全，明日易容后送入御厨。

四更时，那妇人又来为蕙蕙化妆，助她穿好郡夫人礼服，然后赵皑按计划

带蕫蕫入宫门。蕫蕫依品阶顺序立于内外命妇队列中，等待太子妃入皇城。

破晓之后，出宫亲迎太子妃的赵皓携凤仙乘坐着六匹赤马所驾的金辂回到皇城。那金辂高达十八尺有余，状如方屋，饰以金涂银，前后驾士有一百五十四人，浩浩荡荡地进入丽正门后，太子夫妇自金辂中下来，在都知、尚宫引导下，一前一后朝大庆殿走去。

内外命妇分列两侧下拜迎接太子妃，蕫蕫亦在其中。当凤仙经过蕫蕫面前时，蕫蕫微微抬头看向她，只见凤仙穿着一身褕翟之衣，头上花钗冠上有大小花十八株，施两博鬓，目不斜视地款款前行，略微上扬的下颌令她看起来颇显高傲，完全没有一丝当年做内人时的谦卑神情。

而这一瞥间，蕫蕫也发现凤仙脸上贴着珠钿，眉间、两鬓及唇两侧，一共五枚，且那珠钿的形状与色泽与当年自己那套看上去几乎一模一样。

她会否用了自己留下来的那几枚？这个念头在心间一闪而过，但蕫蕫很快暗暗否决：太子妃婚礼何等隆重，她岂可用一个待罪宫人留下的珠钿？这一套或许只是相似而已。

皇帝服通天冠、绛纱袍，御文德殿，礼官宣读太子妃册命之文，太子夫妇拜谢今上，婚礼如仪顺利进行。待礼毕，皇帝回福宁殿，太子夫妇回东宫更换礼服，以备赴此后盛宴。赵皑当即让人带蕫蕫来到福宁殿外等待传宣，自己找到杨子诚，亲自带他入殿，求见官家。

皇帝乍见杨子诚，自是无比震惊，连声问当年发生了什么，为何失踪。杨子诚老泪纵横，伏拜于地，恳请官家屏退闲杂人等，才从庄文太子要他查蕫蕫身世开始，将太子薨前发生之事一一道出，一直讲到太子薨后自己被人追杀，不得已逃出临安，但暂时没提柳婕妤之事。

他且泣且诉，这些事又纷繁杂乱，皇帝听得一头雾水，只问了一件事："你是说，吴蕫蕫极有可能是张云峤和刘蓂初的女儿，后来被菊夫人收养，带到浦江抚养长大？"

杨子诚称是，补充道："当年庄文太子让臣把涉及吴蕫蕫身世的文书证据交给孟司记誊录，现在孟司记那里应该还保存着，官家不妨取来查看。"

皇帝叹道："当年吴蕫蕫消失在西湖中后，我派人在临安城内外搜查，孟云岫便来恳求我放过蕫蕫，并将那些文书呈给我看了。所以，我没有再让人追捕蕫蕫，想着如果她是张云峤的女儿，这大概是天意，让我放她一条生路。"

杨子诚道："庄文太子薨之前，吴蕫蕫与他已两情相悦，倾心相爱。庄文太子信任臣，二人的事从不瞒臣，臣又将庄文太子中菌蕈毒时吴蕫蕫忧心如焚，为他里外奔波的情形看在眼里，所以臣明白吴蕫蕫对庄文太子的心意，她不可能有心害太子。何况庄文太子是储君，将来吴蕙蕙可以为妃，前途无量，于情于理，她都没有理由伤害自己的夫君。而庄文太子薨后，很快有人来追杀臣，臣便知道，那肯定是真正的凶手派来的。”

“那你知道凶手是谁了吗？”皇帝追问道。

杨子诚道：“臣只有些猜测，暂不敢直言。吴蕙蕙已在殿外等待，有些更重要的事，不妨让她向官家禀明。”

皇帝睁目讶异地道：“吴蕙蕙回宫了？”

这时赵皑在一旁扬声吩咐门外宦者：“宣信安郡夫人入殿。”

蕙蕙闻讯，徐徐进入殿中，朝皇帝行大礼。

皇帝明白了：“你就是二哥纳的妾，宋桃笙是你的化名。”

“奴是吴蕙蕙。”蕙蕙沉着应道，“奴当年被洪水淹没，幸而被人救出，离开临安，去了小时候居住过的宁国府。后来遇见魏王，我们一直以礼相待。此番借信安郡夫人之名入宫，实为权宜之计，奴与魏王，并未成亲。”

皇帝冷冷地审视她，没有就此追问下去，只问道：“当年的事，你知道什么，都说出来吧。”

蕙蕙便从庄文太子帮她追查身世说起，提到太子对程渊的怀疑和监视，又细细讲述了与太子撞见柳婕妤和玉氏对月拜祭之事，皇帝听到这里，顿时皱起了眉头。

此时杨子诚从旁道：“庄文太子随后便命臣去查柳婕妤父亲生日，臣发现那一日并非柳堃生忌，而是，齐熙的……”

皇帝无比震惊，重重拍案：“你可知你在说什么？”

杨子诚立即伏拜，恳切地道：“臣绝不敢说谎。事关重大，臣若有一句虚言，愿受车裂凌迟之刑。”

皇帝闭目，胸口不住起伏，好一会儿神色才有所缓和，又对蕙蕙道：“后来发生了什么，你继续说。”

蕙蕙黯然垂目，竭力调整心绪，良久后才缓缓道出那夜她与庄文太子亲近后太子衔去珠钿品尝呵胶之事，随后又说了在宁国府发现蛇毒可能与此有关，最后韩素问以仓鼠证实的经过。

赵皑把此前已候在殿外的韩素问召来，向皇帝展示了那枚犹带毒素的珠钿。赵皑随即又向皇帝长揖，道：“爹爹，蛇毒已被翰林医官院列为禁药，宫中人极难获得。后来我让人查过，这些年程渊一直在用蛇毒治头痛之症，私下聘用了几个捕蛇人，长年为他提供毒蛇。”

“你们想说，害庄文太子的是柳婕妤还是程渊？”皇帝问。

“此事与谁有关，须看珠钿的来源。”蕙蕙道，“奴那珠钿是内人云莺歌送给我的，把她召来审问，便可知珠钿从何而来。”

这日云莺歌也被庄文太子妃带入宫，此刻在皇后殿中。皇帝当即命张知北派人把她带到了福宁殿。

云莺歌尚不知发生何事，一进殿中，看见众人个个神色冷肃，当即吓得跪倒在地。赵皑随即问云莺歌珠钿来源，此刻云莺歌也不敢掩饰了，垂泪说出了实话：“是凤仙……哦，不，是如今的太子妃送给我的。当时她说要谢我照顾提点，送我这副珠钿，我见珠钿贵重，蕙蕙又喜事将近，所以转赠给了蕙蕙。”

“太子妃？”皇帝蹙眉问道，“她这又是从何得来？她知道你要送给蕙蕙吗？”

“她知道的，我告诉她我准备送给蕙蕙，她没有反对，说送给了我就任我处置。”云莺歌抽泣道，“但是她从何处得来我便不知了。”

皇帝唤门外宦者，正欲命他去请太子妃，此刻却有一位东宫内侍慌慌张张地疾步入内，跪倒在皇帝面前，禀道：“适才四大王和太子妃在东宫忽然呕吐晕厥，现在不省人事，太医说，像是中了什么毒。”

四大王即柳婕妤所生的小皇子赵皎，今日柳婕妤说感染风寒，卧床于阁中，没有前来观礼，但允许乳保带着赵皎及公主如婴前往东宫看婚礼盛况。

皇帝一听赵皎可能中毒，又急又气，立即起身怒问宦者原因，宦者却说太医也暂时不知因何中毒。蕙蕙顿时想起此前凤仙所用的珠钿，对皇帝道出这一疑点。皇帝旋即喝道：“走！随我去东宫。”

他们到了东宫，只见里面一片混乱，许多内人围聚在太子妃寝殿内，对着昏迷的凤仙和赵皎又是呼唤又是哭泣，而几名太医紧锁眉头，不时商量或争论，一些宦者四处奔走，看上去焦急而忙碌，却不知道在忙些什么。公主如婴在自己乳保怀中一直哭，而赵皓垂头丧气地坐在凤仙榻前，两眼通红，似乎也刚哭过。

皇帝先去查看赵皎的状况，蕙蕙则来到凤仙身边，低身查看，发现她面上的珠钿已经被卸下。

“太子妃的珠钿呢？”蕙蕙问凤仙榻前的侍女。

那侍女答道：“太子妃回到东宫，先就把珠钿卸了，后来四大王拿着玩了一会儿。”

“他是不是把珠钿放嘴里了？”蕙蕙又问。

“啊，是，是！”不待侍女回答，赵皎的乳保如梦初醒，凑过来回答了蕙蕙的问题，“太子妃卸妆时，四大王和公主在殿中追逐嬉戏，后来四大王忽然摔倒，磕破了嘴唇，流了一些血，痛得哇哇大哭，太子妃便招手让他过去，把他抱在怀中，取卸下来的首饰给他看，好言抚慰。四大王很喜欢太子妃鬓边用的珠钿，拈起来玩，玩着玩着就往嘴里塞。太子妃忙让他吐出来，四大王不答应，倒是拈起另一枚递到太子妃嘴边，说是甜的，要太子妃尝尝。太子妃本不想尝，但四大王小孩心性，非把珠钿往她嘴里塞，太子妃只好尝了尝，也说是甜的，四大王才许她吐出来。两人又说了会儿话，然后四大王开始呕吐，太子妃忙张罗着请太医，但不久后她也开始呕吐，然后和四大王都昏迷不醒了……"

蕙蕙让侍女速去寻找凤仙卸下的所有珠钿，随即拨开凤仙的嘴唇，查看她口腔状况。只见凤仙牙龈红肿，似乎有出血症状，便问侍女太子妃近日是否上火。侍女道："是的。太子妃长途跋涉回临安，夜间也休息不好，所以生了些热气，牙痛好几天了。"

蕙蕙当即找到太医郭思齐，请他用解蛇毒的药给四大王和太子妃治疗。郭思齐依言而行，备好汤药让二人服下。过了片刻，凤仙眼皮跳动，开始呻吟，而赵昚仍无反应。皇帝越发焦虑，连问郭思齐药用得对不对。郭思齐躬身道："官家，须对症下药才能确保见效。而今只知这毒可能是蛇毒，但是哪种蛇之毒，蛇毒用量是多少，我们全然不知，只能保守治疗。若能查明，臣等便知如何更好地解毒了。"

"程渊！"皇帝霎时想起刚才蕙蕙等人提到的程渊，大喝道，"快把程渊拘来！"

"官家，万万不可！"跟随皇帝而来的都知张知北跪下劝道，"程渊如今在慈福宫侍奉太后，如果因此事拘他，等同于向天下宣告太后与谋害皇子之事有关。一则，太后可能不允许我们进慈福宫拘人，再则，即便程渊被捕，为了自己的性命和维护太后，他也会一口咬定与此事无关，不会说出如何才能解毒的。"

杨子诚也附和道："张都知所言有理，此刻确实不宜以追查皇子中毒一事为由去慈福宫拘捕程渊。"

"那你们说怎么办？"皇帝怒吼道。

此时蕙蕙上前，朝皇帝下拜，道："奴有一个办法，或可解决此事。望官家先回福宁殿，再容奴禀奏。"

（九）
司宫令

皇帝如今无计可施，又见蕙蕙目光坚定，一副胸有成竹的模样，只得应她所请。

待回到福宁殿，蕙蕙再郑重举手加额，向皇帝跪拜，然后肃然道：“奴，典膳吴氏，自荐为司宫令，为陛下追查庄文太子及四大王、太子妃中毒真相，肃清宫禁。望陛下加恩，准奴所请。”

皇帝惊讶得无以复加：“你说什么，司宫令？”

“是的。”蕙蕙镇定地仰头，与皇帝对视，清楚地说道，“唯有司宫令，才有管束南北大内两宫宫人的权力，才能名正言顺地进入慈福宫查案，而不怕太后反对。”

“司宫令可管束的两宫宫人只是女官内人，管不了程渊那样的宦官。”皇帝质疑道。

“程渊涉及的罪行，不只下毒这一桩，他还涉嫌私自囚禁菊夫人。菊夫人是先帝宫人，在司宫令管辖范围内，奴先以追查菊夫人一事为由进慈福宫，再说服太后，交出程渊，届时交给御史台、刑部审讯，或是皇帝下旨设诏狱，皆由陛下决定。”蕙蕙冷静地说出自己的计划，见皇帝不置可否，又道，“菊夫人一案，不仅涉及庄文太子之事，还关系到张国医的下落。若陛下封奴为司宫令，奴可将张国医失踪之谜一并查清，将张国医亲自送到陛下面前。”

皇帝沉默须臾，沉声问道：“你真有把握，将这些事全部查清？”

“我有把握。”蕙蕙斩钉截铁道，“许多事，我已想明白了，现在只需要审问相关之人来验证。这些案子，我也牵涉其中，或许不该成为查案之人，但没有人能比我更清楚其中的关节所在。我来追查，可确保结果来得准确而迅速。而我也可先向陛下立誓，保证秉公执法，不会因个人私情而掩饰、漏报任何真相。”

见皇帝仍不表态，蕙蕙再拜，继续申请：“我只需要一天，做一天、十二个时辰的司宫令。在这一天内查明所有真相，明日即卸任，并席藁待罪，请陛下就我在庄文太子一案中应承担的责任以及今日的僭越，定罪处罚。”

皇帝沉吟须臾，然后振臂一指西南方，对蕙蕙道：“你面朝庄文太子攒所的方向，向他起誓，若身为司宫令，必秉公审案，不违国法，不徇私情，不谋私利。”

蕙蕙当即转朝他所指的方向，郑重地再拜，一字字起誓道：“殿下，蕙蕙若获封为司宫令，必秉公审案，不违国法，不徇私情，不谋私利。若有悖誓言，愿受万蛇噬身之苦，并堕入阿鼻地狱，生生世世，永不得与殿下相见。”她说到最后一句，声音微颤，直视前方的双目亦浮现一层泪光。

皇帝见状，在心里叹了口气，继而扬声召唤在外守候的张知北，吩咐道：“去把值宿的学士召来，让他拟定制词：封典膳吴蒖蒖为正四品司宫令，任期自今日未时起，十二个时辰。”

制词拟好，皇帝交予张知北在文德殿宣读。此前获知此消息的尚服已派人自内藏库取来深藏多年无人使用的司宫令冠服，请蒖蒖换上。

蒖蒖洗净铅华，着紫色公服，戴漆纱幞头，足穿乌皮靴，腰系金带，在殿中接受任命并谢恩。当她走出文德殿时，尚宫、尚仪、尚服、尚寝、尚功以及已升任尚食的秦司膳已守候在丹陛下方两侧，带领着六尚女官们，一齐向她欠身行礼：“妾等恭贺司宫令。祝司宫令花盛续登高，高步蹑鹏程。”

蒖蒖忙长揖还礼，抬头一顾，见六尚女官虽然说着贺词，但大多面无表情，应该颇不服气，只有秦尚食与她对视，露出了一点儿鼓励的微笑。

张知北旋即出来，问她现在是否需要备宫车，送她去慈福宫。蒖蒖摆摇头：“再等等。”她又问，“柳婕妤知道四大王中毒的事吗？”

“还不知道。”张知北道，“四大王与太子妃相继晕厥，我便知事关重大，已命人封锁东宫，严禁闲杂人等通行，应该无人往芙蓉阁报信。”

“请都知遣人速往芙蓉阁，告诉柳婕妤四大王吮了太子妃的珠钿，如今命悬一线，危在旦夕。”蒖蒖淡定地告诉张知北，“此时去慈福宫，一时半会儿也拿不到解药。不妨试试这个法子，说不定还能尽快获得解药。”

张知北当即派了一名内侍前往芙蓉阁，向柳洛微通报此事。柳洛微原本恹恹地躺在床上，一听侍女入内传递的消息，立即起身，侍女为她披的衣裳都未来得及系好，便冲出去问那内侍：“你是说，四大王是吮了太子妃的珠钿中毒的？”

内侍道：“四大王之前一直好好的，吮了那珠钿之后不久就呕吐晕厥，太子妃也是这样，应该是珠钿呵胶有毒。”

柳洛微面色煞白，转身奔回房中，翻箱倒柜地找了片刻，最后翻出一个小瓷瓶，就要往外奔去，不料被玉氏一把拖住。

“不能去！”玉氏压低声音喝道，“这事蹊跷，多半是凌凤仙或者什么人设局，要逼你拿出解药。你若亮出解药，就中计了，我们的事就会暴露。”

“可是我的孩子快死了！”柳洛微瞪着泛红的双眼，怒道，“这蛇毒如此猛烈，当年令庄文太子瞬息间毙命，四哥如此幼小，再晚一点儿更救不活了！”

玉氏仍拦着她奋力阻止："不给解药，有那么多太医在，四哥未必救不活，但你若给了解药，就坐实了与下毒之事有关，我们可能都会死！"

"死就死，我的孩儿若不能活，我也生不如死！"柳洛微拼命拨开玉氏的胳膊，就要往外冲，玉氏情急之下一手拉住她，另一手扬起，习惯性地要甩她一巴掌，而这回柳洛微反应更快，迅速抽出手，抢在玉氏之前重重地扇了玉氏一耳光。

"你没有心，可我有！你不拿自己的孩子当人，我不行！"她含着一眶热泪，愤恨地怒瞪玉氏，在玉氏愣怔时退后两步，然后握着小瓷瓶奔至外间，因为步履过快，在光滑的地板上摔倒了，一下扑在地上。

在堂中等待的内侍忙上前扶她，她尚未爬起便把瓷瓶塞在内侍手中，催促道："快把这药送给四大王服下，快！"

内侍答应，立即出门奔向东宫。而柳洛微随后站起，一瘸一拐地追着他的背影走了几步，扬声嘱咐："给四大王服三粒药，三粒！"

柳洛微失魂落魄地目送那内侍远去，然后默默回到卧室中，穿好衣裳，自己对着镜子梳了梳头。

玉氏走到她身后，看着镜中的她道："事到如今，一场大祸是无法避免了。你且从密道中逃出去吧，我留下来见机行事。若还有转圜的余地，晚些时候我走密道去寻你。你在那端若等到天黑还不见我来，就走吧，能走多远走多远，不要回来了。"

那内侍带着药瓶来到东宫时，蓁蓁已与张知北在凤仙与赵皎卧着的寝殿中等候。内侍把药瓶交到郭思齐手中，转告了柳洛微叮嘱的用量："柳婕妤说，要给四大王服三粒。"

郭思齐拔开瓶塞，倒出药丸一看，见里面仅有绿豆般大小的七粒，还在思索该怎么分配给四大王和太子妃，赵皓却倏地冲过来，硬生生地从他手中夺走了六粒，转身疾步往凤仙病榻前，低身将六粒药丸全塞进了凤仙嘴里。

郭思齐目瞪口呆地看着赵皓扶起凤仙亲自喂她水，让她咽下药丸，才讷讷道："殿下，只剩一粒药丸，只怕四大王的药量不够……"

"有多少就给他服多少吧。"赵皓冷冷地道。

郭思齐明白赵皓听说赵皎需服三粒，便算出凤仙至少要加倍服药才有效，见解药不足，便先下手为强，先保住妻子性命，顾不上弟弟了。既已如此，郭思齐也无可奈何，只得把剩下一粒加水调和，让赵皎饮下。过了片刻，赵皎仍紧闭双目，气息奄奄，而凤仙倒是睁开了眼睛，徐徐喘气。

赵皓大喜，连声唤她。凤仙点点头，又举目四顾。这时蓁蓁上前，轻声问她："凤仙姐姐，你这珠钿，是谁给你的？"

凤仙状甚茫然，须臾才答："是柳婕妤……珠钿……是柳婕妤……送我的……"

蕙蕙也不惊讶，转身对张知北道："烦请张都知奏知官家，柳婕妤涉嫌投毒，还望官家派殿前司禁卫迅速封锁芙蓉阁。"

不久后，芙蓉阁即被禁卫重重包围。蕙蕙与张知北入内时已有多名内侍在里面搜索了一番，禀报说不见柳婕妤踪影。蕙蕙问："玉婆婆呢？"

"我在这里。"玉氏阴沉着脸自后院出来，身上带着一股烟熏火燎的气息。看清蕙蕙面容及装扮，她先是一愣，旋即嘴角边露出一丝冰冷的笑容。

蕙蕙问她柳婕妤身在何处，玉氏只说不知。蕙蕙又问她可还有解药去救四大王。玉氏说没有，也不知配方。蕙蕙遂再问："那柳婕妤的解药从何而来？"

玉氏道："岭南蛇虫多，我们从那里来，身上带一些解蛇毒的药有何稀奇？"

"我们只告诉你们四大王中了毒，可没说中的是什么毒吧？"蕙蕙一哂，"你怎么知道是蛇毒？"

玉氏语塞，冷哼一声，别过头去。

张知北命内侍继续翻检阁中物事，寻找与投毒之事相关罪证，须臾，内侍们回报说暂时没发现什么明显罪证。蕙蕙一瞥神色漠然的玉氏，下令道："在玉氏房中床下找找。"

玉氏闻言脸色霎时变了，回视蕙蕙的目光且怒且惧。

玉氏房中飘浮着烟味。内侍搬开她的床，发现下方几块地板有明显的缝隙，掀开地板一看，见下面是个方形铁盖，揭开铁盖，一股浓烟滚滚而出。烟雾散开后，那里露出一道向下的阶梯。

阶梯通向一间一丈见方的小密室，里面有一张小供桌，桌上摆着香案和一盏长明灯，而桌前搁着个小火盆，里面有两块尚在燃烧的木牌，形状看上去像供奉先人的灵牌。

内侍们灭了火，将未燃尽的灵牌取出，呈交张知北和蕙蕙查看。两人见其中一块已被燃成黑炭状，字迹已很难分辨，而另一块大概是最后烧的，玉氏离开时封闭了出口，室内不通气，火势渐缓，所以没有被烧毁，字迹尚能看清，细细辨来，上书的字为"先夫齐君讳熙之灵位"。

蕙蕙把那灵牌扔到玉氏足下。玉氏立即拾起抱在怀中，抬头愤恨地盯着蕙蕙，眼中几欲喷出火来。

"你是齐熙的妾吧？烧毁的那块灵牌，大概是齐栒的。"蕙蕙直言道，"当年我与庄文太子撞见你和柳婕妤拜月祭齐熙，庄文太子随后命人追查此事，你

们怕事情败露，便用蛇毒混入珠钿呵胶中，利用他人转手几次，最后害死了庄文太子。”

玉氏哧哧地笑起来：“你怎么不说庄文太子最后是怎么入口的？难道你就能置身事外吗？这三年来，那一夜的事是不是已经成了你挥之不去的梦魇？你是张云峤的女儿，这就是你的报应！”

蕒蕒一顾左右，道：“批颊。”立即有内侍上前批玉氏的脸颊。

内侍双手齐挥，迅速扇得玉氏满面红肿。玉氏还不住地怒骂，那内侍索性握拳击去，顿时打落她两颗门牙。

蕒蕒倒没被她激怒，镇定地对她道：“如果说报应，四大王才算是你们的报应吧。你们用来毒害庄文太子的珠钿，兜兜转转又落入他口中，让这个无辜的孩子承担了你们滔天罪行的后果。说起来，他应该是你的外孙，如今他命悬一线，你就忍心放任不管，不提供解药？”

“我哪儿有解药？所有的解药娘子不都给你们了吗？怎么又来问我？”玉氏愤愤不平道，“如果还不够，你们去问程渊要，所有的蛇毒、解药都是他的，你有本事便去问他要呀……”说到这里，她又忍不住露出一丝冷笑，“如果能说服太后让道的话。”

蕒蕒前往慈福宫，以新任司宫令的身份，举手加额行大礼拜见太后，旋即提出要见程渊。

太后已然听见风声，知道东宫发生的事，一口回绝道：“司宫令只能管女官内人，程渊是宦者，提举慈福宫，还轮不到司宫令管。你想见他，请提前两天派人通报，请求会面，至于答不答应，也由他自行决定。”

蕒蕒道：“妾自然不能兼管内侍，只是受命于官家，要追查先帝宫人菊安失踪一事，程渊牵涉其中，妾斗胆请程渊露面答疑，还望太后谅解。”

“菊安？”太后闻言神色一变。

“是的，也就是，菊夫人。”蕒蕒道，“有人证、物证表明，程渊将菊夫人囚禁在适安园，甚至……娶了她。”

太后默然，旋即冷笑道：“菊安是北大内宫人，老身还活着，要管也是老身管。谁给你的权力，伸手到北大内，插手老身宫人的事？”

“给妾权力的，是当今至尊。”蕒蕒从容地答道，“司宫令可管南北大内两宫宫人，太后不会不知吧？抑或想修改宫规，让北大内宫人脱离司宫令的管束？”

太后暂时未答，但胸口起伏明显，怒气难抑。

“太后想修改宫规，怕是也不能够。”蕒蕒继续冷静地道，“毕竟天下人都知，这天下权柄，是在皇帝手中，而非太后手中。”

太后无比惊讶，手指蕙蕙，气得话都无法连贯地说出："你……你……大胆……"

"官家一向孝敬太后，所以以前不设司宫令之职，而今日任命妾为司宫令，太后睿智，不会不明白他的意思。"蕙蕙开诚布公地与太后说明，"上回庄文太子中菌蕈之毒，投毒者是内侍，南大内无内侍失踪，本该查验北大内内侍，太后却坚决不许人追查，硬生生将此事包庇下来，朝廷内外物议喧哗，太后岂会不知？官家尊重太后，只得放弃追究，然而难免心怀芥蒂。若此类事一再发生，官家未必会继续容忍，届时会出现何种后果，恐怕难以预料。"

太后怒视蕙蕙，然而也找不到合适的言辞反驳。蕙蕙继续劝道："其实官家心里明白，太后与他如今相处和睦，母慈子孝，谋大逆之事，太后根本没必要去想。然而，恕妾直言，世人都知太后当年曾经扶持过别的宗室子，若慈福宫之人犯下大错，人们便会臆断太后与此脱不了干系，这也是太后坚决不让人查出慈福宫人错处的原因。可如今程渊所犯之事非同寻常，涉及庄文太子一案以及此番皇子及太子妃中毒之事，人证、物证已有不少了，官家不可能再容忍，必将追查到底。太后如此明智，自然知道现下该做的，是不再庇护有谋大逆嫌疑之人，而是先行撇清关系。"

太后眼帘微垂，目光不再如先前那般咄咄逼人，怒气也散去大半，似乎在思考蕙蕙的话。

蕙蕙知她态度松动，又道："太后这些年来修身养性，对官家及皇子们的慈爱关照官家都记在心里，无论程渊做了什么，官家都不会认为是受太后指使，也愿意保全太后声誉，不以涉嫌谋逆的罪名拘捕他，而命妾出面，借调查菊安一案去找他。私自藏匿囚禁先帝宫人，仅此一条便可为他定重罪，将来公之于众的很可能也是这个罪名，而不会以错综复杂的谋逆罪引人猜疑太后。"

太后凝神思忖，在殿内徐徐踱步，良久不表态。蕙蕙想了想，再又对她道："程渊服侍太后多年，太后估计不忍心放弃对他的庇护。然而程渊貌似忠诚，对太后却未必如表面上那般唯命是从。说起来，他至少已背叛太后两次。"

"两次？"太后蹙眉重复道。

"是的。他瞒着太后，私下藏匿菊夫人是一次……"蕙蕙说着，摘下随身携带的银香囊，打开露出琼花种子，送至太后眼前，"接受柳婕妤的琼花贿赂，此后与其勾结谋逆，是第二次。一个奴仆，装作对主人唯唯诺诺，暗地里却不顾主人喜恶以权谋私，这样的家奴，留着何用？"

太后闭目，沉吟片刻，终于做了决断："你来之前，程渊已离开慈福宫，往适安园去了。"

蕙蕙长揖，谢过太后。她将要告退，忽又止步，转而对太后道："妾还有一疑问，望太后明示。"

太后面无表情地道："你说。"

蕙蕙问："太后是否下过教旨，命人追杀菊夫人？"

太后呵呵一笑道："这是宫里流传多年的谣言。我是很厌恶菊安，她以为自己集万千宠爱于一身，当年对我没少做忤逆之事。不过，当年她出宫时我用寥寥数语就刺死了她那颗不安分的心，之后的她，不过是具漂浮于浊世中的躯壳，死不死，又有什么关系？"

蕙蕙默默听着，还是求证道："所以，追杀一说，只是谣言，太后从未下过这样的旨意？"

太后冷冷地道："没有必要。"

蕙蕙离开慈福宫，请殿前司首领去南大内把玉氏押往适安园与程渊对质，自己与张知北则先赴适安园。

这日宋婆婆无法入宫，然而心忧蕙蕙安危，一直守在和宁门外等待消息。蕙蕙出入皆坐在宫车中，宋婆婆也不知有这司宫令仪仗之人竟是蕙蕙，漠然地看着宫车自面前经过，倒是禁卫押着玉氏出来，在宫门外上囚车时，宋婆婆忽然激动起来，追着囚车看了又看，终于忍不住对车中人高呼："春融！"

玉氏闻声转过头，发现是她，阴恻恻地笑了笑，不发一言，又转头朝前，任囚车把自己带往前景未知的方向。

宋婆婆拼命奔跑追逐着囚车，边跑边喊："春融，我的外孙女呢？我家桃笙呢？你把她带到哪儿去了？"

玉氏仍未回答。宋婆婆跑着跑着，终于精疲力竭地跪倒在地上，在囚车扬起的尘埃中放声大哭，拍打着车轮留下的轨迹抽泣道："桃笙，我的桃笙呀……"

（十）
蛇与焰

张知北知道程渊这些年来一直控制着一批习武宦者，名为拱卫慈福宫，实际大多为己所用，担心他利用这些人负隅顽抗，便在与蕙蕙前往适安园之前调集了殿前司与皇城司的若干禁卫随行护送，并准备缉拿程渊归案。

到了适安园门前，果见许多黄门立于大门内外严阵以待，但看到他们并不阻拦，反而齐齐行礼，并指引他们入内。

此时园中红叶与各色菊花遍布各处，异彩纷呈，景象绚丽，目之所及皆锦绣，全然不见一丝杀气。带路的宦者请萁萁和张知北等人绕过假山，穿过竹林，来到一幢四面皆可移动窗格的宽阔屋舍前。宦者开了门，再躬身请他们进入。

萁萁先步入这屋舍，霎时睁大了双眼：室内两侧地面略低，分别种植着一片正开得如火如荼的金灯花，正中架有一小桥，通往后方廊庑。

如今已是深秋，按理说金灯花花期已过，但程渊在室内种植，周围门窗以白棉纸糊窗格，可透光，又能阻挡寒气，温暖时又可移动窗格通风，引阳光入内，因此将花期延长到了今日。

萁萁想起庄文太子薨后自己梦中与他永别时的桥下景色，越发觉得这花艳红如血，妖冶得令人不安。

她眨了眨眼，抬头向前看，不顾金灯花，过了桥继续前行。

他们通过几段曲折的回廊，又到一间屋舍前。这回宦者一开门，一阵腥风即扑面而来，令人作呕。

萁萁定睛一看，发现面前不远处有一深坑，坑上以铁条结网，覆盖住坑口，但可通过缝隙看坑内情形。坑深两丈有余，里面有山石，有树干树枝，而更多的是密密麻麻，花纹、颜色各异的蛇，一条条四处攀爬、纠缠着，令人不寒而栗。

而深坑之外设有案几桌椅，程渊此刻正坐在椅中，见萁萁等人入内，施施然站了起来，向他们一揖为礼。

张知北还礼，温文尔雅地问："程先生知道我等来意吗？"

程渊含笑道："知道。"

萁萁见他可指挥如此多宦者，便知他耳目甚多，两宫发生的事只怕已有人告诉他了。

张知北这时亦笑了，对程渊赞道："先生既已知道，仍如此从容，真乃好风度。"

程渊道："你们既然能来到这里，可见太后已经放弃程某了。事已至此，何必抗拒，不如开门请君入内，有什么问题我自会坦然回答，也可让二位将这公务执行得容易些，早些回宫复命。"

张知北礼貌致谢。萁萁则径直问程渊："菊夫人在哪里？"

"不急，我们先说说话。"程渊温言道，"稍后我再带你去见她。"

他请二人坐下，不紧不慢地焚了一炉香，自己坐下点茶。张知北数次问他庄文太子及四皇子、太子妃中毒之事与他有何关联，是否有解药，他皆道："若我所料未差，柳婕妤或玉氏将前来指证，不如等她们来，一齐把话说明白了。"

少顷，禁卫将玉氏押送至此。程渊才徐徐起身，朝玉氏一拱手，道：“春融娘子，程某这厢有礼了。”

玉氏瞠目看着他，见他唤出自己从未向宫人透露的闺名，明显有些惊诧。

程渊一哂，又坐下，开始向蕒蕒等人说明：“我与菊夫人结为夫妇之后，彼此间说的话渐渐多了，我向她提起柳婕妤也会跳《梁州舞》，并且有几处舞姿与菊夫人当年表演的一模一样，我从未见他人跳过。菊夫人便问我是哪几处，我形容后，她告诉我，这几处动作是她自己编排的，当年她只教了一名弟子，应该只有那女弟子会。我想，从年龄看，柳婕妤一定不会是那女弟子，便问菊夫人那女弟子是不是姓玉，她说不是，是姓俞，或者，姓齐。”

蕒蕒闻言转顾玉氏，玉氏呼吸渐趋急促，情绪开始激动。

“她随后告诉我那俞氏的身世。”程渊继续道，“当年齐太师惧内，在外偷偷纳了个妾，却不敢带回宅中，一直养在外面。这妾室姓俞，后来为齐太师生了个女儿，取名春融，但春融始终仍然不敢公开认齐太师为父，对外自称姓俞。春融长到十七八岁时，齐太师见春融容貌甚美，且自幼习舞，便有心栽培，异日送到先帝身边为妃。又见先帝宠爱菊夫人，就以请菊夫人教授宅中舞伎为名，多次把菊夫人接到自己的外宅中，请菊夫人教春融舞蹈。菊夫人一眼便看穿了齐太师的心思，但既然先帝让她去，她也就去了。她有这个底气，相信这个姑娘威胁不到她。春融学得很努力，夜以继日地练习，在一般人看来已经跳得很好了，但菊夫人和春融心里都明白，春融怎么跳也达不到菊夫人的境界。有一次春融为了练好《梁州舞》那几个极难的地方，把腰扭伤了，菊夫人便告诉春融，无论什么技艺，只要认真去学，都可以练得很好，但若要练至寻常人难以企及的地步，是需要天赋的。而春融，没有这种天赋。”

听到这里，玉氏不禁露出一丝冷笑。

程渊瞥她一眼，问道：“既然学舞不成，齐太师随后又让你去学做膳食吧？”

“不错，他让刘司膳教过我。我还是用尽心力去学，做的膳食看上去跟刘司膳做得差不多了，但父亲品尝后还是说，只差一点点，但那一点点就是整道膳食的灵魂。”玉氏苦笑着，目中一抹愤恨的光一闪而过，“因为对我失望，父亲无情地斥责和奚落我，说我容貌和舞技不如菊夫人，厨艺又不及刘司膳，怎能吸引官家的目光？他怨我不尽力，爱偷懒，所以学什么都学不到极致，对他来说，一点儿用处都没有。而我知道，我真的已经竭尽全力了，达不到他的要求，可能真是欠缺那点儿天赋吧……”

蕒蕒从旁听着，这时想到一个问题：“你既是齐栒之女，怎么后来又做了齐熙的妾，称他为夫君？”

张知北先解释了："齐熙是齐栒的养子。齐栒之妻王氏不能生育，便收养了自己妹夫与外室之子，改名齐熙。所以齐熙与玉氏虽然名义上是兄妹，其实并非血亲。"

程渊也补充道："据说齐熙当年奉齐栒之命，瞒着王氏私下照顾齐栒的外室，也许因此与玉氏多有往来，日久生情吧。"

听他们提起齐熙，玉氏黯然神伤，沉默片刻，缓缓道："在我天天苦练厨艺却毫无进展，备受父亲责难之时，是我那哥哥经常来探望我，鼓励我，安慰我。我给他做的任何膳食他都喜欢，都说好吃……总之，和父亲相反，在他眼里，我容貌好，舞技好，厨艺好，什么都好……那时我们又都青春年少，相互恋慕，便悄悄在一起了。后来父亲知道了，十分震怒，说我已非处子，彻底丧失了入宫的希望，要来何用……父亲想要我死，却不自己动手，而是把我和母亲的居处告诉了正室。结果，王氏派了一批人来，活生生把我母亲打死了。我也被打得遍体鳞伤，若非齐熙赶来拦着打手，我也活不下来……后来，为免王氏迫害，我逃出临安，去了宁国府，在一家酒楼安顿下来，过了一段安生日子，养好了伤。"

蕫蕫此前一听"春融"这个名字便觉得耳熟，只是一时想不起在哪儿听过，听到玉氏提起宁国府及酒楼，瞬间顿悟："原来你就是宋婆婆所说的春融！"

"你认识她？"玉氏蹙眉反问道。

"她现在成了我的外婆。"蕫蕫道，"而她真正的外孙女，是被你拐走的吧？"

玉氏未直接答，倒呵呵笑了起来，须臾才道："我跟着宋三娘学厨艺，她说话不像刘司膳那么委婉，见我学不好就直说，甚至斥责，也像菊夫人那样，说我没有天赋……天赋，'天赋'这个词像魔咒一样，困扰我一生，也害了我一生……宋三娘经常让我帮她带外孙女桃笙，我见那小姑娘粉雕玉琢一般，生得极美，又很聪明，听见乐声就会摇摇摆摆地跳舞，跳得比许多大孩子特意学的还好看……有一天，我盯着她，半晌，忽然想到，这就是所谓的天赋吧，桃笙又是宋三娘的外孙女，那么在厨艺上，也是有天赋的。"

"这就是你拐走桃笙的原因？"蕫蕫斥道，"你知不知道你一念之差，害得宋婆婆家破人亡，在痛苦中度日如年？"

"痛苦？谁人不苦？世人都有自己的痛苦、自己的劫数，只不过她的劫数是我罢了。"玉氏漠然地道，"她那外孙女，留在她身边，长大了也不过是一个寻常的村姑，而我带桃笙到都城，栽培得出类拔萃，十全十美，送入宫中享了这半世荣华，也算对得起桃笙了。"

“你拐走的小姑娘就是柳婕好吧？”张知北这会儿也听懂了，“你既是齐栒之女，处心积虑地把柳婕好送入宫，目的必不会是追逐荣华富贵那么简单。”“我要她做我没有做到的事。”玉氏道，“我带她回临安，跪在父亲面前求他宽恕，说我虽然入宫无望，但我有把握培养好这个姑娘，将来送她入宫。父亲虽然说这事他早已放弃，就不指望我了，但倒是放过了我，让齐熙好生照料我，不让王氏再欺负我。齐熙让桃笙叫自己爹爹，待她如亲生女儿一般。桃笙也很快忘了以前的事，认我们为父母。我带着桃笙住在齐熙的别业中过了几年好日子，直到父亲被张云峤、林昱和如今的官家设计害死，齐熙被强令致仕，不久后忧愤而亡，临终前嘱咐身边亲人，要为他们父子报仇雪恨。见齐熙撒手人寰，我只觉天都塌下来了，但哭过之后，我反倒振作起来，决定为他们复仇。”

蕙蕙问：“齐栒之死你怎知有人设计？”

玉氏冷笑道：“以我父亲的心智，怎会不在皇子身边安插自己的人？虽然皇子谋划得手，但事后得意忘形，难免走漏点儿风声，身边的人知道后便告诉了我们。”

“那人，是王慕泽吧？”张知北此时问道。

玉氏没回答，但看样子是默认了。蕙蕙想起当年王慕泽造谣构陷郦贵妃事发后，逃往凤凰山自缢而亡，如今看来，他奔往的方向接近芙蓉阁，只怕临死前还向玉氏、柳婕好通报了消息。

蕙蕙此刻已理清了所有的因果，对玉氏道：“后来你要掩饰身世送柳婕好入宫，便须找个安全的身份，那么官家盟友的亲戚，是最合适的。”

“对。”玉氏坦然承认，“我打听到林昱有个表妹嫁去了崖州，便带着桃笙去寻，被柳家收容。本来只想待桃笙讨得他们夫妇欢心，求他们收为养女，这样获得柳家女儿的身份应选入宫，没想到天降一场瘟疫，倒更助了我一把……柳氏夫妇和女儿洛微死后，我不费吹灰之力就找到了柳洛微的浴儿书和柳家的丁口簿，带着这些文书去武夷山找林昱遗孀，很容易就留在了林家。我悉心教导桃笙，桃笙也很争气，出落得如仙女一般，舞跳得像菊夫人一样好，膳食又做得像刘司膳的一样美味，获得官家的宠爱，也是顺理成章的事。”

此时她欣然笑了，显然对自己的计划顺利实施颇感满意。

“膳食……”蕙蕙忽然想起裴尚食，遂问，“那时官家入口的膳食必先经裴尚食品尝辨味试毒，后宫嫔御进献饮食，也须获她许可。后来裴尚食味觉退化，在官家默许下，柳婕好才有了越过裴尚食经常为官家料理膳食的机会。所以，裴尚食味觉丧失一事，如今看来，未必仅仅年纪使然，你们多半也做过点儿什么吧？”

玉氏轻描淡写地说道："她年纪大了，常有头疼脑热、腰酸背痛之类的毛病，去找太医周之祁开药调理，却不知周医官是我们的人，给她吃的药里多加两味，加速味觉退化，不是什么难事。"

蒖蒖问道："裴尚食服了药味觉退化，难道没起疑心？"

玉氏道："一点儿一点儿慢慢加的，她只道是年老的缘故吧，很难觉察。"

张知北插嘴问道："后来裴尚食因庄文太子之事受牵连，有人匿名举报说她丧失味觉，也是你们做的？"

玉氏也不否认："其实官家早已知道她味觉出了问题，碍于情面，一直留着她。我们不借那个机会将她彻底除去，更待何时？"

蒖蒖压抑住满腔怒火，把这一笔罪行在心里给她加上，留待官家清算，又问她："你的复仇，是指谋害官家还是皇子？"

"起初，我是准备让桃笙承宠后，在膳食中下药，给官家服用。但桃笙说，这样骤然下药太明显，就算成功了，但官家是吃了我们准备的膳食驾崩的，我们也不能活。不如先固宠，待官家毫无防备，再每天下一点点毒，这样毒发时别人只当是因病而亡，察觉不到是我们做的。后来官家专宠她一人，她完全有机会慢慢下毒，却不肯做了，跟我说官家死了她也会被送出宫出家，我们后半生会过得很艰难，不如等她生个皇子，这样官家驾崩后她也能以皇子母亲的身份和我继续过荣华富贵的生活。再后来，公主皇子都生了，我问她何时动手，她又说，既然有了皇子，何不设法先扶持皇子做太子，将来继承大统，这样整个天下都是我们的了……我明白她一拖再拖，其实是狠不下心去毒杀官家，我虽不满，但觉得她说的不无道理。若是她的孩儿做了太子，将来成为皇帝，那等于我把整个国家都攥于手中，这可是我父亲和夫君都没有做到的事呀……"

张知北不禁拍案，斥道："你们这两个毒妇，竟敢怀这般狼子野心，妄想弑君窃国！"

"想弑君的一直是我，桃笙觉得官家对她很好，难免生情，所以一直不愿下手。"玉氏淡淡地说明，"还望都知以后向官家转告这点，若找到婕妤，希望官家念及她对官家的情义，留她一条性命。这也是我今日向你们完全坦白的原因。"

张知北不置可否。蒖蒖继续追问道："既决定扶持四皇子为储君，那他三位哥哥便都成了你们要消除的障碍，所以你们先从庄文太子下手。毒菌蕈的事是你们做的吧？"

"主意是我出的，但投毒是程渊让人做的。"玉氏冷笑着看向程渊，"那时程渊已经觉察到庄文太子在查他私藏菊夫人的事，如坐针毡，惴惴不安，我

稍加劝导，他便答应了。”

张知北侧首一顾程渊，低声叹道：“糊涂！私藏宫人，虽然是重罪，但若求得太后谅解，或者请官家体谅你对菊夫人的多年恋慕之情，请他正式赐婚，并非全然无望。”

“不可能的。吴蘡蘡既知菊夫人在我这里，无论如何都会请庄文太子设法营救，太后、官家都阻止不了她。”程渊镇静地道，“而庄文太子一定会为她做到，我与菊夫人，就会从此分开了。”

他又举目看向蘡蘡：“对不起，我不能忍受与菊安分离。”

蘡蘡怒极，暗暗握紧双拳控制情绪，然而身体却止不住地开始颤抖：“所以，你不惜毒害庄文太子！”

程渊恻然一笑：“你说，你不惦记着找你妈妈该多好？这样我与菊安，你与庄文太子，都会永远在一起。”

一刹那愤怒与悲伤奔涌如河，蘡蘡只觉眼前又有一朵朵黑云泛升起，几欲晕厥，而这时张知北微微向她欠身，略略提高音调，提醒道：“司宫令，案情尚未分明，还望继续追查。”

蘡蘡顿时意识到自己如今的身份，身为司宫令，确实应该秉公执法，冷静处事，不为情绪所裹挟。于是蘡蘡支身坐直，恢复了冷静的神情，继续问程渊：“柳婕好当初赠给如今太子妃的珠钿呵胶上有蛇毒，可是你提供给她的？”

“是的。”程渊道，“玉氏来问我要蛇毒，细细询问毒杀一个人需要的剂量。我猜到她想用来毒害庄文太子，劝她说如此下毒太过明显，很难掩饰，她说婕好自有妙计，不会被人发现……最后我给了她蛇毒，同时给了相应的解药，告诉她如果下毒后后悔，可用解药来解。七粒，可以救一个成年男子。后来……显然她们没有用解药。”

蘡蘡怒而转顾玉氏，若目光可化作利箭，玉氏早已被刺得千疮百孔，然而玉氏毫无惧色，竟然挑衅地看着蘡蘡笑了：“你不是想要解药吗？现在可以问程渊要了。”

“解药我已用完了，倒是知道怎么配制，就是有些麻烦……”程渊对玉氏道，“你想不想知道？听说四大王已然中毒晕厥，说起来你与他应该多少有几分祖孙之情，不如亲自带几味解药给他。”

他走到蛇坑上方铁网中间，那里有个供饲养投食所用的方形开口，有盖可开合，此时程渊以足挑开方盖，往下看了看，又招呼玉氏过来：“解药就是与蛇共生的几种草药，你看，坑中生有几株。”

玉氏闻言过来探看，刚走到开口边，程渊忽然揽过她往那方形口中一塞，双手一放，玉氏立即坠入了蛇坑中。

转瞬间无数条蛇汇聚过来，缠住玉氏噬咬，玉氏拼命挣扎，厉声惨叫，一声强过一声，然而无济于事，她身上的蛇越来越多。

张知北与蕈蕈见之色变，均往蛇坑处走了两步，探视下方情形。张知北犹豫了一下，向身后的禁卫招了招手，欲让他们去救玉氏。程渊见状道："她已被这么多毒蛇咬了，拉她上来也救不活，何必再让禁卫去冒这种险。"

张知北便默然不作声了。

程渊又道："她毒害庄文太子，企图窃国，罪有应得。然而她的事涉及齐家，官家也未必愿意公开交予御史台、大理寺或刑部审理，多半一杯鸩酒了事，那不是便宜她了？如今这样的处罚，估计官家也会觉得，更适合她吧。"

蕈蕈问："你亲自处死玉氏，是想向官家邀功，请他对你从轻发落？"

"不，因为我恨她。"程渊淡淡地道，"我其实并不想谋大逆……我想要的，一直只是菊安。"

张知北追问程渊到底还有没有解药。程渊道："没有了，新的解药再配，也来不及救四大王了。何况，恕我直言，这个孩子与齐家有千丝万缕的关系，他的生母又犯了谋逆罪，得不到好结果，他将来会不会因怨生恨，将这段仇恨延续下去？就此代母亲还了这番孽债，未必不好。"

张知北便沉默了。

见蕈蕈沉默，程渊倒对她笑了，温和地道："来，我带你去见菊安。"

玉氏的惨叫声渐弱，张知北留下几名禁卫，命他们稍后找饲蛇人来，设法取出玉氏的尸首，然后与蕈蕈在程渊的引领下朝外面山石堆垒的假山上走去。

山上小楼的门是开着的，此时天色已晚，楼中已点燃数支宫烛，秋娘便端然坐在温暖的烛光中，静待他们前来。

见到蕈蕈，秋娘目露喜色，起身走到女儿面前，含笑道："蕈蕈，我终于等到你了。"

而蕈蕈暗暗拼尽全力，才按捺住与母亲相拥，抱头痛哭的冲动，只是透过泪光看着她微笑，一时不发一言。

张知北适时上前，对秋娘拱手，介绍蕈蕈道："菊夫人，这是今日官家刚任命的司宫令，与我一同前来，接夫人回宫。"

秋娘瞬间明了，扶了扶鬓边钗环，从容地向蕈蕈行礼："庶人菊安，拜见司宫令。"

蕈蕈克制住此刻的心痛，仅以手虚扶，口中道："免礼。"

秋娘抬起头来，保持着一点儿微笑，与蕈蕈相顾无言。

“你们带菊安回去吧。”程渊在秋娘身后，对张知北道，“还望张都知与司宫令带菊安先在山下稍待片刻，我收拾一下楼中物事，再随你们回宫。”

张知北道：“宫中什么都有，程先生何必再带行李？”

程渊道：“我是恋旧之人，用惯了旧物，想整理好一并带走。望张都知容我保有这一点儿体面。”

张知北斟酌一二，最终颔首，与蕈蕈先带着秋娘下山，而程渊在蕈蕈转身之际唤住了蕈蕈，略略避开张知北与秋娘，对蕈蕈低声道：“你妈妈嫁给我，是不得已的。当时她为了救你，主动提出与我做交易，若我从聚景园救你脱身，送到安全之地，她就嫁给我。所以聚景园暴雨那晚，我派人开船去救了你。”

蕈蕈睁大眼睛盯着他，又侧首看看秋娘，震惊之余酸楚莫名，心如刀绞，偏偏此刻又只能勉力维系着司宫令的尊严，严禁一切情绪外露。

“好好待她。”程渊叮嘱道，“以后只有你能保护她了……记住，无论她做过什么，都是因为爱你。”

待蕈蕈一行人远去，程渊独自关上了小楼的门，缓步去寻楼中所藏的美酒，打开酒坛饮了一口，然后将酒液四处泼洒，并把剩下的小半坛尽数淋在自己身上，最后一脚踢翻立于身边的烛台，烛台上的数支宫烛霎时点燃酒液与楼中帷幕，并蔓延到程渊身上，烈火熊熊翻卷着，转瞬间即将他吞噬。

柳洛微悄悄走进自己寝阁后方的园林，在一座假山的洞穴中转了几个弯，上下左右摁了一处内凹的太湖石几下，再一推，那石块开始转动，露出后方的一个狭长隧道。柳洛微点燃携带的蜡烛，进入隧道关闭入口，秉烛前行。

这条隧道通向凤凰山另一侧山麓，出口在宫城之外，被岩石藤蔓遮挡着，甚为隐蔽。柳洛微一路探索着走到近出口处，已然见到了外间光线，可心系儿女及玉氏安危，一时又不知该往哪里去，便止步驻足，呆坐着等待。

默然等了许久，一直不见玉氏来寻，柳洛忐忑不安，探头朝外看看，发现夕阳西下，暮色渐浓，不由得着了慌，不祥之感越来越重，于是拨开藤蔓，走到隧道外，欲下山躲避。

她刚拍了拍落有尘土的衣裙抬起头，便见前方山崖边立有一名男子，背对着她，正低头面向山谷岚色，衣袂飘扬在晚风中。柳洛微吓了一跳，立即转身欲躲回隧道中，退得急了，脚踩在一块山石上，踉跄两步，碰到藤蔓发出一阵声响，那男子闻声回头，与她四目相对，似感惊讶，淡淡地唤了声：“姐姐。”

柳洛微一喜，展颜道：“泓宁！”

林泓略微一笑，看上去十分勉强。

柳洛微渐觉有异，走到他面前，问："你为何在这里？"

"我在等你。"林泓道，"今日太子纳妃，我亦在宾客之列，东宫之事略有耳闻。听说你让人带药去东宫，便猜到，也许你会出现在这里。"

柳洛微悚然警觉："你为何这样说？"

林泓目光投向她身后的密道："这密道是我为你改建园林时你让我安排人挖的，说芙蓉阁花木多，怕易发火灾，建这密道也多条逃生的路。这个理由牵强，但我还是为你建了，没想到你真的能用上……姐姐，你果然引来了一场火灾。"

柳洛微惶然地问道："你知道些什么？"

林泓道："庄文太子中菌蕈毒之前，玉氏曾找我索要东宫山泉水管道的图纸，后来太子中毒，我有些疑惑，但劝自己，也许只是巧合，不应多想。可是，太子薨后，我为你建园林，有一天雨后曾发现某处长出几朵毒菌，挖开那块地一看，发现几段蛇骨……还记得小时候我们一起看书，有本书上记录着用草木灰覆盖毒蛇，促生毒菌的方法。为什么你的园子里有这个？你真的在研究这种方法吗？这几段蛇骨，是不是你培养毒菌之后没清理干净遗留的？"

"什么蛇骨？我不知道……"柳洛微矢口否认，然而侧过头去，避开了林泓的目光。

林泓心中显然有自己认定的答案，依然直视着她，黯然问道："你为何要冒充我表姐？是因为这个身份能让官家放松警惕吗，齐娘子？"

柳洛微见他这般笃定，明白他必然已获悉真相，再掩饰也无用了，遂不发一言。

林泓恻然一笑："那么多年，很委屈吧？藏身于仇人家中，还要掩饰着满心憎恶照顾他的孩子。"

"不是的，泓宁！"柳洛微扬起泪眼看向他，"我一直把你当亲弟弟……不，或许，比弟弟还亲几分……妈妈确实只是想凭借你家的关系让我顺利入宫，可是在我心里，你就是我的亲人，我从未把父辈的仇恨转移到你身上。"

见林泓无任何回应，她凄楚地道："和你在一起过的那几年，是我这一生最快乐的时光，虽然经常面临妈妈的打骂，但只要看到你维护我、安慰我，我就满心欢喜，知道这世上至少有一个人是真心爱护我的……我不想入宫，可是妈妈痛哭着劝我，一遍又一遍地诉说祖父和父亲临终前的惨状和他们的遗愿，我作为他们的后人，真的没有办法摆脱为他们复仇的宿命……知道中选后，我每天夜里都在哭，我想留在武夷山，永远和你在一起，可是谁让我身上流着齐家的血呢？用自己的人生去报答父母的养育之恩，是做儿女的责任吧……"

见林泓目中有微芒闪过，她抹了抹坠下的泪继续说道："出发去临安那天，

我见你跑来追我，我心如刀割，虽然狠心摆脱了你，但我回到船中哭得快断了气，觉得万念俱灰，如果不是妈妈拼命拦着我，我差点儿跳河自尽……”

“别说了。”林泓打断她，转身背对她，望向远方一痕山脉黛色，道，“你走吧。阿澈在山腰处等你，会给你一些财物，设法送你出城。今日一别，想必我们不会有再见的机会，多珍重。”

“你跟我走，好吗？”柳洛微忽然似窥见一丝希望，疾步走至林泓面前，双目闪亮地凝视他，“我们一起走，离开临安，回武夷山，或者另寻个他人找不到的地方，像以前那样，长相厮守……”

林泓沉默着垂目与她对视，目光冷淡，无喜无悲。

“好不好？泓宁，跟我走……”柳洛微柔声恳求着，像素日与官家撒娇那样拽着林泓的手摇了摇，不见林泓有反应，又伸双手环住了他的腰，依偎在他胸前，垂下眼帘低语，“如今只有你，是我可以放心依靠的人了……”

林泓没有与她相拥，她倒是很快感觉到了他身体的僵硬，而目光向下落在林泓垂着的手上，忽然发现，他手腕以上，竟泛起了寒战。

柳洛微难以置信地看着，然后猛地拉起林泓的袖子，随即发现他整个手臂上都起了明显的鸡皮疙瘩。

她自然深知林泓的洁癖，若有外人触碰到他，他会感觉恶心，而身体也会随之泛起鸡皮疙瘩，但那是对外人呀。而她与林泓一起长大，从来都亲密无间，在武夷山时经常手挽手走路，拥抱也时有发生，他从来不会有这种反应。

可是他此刻手臂上的鸡皮疙瘩，明明白白，触目惊心。

“泓宁，你……讨厌我？”柳洛微惶惑地抬头看林泓，满心期待他说出否定的答案。

然而他没有表态，只是淡定地将手抽出来。

她眼中的光霎时暗淡了，她怔怔地退后数步，沉默须臾，然后从腰悬的丝囊中取出一个翡翠镯子。

“你还记得这个镯子吗？”她微笑着问林泓。

林泓看着她扬起的镯子，点了点头。

当然记得，这是他花费无数个日夜，一点儿一点儿雕琢出来，要赔偿她的镯子。后来她在聚景园公开说要送给蕒蕒，无形中给了蕒蕒剜心一刀。

“你说，这是你千挑万选出来的翡翠，雕琢打磨许久才做成的镯子，就是为了还给我……”柳洛微嘴角一扬，状甚讥诮，语气忽然变得格外冰冷，“可是，你早已忘了我的手有多大了吧？”

林泓一凛，着意看了看她的手。

柳洛微冷笑起来："这个镯子，我根本戴不进去，倒是那个吴蒖蒖，戴着刚好，不大不小……你一定摸过她的手很多次了吧？将尺寸牢记在心里，竟把给我的镯子琢成了她手腕的尺寸！"

林泓闻言心下也是暗暗一惊，完全没想到镯子的尺寸会是柳洛微所说的那样。回想起来，他握着翡翠终日斟酌时，正是蒖蒖在武夷山的时候，蒖蒖随他学厨艺，他难免有意无意地盯着她的手，确实很熟悉她的手掌大小、手腕粗细，或许因此潜移默化，不知不觉地将镯子琢成了她手腕的尺寸？

"你为什么不解释，不否认？你不知道我在期待你给我个说法吗？哪怕是哄我呢……"柳洛微的泪珠断线般止不住地坠落，"明知这不是为我雕琢的镯子，可你既然送给了我，我还是每日带在身边。事到如今才发现，原来这个镯子只是你自欺欺人的证据，而我对你的情意也不过是一场笑话！"

"带着它走吧。"林泓终于开口了，"如果不想要，就拿去换点儿钱，以后在外生活，总需要些用度……"

柳洛微把镯子直直地送到他面前，咬牙切齿道："我不稀罕。"

林泓不接。柳洛微怒极，将镯子朝林泓身上掷去。林泓不接也不避，那镯子砸到他身上，又坠于地上，磕碰到一块山石上，随着一声脆响，瞬间四分五裂。

柳洛微舒了口气，朝着林泓挑衅地笑了笑，然后昂首向起初出来的密道走去。

"洛微，"林泓在她身后唤道，"不要回去，回去祸福难料。"

"是祸是福，我都愿意承受。就算死，也要死在我儿女身边。"柳洛微决然地走向来时路，"他们才是我的亲人。"

回到芙蓉阁的柳洛微很快被内侍重重包围，送入寝阁软禁，随后的处置要等官家示下。而这对她来说并不是最惨的事，当儿子毒发身亡的噩耗传来，柳洛微感受到的剧烈痛苦几乎令她疯狂。

"为什么？我让人送解药给四哥，为何你们没有救活他？"她愤怒地抓住每一个看见的人问，而没有一个人回答她的问题。

柳洛微怒骂，撕扯，打砸，撕心裂肺地在有限的空间里奔走痛哭，无人敢走近劝慰。直到亥时，柳洛微哭得精疲力竭，呆呆地倚靠在墙边半梦半醒间，紧闭的门忽然开了，一个满头银发的老婆婆出现在门边，提着一个炖盅进来，身后跟着送她前来的张知北。

"桃笙。"老婆婆泪眼蒙眬地看着她笑着唤道。

蒖蒖回宫时在和宁门外遇见兀自在街边哭泣的宋婆婆，于是将她带回宫中，向皇帝禀报适安园之事，又讲述了宋婆婆与外孙女的故事。皇帝因四皇子

夭折十分悲伤，虽然对玉氏所为深恶痛绝，但对柳洛微难免有两分顾惜，又听闻宋婆婆找寻多年的外孙女竟是柳洛微，更唏嘘不已，同意宋婆婆赴芙蓉阁看望柳洛微。而宋婆婆提出，想为外孙女做一碗鱼羹时，皇帝许可了，让蓂蓂带她去尚食局厨房做好鱼羹，带往芙蓉阁。

柳洛微神思恍惚，没有反应。

宋婆婆取了个碗将鱼羹盛出，试试温热，再以匙喂到柳洛微口中。

柳洛微昏昏沉沉的，本来近乎无知觉，但随着一匙匙鱼羹入口，呆滞的眼珠忽然开始动了。她困惑地着意品味着鱼羹，然后抬眼看着宋婆婆，蹙眉警惕地问道："你是谁？"

"我是你的外婆，桃笙。"宋婆婆含笑轻声道。

"外婆……胡说八道，快出去！"柳洛微先是有些疑惑，旋即朝宋婆婆怒喝道。

"是不是觉得这鱼羹味道很熟悉？"宋婆婆还是慈爱地凝视她，缓缓道，"你小时候，我经常给你做鱼羹。给别人做的，鱼肉是切成片，或切成丝，但是给你做的都格外精细，鱼肉是碾成茸的，细细挑拣过，不会有一点儿刺……笋丝也切成龙须一样细，汤熬得鲜香，不能太咸，不能太酸……喏，就是如今你喝的这碗的味道，你想起来了吗？"

是的，这是停留在柳洛微遥远的儿时记忆中的味道。虽然时隔多年，但当汤汁入口，那熟悉的感觉丝丝缕缕地自记忆深处浮升而出，像一把钥匙，徐徐开启了一扇尘封多年的门，一些支离破碎的景象由远而近，渐渐飘上心头：慈祥的老妇人吹吹勺中的鱼羹，再送她嘴边……老妇人笑着看她喝汤，不时引袖子拭干她嘴角的残羹……她咯咯地笑着喝汤，不慎呛了一下，老妇人忙搁下汤碗，伸手为她抚背顺气……

"你是谁？"柳洛微再问时语气柔和了许多，听起来像真诚询问。

"我是宋五娘，你是我的外孙女桃笙。"宋婆婆轻言软语地引导她回忆往事，"你很喜欢桃花，谁给你一朵，你就很开心地笑。后来，你妈妈亲手给你缝了个小被子，上面绣了许多桃花，你每天都要盖着那被子才肯睡，特别爱闻那被子的味道，每次睡觉，你左手都要攥着桃花被的一角，拉到鼻子边闻着，然后伸右手的食指和中指进口中吮吸才能睡着……"说着说着，宋婆婆拉起柳洛微的右手，看了看，道，"你瞧，你右手这两个指头要比左手的略细，这吮手指的习惯一定是很大了才改掉的吧？"

柳洛微目中含泪，喃喃道："五岁，五岁才改掉的。"

宋婆婆含笑问道："桃花被呢？春融带走你的那天，这小被子也不见了，一定还跟着你吧？”

柳洛微仍下意识地回答：“一直跟着我，用了十余年，直到破得不能再破。”

宋婆婆引袖拭拭眼角：“如果你妈妈还在，还可给你再做一床桃花被，可是……”

柳洛微茫然地盯着宋婆婆，然后转顾她身后的张知北，问道：“这到底是怎么回事？”

张知北上前，转述玉氏临终前提起的旧事，又结合蒖蒖此前的说明，将柳洛微身世的真相告诉了她。

柳洛微怔怔地沉默良久，忽然抱着头发出一声凄厉的尖叫。

宋婆婆泪流满面地拥抱她，像哄婴儿那样轻拍着她劝慰道：“没事了，都过去了，婆婆和桃笙又见面了……”

柳洛微依偎着她，开始呜呜地哭泣。宋婆婆流着泪，仍尽力朝她露出鼓励的笑容：“桃笙别怕，以后婆婆每日来看你，你想吃什么就告诉婆婆，婆婆给你做。炒面、酥儿印、五香糕、煮沙团都是你爱吃的，你还记得吗？”

柳洛微不答，在她怀里哭得肝肠寸断。

祖孙两人相拥而泣，过了一个时辰，在张知北的劝说下才分开。张知北要带宋婆婆离开，柳洛微起身跟着宋婆婆，张知北要她留步，柳洛微含泪恳求道：“张都知，我想送送我外婆。”

张知北见她状甚可怜，也就答应她送外祖母到寝阁外露台上。

宋婆婆将要下阶梯离开时，柳洛微又上前数步唤住她，微笑着对她道：“婆婆，我还有个女儿，叫如婴……”

张知北闻言道：“公主今日在皇后寝阁安歇，请娘子放心。”

柳洛微点点头，继续对宋婆婆道：“婆婆，以后你多去看看如婴呀，她也爱吃那些点心。”

宋婆婆一迭声地答应了，又说晚来风急，要柳洛微早些回房，别着凉了。

柳洛微答应，却并不转身回去，而是一直目送宋婆婆。待宋婆婆身影完全消失在视野中，她才怆然仰头，朝着天际那一弯镰刀般的冰冷月亮眨了眨眼，然后骤然转身，疾步奔至露台边，越过栏杆，一跃而下。

冷淡的月光中，身着白衣的她像一只灰色的蛾子，张开翅膀落下，坠在昔日梳妆浸足的温泉池边，溅出的血在夜幕中颜色深沉，墨汁一般在温泉水中晕染出了黑色的绢。

（十一）
往事

获悉柳洛微之死，蒖蒖带人去查看，收殓，清理现场，随即前往福宁殿，向官家禀报相关情况，一切处理得井井有条，无可指摘。一日之内经历幼子夭折、惊闻长子亡故真相、得知宠妾阴谋及死讯，官家亦是心力交瘁，急怒、悲愤与痛苦交织，一时竟哭也哭不出来，烛光中的他眼窝深陷，形容憔悴，颓然垂首坐着，像是一日之间老了几岁。

默默听蒖蒖说完，官家闭上眨红的眼睛，半晌后挥手示意蒖蒖退去，但当蒖蒖欲转身离去时，官家却开口，问道："还有张云峤之事，你查清了吗？他在哪里？"

蒖蒖回过身面对他，缓缓垂下眼帘，欠身道："此事已有眉目，但详情还须询问菊夫人，妾这就去问她，明日清晨，可将一切奏知官家。"

此刻子时已过，蒖蒖命人将秋娘带到尚食局厨房，然后屏退其余人，仅留秋娘与自己独处一室。

待送秋娘入内的内侍关门避于远处，秋娘即回头看蒖蒖，目泛泪光轻唤了一声"蒖蒖"，而蒖蒖只是淡淡一笑，没有如秋娘期待的一般唤她"妈妈"，却只称她"菊夫人"。

秋娘不难从她的语气中分辨出她欲保持的理性与疏离，遂暗淡了眼神，依旧恭敬地行礼："司宫令万福。"

"菊夫人，我找到张国医了。"蒖蒖开诚布公地说道，不出所料地发现秋娘流露的惊异之色，顿了顿，继续冷静地道，"我找到他了，国医张云峤。我请他暂时在大石佛院等我们，你要不要去见他？"

秋娘面色青白，咬了咬唇，没有作答。

蒖蒖见状没有就此追问下去，目光转而投向厨房中一个养鱼的水缸，似乎换了个话题："浙东路转运使进献了一些珍贵食材，其中有不少河豚，而尚食局是不会为贵人做河豚的，所以暂时把它们养在水缸里。菊夫人，宋婆婆说已经教会你做河豚了，你可以做一次给我看吗？就用你当年烹饪河豚的方法。"

秋娘沉默许久，然后缓步走到水缸边，看了看里面鲜活的河豚，终于回答道："好。"

蒖蒖为她备好厨具，秋娘洗净手，从水缸中捞出一尾河豚，一手按着，另一手握刀熟练地切鱼鳍、鱼尾和鱼嘴，随后轻松剥下鱼皮，去除鱼目及内脏，以碗盛了，搁在远离砧板之处，然后冲洗鱼肉，并不忘彻底清洁砧板和刀具，另换一个未曾接触到河豚的砧板及刀来处理鱼肉，继而鱼肉斫鲙，用鱼骨炖汤，一切程序与宋婆婆教给萛萛的极其相似，并无任何纰漏。

冰绡般的河豚鱼鲙被秋娘摆成昙花状，盛于琉璃盘中奉至萛萛面前，砂锅中白色汤汁咕嘟翻滚，散发着鲜美的鱼香。秋娘端起盛内脏的碗，走至倒厨余杂物的木桶边，把内脏倒了，背对萛萛搁下碗后，忽然捂着嘴，一阵咳嗽。

萛萛见夜深寒冷，怕她因此着凉，忙解下自己公服外罩的凉衫走过去为她披上。秋娘立即推辞，但萛萛不容拒绝地为她系上凉衫，秋娘也就默然接受了。待穿好凉衫，她回去看看锅中的汤，等了等，觉得差不多了，便盛了两碗，一碗自己先行尝过，再把另一碗端给萛萛。

她处理河豚的整个过程萛萛尽收眼底，知道没有问题，萛萛遂端起碗饮了一口，双目始终紧盯秋娘，观察她的表情。秋娘见状，勉强一笑，道："你放心，不会有毒的。"

萛萛搁下汤碗，取出一个小瓷盒推到秋娘面前，直视着她，镇定地问道："那么，张国医为何变成了一具白骨？"

秋娘恻然不语。萛萛又道："我请人从宋婆婆酒楼后院的金灯花花圃下挖出了他的遗骨，为避人耳目，委屈他暂时栖身于木箱中，带到了临安。如今他正在大石佛院，等待与你对质。"

秋娘凝视那瓷盒片刻，伸手取来打开，见里面有两根已呈黄黑色的陈年鱼骨。

"这是从张国医右手指骨处找到的，他临终前紧紧攥着这个瓷盒，瓷盒密封甚好，所以里面的鱼骨能保存至今。"萛萛与她说明，再问，"这骨头是河豚鱼骨吧？宋婆婆说你离开宁国府时是春夏之交，那时，正是河豚最毒的时候。"

秋娘依然不发一言。

萛萛继续追问道："你为何突然离开宁国府？离开前夕，宋婆婆为何会听到你的哭声？这些年来，你为何不再烹制河豚，甚至提都不许他人提？宋婆婆说你处理河豚已经很熟练了，曾经给张国医做过多次。那么，为什么会变成这样？你在害怕什么？"

"不要再问了，萛萛。"秋娘忽然抬起头，还如往日那般温柔地看着女儿，朝她微笑，"你想知道的一切，我现在都可以告诉你。但这是个漫长的故事，希望你有耐心认真地听。"

萛萛点点头，与秋娘相对而坐，凝神静待她随后的讲述。

"我叫菊安，是一个无父无母的孤女，从小流转于不同的养母之间，受尽欺凌，好在我舞跳得还不错，获先帝青睐，成了仙韶院的菊部头……"秋娘从

容地说起往事，语调平静，不露悲喜，仿佛说的是一个事不关己的遥远传说，“先帝对我很好，给我许多衣裳珠宝，但我最想要的是爱呀，而他对我总是若即若离，也不纳我为嫔御，我不确定他是否爱我，就一次次地试探，问他要洛阳的牡丹、扬州的琼花，要许多临安没有，又很难获得的物事。现在看来，这实在很幼稚，但我那时也不知如何才能探知他是否真正珍视我，只能这样幼稚地一次次提要求。他能找到的都会找来给我，但听我要琼花，就说运输劳民伤财，且运来很难养活，何必多此一举。我就跟他怄气，那时的皇后，如今的太后乘机惩罚我，我便索性绝食，最后逼先帝亲自来看我、哄我……”

“这事我略有耳闻。”蕖蕖道，“你与刘司膳，就是那时认识的？”

“早就认识了，毕竟她也是先帝身边的人。”秋娘答道，“不过是我绝食后先帝才让她来为我做膳食的。起初我不喜欢她，总是给她脸色看，但她性子有些像你，成天乐呵呵的，一见我就笑，像只兔子一样在我身边蹦来蹦去，问我想吃什么。我不理她，她就做出各种美食来诱惑我。后来她那傻乐的样子看多了，我倒也习惯了，她若有一日不来，我还挺惦记她的。日复一日，我们之间说的话渐渐多了起来，我本来以为她像我一样喜欢先帝，熟识后才发现，原来她爱的人是张云峤。”

“你那时也认识张国医吧？”蕖蕖问道。

秋娘颔首：“我跟先帝闹别扭，卧床不起，先帝便让他来诊治。别的太医对我都客客气气，甚至有几分恭敬。而这个人呢，与众不同，第一次给我诊断，就写了一首诗讽刺我为邀宠装病：‘空赐罗衣不赐恩，一熏香后一销魂。虽然舞袖何曾舞，常对春风裛泪痕。’我很恼火，要赶他出去，他也毫不示弱，直接告诫我要好好吃饭，否则他会把这首诗交给仙韶院其余歌舞伎传唱，说这是可以根治我的病的法子……仙韶院那些人，个个巴不得我失宠，若让她们见了这首诗还了得？我听他那样说真是气死了，但又没有反击的办法，后来在刘司膳的劝导下，饮食渐渐恢复如常。”

遥想张云峤威胁菊夫人的样子，蕖蕖不禁有些想笑，但旋即生出一点儿疑惑：“你是不是由此注意到他，反而渐生爱意？”

“并没有。”秋娘道，“那时就是很讨厌他，也不明白蓂初为何会喜欢他，见她爱他爱得死去活来，甚至故意尝毒，就为了有让他医治的机会，我便痛骂过她，说了许多张云峤的坏话。可蓂初丝毫听不进去，后来我只好放弃了，随他们怎样吧，只要蓂初开心就好，甚至会找理由找张云峤来诊治，以便让他们见面，与张云峤的关系倒也因此逐渐缓和……先帝此前曾说我穿红衣跳《梁州舞》时披帛回旋，衣袂飘然，像一朵盛开的曼殊沙华，我不知道那花长什么样，见张云峤学识渊博，便向他打听。张云峤说他也没见过，但会为我寻找这种花……蒖初尝毒差点儿身亡，张云峤把她救回来了，他们本来就相互爱慕，这下便忍不住相互表白，私订终身，却被先帝发现了。他们在皇子，也就是如今官家的协助下私奔，躲在一个山中的小院里。而我那时因为屡次顶撞太后，被频频责罚，便自请出宫，以求清静。先帝答应了，赐了个园子给我居住，承诺会时不时去看我……我出宫后，渐渐与蒖初联络上，时不时互通消息。后来，张云峤与皇子密谋，假装因与刘司膳私奔，要投靠齐栒以求庇护，齐栒让他害死谏官林昱以示忠诚，事成后果然接纳了他，让他为自己治病。结果张云峤乘机治死了齐栒，这便导致他和蒖初遭到齐家的追杀。而我……”

说到这里，秋娘神思恍惚，目光黯淡，沉吟良久方才继续说了下去：“有一次我去灵隐寺进香，遇见现在的太后，因为没向她行礼而遭到她身边宦者的责打，我朝太后冷笑，说我身上的每一道伤痕都会成为官家厌恶她的理由。太后便让人把我带到一间禅房中，私下问我：‘你知道他为何一直不纳你吗？’我不答，她又问：‘他是不是跟你说过，他待你，如妹妹？’我很惊讶，因为先帝确实这样说过，太后就嘲讽地对我笑，在我耳边说：‘他说的是真的，他只是把你，当妹妹。’”

“妹妹？”蒖蒖想了想，再忆及裴尚食以前提起过的先帝在长公主订婚前夕醉酒之事，有些明白了，“太后的意思是，先帝把你视作长公主的替身。”

秋娘苦涩地一笑，道：“我遇见先帝之时，长公主早已去世多年，据说她只是一个民间女子，为求富贵而假冒战乱中消失在北方的长公主，因此被杖毙。但是，先帝身边近侍，偶尔提起她仍称她为长公主，说她气品高雅，一身傲骨如梅花，言辞间并不认为她是假冒的……我也是听太后那样说才想到，我与那位长公主，在他人看来，也许确有一些相似处……太后见我瞬间愣怔，就得意地挑明，说：‘你以为你集万千宠爱于一身，是他心里眼里的珍宝，殊不知，你只是个毫无价值的赝品。你没有父母，没有地位，没有权势，曾经以为拥有的爱也不过是一场笑话，从头到尾，始终一无所有。而我以前是贵妃，如今是皇后，将来会是太后，千秋万代，受臣民尊重，宗庙供奉，你有什么资格嘲笑我？有什么底气威胁我？’”

蒖蒖霎时间明白，这便是此前太后与自己提及的，她说与菊夫人听的诛心之言了。蒖蒖见菊夫人如今忆及神色仍戚戚，不难猜到这话当年对菊夫人的打击是何等沉重。

秋娘黯然垂目，继续道：“我万念俱灰，只觉以往曾经以为拥有的宠爱不过是梦幻泡影，被她一戳，就破了……我再也不想见先帝，恰逢蒖初离开临安

之前来向我道别，我便恳求她带我同行，而她也同意了，说服张云峤带我一起走……那时，她已经怀孕了……”

秋娘抬起含泪的双目，看向蕒蕒那酷似蒖初的眼睛，微笑道：“是的，蒖初腹中的孩子就是你，她才是你的母亲。”

秋娘所说的真相对蕒蕒而言早已不是秘密，她虽然不愿接受，但这是已然令她默然的事实，可如今听秋娘说出，蕒蕒仍莫名地悲从心起，有种与母亲相依相偎的自己被某种不可抗拒的力量硬生生拽开的感觉。她担心秋娘看见自己流露的感情，更怕看见秋娘此刻必然更为深重的悲伤，于是转过头，提醒自己现在的职责，强迫自己镇定，好一会儿才再顾秋娘，语调如常地问秋娘：“后来你们一起逃出临安，刘司膳是怎样被齐家发现带走的？当时你和张国医在场吗？”

秋娘垂下眼帘，黯然道：“我们先逃到绍兴附近的一个村庄里，隐姓埋名地过了数月，等蒖初生下了孩子。那村子很小，也没都城里的人来搜查过，日子长了，我们也不再像刚逃出来时那样警惕，张云峤开始应村民的请求出诊，我也时不时去附近的小镇上买一些村里没有的日用品。你满月后几天，张云峤又去邻村给人看病，我准备再去镇上给你买几件新衣裳，蒖初忽然请我带她同去，说坐月子闷得慌，很想出去透透气。她一再请求，我见她一向健康，那时气色也不错，就答应了，于是雇了辆牛车，抱着你，带着她，一起去镇上。我怕她累着，逛了没多久，便让她带着你进一间茶坊休息，我继续出门买东西，不料在一家店门口看婴儿衣裳时，忽然有一个穿黄门公服的人骑马朝我驰来，一双眼睛紧盯着我，带着杀气。看那服色很像是程渊手下的人，我一时脑中轰鸣，撂下衣裳就跑……刚从临安住所中逃出来时，程渊曾亲自带着一些黄门追捕过我，也不知奉的是先帝之命还是太后之命。当时我躲在西湖边的花丛中，看着他的马飞驰而过，他当时的神色严肃中透着几分焦虑，紧锁着眉头，眼神看上去很是凌厉，令我不寒而栗，当时就想，宁死都不能落到他手中……”

“那镇上追捕你的人，是程渊派来的吗？”蕒蕒问。

秋娘一叹：“当时我认定是这样，拼命逃避，好在那小镇街道曲折，有许多小巷，我七拐八拐地暂时甩开了那人，回到了茶坊。我告诉蒖初程渊手下的黄门要来抓我了，她立即抱起孩子准备跟我走，可是刚到门口便听见有马蹄声自远处传来，听声音这回还不止一人。我们又缩回来，躲到了茶坊楼上。我们动静太大，惊醒了沉睡中的你，你哇哇地大哭起来，我和蒖初更害怕了，担心你的哭声引起来者的注意，而随后马蹄声确实越来越近，眼见就要到茶坊了。

莫初这时忽然跟我说，她和程渊素日私交还不错，她从宫里逃出来时曾与他打过一个照面，而他睁一眼闭一眼，没有阻拦她，所以如果来者是程渊的人，应该会放过她，就算不放，待回头见到程渊，她恳求一番，程渊多半也会放她回来。说完这番话，那些骑马的人已经到了茶坊门前，有人下马，要入内查看。莫初立即催我脱下外衣与她换了，然后把孩子塞到我怀中，自己穿着我的衣裳下了楼往外冲，果然吸引了那些人的目光，他们都掉头去追她，离开了茶坊。我躲在二楼的窗户后观察外面情形，忽然有一个人勒马朝茶坊回头，一刹那我发现那人竟是曾受齐枸派遣，护送我去外宅教齐枸女儿乐舞的侍卫……”

萁萁亦听得心下一凛：“所以这些人是齐家派来的？”

秋娘闭目颔首，良久后才又继续讲述：“后来我才想明白，齐家在宫中也有不少耳目，所以来追捕我们的宦者未必都是程渊的人，也混杂着齐家的鹰犬……好在那人只是看了看，又朝莫初奔跑的方向去了。我待他们远离茶坊后，抱着你悄悄从后门逃走了……我知道莫初这样跑是躲不过这么多人的追捕的，也没胆量去找她，就带着你一路逃回了村里……”

萁萁想起殷琦所述，生母被齐家处死的惨状，一时悲愤交织，心好一阵绞痛，看着面前的养母，明白生母之死她应负一定责任，但念及她的身世与彼时处境，却也不忍苛责，最后只漠然地问她：“你回去后如实告知张国医这事了吗？”

“我回去后心乱如麻，不知该怎样面对他，很快换下莫初的衣裳，藏了起来。待张云峤回来，我跟他说了我们被追捕的事，但不敢全部如实说，只告诉他我抱着萁萁去买衣裳，莫初独自留在茶坊休息，待我回茶坊时，远远地看见她被一些黄门带走……”秋娘道，“他听后疯了一样就要冲出去救莫初，我怎么苦劝都不听，抛下我跟孩子就往临安去了。过了几天，他垂头丧气地回来，说他在临安城外的朋友处打听到了莫初的消息……她已经被齐家处死了。”

“所以，你就和他带着我继续逃亡？”萁萁问道。

“是的。那时齐枸死了没多久，齐家的势力盘根错节，一时无法清除，党羽还在继续追杀张云峤，他回不了临安，又怕上回抓走莫初的人再次过来搜捕，只能和我带着你继续逃。”秋娘道，“我们换了个方向，一路逃到宣州，如今的宁国府，才安顿下来。”

“宋婆婆跟我讲过当时的事。”萁萁告诉秋娘，“说你不会烹饪，不知道该给我们父女做什么膳食，所以去向她学厨艺。”

“没错。”秋娘苦笑道，“逃亡前的我，从未进过厨房，哪儿知道怎么做饭？更没有带过孩子，甚至很讨厌小孩，一听婴儿哭就很烦躁，恨不得塞块布堵住孩子的嘴。”

蕈蕈有些诧异，忍不住道：“可是，我记忆中的你，一直是个很温柔的母亲，不仅对我，对适珍楼里的姐姐们都很好。”

“因为你改变了我。”秋娘又抬头看蕈蕈，目含温情，嘴角的那一丝浅笑却相当苦涩，“我深感愧对萁初，所以一心想把你照顾好，可全没想到，养活一个婴儿是多么辛苦的事……你吃了睡，睡了吃，一个晚上要醒好几次，每次一醒就哭得惊天动地，表示饿了，要吃的，并且一刻都不想等，总是把我硬生生吵醒，不得不半夜摸黑找羊乳或米汤温给你吃，足足一年没有睡过整觉……又听说婴儿仅仅喝羊乳和米汤长不好，所以每到一处，我便挨家挨户地问谁家媳妇在哺乳，可否喂你一点儿……有时候你喝完奶，我一抱你就把奶全呕了出来，后来听那些养过孩子的妇人说才知道，原来给婴儿喂奶后要竖抱着轻轻拍拍背，把嗝拍出来才不容易呕奶……除此之外，每天都有堆积如山的尿布和衣物要洗，起初那一阵，我每天都累得很想哭，有时忍不住想，看来真是因为萁初的事造了很大的孽才摊上这种大麻烦……直到有一天夜里……”

想她到那晚之事，语音更显柔和，微笑渐深：“那时你两个多月大，半夜醒来，我还是像往常那样迷迷糊糊地起身为你温奶。待你喝完奶，我坐在床头，半闭着眼竖抱着你，让你伏在我的肩上，为你拍嗝。拍着拍着，你开始打嗝，‘嗝’的一声，听上去像小鸟叫……打完嗝，本来伏在我左肩的你，忽然双手按着我的肩膀，尚未长硬的小脖子颤巍巍地支起头，睁开圆溜溜的黑眼睛与我对视一眼，然后小胖脸软向右边，头软趴趴地砸在我右肩上，酣然入睡。你就那样没心没肺地把自己全然托付给我，亲密无间地依靠着我，我忽然心中一动，明明很欢喜，眼圈却热了，紧紧搂着你，感觉到了一种湿漉漉的幸福感，坠得心里像要下雨。”

蕈蕈凝视着秋娘此刻含喜的眉梢，目中星芒般的微光，亦能感知她所述那一刻作为母亲所获得的那种“湿漉漉的幸福感”，好容易才放弃了伸手与她相拥的念头，继续淡淡地问她：“那时张国医呢？他不怎么带孩子吗？”

“他……”秋娘迟疑一下，才道，“起初他因为萁初的事，心情不好，很消沉，我就尽量做所有家务，不用孩子的事去烦他。后来他振作起来，又开始给人看病，挣钱养家了，也就忙碌起来，没多少时间与孩子相处……我跟着宋五娘学厨艺，买了她的小院，与她做邻居。她平日里也常帮我带孩子。你两周岁时，有一天，五娘忽然当着我和张云峤的面问你：‘爹爹、妈妈和婆婆，你最喜欢谁呀？’你咯咯笑着，毫不犹豫地扑向我，说：‘妈妈。’……是的，你从开始说话起，便唤我‘妈妈’，其实我没刻意教过你，你却自然而然地，就这样唤我……五娘又问：‘一会儿你爹爹要去镇上玩，买好多糖，你要跟他去还是留在妈妈身边呀？’你还是笑着搂紧我，看都不看你爹爹，口中一迭声地说：‘妈妈，妈妈，妈妈……’”

说到这里，秋娘面露笑容，却低头拭去了眼角的泪，捂着嘴，须臾才又道：“那一刻，我忽然发现，我不再孤单，终于有一个人，全心全意地爱我了……你抱着我在笑，我却快乐得想痛哭，只能搂着你，埋下头，把泪默默流在你怀里。”

蒖蒖难以抑制，引袖揾去涌出的泪，少顷再开口提问，声音却颇为喑哑：“那这种安宁的日子是怎么结束的呢？离开宁国府之前，你与张云峤之间，发生了什么？”

秋娘沉默半晌，终于开始回答：“此前两年多，虽然我们一直处于同一屋檐下，但始终保持距离，分房而居。他本不是一个热情的人，又经历蓂初之事，更不爱说话，我们之间，除了必要说明的事，就再无话说。不过，相处久了，见我全心照顾孩子，他也对我颇信任，或者，视若家人，收的诊金全部交给我，以供家用。我取一部分，其余的想退给他，让他留一点儿用，他却还是一把推给我，说他平时没多少须用钱的时候，若真有需要，再问我要……他不会下厨，但有一天，当我把一件新缝制的衣裳送给他后，他似乎有些感动……那天下午，你在睡觉，我在厨房准备做晚膳，他忽然进来，默默地帮我切菜，但这不是他擅长的事，切了几下就切伤了手指。我忙取布来为他包扎，握着他的手包了许久，包好抬起头来时，发现他怔怔地盯着我，他从没用这种眼神看过我，我被他瞧得心慌意乱，转身想走，他却一把拉住我，亲了我……后来……后来……”

见她一时说不下去，蒖蒖踟蹰着，还是问她：“你们成亲了？”

秋娘暂未直接答，而换了种说法：“他是我第一个男人，也是最后一个……无论先帝还是程渊，都未与我同宿过……虽然程渊与我成婚，但婚礼那夜，他跟我说，我们的名字一起出现在婚书上他便心满意足了，他与先帝一样，近情情怯，不会冒犯我的。然后，他便离开了婚房。”

“那我爹爹，没有给你一个婚礼吗？”蒖蒖想了想又问，“你喜欢他吗？”

秋娘淡淡地一笑：“相处久了，感情多少总是有一些的吧，不过，当他拥抱我时，我心中首先闪过的念头竟然是，这样也不错，我可以真的成为蒖蒖的母亲了……”

蒖蒖无言以对，默然垂目。秋娘又道：“他是想给我一个婚礼的，不过我觉得这些年来外人见我们一起过日子，早已认定我们是夫妇，若再举行婚礼，必然会引人猜疑询问，易生事端，不如就默默过下去算了。他想了想说，无论如何，应该有个仪式，我们可以自已在家拜天地。我同意了，我们便决定三天以后拜堂……此后两天，他每天都兴冲冲地外出买婚服和相关物事，我也采买

了许多上好的食材，准备自己做一次丰盛的婚宴……其中，就有他爱吃的河豚……”

蒖蒖心一沉，仍暗含希望地问秋娘：“你那天是烹饪失误了，不是成心的，对吧？”

秋娘凄然一笑，道：“婚礼前一天，我想起蒖初，又觉得非常对不起她，我拥有的女儿、丈夫，其实都是她的……趁着你爹爹外出，我取出蒖初当年换给我的衣裳，在后院拜祭她，向她致歉，说因为我，害她离开人世，但我会竭尽所能照顾好她的家人，请她安心，早日投生，请允许我把那件衣裳烧给她，此后我会将这个秘密深藏心中，用我余生来偿还曾经的过失……可这时张云峤忽然从我身后冲过来，夺走了那件衣裳……他提前回来了，听见了我对蒖初说的话。”

蒖蒖不禁睁大双眼，能想象到父亲当时的愤怒，于是问道：“他以为是你出卖了我母亲？”

秋娘颔首：“他怒不可遏地斥责我，说我心如蛇蝎，肯定是故意引诱蒖初出门，把她交给齐家的人……我求他听我解释，但他并不听，一径问我是不是嫉妒蒖初，是嫉妒先帝宠信她还是因为想把他从蒖初身边夺过来……”

忆及此处，秋娘不由得冷笑一声：“听见这个猜测，我真是哭笑不得，原来我这些年来对他的悉心照料，后来的委身，都成了我爱他，想把他从蒖初身边夺走，继而害死蒖初的证据！”

“所以……”蒖蒖问道，“他的臆断令你委屈，然后起了杀心？”

“不是因为这个。”秋娘一叹，“那时我满心委屈、愤懑，然而倒也没有恨到想杀他，只想到婚礼是不会有了，没有就没有吧，我也不在乎……但是，你爹爹很快进屋里，抱着你就要往外走，我这才吓得失魂落魄，奔过去拦着他，问他要带你去哪里。他说他不会允许害死他妻子的人再碰他的女儿，他要带着你离开此地，永远不让我再见你……”

秋娘说至此处，瞬间泪如泉涌，道：“我拉着他的袖子跪下，求他不要让我们分离，我可以为奴为婢来赎罪，只要让我继续陪着你。可是他完全听不进去，摆脱我的手就要走，而你吓得大哭起来，拼命向我伸手，不停地叫着‘妈妈’……你哭得撕心裂肺，我拼尽全力把你从他手中夺过来，问他有没有完整地带过你一天，知不知道你爱吃什么不爱吃什么，喜欢什么怕什么，什么不能碰，碰了会起红疹……他答不上来，却还是企图夺你回去。我只得哭着对他说蒖蒖饿了，就算要走，也等我好好为你们做一顿饭，你们好歹收拾一下行李，过了这一宿再走。你爹爹见你那时伤心至极，紧紧抱着我不撒手，只得妥协，答应留这一夜，次日再走。”

蒖蒖将目光投向窗外的酽酽夜色，此刻只觉手足冰凉，声音也有些发颤：“所以，你为他做河豚，故意没去尽毒素……”

“起初我并没想到用河豚害他，处理河豚过程中一直都很小心，像往常一样。”秋娘道，“但当我做好河豚汤，将要端出去时，发现他正在收拾你的物件，我为你一针一线缝制的衣物和鞋，你每日所用的小碗小勺，我抱着你上街，让你自己挑的布偶、拨浪鼓……都从我们一起生活的屋里被他放进了行囊里……你怯生生地看着他一脸冷酷地做着这些事，一直朝我身后躲，哭着叫‘妈妈’……看着他一点点从屋里抹去你的痕迹，想着你最终要被他从我身边带走，让我此生再也见不到你，我真的快疯了，于是转过身，端起盛河豚内脏的碗，沥出一些血，滴进了汤里。”

秋娘双手掩面，遮住泪眼，也避免看见蒖蒖此时的表情，少顷又道：“那一夜，我们还算平静地共进了晚膳。以前我们每次吃河豚，我都会自己先喝汤，稍等片刻没异状再让他进食，而那天，我没有先尝，他也不觉得奇怪，自己默默喝了汤，也吃了点儿河豚肉。进膳之后你先睡了，他继续收拾他的行李，又过了一会儿，他忽然踉跄着闯进我的房间，问我给他吃的河豚是不是有毒，我没有回答，只是躲避他的靠近。他愤怒地想抓住我，我关上门奔了出去。稍后回来，发现他倒在地上，已然没了气息，但双手握拳，青筋凸现，眼睛未闭上，还瞪着我，可见是恨极了我吧……”

“他握拳，倒也不全是愤怒。”蒖蒖提醒秋娘看此前展示过的小瓷盒，向她说明一个事实，“他把这看上去是盛药丸的小瓷盒捏在掌心，里面密封了两根河豚鱼骨，保留了让人推断他死因的证据。”

“嗬，”秋娘冷笑道，“不愧是张国医，命悬一线时也能想到保留证据。”

“他死后，你难过吗？”蒖蒖又问，“宋婆婆说那夜听到你的哭声，你哭，是因为悲伤，还是害怕？”

“看见他尸身时，我有点儿害怕，但并没有哭，只是觉得一片茫然，不知道该做什么。我回到他的屋里，把他收拾好的你的物事一件件取出来，忽然发现，在这个行囊旁，还有一个木匣，以前没见过，应该是他那天带回来的。我打开一看，里面是几枚植物球茎，匣中另有一纸笺，上面绘着一株红色的金灯花，旁边写着四个字——曼殊沙华。那时，我才明白，原来当年我问他曼殊沙华是什么花，他一直记着，默默为我寻找，如今终于寻到了，本来是想婚礼前送给我，作为礼物的吧……我百感交集，只觉造化弄人，为什么让我遇到这样一场阴错阳差的感情……我在那一夜的风雨中大哭一场，然后挖开花圃，把他拖进去后，将那几枚曼殊沙华的根茎放在了他的胸口上，再覆土掩埋。”

“那里后来长出了一片艳红似血的曼殊沙华，”蕙蕙道，“就像后来我在适安园见到的那片一样妖冶。”

“适安园……”秋娘喃喃道，“是的，程渊也一直在为我找曼殊沙华……当年在宫里，我就能觉察到他对我不寻常的关注，但我只觉得不安，从未回应过他。后来被他囚禁，我也一直没给他好脸色，直到知道你因庄文太子之事有可能被处死，才以婚事做交易，恳求他设法救你。为了取得他的信任，我与他说了这些年发生的事，包括你爹爹的死因，他见我连这等事都与他说，才放下戒心，救出了你，还允许我，见你一面……

秋娘旋即恻然一笑：“有了这个把柄，他自然不怕我与你多说话，要是你设法带我离他而去，他可以告诉你父亲之死的真相，那才是能导致你彻底离开我的原因。”

蕙蕙凝视着秋娘的双眸，问：“那你为何现在如此坦率地告诉我这一切？”

秋娘亦看着她，含笑徐徐问道：“你都猜到了大半……请问……司宫令……你将如何……处置我？”

“你杀害朝廷命官，这罪行已经超过了司宫令所能处罚的范围。”蕙蕙冷静地盯着养母说出了自己的决定，“明日我会向官家禀明此事，先将你从宫籍中除名，再将此案交给御史台或刑部审理。你的罪，将由他们来定。”

秋娘依然保持着微笑，眨了眨眼，说道：“好。”

“对不起。”蕙蕙向她致歉，再说明，“我此前向官家发过誓，身为司宫令，必须秉公审理，不违律法，不徇私情，不谋私利。此时的我们，不是母女，我只能按宫规行事。”

“我……明白……你做得，对……”秋娘含带笑道，然而声音断断续续的，语音也变得有些含混，似乎有些眩晕，身体也开始晃动。

蕙蕙觉出异状，疾步过去，在秋娘将要倒下之时一把搂住了她。

“妈妈，你怎么了？”一阵不祥的预感袭来，蕙蕙终于抛开所有桎梏，像以前那样唤秋娘，焦虑地打量着她。

秋娘微笑着伸手摸了摸蕙蕙的脸，努力控制着渐趋麻木的口舌，道：“我刚才，吞下了……一块……胆囊……”

胆囊！蕙蕙忽然想起秋娘之前那一阵咳嗽，顿时明白了那时她背对自己，悄然从内脏碗里取出河豚胆囊吞了下去，而现在，她服下的毒已经开始发作。

蕙蕙轻轻放下她，惶然地站起来，在厨房中四处翻找：“菘菜、蒌蒿、芦芽……你等等，宋婆婆说这几种菜和河豚煮不会中毒，我帮你找来解毒！”

“没用的，别找了……”秋娘向蕙蕙伸手，“让我这样……赎罪……挺好……”

如今不是蒌蒿和芦芽的时令，蕙蕙慌乱翻找后一无所获，只得回到秋娘身边，流着泪抱起她。

“我不想……你为难……”秋娘想为蕙蕙拭泪，然而手抬起一点儿即软软地垂下，显然已逐渐失去了对四肢的控制，连呼吸也变得艰难起来。

蕙蕙看着怀中养母那血色散去的面庞，感觉到她身体一点点变得僵硬，仿佛自己也被一只无形的手扼住了咽喉，痛到即将窒息。

宫烛焰火跃动着，光影在凌晨的冷风敲击窗棂的声音中忽明忽暗，蕙蕙闭上泪眼，妈妈与自己相处的画面一幕幕浮上心头：夏日她躺在竹席上小寐，妈妈举着团扇，仔细地寻找每一只细小的蚊蝇，将它们赶出帐外；冬天她乐呵呵地跟着同学上学去，妈妈追出来，把一个暖暖的小手炉塞到她手里；妈妈吹着兀自散发着热气的粥，一勺勺喂到病床上的她口中；她在起火的厨房中惊慌哭喊，妈妈冲进火海，一把抱起她；她在适安园的小楼中抱着妈妈诉说爱人逝去的悲伤，妈妈还以温暖的拥抱，给了她活下去的勇气……

“妈妈，妈妈，我不是想要你死……”蕙蕙紧紧抱着秋娘，懊悔着刚才对她表现出的无情，泣不成声，“现在我是司宫令，我只能谨遵律法道义，对你做出那样的安排。可是，今日午时之后，我就卸任了，脱去这身公服，我还是你的女儿蕙蕙，我会恳求官家宽恕你，求皇后、二大王、沈参政，求所有我认识的人为你说情。如果御史台、刑部还是不肯放过你，判你死罪，哪怕是劫狱，我也会拼了命去救你，然后带着你去广州，去崖州，去没有人认识我们的地方，我们重新做母女……”

“不必了……”秋娘已经无法牵动嘴角向蕙蕙露出笑容，但目光仍温柔，看着满面泪痕的女儿勉力说出了最后的遗言，“谢谢你，陪了我……十六年……十六年，我们……彼此……相爱，心无旁骛。”

（十二）

浦江吴氏

赵皑心知今夜审讯非同寻常，一直与张知北守候在尚食局厨房外，房内母女的对话大多听见了，最后听到蕙蕙放声痛哭，便疾步入内，检查了秋娘瞳孔

与呼吸，明白无力回天，即让张知北请太医来检验，准备收殓。

他默默陪着蕒蕒，待她哭了好一阵，轻声建议道："你今日太累了，这里的事交给我，菊夫人的口供我明日与官家说，你先去歇息吧。"

蕒蕒闻言一怔，旋即止住哭泣声，将怀中的秋娘轻轻放下，拭干泪痕，站起来，道："我现在去把菊夫人的口供记录下来。"

赵皑欲再劝她，她一摆手，朝尚食局厅堂走去，留下一句话："这是我的职责。"

午时，她把此前一日中审查的事件内容及相关口供笔录呈交给皇帝，并于未时如承诺的那样，除去冠服，身着素衣，在福宁殿前席藁待罪。

皇帝召蕒蕒入殿，对蕒蕒说："珠钿虽是由你带至庄文太子眼前，但你对柳婕妤的阴谋并不知情，即便有过失，但你揭穿柳氏身世真相，阻止她与玉氏的窃国计划实施，等于摘下了悬于我头顶的剑，也算功过相抵了。何况，你是张云峤的女儿，当年他为国锄奸，付出了莫大代价，前程、名誉，英年早逝，也与此相关。你母亲刘莫初若非向我透露齐栴阴谋，也不至于如此惨死。无论于情理，于道义，我都不能伤害他们的女儿。所以，那些涉及你的恩怨，都一笔勾销，你还是能过寻常人平静的生活。如果你愿意，你也可以留在宫里做女官，只是要正式做司宫令，资历毕竟太浅了，先从司膳做起吧。"

蕒蕒拜谢官家恩典，又请求道："望官家开恩，许我出宫，回到民间生活。""你要出宫？"皇帝略一沉吟，又问，"你是不是想与二哥在一起？恕我直言，若你与庄文太子没有那段情缘，我可以成全你与二哥，追封你父亲一个高品官衔，让二哥娶你为妻。但如今宗室贵戚，无人不知你曾服侍过庄文太子，你与二哥，是再不能做夫妻了。不过，宋桃笙在宁国府襄助魏王之事，我略有耳闻，二哥在外为官，有这样的贤内助，也堪称幸事。如果你跟他去明州，你还是信安郡夫人，宋桃笙。"

蕒蕒道："我想出宫，不是为寻求姻缘，只是觉得相较九重宫阙的光辉，我更期待堤岸上的年年柳色。我喜欢看青苗苒苒，水车辘辘，喜欢看晨曦洒在田畦纵横的阡陌上，也喜欢看麦浪在夕阳下泛出鎏金的颜色……我生于乡野，可肆意策马陌上，迎接扑面而来的草木香，才是我希望拥有的生活。"

"策马陌上……"皇帝若有所思，渐渐露出一丝微笑，"当年我与云峤、林昱也曾一起策马陌上，在杨柳风中笑语不断。云峤做太医之前在民间救治过许多农夫，一路上有不少人认出他，纷纷捧出刚收获的蔬果送给他。我和林昱都感叹云峤悬壶济世，积下莫大功德，而我们只是书生，百无一用。云峤便说：

‘其实你们也在悬壶济世，只不过我治病救人，而你们拯救的，是国运。’”

他轻叹一声，眨了眨睛，将遥远的思绪收回，又看着蕙蕙，道：“我同意你出宫。你随后会去哪里？有何打算？”

蕙蕙回答道：“我想将父亲遗骨与母亲合葬，让他留在临安。然后，送养母灵柩回浦江，葬在离适珍楼不远的地方。”

皇帝问道：“适珍楼这名字是菊夫人取的？”

蕙蕙称是。

皇帝默然，须臾道：“食无定味，适口者珍——这是先帝常与身边人说的道理。”

见蕙蕙无言，皇帝又建议道：“将菊夫人葬在临安不好吗？她生长在临安，一起葬在这里，你日后清明祭扫，也不必两地奔波。”

“我想她更希望被葬在浦江。”蕙蕙道，“她在那里度过了一生中最安宁的时光，而且那里有许多真心爱她和怀念她的人。”

“那么之后呢，你会做什么？”皇帝又问。

蕙蕙垂目道：“还不确定，也许继续开酒楼，也有可能休息一阵，然后把我会的菜式记录下来，写成书，这样将来就算我离开了人世，也还会有人照着我的菜谱做，让这些厨艺技法流传下去。”

“这个想法不错。”皇帝含笑鼓励道，“你写下来，印成书，署名‘司宫令张氏’，一定会有很多人看。”

“不。”蕙蕙抬眼看着官家，坚定地说，“我会署名，浦江吴氏。”

柳婕妤自尽后，皇后将公主如婴养在身边，因为同情宋婆婆的遭遇，命人在皇城外不远处寻了处宅子，给宋婆婆居住，又赐两名婢女给她，许她常入宫看望如婴。

蕙蕙出宫之前特意去坤宁殿拜谢皇后。皇后问她是否真不准备再做女官了。蕙蕙颔首肯定，皇后便叹息一声，屏退左右，对蕙蕙推心置腹地说道：“凤仙自从做了太子妃，性情比以前烈了不少。太子昨日在东宫传了几名舞伎献舞，香梨儿跳得最好，他夸了两句，凤仙听说后就把香梨儿叫到她阁中去，让人用鞭子抽香梨儿小腿，打得香梨儿走不动路，还不许旁人搀扶，香梨儿自己爬出东宫，才有人把香梨儿送回了仙韶院……我听说后召凤仙过来问话，她还振振有词，说此举是为震慑狐媚之人，以免她们诱惑太子沉湎于声色。她走后有人告诉我，她回外家那一年中，她父亲的几个妾接连丧生，有的自尽，有的意外横死……短短一年，死了这么多人，这也太巧了吧？唉，我有不祥之感，今后

这宫中，怕是会不太平静。你与她做了多年姐妹，若能留在宫中，多加劝导，或许她还能收敛一二，若她所为过分，想必你也能想出法子助我加以管束。”

蕒蕒道：“如今她与我尊卑有别，我已不便以姐妹的身份规劝她，留在宫中，能做的也有限。皇后是她家姑，若她有错，皇后不妨直言，该罚就罚，切勿太过慈和，使她有了僭越犯上的胆量。我想，她虽要强，但权衡利弊是会的，不至于做出太过分之事。若当真有一天她掀起滔天巨浪，只要皇后召唤，我愿意回宫，助皇后一臂之力。”

蕒蕒刚从坤宁殿出来，便有东宫内侍趋近，请她前往东宫，说太子妃相邀一叙。

见了蕒蕒，凤仙笑容满面，嘘寒问暖，牵了蕒蕒的手走到内室，才凝眸问她：“皇后召你去坤宁殿所为何事？是要你留下来做女官吗？”

蕒蕒否认，道：“只是问问我出宫后的打算。”

凤仙道：“你我姐妹情深，我如今有了好前程，自不会忘了你。你大可留在我身边，咱们遇上什么事，齐心协力，一同解决。异日我若为后，一定会让你做司宫令，你我共掌这后宫的权柄。”

“姐妹……”蕒蕒重复这个词，淡淡一笑，“太子妃当初把珠钿送出去时，便已忘记我们是姐妹了吧？”

凤仙幡然变色：“你说什么？你在怀疑我？若我知道那珠钿有毒，怎会去尝四哥递给我的那枚，以致身中剧毒，险些丧命！”

“是的，所有人都这样认为，包括我。”蕒蕒道，“在无意中听说你曾在四皇子和公主进殿之前打翻了头油，命人将地擦得光可鉴人，足可滑倒苍蝇之前，我也这样认为。”

“你要跟官家说吗？”凤仙冷笑道，“这只是一个巧合。这些年来，我一直视你如亲妹妹，你有心无心，伤我良多，我都始终信任你，容忍你，不愿伤害你。如今看来，你对我倒是满心戒备，处处生疑，真是枉费我一片真情。”

蕒蕒摇头道：“我不会跟官家说。没有更多证据，这也只能是一个巧合。我要出宫了，从此天各一方，想必很难再有见面的机会。我心中的凤仙，仍然是适珍楼中那个爱护妹妹的姐姐，我也不想无端生疑。希望姐姐读过的千百册医书能让姐姐保有一颗医者仁心，而不仅仅是教会姐姐辨识毒物。”

她举手加额，拜别凤仙，然后徐徐退后，在凤仙无言的凝视中离开了东宫。

回到临安，赵皑自然又免不了被催婚的烦恼。皇帝处理完宫中大事，又亲自定下了赵皑的婚事，这回不由分说，直接给他纳聘，但稀奇的是，那家小娘子竟然提出要先见赵皑一面。

在皇后的安排下，两人在小西湖中乘舟相见。赵皑乘一叶扁舟，百无聊赖地坐在舟头，在湖中荡了许久，才有一艘画舫缓缓靠近。赵皑侧首望去，见一头戴折上巾的白衣少年斜持一折叠扇，背对着他负手立于船舱外，直到两船几欲相碰，才转身朝他粲然一笑："二大王，幸会呀。今日为何来此？"

是卫清浔。

赵皑瞥她一眼，没好气地说："相亲。"

"真巧，我也是。"卫清浔笑容飞扬。

赵皑犹疑地盯着她的笑容，忽然惊跳起来："竟然是你！"

那舟甚小，他这陡然起身令舟失了平衡，剧烈地晃了几晃，足下不稳，趔趄一下，险些跌落湖中。

卫清浔笑着向他伸出折扇："来我船上，虽然不大，但两人叙谈，倒也不至于逼仄。"

赵皑淡淡一顾身后撑船的内侍，示意他靠拢画舫，然后自己一跃上船，并不碰卫清浔的折扇。

赵皑自顾自地进船舱坐下，卫清浔也缓步入内，在他对面坐了，道："我们都是行事爽快之人，废话不必多说。我知道大王不想娶除萁萁以外的女人，而我也不愿嫁给任何男人，但我们父亲都要逼我们成婚，我想了想，或许这两难之事有望化作两全之计。"

"如何两全？"赵皑问。

卫清浔道："将来的婚礼我们还是如期举行，但婚礼之后，你去明州，我回宁国府，若逢年过节须回临安，我们一同归来，入宫赴宴之类的，我一定配合，让人见了都会道一声'贤伉俪'，然后我们还是分开过。现在定下婚事，还会有一年半载才能完婚，这期间你大可去娶萁萁，我不会管。我只有一个要求，我们婚后，任何时候，你都不能与我同宿，即便婚礼那夜，我们不得不同处一室，你也不能与我同榻而眠，我睡榻上，你睡榻下。"

"同榻而眠也没事。"赵皑忍不住笑起来，"你在我眼中，比林泓还像男人，我不会碰你的。"

卫清浔也不以为意，问道："那就说定了？"

"但有一个问题，"赵皑迟疑道，"你做了我名义上的正室，以后萁萁若生了孩子，必须称你为'妈妈'或'孃孃'，却只能称她'姐姐'……"

"没关系。"卫清浔不紧不慢地轻摇折扇，道，"孩儿们可以叫萁萁'妈

妈’，叫我‘爹爹’。”

赵皑睁大双目，道：“岂有此理！叫你‘爹爹’，那叫我什么？”

“叫你‘父亲’呀，不妨事。”卫清浔笑道，“大王，我也有产业需要人继承，让孩子叫我爹爹只有益处没害处。”

见赵皑沉默，卫清浔催促道：“大王同不同意？我这样大度的正室上哪儿找去？若再犹豫，我可就悔婚了。”

“其实，称呼都是小事。”赵皑抬起头，真诚地看着她道，“你若嫁给我，又不是做真夫妻，岂不耽误了你一生？”

“我没有嫁给你。”卫清浔正色道，“我嫁的，和你娶的，都是自由。”

赵皑思忖一番，又对她道：“就按你的意思行事。不过我向你承诺，将来你若有意中人了，我随时可给你放妻书，让你与意中人成婚。”

“你们为什么总不肯相信，有一部分人，是不需要婚姻的？”卫清浔道，“我母亲那样的豪门贵妇生涯，一眼望得到头，无非是争宠、生子，算计他人或被他人算计，从来不是我想要的。”

见赵皑听得神色黯然，她又展露笑颜，提起桌上的酒注子，斟了两杯蔷薇露，将一杯递至赵皑面前，道：“来，这亲相得如此顺意，当浮一大白！”

尾声 琉璃光

尘埃落定，蒖蒖离开临安之前赴西湖南岸庄文太子攒所祭拜，那日赵皑护送她同往。攒所原为宝林院法堂，蒖蒖本以为此地内外应如其他王者园陵一般广植松柏，光影幽暗，气氛肃穆，下了宫车才发现，法堂外园地开阔，其中植有四季花卉，外围以天然河湾为界，不设围墙，殿堂背靠郁郁青山，面前西湖流光潋滟，一侧小桥外几叠水瀑，满园红叶灿若彤云，竟是一极绚丽之所在，毫无阴森凄清之感。

从堂中出来迎接她的是杨子诚，见她环顾周围风景，解释道：“以前我见庄文太子每日读书的瞻箓堂周边仅植修竹，不见一株花卉，说殿下正值华年，居所布置不宜如此冷清，建议增加一些花卉。殿下说：‘瞻箓堂就是用来读书的，周边绿植用竹，有点儿风来疏竹的意趣便好，若遍植花卉，日间都赏花去了，哪儿有心思看书？我倒是希望将来身后，栖身之所不要以高墙圈起一大片地，并以高大松柏蔽去阳光，使得园中阴暗幽深，令人望而生畏。不如多植花卉，四季姹紫嫣红，满园生香，不设围墙，令游人可扶老携幼入园赏春访秋，其乐融融。如此，我泉下有知，必然也是欢喜的。’如今这攒所风光，倒遂了殿下心意。我自请来此守灵，近日又增植了些名花异卉和枫树槭树，所以这番秋景，颜色又丰富许多。”

赵皑闻言问道：“杨先生侍奉先帝和官家多年，深受两代君主器重，就算要做都知，资历也足够了，为何抛下大好前程，决意在此清净度日？”

杨子诚道：“我和程渊那样的人不同，对名利声色没有多大兴趣。钱多了徒生烦恼，权重了易生妄念，倒是这样清净的日子更让我觉得安宁舒适。每日种种花，养养草，有人来祭拜庄文太子或者赏花，便与他们说说话，也不至于太寂寞。在这般美景中平静地度过余生，难道不好吗？"

蕙蕙与赵皑入厅堂，于庄文太子神位前祭拜。杨子诚引导着他们在香案前上香、酹茶、奠酒，赵皑将蕙蕙回宫升任司宫令，查明真相，揭穿柳氏、玉氏及程渊阴谋之事说了一遍，请大哥安息。诸事毕，赵皑见蕙蕙一直怔怔地跪于神位前，没有离开的意思，便对她道："你再跟大哥说说话，我先出去，在外面等你。"

待他出去后，蕙蕙取出自带的青梅酒，斟一盏祭奠太子，又自斟一盏，默默饮下，黯然道："殿下，我觉得这酒像你，所以跟宋婆婆学着酿了。在宁国府时，每晚都饮，一个人的时候饮得更多，总希望醉了，你会来梦中看我……可是，你为什么不来呢？我已经很久很久没见到你了，哪怕是在梦中……"

她又斟了几回酒，一盏盏饮下，不觉间已泪流满面。殿外秋风掠过帘栊，袭至她身上，她觉得有些冷，瑟瑟地倾身向前，闭着眼伏倒在蒲团前地板上。须臾，有人自后面靠近，将一件衣裳披在她身上。那衣裳宽大而柔软，像一个温暖的怀抱，把她轻柔地拥住。她感觉到，睁开眼睛一看，发现那衣裳正是庄文太子与她欢好之后自衣架上拉来为她遮盖的大氅。

杨子诚俯身看着她，温言道："地上寒凉，娘子先起来吧。"

他请她到侧面的椅中坐下，又去收拾她布下的酒器，一壁收一壁说："梅酒虽甜，饮多了也会醉，浅尝即可，不宜多饮。"

蕙蕙裹紧那件大氅，问他："这件衣裳，先生一直收着？"

杨子诚道："那一夜，庄文太子薨后，我整理房中物件时，把这衣裳叠好，想送回他的寝阁，谁知出门没多久便有人来追杀我，我来不及多想，带着大氅就跑，所以这些年来，这衣裳一直在我身边。"

蕙蕙抚摸着大氅边缘的如意云纹，回想那夜之事，又觉心中阵阵刺痛。少顷，她对杨子诚道："杨先生，我从浦江回来后，也来这里和你一起种花，好不好？"

"不好。"杨子诚干脆地回答，"我老了，行将就木，这种日子最适合我。而娘子青春年少，还有许多事要做，把大好光阴消磨在这里，庄文太子也不会赞同的。"

顿了顿，杨子诚停下手中的动作，转而直面蕙蕙，道："他喜欢朝气蓬勃、积极做事的你。而且，看看这满园芳菲就知道，他希望生者平安喜乐，都有自己的美满生活。"

见蕫蕫沉默，杨子诚又转头看看殿外，温和地建议道："天色不早了，娘子随二大王回去吧，他还在等你。"

蕫蕫站起，除去大氅，捧在手中，问杨子诚："先生可以让我把这件衣裳带走吗？"

杨子诚不答，但微笑着把衣裳自蕫蕫手中轻轻抽走，然后阔步走至殿外，将大氅用烛火点燃，在香炉前焚烧了。

他回头看追过来，盯着焰火一脸惊异的蕫蕫，道："往事已矣，昔日种种，娘子都让它随这烟火淡去吧。外间阳光和煦，这衣裳，娘子也不需要穿着了。"

蕫蕫双唇轻颤，看着那逐渐消失在火焰中的大氅，不自觉地唤道："殿下……"

"殿下希望你快乐。"杨子诚微笑道，"无论之前，还是以后。"

见蕫蕫出来，赵皑立即上前，请她上车，随自己回去，而这时棂星门外忽然有一青年快步奔来，口中唤着"蕫蕫"。蕫蕫定睛一看，见来者竟是阿澈。

阿澈跑至她面前，道："公子今日也来祭拜庄文太子，见你来了，便没立即离开，现在在北边河湾亭子中，想请你过去一叙。"

蕫蕫尚未应答，赵皑便先对阿澈道："男女有别，无事何必多言，徒引人议论。"

阿澈不理赵皑，继续对蕫蕫道："公子又申请辞官，官家没有应允，只许他告假，休息一段时日。公子明日便要回武夷山了，很想再见你一面。"

见蕫蕫仍不表态，阿澈一着急，忽然提起一事："其实，公子会泅水的！"

蕫蕫闻言诧异，着意看阿澈。阿澈遂又道："武夷山水多。公子好静，小时候看书，一坐便是好几个时辰，夫人担心长此以往对身体不好，便让他跟着九曲溪的渔家学泅水，于是水温适宜时公子都会去练习，现在很识水性，潜在水中可闭气很久，许多渔夫也比不过他……"

蕫蕫不禁问道："所以，那日聚景园……"

"是的！"阿澈立即接过话来，"聚景园许多景观是他设计的，他对园中地形了如指掌。湖水泛滥那晚，他见暴雨滂沱，担心你的安危，立即前往聚景园，我也跟着去了，后来是他潜水去救的你。我不会泅水，一直在岸上等他……如今他要走了，想与你说说心里话，你都不去见见吗？"

蕫蕫听后转顾北边小亭。赵皑大感不妙，当即对她道："那里只有一个陈年遗憾，不必回顾。"

见蕫蕫无言，他又朝她伸出一只手："上车。我先和你一起送菊夫人灵柩回浦江，然后咱们去明州。"

蘐蘐没有握他的手，决然地朝北边走。

赵皑追了几步，冲着蘐蘐背影道："蘐蘐，我也有话要与你说！"

蘐蘐没回答，仍继续往林泓所在之处走去。赵皑无奈地止步，目送她远去，眼中的光芒一点点暗淡下来。

北边有一条小河，将园地与西湖堤岸隔开，河道转弯处有一木质栈道，折了数折，朝水面延伸，栈道尽头是一以茅草为顶的小亭。堤岸上绿树参天，亭下柔蓝一水，倒映着亭中林泓白衣翩然的颀长身影。他沉默地立于檐下栏杆边，望向蘐蘐走来的方向，目中一泓秋水，亦与这波光树影一般静寂。

蘐蘐穿行于园中红叶疏影下，越过彤云掩映的两重小桥，通过栈道，轻轻走到林泓面前。

他遥遥以目光相迎，见她走近，微微含笑，欠身致意。

蘐蘐未行虚礼，直接问他："聚景园那夜，是你救了我？"

"嗯。"这次他没有否认，"只是把你从水中救出，船是一群宦者操纵的。"

"林老师，我……"蘐蘐想向他表达谢意，一时却又不知该从何说起。

"是想还我这份人情吗？"林泓微笑着，语调如和风细雨，"那我希望是用此后半生，可以填满我们年轮的朝朝暮暮。"

听他重提年轮，蘐蘐心里一时五味杂陈，垂下眼睫毛，避免他看见眼里的微澜。少顷，她抬起头来，凝视着林泓，道："这是刻舟求剑呀，林老师。"

沐浴着他温柔的目光，不顾他此前隐含的期待，她仍坚定地以一语作答："经过了万水千山，你当初遗失的那颗心，已不在船舷边。"

蘐蘐告别林泓，回到堂前，却不见赵皑。杨子诚目示东边："二大王在那边桥上。"

东边小河两侧多植枫、槭、银杏、梧桐和垂柳，上游有山中泉水汩汩流下，河水格外清澈，岸边树影投映其中，水面上下，深深浅浅的红色、黄色与绿色杂糅，宛若琉璃，光彩映丽。一虹小木桥未立栏杆，架于河上，两端桥头枫叶似火，银杏如金，杨柳依依，景象炫目热烈，而赵皑则垂头丧气地坐在木桥中段边缘，双足悬于水面上，手中握着几块石子，打了两下水漂，又觉得没意思，遂把其余石子全抛到河中，自己看着足下涟漪，头戴的软脚幞头亦随之颓然低垂着，像两翼被打湿的雨燕翅膀。

蘐蘐默然地走到他身边，亦在桥面边缘坐下，与他肩并肩。

赵皑侧首一顾，旋即惊喜地笑了："你回来了！"

蘐蘐一笑，问他："刚才你说有话要与我说，是什么？"

赵皑目光灼灼地看着她，说："蘐蘐，我想娶你。"

“嗯。”蒖蒖避开他的目光，望向流水蜿蜒处，说道，“这又不是什么秘密。”

赵皑闻言双目一亮：“你刚才说什么？”

蒖蒖重复道：“这又不是什么秘密。”

赵皑摇头：“我是指前面那个字。”

他指的显然是那个带着肯定意味的“嗯”。

蒖蒖哑然失笑：“那可没特别的意思。”

“我不管，你就是答应了。”赵皑兴高采烈地说着，带着孩子般耍赖的语气。

蒖蒖这一次没有反驳，侧首与他相视一眼，然后徐徐仰面，沉浸于这千山翡翠色，万顷琉璃光之中，嘴角不自觉地渐渐上扬。

2021 年 4 月 18 日
完稿于杭州太子湾

番外

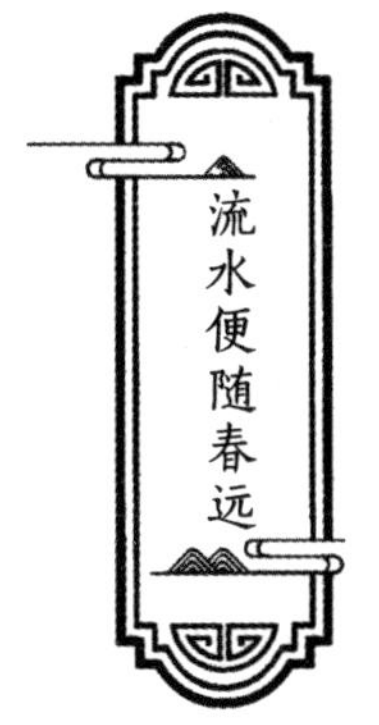

流水便随春远

（一）

这年夏季，皇帝见太子赵晳此前所中的菌蕈之毒已解，但因此元气大损，体质尚弱，便让他赴聚景园安心静养，国事家事暂时无须费神兼顾。

一日天色晴好，西湖上荷香翦翦，卸去了窗格的临湖水榭中阳光与微风自由来去，蘋蘋侍奉赵晳品尝了少许时令蔬果，正欲告退，赵晳却斜倚在水榭的榻上，向她闲悠地伸出了手："蘋蘋，过来，我们躺着说会儿话。"

蘋蘋没有立即从命，始终记得太子如今体虚，理应节慎，担心他此刻的邀约另有目的，遂踟蹰着，暂未应答。赵晳也不催，含笑凝视她，手并未收回。

蘋蘋一顾左右，见其余侍者已退去，觉得光天化日，水榭三面敞开，太出格的事料他也做不出来，便道："那先说好，殿下不可妄动。"

"嗯，好。"赵晳道，"我把妄动的权利赐给你。"

蘋蘋一愣，旋即面红过耳，冲过去捶打表面上兀自云淡风轻的他。

他一笑，握住她的手腕，拖她入怀，躺在他身边，心想：在遇见她之前，这种话他是说不出口的，不可能对冯婧说，更不会对太子妃说。生动活泼的蘋蘋像命运对他额外的馈赠，令他意外地体验到了什么是生死之交，什么是闺房之乐。

感觉到怀中的蘋蘋仍在挣扎，他目示檐下，低头在她耳边说道："你看，波光在上面跳舞。"

蘋蘋扬头看去，果然见粼粼波光反射在水榭内的梁檐之间，金色的曲线层层叠叠，不停地涌动跳跃，又有几分金山远峦的韵致。

“也像神仙挥毫画出的金色峰岭。”蕙蕙一时忘记了脱身，饶有兴致地点评。

赵晳闻言却沉默了，目光停留在波光上，不自觉地蹙起了眉。

蕙蕙觉察到他的异样，侧首看他，问：“不像吗？”

赵晳回过神，又含了笑意，转而问她：“林泓会不会作画？”

“怎么忽然提起他？”蕙蕙讶然地问道。

“不能容忍他有什么我不擅长的才艺令你念念不忘。”赵晳敛去笑容，半真半假地说。

蕙蕙不由得失笑道：“当初在官家面前表示要成全我与林泓的那位殿下是你吗？那位宽厚仁慈又大度的君子去哪儿了？”

赵晳亦展颜，道：“掉进醋海了。”

两人笑闹了一会儿，蕙蕙又正色问他：“殿下说对我心生好感在这之前，那为何官家那次要把我赐给你，你不顺水推舟答应？”

“那时，你心不在我这里，我何必强求？”他目光转暗，声音也低了两分，“拆散有情人的事，我不会再做了。”

“再？”蕙蕙敏感地捕捉到了这个字，讶异地盯着他，目含疑问之色。

赵晳怅然地举目望向湖心鸥鹭纷飞处，良久后才告诉蕙蕙：“太子妃婚前有心仪之人，我不知道……她嫁入东宫后，大概没有一天是真正开心的。”

蕙蕙回想太子妃对自己和颜悦色的态度以及几次三番欲为太子纳妾的急迫之状，恍然大悟：“怪不得她……”

见蕙蕙欲言又止，赵晳微微苦笑，替蕙蕙补充：“怪不得她一点儿也不吃你的醋……因为她并不在乎。”

（二）

太子妃钱媛是吴越王后裔，父亲钱维仪一度官至参知政事，在候选太子妃的女子中她身份最为高贵，中选是顺理成章的事。婚后赵晳很快感觉到，他们之间实在过于相敬如宾，确切地说，是太子妃对他敬重有余而亲昵不足，哪怕私下独处时，她也与他保持着距离，尽量避免与他肢体接触，至于房中事，更是可免则免，若他有意留宿，她状甚尴尬，一旦他决定离开，她霎时间笑逐颜开，行礼欢送，毫不挽留。

赵晳以为她出身名门望族，家教甚严，对男女之情羞于表达，又兼在这方

面性情冷淡，缺乏兴致，所以也不愿勉强她，一年下来同宿次数屈指可数。

他们的儿子是她成婚许久后才怀上的，他得到消息后很高兴，兴冲冲地去看她，她慌忙地起身相迎，脸上带着微笑，眼角却有未拭净的泪痕。他心头有疑惑一闪而过，但迅速说服自己她是喜极而泣，对她嘘寒问暖，对那泪痕却并不过问。

孩子的生日比预产期提前了半个月。前一天她回了娘家，次日他亲自去接她，发现她双目红肿，显然大哭过。他问她原因她闭口不答，手中紧紧握着一个卷轴，不肯交给任何婢女。她回到东宫不久羊水便破了，那孩子胎位不正，生产中她痛得死去活来，几欲晕厥，孟云岫才从意识模糊的太子妃手中抽出了卷轴。

一直在阁外等待的太子发现孟云岫捧着卷轴有意遮掩，躲避他的审视，便唤住她，命她呈上那卷轴。

画卷被展开，一幅精心描绘的绢本设色山水图卷逐渐呈现于眼前。青山碧水，层峦叠嶂，烟渚江岸有灼灼桃花，花树掩映着的流水小桥通向一处山谷之间的小小院落。院中有茅屋两三间，屋前立着一个秋千架，旁边有石桌石凳，桌上摆着两个茶盏和一柄团扇，旁边风炉上搁着煮茶的铫子，却不见饮茶人，倒是有一个六七岁、手持捉鱼网兜的垂髫小儿站在门窗闭合的茅屋前拍着门，张口似在呼唤着什么。画卷末端题有一句词：流水便随春远。

他思索着，目光在画中场景上徘徊许久后，发现院中一株杨梅树的树干上隐藏有作画者落下的款识，年月之后有三个字：淇舟笔。

这个名字他不陌生。孟淇舟，青年画师，少年时便展露才华，获钱维仪赏识，留在宅中请名师悉心教导。如今他名满京师，官家听说后有意召他入画院，他却婉拒，称不慕功名利禄，唯愿余生徜徉于山水之间。

“太子妃归宁时见了孟淇舟？”他问孟云岫。

孟云岫忙摇头，低眉不敢看他，轻声解释道：“太子妃没见任何外男……只是看到了这幅画……”

“画是孟先生送她的？”他追问道。

孟云岫迟疑半晌，终于选择如实作答：“是淇舟托人送来的，是他绝笔之作……他一月前，病逝于桐庐。”

太子妃一直以来的冷淡和突发的哀痛都有了隐约的答案。他惘然伫立须臾，然后默默整理好画卷，交回孟云岫手中，不露悲喜地嘱咐道：“为太子妃收着。”

经历了漫长而又极其痛苦的过程后，钱媛生下了皇长孙，奄奄一息的她昏睡了数日才有些精神睁开眼面对他的探视。

太医详细地把产后护理事项一一告知，含蓄地建议太子夫妇此后一年内勿同房。那时赵晢拥着她坐在床头，清楚地看见她听到太医的建议时眉头一松，如释重负。

原来履行妻子的责任对她来说比难产还要痛苦。他这才意识到上天跟他开了一个多么荒诞的玩笑，让他错失所爱，又让他在并不知情的情况下拆散了另一对有情人。身边内人们的恋慕给他营造出一种错觉，以为获得妻子的爱是自然而然、毫不费力的事，却不知此之蜜糖，彼之砒霜，他对她来说，始终只是个朝夕相对的陌生人。

钱媛对他满怀愧疚，主动提出要为他纳妾，他再三谢绝，她仍坚持不懈，甚至极力向他推荐孟云岫，说自己才疏学浅，而孟云岫才华横溢，焚香点茶，插花挂画，无所不会，是红袖添香最合适的人选。

终于，他合上了佯装在看的书，对一直谆谆劝导的她说："阿媛，其实我不纳妾也可以给你需要的空间。如果我知道你与孟淇舟的渊源，我不会选你做太子妃，但既然你嫁给了我，孟先生又已辞世，那我们以后肯定会相守一生。我愿意和你保持着你想要的距离，直到你淡忘以往的人和事……如果这样能让你感觉自在的话。"

钱媛闻言瞬间崩溃，泪如泉涌，呜咽不能语。太子半拥着她，轻声抚慰，她仍难抑悲声，将脸埋在太子胸前，抽泣道："我也想淡忘，可我如何能忘？自他七岁时出现在我面前，我便永远不可能将他从记忆中抹去了……"

（三）

孟淇舟是钱维仪妾室孟氏的侄子，比钱媛大一岁。孟家虽家道中落，却仍有书香门第遗风，很重视子弟学业，淇舟第一次进入钱氏大宅时年仅七岁，已读了不少书，写得一手好字。彼时钱维仪正在内宅园中教幼女钱媛绘花木景物，钱媛尚小，下笔稚涩，不得要领，钱维仪见淇舟颇有兴致地引颈旁观，便唤他过来，让他试着画画。淇舟也不推辞，从容地接过笔，开始作画，不多时数竿颇有动感的墨竹渐渐成形，似随风摇曳，跃然纸上。

钱维仪大为赞叹，见孟淇舟年纪尚小，便让他常来宅中，与钱媛一同学画。

钱媛是嫡女，孟氏叮嘱淇舟对她要尊重，不可直呼其名，钱维仪笑道：“都是自家孩子，不必过于拘礼，淇舟唤阿媛妹妹便好。”

两人一同作画，看得出天赋相差颇远，同样的先生教，淇舟一听便能领悟要点，提笔如有神助，总是画得又快又好；而阿媛苦苦思索，反复临摹，迁延许久，却还是难出佳作。经常是淇舟早早地完成了当日画作，阿媛还嘟着嘴面对纸笔痛苦不堪。此时淇舟便会好言安慰，去为她添添茶，扇扇风，去园子树上摘各种水果送到阿媛桌上。若是桃、李、杏，他会先剖开取出核，将果肉盛到碗里给她；若是杨梅，他会耐心等待她嚼完，然后伸手至她颌下，让她把核吐到自己手心。做这些事他完全不觉得烦琐或不净，照顾她、呵护她好像是他与生俱来的习惯和乐趣。

而阿媛非常欣赏甚至仰慕淇舟的才华，经常拿淇舟的字画去与兄弟们的比较，让父亲点评。如果父亲宣布淇舟技高一筹，她立即喜笑颜开，蹦蹦跳跳地跑去告诉孟氏和淇舟。淇舟凝神作画，她常常悄悄观察，只觉他那专注认真的神态甚美，十分俊秀又添两分文雅之色，平生所见男子没谁有他好看。

某日课余，淇舟留在花园亭台里画一幅青绿山水，完全沉浸于创作中，抿唇蹙眉画了半晌，一抬头，才发现阿媛一直坐在对面，托腮支颐微笑地凝视着他。他以为颜料沾到了脸上，便问：“阿媛在看什么？”

“我在看星星。”她愉快地回答。

他不由得失笑道：“你明明是在盯着我。”

她笑道：“因为你眼里有星星呀！”

见左右无人，他索性引颈靠近她，睁大眼睛让她看得更清楚。

“那阿媛看见最亮的那颗了吗？”他问。

阿媛凑近与他四目相对，满意地在他瞳孔里发现了自己的身影，口中却掩饰着问道：“北极星？”

“嗯，北极星。”他含笑佯装肯定。

她倒着恼了：“去，青天白日的，哪儿来的北极星？你心里想的可不是这个。”

他追问道：“阿媛如何知道我心中所思？”

“因为……因为……”她拖长音调故意久久不答，最后才说，“因为我一直住在你心里呀！”言罢她咯咯地笑了起来，仿若揭开了一个天大的秘密，好整以暇地欣赏着淇舟的手足无措。

他那时十二岁，半大不小，已经对情爱有了隐约的感知。他听到这话心怦然一动，耳根尽赤，继而只觉暖洋洋的，好似四月的熏风吹进了心里。

再大些，两人相见就不那么容易了。钱维仪让淇舟跟随翰林图画院的画师学习，见阿媛实在不擅丹青，便让她跟着孟氏随意学学女红，四书五经也不怎么读了，倒是请了宫中外放的女官教她礼仪。年齿渐长，淇舟也不能轻易入钱氏内宅，与阿媛只能在宅中有宴会时随众见上一面，不过孟氏的养女孟云岫经常为他们传递书信。

淇舟十六岁，阿媛十五岁时，孟氏过四十岁生日，淇舟为姑姑精心描绘了一幅写真为贺，钱维仪遂请淇舟再入宅中赴孟氏生日宴。

宴中宾主行酒令，推杯换盏，言谈甚欢。因次日要赴大朝会，钱维仪早早地回了居处，其余女眷见状也纷纷告辞。孟氏又坐了会儿，说不胜酒力，孟云岫便扶着她回房歇息。唯阿媛兴致不减，不许淇舟离开，让他和几个婢女陪自己继续行酒令。婢女们学识不如淇舟、阿媛，纷纷落败，一些酩酊大醉，一些落荒而逃，最后留在席间且清醒着的只有他们两人。

“我们换个法子行令吧。”阿媛看看手中的团扇，建议道，“我们以团扇为题，轮流说一句与之相关的诗词，点明扇子的各种用途，谁说不上来就受罚。”他同意了。于是她先摇动团扇，吟道：“出入君怀袖，动摇微风发。”

他看着门外雕栏玉砌，应道：“舞低杨柳楼心月，歌尽桃花扇底风。”

她以扇蔽去一半花容，笑道：“团扇，团扇，美人病来遮面。”

他温柔地凝视着她持扇的柔荑，轻声道：“愿在竹而为扇，含凄飙于柔握。”

她略微停顿，乎认真思考了一下，然后道：“似愁凝，汉皋解佩；似泪洒，纨扇题诗。”

他垂目沉吟，暂未应答。她笑着提议：“若想不起诗词，做一个表示团扇用途的动作也可以，只是别和之前说过的重复了。”

他遂接过她手中的团扇，用手指蘸了点儿琥珀色的酒液，寥寥几笔，便即兴在扇面上画了一株风姿绰约的兰花。

“不错不错，扇面作画的确是团扇的一大用途。”阿媛表示肯定，满心欢喜地接过团扇，含笑打量他。

他微笑着催促：“该你了。”

她这时似乎想不出新的用途，时而摇动扇子，时而仰头望天，颦眉良久，仍未开口。

他胜券在握，微笑着往她杯中斟满酒，以二指徐徐推至她面前。

她一哂，忽然起身，慢慢踱至他身边，悄然将手中纨扇覆于他脸上。

他迷惘地坐着一动不动，还在猜她意欲何为，却见她向他俯身，隔着那层冰绡扇面，在他唇上烙下一个温软的吻。

四周的器物、宴席，伏案而眠的酒醉侍女顷刻间烟消云散，他只觉天地间一片空茫，唯余他与阿媛二人默默相对。

她霞生双颐，含情凝睇，与他相视，离他那样近，触手可及。明明饮酒甚少，他却感心醉神迷，几欲溺死在她眼波摇漾处。

这时门外廊下有环佩声响起，窗纱上映出了孟云岫的影子。阿媛吐了吐舌头，引扇蔽面，退后几步，然后轻巧地转身，猫一样无声地消失在夜色中。

次年上巳节，钱维仪在新建的园林中设宴请亲友赏花，并在园中楼阁展示收藏的古画及资助的画师作品，供宾客品鉴。众宾客对画作大加赞誉，钱维仪却对着一些新作摇头叹息，说现在的画师技艺不凡，但巧思不足，指着一幅画举例："这幅人物图，画师是想表现夫妻恩爱，但委实过于直白。"

阿媛举目望去，但见画的是一处湖畔小楼，园中花竹相映，楼上门窗开敞，可见一名文士正在为他妻子画眉。

"道君皇帝曾以深山藏古寺为题考验画师，最后选出的佳作上并不见寺庙，画的是崇山峻岭之下有一个和尚正在挑水。"钱维仪叹道，"这种巧思在今日这些画作中难觅踪迹。一说恩爱就想到画眉，不免落入俗套。"

众宾客附和一番，又随钱维仪下楼去欣赏别的画作。阿媛独自留在那幅画前端详，须臾感觉身后有人靠近，回头一看，发现竟是淇舟。

阿媛兴致勃勃地让他看那幅画，告诉他父亲的意见，又问他，如果他来画同样的题材，会怎么画。

淇舟微笑道："我会先画一柄团扇。"

阿媛闻言双颊霎时间红了，白了他一眼："呸！"

"还有……"他压低声音，在她耳边说了说自己的构思。

阿媛茫然地问道："小孩为何要拍门？"

淇舟顿了顿，双耳有些微红，但还是告诉她："世间多少夫妇，有了孩子未免分心，又长年为家务所扰，彼此间感情也逐渐被消磨掉了。若有了孩子，还尽量寻求二人私下独处的机会，虽孩子在催促仍难舍难分，自然是真恩爱。"

阿媛好奇地道："你年纪轻轻，怎会知道这些？"

"去年我在富春江沿岸游历写生，见过一对渔人夫妻，便是这样。"淇舟答道，旋即一笑，"那里景色如画，宛如桃源，真希望日后能携你同游。"

后来，淇舟请孟云岫转交给阿媛一封书信，正式邀请她随自己同赴富春江。除了他们彼此，无人把孟淇舟视为钱媛潜在的婚配对象。而来自天家的纳聘，既是给予钱氏的无上荣耀，亦是他们无法拒绝的天子旨意。当然，钱氏上下乐见其成，唯有阿媛痛苦不堪。

孟云岫目睹淇舟与阿媛如何青梅竹马，一起长大，对他们之间的情意心知肚明，同情之余愿意为他们传递消息。

淇舟在书信中描述富春美景，定好日期，请她同行。阿媛明白，这是在约她私奔。

孟云岫告诉她淇舟详细的计划，在宅子外何处等待，如何接应，如何出城，都安排得十分妥帖，还说若富春江太近，他们还可以一路向南，远赴千里之外的岭南。

但是，身为钱氏嫡女，她十分清楚，家族的荣誉，父亲的仕途，乃至淇舟的性命，已系于她一念之间，自己不可如此任性。何况，普天之下，莫非王土，他们又能逃到哪里去？

在淇舟约定启程的那日晚上，阿媛请孟云岫去见淇舟，告诉他自己不会去了，让他尽快回去。孟云岫回来时说，淇舟听后默默不语，仍然伫立在原地不愿离开。云岫催他，他勉强一笑，说：“我想留在这里，再看看星星。”

可是那夜乌云蔽月，哪儿有星星呢？倒是冷风吹了一整夜。

据说他回去便大病一场，精神恢复一些后便只身前往桐庐，再也没回过临安。

此去经年，她再见到他的名字，是在他最后的画卷上。

归宁时，孟氏请她来到自己的院落，小心翼翼地取出淇舟的画给她看，告诉她淇舟病逝的消息。

阿媛颤抖的手指掠过画中桃花、团扇、茶器，随后游移于杨梅树上的款识上方，她想触又不敢触，目光流转间触及那一脸懵懂、正在拍门的垂髫小童，终于潸然泪下。

“他走时是何等情形？”她边泣边问。

孟氏道：“据服侍他的小厮说，还算安宁。那晚他让人把他抬到小院中，看了半宿的星星。”

“星星？”阿媛讶然地睁开泪眼。

“等你的那一夜，他跟我说，看不见你的时候就看看星星，飞往他眼中的星星，最亮的那一颗，会是你。”孟云岫黯然道。

（四）

与孟淇舟的隐情，钱媛未向赵晳一一尽述，只择关键处简略地说了说，然而以赵晳之聪慧，自然不难猜到这段感情的来龙去脉，明白这样的经历对他们来说，会如何刻骨铭心。同时他意识到，孟淇舟认识的阿媛，与自己认识的太子妃，几乎是两个人。她的开朗、娇俏，她的少女心，乃至她的情与欲，都随孟淇舟消逝在桐庐烟水中，如今那个忧郁、不安、常怯生生如惊弓之鸟的太子妃只是钱氏献祭给天家的躯壳。

钱媛产后数月一直很虚弱，赵晳见状十分怜惜，私下派杨子诚在建德富春江一个小岛上购置一处别业，假托为钱氏家产，向帝后请求，请他们允许太子妃赴建德疗养一个月。帝后本有顾虑，觉得此前无内命妇离开临安长居的先例，何况是太子妃。赵晳却动之以情，晓之以理，细述钱媛生子之艰辛、心情之郁结，说她亟需在山清水秀处休养身心，自己会命若干内臣、内人随行服侍，不与外界接触，确保太子妃安全。最后皇帝勉强答应，嘱咐此事勿公之于众，另派皇城司多人护卫，送太子妃前往建德。

钱媛在建德过了几日，杨子诚忽然从临安来，当众对她道："太子殿下此前听闻画师孟淇舟才气过人，所绘青绿山水尤为温蕴俊秀，有意结交，奈何缘悭一面，近日得知他英年早逝，已葬于桐庐，不免深为叹惋。恰逢太子妃暂居富春江，此地离桐庐不远，殿下便遣臣来，恳请太子妃拨冗代太子赴桐庐，拜祭孟先生，帮助殿下了却一桩心事。"

钱媛讶然起立，怔怔地凝视朝她恭谨躬身的杨子诚，须臾有泪盈眶，面朝临安皇城的方向行大礼，轻声道："妾钱氏，遵命。"

钱媛拜祭孟淇舟后不久便回了临安。赵晳亲自迎接，嘘寒问暖，但只字不提拜祭一事。倒是钱媛于心不安，私下独处时又向他行礼，谢他允许自己去桐庐。

赵晳扶起她，微笑道："不必多礼，原是我请阿媛去的。你尚未痊愈，还不辞辛劳代我出行，我十分感激。"

钱媛但觉对夫君无以为报，思前想后，决意为他纳妾。当她再次向赵晳推荐孟云岫时，赵晳直视她的双眸，轻声问道："阿媛，你还是放不下吗？"

钱媛退后两步，含泪再拜："恨不相逢未嫁时。"

赵晳明白钱媛想让他接纳孟云岫的原因。钱媛性情温和，东宫那些野心勃勃的内人她是不太管得住的，但她也不甘心把侧室之位留给她们。而云岫是她最亲近的从嫁侍女，情同姐妹，她舍不得云岫外嫁，何况夫君若要纳妾，自然是选择知根知底的自家人最为妥当。

赵哲虽欣赏孟云岫才华，对她很是敬重，但若论男女之情，则半点儿也无。思量之后，他请孟云岫到瞻箓堂来，屏退左右，问她对太子妃安排的意见。

孟云岫面露难色，支支吾吾不敢表态。赵哲便直言道："孟女史无意于我，只是不忍心拒绝太子妃的恳求，所以一直未表态。"

孟云岫欠身低头说"不敢"。

赵哲温和地道："你在钱氏宅中多年，始终未嫁，是有心仪之人吧？"

孟云岫赧然深垂首，未作答。

赵哲又问："是孟淇舟吗？"

孟云岫立即摇头否认："我视淇舟如亲弟，未涉任何儿女私情。"

赵哲微笑欠身，道："是我冒昧了……我只是想，如果你有意中人，我可以为你备好妆奁，让你嫁给他。"

孟云岫苦笑，称每日诗书为伴，早已无心顾及儿女情长，唯愿一生独处，不为婚姻所累。

赵哲见状，已明白她所爱之人亦是不可嫁，心下有了隐约的猜想，但也不再点破，只告诉她："若无真爱，不必因人情把自己困于婚姻里。孟女史何去何从可以自己做主，留在东宫像以往一样襄助太子妃自然很好，若有一天想出宫居住，看看外间世界，随时可以告诉我。"

孟云岫面露喜色，立即拜谢。离开之前，她诚恳地对赵哲道："殿下，你这么好，会有良缘等着你。"

（五）

身为储君，赵哲很清楚自己肩负着齐家治国的责任，择贤内助、广子嗣也是其中一部分，而太子妃以及他婚姻的现状也使选纳侧室成了皇帝关注的问题。皇帝几次询问他可有中意之人，他习惯地推说一心向学，无心纳妾，然而若说心中全无人选，倒也不尽然。

他常去嘉明殿陪父亲用膳，自王慕泽的阴谋败露后，便开始暗暗关注在破此案时立下大功的吴蒖蒖。她有清醒的头脑，更有一种类似新鲜种子的活力，

乐观而开朗，给她一点儿土壤与雨水就会朝着阳光蓬勃生长。而且，作为女子，她是极可爱的，见到他时她总是笑着行礼，声音明快悦耳，眉眼弯弯，甜美可喜，让他的心情也不禁随之好转。

有一天在嘉明殿，她为官家尝乳酪樱桃，以银匙自金瓯中舀出两颗带着冰雪的樱桃，置入银盏中，垂下双睫端详，眉头微微蹙了起来。

她在耐心研究盏中的樱桃，完全没注意赵晳在大殿另一侧默默注视着她。看着她随后徐徐将雪白银匙托着的殷红樱桃送入口中，他霎时间有些恍惚，心中生出一缕绮思，像一根无形的手指，在悄然描摹她柔润小巧的唇形。

他看得如此专注，以至父亲有事询问他时连唤两声他才回过神来。

那日她尝过樱桃后请求官家把一瓯樱桃都赐给她，此后裴尚食特意求见官家为此告罪，说蒖蒖此举实在逾礼，请官家责罚她们二人。那时赵晳也在，当即便对父亲说："吴典膳尝过樱桃后曾蹙眉思索，想必樱桃有什么问题，但她不便在殿中明说，所以才请爹爹把樱桃赐给她。"

皇帝亦颔首："我猜也是这样。"他转顾裴尚食，道："不是什么大不了的事，尚食不必介意。"

裴尚食谢恩告退。皇帝再看赵晳，笑着问他："你喜欢蒖蒖？"

赵晳忙躬身再拜："臣惶恐，对御前内人岂敢有非分之想？"

皇帝一哂："那你为何一直盯着她？"

东宫都监杨子诚都看出了他的心思。次日赵晳在瞻箓堂看书时，杨子诚入内奉上秦司膳交给他的樱桃，并顺便把一沓文档呈于他的书案上。

赵晳瞥了眼文档，问道："这是什么？"

杨子诚躬身道："是吴典膳的宫籍档案……以及她的爱好、习惯、交往的好友、爱吃的食物、闲时爱去之处等，还有……和二大王往来的记录。"

赵晳将目光转回书上，淡淡地道："我让你去查了吗？"

杨子诚惶然叩首："是臣糊涂，擅作主张，多此一举，请殿下恕罪！"

赵晳抬起手，说道："罢了。起来吧。"

杨子诚拜谢，然后缓缓上前伸手欲取回文档，赵晳却喝止了："暂且搁在这儿。"

杨子诚一愣，旋即低头称是。

赵晳见他唇际似含有笑意，有些不自在，侧首不看他，解释道："查都查了……"

杨子诚笑意暗暗加深，躬身长揖："臣谢殿下体恤臣这些许苦劳。"

东宫内人于蕊儿嫉妒孟云岫获太子妃推荐，以为孟云岫即将成为太子侧室，于是对孟云岫百般折辱，多次公然辱骂，导致孟云岫羞愤轻生，险些自尽身亡。皇帝询问蕫蕫意见，并依其所言，宣布将在于蕊儿三十岁生日前一天，赐她白绫，随后命于蕊儿离开东宫，赴六尚服杂役。

某日赵晳在与尚食局相邻的东宫楼阁上小憩，忽闻尚食局方向有女子尖叫怒骂声，声音颇似于蕊儿，于是他起身至栏杆处，向外看去。

那女子正是于蕊儿，手握一把菜刀，披头散发，朝不远处的蕫蕫冲去，说蕫蕫将她害得这么惨，一定是看上太子了，所以才下此狠手，今日要与蕫蕫同归于尽。她一把拖住身着公服的蕫蕫，一边骂一边扬手去抹蕫蕫脖子。蕫蕫手疾眼快，一手握住她持刀的手腕，一手夺过刀，将刀远远抛开，又猛地推开扑上来的于蕊儿，甩了她响亮的一记耳光。很快有几个内臣闻声赶来，制服于蕊儿，并找来绳索把于蕊儿双手反剪于背后缚住，将她推倒在地。于蕊儿无法挣脱，口中继续怒骂不已，到最后尽是些污言秽语。

蕫蕫走到她面前，蹲下直面她，问道："知道你为何沦落到这般境地吗？"

于蕊儿恶狠狠地道："就是你和孟云岫这样的贱人害的！"

蕫蕫抓住她后脑的发髻，迫她抬头看着前方锦胭廊外的满山芳菲："往前看，能看到如画天地、即将相遇的美景，而你却只会盯着领先你一步的人的脚踝，想着怎么使绊子。"

语罢蕫蕫站起来，对押住于蕊儿的内臣说："请把她今日所作所为告诉宫正。"随后她转顾于蕊儿："偷窃刀具，意图行凶。大赦之日对你来说，只怕要延期了。"

经此一事，赵晳越发觉得蕫蕫堪为后妃。她率真可爱，又不乏管理后宫的手腕，所以当皇帝把他和蕫蕫召来，宣布准备让蕫蕫入东宫时，他是想顺势接受的，但见蕫蕫那震惊中带着恐惧的神情，他迅速想起了林泓在山中小院未询问蕫蕫意见就给她倒的那杯酒，意识到如果此时纳她，她又会重蹈钱媛覆辙，与爱人劳燕分飞，成为一只被困于东宫的笼中鸟。于是，他主动谢绝了父亲的美意，决定将蕫蕫留给她心仪的林泓。

未料世事无常，他真心想成全蕫蕫与林泓，林泓却在聚景园大庭广众之下公然拒绝太后的赐婚，宁与梅妻鹤子为伴也不愿娶蕫蕫。他眼见蕫蕫即将陷入流言的旋涡，在心碎之际还要承受世人的嘲讽奚落，面对隐藏在皇城各个角落的恶意，他当即决意出面保护这个茫然失措的姑娘，将她蔽于自己的羽翼之下。

流水便随春远，行云终与谁同？孟淇舟在最美的年华撒手人寰，留下一幅

画，使阿媛甘愿枯守往日的回忆，将心封闭起来，令他输得彻底。而这次，既然林泓亲手击碎了蕙蕙的心，摧毁了自己与蕙蕙的未来，那么，他不会放弃这个突如其来的机会，他将拾起那颗破碎的心，耐心修复，妥善珍藏。

蕙蕙第一天入东宫，宣称择日不如撞日，当天即可侍寝。他知道这是出于一时意气，她会有后悔的时候，于是并不着急去看她。

当天传授蕙蕙房中事知识的女官结束课程后前来拜见赵皙，禀告蕙蕙状况，说蕙蕙仍是处子，初入东宫，未免惶恐，委婉建议他务必温柔一些。末了女官又着意重申：“如今她心绪不宁，对殿下又尚未熟识，还望殿下对她稍加怜惜。”

赵皙了然，说道：“我明白。对女子来说，与不爱的人同宿，无异于一场酷刑。”

独坐到深夜，他已理清思绪，想好如何面对她。于是他起身出门，昂首阔步朝她居处走去。

他会慢慢织一张柔软的网，让她的心长泊于他的港湾。

他不急于一时，也再不会退却。她的一切，他都要。

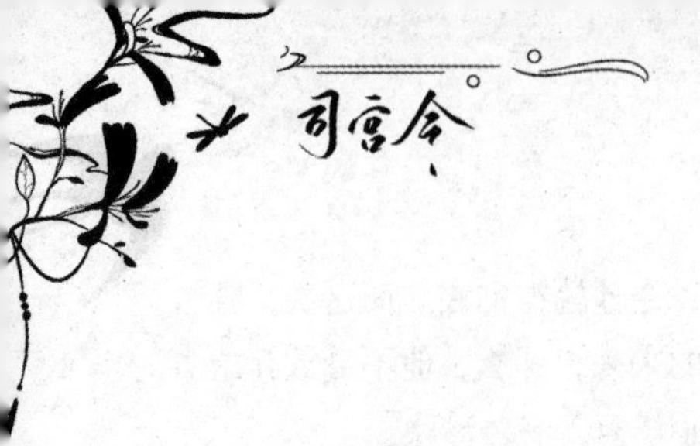

2021 年 4 月 18 日，我坐在杭州太子湾公园的小桥边，写完了《司宫令》的最后一行字。这里四时风光皆可入画，曾是文中男主原型之一庄文太子的埋骨之地，也是小说中最后一个情节的发生地。相隔八百多年，我与文中的主角面对同一处湖光山色，以不同的方式为这个故事暂时画上了句号。

本书的核心故事，源于《孟子·尽心上》的一个论题：如果至亲杀了人，而自己有决定他命运的权力，那是否该干涉针对亲人的执法？

> 桃应问曰："舜为天子，皋陶为士，瞽瞍杀人，则如之何？"
>
> 孟子曰："执之而已矣。"
>
> "然则舜不禁与？"
>
> 曰："夫舜恶得而禁之？夫有所受之也。"
>
> "然则舜如之何？"
>
> 曰："舜视弃天下，犹弃敝蹝也。窃负而逃，遵海滨而处，终身欣然，乐而忘天下。"

孟子说，舜会让人秉公执法，但他随后会顺应人伦，弃天下而带父亲逃往天涯海角。

在《司宫令》中，女主角面对的情况更复杂：养母导致了她生父生母的死亡，但杀害她生父的初衷是源自对她难以割舍的爱。女主刚获得的权力可以助她查清爱人被害的真相和复仇，然而同时不得不用这权力去决定养母的生死，因此她面临的

是律法和人伦的双重煎熬，而且这里又有个生身和养育之恩孰重孰轻的问题。本书区别于我以往作品的最大特点是增加了母女情的描写，这是我如今的母亲身份带给我的灵感。这条线贯穿全书，是我最初构思的主要脉络。

除此之外，我在书中详细描写了女主蕙蕙的三段爱情，分别对应女子情感经历中很可能出现的三种状况：年少时仰慕亦师亦友的年长者，小心翼翼，患得患失；某一天与灵魂伴侣不期而遇，沉浸于交会时互放的光亮，虽然这一时的璀璨很短暂；以为独行多年，蓦然回首，发现有人一路相伴，一直在与自己共同成长，相互成就。

从情窦初开到白头偕老，与一个爱人相守一生固然是爱情最理想的状态，但经历几段波折，品味几番甘苦，也许才是多数人的人生。这是我没把女主的情感经历写成“一生一世一双人”的原因。

我尝试用与以往作品不尽相同的风格来写这部书，不太涉及朝堂中事，但写了大量南宋饮食、市井和文人生活方式以及当时的农业发展状况，试图从生活的角度来展开对时代的描述。这些描写基本都有史料出处，蕙蕙的经商手法也参考了部分宋代笔记记载的宋人实例。

文中云莺歌的故事表现的是一种宋代通婚形式：宋代文人受世人推崇，“满朝朱紫贵，尽是读书人”。贫家子希望借科举平步青云，而一些社会地位不高，但有一定经济实力的人则想通过供养士子、招为女婿来助女儿实现阶层跃升。不是每桩这样的婚事都有美好结局。《西湖游览志余》中记载了一个杭州乞丐首领“团头”的贫家女婿登第后杀妻的故事，妻子为某官员所救，随后被官员收为义女，又被许配给原来的丈夫。婚礼上愤怒的妻子“唾夫之面，且批其颈”。这个故事后来被冯梦龙改编入《喻世明言》中，名为“金玉奴棒打薄情郎”。然而令我觉得诧异且不能接受的是，这两个版本中的女主最后都原谅了丈夫，依旧与杀人未遂者共度余生。所以我让云莺歌作了更明智的选择，绝不谅解，令负心汉受到了应有的惩罚。

本书故事主要以南宋的临安为背景。写作过程中我三度来到杭州，寻访了大量文中涉及的景点和遗迹，在集芳园旧址眺望西湖，漫步凤凰山寻找月池，在大佛寺遗迹的满地黄叶里与另一时空的蕙蕙相遇……这种沉浸式写作给了我许多灵感，把相应的桥段融合于所见美景中，不断优化小说的内容。如今回顾这部小说，虽然不可避免地会存在这样那样的疏漏与遗憾，但我仍然认为内容和角色完成度比构思时预想的好。这是我想要讲述的故事，我视她如自己珍爱的小女儿，也希望她现在的样子不负读者的期待。

谢谢从开篇一直看到这里的你们。

米兰

2023 年 8 月 30 日

图书在版编目（CIP）数据

司宫令 . 2 / 米兰 Lady 著 . — 广州 : 广东旅游出版社 , 2024.4
ISBN 978-7-5570-3188-6

Ⅰ . ①司… Ⅱ . ①米… Ⅲ . ①长篇小说—中国—当代
Ⅳ . ① I247.5

中国国家版本馆 CIP 数据核字 (2024) 第 025278 号

司宫令 · 2
SI GONG LING . ER

出 版 人：刘志松
责任编辑：陈　吉
责任校对：李瑞苑
责任技编：冼志良

广东旅游出版社出版发行
地址：广州市荔湾区沙面北街 71 号首、二层
邮编：510130
电话：020-87347732（总编室） 020-87348887（销售热线）
投稿邮箱：2026542779@qq.com
印刷：北京君达艺彩科技发展有限公司
地址：北京市北京经济技术开发区（通州）东石东一路 2 号院 3 号楼 8 层 806
开本：787 毫米 ×1092 毫米 1/16
字数：377 千
印张：20.75
版次：2024 年 4 月第 1 版
印次：2024 年 4 月第 1 次印刷
定价：79.80 元（全二册）
